suhrkamp taschenbuch 211

Hermann Hesse, am 2. Juli 1877 in Calw/Württemberg als Sohn eines baltendeutschen Missionars geboren, starb am 9. August 1962 in Montagnola bei Lugano. Das Werk Hermann Hesses, ausgezeichnet mit dem Nobelpreis 1946, erscheint im Suhrkamp Verlag.
Hermann Hesse, dessen Bücher in den USA in einer Gesamtauflage von über 8, in Japan von über 10 Millionen Exemplaren verbreitet sind, ist dort der meistgelesene europäische Autor. Mit Übersetzungen in 35 Sprachen und 12 indische Dialekte finden seine Schriften nun bereits in der dritten Generation junger Leser eine beispiellose Resonanz.
»Ich habe sehr viele Tausende von Briefen geschrieben, ohne je daran zu denken, Abschriften zurückzubehalten. Erst seit dem Zusammenleben mit meiner Frau von 1927 an haben wir gelegentlich Briefe aufbewahrt, deren Thema uns charakteristisch schien, oder in denen wir ein Problem von allgemeinem Interesse besonders genau formuliert fanden«, schrieb Hesse 1952 im Nachwort zur zweiten Auflage dieses Bandes. Inzwischen, 12 Jahre nach seinem Tod, ist es möglich, das Ausmaß seiner Korrespondenz abzuschätzen. Hesse hat insgesamt über 30 000 Briefe beantwortet. Einige tausend davon konnten in der Zwischenzeit wieder ausfindig gemacht werden; sie haben die große, auf 3 Bände angelegte Edition der »Gesammelten Briefe« ermöglicht.
Doch wird die vorliegende, von Hesse selbst getroffene Auswahl durch das Projekt der »Gesammelten Briefe« nicht überflüssig. Denn sie enthält vorwiegend solche Briefe, in welchen Hesse grundsätzlich Stellung nimmt zu den Problemen der Zeit, zum Spannungsverhältnis zwischen Individuum und Gesellschaft, zu Fragen der Politik, der Religion, der Kunst und der Psychologie. Die Mehrzahl der hier gedruckten Briefe ist– um Duplizität zu vermeiden – nicht in die dreibändige Edition der *Gesammelten Briefe* aufgenommen worden.
Der vorliegende Band zeigt weniger die Genese als das Resultat von Hesses Denken. Da dieses mehr der eigenen Erfahrung als der Spekulation entstammt, vermag jeder Leser in diesen mehr als 450 Briefen eigene Situationen wiederzuerkennen. Das erklärt die weite Verbreitung, die dieses Buch mit 65 000 Exemplaren und 3, jeweils von Ninon Hesse erweiterten, Auflagen seit 1951 gefunden hat.

Hermann Hesse
Ausgewählte Briefe

Erweiterte Ausgabe

Zusammengestellt
von Hermann Hesse und
Ninon Hesse

Suhrkamp

Gegenüber der Erstauflage der *Briefe* 1951
um 231 Briefe erweitert.

suhrkamp taschenbuch 211
Erste Auflage 1974

Druck: Ebner, Ulm · Printed in Germany
Umschlag nach Entwürfen
von Willy Fleckhaus und Rolf Staudt

Briefe

Alle Briefe ohne Ortsangabe schrieb H. H. aus Montagnola. Grußformeln am Schluß der Briefe wurden allgemein weggelassen, nur die nicht, die eine persönliche Geste darstellen. Kürzungen im Text sind durch drei Punkte gekennzeichnet. Die im Inhaltsverzeichnis als neu aufgenommen gekennzeichneten Briefe sind von Ninon Hesse ausgewählt; sie schrieb auch die Anmerkungen zu einzelnen Briefen.

An Alexander Freiherr von Bernus,
Stift Neuburg bei Heidelberg

Calw, 24. April 1904

Verehrter Herr Baron!

Ihr lieber, gütiger Brief mit den schönen Versen ist mir eine große Freude gewesen. Haben Sie herzlichen Dank dafür!

Ich nahm neulich noch 1 1/2 Tage in Ulm Aufenthalt, das ich sehr liebe. Dann fand ich hier vollen Frühling und war seither mehr im Garten als in der Stube. Ihr Buch* hatte ich mit und kenne es nun gut. Das herrliche Gedicht Seite 45 ist mir doch wohl das Liebste. Dann Seite 16 – 30 – 42 – 59 und andere! Sie haben stets etwas Delikates, Kleinodhaftes in der Form, das mich entzückt und fesselt.

Fürs Soziale, das bei Ihnen gelegentlich anklingt, fehlt mir eigentlich der Sinn ganz – vielleicht weil ich selber stets ein armer Teufel war und die Poesie und den Humor des Nichtshabens kenne und gern habe.

Jetzt freilich fange ich an mich zu brüsten und üppig zu werden und habe sogar neustens den festen Plan gefaßt, im Herbst zu heiraten. Wenn der Camenzind, wie der Verleger halb und halb hofft, die dritte Auflage erlebt, soll es losgehen.

An den Skizzen von Paquet, namentlich am „Schrecken", hatte ich viel Freude. Spaßes halber sende ich Ihnen etwas derartiges von mir**, das Sie vielleicht drucken – aber nur wenn Sie Lust dazu haben!

* Alexander von Bernus, Aus Rauch und Raum, ein Gedichtbuch, 1903 (Schuster & Löffler, Berlin).

** Es könnte die Erzählung „Hotte Hotte, Putzpulver" gewesen sein, die in der Neckarzeitung, Okt. 1904, gedruckt wurde.

Mit Tübingen ist es leider nichts, da ich selbst um diese Zeit Besuch erwarte. Doch werden wir uns gewiß, sei es in München oder sonstwo, wiedersehen.

Vielleicht begegnen Sie am Bodensee gelegentlich einem sehr schönen, hochgewachsenen Manne mit ernstem, blondbärtigem Gesicht und festen, durchdringenden Augen. Das ist dann Emil Strauß, der vom 1. Mai an in Überlingen wohnt.

Es steht ein Regen bevor und ich muß vorher noch Blumen pflanzen! Also nehmen Sie mit diesem Flüchtigen und vielen herzlichen Grüßen für heute vorlieb! Ich hoffe sehr, Sie vergessen mich nicht und senden mir öfters wieder einen Gruß oder etwas Gedrucktes. Der gnädigen Frau bitte ich Grüße von mir zu sagen.

Herzlich Ihr H. Hesse

An Alexander Freiherr von Bernus,
Stift Neuburg bei Heidelberg

Gaienhofen, 19. November 1904

Lieber Herr von Bernus!

Sie vermuten richtig, daß es jetzt hier am See schön sei. Es ist sogar herrlich und neulich der große Sturm war grandios.

Und abends las ich Ihr neues Buch* – leider ohne meine Frau, da diese zur Zeit verreist ist. Ihre neuen Gedichte waren mir ein wahrer Genuß. Nicht, daß Einzelnes mir auch nicht gefiele – aber das Ganze ist eine schöne wertvolle Leistung und erreicht im Verschmelzen von Form und Gedanke das denkbar Mögliche. Besonders gern habe ich „Tag-Werden“ Seite 48, dann Seite 91 (Raub) – Seite 65 – Seite 162 – Seite 143 – Seite 89 – Seite 161. Ihre Art von Symbolik ist so kräftig und einfach, und Ihre Form ist in diesem Buch eminent herausgebildet. Es liegt noch neben mir auf dem Tisch und ich werde es noch oft zur Hand nehmen. Ich sage Ihnen fröhlichen Dank und wünsche dem Buch und Ihnen viel, viel Gutes.

Thomas Manns Verlobung interessierte mich; ich war in München einmal einen Abend mit ihm zusammen und fand ihn fein und sympathisch. Nein, vor dem Winter ist mir nicht bang, ich bin das Alleinsein und Landleben gewöhnt. Und die Kachelofenabende! Ihre liebe Einladung werden Sie aber vielleicht doch einmal büßen müssen, wenn auch einstweilen noch nicht. Falls ich Ende Winters nicht ein wenig nach Italien komme, wäre München sehr möglich.

Haben Sie Paquet nun gesehen? Grüßen Sie ihn doch vielmal von mir!

Mit herzlichen Grüßen an Sie und Ihre verehrte Gemahlin treulich Ihr

* Leben, Traum und Tod, ein Gedichtbuch, 1904 (Schuster & Löffler, Berlin).

An Wilhelm Einsle

1912

Lieber Herr Einsle

Wenn Sie mir schreiben, haben Sie es leichter als ich, wenn ich an Sie schreiben will, denn Sie kennen mich besser als ich Sie kennen kann.

Die frohe Zustimmung, die Sie meinen Büchern geben, darf ich nur hinnehmen, nicht dafür danken, da es auf Lob keine Antwort gibt. Aber Ihr lieber Brief hat mich gefreut und Sie sollen das wissen. Sie sagen:

> So will ich dankbar meine Wege wandeln,
> Unwissend, wo ich einstens landen werde.

Das ist das Richtige! Ein Lebensweg mag von gewissen Situationen aus noch so sehr determiniert scheinen, er trägt doch stets alle Lebens- und Wandlungsmöglichkeiten in sich, deren der Mensch selbst irgend fähig ist. Und die sind desto größer, je mehr Kindheit, Dankbarkeit, Liebefähigkeit wir haben.

Mit der Selbstbeschränkung des Berufes und des Mannesalters muß man seine Jugend nicht begraben. „Jugend“ ist das in uns, was Kind bleibt, und je mehr dessen ist, desto reicher können wir auch im kühlbewußten Leben sein.

Herzlich wünscht Ihnen einen guten Weg

An Hans Sturzenegger *, Bel Air, Schaffhausen

25. Dezember 1916

... Dr. Bloesch erzählte mir dieser Tage, er habe Sie in Zürich gesehen, da spürte ich soviel Anhänglichkeit, und dachte an Sie und Ihre Bilder, an Indien und Bel Air, und an Kunst und Freundschaft und alle andern herrlichen Dinge, die der Krieg mir ganz entzogen hat.

Und nun kam zum Heiligen Abend Ihr Penang-Strand und brachte eine neue Welle aus dieser wunderbaren Welt mit sich. Haben Sie wieder treuen Dank, lieber Freund, für das mir so sehr liebe, feine Strandbild selbst und dafür, daß Sie so schön an mich gedacht haben. Lieber Sturzenegger, man hört jetzt einige Barbaren behaupten, wir hätten vor dem Krieg in lauter Luxus und Gefühlsduselei gelebt und erst jetzt das wahre Leben und die rechten Gefühle wieder entdeckt. Das ist so dumm und verlogen wie möglich. Ich weiß heute aus Erfahrung: ein Gedicht machen und ein Lied singen, ist nicht nur hübscher, sondern auch unendlich viel gescheiter und wertvoller, als eine Schlacht gewinnen oder als eine Million fürs Rote Kreuz geben. Es ist nichts mit dieser „organisierten“ Welt der Politiker und Generäle, und von unsern Künstlerträumen ist der verrückteste immer noch mehr wert. Glauben Sie einem armen Teufel von Dichter, der seit 14 Monaten nur noch in Geschäften, Politik, Betrieb und Organisation lebt!

Darum bin ich für Ihr liebes Bild gerade jetzt doppelt empfänglich, und Ihnen doppelt zugetan und dankbar. Ach, der Strand von Penang, mit den fernen Inselgruppen und den vielen Buchten! Gut, daß man das Beste davon in sich hat – sonst könnte man vor Sehnsucht danach krank werden.

Kommen Sie einmal nach Bern! Und wenn es einmal Friede gibt, dann komme ich und erschrecke Sie durch Vorzeigen meiner eigenhändigen Pastell-Gemälde; da ich zum Dichten und Denken keine Zeit mehr habe, habe ich in freien Minuten das Malen angefangen und seit fast vierzig Jahren zum erstenmal Kohle und Farbe in die Finger genommen. Konkurrenz mache ich nicht, denn ich male keine Natur, bloß Geträumtes...

* Mit dem Maler Hans Sturzenegger, der ihn oft porträtiert hat, war H. H. 1911 nach Indien gereist.

Briefkopf: Deutsche Kriegsgefangenen-Fürsorge
Abt. Bücherzentrale, Bern

An Kurt Wolff, Leipzig

Bern, den 30. Dezember 1916

Hochgeschätzter Herr Wolff!

Mit der Zusendung des Heinrich Mann haben Sie mir eine Freude gemacht, für die ich schönen Dank sage! Ich besaß einige der frühern Ausgaben, doch längst nicht alle. Am liebsten war mir stets die „kleine Stadt", die ich sehr hoch schätze, manche der frühern Romane waren mir damals etwas zu unbedenklich sensationell. Jedenfalls hat Heinrich Mann, der stets viel war und viel konnte, entschieden und rühmlich weitergemacht, während es in unserer Literatur eine gewisse Mode war, daß man bei einmaligen Proben oder Erfolgen sich beruhigte und dann den Kram so weitertrieb wie ein Ladengeschäft.

Ich habe eine große, bald schon kranke Sehnsucht danach, wieder einmal in Ruhe schönen Dingen nachzugehen, zu lesen und zu schreiben und was dazu gehört. Seit Monaten stehe ich in einem Betrieb, der mich zwar je und je freut, im Ganzen aber auf die Dauer umbringt. Meine Achtung vor der „wirklichen" Welt der Betriebe und Organisationen ist nicht gestiegen, die Kunst ist nach wie vor nicht bloß schöner, sondern auch reeller und ernsthafter als all das Getue.

Wegen Schelers Kriegsbuch müßte ich eigentlich revozieren. Als ich es las, war es meine erste ernstlichere Beschäftigung mit diesem Geist, dazu kam der Enthusiasmus des Buches. Bewährt hat ich mir keiner seiner Gedanken zur Zeit und Geschichte.

Mit den besten Grüßen Ihr ergebener

Briefkopf: Deutsche Kriegsgefangenen-Fürsorge
Abt. Bücherzentrale, Bern

An Kurt Wolff, Leipzig

Bern, den 19. September 1917

Werter Herr Wolff!

Über die „Armen" von Heinrich Mann habe ich einige Zeilen im „März" geschrieben.

Das Buch ist aber dennoch eine Enttäuschung! Sie haben bessere im Verlag.

Vom Technischen, das zum Teil wieder glänzend ist, will ich nichts sagen. Aber schlimm und schade ist es, daß Mann, wenn er schon ein so klar umrissenes Problem vornimmt, sich die Sache wie ein Lustspieldichter vereinfacht, indem er einfach die eine Partei bis zur Lächerlichkeit degradiert. Interessant und schwierig ist der Kampf zwischen Arbeitern und Kapitalisten, wenn auf beiden Seiten etwas wie guter Wille da ist, wenn der Kapitalist zwar reich, aber immerhin ein anständiger Mensch ist. Wenn er sein Geld gestohlen hat wie in Mann's Buch, verliert das ganze Problem seinen Ernst, aus einer geistigen Angelegenheit wird ein Detektivstück. Es ist schade dafür, es steckt Großes in dem Buch, aber nur dichterisch. Als Gedanke ist es nicht groß.

Mit Dr. Scheler war ich zweimal zusammen und habe mich gut mit ihm angefreundet.

Grüßend Ihr

An Samuel Fischer, Berlin

27. August 1919

Mein lieber Herr Fischer

Es hat mich herzlich gefreut, von Ihnen wieder einmal einen ausführlichen Brief zu bekommen, den ich Ihnen bei Ihrer kurzen Ferienzeit hoch anrechne.

Mit Dehmel mögen Sie ganz recht haben, seine Ganzheit als Typ verehre und liebe auch ich. Ich empfand nur eben bei seinem Buch ganz plötzlich die Kluft, die ihn von der heutigen Jugend trennt. Es ist mit Hauptmann die selbe Sache und mit der Stellung der deutschen Dichter zur Politik, ich schrieb Ihrer Frau kürzlich darüber. In all diesen Dingen und Fragen habe ich während dem Kriege, und zwar von allem Anfang an (mein erster Artikel über die Entartung der deutschen Geistigkeit im Kriege erschien in Zürich schon Herbst 1914) eine andre Entwicklung durchgemacht, und stehe seither in andern Konstellationen zur Welt und zur Heimat. Mein persönliches Verhältnis zur Politik ist versucht darzustellen in der anonymen Broschüre „Zarathustras Wiederkehr", die ich im Januar schrieb. Die Neue Rundschau hat das Büchlein trotz meiner persönlichen Bitte um Beachtung totgeschwiegen, möglicherweise mit Recht. Die Jugend aber hat von vielen Seiten her heftig darauf reagiert, ich bin viel befragt, viel angegriffen, viel mit Vertrauen beschenkt worden. Leider kommt all das, nach den Kriegsjahren und den Schicksalsschlägen, die meine ganze Existenz verändert und angesägt haben, zu spät für mich. Zu spät auch Ihre liebe Einladung nach Berlin. Ich habe, in der Zeit einer nicht auszudenkenden Vereinsamung und Verzweiflung, allein einen Kurs suchen müssen, und muß nun bei ihm bleiben, nicht aus Erwägungen und Gründen, sondern einfach nach dem Gravitationsgesetz.

Jetzt wegen dem Geschäftlichen! Ich glaube Ihre Sorge wegen jenem Buch bei Tal * in Wien ist unnötig. Es ist in der Tat das Buch, das in einem Schweizer Verlag erscheinen sollte. Der Herausgeber ist mein Freund * und gibt mir das Honorar in Franken, der Tal ist bloß Drucker und technischer Verleger. Für mich bedeutet außerdem die Zugehörigkeit zu dieser Serie ein kleines Dokument der Zusammengehörigkeit mit Rolland, Barbusse, Zweig etc. und andern wenigen Intellektuellen, die während der Kriegsjahre mir im Herzen nahe waren. Das kleine Buch wird nur einmal aufgelegt. Es wird nachher nicht wieder erscheinen, auch nicht bei Ihnen, sondern ich werde die darin enthaltenen Stücke später gelegentlich auf andre Bücher verteilen.

Darüber kann ich jetzt noch wenig sagen. Sie selbst haben schon bemerkt, daß ich mich auch als Literat in den letzten Jahren geändert und gehäutet habe. Ich weiß heute noch nicht, wie weit ich noch nach der Seite der Expressionisten gehen werde, jedenfalls aber hat mein ganzer Kurs seit dem Kriege, etwa seit 1915 sich geändert. Ich habe anonym (um nicht die Jugend durch den bekannten Namen eines alten Onkels abzuschrecken) den „Zarathustra" geschrieben. Ich habe, wie Ihre Frau ja schon erriet, pseudonym den Demian geschrieben (schon 1917), was Sie aber durchaus noch geheim halten müssen. All das, und auch schon die spätren von meinen „Märchen", waren erste Versuche zu einer Befreiung, die ich nun bald für vollzogen halte. Hier in Montagnola habe ich nun zwei größere Arbeiten gemacht, deren zweite ich in einiger Zeit der Rundschau zu schicken denke.

Vermutlich werden auch Sie als Verleger mit unter der Wandlung leiden müssen. Der Kreis der Käufer meiner Bücher, wenigstens der neuen, wird sich erstaunlich rasch verengern. Mir ist es einerlei. Das, was durch einen wirtschaftlichen Bankrott vollends an meinem Leben geschädigt und geändert würde, wäre nimmer sehr viel.

Nun noch eine Bitte. Ich habe zuweilen das Gefühl, es könnte mir etwas zustoßen. Für diesen Fall bitte ich Sie zu notieren, daß unbedingt folgende Bücher von mir noch erscheinen müssen:

Ein Buch mit drei Novellen, den neuesten revolutionären Arbeiten. Inhalt: eine Novelle „Kinderseele", die zur Zeit bei der Deutschen Rundschau (Paetel) liegt. Zweitens: eine Novelle „Klein und Wagner" und eine etwas phantastische Dichtung „Klingsors letzter Sommer". Diese beiden Manuskripte liegen hier bei mir, das zweite ist noch nicht ganz fertig, ich werde es dann der Rundschau anbieten. –

Das Buch mit diesen drei Novellen wird mein wichtigstes sein, dies und der Demian. Einen Titel dafür weiß ich noch nicht. Ferner wünsche ich, falls ich selbst nimmer dazu kommen sollte, daß als Andenken an mich keine Gesamtausgaben und andre entbehrliche Dinge unternommen werden, dafür aber eine kleine, schöne, billige Auswahl meiner Gedichte. Vorarbeiten zur Auswahl liegen schon hier bei mir. Diese beiden Wünsche bitte ich Sie gut aufzubewahren.

Ich freue mich, daß es Strauß gut geht. Mich hat er neulich in einer literarischen Angelegenheit durch die launische Rücknahme eines gegebenen Wortes nicht bloß sehr geschädigt und in Not gebracht, sondern auch ernstlich erzürnt.

Lieber Herr Fischer, es geht auch hier der Wind der Welt und des Schicksals, auch in Montagnola, auch in meiner Studierstube überm alten Garten. Berlin würde nichts an mir ändern. Aber daß Sie an mich dachten und mich einluden, und daß ich auf Ihre Freundschaft rechnen kann, ist mir lieb und tröstlich.

Herzlich grüßt Sie Ihr

* H. H., Kleiner Garten, E. P. Tal & Co. Verlag, in der Reihe „Die 12 Bücher", herausgegeben von Carl Seelig, Zürich.

Postkarte an Kurt Wolff

München, (Stempel vom 21. August 1925)

Lieber Herr Kurt Wolff!

Danke für Ihre Zeilen vom 6. August. Jene avisierten Zolabände werden wohl dieser Tage eintreffen, bis jetzt sind sie noch nicht hier.

Ich habe noch eine Bitte! Ich bin ein großer Verehrer von Kafka, und besitze leider von ihm nur den Landarzt und die Strafkolonie. Es sind seinerzeit bei Ihnen noch mehrere kleinere Sachen von ihm erschienen: die Verwandlung, der Heizer, das Urteil und andre. Dafür wäre ich besonders dankbar. Den nachgelassenen Roman von Kafka, der kürzlich in einem Berliner Verlag erschien, las ich mit außerordentlichem Genuß.

Herzlich grüßend Ihr

An Oskar Loerke, Berlin

Zürich, 9. März 1927

Lieber Herr Loerke

Sie haben mir so freundlich und klug über den „Steppenwolf" geschrieben, dafür sage ich Ihnen schönen Dank, und ich bin froh über Ihr Urteil wegen des Vorwortes, das ich nun also stehen lasse...

...Eine Angelegenheit, die mich zu Zeiten ein wenig plagt, ohne daß ich sie freilich sehr ernst nehme, ist meine Zugehörigkeit zur Akademie. Ich gäbe viel dafür, wenn ich wieder heraus wäre. Schon der Fragebogen, der mir zugeschickt wurde, wie für den Bewerber um eine Stelle im preußischen Eisenbahndienst, war scheußlich, und die Kundgebungen der Sektion bisher muten mich alle traurig und lächerlich an.

Als meine Wahl mir mitgeteilt wurde, glaubte ich auf höfliche Weise und ohne Skandal entrinnen zu können, indem ich die Akademie darauf aufmerksam machte, daß ich nicht deutscher Staatsangehöriger, sondern Schweizer sei, also die Wahl nicht annehmen könne. Als dieser Grund nicht gelten gelassen wurde, nahm ich an, einfach aus Bequemlichkeit und um nicht unhöflich zu sein ...

... Sollte Ihnen einmal bei irgend einem Anlaß eine anständige Form einfallen, in der ich den Rückzug vollziehen könnte, so geben Sie mir bitte einen Wink ...

... Adieu, haben Sie herzlichen Dank.

An Oskar Loerke, Berlin

22. Juli 1927

Lieber Herr Loerke

Vor bald drei Wochen zu meinem Geburtstag kam Ihr lieber guter Brief, den legte ich damals gleich beiseite, um ihn vor dem Los der übrigen Papierhaufen zu retten, die jener Tag brachte.

Und gestern bekam ich durch Zufall den Aufsatz zu lesen, den Sie zu meinem Geburtstag in einer Berliner Zeitung (ich weiß nicht welcher) geschrieben haben.

So wie Ihr Brief unter den vielen einer der wenigen erfreulichen und echten war, so war es zwischen den meist sehr übeln, oberflächlich lobenden, oberflächlich tadelnden, durchaus ahnungslosen Zeitungsartikeln der Ihre. Also haben Sie mir zweimal eine Freude gemacht. Ich bin Ihnen dankbar dafür.

Ich habe es diesen Sommer hier etwas hübscher als sonst, da für längere Zeit eine Freundin von mir zu Besuch da ist, im übrigen ist dieser Sommer mir nicht günstig. Ich kam im Frühling, sehr müde und bei schlechter Gesundheit nach einem Stadtwinter, wieder hierher, und dachte, mit einigen Wochen Landleben, Sonnenbaden, Milchtrinken wieder so weit in Ordnung zu kommen, als für mich normal ist, aber es ist mir nicht geglückt.

Wenigstens scheint die Sonne, zwar etwas öfter als in anderen Jahren von Regen unterbrochen, aber doch reichlich und heiß, und nicht selten habe ich eine gute Malstunde, da sitze ich inmitten der Reben und kleinen Maisfelder, höre den Hirschkäfer schwirren und die Eidechsen laufen, sehe die jungen Schwalben fliegen, und freue mich an den Farben der Berge und Lüfte, dann ist alles gut.

Haben Sie Dank, lieber Kamerad, Sie haben mir eine Freude gemacht.

An Ninon Hesse

Zürich, April 1928

Heut vor Tisch habe ich einen kleinen Spaziergang gemacht, so einen lächerlichen städtischen Normalspaziergang, an den Kai, ein Stück weit durch die Anlagen den Zürichsee entlang und bis zu den Vogelkäfigen, wo alle die bunten Vögel zwitschern und sich darüber amüsieren, daß kein Mensch ihre Namen erraten kann, die auf den beigesteckten Bilderkarten so irreführend angegeben sind. Einen hörte ich deutlich vor sich hinsingen:

O wie gut, daß niemand weiß,
Daß ich „Blauer Astrild" heiß'!

Es waren, aus Afrika, kleine hellblaue Märchenvögel da, schillernd wie die kleinen blauen Falter im Sommer im Hochgebirge, wenn sie an einem Rinnsal sitzen und trinken, und in ganzen Wolken auffliegen, wenn man vorübergeht. Bei diesen Vögeln dachte ich an Dich, weil Du sie auch so gern hast, und weil sie alle von Deinen guten, klaren Augen gesehen und geliebt worden sind.

Die Sonne schien, doch war der Nordwind kalt, es ist ein Frühling fürs Auge, nicht für die Haut. Aber es war ein Glückstag, erstens wegen der Vögel und weil morgens so wenig Post gekommen war, und dann – denke Dir, wie ich an der Tonhalle vorüberkomme, sehe ich ein Programm hängen, für heut abend, und was wird da gespielt? Es wird, ungelogen, die schönste und mir liebste von allen Mozart-Sinfonien gespielt, die in g-moll, deren erster Satz so wunderbar vergnügt und deren zweiter so geheimnisvoll spannend anfängt! Das ist nun zum drittenmal in diesem halben Jahr, daß ich sie höre, jedesmal an einem anderen Ort, mit einem anderen Dirigenten, von einem anderen Orchester, und jedesmal war es ein Zufallsfund, auf der Reise, und jedesmal war es ein Glückszeichen.

Nach dem „großen" Spaziergang am See, zu Hause, machte ich noch den kleinen, den Augenspaziergang in meinem Zimmer, wandelte langsam durch den kleinen, handgroßen Kakteengarten, war zehn Minuten in Mexiko unter den Euphorbien und blieb eine Minute vor unsrer grüngoldenen Urania stehen, dem Zauberschmetterling aus Madagaskar. Ich kann mir denken, daß Du in Paris jeden Tag viele schöne Sachen zu sehen bekommst, Liebste, aber schöner als die Urania können sie doch wohl nicht sein. Und Französisch sprechen kann man ja auch mit Schmetterlingen.

Es ist ein neues Buch von mir erschienen, die „Krisis", Dein Exemplar wartet im Tessin auf Dich. Für mich kommt es, wie immer, viel zu spät, und ich muß jetzt von meinen Freunden Vorwürfe oder Lobsprüche anhören über Dinge, die für mich vor zwei, drei Jahren aktuell und wichtig waren und es heute längst nicht mehr sind. Und jene Freunde, die heute über das Buch böse sind, werden mir in fünf bis sechs Jahren (wo sie sich dann über Neues an mir ärgern) sagen, daß es mit mir bergab gehe, und daß ich mich doch ein wenig zusammennehmen und wieder einmal etwas so Hübsches schreiben solle, wie es damals die „Krisis" gewesen sei.

Aber das interessiert Dich nicht, sondern Du möchtest wissen, was ich zur Zeit arbeite. Ja, das möchte auch ich ganz gern wissen, aber es entzieht sich meinen Forschungen. Man darf in diesen Dingen ja nicht zu neugierig sein, und vorerst steht es mit mir noch so, daß ich manchmal bei Nacht aus einem vergessenen Traum aufwache und genau zu wissen glaube, daß es die neue Dichtung war, von der ich träumte – aber mehr weiß ich nicht darüber.

Dagegen bin ich natürlich trotzdem fleißig. Wenn ich nicht im Grunde ein sehr arbeitsamer Mensch wäre, wie wäre ich je auf die Idee gekommen, Loblieder und Theorien des Müßiggangs auszudenken. Die geborenen, die genialen Müßiggänger tun dergleichen bekanntlich niemals.

Zur Zeit, das heißt seit vorgestern, sitze ich wieder einmal über einem Bildermanuskript. Du weißt, daß dies mir stets die liebste Arbeit ist, und daß ich am liebsten die Hälfte meiner Tage über solchen schönen, träumerischen, spielerischen Arbeiten verbringen würde. Aber schau, es gibt nicht so viele reiche Leute, wie man glauben sollte. Heutzutage kommt jeder Hungerleider so schick daher, daß man ihn für einen Kommerzienrat halten möchte; aber von all den Tausenden, die sich vier- bis fünfmal im Jahre einen Anzug schneidern lassen, sind kaum ein halbes Dutzend wirklich so reich und so auf das Schöne und Aparte versessen, daß sie auf die Idee kommen, nicht nur ein paar Zeitschriften zu abonnieren und sich etwa einen Papagei und ein paar Zierfische zu halten, sondern auch bei einem Dichter eigenhändige Gedichthandschriften mit eigenhändigen, farbigen Bildchen zu bestellen. Nein, sehr wenige kommen auf solche Ideen, die meisten reichen Leute kommen überhaupt nie auf Ideen.

Aber da ist also wieder einer gekommen, ein äußerst sympathischer Herr, der hat von meinen Handschriften und Malereien gehört, und hat ein Heft mit zwölf handgeschriebenen Gedichten samt farbigen Zeichnungen dazu bestellt. Ich bin also für einige Tage nicht Müßiggänger, sondern Angestellter, mit einem Auftrag Beehrter, und fühle mich entsprechend. Wäre ich nicht von diesem Stolz erfüllt, wäre ich nicht auf Grund dieser Bestellung glücklich, so hätte ich natürlich auch die übrigen Glücksfälle dieser Tage nicht erlebt, sie kommen immer nur zu dem, der den Magneten in der Tasche hat. Dann hätte ich weder den blauen Astrild aus Afrika sprechen hören noch würde heute abend Freund Andreae die g-moll-Sinfonie aufführen.

Ich sitze also, heut wie gestern, einige Stunden an dem Dir

bekannten Schreibtisch, habe die kleine Aquarellpalette neben mir und das Glas Wasser, suche aus meinen Mappen die Gedichte heraus, die mir gerade heute am besten gefallen, und male zu jedem ein Bildchen. Zwei Tessiner Landschäftchen habe ich heut schon gemalt, eins mit einem kahlen Baum und einem Vogelturm im Frühling, und eins mit dem Monte San Giorgio im Hintergrund. Und jetzt will ich ein neues Blatt vornehmen, darauf denke ich einen Blumenkranz zu malen, in allen Farben, die meine Palette hat, aber das Blau wird vorwiegen. Die Blumen nehme ich teils aus dem Gedächtnis, teils erfinde ich neue. Übrigens habe ich einmal, vor Jahren, eine Blume erfunden, die es tatsächlich gibt. Es war für meine damalige Geliebte (noch in der Zeit vor Deinem Mondaufgang), und ich gab mir Mühe, eine hübsche und aparte Blume zu erfinden. Ein paar Tage später sah ich dann die gleiche Blume bei einem Blumenhändler, sie hieß Gloxinie, ein etwas anspruchsvoller und gewissermaßen gloxiger Name – aber es war genau die Blume, die ich mir ausgedacht hatte.

Was wollte ich denn noch schreiben? Ja, richtig, gestern hatte ich ein drolliges Erlebnis am Telephon. Ich wollte einen Freund anrufen und gestikulierte ziemlich erfolgreich mit dem Apparat, neugierig, ob die Wunder der Technik heute geneigt sein würden, sich zu ereignen oder nicht, denn sie sind ja so sehr launisch. Gut, ich bekam also eine Verbindung, die übliche ferne Glockenmusik hüllte mich ein, endlich kam auch jemand ans Telephon, eine Magd, und ich bat sie, den Hausherrn zu rufen. Sie lief fort, und eine Weile war es ruhig, dann aber fing in dem fernen Hause, mit dem ich verbunden war, ein Hund an rasend zu bellen, mit einer schönen Baritonstimme, es konnte ein noch junger Pudel sein. Er bellte und bellte, fünf Minuten lang, zehn Minuten lang, und ich wurde mehrmals wieder schwankend, ob es nicht statt eines Pudels ein Rattenfänger sei. Rätselhaft war die Sache auf jeden Fall, denn bisher hatte mein Freund nie Hunde gehalten. Endlich, nach schrecklich langem Warten und Bellen, kommt drüben jemand an, mäßigt dann seine Stimme und fragt nach meinen

Wünschen. Er bekam sie aber nicht zu hören, denn es zeigte sich, daß ich falsch verbunden war.

Das Leben ohne Dich geht ausgezeichnet, bitte laß Dir nur Zeit. Ich bin meistens in reizender Gesellschaft, bald bei Vögeln, bald bei Blumen oder Schmetterlingen, und abends trinke ich von dem guten Kognak, der jetzt, wo Du nicht mehr mittrinkst, viel länger hält, es ist noch die gleiche Flasche wie bei Deiner Abreise. Und wenn Du dann wiederkommst, schenke ich Dir etwas, das kannst Du nicht erraten, und ich auch noch nicht, aber es wird mir schon einfallen.

So allein in der Stadt herumzulaufen, ohne Augen – denn die hast ja Du mitgenommen – ist eigentlich scheußlich langweilig. Wenn die Sonne scheint, und jemand eine Bilderhandschrift bei mir bestellt, und Glückstage kommen wie heute, dann ist es ja auch noch zum Aushalten. Aber wenn es regnet, und kein Vogel singt, und Du so weit weg bist, dann ist das Leben wenig wert.

An Emmy Ball-Hennings

Zürich, 1928

Liebe Emmy Hennings

Also da irren Sie wieder in den Gegenden von Salerno und Neapel umher und halten jetzt in Positano Rast? Dort sind ja viele Deutsche, das hat für Sie scheinbar sprachliche Vorteile, aber ich glaube dennoch, daß Sie mit den Kindermenschen des Südens, mit den Fischern und Weinbauern, viel besser sprechen und zusammenleben können als mit allen diesen Künstlern und Intellektuellen, auch wenn sie Deutsch zu verstehen scheinen.

Ja, und da stecken Sie also Ihre Briefe in solche verrostete alte Briefkasten zwischen den Felsen und erfahren nachher, daß dieser Kasten seit Jahren nicht mehr benutzt und geleert wird, und daß es längst keinen Schlüssel mehr dazu gibt! Da wird man Ihre Briefe, liebe Emmy, nach Jahrzehnten einmal finden, man wird sie ausgraben wie Pompeji, sie werden wie Schmetterlinge aus der Puppe fliegen, ein herausgebender Professor und ein Verleger werden durch diese Briefe berühmt und wohlhabend werden, und man wird sich rasch darüber einigen, daß seit der Bettina Brentano solche Briefe nicht mehr geschrieben worden sind.

Heute freilich haben wir davon wenig. Ihr Professor ist noch ungeboren, die Briefe liegen im verrosteten Kasten, und weder Sie noch ich haben etwas davon. Und da auch meine Briefe Sie nicht zu erreichen scheinen und Ihre Gegend überschwemmt ist und die Briefschaften der verrückten Fremden in den Kaminfeuern kopfschüttelnder Briefträger zu verschwinden scheinen, schreibe ich Ihnen diesen Brief durch die Zeitung, so wie ganz Verzweifelte durch die Zeitung eine Braut suchen. Schließlich tun Leute von unsrer Art ja zeitlebens nichts andres als auf verzweifelten Umwegen und in vertrackten Geheimsprachen in der Welt um etwas Liebe und Verständnis werben, weil wir trotz aller Verzweiflung und Mißerfolge irgendwo im Herzen eben doch den Glauben behalten, daß die Musik, die wir machen, einen Sinn hat und vom Himmel kommt.

Mir geht es ja, was die Dichterei betrifft, scheinbar viel besser als Ihnen. Sie haben vor Jahren das „Gefängnis" geschrieben, eins der wahrsten und rührendsten Bücher unsrer Zeit, ein Wunder von einem Buch – und niemand weiß davon, die Buchhändler legen ihre Fenster voll mit all dem Modezeug, das heute gefressen wird und morgen abend schon auf dem Kehricht liegt, und Bücher wie die Ihren kennt man nicht. Aber wenn es mir auch besesr geht und meine Bücher mehr gekauft werden – mit dem Verstandenwerden geht es auch mir nicht besser als Ihnen, Emmy, und als es unserm lieben Hugo gegangen ist. Wir machen unsre Musik, und aus Mißverständnis wirft uns manchmal einer einen Groschen in den Hut, weil er glaubt, unsre Musik sei etwas Didaktisches oder Moralisches oder Gescheites. Wenn er wüßte, daß es bloß Musik ist, würde auch er weitergehen und seinen Groschen behalten.

Aber trotzdem verrosten die größten Modekanonen schnell, Emmy, und die Dichtung bleibt am Leben. Ich erinnere mich an Beispiele. Von den ältern Dichtern will ich gar nicht reden, die seit hundert und mehr Jahren dauernd mißverstanden werden und dennoch nicht untergehen und immer wieder in zehn oder hundert glühenden Herzen weiterleben und weiterbrennen. Ich erinnere mich zum Beispiel an einen gewissen Knut Hamsun, der heute ein alter Herr ist und einen Weltruf genießt, die Verleger und Redaktionen schätzen ihn sehr hoch, und seine Bücher haben Auflagen. Dieser selbe Hamsun war zur Zeit, wo er seine schönsten und herzlichsten Bücher schrieb, ein heimatloser Desperado und hatte keine ganzen Schuhe und trug Fransen an den Hosen, und wenn wir jungen Burschen damals für ihn eintraten und laut für ihn schwärmten, dann wurden wir ausgelacht oder gar nicht angehört. Und doch ist jetzt seine „Zeit" gekommen, das heißt die faulen Geister haben durch die uns wohlbekannte lange Leitung im Lauf von dreißig Jahren eben doch noch seinen Strom empfangen und zucken und müssen zugeben, daß sie da mit etwas verflucht Lebendigem in Berührung gekommen sind.

Übrigens habe ich auch jetzt einige schöne Bücher entdeckt, die man loben muß. Der Verleger Wolfgang Jeß in Dresden hat eine vollständige Ausgabe von den „Fragmenten" des Novalis gebracht, zum allererstenmal, ein unausschöpfliches Buch. Der Joachim Ringelnatz hat seine Kriegserlebnisse beschrieben, etwas lang, aber sehr lieb, das Ding heißt „Als Mariner im Krieg" – weder der Kronprinz noch einer der Feldherren hat bisher aus dem Krieg so gut erzählt. Und nun ist auch dem armen Gustav Landauer sein Denkmal gesetzt, seine Briefe sind in zwei Bänden bei Rütten und Loening erschienen, sie zeigen einen edeln und wissenden Menschen, der dennoch blind in die Höllenmaschine einer Revolution hineinlief, die außer ihm und zwei andern Totgeschlagenen so wenig Geist hatte. Aber das liebste neue Buch, das mich seit einem Monat täglich zwei Stunden festhält und mich noch

Monate beschäftigen wird, ist eines, an dem auch Hugo vielleicht Freude gehabt hätte: „Der heilige Thomas von Aquin" von dem Dominikaner Sertillanges, deutsch bei Hegner in Hellerau. Weiß Gott, das „Weltbild" eines Dominikaners im Mittelalter war nicht einfach, es gehörte etwas mehr Geist dazu als zu dem eines heutigen deutschen Literaten oder eines Präsidenten von Amerika.

Haben Sie denn auch Ihre kleine runde Spieldose auf der Reise mit, mit den drei alten lieben Liedern, die so fein und dünn und kindlich tönt und die uns schon so oft verzaubert hat? Und haben Sie auch Ihren Reisepaß und Ihre Handtasche noch, oder sind sie schon verloren, geraubt oder weggeschenkt? Ach, es ist gut, daß Sie keinen Reisemarschall haben, Emmy, er wäre mit Ihnen gar nicht zufrieden und würde Ihnen vieles verbieten und verderben. Es ist gut, daß statt dessen Ihr kleiner Kinderengel mit Ihnen geht, der so schüchtern und weltfremd scheint und Sie doch so entschieden und großzügig durch die sonderbare Welt führt und durch diese sonderbare und anspruchsvolle Zeit, aus der unser Hugo so erfolgreich geflohen ist.

Die paar Briefe von Hugo, die im Dezemberheft der „Neuen Rundschau" standen, haben zwar die Welt nicht verändert und die Zeit nicht näher an die Ewigkeit gerückt, aber sie haben in zwei Dutzend Menschen Liebe und Tränen erweckt und ihnen das Weiterleben erleichtert. Euer Leben, das Ihre und das von Hugo, wird bald zur Legende werden; und so wie schon Hugos Vater mitten zwischen Geschäftsberichten davon zu erzählen wußte, daß auf seinen Geschäftsreisen die Vögel aus seinem Bierglas getrunken hätten, so wird man von Hugo und von Ihnen wunderliche und tröstliche Sachen erzählen, es wird ein schöner Sagenkreis werden, und alles wird wahr und mehr als wahr sein.

Der Mann, der Ihnen Malzkaffee vorgesetzt und Gesundheitspredigten gehalten hat, hat Sie aber nicht umbringen wollen, darin sind Sie ungerecht. Er hat es gut gemeint. Er glaubte, Sie seien eine Frau, und es sei gut für Sie, wenn Sie etwas gesünder und kräftiger würden, um das Reisen und den Hunger und die Trostlosigkeit besser auszuhalten. Hätte er geahnt, daß Sie ein Märchenvogel und kleiner Engel sind, dann hätte er sich Ihnen nur unter Verbeugungen genähert und Ihnen lauter türkischen Kaffee, alten Marsala und ägyptische Zigaretten vorgesetzt. Er wird das später wiedergutmachen, zweifeln Sie nicht daran! Er hält Sie heute noch für ein wenig krank und für ein wenig verrückt, alle Leute halten unsereinen ja dafür. Aber die Zeit wird kommen, und schluchzend wird er Ihnen den Malzkaffee abbitten.

Wenn ich Ihre Reisetechnik hätte, liebe Emmy, dann käme ich Sie besuchen. Aber Sie wissen ja, ich kann nur fliegen, wenn ich in meiner Stube liege oder auf einer Sommerwiese. Sobald man mich mit Eisenbahnen und dergleichen Apparaten in Berührung bringt, geht es schief. Entweder versage ich, oder es versagt der Apparat. Als ich vor einem Jahr, mit schlechtem Gewissen, zum ersten Male in meinem Leben ein Billett nach Berlin genommen hatte und dieser drolligen Stadt entgegenfuhr, da blieb wahrhaftig eine halbe Stunde vor Berlin mitten in der Heide unser Zug stecken, und ratlos rannten die Beamten um die streikende Lokomotive herum. Wir sahen den Wind in den Kiefern wehen und sahen Hasen durchs dürre Gras laufen. Aber der Herr verstockte damals mein Herz, ich nahm die Warnung nicht an, ich fuhr dennoch nach Berlin hinein, mit einer Stunde Verspätung, und mußte dafür den Kurfürstendamm und die Siegesallee und Nationalgalerie und dies und jenes Traurige erleben. Nun, so etwas tut man ja nur einmal im Leben.

Mit meiner Liebsten war ich dieser Tage hier in Zürich in dem Bierlokal, wo Ihr einst, Sie und Hugo, im Kabarett aufgetreten seid. Es war noch immer übervoll, und es wurde noch immer Kabarett gespielt. Einer konnte mit seinem Gesicht das Gesicht von Lenbach und Menzel und Hindenburg nachahmen, und eine kleine Tänzerin war so hübsch, daß sie es sich leisten konnte, die einzigen drei Worte, die sie im Stück zu sagen hatte, zu vergessen und steckenzubleiben. Aber es war keine Emmy auf der Bühne, und am Klavierchen unten saß kein Hugo. Wenigstens machte der Mann am Klavier nicht den Eindruck, als ob er tagsüber Dramen und Gedichte schreibe und eine Revolution der Kunst vorbereite. Aber das kann man ja nie wissen. Ganz in der Nähe von Eurem Kabarett steht das Haus, in dem Anno 16 der arme kleine Herr Lenin ein Zimmerchen bewohnte, bis man ihn nach Rußland holte, um die Welt ein bißchen umzudrehen. Wenn Sie mir schreiben wollen, so werfen Sie den Brief in Amalfi ein, dort soll die Post funktionieren. Oder werfen Sie ihn ins Meer, auch das Meer ist zuverlässig. Und fliegen Sie uns nicht davon zu den Engeln, wir brauchen Sie noch sehr. Auf Wiedersehen, hundert Grüße.

Adressat nicht mehr festzustellen

17. Oktober 1928

Ich verstehe Ihre Lage – möchten Sie auch die meine verstehen! Es wird kaum möglich sein, da Sie jung sind. Ich bin dauernd krank, ich erhalte jeden Tag zweimal einen Haufen Post, und an den meisten Tagen darf ich an meine eigene Arbeit überhaupt nicht denken, die Briefschreiber wollen mir das nicht erlauben. Mein Privatleben habe ich längst opfern müssen und lebe seit zehn Jahren in einer Isolierung, die wenigstens äußerlich mir zu Zeiten Ruhe und Konzentrationsmöglichkeit zur Arbeit gibt.

Denken Sie sich einen Augenblick hinein, und Sie verstehen, daß mich gerade jene Briefe, die sich nicht mit einer höflichen Geste erwidern lassen, oft sehr beschweren.

Denn gerade das, was Sie bei mir suchen und von mir wollen, kann ich nicht geben. Ich bin *kein* Führer, und will und darf keiner sein. Ich habe durch meine Schriften zuweilen jungen Lesern dazu gedient bis dahin zu kommen, wo das Chaos beginnt, das heißt wo sie allein und ohne helfende Konventionen dem Rätsel des Lebens gegenüberstehen. Für die Meisten ist schon das eine Gefahr, und die Meisten kehren denn auch wieder um und suchen neue Anschlüsse und Bindungen. Die sehr Wenigen, die es treibt ins Chaos einzutreten und die Hölle unserer Zeit bewußt zu erleben, die tun es ohne „Führer".

Meine Bücher führen den Leser, wenn er willig ist, bis dahin, wo er hinter den Idealen und Moralen unserer Zeit das Chaos sieht. Wollte ich weiter „führen", so müßte ich lügen. Die Ahnung der Erlösung, der Möglichkeit das Chaos neu zu ordnen, kann heute keine „Lehre" sein, sie vollzieht sich im unaussprechbaren innersten Erleben Einzelner.

24. November 1929

Die Reise war etwas traurig, wie das so ist, wenn man krank ist und alt wird und Orte wieder sieht, an denen man einmal sehr jung und hoffend und glühend war. Ich war krank, konnte nichts essen und nicht schlafen, und mußte vorlesen, und mußte so viele Menschen anhören und irgend etwas zu ihnen sagen, und ich dachte mir dabei, auch dies könnte ein ganz hübsches Spiel sein, wenn man es nicht ernst nähme, es aber ein wenig gelernt hätte.

Dagegen sah ich Bäume, Häuser und Menschen wieder, die mich vor dreißig und mehr Jahren gekannt haben, und das Übriggebliebensein und Sich Durchgebissenhaben ist auch etwas, und schmeckt wie die Gebärde eines krummen Astes am alten Baum.

An Oskar Loerke, Berlin

Arosa, Januar 1929

Lieber Herr Loerke

Da Sie mir so lieb und so rasch geschrieben haben, und da ich dieser Tage auf einer Bergtour mich verletzt habe und liegen muß, möchte ich Ihnen als Zeichen meines Dankes dies Papierchen schicken, auf das ich ein Stück dieser Arosa-Landschaft gemalt habe, als Zeichen meines Dankes und meiner Liebe.

Einige Ihrer Auskünfte sind mir sehr wertvoll. Noch wertvoller ist mir, daß ich für Sie eine wirkliche treue Kollegialität empfinden kann. Inmitten der Akademieberichte ... kommt Ihr Name mir immer wie ein guter Stern vor. Es grüßt Sie herzlich Ihr

An Herrn T. G. M., Glatz

9. August 1929

... Bei mir handelt es sich, wie Sie wissen, zeitlebens um die Sehnsucht nach Leben, nach einem wirklichen persönlichen intensiven, nicht normierten und mechanisierten Leben. Wie jeder mußte ich das Plus an persönlicher Freiheit, das ich mir nahm, teils durch Verzichte und Entbehrungen bezahlen, teils aber durch erhöhte Leistung. So wurde aus meinem Dichterberuf mit der Zeit nicht nur ein Hilfsweg, um meinem Ideal von Leben näher zu kommen, sondern es wurde beinah ein Selbstzweck daraus. Ich bin ein Dichter geworden, aber ein Mensch bin ich nicht geworden. Ich habe ein Teilziel erreicht, das Hauptziel nicht. Ich bin gescheitert. Mit anständigeren Resten und geringern Konzessionen vielleicht als andere Idealisten, aber ich bin gescheitert. Mein Dichten ist persönlich, ist intensiv, ist oft für mich selbst beglückend, aber mein Leben ist es nicht, mein Leben ist nichts als Arbeitsbereitschaft; und die Opfer, die ich bringe durch Leben in großer Einsamkeit etc., bringe ich eigentlich längst nicht mehr dem Leben, sondern nur noch der Dichtung. Der Wert und die Intensität meines Lebens liegt in den Stunden, wo ich dichterisch produktiv bin, also wo ich gerade das Unzulängliche und Verzweifelte meines Lebens ausspreche.

Sie werden mein Bekenntnis achten, auch wenn es Sie enttäuscht. Vielleicht begegnen wir uns doch einmal.

An den Realschüler H. S., Troppau

Auf Reisen, 13. April 1930

Sehr geehrter Herr

Ihre Anfrage hat mich erreicht. Was im „Demian" über Kain steht, dafür sind mir keine literarischen Quellen bekannt, doch könnte ich mir recht wohl denken, daß bei den Gnostikern Ähnliches steht. Was damals Theologie war, ist für uns Heutige mehr Psychologie, aber die Wahrheiten sind dieselben.

So wie die „Erkenntnis", also das Erwachen zum Geist, von der Bibel als Sünde dargestellt wird (repräsentiert durch die Schlange im Paradies), so wird das Menschwerden, die Individuation, das Sichdurchkämpfen des Einzelnen aus der Masse heraus zur Persönlichkeit stets von Sitte und Herkommen mit Mißtrauen betrachtet, wie ja auch die Reibung zwischen Jüngling und Familie, zwischen Vater und Sohn etwas Natürliches und Uraltes ist, und doch von jedem Vater von neuem als unerhörte Rebellion empfunden wird. Und so, scheint mir, läßt sich sehr wohl Kain, der verfemte Übeltäter, der erste Mörder, als ein ins Gegenteil entstellter Prometheus, als ein für seinen Vorwitz und seine Kühnheit durch Ächtung bestrafter Vertreter des Geistes und der Freiheit auffassen.

Wie weit eine solche Auffassung von den Theologen geteilt werden kann, oder ob sie etwa von den unbekannten Verfassern der Bücher Mosis verstanden und gebilligt würde, darum kümmere ich mich nicht. Die Mythen der Bibel, wie alle Mythen der Menschheit, sind für uns wertlos, solang wir sie nicht persönlich und für uns und unsere Zeit zu deuten wagen. Dann aber können sie uns sehr wichtig werden.

An Fräulein G. D., stud. phil., Freiburg i. B.

15. Juli 1930

... Sie schreiben, es gebe für Sie einen Großen und Wissenden, es sei der, der den Spruch vom ewigen Rad der Wiederkehr getan habe. Ich weiß nicht, wen Sie meinen, vermute aber, es sei Buddha. Nun ist aber die Lehre und das Gleichnis vom Rad der ewigen Wiederkehr keine Erfindung Buddhas, sondern ist lang vor ihm dagewesen. Und das, worum Buddha sich in seinen Hunderten von Predigten bemüht hat, ist nicht die Lehre vom Rad der Wiederkehr, die jedem bekannt war, sondern eine neue Lehre von der *Erlösung* aus der ewigen Wiederkehr, vom Weg zu Nirwana.

Ich habe, offen gestanden, den Eindruck, daß Ihr jungen Menschen heute es Euch allzu leicht machet. Ihr sprecht von Buddha und liebet ihn für Gedanken, die gar nicht seine sind, und sehet das an ihm nicht, weswegen er gelebt und sich bemüht hat. Ihr seid mit allem schnell fertig, mit den Religionen und Weltanschauungen treibt Ihr großen und raschen Verbrauch, Buddha oder Nietzsche sind Euch gerade recht, um ihnen nach flüchtigem Lesen eine Zensur zu geben. Ich halte, muß ich sagen, nicht das mindeste von dieser Art. Ihr habt für ein Ruder- oder Schwimmtraining das Hundertfache an Sorgfalt, Hingabe und Fleiß übrig wie für Geistiges. Gut, aber dann bleibt beim Sport, und laßt das Geistige.

Ihr seid voll Streben, Ihr habt viel Sehnsucht, Ihr habt viel dunklen Trieb, der sich irgendwie sublimieren möchte. Was Ihr nicht habt, ist *Ehrfurcht*. Ihr könnt nichts dafür. Aber ohne Ehrfurcht ist aller Geist böser Geist, und die Gläubigkeit, mit der ein guter dummer amerikanischer Boy seine Rudervorschriften etc. verehrt, ist fruchtbarer als die distanzlose, ehrfurchtslose Blasiertheit und der böse Nihilismus, mit dem Ihr alles Geistige an Euch reißt und sofort wieder wegwerfet. Ich halte nichts davon.

Das furchtbare Durcheinander unserer Zeit wird auch von uns Alten erlitten, nicht bloß von Euch Jungen, und auch wir

Alten können ohne Mühe feststellen, daß das Menschenleben eine anrüchige und zweifelhafte Sache ist. Wir (das heißt ich spreche eigentlich bloß von mir, nehme aber an, es gebe in meiner Generation noch andere meiner Art) versuchen, uns diese Verzweiflung klar und bewußt zu machen (einer der Vorstöße dazu ist der „Steppenwolf"), wir versuchen aber auch, diesem anscheinend sinnlos grausamen Leben dennoch einen Sinn zu geben, es dennoch auf etwas Überzeitliches und Überpersönliches zu beziehen. Der „Steppenwolf" handelt nicht nur von Jazzmusik und Mädchen, sondern von Mozart und den Unsterblichen. Und so steht mein ganzes Leben im Zeichen eines Versuchs zu Bindung und Hingabe, zu Religion. Ich bilde mir nicht ein, für mich oder gar für andere so etwas wie eine neue Religion, eine neue Formulierung und Bindungsmöglichkeit finden zu können, aber auf meinem Posten zu bleiben und, auch wenn ich an meiner Zeit und an mir selbst verzweifeln muß, dennoch die Ehrfurcht vor dem Leben und vor der Möglichkeit seines Sinnes nicht wegzuwerfen, auch wenn ich damit alleinstehen sollte, auch wenn ich damit sehr lächerlich werde – daran halte icht fest. Ich tue es nicht aus irgend einer Hoffnung, daß damit für die Welt oder für mich irgend etwas besser würde, ich tue es einfach, weil ich ohne irgend eine Ehrfurcht, ohne Hingabe an einen Gott nicht leben mag.

Was sagen Sie denn zum Beispiel damit, wenn Sie das Leben ein großes Paradoxon nennen, weil Reaktion und Revolution, Tag und Nacht einander immer ablösen, weil immer zwei Prinzipien da sind, und immer alle beide recht haben oder keines? Sie sagen damit nur, daß das Leben Ihrem Verstand unerklärbar ist, daß es offenbar nach andern Prinzipien als denen des menschlichen Verstandes sich vollzieht. Man kann daraus die Folge ziehen, daß man auf das Leben spuckt, oder die andere, daß man dem Unerkennbaren nicht die Skepsis des enttäuschten Verstandes, sondern die Ehrfurcht entgegensetzt, daß man statt eines dummen Paradoxons ein wunderbares Schwingen zwischen vielen Paaren von Polen und Gegenpolen sieht.

Kurz, ich weiß mich mit Ihnen nicht zu verständigen. Ihr habt vielleicht eine besonders schwere Jugend. Nun, es war Anno 1914 für die schon Erwachsenen, soweit sie Verstand und Gewissen hatten, nicht leichter, sehend und verurteilend den Krieg mitzuerleben, als es für die Jungen war, die wenigstens mit Gesang und mit ungeheuren Idealen in den Krieg zogen, bis er dann verloren war und die Jugend sich plötzlich erinnerte, daß ja nicht *sie* in den Krieg gezogen sei, sondern daß es ihre Väter seien, die ihn gemacht hätten. Was will diese Generation ihren Kindern weitergeben und hinterlassen?

Ich kann Ihnen keine Fragen beantworten, ich kann meine eigenen Fragen nicht beantworten, ich stehe ebenso ratlos und ebenso bedrückt vor der Grausamkeit des Lebens wie Sie. Dennoch habe ich den Glauben, daß die Sinnlosigkeit überwindbar sei, indem ich immer wieder meinem Leben doch einen Sinn setze. Ich glaube, daß ich für die Sinnhaftigkeit oder Sinnlosigkeit des Lebens nicht verantwortlich bin, daß ich aber dafür verantwortlich bin, was ich selber mit meinem eigenen, einmaligen Leben anfange. Mir scheint, Ihr Jungen habet sehr viel Lust, diese Verantwortlichkeit wegzuwerfen. Dort trennen wir uns...

An Fräulein G. D., stud. phil., Duisburg

21. Juli 1930

... Ich sende Ihnen hier zur Erwiderung Ihres Grußes ein Bildchen, das ich dieser Tage aufs Papier gemalt habe (das Zeichnen und Malen ist meine Art von Ausruhen), das Bildchen soll Ihnen sagen, daß die Unschuld der Natur, das Schwingen von ein paar Farben, auch inmitten eines schweren und problematischen Lebens zu jeder Stunde wieder Glauben und Freiheit in uns schaffen kann.

Auf Ihre Fragen kann ich wenig antworten und muß Sie bitten, mich nicht in einen Briefwechsel zu ziehen, der heutige Brief muß eine Ausnahme bleiben.

Mir scheint, Sie stellen die Frage unrichtig. Sie sollten nicht fragen: „Ist meine Art und Einstellung dem Leben gegenüber die richtige?" – denn darauf gibt es keine Antwort: jede Art ist ebenso richtig wie jede andre Art, jede ist ein Stück Leben. Sie sollten vielmehr fragen: „Da ich nun einmal so bin wie ich bin, da ich diese Bedürfnisse und Probleme in mir habe, die so vielen andern scheinbar ganz erspart bleiben – was muß ich tun, um dennoch das Leben zu ertragen und womöglich etwas Schönes aus ihm zu machen?" Und die Antwort darauf wird, wenn Sie wirklich auf die innerste Stimme hören, etwa so sein: „Da du nun einmal so bist, solltest du andre wegen ihres Andersseins weder beneiden noch verachten, und sollst nicht nach der ‚Richtigkeit' deines Wesens fragen, sondern sollst deine Seele und ihre Bedürfnisse ebenso hinnehmen wie deinen Körper, deinen Namen, deine Herkunft etc.: als etwas Gegebenes, Unentrinnbares, wozu man Ja sagen und wofür man einstehen muß, und wenn auch die ganze Welt dagegen wäre."

Mehr weiß ich nicht. Ich kenne keine Weisheit, die mir das Leben erleichtern würde. Das Leben ist nicht leicht, nie, aber danach, ob es leicht sei oder nicht, haben wir gar nicht zu fragen. Wir müssen entweder am Leben verzweifeln, das steht jedem frei, oder wir müssen es ebenso machen wie die scheinbar Gesunden und Tüchtigen, die scheinbar Problem- und Seelenlosen: wir müssen versuchen, unsre Natur als das einzig Richtige zu nehmen, unsrer Seele alle Rechte zuzugestehn.

Ich gebe da Ratschläge und glaube doch eigentlich nicht an ihren Wert. Sie werden davon so viel in sich einlassen, als Ihre Natur erlaubt, nicht mehr noch weniger. Wir können uns nicht ändern. Aber wir sind um so stärker, je mehr wir das Leben anerkennen, je mehr wir im Innersten mit dem einig sind, was uns von außen geschieht.

Leben Sie wohl.

An einen Leser

Juli 1930

... Wenn ein Leser dem Dichter schreibt, sein neuestes Werk gefalle ihm so sehr und er beglückwünsche ihn dazu, dann fügt er meistens einige ablehnende Bemerkungen über irgend ein andres Werk desselben Dichters hinzu. Mir wenigstens ist es beinahe immer so gegangen. Wer mir zum „Siddhartha" gratulierte, lehnte meistens den „Demian" oder den „Klingsor" ab. Wer den „Steppenwolf" liebte, der fand den „Kurgast" schwach. Wer mir Lobsprüche über den „Goldmund" sagte, der tat es meistens nicht ohne durchblicken zu lassen, daß niemand mir auf den so unerfreulichen und mißglückten „Steppenwolf" hin ein so anständiges Werk zugetraut hätte.

Keiner dieser Leser würde einer Mutter in seiner Bekanntschaft sagen, er gratuliere ihr zu einem Kind wie der Anna, während ja allerdings der Emil und die Marie arge Mißgeburten seien.

Für den Dichter ist es wie für die Mutter. Für mich ist der „Knulp" und der „Demian", der „Siddhartha", der „Klingsor" und der „Steppenwolf" oder „Goldmund" jeder ein Bruder des andern, jeder eine Variation meines Themas. Daß es Leser gibt, die im „Steppenwolf" nur Bericht über Jazzmusik und Tanzereien finden, während sie weder das magische Theater, noch den Mozart, noch die „Unsterblichen" sehen, die den eigentlichen Inhalt des Buches bilden, daß andre Leser im „Goldmund" nur den Narziß bemerken oder nur die Liebesszenen gelesen zu haben scheinen, daran bin ich unschuldig. Und gegen die Bücher, die von den meisten so sehr gutgeheißen, gelobt und auf Kosten meiner andern Bücher gerühmt werden, bin ich am meisten mißtrauisch.

Dagegen kann ich nicht sagen, daß das Mißverstandenwerden oder Unbekanntbleiben von einzelnen meiner Dichtungen mir im Grunde schmerzlich wäre. Ich habe gern Erfolg und höre Lob mit Vergnügen, aber es kann langweilig werden, und es kann die Selbstachtung mindern. Ich war verwundert und beinahe ein wenig verletzt über das völlige Unverständnis, auf das mein „Steppenwolf“ bei der Kritik stieß, aber bald darauf begann es mich zu freuen. Und so ist es mir seit Jahren ein Stolz und eine heimliche Freude, daß einige meiner Dichtungen wenig gekannt und andere öffentlich durch ein mißverstehendes Schlagwort erledigt worden sind. Diese Dichtungen, meine liebsten, gehören mir und meinen Freunden, sie sind mein Garten, nicht eine öffentliche Anlage, ich kann darin allein spazierengehen. Ich lese sogar manchmal Stücke aus ihnen wieder, was ich mit den „berühmten“ meiner Bücher niemals tue...

An Frau M. W.

Zürich, 13. November 1930

Schönen Dank! Ich bekomme viele ähnliche Briefe wie Ihren, nur sind die meisten nicht so nett und auch nicht so gütig; darum möchte ich Ihnen, obwohl ich augenleidend und eigentlich arbeitsunfähig bin, kurz antworten: Ich habe ein Pulver genommen und kann mit ein bis zwei Stunden Unterbrechung der Schmerzen rechnen.

Es ist nämlich so: Das, was Sie und viele andre mir über den „Goldmund“ schreiben, ist gut gemeint, trifft aber an allem vorbei, was ich selbst meine. Die Leser freuen sich über die „Harmonie“, und freuen sich, daß statt des schrecklichen „Steppenwolfs“ jetzt etwas Angenehmeres von mir da ist, etwas, was zwar ein wenig an die Abgründe erinnert, sie aber nicht aufreißt, etwas, wobei man sich klug und wehmütig vorkommen kann, wobei man aber ruhig weiter Geld verdienen oder Kinder erziehen kann, denn es spielt ja im Mittelalter, und ist ja nur Dichtung, usw.

Für mich sieht es ganz anders aus. Rein künstlerisch ist der „Steppenwolf“ mindestens so gut wie „Goldmund“, er ist um das Intermezzo des Traktats herum so streng und straff gebaut wie eine Sonate und greift sein Thema reinlich an. Aber er erinnert an den Krieg (der übermorgen wieder da sein wird) und an Jazzmusik und Kino und Euer ganzes heutiges Leben, dessen Hölle aufzuzeigen Ihr dem Dichter nicht erlauben wollt. Natürlich wissen das die Leser nicht, sie lesen ehrlich und folgen dem Gesetz des geringsten Widerstandes, es zieht sie dahin, wo es weniger weh tut. Das Problem des „Goldmund“ ist das des Künstlers, ein furchtbares, tragisches Problem – aber der Leser ist ja selber nicht Künstler, er kann da gefahrlos aus der Ferne zusehen. Während beim „Steppenwolf“ muß er seine eigene Zeit, seine eigenen Probleme sehen, muß sich vor sich selbst schämen, und das will er nicht. Kunst ist ja nicht da, um weh zu tun, meint er. Und denkt nicht daran, daß er auch Bachs Musik nur darum ertragen, ja „genießen“ kann, weil Bachs Glaube und seine Probleme ihn nicht mehr viel angehen.

Verzeihen Sie, daß ich Ihren lieben Brief so beantworte. Es ist nicht böse gemeint. Ich bin im ganzen mehr für Schweigen als für Reden, aber wenn man schon redet, dann möglichst aufrichtig.

Daß ein Teil Ihres Briefes dennoch recht hat und Wert hat, weiß ich und danke dafür. Ich hätte sonst diese Zeilen nicht geschrieben.

An Herrn St. B., Naumburg

Zürich, 24. November 1930

... Ich stehe Ihrer Lebensauffassung näher als der Ihrer Tochter. Ich halte zwar Nichtleben nicht für besser als Leben, aber ich teile die Auffassung aller Weisen der Vorzeit: daß eine gewisse Überlegenheit über Schmerz und Sorge nur aus dem inneren „Erwachen“ kommen kann, aus der Einsicht oder vielmehr dem Erlebnis, daß Sinnenwelt und äußeres Geschehen unwesentlich und traumhaft sind, und daß wir weder durch Hingabe an die Kindereien und Sorgen des

Lebens noch durch asketische Abwendung von ihnen erlöst werden können, sondern nur durch die für Zeiten immer wieder erlebbare Einsicht in die Einheit Gottes, die hinter dem bunten Schleier der Lebensvorgänge steht. Das Erlösende an dieser Einsicht ist nicht nur eine größere Ruhe gegenüber den Ansprüchen der Welt und der eigenen Begierden, sondern auch eine Ergebung in die Unerfüllbarkeit unsrer moralischen Ansprüche, denn wir *werden* gelebt, wir sind Fäden im Schleier, nichts weiter. So etwa sieht der Glaube und Trost meiner besinnlichen Stunden aus.

Diesen Glauben anderen zu predigen habe ich jedoch kein Bedürfnis. Wo das Leben mir Menschen in sehr großer Not zuführt, versuche ich wohl ein Wort zu sagen, sonst aber nie, auch nicht zu meinen eigenen Söhnen...

... Die eigentlichen Weisheiten aber und Erlösungsmöglichkeiten sind nicht zur Belehrung und auch nicht zur Unterhaltung da, sondern nur für die, denen das Wasser an den Hals geht...

An Herrn B. B., Solingen

November 1930?

... Ob Sie ein Dichter sein werden, kann ich Ihnen nicht sagen. Es gibt keine siebzehnjährigen Dichter, heute weniger als je. Wenn Sie die Gabe haben, so haben Sie sie von Natur und haben sie schon als Kind gehabt. Aber ob aus dieser Gabe etwas wird, ob Sie etwas zu sagen oder zu bedeuten haben werden, das hängt nicht bloß von Ihrer Gabe ab. Das hängt davon ab, ob Sie sich selbst oder das Leben ernst nehmen können, ob Sie in Aufrichtigkeit leben und der Versuchung widerstehen können, bloß das zu tun, was dem Talent leichtfällt. Kurz, es hängt davon ab, zu wieviel Tat, Opfer und Hingabe Sie fähig sind. Ob die Welt Ihnen für all das etwas zurückgeben und Ihnen dankbar sein wird, ist zweifelhaft. Wenn Sie nicht von der Idee besessen sind, wenn Sie nicht lieber sofort zugrund gehen als auf Ihr Dichtertum verzichten wollen, dann hören Sie auf!

Ihre Skepsis hat mit den Fragen, denen sie sich augenblicklich zuwendet, nichts zu tun. Sie ist Ihrem Alter natürlich. Wenn Sie sie bis in einigen Jahren nicht überwinden, können Sie Journalist werden, mit dem Dichter ist es dann vorbei. Das Gescheitsein und Gescheitreden hat mit der Dichtung nichts zu tun.

Mit guten Wünschen und mit der Bitte, mir erst in Jahren wieder zu schreiben.

An Hans Carossa

Ende November 1930

Verehrter, lieber Herr Carossa

Ich muß Ihnen sagen, daß Ihr lieber Brief mir ein Glück bedeutet. Nicht bloß weil Sie den „Goldmund" gern haben und weil ich selber Ihre Bücher so sehr liebe, es ist noch etwas andres. Vor anderthalb Jahren, im Sommer 1929, las ich nach Jahren Ihr Kindheitsbuch wieder. Es kam so: Ich saß auf meiner Terrasse in Montagnola in der Sonne und über den paar Topfblumen schwirrte jener Falter, den man Schwärmer oder Taubenschwärmer (in der Schweiz „Taubenvogel") heißt. Da fiel mir plötzlich ein, daß dieser Falter in einem schönen Buch vorkomme, und nur allmählich kam ich drauf, und suchte dann Ihr Buch, begann wieder zu lesen, und brachte einige Tage lang meine besten Stunden mit ihm zu, es war noch schöner als ich es im Gedächtnis gehabt hatte, und ich war froh, daß es so etwas gibt mitten im heutigen Deutschland, und war froh, Sie damals in München gesehen zu haben. Und da setzte ich mich hin, beinah wie ein begeisterter Student einem verehrten Dichter schreibt, ich malte ein Landschäftchen auf meinen Briefbogen, wie ich es auch heut wieder tat, und schrieb Ihnen von dem Schmetterling und der Terrasse und meiner Liebe zu Ihren Büchern. Ich habe, glaube ich, seit meiner frühen Jugend keinen solchen Brief an einen Dichter geschrieben. Ich erwartete eigentlich auch keine Antwort, aber als die Monate und das Jahr vergingen, und kein Echo von Ihnen kam, hatte ich doch ein etwas komisches Gefühl, etwas von Beschämung über meine Liebeserklärung und auch von Enttäuschung und Verschmähtsein. Anfangs lehnte ich das Gefühl ab, dann ließ ich es zu, und dann begann ich es zu untersuchen, um darüber klar zu werden, wie Sie wohl über mich und meinen Brief dächten. Und da kam dies und jenes an Selbstkritik zu Tage, ich sah Sie in Ihrer Schweigsamkeit meinen Brief und mich belächeln, nicht spöttisch, aber überlegen. Und so wurde allmählich mein Brief an Sie und das Ausbleiben einer Antwort ein Prüfstein für mich, ich mußte mein Wesen und meine Arbeit mit der Ihren vergleichen, mußte in Ihnen irgend etwas mir Unerreichbares anerkennen, das ich aber ganz und gar zu verstehen und mitzufühlen glaubte, und mußte dann doch mein eigenes Wesen, meine eigene heftigere Problematik und Fragwürdigkeit *auch* als etwas Notwendiges gelten lassen, und so wurde es eine kleine Prüfung meines Lebens und meiner Arbeit vor mir selber, wobei ich Sie als eine Art Gegenpol setzte, und trotz der Gegensätze fand ich einzig beim Gegenpol meine Bestätigung und gestand nur ihm das Recht auf Verständnis und Kritik über mich zu. Es war so wie zwischen Narziß und Goldmund. Aber immerhin – Carossa hatte meinen Brief mit Schweigen beantwortet, er hatte ihn eingesteckt und gelächelt.

Erst heute, nachdem auch diese Briefgeschichte wieder vergessen war, und ich inzwischen mehrmals wieder ganz objektiv mit Ihnen beschäftigt gewesen war (zuletzt mit der Neuausgabe des „Doktor Bürger") und nachdem nun Ihr Brief gekommen ist – erst jetzt scheint es mir möglich und wahrscheinlich, daß mein damaliger Brief gar nicht in Ihre Hände gekommen sei. Die um den Brief gesponnenen Phantasien und Spiele und Selbstprüfungen waren dadurch nicht verändert und nicht entwertet, jedem echten Menschenwerk und jedem Stück Natur gegenüber müssen wir uns ja täglich prüfen und womöglich bewähren. Aber es war mir doch viel lieber, wenn jener Brief vom Sommer 1929 wirklich verloren war.

Acht Tage bevor Ihr Brief kam, habe ich Frau Ninon Ihren „Doktor Bürger" geschenkt. Sie bringt mit mir den Winter in Zürich zu, und freut sich sehr darüber, daß Sie so lieb an sie dachten. Sie schickt Ihnen herzliche Grüße.

Ich habe Sie lang in Anspruch genommen. Fürchten Sie nicht, daß ich nun wieder Antwort erwarte oder gar Sie in eine Korrespondenz verwickeln wolle, ich denke daran nicht. Aber ich hoffe, daß dieser Brief Sie wirklich erreicht, und ich bin froh, daß Sie dem „Goldmund" die Liebe erwidern, die ich seit manchen Jahren für Ihre Dichtung habe. Ich habe manche Jahre lang diese Liebe und Freude nicht direkt geäußert, ich verhielt mich so wie man sich in der Jugend zu allem Schönen verhält: man findet es richtig und selbstverständlich, daß es einen Eichendorff und Schubert, einen Stifter und Mozart, einen Brentano und Goethe gibt, und schluckt das Gute ein wie die liebe Luft. Erst später, im Altwerden, sieht man die Seltenheit des Schönen, und welches Wunder es eigentlich ist, wenn zwischen den Fabriken und Kanonen auch Blumen blühen, und zwischen den Zeitungen und Börsenzetteln auch noch Dichtungen leben, und man hat dann ein Gefühl von Rührung und von Dankbarkeit.

Leben Sie wohl, ich danke Ihnen für Ihren lieben Brief; Sie sehen ja jetzt, was er mir bedeutet hat.

Im Frühling kehren wir nach Montagnola zurück, dort wird jetzt mit Hilfe eines Gönners für uns ein Haus gebaut. Ninon sucht Tapeten und solche Sachen aus, und lächelt darüber, wenn sie sieht, daß das Haus mir Sorgen macht und ich mich ein wenig vor ihm fürchte.

Seien Sie von uns beiden herzlich gegrüßt

An Wilhelm Kunze, Nürnberg

17. Dezember 1930

Lieber Herr Kunze

Heute erhielt ich Ihren Aufsatz im „Würzburger General-Anzeiger“. Ich freue mich über ihn, und es tut mir leid, daß er in einem Augenblick kommt, wo Sie von mir etwas enttäuscht sein müssen.

Wenn ich zu dem Aufsatz, der mir sehr gefällt, ein Wort sagen darf, ist es das: ich glaube nicht, daß „Idyllik“ ein tragfähiges Kennwort ist. Ich selbst halte für das entscheidende Kennzeichen meines Lebens und meiner Arbeiten den religiösen Antrieb. Daß der einzelne Mensch, einerlei ob er vor dem Weltkrieg oder vor einem Blumengarten steht, die Außenwelt als Erscheinungswelt des Einen, Göttlichen erlebt und sich ihm einordnet, halte ich für das erste und herrschende Kennzeichen meiner Art. Ob dies religiöse Grunderlebnis, das bei mir freilich nicht in den traditionellen Formen einer Kirche verläuft, sich an „idyllischen“ Anlässen entzündet oder an andern, scheint mir belanglos. Ich halte „idyllisch“ für ein Wort, mit dem der Mensch der Großstadt jene Lebensinhalte abtut, die ihm unbekannt und fremd sind, während sie dem ländlichen Menschen obenan stehen.

Ihr Buch werde ich später einmal von neuem durchsehen. Vorerst hat es sich ohne meine Schuld so getroffen, daß ein grundsätzlicher Einwand, den ich gegen manche Einstellungen Ihrer Generation habe, gerade anläßlich Ihres Buches mir scharf bewußt und darum formuliert wurde. Mir ist das Betonen oder Organisieren der Jugend nie sympathisch gewesen; es gibt eigentlich Jung und Alt nur unter Dutzendmenschen; alle begabteren und differenzierteren Menschen sind bald alt bald jung, so wie sie bald froh bald traurig sind. Genug davon, es ist nun eben so gekommen, daß manche Stimmungen und Betrachtungen allgemeiner Art mir beim Beurteilen Ihres Buches wichtig wurden.

Das wird sich, denke ich, von selber korrigieren. Daß ich

Ihrer Person und Ihrem persönlichen einmaligen Buch mit dieser zu allgemeinen Betrachtung nicht gerecht werden konnte, ist auch mir klar – aber was sind schon unsere Worte? Und warum soll meine Generation das Recht zur Äußerung weniger haben als die Ihre?

Was mir leid tat, waren Ihre Worte: „Man soll uns das erst einmal vormachen." Wenn ich darauf mündlich hätte antworten können, hätten Sie mich gewiß verstanden.

An einen jungen Mann
der so etwas wie einen „Führer" sucht

Chantarella, Winter 1930

Ihr Brief trifft mich im Hochgebirge, überarbeitet und sehr erholungsbedürftig. Ich kann also nur kurz antworten.

Es ist kein Grund zum Verzweifeln. Wenn Sie dazu geboren sind, ein eigenes und kein Dutzendleben zu führen, so werden Sie den Weg zur eigenen Persönlichkeit und zum eigenen Leben auch finden, obwohl es ein schwerer Weg ist. Wenn Sie nicht dazu bestimmt sind, wenn die Kraft nicht reicht, so werden Sie früher oder später verzichten müssen und werden sich der Moral, dem Geschmack und der Sitte der Allgemeinheit anschließen.

Es ist eine Frage der Kraft. Oder, wie ich lieber denke, eine Frage des Glaubens. Denn man findet oft sehr starke Menschen, die rasch versagen, und findet sehr zarte und schwache, die trotz Krankheit und Schwäche prachtvoll mit dem Leben fertig werden und ihm ihren Stempel auch im Dulden aufzwingen. Wenn Sinclair Kraft (oder Glauben) hat, so kommt Demian zu ihm, er zieht ihn durch seine Kraft zu sich.

Der Glaube, den ich meine, ist nicht leicht in Worte zu bringen. Man könnte ihn etwa so ausdrücken: Ich glaube, daß trotz des offensichtlichen Unsinns das Leben dennoch einen Sinn hat, ich ergebe mich darein, diesen letzten Sinn mit dem Verstand nicht erfassen zu können, bin aber bereit, ihm zu dienen, auch wenn ich mich dabei opfern muß. Die Stimme dieses Sinnes höre ich in mir selbst, in den Augenblicken, wo ich wirklich und ganz lebendig und wach bin.

Was in diesen Augenblicken das Leben von mir verlangt, will ich versuchen zu verwirklichen, auch wenn es gegen die üblichen Moden und Gesetze geht.

Diesen Glauben kann man nicht befehlen und sich nicht zu ihm zwingen. Man kann ihn nur erleben. So wie der Christ die „Gnade" nicht verdienen, erzwingen oder erlisten, sondern nur gläubig erleben kann. Wer es nicht kann, der sucht seinen Glauben dann bei der Kirche, oder bei der Wissenschaft, oder bei den Patrioten oder Sozialisten, oder irgendwo, wo er fertige Moralen, Programme und Rezepte gibt.

Ob ein Mensch fähig und bestimmt ist, den schweren und schöneren Weg zu gehen, der zu einem eigenen Leben und Sinn führt, das kann ich nicht beurteilen, auch nicht wenn ich ihn mit Augen sehe. Der Ruf ergeht an Tausende, viele gehen den Weg ein Stück weit, wenige gehen ihn bis über die Grenze der Jugend hinaus, und vielleicht gar niemand geht ihn völlig zu Ende.

An Herrn F. v. W., Waldenburg

Etwa 1930

Sehr geehrter Herr F. v. W.

Ihr Brief hat mich erreicht. Ich kann Ihren Konflikt verstehen, kann Ihnen dabei aber nicht helfen oder nur insofern, als ich Ihnen rate, keinesfalls aus Pietätsgefühlen Idealen treu zu bleiben, an denen Sie nun doch zu zweifeln begonnen haben.

Meine Dichtung und Person hat Ihnen eine Zeitlang gedient und Sie eine Weile gefördert. Das ist kein Grund, sie nicht beiseite zu legen und sich von ihr abzuwenden, sobald Ihre Entwicklung es verlangt.

Offenbar haben Sie sich einseitig einer „Romantik" verschrieben, und sich dabei weiter vom Heute und der „Wirklichkeit" entfernt, als Sie ertragen können. Dann müssen Sie korrigieren.

Sie müssen es aber ernstlich tun und gewissenhafter, als es in Ihrem Manifest geschieht. Da stehen so viele Phrasen, so viele Erkenntnisse, die Ihnen seit Jahrzehnten von andern vorgedacht und sehr viel besser und schärfer schon vor Ihnen formuliert worden sind.

Da steht auch ein Satz wie „Die Geistigen schreiben eine Apologie der Wirtschaft" etc.

Wer sind diese „Geistigen"? Warum nennen Sie die Apologeten der Wirtschaft „Geistige"? Was verstehen Sie unter „Geist"? Sie wissen das offenbar nicht. Diese Dinge müssen viel schärfer durchdacht sein, als Sie es bisher taten.

Wenden Sie sich diesen Problemen zu, es ist sehr wohl möglich, daß tatsächlich das Leben in Dichtung und Kontemplation für Sie einen unbekömmlichen, egoistischen Zustand bedeutet. Auch ich war einmal in meinem Leben genötigt, meine ganze stille, beschauliche Philosophie wegzuwerfen und mich bis zum Verbluten an den Tag hinzugeben. Das war, als der Krieg kam, und für nahezu zehn Jahre war der Protest gegen den Krieg, der Protest gegen die rohe, blutsaufende Dummheit der Menschen, der Protest gegen die „Geistigen", namentlich die den Krieg predigten, für mich Pflicht und bittre Notwendigkeit. Ich bin diesen Dingen, soweit sie mir zum Problem geworden waren, auf den Grund gegangen, habe meine Stellung zu ihnen, meine eigene Mitschuld an ihnen geklärt, bin auch praktisch jahrelang auf der Seite einer kleinen kämpfenden Opposition gestanden. Dann kehrte ich, verändert, aber in allen wichtigen Glaubenssätzen bestätigt, zu Hölderlin und Nietzsche, zu Buddha und Lao Tse, zu Dichtung und Kontemplation zurück, und weiß, was ich damit tat.

Finden Sie Ihren Weg und bleiben Sie nicht an Menschen und Idealen hängen, die Ihnen eine Weile lieb waren.

An einen ratsuchenden Leser

Etwa 1930/31

Ihren Brief möchte ich kurz erwidern, obwohl er mich, wie alle ähnlichen Briefe, in einer Abwehrstellung antrifft.

Sehr viele Leser meiner Schriften nehmen mich ganz persönlich als Freund, als Führer, oft direkt als Arzt und Seelsorger, Beichtvater oder Ratgeber in Anspruch, ohne Rücksicht nicht nur auf meine Person und meine Arbeit, sondern auch ohne Rücksicht darauf, daß alle diese Funktionen (Ratgeber, Arzt etc.) nur im engsten persönlichen Kontakt ihren Sinn haben und, ohne Kenntnis der Personen und aus der Ferne brieflich betrieben, wertlos sind.

Gehe ich ausnahmsweise auf solche Briefe auch nur einigermaßen ein, weil das darin sich äußernde Elend mich rührt, so kommen diese Korrespondenten gewöhnlich alsbald mit regelmäßigen, zuweilen fast täglichen Briefen, und gewöhnen sich an, mich als Abladestelle für jede Stimmung zu benutzen.

Weise ich solche Ansprüche ab, so folgen von seiten der Briefschreiber häufig Ausbrüche seelischer Unordnung von so häßlicher und deprimierender Art, daß ich auf Tage gelähmt und arbeitsunfähig bin. Es zeigt sich dann das Häßliche: Eben dieselben Leser, die am tiefsten in meine Bücher eingehen, die am meisten von sich selbst darin finden, haben den geringsten Respekt vor der fremden Persönlichkeit, und haben für den Dichter das mindeste Verständnis; wo er als Person sich ihren oft schamlosen Ansprüchen entzieht, werden sie böse und gereizt, und reagieren oft mit Entladungen von beschämender Gehässigkeit. Gerade das, was einzig ich als Dichter gerne „lehren“ oder woran ich appellieren möchte: die Ehrfurcht, mangelt vollkommen, und scheint besonders der deutschen Jugend dieser Tage sehr zu mangeln. Ich meine damit nicht, daß ein Leser den Dichter für ein höheres Wesen als sich selber ansehen solle, sondern im Gegenteil, daß er ihn als seinesgleichen ansehe und von ihm nicht verlange, was zu leisten er selber keineswegs bereit ist.

Sie kennen nun meine Lage und mein Verhältnis zu solchen Briefen, wie auch Sie mir einen geschrieben haben.

Aber ich glaube Ihnen dennoch etwas sagen zu können, was Sie vielleicht fördert. Wenn Sie Ihr Verhältnis zu mir für einen Augenblick von außen, „objektiv“ zu sehen vermögen, so werden Sie etwas wahrnehmen, was Ihnen eine Korrektur dieses Verhältnisses ermöglicht.

Sie werden nämlich sehen: Der Hesse, den Sie anrufen, den Sie lesen, den Sie bald lieben, bald anklagen, ist ein Bild Ihres eigenen Ich, er existiert für Sie genau so weit, als er Ihnen ähnlich und nah verwandt erscheint. Von diesem Hesse möchten Sie sich bestätigt wissen, Sie möchten hie und da ein Wort von ihm hören, an ihn richten Sie je und je auch Äußerungen Ihres Unwillens, mit der Absicht ihm weh zu tun oder ihm Verachtung zu zeigen.

Aber dieser Hesse ist Ihr Spiegel, und was Sie ihm zurufen, sollten Sie sich selbst zurufen, das Gute wie das Böse. Wenn ein Teil Ihres Weges zu Hesse wirklich ein Weg zu Ihrem Selbst ist, so ist doch zuweilen Ihr Weg zu Hesse ein Ausweichen, ein Wechsel der Adresse, ein Wegwenden Ihrer Triebe von Ihnen selbst auf ein scheinbar fremdes Objekt: kurz eine Flucht nach außen vor dem eignen Innern.

Natürlich läßt sich alles, was ich da sage, leicht auch widerlegen; es ist nur ein kleiner Teil der Wahrheit wie alles was in Worten gesagt wird. Aber vielleicht sehen Sie doch in diesem Brief, dem ich einen Vormittag gewidmet habe, irgend etwas, was Ihnen dient – und vielleicht sehen Sie auch, daß es Hesse nicht schlecht mit Ihnen meint.

An Thomas Mann

Chantarella im Engadin, 20. Februar 1931

Lieber verehrter Herr Thomas Mann

Haben Sie schönen Dank für Ihren Gruß und für den Aufsatz Ihres Bruders. Ninon war neulich sehr erfreut über den Gruß von Ihrer Frau, und es war hier jeden Tag von Ihnen dreien oft und herzlich die Rede.

Im Augenblick sind wir eingeschneit. Es schneit seit drei Tagen ohne Pause, und seit gestern kann man draußen sich nur noch auf wenigen halbwegs frei gehaltenen Wegen mühsam bewegen. Der meterhohe neue Schnee ist gefährlich, Skilaufen ist im Moment unmöglich, der Schnee kommt leicht ins Rutschen und bildet dann gleich Lawinen – heut morgen mußte nahe beim Haus ein Bauer mit zwei Pferden ausgeschaufelt werden, die in rutschenden Schnee geraten waren und um Hilfe riefen.

Die Akademiefrage hat für mich etwas Bedenkliches dadurch bekommen, daß ich nun vorerst mit den andern Ausgetretenen in einen Topf geworfen werde. Auch im Aufsatz Ihres Bruders ist nur von den ausgetretenen „Herren" die Rede.

Das wird rasch vergessen werden, und die allzu Nationalen, die sich heut mit auf mich berufen, werden sehr bald wieder Gelegenheit haben, mich als Feind zu erkennen und zu behandeln.

Meine persönliche Stellung zu der Frage ist, unter uns gesagt, ungefähr diese:

Ich bin nicht mißtrauisch gegen den jetzigen Staat, weil er neu und republikanisch, sondern weil er mir beides zu wenig ist. Ich kann nie ganz vergessen, daß der preußische Staat und sein Kultusministerium, die Schirmherren der Akademie, zugleich die verantwortliche Instanz für die Universitäten und ihren fatalen Ungeist sind, und ich sehe in dem Versuch, die „freien" Geister in einer Akademie zu vereinen, ein wenig auch den Versuch, diese oft unbequemen Kritiker des Offiziellen leichter im Zaume zu halten.

Dazu aber kommt noch dies, daß ich als Schweizer Staatsbürger gar nicht in der Lage bin, aktiv mitzutun. Bin ich Mitglied der Akademie, so anerkenne ich damit den preußischen Staat und seine Art, den Geist zu verwalten, ohne doch Angehöriger des Reichs oder Preußens zu sein. Dieser Mißklang hat mich am meisten gestört, und seine Beseitigung war mir bei meinem Austritt das Wichtigste.

Nun, wir sehen uns ja wieder, und vielleicht bekommt alles mit der Zeit wieder ein andres Ansehen.

Wir beide grüßen Sie herzlich, ich zeige meinen Brief auch Ninon, die wohl einen Gruß für Ihre Frau beifügen wird.

An Frau Mia Engel, Stuttgart-Degerloch

Mitte März 1931

Liebe Frau Dr. Engel

Danke für Ihren Brief, ich freue mich über jede Berührung mit Schrempf, und hoffe auch, daß mir noch eine Zusammenkunft glücken wird.

In der Meinung, daß die Gedanken Ihres Briefes zum Teil von Schrempf selber stammen und Sie über diese Sachen auch mit ihm direkt sprechen, möchte ich noch etwas dazu sagen.

In Ihrem Brief sehe ich zwei Punkte, mit denen ich nicht einig bin.

Erstens was die Freundschaften Goldmund-Narziß, Veraguth-Burkhardt, Hesse-Knulp etc. betrifft. Daß diese Freundschaften, weil zwischen Männern bestehend, völlig frei von Erotik seien, ist ein Irrtum. Ich bin geschlechtlich „normal“ und habe nie körperlich erotische Beziehungen zu Männern gehabt, aber die Freundschaften deshalb für völlig unerotisch zu halten, scheint mir doch falsch zu sein. Im Fall Narziß ist es besonders klar. Goldmund bedeutet für Narziß nicht nur den Freund und nicht nur die Kunst, er bedeutet für Narziß auch die Liebe, die Sinnenwärme, das Begehrte und Verbotene.

Und dann: Sie sagen, daß Schrempf Goldmunds Liebeserlebnis unvollkommen findet, es fehle ihm das beste Drittel oder Viertel.

Das mag wohl richtig sein. Aber die Aufgabe eines Dichters, wenigstens die eines Dichters von meiner Art, besteht doch weiß Gott nicht darin, sich ideale, vollkommene, erlogene, vorbildliche Figuren auszudenken und sie den Lesern vorzusetzen zur Erbauung oder Nachahmung. Sondern der Dichter soll (vielmehr muß, weil er nicht anders kann) dasjenige mit äußerster Strenge und Treue darzustellen bemüht sein, was zu erleben ihm selber möglich war, wobei ich recht wohl auch echte Phantasieerlebnisse gelten lasse. Mir ist von der Geschlechtsliebe und von der Freundschaft nicht viel mehr zu erleben möglich gewesen als im „Narziß" steht – daß diese Figuren und ihr Leben nichts Vorbildliches sind, ist mir klar, ich habe diesen Ehrgeiz auch nicht – aber daß ich zu Gunsten irgend einer idealen Vollkommenheit in meinen Büchern Erlebnisse darstellen solle, die mir selbst das Leben versagt hat, das kann Schrempf doch wirklich nicht meinen.

Ich meine so: Die Kritik eines Autors hat nicht zu untersuchen: „Ist der Inhalt eines Buches dem Kritiker bequem und lieb?" Sondern: „Hat der Autor sein Thema wirklich bewältigt?" Mein Thema nun ist nicht eine Darstellung dessen, was ideale Menschen in der Liebe mögen erleben können, sondern das Stück Menschentum und Liebe, das Stück Triebleben und Sublimierungsleben darzustellen, das ich aus meiner Natur heraus kenne, für dessen Richtigkeit, Aufrichtigkeit, Erlebtheit ich einstehen kann. So sehe ich es, und darum wechselt in meinem Werk auch das Bekenntnis ungewöhnlicher und gewissermaßen vorbildlicher Erlebnisse und Erlebensschichten stets ab mit dem Bekenntnis zur Unvollkommenheit, Schwäche, Höllenqual und Verzweiflung. Darum muß ich mich in Narziß und Goldmund teilen. Darum steht dem „Siddhartha" der „Steppenwolf", dem „Demian" der „Klein und Wagner" gegenüber.

Ich sehe in Schrempf einen Antipoden zu mir, den Vertreter eines Menschen- und Denktypus, dem ich nur durch eine Verwandtschaft des geistigen Temperaments so nahe stehe. Aber niemals würde ich wünschen, Schrempf oder eines seiner Werke möchte anders sein, möchte meinem eigenen Ideal mehr entsprechen. Darum kann ich mir auch nicht denken, daß wirklich Schrempf sich den Goldmund anders und idealer wünscht. Er kann und wird dem Goldmund und dem Hesse wünschen, daß sie, statt arme Teufel zu sein, höherer und schönerer Erlebnisse und Verwirklichung fähig sein möchten – aber er wird nicht wünschen, der arme Teufel Hesse möchte doch in seinen Büchern den Leuten idealere vorbildliche Figuren vormalen.

Daß mein Positives und mein Negatives, meine Stärke und meine Schwäche sich nur im Nacheinander, im Wechsel zwischen Hell und Dunkel ausdrücken lassen, das kann ich nicht ändern. Das Dilemma ist im „Kurgast" nahezu erschöpfend formuliert ...

An Herrn Dr. P. Sch., Deutsch-Nettkow

Zürich, Mitte April 1931

... Der Aufsatz, den Sie da lasen, ist schon zehn Jahre alt, und ich wußte nichts von diesem Abdruck, es ist ein Nachdruck, wie ihn Dutzende von Zeitungen häufig bringen. Aber er hat also Sie erreicht und irgend einen Sinn gehabt, das ist hübsch.

Das Erlebnis, daß Verzweiflung wieder zu Gnade wird, und mit dem Abschälen einer Haut unser Leben neue Verwandlungen eingeht, habe ich oft und oft gehabt. Da Sie mich einen Psychoanalytiker nennen, möchte ich dieses Erlebnis etwa so definieren:

Jeder Versuch, die Kultur, den Geist und ihre Forderungen ernst zu nehmen und nach ihnen zu leben, führt unfehlbar zur Verzweiflung. Die Erlösung kommt dann jeweils aus der Erkenntnis, daß wir subjektive Erlebnisse und Zustände zu sehr objektiviert haben. Wir sehen dann für hellsichtige Momente uns selbst und unser Leben etwa so, wie ein Analytiker einen Traum ansieht: er übersetzt seinen „manifesten" Inhalt in den psychologischen. Er lernt wieder mit den scheinbar starren Objekten spielen, auch mit den scheinbar starren

Begriffen Krank und Gesund, Schmerz und Freude. Nun, Sie wissen das selbst.

Diese Erlebnisse des Erlöstwerdens sichern natürlich nicht gegen neue Verzweiflungen. Aber sie fördern den Glauben daran, daß jede Verzweiflung von innen überwindbar sei. Man wird nicht „gesund“, man verliert nicht den Schmerz (auch ich bin selten einen Tag ohne Schmerzen) – aber man beginnt wieder neugierig auf das zu werden, was uns noch bevorsteht, und findet den amor fati.

Dies ist in einer Morgenstunde schnell und ohne Sorgfalt hingeplaudert, nehmen Sie es so!

An Herrn R. B.

4. Mai 1931

...Ihren Brief ohne Antwort zu lassen wäre mir nicht möglich.

Ich sehe die Sache etwa so: Daß man mit den Lebensgrundsätzen, die ich vertreten habe, nicht leben könne, ist nicht richtig. Ich bin kein Vertreter einer festen, fertig formulierten Lehre, ich bin ein Mensch des Werdens und der Wandlungen, und so steht neben dem „Jeder ist allein“ in meinen Büchern auch noch andres, zum Beispiel ist der ganze „Siddhartha“ ein Bekenntnis zur Liebe, und dasselbe Bekenntnis steht auch in andern meiner Bücher.

Mehr Lebensglauben zu zeigen, als ich selber habe, das werden Sie gewiß nicht von mir verlangen. Ich habe mehrmals mit Leidenschaft ausgesprochen, daß ein echtes, wirklich lebenswertes Leben innerhalb unsrer Zeit und ihres Geistes vollkommen unmöglich sei. Daran glaube ich unbedingt. Daß ich dennoch lebe, daß diese Zeit, diese Atmosphäre von Lüge, Geldgier, Fanatismus, Roheit mich nicht getötet hat, das verdanke ich zwei glücklichen Umständen: dem großen Erbe von Naturhaftigkeit, das ich in mir habe, und dem Umstand, daß ich, wenn auch als Ankläger und Gegner meiner Zeit, doch produktiv sein kann. Ohne dies könnte ich nicht leben, und auch so ist mein Leben oft eine Hölle.

Es wird sich an meiner Stellung zum Heute kaum mehr vieles ändern. Ich glaube nicht an unsre Wissenschaft, nicht an unsre Politik, nicht an unsre Art zu denken, zu glauben, sich zu vergnügen, ich teile nicht ein einziges der Ideale unsrer Zeit. Aber ich bin darum nicht glaubenslos. Ich glaube an Gesetze des Menschentums, die tausendjährig sind, und ich glaube, daß sie den ganzen Trubel unsrer Zeit überdauern werden.

Einen Weg zu zeigen, wie man die von mir für ewig gehaltenen Menschenideale festhalten, und doch zugleich an die Ideale, Ziele und Tröstungen unsrer Zeit glauben könnte, das ist mir nicht möglich. Ich habe auch nicht die geringste Lust dazu. Dagegen habe ich mein Leben lang viele Wege versucht, auf denen man die Zeit überwinden und im Zeitlosen leben kann (diese Wege habe ich teils in spielerischer, teils in ernster Form häufig auch dargestellt).

Wenn ich nun auf junge Leser zum Beispiel des „Steppenwolfs“ treffe, so finde ich sehr oft, daß sie alles in diesem Buch, was über den Irrsinn unsrer Zeit gesagt ist, sehr ernst nehmen, daß sie aber das, was mir tausendmal wichtiger ist, gar nicht sehen, jedenfalls nicht daran glauben. Es ist aber damit nichts getan, daß man Krieg, Technik, Geldrausch, Nationalismus etc. als minderwertig ankreidet. Man muß an Stelle der Zeitgötzen einen Glauben setzen können. Das habe ich stets getan, im „Steppenwolf“ sind es Mozart und die Unsterblichen und das magische Theater, im „Demian“ und im „Siddhartha“ sind dieselben Werte mit andern Namen genannt.

Mit dem Glauben an das, was Siddhartha die Liebe nennt, und mit Harrys Glauben an die Unsterblichen kann man leben, dessen bin ich sicher. Man kann mit ihm nicht nur das Leben ertragen, sondern auch die Zeit überwinden.

Ich sehe, daß es mir nicht recht gelingt mich auszudrücken. Ich bin immer etwas mutlos, wenn ich sehe, daß das, wovon ich glaube, daß es deutlich in meinen Büchern steht, von den Lesern nicht gesehen wird.

Kehren Sie lieber, wenn Sie meinen Brief gelesen haben, zu irgend einem meiner Bücher zurück, und schauen Sie nochmals nach, ob wirklich nicht hier und dort Sätze eines Glaubens stehen, aus dem heraus sich leben läßt. Finden Sie nichts davon, so werfen Sie meine Bücher fort. Finden Sie etwas, so suchen Sie von dort aus weiter.

Vor kurzem fragte mich eine junge Frau, wie ich denn das mit dem magischen Theater im „Steppenwolf" gemeint habe, es habe sie schwer enttäuscht, daß ich mich da in einer Art Opiumrausch über mich selbst und alles lustig mache. Ich sagte ihr, sie möchte jene Seiten noch einmal lesen, und zwar mit dem Wissen, daß nichts, was ich je gesagt habe, mir so wichtig und heilig war wie dies magische Theater, daß es Bild und Hülle sei für das, was mir zutiefst wertvoll und wichtig ist. Sie schrieb mir etwas später, jetzt habe sie begriffen.

Ich verstehe Ihre Frage wohl, Herr B., und es mag auch recht wohl so stehen, daß zur Zeit für Sie meine Bücher gar nicht gut sind, daß Sie sie erst einmal wieder wegwerfen und das, was Sie an sie band, überwinden müssen. Darin kann ich Ihnen natürlich nicht raten. Ich kann nur zu dem stehen, was ich gelebt und geschrieben habe, auch zu den Widersprüchen, auch zum Zickzack und der Unordnung. Meine Aufgabe ist nicht, andern das objektiv Beste zu geben, sondern das Meine (und sei es nur ein Leid, nur eine Klage) so rein und aufrichtig wie möglich.

An Emmy Ball-Hennings

8. Juni 1931

Liebe Emmy

Jetzt habe ich Ihr Steffgenbuch * zu Ende gelesen und bin Hugos letzte Wege in Gedanken alle noch einmal gegangen. Ich danke Ihnen für dieses Buch, es ist voll Liebe und steht über aller Kritik. Ich habe Hugos inneres Leben nochmals soweit miterlebt, als dies überhaupt zwischen verschiedenen Menschen möglich ist. Es stehen mir nicht alle Zugänge offen, ich bin nicht Katholik, ich wünsche es auch nicht zu sein, und ich glaube noch heute, daß Hugos früher Tod auch deshalb für ihn eine Gnade war, weil er es ihm erspart hat, mit dem praktischen Katholizismus ... auseinander zu geraten ... Aber wenn ich den Glauben an allein richtige, allein seligmachende Dogmen nicht teilen kann, so kenne ich doch das Erlebnis der Versöhnung und der Hingabe an einen Glauben aus mir selbst, und komme mir damit gar nicht unselig und verirrt und protestantisch vor, sondern freue mich und bin damit dankbar einverstanden, daß das Unsagbare auf so viele Arten erlebt und gedeutet werden kann.

Also ich sage Ihnen Dank und denke Ihrer herzlich, liebe Emmy. Und wenn ich sage, Ihr Buch sei „über" der Kritik, so meine ich doch nicht, daß nicht kleine Fehler darin zu verbessern wären. Das wollen wir für eine etwaige kommende neue Auflage beizeiten tun. Ihr Buch leidet namentlich unter den zahllosen Druckfehlern sehr, das macht keinen guten Eindruck. Warum steht jedesmal Sarengo statt Sorengo? Und so noch viele, viele! Und die Alp, auf der Sie damals mit Ihrer Ziege waren, ist nicht viertausend Meter hoch gewesen, wie Sie versichern!

Natürlich sind das nur Äußerlichkeiten. Aber wir wollen sorgen, es auch darin künftig dem lieben Steffgen recht zu

* Emmy Ball-Hennings, „Hugo Balls Weg zu Gott". Verlag Kösel u. Pustet, München.

machen. Und dann gibt es ja auch Übelwollende und Feinde. Wenn so einer liest und findet Ihre Ungenauigkeiten, so sagt er: „Da sieht man's, es stimmt eben alles nicht." Und das soll er nicht sagen können.

Das Eine ist mir immer wunderbar und hat meine allergrößte Verehrung und Liebe: wie Sie zeitlebens in allem Übervernünftigen, in allem Heiligen nicht bloß Steffgen nachfolgen konnten, sondern oft seine Führerin waren, und das wußte und sagte er ja auch oft. So haben Sie auch in diesem Buch alles Übervernünftige, alles Seelische und Heilige ganz wunderbar verstanden und wunderbar ausgesagt. Ich danke Ihnen dafür.

Irgendwo werde ich dann natürlich auch über Ihr Buch schreiben, ich weiß nur noch nicht wo.

An einen jungen Mann

Sommer 1931

Ihr Brief ist gekommen, er gleicht vielen anderen, die ich bekam. Er zeigt die typische Haltung Ihrer Generation: Cynismus auf Grund von Verantwortungslosigkeit, Verzweiflung auf Grund von Anarchie. Dagegen gibt es kein Heilmittel, es werden Kriege und andre Schweinereien daraus entstehen, daß bei Euch keine Ehrfurcht, kein Wille zum Dienen, keine Lust zur Steigerung der Persönlichkeit durch große Aufgaben da ist. Als Ersatz für Religion und Kultur genügt das bißchen Boxen und Rudern nicht.

Ihr könnet nichts dafür, Ihr seid Opfer – aber es ist kein Grund, darauf zu pochen! Wenn Ihr schon nichts ernst nehmen könnet, so versuchet wenigstens Euch selber ernst zu nehmen, sonst erlischt jeder Wert und Sinn in Eurem Leben. Euer Leben hat genauso viel Sinn, als Ihr selbst ihm zu geben vermöget.

An Thomas Mann, München

Baden, Anfang Dezember 1931

Verehrter Herr Thomas Mann

Ihr lieber Brief fand mich in Baden, von der Kur ermüdet und bei sehr schlechtem Augenbefinden, so daß ich nie mit meiner Post fertig werde. Verzeihen Sie darum, wenn ich mich kurz fasse. Die Antwort selbst auf Ihre Frage erfordert keinen Raum, sie lautet Nein, aber ich möchte gern so ausführlich wie möglich begründen, warum ich die durch einen so verehrten und geliebten Mann überbrachte Einladung der Akademie dennoch nicht annehmen kann. Aber je mehr ich darüber nachdenke, desto komplizierter und metaphysischer wird die Sache, und da ich mein Nein Ihnen gegenüber doch begründen muß, so tue ich es mit der etwas überdeutlichen und brutalen Zuspitzung, welche so komplizierte Zusammenhänge, wenn sie plötzlich in Worte formuliert werden sollen, ja meistens annehmen.

Also: der letzte Grund meines Unvermögens zur Einordnung in eine offizielle deutsche Korporation ist mein tiefes Mißtrauen gegen die deutsche Republik. Dieser haltlose und geistlose Staat ist entstanden aus dem Vacuum, aus der Erschöpfung nach dem Kriege. Die paar guten Geister der „Revolution“, welche keine war, sind totgeschlagen, unter Billigung von 99 Prozent des Volkes. Die Gerichte sind ungerecht, die Beamten gleichgiltig, das Volk vollkommen infantil. Ich habe Anno 1918 die Revolution mit aller Sympathie begrüßt, meine Hoffnungen auf eine ernst zu nehmende deutsche Republik sind seither längst zerstört. Deutschland hat es versäumt, seine eigene Revolution zu machen und seine eigene Form zu finden. Seine Zukunft ist die Bolschewisierung, mir an sich gar nicht widerwärtig, aber sie bedeutet eben doch einen großen Verlust an einmaligen nationalen Möglichkeiten. Und leider wird ihr ohne Zweifel eine blutige Welle weißen Terrors vorangehen. So sehe ich die Dinge seit langem und so sympathisch mir die kleine Minderheit der gutgewillten

Republikaner ist, ich halte sie für vollkommen machtlos und zukunftslos, für ebenso zukunftslos, wie es einst die sympathische Gesinnung Uhlands und seiner Freunde in der Frankfurter Paulskirche war. Von 1000 Deutschen sind es auch heute noch 999, welche nichts von einer Kriegsschuld wissen, welche den Krieg weder gemacht noch verloren noch den Vertrag von Versailles unterzeichnet haben, den sie wie einen perfiden Blitz aus heiterem Himmel empfinden.

Kurz, ich finde mich von der Mentalität, welche Deutschland beherrscht, genauso weit entfernt wie in den Jahren 1914–1918. Ich sehe Vorgängen zu, die ich als sinnlos empfinde, und bin seit 1914 und 1918 statt des winzigen Schrittes nach links, den die Gesinnung des Volkes getan hat, um viele Meilen nach links getrieben worden. Ich vermag auch keine einzige deutsche Zeitung mehr zu lesen.

Lieber Thomas Mann, ich erwarte nicht, daß Sie meine Gesinnungen und Meinungen teilen, aber daß Sie sie anerkennen, in der Verbindlichkeit, die sie für mich haben. Wegen unserer Winterpläne schreibt meine Frau der Ihren. Grüßen Sie Frau Mann und Mädi bitte recht sehr von mir, wir haben sie beide lieb gewonnen. Und bleiben Sie mir bitte wohlgesinnt, auch wenn meine Antwort Sie enttäuscht. Aber ich glaube im Grunde, sie werde Ihnen doch eigentlich nicht überraschend kommen.

In der alten Verehrung und Anhänglichkeit grüßt Sie Ihr

An Herrn F. Abel, derzeit Zürich

Baden, Dezember 1931

Lieber Herr Abel

Danke für Ihren Brief, er traf mich in Baden, wo ich eben, nach beendeter Kur den Koffer packte, jetzt bin ich bis Mitte Januar in Zürich.

Ich habe mit den Jahren die Gewohnheit angenommen, mich um die sichtbaren Wirkungen meiner Bücher und über deren Aufnahme und Deutung bei Lesern und Kritik nach Möglichkeit gar nicht zu kümmern. Im ganzen habe ich meinen Lesern gegenüber etwa dieses Gefühl: Ich merke zwar, daß meine Fragestellungen und Erlebnisse irgendwo mit denen einer großen Schicht der heutigen Jugend zusammenhängen, aber ich fühle mich doch nicht eigentlich verstanden. Die meisten Leser wollen zwar einen „Führer“ haben, sind aber nicht im geringsten bereit zu einer Unterordnung und einem Opfer geistigen Prinzipien und Forderungen gegenüber.

Ich möchte auch in Ihrem Fall mich möglichst passiv halten, um so mehr als zur Zeit noch andre Dissertationen über mich im Werden sind. So schrieb mir neulich eine Dame aus Münster in Westfalen, daß sie eine Dissertation über „Hermann Hesse und der schwäbische Pietismus“ mache – es war mir nicht möglich, ihr zu antworten, so wenig interessiert mich das ...

... Aber Sie haben es mir erleichtert, auf Ihren Brief einzugehen, da Sie direkte Fragen stellen. Ich versuche kurz darauf zu antworten.

Sie haben recht, wenn Sie in meinen Schriften vom „Demian“ an eine neue Note spüren, sie beginnt in einigen der „Märchen“ schon vorher. Für mich selbst war damals der Einschnitt ein starkes Erlebnis. Er hängt mit dem Weltkrieg zusammen. Ich war bis zum Kriege zwar ein Einsiedler gewesen, aber mit Vaterland, Regierung, öffentlicher Meinung, offizieller Wissenschaft etc. nicht in Konflikt gekommen, obwohl ich demokratisch empfand und mich gern an der Opposition gegen Kaiser und Wilhelminismus beteiligte. (Mitarbeit am „Simplizissimus“, Mitbegründer des demokratisch-antikaiserlichen „März“ etc.) Jetzt im Krieg sah ich nicht nur, daß mit dem Kaiser, dem Reichstag, dem Kanzler, den Zeitungen und Parteien nichts los sei, daß das ganze Volk begeistert den scheußlichen Roheiten und Rechtsbrüchen Beifall zubrüllte etc., und die Professoren und andern offiziellen Intellektuellen die Lautesten dabei waren – ich sah auch weiter, daß nämlich auch unser bißchen Opposition, unser bißchen Kritik und Demokratie nur Feuilleton gewesen, daß auch von uns nur sehr wenige Ernst zu machen und nötigenfalls dafür zu sterben bereit waren. Es folgte auf die Vernichtung der vaterländischen Götzen die der eignen Einbildung, ich mußte unsere deutsche Geistigkeit, unsre heutige Sprache, unsre Zeitungen, unsre Schule, unsre Literatur unter die Lupe nehmen und als größtenteils verlogen und hohl erkennen, inbegriffen mich selbst und meine bisherige Schriftstellerei, obwohl die ja in guten Treuen geschehen war.

Diesen Einschnitt durch den Krieg, der mich aufgeweckt und wissend gemacht hat, findet man in allem, was ich von 1915 an geschrieben habe. Dagegen hat für mich das Bild sich nachher wieder etwas geändert: nachdem ich einige Jahre lang meine früheren Bücher nicht mehr hatte leiden können, sah ich allmählich, daß die Ansätze zum Späteren alle schon da waren, und zuweilen wurden die alten Schriften mir beinah lieber als die späteren: teils weil sie mich an eine erträglichere Zeit erinnerten, teils weil ihre Gedämpftheit und ihr Ausweichen vor den großen Problemen mir nachträglich wie ein Vorahnen erschien, wie ein Zurückschaudern vor dem grellen Erwachenmüssen.

Also ich selber stehe zu allen meinen alten Büchern, auch zu ihren vielen Fehlern und Schwächen.

Aber ich habe gar nichts dagegen, daß Sie in Ihrer Arbeit die alten Bücher als Nebensache behandeln und sich auf diejenigen Bücher stützen, in welchen Ihnen das fragliche Problem am kräftigsten angepackt scheint, also besonders auf den „Demian".

Verfahren Sie so frei und persönlich, als die Methode es erlaubt, verlassen Sie sich nur auf Ihr Gefühl, auch da wo Sie seine Urteile nicht methodisch belegen können.

Und da Sie ja jetzt von dem Gegenpol Thieß unabhängig sind, betrachten Sie bitte meine Bücher nicht als Literatur, als Äußerung von Meinungen, sondern als Dichtung: und lassen Sie nur das gelten und sprechen, was Ihnen wirklich als Dichtung erscheint. Der Literat ist schwer zu kritisieren, er kann vielerlei Meinungen haben und sie alle schön begründen, er bleibt ja im Rationalen, und für die bloße ratio sieht die Welt immer zweidimensional aus. Die Dichtung aber kann sich anstrengen, soviel sie mag, um etwaige Meinungen durchzusetzen, sie vermag es nicht, sondern sie lebt und wirkt nur da, wo sie wirklich Dichtung ist, das heißt wo sie Symbole schafft. Der Demian und seine Mutter sind, so glaube ich, Symbole, das heißt sie umschließen und bedeuten weit mehr, als der rationalen Betrachtung zugänglich ist, sie sind magische Beschwörungen. Sie mögen das anders ausdrücken, aber Sie sollen sich von der Kraft der Symbole leiten lassen, nicht etwa von dem, was Sie bloß rational als Programm und literarische Meinung aus meinen Büchern herauslesen.

Ich weiß nicht, ob ich mich verständlich ausgedrückt habe. Mündlich wäre es besser gegangen. Nehmen Sie aus meinem Brief einfach das, was Ihnen plausibel scheint und Ihnen etwas sagt, und werfen Sie das andere weg.

An Frau R. v. d. O., Hannover

Zürich, 2. März 1932

. . . Sie und alle Ihre Leidensgenossen verlangen vom Dichter im Grunde nichts anderes, als daß er Ihr Leid anerkennen solle, ohne doch etwas von Ihnen zu verlangen. Ihr seht nicht, daß der Dichter selber nur darum etwas vom Leben ahnt und sagt, weil er tief und unheilbar leidet.

Ich verstehe Ihre Hoffnung gut, und ich möchte Sie eigentlich nicht enttäuschen und abweisen, obwohl ich, offen gesagt, für Ihr persönliches Schicksal kein Interesse habe. Jedes Schicksal ist gleich interessant. Wo Leid entsteht, erweckt es zwar mein Mitleid, aber nicht meine Neugierde.

Sie haben Schweres erlebt, mitten in einem Volk und Land, wo Not und Leid, Unrecht und Gewalttat herrschen, wo alles drunter und drüber geht. Nun meine ich, Sie sollten Ihr Leid, auch wenn es sehr schwer ist, nicht als eine Beleidigung und ein Ihnen angetanes Unrecht empfinden, sondern sich für die Erkenntnis öffnen, daß Ihr Leid unentrinnbar ist, daß es unnütz ist, ihm zu entlaufen, weder in irgend einen Trost noch in irgend welche Pflichten hinein. Nehmen Sie Ihr Leid vielmehr als eine Auszeichnung, als einen Orden, mit dem Sie hervorgehoben werden, als eine Erweckung zu höherem Menschentum. Sie müssen das Leid, so wie das Leben selbst, nicht hassen und fliehen, sondern lieben, dann sieht es ganz anders aus.

Mehr weiß ich nicht. Ich habe selbst ein schweres Leben, stehe am falschen Ort, werde von den Menschen auf eine falsche Art verbraucht, oder wenigstens scheint es mir oft so. Und doch muß ich es hinnehmen, und muß außer dem eigenen täglich noch viel fremdes Leid in mich einlassen, und zuweilen, für eine kleine Weile, fühle ich, daß das trotz allem einen Sinn hat und daß es besser und schöner ist, tapfer zu sein und zu leiden, als es gut zu haben.

Versuchen Sie, mit meinen Worten etwas anzufangen, sie sind aufrichtig gemeint.

An Thomas Mann

Zürich, im März 1932

Lieber Herr Thomas Mann

In diesen Tagen hat meine Frau mir Ihr Goethe-Tolstoi-Buch vorgelesen, und ich habe, wie schon manches Mal, nicht nur die klare und reinliche Formulierung in Ihrer wunderschönen Arbeit bewundert, sondern eigentlich noch mehr die Tapferkeit und Schärfe, mit der Sie, aller deutschen Sitte entgegen, sich nicht um ein Abschwächen, Vereinfachen und Beschönigen, sondern gerade um ein Betonen und Vertiefen der tragischen Problematik bemühen. Sie können sich denken, daß mir besonders die Antithese Goethe-Schiller wichtig war, und manchmal mußte ich an einen Aufsatz des späten, alten

Kant denken, indem der alte Gelehrte ein rührendes Loblied der Natur und der Wohlgeborenen singt und den Gegensatz von „Großer Kopf" und „Liebling der Natur" (oder vielleicht heißt es „Günstling der Natur") aufstellt. Das einzige von Kant, was mir je lieb geworden ist.

Ihre Tolstoigestalt, als Typ des Naturlieblings, des Jägers, des Falkenauges, des gelegentlich gegen den Geist beinahe dumm-böse Werdenden, hat mich an mehreren Stellen auch an Hamsun erinnert. Mir ein vertrautes Problem, denn ich stehe auf derselben Seite, meine Herkunft ist mütterlich und mein Quell und Zuverlaß die Natur.

Kurz, ich möchte Ihnen danken für den echten Genuß, den Ihre Schrift mir brachte.

Nachschrift

Zufällig fand ich dieser Tage einen Aufsatz wieder, den ich vor längerer Zeit einmal geschrieben habe, um meiner Frau einige Begriffe und Nomenclaturen meines Denkens klar zu machen. In diesem Aufsatz könnte vielleicht der zweispaltig geschriebene Teil, die Gegenüberstellung von „Vernünftig" und „Fromm" Sie interessieren, als Analogie zu Goethe-Schiller etc.

An einen jungen Mann in Deutschland

Er hatte einen ungewöhnlichen Brief geschrieben, der sichtlich von einem bedeutenden Menschen kommt. Er ist noch ganz jung, ich denke etwa neunzehn, und hat seit Jahren nichts im Kopf als den Willen, seinem Vaterland zu dienen und wieder empor zu helfen, und zwar als Soldat, als Offizier. Er scheint Sohn eines Gutsbesitzers zu sein, war stets der bewunderte Führer in seiner Klasse, las mit Leidenschaft Clausewitz etc. Nun gestand er mir, daß er bei diesen Bestrebungen Gemüt und Kultur vernachlässigt habe, verhärtet sei, auch von andern wohl gefürchtet, aber nie geliebt werde. Er fühle in meinen Büchern, die er anfangs ganz ablehnte, eine Welt, oder wie er meint eine „Lehre" ausgedrückt, die ihn in seinen bisherigen Tendenzen wankend mache. Er bittet mich um nähere Auskunft und Belehrung.

8. April 1932

Sie haben in Büchern von mir die Ahnung einer Denkart gefunden, für deren Lehrer Sie mich halten. Es ist aber die Denkart aller Geistigen, und sie ist allerdings der Denkart der Politiker, der Generäle und „Führer" genau entgegengesetzt. Sie steht wunderbar genau (so weit dies überhaupt möglich ist) ausgedrückt in den Evangelien, in den Sprüchen der chinesischen Weisen, vor allem des Konfuzius und des Lao Tse und den Fabeln des Dschuang Dsi, in einigen indischen Lehrgedichten wie der Bhagavad-Gita. Heimlich geht diese Denkart durch die Literatur aller Völker.

Sie werden aber vergeblich einen Führer zu dieser Denkart suchen, da keiner von uns den Ehrgeiz oder auch nur die Möglichkeit hat, „Führer" zu sein. Wir halten vom Führen nicht viel, vom Dienen alles. Wir pflegen vor allen anderen Tugenden die Ehrfurcht, aber wir bringen diese Ehrfurcht nicht Personen dar.

Ich begreife wohl den Gegensatz zwischen der Welt, die Sie in meinen Schriften angedeutet finden, und der so viel klareren, einfacheren und scheinbar männlicheren Welt, aus der Sie kommen, der Welt, wo über Gut und Böse genaue Vorschriften existieren, wo alles eindeutig ist und alles auch noch den Glanz des Heldischen hat. Clausewitz und Scharnhorst führen Sie nicht vor Konflikte, sie zeigen Ihnen eine klar vorgezeichnete Pflicht, und zeigen Ihnen als Belohnung für deren Erfüllung sichtbare Werte: gewonnene Schlachten, getötete Feinde, Generalsabzeichen, Denkmäler in der Zukunft.

Unsre anonyme Brüderschaft kennt zwar auch das Heldentum und stellt es sehr hoch, sie schätzt aber nur den, der für seinen Glauben stirbt, nicht den, der andre für seinen Glauben sterben macht. Das, was Jesus das Reich Gottes, was die Chinesen Tao nennen, ist nicht ein Vaterland, dem auf Kosten andrer Vaterländer gedient werden soll: es ist die Ahnung vom Ganzen der Welt, samt allen ihren Widersprüchen, ist die Ahnung von der geheimen Einheit alles Lebens. Diese Ahnung oder Idee wird in vielen Bildern ausgedrückt und verehrt, sie hat viele Namen, einer von ihnen ist der Name: Gott.

Die Ideale, denen Sie bisher gedient haben und zu denen Sie vielleicht zurückkehren werden, sind edle und hohe, und haben den großen Vorzug, erfüllbar zu sein. Der Soldat, der auf Befehl die Deckung verläßt und ins Feuer geht – der General, der mit Hingabe der letzten Kraft eine Schlacht gewinnt, sie haben ihr Ideal wirklich erfüllt.

In der Welt der Demiane und Steppenwölfe gibt es keine erfüllbaren Ideale. Dort ist jedes Ideal nicht ein Befehl, sondern nur ein Versuch, der Heiligkeit des Lebens zu dienen: in Formen, die wir von Anfang an als unvollkommen und ewiger Erneuerung bedürftig erkennen.

Der Weg Demians ist nicht so klar und licht wie der, den Sie bisher gegangen sind. Er verlangt nicht nur Hingabe, er verlangt auch Wachsein, Mißtrauen, Selbstprüfung, er schützt nicht vor Zweifeln, er sucht sie sogar auf. Dies ist kein Weg für Menschen, denen mit klaren, eindeutigen, stabilen Idealen und Befehlen noch zu helfen ist. Er ist ein Weg für Verzweifelte, für solche nämlich, die an der Formulierbarkeit des Heiligen, an der Eindeutigkeit der Ideale und Pflichten schon verzweifelt sind, denen die Not des Lebens und Gewissens das Herz verbrennt.

Vielleicht ist Ihr Zustand eine Vorstufe dieser Verzweiflung. Dann steht Ihnen noch viel Leid bevor, viel Verzichtenmüssen auf Dinge, die Ihr Stolz waren, aber auch viel Leben, viel Entwicklung, viele Entdeckungen.

Nehmen Sie, falls es so sein sollte, aus dem „Demian" und meinen anderen Schriften die Begriffe mit, die Ihnen darin wichtig geworden sind. Bald werden Sie mich nicht mehr brauchen und neue Quellen entdecken. Goethe ist ein guter Lehrer, und Novalis, oder der Franzose André Gide – es gibt unzählige.

Aber vielleicht gelingt es Ihnen, trotz der jetzigen Anfechtung Ihrem alten Weg treu zu bleiben, der Einfachheit eines strengen und heldischen, aber nicht problematischen Lebens. Ich habe vor dem, der sich diesem Ideal opfert, große Achtung, obwohl ich sein Ideal nicht teile. Jeder, der seinen Weg geht, ist ein Held. Jeder, der das wirklich tut und lebt, wozu er fähig ist, ist ein Held – und selbst wenn er dabei das Dumme oder Rückständige tut, ist er viel mehr als tausend andere, die von ihren schönen Idealen bloß reden, ohne sich ihnen zu opfern.

Dies gehört zu den Verwicklungen beim Betrachten der Welt: daß die schönen Gedanken, Ideale und Meinungen gar nicht immer auch in Händen der Edelsten und Besten sind. Es kann ein Mensch für veraltete, überholte Götter aufs edelste kämpfen und sterben, er macht dann vielleicht den Eindruck eines Don Quichote, aber Don Quichote ist ja durch und durch Held, ist durch und durch adlig. Umgekehrt kann ein Mensch sehr klug, belesen, redegeschickt sein, und schöne Bücher schreiben oder Reden halten, mit den bestechendsten Gedanken und Ideen, und kann doch bloß ein Schwätzer sein, der bei der ersten ernsten Forderung nach Opfer und Verwirklichung davonläuft.

Darum gibt es auf der Welt viele Rollen, und es ist sehr wohl möglich, ja einzig schön und richtig, daß hochstehende Gegner einander viel höher achten und mehr lieben als ihre eigenen Parteigenossen. Gewiß hat mancher tapfere deutsche

General den stillen, auf Frieden zielenden Denker Kant im Herzen geliebt und verehrt, ohne doch sein Amt, seine Pflicht darum zu verlassen. Mancher steht auf einem Posten, wo er nicht weiß, ob er noch dem Sinnvollen und Wertvollen dient, weil diese Begriffe alle schwanken, zumal heute, aber er bleibt auf dem Posten und kämpft weiter, sei es auch nur um ein Beispiel des Dienens und der Treue zu geben.

Ich habe dies während des Krieges, wo ich ein absoluter Kriegsgegner war, dutzende Male erlebt. Ich lernte Leute kennen, Journalisten etc., welche ganz und gar im Politischen meine Ansichten und Wünsche teilten, also eigentlich meine Genossen waren, und denen ich kaum die Hand geben konnte, so zuwider waren sie mir, so eng und eigennützig schienen sie mir. Dagegen fand ich andre, treue begeisterte Patrioten und Offiziere, Leute voll tollster Vorstellungen über Deutschlands Unschuld und Deutschlands Recht zu endlosen Annexionen etc., und es waren dennoch Menschen, denen ich die Hand geben, die ich ernst nehmen und achten konnte, denn sie waren im Wesen edel, ich konnte ihnen ihre Ideale glauben, sie waren keine Schwätzer.

Dies eine, glaube ich, werden Sie in den jetzigen Zweifeln für immer lernen können: daß Person und Programm nicht dasselbe sind, und daß man an Gegnern, ja an erklärten Feinden mehr Freude haben und mehr Gutes lernen kann als an Gesinnungsgenossen, die es nur mit dem Verstande, nur mit dem Worte sind.

Mehr kann ich nicht sagen. Ich weiß nicht, wozu Sie bestimmt sind. Sie machen hohe Ansprüche an sich. Sie fordern viel von sich, das verspricht viel. Aber Sie tun alles, was Sie tun, vorerst noch im Dienste eines dogmatischen Ideals. Sie tun es nicht um Gottes, sondern um des Vaterlandes willen, und als Rekrut von Clausewitz, Fichte, Moltke etc. Vielleicht kommen Sie einst dahin, das Schwere ganz um seiner selbst willen zu leisten, nicht weil es edel und patriotisch ist, sondern einfach weil Sie nicht anders können. Dann sind Sie nahe am Ziel, zu dem alle wirklich Strebenden unterwegs sind.

An die Mutter eines jungen Selbstmörders

8. Mai 1932

Sehr geehrte gnädige Frau

Es hat mich sehr bewegt, diese Nachricht zu hören, und ich lese nun in dem Manuskript Ihres Sohnes mit aller Teilnahme. Seine Probleme im allgemeinen sind mir durchaus vertraut, sie sind dieselben, welche für den ganzen edleren Teil der deutschen Jugend heute gelten. Aber das Persönliche, Besondere und Einmalige ist doch immer wieder etwas Neues, Lebendiges und Dramatisches.

Diese Jugend hat es schwer, nicht nur von außen her, sondern das Problem der Freiheit, und damit das der Persönlichkeit, ist für sie fast unlösbar geworden, und zwar gerade durch ein scheinbares Mehr an Freiheit, das die heutigen Jungen haben. Es galten für uns in den Jahren unsrer eigenen Jugend, obwohl auch wir schon in vielem kritisch und revolutionär waren, noch eine Menge von geschriebenen und ungeschriebenen Gesetzen, die wir, einerlei ob gern oder ungern, hinnahmen und einhielten, während heute beinahe jeder Rest einer bindenden Allgemein-Moral vollends verschwunden ist. Aber die Freiheit von Konventionen ist nicht gleichbedeutend mit der inneren Freiheit, und für edlere Menschen ist das Leben in einer Welt ohne fest formulierten Glauben nicht leichter, sondern sehr viel schwerer, weil sie sich alle Bindungen, unter die sie ihr Leben stellen sollen, eigentlich erst selbst schaffen und wählen müssen. Ich habe Hoffnung, daß wir diesen Zustand überwinden, aber es steht sehr viel auf dem Spiel. Ich denke Ihres Sohnes mit Teilnahme und mit höchster Achtung vor seiner letzten Tat, wenn sie auch an sich nicht als vorbildlich gelten darf.

Sie haben sehr Schweres erlebt, möchte es nicht umsonst gewesen sein und am Ende doch für Sie mehr Stärkung als Jammer bedeuten. Ich habe selbst Söhne, darum fühle ich mit.

An Dr. Paul Schottky, Berlin-Zehlendorf

Mitte Juni 1932

Sehr geehrter Herr Dr. Schottky

... Sie fanden einen Widerspruch darin, daß das Leben ein Spiel sein soll, und daß doch dieser Nachdruck aufs Dienen gelegt wird. Ich glaube solche Widersprüche sind unvermeidlich und eigentlich nicht aufzulösen, übrigens auch nicht wichtig, da sie lediglich von der subjektiven Bewertung der einzelnen Worte abhängen. In diesem Fall z. B. haben Sie das Wort „Dienen“ weit ernster genommen als das Wort „Spiel“, während ich beide gleich ernst nehme. Das Spiel, wie das Kind es übt und wie Leo es meint, ist am besten zu vergleichen etwa mit dem „Spielen“ von Musik – das ist für Welt- und Geschäftsleute auch nichts Ernstes, für den echten Musikanten aber ist es ein Zelebrieren des unbedingt Heiligen. Und denken Sie, wie wichtig sogar bei jedem Gesellschafts- oder Kartenspiel das strikte Einhalten der Spielregeln ist. Sich ihnen unterwerfen, das Spiel ernst nehmen, das Spiel mit Hingabe treiben, ist sogar für das oberflächliche „Spiel“ der Gesellschaft Grundregel und conditio sine qua non. Also da kann ich keinen Widerspruch finden.

Gute Wünsche für Ihr Ergehen und Grüße.

Aus einem Brief an den Sohn Heiner

10. Juli 1932

... Was Du über manche Kommunisten sagst, welche sich im täglichen Leben als gute, hilfsbereite Menschen bewähren, das ist ganz richtig. Ich habe manche Kommunisten zu Freunden, und es sind solche darunter. Nur hat das mit ihrer Partei und ihrem Glaubensbekenntnis gar nichts zu tun. Es kann einer in jeder Partei und unter jedem Dogma der Welt ein guter oder schlechter Mensch sein, das war immer so, und ist ja eigentlich eine Binsenwahrheit.

Sich zum Kommunismus bekennen, heißt dagegen für den, der von sich selber gedankliche Rechenschaft fordert, die Frage: „Will und billige ich die Revolution? Kann ich Ja dazu sagen, daß Menschen totgeschlagen werden, damit andre Menschen es dann vielleicht etwas besser haben?" Dort liegt das gedankliche Problem. Und für mich, der ich den Weltkrieg bewußt und bis zur Verzweiflung gedanklich habe mit erleiden müssen, ist die Frage ein für allemal gelöst: Ich gestehe mir das Recht zur Revolution und zum Totschlag nicht zu. Das hindert nicht, daß ich die Volksmenge, welche irgendwo totschlägt und in Not und Wut explodiert, für unschuldig halte. Ich selber aber wäre, wenn ich dabei mittäte, nicht unschuldig, denn ich würde einen der wenigen unbedingt heiligen Grundsätze verleugnen, die ich habe ...

An Herrn P. A. Riebe, Charlottenburg

Ohne Datum, 1931 oder 1932

Lieber Herr R.

Ihre Sendung fand mich im Engadin, ein Freund hat mich zur Erholung eingeladen und in einigen Tagen reise ich wieder fort.

Ich habe Ihren Vortrag durchgelesen, und es fällt mir schwer, etwas dazu zu sagen. Natürlich hat er mir gefallen. Wer schluckt nicht gern zuweilen einen Löffel voll Sympathie? Aber der Standpunkt Ihres Vortrags ist natürlich nicht der meine. Er ist der der Verteidigung: Sie nehmen mich in Schutz gegen den dummen, eitlen, patzigen, vollkommen ungeistigen Durchschnittsmenschen und Durchschnittsdeutschen. Ich selbst habe auf Verteidigung und Rechtfertigung (die ja immer noch Paktieren mit dem Philister bedeutet) längst verzichtet.

Was Sie über die beiden Bücher sagen und daraus deuten, ist sehr gut, ich könnte es auch nicht besser sagen. Dagegen sehe ich die *Beziehungen* zwischen Steppenwolf und Goldmund ganz anders an.

Es ist im Goldmund nichts anderes gesagt als im Steppenwolf, nur das Kleid ist verschieden.

Der Inhalt und das Ziel des „Steppenwolf“ sind nicht Zeitkritik und persönliche Nervositäten sondern Mozart und die Unsterblichen. Ich dachte sie den Lesern näher zu bringen indem ich mich selbst vollkommen preisgab – die Antwort war Anspucken und Hohngelächter. Dieselben Leser, die den Steppenwolf auslachten oder angriffen, waren dann vom Goldmund entzückt, weil er nicht heute spielt, weil er nichts von ihnen verlangt, weil er ihnen nicht die Schweinerei ihres eigenen Lebens und Denkens vorhält. Das ist, von mir aus gesehen, der Unterschied zwischen den beiden Büchern, er besteht beim Leser, nicht bei mir.

Aufgabe des Steppenwolf war: Unter Wahrung einiger für mich „ewiger“ Glaubenssätze die Ungeistigkeit unserer Zeittendenzen und ihre zerstörende Wirkung auch auf den höherstehenden Geist und Charakter zu zeigen. Ich verzichtete auf Maskeraden und gab mich selbst preis, um den Schauplatz des Buches wirklich ganz und schonungslos echt geben zu können, die Seele eines weit über Durchschnitt Begabten und Gebildeten, der an der Zeit schwer leidet, der aber an überzeitliche Werte glaubt. Der deutsche Leser hat sich über das Leiden Harrys amüsiert und ihm auf die Schulter geklopft, das war der ganze Erfolg der Anstrengung.

Die Aufgabe des Goldmund war unendlich viel leichter und seine Lektüre setzt beim Leser keine hohen Qualitäten voraus. Auch ein Durchschnittsbürger kann ihn hübsch finden.

Der Deutsche liest ihn, findet ihn hübsch und sabotiert weiter seinen eigenen Staat, tappt weiter in politische Abenteuer und Sentimentalitäten hinein, lebt weiter sein altes, verlogenes, unanständiges, verbotenes Leben. Ich habe nicht das Bedürfnis von ihm geschätzt und vor ihm rehabilitiert zu werden. Ich finde ihn scheußlich und wünsche ihm den Untergang, dem Menschentyp, dem der heutige Durchschnittsdeutsche, zumal der „geistige“ angehört.

Nun, ich wollte Ihre schöne und liebenswerte Arbeit keineswegs kritisieren, ich wollte durch meine Antwort nur zeigen, daß sie mich interessiert und angeregt hat und sage Ihnen schönen Dank.

Mit Grüßen Ihr

An Georg Winter, Redaktion der „Kolonne", Dresden

September 1932

Hochgeschätzter Herr

Man hat mir die Zeitschrift geschickt, in der Sie Ihre Kritik der „Morgenlandfahrt" publiziert haben, ich möchte Ihnen für diese Kritik danken und kurz auf sie antworten, denn es ist außerordentlich selten, daß ein Autor durch eine Kritik ernstlich angefaßt und gestellt wird, mir ist es in mehreren Jahrzehnten nur ganz wenige Male geschehen.

Wesentlich tiefer als alle anderen Kritiken hat die Ihre das Problem meiner kleinen Dichtung von der Stelle aus formuliert, wo in der Tat ihr paradoxer (vielmehr zwei-poliger) Sinn am besten gefaßt werden kann. Sie sagen: des Autors echte Zugehörigkeit zum Bund zerfalle von dem Moment an, wo er über den Bund zu schreiben versuche.

Ich stimme dem Endergebnis Ihrer Kritik nur sehr teilweise zu, nicht bloß aus Selbsterhaltungstrieb – aber diese Formulierung meines Problems in Ihrer Kritik trifft genau ins Schwarze, und über dies Erkanntsein, das seltenste Erlebnis eines Autors, habe ich mich so gefreut, daß ich beschloß, Ihnen zu danken. Da ich das nun getan habe, möchte ich noch ein Wort darüber sagen, was mir meine Dichtung und mein Dasein dennoch rechtfertigt.

Denn im Grunde haben Sie natürlich recht. Es ist unmöglich und von Gott verboten, über die prinzipiellen Dinge nachzudenken oder zu schreiben – denn darin bin ich wohl mit Ihnen einig, daß wir die Literatur nicht als ein beliebiges Anhängsel des Geistes ansehen, das auch wegbleiben könnte, sondern als eine seiner stärksten Funktionen.

Also: Das Schreiben oder Denken über das Heilige (in diesem Fall über den „Bund“, also über die Möglichkeit und den Sinn menschlicher Gemeinschaft) ist im Grunde verboten. Man kann dieses Verbot und seine beständige Übertretung durch den Geist verschieden deuten, psychologisch, moralisch, entwicklungsgeschichtlich: zum Beispiel als das Verbot, den Namen Gottes auszusprechen, das die magische Menschheitsstufe von der vernünftigen trennt.

Im Augenblick nun, wo Sie in Ihrer Kritik meine Sünde wider das Urverbot, dessen Übertretung die Entstehung des Geistes bedeutet, feststellen und rügen, bekommen Sie, wie mir scheint, selber einen Anflug von schlechtem Gewissen, und deuten an, daß der gerügte Fehler des Autors vielleicht auch ein Fehler seines Kritikers sein könnte. In der Tat begehen Sie im Augenblick, wo Sie ein Buch lesen, um es zu beurteilen, und im Augenblick, wo Sie diese Kritik schreiben, selber genau dieselbe Sünde wider das Heilige: Sie wissen zwar im Herzen wohl, daß Ehrfurcht die erste Tugend des Geistes ist, und daß wahrscheinlich das, wogegen Ihre Kritik sich richtet, ebenso wie Ihr eigenes Tun vom Geist diktiert und ernst gemeint ist – und dennoch *müssen* Sie die Sünde der Kritik begehen, müssen ablehnen, müssen das Unrecht tun, das in jeder straffen Formulierung liegt.

Ich möchte nicht, daß Sie es nicht getan oder anders getan hätten. Ich möchte aber sehr gerne, daß Sie, wie ich es aus Anlaß Ihrer Kritik getan habe, einen Augenblick vor sich selbst zugeben, daß auch Ihr Tun, Ihr Urteilen, „im Grunde“ unnötig und eine Sünde ist, daß aber das Übertreten dieses uralten Verbotes nun eben gerade diejenige Art von Sünde ist, die der Geist auf sich nehmen muß. Sie macht ihn zweifeln, nicht nur am „Bund“, sondern an seinem eigenen Tun, seinem eigenen Wesen, läßt ihn zwischen Selbstanklage und Rechtfertigung tausend scheinbar unnütze Gedanken- und Gewissensgänge tun, läßt ihn Bücher schreiben, ist verhängnisvoll und tragisch – und ist eben doch da, ist unwiderstehlich, ist Schicksal.

Meine Dichtung, das Bekenntnis eines alternden Dichters, versucht, wie Sie richtig sagen, gerade das Undarstellbare darzustellen, an das Unaussprechliche zu erinnern. Das ist Sünde. Aber kennen Sie wirklich und im Ernst irgend eine Dichtung oder Philosophie, die etwas andres versucht, als gerade das Unmögliche zu ermöglichen, gerade das Verbotene mit dem Gefühl der Verantwortung zu wagen?

Die einzige Stelle Ihrer Kritik, die mir anfechtbar und schwach scheint, ist die, wo Sie andeuten, daß es für Denker und Dichter Probleme gebe, welche möglicher, erlaubter, richtiger seien als das meine. Ich glaube, ohne Zerknirschung und ohne den Mut zu dieser Zerknirschung sollte kein Autor je das Abenteuer des Schreibens wagen und sollte kein Kritiker über den Autor urteilen. Daß Sie diese Haltung selbst in Ihrer Kritik andeuten, gibt mir das Vertrauen, von Ihnen verstanden zu sein. Darum habe ich diesen Gruß an Sie geschrieben. Nicht um mich zu rechtfertigen. Aber weil nun einmal gerade im Geistigen und gerade im heutigen Deutschland alle Gemeinschaft, Kameradschaft, ja schon bloß die Kollegialität so ungeheuer selten geworden ist, daß man sich freut, irgendwo eine Ahnung von ihr zu finden.

An Fräulein E. K., Liebstadt

Oktober 1932

Sie haben mir einen langen Brief geschickt, Sie haben ihn zwar nicht meinetwegen geschrieben, sondern Ihretwegen, aber immerhin dachten Sie doch, auch mir eine Art von Ehre damit anzutun. Darum will ich doch ein Wort zurück sagen ...

... Sie haben in allen meinen Büchern an dem vorbeigelesen, was mir selbst wichtig ist, Sie haben das, was mir wichtig ist und woran ich glaube, überhaupt nicht gesehen. Sonst könnten Sie zum Beispiel nicht fragen: „Glauben Sie, daß es der rechte Weg zu unserem Inneren ist, wenn wir uns abseits stellen?" Ich glaube weder, daß irgend ein Punkt in der

Welt mehr oder weniger „abseits“ ist als ein andrer, noch glaube ich, daß wir überhaupt gefragt werden, wohin wir uns „stellen“ wollen. Die Probleme, die Ihr Brief anfaßt, haben mich in früheren Jahren zwar auch je und je beschäftigt, sie haben aber mit dem, worum es mir im Grunde geht, fast nichts zu tun.

Sie haben im „Klingsor“ das Dichterische entdeckt, das Sie im „Steppenwolf“ vermissen. Sie haben es dort aber bloß nicht gefunden. Der „Steppenwolf“ ist so streng gebaut wie ein Kanon oder eine Fuge, und ist bis zu dem Grade Form geworden, der mir eben möglich ist. Er spielt und tanzt sogar. Aber die Heiterkeit, aus der er es tut, hat ihre Kraftquellen in einem Grad von Kälte und Verzweiflung, die Sie nicht kennen. Es gibt keine Form ohne Glauben, und es gibt keinen Glauben ohne vorherige Verzweiflung, ohne vorheriges (und auch nachheriges) Wissen um das Chaos.

Bitte schreiben Sie mir nicht mehr, mein Leben ist zu kurz geworden für solche Spiele. Irgendwo in Ihrem spielerischen Brief steckt ein Funken Ernst – auf den habe ich geantwortet. Auf das andre kann man nicht antworten.

An einen jungen Problematiker

Ende Oktober 1932

Lieber Herr W.

Ihr Brief ist an einen Augenleidenden und mit Post Überhäuften gerichtet, darum fasse ich mich kurz, aber eine Antwort scheint mir doch Pflicht, weil Ihr Ruf mir verständlich ist und mich getroffen hat.

Meine Antwort ist: Ja, sagen Sie Ja zu sich, zu Ihrer Absonderung, Ihren Gefühlen, Ihrem Schicksal! Es gibt keinen andern Weg. Wohin er führt, weiß ich nicht, aber er führt ins Leben, in die Wirklichkeit, ins Brennende und Notwendige. Sie können ihn unerträglich finden und sich das Leben nehmen, das steht jedem offen, der Gedanke daran tut oft wohl, auch mir. Aber ihm entgehen, durch Entschluß, durch Verrat am eigenen Schicksal und Sinn, durch Anschluß an die „Normalen“, das können Sie nicht. Es würde nicht lang gelingen und größere Verzweiflung bringen als die jetzige.

Ihre andere Frage ist schwerer zu beantworten: ob das Leben von unsereinem, so abseits, so unnormal, so unter anderen Gesetzen als die der heutigen Welt sich lohne, und den, der es lebt, befriedige. Ich weiß darauf keine Antwort, oder jeden Tag eine andre. Ich denke an manchen Tagen, es sei alles vergeblich und töricht gewesen, was ich angestrebt und woran ich geglaubt habe. An andern Tagen empfinde ich mich und mein Leben, so schwierig es ist, als vollkommen gerechtfertigt, ja geglückt, und bin damit sehr zufrieden – für Stunden. Und immer wenn ich meinen Glauben wieder einmal auf eine gute Formel gebracht zu haben glaube und ausgesprochen habe, wird er mir bald zweifelhaft und töricht, und ich muß nach neuen Bewährungen und neuen Formen suchen. Bald ist das Qual und Not, bald Seligkeit. Ob es im ganzen „sich lohnt“, weiß ich nicht, und im Grunde ist es mir auch einerlei.

Genug, Sie wissen nun schon, was ich meine, und ich wüßte auch wirklich nicht mehr zu sagen.

An Herrn F. Abel, Tübingen

Mitte Dezember 1932

Hochgeschätzter Herr Abel

Es ist im Augenblick eigentlich zu schön draußen, als daß man Briefe schreiben dürfte, es ist einer von den ganz schönen Vorwintertagen unsrer Landschaft, wo die Berge ringsum am Nachmittag wie aus Kristall und durchschienen sind. Aber Sie haben gewiß schon öfter gedacht, wie wenig artig es von mir sei, Sie so warten zu lassen, darum will ich Ihnen heute schreiben. Meine Frau hat mir Ihre ganze Arbeit auszugsweise vorgeführt und zum Teil vorgelesen, ich kenne jetzt den ganzen Aufbau, die Blickpunkte, den Tonfall, die Moral dieser Arbeit, und es ist jetzt an der Zeit, Ihnen zu sagen, wie sehr ich sie schätze und billige. Es sind nirgends, von mir aus gesehen, Fehldeutungen da, und die zarte und doch feste Art, mit der Sie auch das klarlegen, daß mein Fall nicht durch Verweilen beim Pathologischen zu erledigen sei, hat mir wohlgetan. Die Struktur der ganzen Arbeit finde ich ausgezeichnet. Spaß gemacht hat mir, daß ein Professor „slawisches Blut“ bei mir vermutet. Wie schnell jetzige Professoren im Zeitalter der Rassentheorien mit solchen Irrtümern um sich werfen! Nein, ich habe zwar von der mütterlichen Großmutter Welschschweizer Blut mitbekommen, ich glaube wenig genug, aber sonst sind alle Herkünfte so rein germanisch wie möglich. Die Deutschen des Baltikum sind denkbar reinste Rasse, und von meinen Vorfahren (die etwa seit 1750 im Baltikum waren) hat kein einziger slawisches Blut gehabt oder Slawinnen geheiratet, und keiner hat auch nur russisch oder lettisch sprechen können.

Sehr gefallen hat mir auch Ihre Feststellung, daß nirgends bei mir Antisoziales gelehrt werde. Es ist heute mit dem Sozialen, mit dem Kult der Gemeinschaft und des Kollektiven so, daß gerade die Egoisten und moralisch Kranken oft am heftigsten in soziale Theorien und Bindungen fliehen, und uns andere verdächtigen, bei denen das Soziale, das heißt die Pflicht der Einordnung und das Ideal der Liebe, sich (wie das „Moralische“ bei Vischers „Auch Einer“) von selbst verstehen.

Die lange Verzögerung kam daher, daß ich eine Kur in Baden nötig hatte, und das dauerte samt einem kurzen Besuch in Zürich viereinhalb Wochen. Jetzt sind wir wieder zu Hause, meine Frau läßt Sie grüßen. Sie hat Ihre Arbeit so gut studiert, und sie mir sorgfältig teils vorgelesen, teils erklärt, daß Sie eine Freude daran gehabt hätten.

Ein merkwürdiges Manuskript kam dieser Tage aus Neapel. Dort hat ein Italiener, der offenbar gut deutsch kann und alle meine Schriften genau zu kennen scheint, für sich und seine Freunde eine Art Antholgie mit Kommentar aus meinen Schriften gemacht, ein kleines Buch „Voci della poesia di H. H.“, und es ist mir wunderlich und lehrreich, mich so im Spiegel einer fremden Sprache und Kultur zu sehen, die Arbeit ist gediegen und oft famos formuliert; ob an eine Publikation gedacht wird, weiß ich nicht.

Inzwischen ist das Licht draußen erloschen, und ich muß die Lampe anzünden. Meine Frau ist heut zu Emmy Ball gegangen, die im Januar den Tessin wieder für längere Zeit verlassen will. Falls Sie in den Ferien einmal zu meiner Schwester kommen, so grüßen Sie dort sehr von mir, bitte!

Ich danke Ihnen für Ihre schöne Arbeit, hoffe, daß wir uns einmal wiedersehen.

An Dr. M. A. Jordan

Erwiderung auf einen offenen Brief „Die Sendung des Dichters“

1932

Hochgeschätzter Herr Dr. Jordan

Ihr offener Brief mit der Überschrift „Die Sendung des Dichters“ hat mich erreicht und hat zu mir gesprochen, denn er ist herzlich und wohlgesinnt, und obwohl ich annehme, daß Sie ein in der Kirche mitlebender Katholik sind, empfinde ich ihn keineswegs als Parteiäußerung. Über einiges nun, so glaube ich, werden wir uns nicht verständigen können, da unsere Herkünfte allzu verschieden sind, über einige wichtige Punkte aber glaube ich Ihnen Antwort geben zu können, und Sie werden, auch wenn die Antworten Sie nicht befriedigen sollten, ihre Aufrichtigkeit anerkennen.

Zunächst muß ich, obwohl ich es ungern tue, Sie daran erinnern, daß Ihr Wissen von meiner literarischen Arbeit ein sehr fragmentarisches ist. Und Ihr offener Brief bezieht sich ganz speziell auf einen vereinzelten, nicht zentralen Teil meiner Tätigkeit, auf meine gelegentlichen Zeitungsaufsätze. Sie finden in manchen dieser Aufsätze einen Pessimismus geäußert, den Sie letzten Endes unverantwortlich finden, und ich kann das begreifen. Von mir aus betrachtet, stellen diese gelegentlichen Aufsätze, die sich wissentlich und absichtlich jener plaudernden Form bedienen, die man „Feuilleton“ nennt, erstens einen nur unwesentlichen Teil meiner Arbeit dar, zweitens haben diese etwas spielerischen, häufig ironisch gefärbten Gelegenheitsäußerungen für mich einen gemeinsamen Sinn: den Kampf nämlich gegen das, was ich in unserer Öffentlichkeit den verlogenen Optimismus nenne.

Wenn ich je und je daran erinnere, daß der Mensch ein sehr gefährdetes und gefährliches Produkt sei, wenn ich das Unzulängliche und Tragische des Menschentums zuweilen gerade an der Stelle betone, wo wir an Leichtnehmen und Selbstzufriedenheit gewohnt sind: in der Tageszeitung, so ist das ein zwar an Umfang und Wichtigkeit kleiner, aber dennoch bewußter und verantwortlicher Teil meiner Tätigkeit überhaupt: Der Kampf gegen die europäisch-amerikanische Modereligion vom souveränen modernen Menschen, der es so weit gebracht hat. Wenn ich an die Zweifelhaftigkeit des Menschentums mit besonderer Betonung erinnere, so ist es ein Kampfruf gegen die zwar kindliche, aber tief gefährliche Selbstgefälligkeit des glaubens- und gedankenlosen Massenmenschen in seinem Leichtsinn, seiner Überheblichkeit, seinem Mangel an Demut, an Zweifel, an Verantwortlichkeit. Die Worte dieser Art, die ich geäußert habe, sind nicht an die Menschheit gerichtet, sondern an die Zeit, an die Leser von Zeitungen, an eine Masse, deren Gefahr nach meiner Überzeugung nicht im mangelnden Glauben an sich selbst und die eigene Herrlichkeit besteht. Häufig habe ich auch mit der allgemeinen Mahnung an die Grundlosigkeit dieser menschlichen Hybris die unmittelbare Mahnung an die Ereignisse unserer jüngsten Geschichte verbunden, an die Ahnungslosigkeit und den großsprecherischen Leichtsinn, mit dem wir in den Krieg gezogen sind, an die Abneigung der Völker wie der Einzelnen, die Mitschuld daran bei sich selbst zu suchen. Ich begreife, daß diese Äußerungen, denen vielleicht gerade ein Gefühl der eigenen Ohnmacht zuweilen eine besondere verzweifelte Schärfe der Formulierung gibt, sehr vielen nicht angenehm sind. Ich erhebe auch keineswegs den Anspruch auf Rechthaben, ich weiß mich in der Zeit und im eigenen Ich befangen, dennoch verantworte ich diesen (wie gesagt nebensächlichen) Teil meiner Tätigkeit durchaus, und halte es in unserem Welt-Augenblick für nicht schädlich, sondern für gut und richtig, den heutigen Durchschnittsmenschen in seinem wahnhaften Glauben an die Höhe des erreichten Fortschrittes, an seine Maschinen, an seine genießerische und verantwortungslose Modernität zu erschüttern.

Zweitens: Es stehen diesen zeitgebundenen und mehr nur gelegentlichen Äußerungen andere Arbeiten von mir gegenüber, vor allem meine Dichtungen, und in ihnen ist zwar der Problematik und Tragik des Menschenwesens viel Raum gelassen, es steht aber in ihnen allen auch ein Glaube ausgesprochen – nicht an einen einmalig und dogmatisch zu formulierenden Sinn unseres Lebens und unserer Nöte, wohl aber an die Möglichkeit in jeder Seele, einen solchen Sinn ahnend zu erfassen und in seinem Dienst sich zu erhöhen und zu erlösen. Und in einem Aufsatz, dem ich einen ganz ähnlichen Titel gab wie Sie Ihrem offenen Brief an mich, habe ich über die Sendung des Dichters in unserer Zeit geschrieben:

„Wir ersticken in der für uns nicht atembaren Luft der Maschinenwelt und barbarischen Notdurft, die uns umgibt, aber wir lösen uns nicht vom Ganzen, wir nehmen es hin als unseren Teil am Weltgeschick, als unsere Sendung, als unsere Prüfung. Wir glauben an keines von den Idealen dieser Zeit. Aber wir glauben, daß der Mensch unsterblich ist, und daß sein Bild aus jeder Entstellung wieder genesen, aus jeder Hölle geläutert hervorgehen kann. Wir verhehlen nicht, daß die Seele der Menschheit in Gefahr und nahe dem Abgrund ist. Wir dürfen aber auch nicht verhehlen, daß wir an ihre Unsterblichkeit glauben."

Sie können finden, daß diese Worte im Widerspruch stehen mit jenen anderen, von Ihnen bedauerten, pessimistischeren

Äußerungen. Nun, das ist möglich. Es ist nämlich gerade das, was Sie in Ihrem offenen Brief vom Dichter verlangen, und wofür Sie den „olympischen" Goethe als Zeugen anrufen, das olympische Darüberstehen, nicht meine Aufgabe. Es mag die Aufgabe des klassischen Dichters sein, die meine ist es nicht, ich fühle nichts von der Aufgabe, die Abgründe des allgemeinen und meines eigenen Menschenlebens zu verheimlichen oder als harmlos erscheinen zu lassen, sondern das Leiden und Gepeinigtsein im Menschenlos gerade in den Formen, die es heute zeigt, anzuerkennen, auszusprechen und mitzuleiden. Es geht dabei ohne Widersprüche nicht ab, und es findet sich ohne Zweifel in meinen Büchern mancher Satz, der zu manchen anderen Sätzen dieser Bücher in Widerspruch steht – ich muß mich darein ergeben. Das Ganze meines Lebens und meines Schrifttums würde sich dem, der es überblickte, nicht darstellen als eine Harmonie, sondern als ein dauernder Kampf um ein dauerndes, aber nicht glaubensloses Leiden.

Hier komme ich nun zum letzten Punkt, über den ich mich erklären und womöglich mit Ihnen verständigen möchte.

Sie postulieren, daß einem Dichter, welcher das Vertrauen vieler Leser gewonnen hat, daraus die Verpflichtung zur Führerschaft erwachse. Ich gestehe, daß ich das von der deutschen Jugend so mißbrauchte Wort „Führer" geradezu hasse. Den Führer braucht und verlangt, wer selbst nicht verantworten und selber nicht denken mag. Der Dichter, soweit er in unserer Zeit und Kultur überhaupt möglich ist, kann diese Aufgabe nicht haben. Wohl soll er verantwortlich sein, wohl soll er etwas wie Vorbild sein, aber nicht, indem er Überlegenheit, Gesundheit, Unangefochtenheit zeigt (das wäre ohne Verlegenheit wohl keinem möglich), sondern indem er unter Verzicht auf Führerschaft und „Weisheit" den Anstand und die Tapferkeit hat, sich durch das Vertrauen seiner Leser nicht in die Rolle eines Wissenden und Priesters drängen zu lassen, während er doch selbst nur ein Ahnender und ein Leidender ist.

Daß viele, namentlich junge Menschen, in meinen Schriften

etwas finden, was ihnen Vertrauen zu mir gibt, das erkläre ich daraus, daß es viele gibt, welche ähnlich leiden, ähnlich um Glauben und Sinn ringen, ähnlich an ihrer Zeit verzweifeln und doch hinter dieser und jeder Zeit das Göttliche verehrend ahnen. Sie finden in mir einen Sprecher, es tut den Jungen wohl, auch einen scheinbar Fertigen und Entwickelten sich zu manchen ihrer Nöte bekennen zu sehen, und es tut den in Denken und Sprache Schwachen wohl, wesentliche Teile ihres Erlebens ausgesprochen zu finden von einem, der anscheinend das Wort besser als sie beherrscht.

Gewiß, die Mehrzahl dieser meist jungen Leser ist damit noch nicht zufrieden. Sie möchten nicht bloß einen Leidensgenossen, sie möchten viel lieber einen „Führer", sie möchten nahe Ziele und Erfolge, möchten unfehlbare Rezepte des Trostes. Aber diese Rezepte sind ja alle da, es steht uns ja die Weisheit aller Zeitalter zur Verfügung, und ich habe Hunderte und Hunderte von ungestümen jungen Briefschreibern, welche die letzte Weisheit von mir zu hören begehrten, auf die wirklichen und echten hingewiesen, auf die unvergänglichen Worte aus dem alten China und Indien, aus der Antike, aus der Bibel und dem Christentum.

Nicht jede Zeit, nicht jedes Volk und jede Sprache ist dazu bestimmt, Weisheit auszusprechen, nicht in jedem Jahrhundert lebt ein Wissender, der zugleich ein Meister des Wortes wäre, dennoch haben alle Zeiten und Völker Teil am gemeinsamen Schatz, und wer die Weisheit aller Zeitalter, als Trost für sein ganz persönliches Leid, durchaus ganz neu und ganz nur für seinen Fall formuliert haben will, der legt dem Manne, den er als Führer haben möchte, eine Autorität und Macht in die Hand, wie sie nur eine echte Kirche ihren Priestern mitgeben kann. Meine Rolle kann nicht die des Priesters sein, denn es steht keine Kirche hinter mir, und wenn ich dennoch Tausenden in Briefen und Hinweisen Rat zu geben versucht habe, so tat ich es niemals als Führer, immer nur als Mitleidender, als etwas älterer Bruder.

Ich fürchte sehr, an Ihnen vorbei zu reden, und möchte doch

sehr gerne Sie überzeugen können – nicht vom Rang und Wert meiner Gedanken und meiner Haltung, sondern von der Notwendigkeit, der Unentrinnbarkeit meiner Lage. Die sich an mich wenden, die bei mir „Weisheit“ suchen, sind beinahe ohne Ausnahme Menschen, denen kein überlieferter Glaube helfen konnte. Viele von ihnen habe ich auf die alten Weisen und Lehren verwiesen, habe namentlich auch die Schriften einiger heutiger Katholiken von Rang mit Nachdruck empfohlen. Die Mehrzahl meiner Leser aber ist eben darin mir ähnlich, daß sie einen verhüllten Gott verehren muß. Vielleicht sind es nur die Kranken, die Neurotiker, die Unsozialen, die sich zu mir und meinen Schriften hingezogen fühlen, vielleicht ist der einzige Trost, den manche von ihnen bei mir finden, der, daß sie bei mir, dem Mann von Namen, ihre eigene Schwäche und Not wiederfinden. Mir liegt nicht ob, mich zu irgend einer Sendung zu „entschließen“, wie Sie es fordern, sondern an dem Ort, an den mich das Geschick gestellt hat, das mir Mögliche zu tun. Dazu gehört unter manchem anderen: nicht mehr zu geben (oder zu versprechen), als ich habe. Ich bin ein Leidender unter der Not unserer Zeit, nicht aber ein Führer aus ihr heraus, ich bin gewillt, sie wie eine Hölle zu durchschreiten, in der Hoffnung, jenseits eine neue Unschuld und ein würdigeres Leben zu finden, aber dieses Jenseits schon für ein Jetzt und Hier auszugeben, dazu bin ich nicht imstande. Ich glaube darum nicht, daß mein Leben ohne Sinn, daß ich ganz ohne Mission wäre. Das Ausharren inmitten des Chaos, das Wartenkönnen, die Demut vor dem Leben, auch wo es durch anscheinende Sinnlosigkeit beängstigt, auch sie sind Tugenden, zumal in einer Zeit, wo neue Erklärungen der Weltgeschichte, neue Sinngebungen des Lebens, neue Programme jeder Art so wohlfeil sind.

Ich glaube wohl, vielmehr ich weiß es bestimmt, daß sehr viele, für welche meine Schriften eine Zeitlang interessant und auch fördernd waren, später an ihnen und mir irr geworden sind und sie wegwerfen mußten. Dafür kommen Neue, denen ich ein Stückweit auf ihrem Weg der Menschwerdung hilfreich bin. Mögen jene anderen weiter wachsen, stärkere Gefährten suchen und finden als mich, kühnere Wege gehen. Ich muß auf dem meinen bleiben, so fragwürdig er mir und anderen zu Zeiten erscheinen mag.

An einen Jüngling

1932

... Sie sind ein junger Mensch und fragen sich nach Ihren Pflichten und ob Sie das Recht hätten, sich um sich selber zu kümmern, statt um das Gemeinwohl und Vaterland.

Ich kann Ihnen diese Frage, im Gegensatz zu allen heutigen Tendenzen, genau beantworten:

Ihre Pflicht ist, ein Mensch zu werden, ein so brauchbarer, guter, seiner Fähigkeiten sicherer Mensch wie nur möglich. Ihre Pflicht ist, eine Persönlichkeit und ein Charakter zu werden, nichts anderes. Wenn Sie das so weit geworden sind, als es Ihnen eben möglich und bestimmt ist, dann kommen die Aufgaben, an denen Sie sich bewähren können, ganz von selber zu Ihnen.

In Deutschland ist es heute Sitte, daß Knaben, die noch kaum Menschen sind und kaum lesen können, irgend eine Jacke oder Mütze anziehen, sich für Mitglieder einer Partei erklären und drauflos sich am öffentlichen Leben beteiligen. Sie schreien und bringen ihr Vaterland herunter, sie machen sich und ihr Volk zum lauten Gespött der ganzen Welt, jeder einzelne von ihnen ist ein Staatsverbrecher, denn er hat seine Pflicht, etwas zu werden, etwas zu lernen, ein Kerl und Mann zu werden und selbständig denken zu lernen, versäumt und verraten, und läuft vorzeitig und vorlaut Aufgaben nach, die ihn gar nichts angehen.

Das Deutschland von 1950 wird von den paar Männern gelenkt werden, die heut noch Jünglinge sind, die diesen Schwindel nicht mitmachen, sondern sich im stillen zu Persönlichkeiten entwickeln.

Ich habe schon zuviel gesagt. Denken Sie darüber nach. Aber fangen Sie nicht einen Briefwechsel an, ich könnte nicht darauf eingehen, und Ihnen nichts andres mehr sagen, als ich heute sage.

An Frau E. L., Stuttgart

1932

... Ich kann Ihnen nur ganz wenige Worte antworten, um so mehr als ich in mehreren meiner Schriften längst des öfteren über das gleiche Thema geschrieben habe, es ist mir unmöglich, das jedem einzelnen Leser privatim zu wiederholen. Also ich sehe die Sache so:

Wen Sie heute in Deutschland wählen, halte ich für einerlei, und wenn ich mitzuwählen hätte, würde ich darauf verzichten. Weder die Männer noch die Parteien verdienen, daß ihretwegen sich die Nation zerfleischt. Deutschland hat es vollkommen versäumt, seine ungeheure Mitschuld am Weltkrieg und an der heutigen Lage Europas einzusehen, sich dazu zu bekennen (ohne darum zu leugnen, daß auch die „Feinde" schwere Schuld haben), und eine moralische Reinigung und Gewissenserneuerung an sich vorzunehmen (wie zum Beispiel während des Dreyfus-Prozesses es in Frankreich geschah). Deutschland hat den harten und ungerechten Friedensvertrag dazu benützt, sich vor der Welt und vor sich selber um jede Schuld herumzulügen. Statt einzusehen, wo seine Fehler und Sünden liegen, und sie zu bessern, schwadroniert es genau wie Anno 1914 von der unverdienten Paria-Stellung, die es einnehme, wirft die Schuld an allem Übel anderen vor, bald den Franzosen, bald den Kommunisten, bald den Juden ...

... Nach meiner Auffassung haben diejenigen, die sich für den Geist Deutschlands mitverantwortlich fühlen, ihrem Volk diesen Krebsschaden immer wieder zu zeigen und sich der aktuellen Politik ganz zu entziehen. Die andern Deutschen aber können ihrem Volk dadurch helfen, daß sie, statt einander sonntags totzuschlagen und Räuberles zu spielen, in ihrer Arbeit und ihrer Gesinnung nach Reinheit und Verantwortlichkeit streben.

Genug, die Sache liegt ja einfach. Wir brauchen keineswegs um jeden Preis weiter zu wursteln und an der verlogenen Republik herumzuflicken. Wir paar Denkenden haben eine Aufgabe, die vollkommen klar ist: den Schwindel nicht mitmachen und bekämpfen, für Aufrichtigkeit und Wahrheit eintreten, und einstweilen die Politik ruhig boykottieren. Der gesamte heutige politische Apparat des Reichs muß erst wieder kaputt gehen ...

An Herrn Adolf B., Berlin

Etwa 1932

... Das Verlangen nach dem „Glück" der Rohen und der Dummen ist vielleicht gar nicht ein Stigma der Berufenen. Vielleicht hat jeder Mensch, wenn auch nicht jeder mit gleicher Bewußtheit, Neid in sich auf das „Glück" dessen, den er eine Stufe unter oder über sich sieht. Vielleicht beneidet jedes Leben das andre, und scheint jedem Leben das eigene Schicksal schwerer als jedes andre. Ich weiß es nicht, aber es könnte sein. Mir scheinen die Schmerzen dessen, der irgend eine Rotte von nationalbesoffenen Organisierten um ihr dummes Glück beneiden kann, wünschenswerter als die Krämpfe etwa eines Hitlerianers, der zwischenein für Augenblicke aus dem Parteirausch aufzuckt, den Fuselgeschmack spürt und sich wie ein Schwein vorkommt. Denn ich vermute, auch das sei möglich.

Aber ich habe nicht vor, Ihnen nach irgend einer Seite zuzureden. Sie gehören, das sehe ich, zu den „Berufenen", also zu den Menschen, denen es erlaubt oder auferlegt ist, ihrem Leben einen höheren Sinn zu geben als den des Glückes. Ob Sie nun damit zufrieden oder darüber verzweifelt sind, ändert an der Lage nichts. Sie werden nicht mehr losgelassen werden, Sie werden die Stimme wieder und wieder hören, und ihr nicht zu folgen wird Ihnen schwer werden und wird Sie nicht glücklich machen.

Ihr Todeserlebnis ist das gleiche wie das des jungen Buddha: der Anblick von Krankheit, Alter und Tod war es, der den blühenden Prinzen Buddha zuerst auf den Weg brachte, der manche Jahre lang so sehr voll Qual war und dann unterm Bo-Baum hell wurde.

Noch eine andre literarische Erinnerung kam mir bei Ihrem Brief. Ich mußte an gewisse Sätze bei Christoph Schrempf denken, der trotz der nüchternen Außenseite ein echter Weiser ist, und zwei dieser Sätze konnte ich auch auffinden. Sie stehen in seiner Schrift „Vom öffentlichen Geheimnis des Lebens".

Schrempfs erster Satz handelt vom „dämonischen Erlebnis", also dem Erlebnis des Geweckt- oder Gerufenwerdens, und heißt:

„Das dämonische Erlebnis ist weder Lust noch Schmerz; es ist jenseits von Lust und Schmerz. Es ist erfreulich, sofern aller Schmerz darin untergeht; es ist schrecklich, sofern alle Lust darin untergeht. Es ist Erleben des Lebens mit dem Schauder des Todes."

Der zweite Satz im gleichen Buch heißt:

„Wenn man mich mit der verdammten Pflicht: glücklich zu sein, verschont, kann ich ganz leidlich leben."

Vielleicht haben die Sätze irgend einen Wert für Sie. Wenn nicht, so war es für mich von Wert, mich ihrer zu erinnern.

An Herrn A. St., Jugendburg Freusburg, Sauerland

Etwa 1932

... Ihrem schönen Plan wünsche ich gutes Gelingen, kann aber selbst nichts Ernstliches dazu beitragen. Ich gehöre nicht zu den „Führern", und jedes Beeinflussen und Erziehenwollen liegt mir fern. Daß trotzdem vieles mich mit der deutschen Jugend verbindet, und ich da und dort in ihr ein Echo höre, ist desto mehr ein schönes Geschenk für mich.

Mit Romain Rolland, den Sie erwähnen, bin ich seit dem Jahre 1914, wo er mich zufällig als Gesinnungsgenossen entdeckte, befreundet, habe manche Briefe mit ihm gewechselt und mich auch öfter mit ihm getroffen, zuletzt an meinem Wohnort Montagnola bei Lugano.

Was ich mit Rolland gemein habe, und was uns beide von der Mehrzahl der deutschen Jugend trennt, ist unsere vollkommene Abwendung von jedem Nationalismus, den wir als eine rückständige Sentimentalität und als die größte Gefahr der jetzigen Welt während der Kriegsjahre erkannt haben. Das Land, in dem drei Viertel der Jugend auf Hitler und seine dummen Phrasen schwört, ist für uns zu direkter Wirkung nahezu verschlossen, obwohl die Zeit auch darin Wandlungen bringen kann. So wie Rolland seinen Anti-Nationalismus vor allem gegen seine französischen Landsleute wendet, für die er sich eben doch schließlich mitverantwortlich fühlt, so fühle ich besonders für die jetzige deutsche Form von Nationalismus eine Abneigung und Feindschaft. Das Weglügen aller Kriegsschuld, das Verschieben aller Verantwortung für Deutschlands Zustände auf die „Feinde“ und auf Versailles, erzeugt nach meiner Auffassung in Deutschland eine Luft von politischer Dummheit, Verlogenheit und Unreife, die zur Entstehung eines künftigen Krieges sehr viel beitragen wird.

Ich sehe jedoch keinerlei Möglichkeit, direkt einzugreifen. Ich muß, je mehr ich mit Zeit und Kraft sparen lernen muß, desto gesammelter mich zu der Art von Arbeit wenden, die ich als die mir bestimmte empfinde, und die eigentlich eine rein künstlerische ist. Inmitten der Entartung unsrer Sprache und Literatur streng bleiben und ein gutes Deutsch schreiben – inmitten der Schlagwort-Programme in Kunst und Politik die Grundsätze einfachen Menschentums immer wieder zu betonen und meine eigene Arbeit so verantwortlich und gut wie möglich zu tun, ist mein einziges Programm.

Zeigen Sie Ihren jüngeren Freunden aus meinem Brief das, was Sie etwa für geeignet halten. Und haben Sie Dank für Ihren Gruß und Zuruf, er hat mich gefreut. Es ist mir nicht gegeben, Führer zu sein und zu vielen zu reden, ich wende mich immer nur an den Einzelnen und sein Gewissen. Zur Jugend möchte ich sagen: Werdet reif und eurer Verantwortlichkeit bewußt, ehe ihr euch um die Welt und ihre Umgestaltung kümmert. Je mehr Einzelne da sind, welche dem Welttheater mit Ruhe und Kritik zuzuschauen vermögen, desto geringer ist die Gefahr der großen Massendummheiten, obenan der Kriege.

An Gottfried Bermann, Chantarella, St. Moritz

28. Januar 1933

... Ich kann Dir über das, was mit dem „Glasperlenspiel" gemeint ist, nichts sagen, als was Du jetzt schon aus dem Vorwort weißt, und etwa noch dies: im Sinn habe ich einfach, die Geschichte eines Glasperlenspielmeisters zu schreiben, er heißt Knecht und lebt etwa um die Zeit, wo das Vorwort aufhört. Mehr weiß ich nicht. Die Schaffung einer gereinigten Atmosphäre war mir nötig, ich ging diesmal nicht in die Vergangenheit oder ins märchenhaft Zeitlose, sondern baute die Fiktion einer datierten Zukunft. Die weltliche Kultur jener Zeit wird die gleiche sein wie heute, dagegen wird eine geistige Kultur da sein, in der zu leben und deren Diener zu sein sich lohnt – dies ist das Wunschbild, das ich mir da malen möchte. Reden wir aber nicht mehr davon, sonst ist der Keim tot. Ich hätte nichts davon mitteilen sollen, aber ich bereue es doch nicht, denn mir lag daran, daß Du eine Ahnung habest von der Art meines Lebens und Tuns, von der latenten Produktivität oder wie man das nennen will. Auf deutsch und kürzer gesagt: ich schäme mich im Grunde meiner langen Unfruchtbarkeit und wollte Dir zeigen, daß dahinter doch wenigstens irgend etwas steckt.

Aber eine Abschrift an Fischer zu schicken usw., wie Du vorschlägst, das wäre schon darum unmöglich, weil gar keine existiert. Es existiert ein einziger Durchschlag, der, den Du lasest, das Original ist bei mir, und wird gewiß seine jetzige Form nicht behalten. Es ist ja in diesem Vorwort nur das Terrain abgesteckt, und der Leser gezwungen, das Buch wegzulegen oder in die saubere, aber dünne Luft mitzugehn, in der es spielt.

Hinzugekommen sind seit der Niederschrift des Vorworts einige Details zu eben diesem Vorwort, sowie die lateinische Wendung des Mottos, das natürlich eine Fiktion ist – ich habe den Mann gefunden, der mir dies von mir erfundene Motto aus einem fiktiven Autor in ein schönes stilgerechtes Latein übertragen hat, er ist ein Schulkamerad von mir, und Anno 1890 waren wir zwei die besten Lateiner unsrer Klasse, deren Latein sich sehen lassen konnte, aber heute kann bloß er es noch, ich habe neun Zehntel vergessen . . .

An den S. Fischer Verlag, Berlin

Auf eine Anfrage, ob es in dem Text: „. . . der Besucher aber blieb stehen, sah zu und räusperte sich wie ein Redner, ohne doch etwas Deutsches herauszubringen", nicht „Deutliches" statt „Deutsches" hätte heißen sollen.

30. Januar 1933

Hochgeschätzte Herren

Ich möchte doch „Deutsches" stehen lassen. Das Volk braucht in Schwaben je und je „Deutsch" und „Deutlich" als Synonyme, am häufigsten in der Redensart „Sprich deutsch!", die man anwendet, wenn jemand zwar deutsch, aber gewunden und verschwommen redet. Diese vielen schönen Sprachfeinheiten der lebendigen Sprache gehen heute ja rascher zum Teufel als früher, unsre Enkel werden überhaupt nicht mehr deutsch sprechen können. Aber einige Restchen davon wollen wir, auch wenn sie nicht mehr allgemein verstanden werden, doch in unsern Büchern noch aufbewahren.

An Herrn H. Sch., Pohle in der Oberlausitz

Ende Januar 1933

... Ich denke mir, die richtige Wirkung eines Dichters wäre die: daß eine kleine Zahl von Lesern seine Bücher eine Weile liebt, sie dann weglegt, aber aus ihnen eine Änderung, Festigung, Klärung ihres Lebens und Charakters mitnimmt. Statt dessen ist bei mir die Wirkung die, daß Hunderte von Lesern ihre ablehnende Kritik oder ihre Zustimmung bei mir abladen, in der Meinung, ich müsse nun die eingehende Beschäftigung, die sie mir gewidmet haben, dankbar erwidern, und selber Tausende von Briefen schreiben ...

... Aber ich möchte doch etwas anzudeuten versuchen:

Nehmen Sie aus dem „Steppenwolf“ das mit, was nicht nur Zeitkritik und Zeitproblematik ist: den Glauben an den *Sinn*: an die Unsterblichkeit. In der „Morgenlandfahrt“ sind es die Liebenden und Dienenden. Es ist das gleiche. Je weniger ich im ganzen an unsere Zeit glauben kann, je mehr ich das Menschentum verkommen und verdorren zu sehen meine, desto weniger stelle ich diesem Verfall die Revolution entgegen, und desto mehr glaube ich an die Magie der Liebe. In einer Sache schweigen, über die alles klatscht, ist schon etwas. Über Menschen und Einrichtungen ohne Feindschaft lächeln, das Minus an Liebe in der Welt durch ein kleines Plus an Liebe im Kleinen und Privaten bekämpfen: durch vermehrte Treue in der Arbeit, durch größere Geduld, durch Verzicht auf manche billige Rache des Spotts und der Kritik: das sind allerlei kleine Wege, die man gehen kann. Ich freue mich darüber, daß es auch schon im „Steppenwolf“ steht: Die Welt war nie ein Paradies, sie ist nicht früher gut gewesen und jetzt Hölle geworden, sondern sie ist immer und jederzeit unvollkommen und dreckig, und bedarf, um ertragen und wertvoll zu werden, der Liebe, des Glaubens.

An Herrn M. K., Düsseldorf

Januar 1933

... In Ihrem letzten Brief haben Sie aber ganz vergessen, was es eigentlich war, was Sie zuerst an mich schreiben ließ, und worauf ich in meinen beiden Antworten reagierte. Es war Ihre Frage, ob ich im „Steppenwolf" es mit irgendetwas ernst meine, oder einfach ein angenehmes Einduseln in Opiumräusche vorschlage. Daß es mir mit allen meinen Büchern und meinem Leben nicht gelungen ist, so weit verstanden zu werden, daß es mir Ernst ist, das war für mich nicht nur eine persönliche, sondern auch eine prinzipielle Enttäuschung. Aus Ihrem letzten Brief zum Beispiel erfahre ich nebenher, daß Sie auch den „Siddhartha" kennen. Sie haben also beim Lesen des „Steppenwolfs" den Eindruck haben können: dieser Mensch, der den „Siddhartha" geschrieben hat, sagt jetzt offenbar das Gegenteil.

Da Sie mit Ihrer Frage über das „magische Theater" den ganzen Ernst des Lebens und Tuns angezweifelt haben, für den ich durch manche Hölle gegangen bin, legte ich in meinen Antworten einen Ton von Spott auf die Feststellung, wie sehr ernst Sie Ihr eigenes Suchen und Denken nehmen. Auch in Ihrem letzten Brief betonen Sie wieder sehr, wie unbedingt Ihre Generation (oder die Minderheit, der Sie angehören) es „verlangt", daß man ihr Suchen ernst nehme.

Für meinen Standpunkt ist das ohne Sinn. Ich nehme das Suchen jedes Menschen ernst, einfach als Lebenstatsache, ich habe vor jedem Menschen unbedingt Respekt, solang er sich mir nicht durch wirkliche Erfahrung als wertlos zeigt. Ich war sogar so naiv, für mich und meine Arbeit das gleiche als selbstverständlich vorauszusetzen: nämlich daß der Leser mich entweder wegwerfe oder aber mir so viel Vertrauen schenke, daß er mir zutraut, es sei mir ernst.

Aber auch diese Kluft zwischen Ihnen und mir kommt nur von den Lebensaltern her. Für Sie, die Jungen, hat Ihr eigenes Sein, Ihr Suchen und Leiden, diese große Wichtigkeit mit

Recht. Für den, der alt geworden ist, war das Suchen ein Irrweg und das Leben verfehlt, wenn er nichts Objektives, nichts über ihm und seinen Sorgen Stehendes, nichts Unbedingtes oder Göttliches zu verehren gefunden hat, in dessen Dienst er sich stellt und dessen Dienst allein es ist, der seinem Leben Sinn gibt.

Also: Ihr Suchen und Leiden nehme ich unbedingt ernst. Und ich wünsche Ihnen sehr, daß das Ergebnis Ihres Suchens sich einmal als dem meinen ähnlich erweisen wird: nicht in den Formen und Bildern, durch die es sich ausdrückt, sondern in der Sinngebung und Wertgebung für Ihr eigenes Leben.

Das Bedürfnis der Jugend ist: sich selbst ernst nehmen zu können. Das Bedürfnis des Alters ist: sich selber opfern können, weil über ihm etwas steht, was es ernst nimmt. Ich formuliere nicht gern Glaubenssätze, aber ich glaube wirklich: ein geistiges Leben muß zwischen diesen beiden Polen ablaufen und spielen. Denn Aufgabe, Sehnsucht und Pflicht der Jugend ist das Werden, Aufgabe des reifen Menschen ist das Sichweggeben oder, wie die deutschen Mystiker es einst nannten, das „Entwerden". Man muß erst ein voller Mensch, eine wirkliche Persönlichkeit geworden sein und die Leiden dieser Individuation erlitten haben, ehe man das Opfer dieser Persönlichkeit bringen kann.

Der „Steppenwolf" ist kein geeignetes Objekt für unsere Diskussion, denn er hat ein Thema, das Sie nicht kennen: die Krise im Leben des Mannes um das fünfzigste Jahr. Daher wohl auch die Mißverständnisse.

Nun erbitte ich mir eine Ruhepause, meine Post ist jeden Tag groß, und wenn ich auch meine Zeit nicht hoch anschlage, so muß ich eben doch mit den Augen sparsam umgehen. Vielleicht begegnen wir uns ein andermal wieder.

Eben wie ich schließen will, fällt mir ein: Sie könnten das mißverstehen, was ich über „Entwerden", Opfer etc. sage, nämlich als wollte ich es so darstellen: ich sei mit diesem Entwerden und diesem Opfer etc. fertig, hätte es vollzogen und stünde irgendwo jenseits. Im Gegenteil: ich kämpfe darum, ich leide darunter, ich wehre mich oft auch dagegen, aber ich sehe das Ziel, und glaube an den Sinn, so wie Harry Haller neben der Tanzmusik und andern Vergänglichkeiten an die Unsterblichen glaubt.

An Carlo Isenberg, Stuttgart

Januar 1933

Lieber Carlo

Danke für Dein Briefchen, es war mir eine Freude wieder einmal Deine Stimme zu hören. Und, da ich immer schwerer reise, will ich auch gleich wiederholen, was Du schon weißt: wenn Du einmal kannst und willst, so bist Du uns hier willkommen, zu kurzem oder längerem Besuch, zum Ruhen oder Arbeiten. Nur fehlt ein Klavier, das haben wir nicht.

Deine Fragen kann ich nur schlecht beantworten. Mit dem Protestantismus hast Du sicher recht: Wenn ich von Protestantismus spreche, so meine ich natürlich immer den, den ich kenne, den ich erlebt und geschmeckt habe, und dessen weltlichen wie geistigen Niedergang und Zusammenbruch wir erleben. Ich habe nicht sehr viel historischen Sinn, und darum fehlt es mir auch an Gerechtigkeit im Gebrauch solcher Worte wie „Protestantismus". Ich halte so etwas wie Kirche nur für möglich in der katholischen Form, und da ich die trotz allem für mich nicht annehmen konnte, ging ich eben den Weg des Protestantismus zu Ende, wie es vor mir alle echten Protestanten getan haben, am schönsten Lessing und in seiner Art auch Schrempf sehr schön.

In der Musik bis und mit Bach inclusive Mozart sehe ich überhaupt die deutsche Klassik. Goethe und Schiller, Herder und Lessing sind edle schöne Erscheinungen, aber keine Klassik, sie haben weder den Bogen über ein hohes Erbe gewölbt, noch ein ernstliches neues Ideal errichten können. Was das Deutschland nach dem Mittelalter der Welt zu geben hatte, gab es in der Musik. Wenn ich mich manchmal darauf zu besinnen suche, was ich an Christentum in mir habe, oder wo die letzte reine Gestaltwerdung dieses Christentums liegt, so fallen mir unfehlbar die Cantaten und Passionen von Bach ein: dort, nicht in der Dichtung, ist zum letzten Mal Christentum Form geworden. Und daß du mit der Kirchenmusik auch heut noch an den Ufern dieses Stromes sitzest, ist ein schönes Amt, trotz allem.

Mit Ekhart hingegen steht es so: Ich kenne ihn einfach nicht genug und habe das, was man „Mystik" nennt, früher immer lieber in den orientalischen Formen aufgesucht als in den christlichen und speziell deutschen. Kann sein, daß Luthers Abwendung davon und sein Verrat an der „Theologia deutsch" (den ich wie den Verrat an den Bauern empfinde) mich da unbewußt abgeschreckt haben. Ich habe einen deutschen Ekhart und will ihn einmal wieder ansehn, leider geht es mit dem Lesen so, daß mir zum Lesen nach freier Wahl fast keine Augenkraft mehr bleibt. Mit dem Skilaufen ist es dies Jahr nichts. Das ist aus einem Grund schade: das Skilaufen wird mir höchstens noch bis gegen das 60. Jahr möglich sein, und von diesen paar übrigen Jahren verliere ich ungern eins. Statt dessen fahren wir in Bälde für kurze Zeit nach Bayern, um dort unsern Augenarzt zu treffen.

Addio, sei herzlich gegrüßt

An Fräulein Anni Rebenwurzel, Köln

4. Februar 1933

Liebe Anni Rebenwurzel

Danke schön für Ihren Brief. Alles habe ich nicht entziffern können, aber doch beinahe alles, und alles mit Teilnahme gelesen und bedacht. Daß das Kölner Semester, von dem Sie damals so viel erwarteten, vielleicht enttäuschen würde, dachte ich schon damals – ich sagte damals nichts dazu, außer einer Andeutung darüber, daß der von Ihnen verehrte Lehrer zu den extremen Nationalisten gehöre. Nun scheint noch anderes dazu gekommen zu sein. Aber durch diese Sachen muß man hindurch, Sie wie jeder, und in jedem Fall ist es schwer für einen jungen, zu Dienst und Tat bereiten Geist den Ort zu finden, wo er wirklich sich einordnen, dienen und leisten kann. Der „Betrieb" steht überall hindernd dazwischen, die Organisation, und alle die andern Begriffe und Zwangsmaßregeln von Gesellschaft, Staat und Geld ...

... Ich mag Ihnen keine Predigten halten zu Ihrem lieben Brief. Ich war auch einmal jung, und auch für mich hatte das Wort „kämpfen" einen jubelnden und edlen Klang – im Jahr 1914 zwang mich die Welt, darüber einige Jahre lang gründlich nachzudenken. Das „Kämpfen" ist aber gerade das, was Sie trotz andrer Formulierungen mit den Nazis etc. verbindet.

Der Abendländer, und besonders seine dümmste und wildeste, kriegerischeste Form, der „faustische Mensch" (das heißt: der Deutsche, der aus seinen Inferioritäten durch Maulaufreißen Tugenden gemacht hat) – also der Abendländer liebt und lobt das Kämpfen sehr, Raufen ist ihm Tugend, und das hat ja etwas infantil Hübsches und Rührendes. Solang Bauernsöhne aus Überfluß an Drang und Blut einander verhauen oder hie und da auch zu Tod hauen, ist es ein hübscher Kindersport. Aber schon wenn organisierte Horden das gleiche tun (siehe Nazi), sieht es unangenehmer aus. Die schlimmste Form des „Kämpfens" aber ist die staatlich organisierte, wie sie damals Anno 14 losbrach, und die dazu gehörige Philosophie des Staates, des Kapitals, der Industrie und des faustischen Menschen, dessen Erfindung diese Dinge sind.

Mir ist, seit der „Kampf" keinen Zauber mehr für mich hat, alles Nichtkämpferische, alles adlig Leidende, alles Still-Überlegene lieb geworden, und so fand ich den Weg vom Kämpfen zum Leiden, den Begriff des Duldens, der keineswegs bloß ein negativer ist, den Begriff der „Tugend", der von Kung Fu Tse bis Sokrates und Christentum immer der gleiche ist. Der „Weise" oder „Vollkommene" der alten chinesischen Schriften ist derselbe Typus wie der indische und der sokratische „gute“ Mensch. Seine Kraft beruht nicht darin, daß er zum Totschlagen bereit ist, sondern daß er bereit ist, sich totschlagen zu lassen. Alle Vornehmheit, aller Wert, alle vollendete Reinheit und Einmaligkeit der Leistung und des Lebens, von Buddha bis zu Mozart, haben dort ihre Wurzeln.

Bei uns liegt seit bald drei Wochen Schnee, er lag mehr als ein Meter hoch und ist noch immer da, wenn auch dünner, und Tag für Tag scheint die Sonne drauf. Unser Klima bewährt sich in diesen Wintermonaten. Es unterscheidet sich vom Norden nicht durch ein großes Plus an Wärme, aber durch ein großes Plus an Licht . . .

An einen Studenten in Potsdam

Mitte Februar 1933

Ihr Brief hat mich gefunden, doch kann ich nicht sagen, daß Ihre Lage und Frage mir durch ihn sehr deutlich geworden sei. Ich glaube nur zu sehen, daß Sie an sich selber zweifeln, weil Sie besonders hohe Ansprüche an sich stellen. Das ist das Kennzeichen der „Berufenen“, das heißt: derer, aus denen etwas werden kann. Aber es gehen unzählige von ihnen zu Grunde, weil sie zwischen Ich und Welt nicht die Mitte finden. Für jeden „berufenen“, das heißt zu einem höheren Grad von Individuation bestimmten Menschen sind die Jugendjahre schwer, weil das Werden der eigenen Persönlichkeit isoliert und Kämpfe und Zweifel bringt. Und später kommt dann die andere Gefahr: daß gerade die Begabtesten am schwersten aus der Befangenheit im eigenen Ich wieder herausfinden, welche die Entwicklungsjahre fordern, und zur Welt in kein fruchtbares Verhältnis kommen können.

Es läßt sich von außen nichts raten, Sie müssen Ihren Weg zu gehen versuchen. Sie müssen entweder verzichten und einfach sich notdürftig den andern anzupassen versuchen oder aber sich bewußt machen, daß Ihre Anlagen Sie zu nicht

Durchschnittlichem berufen und verpflichten. Auch wenn Sie noch kein Ziel sehen und noch nicht wissen, wohin das Leben später einen Menschen von Ihrer Art stellen wird, müssen Sie sich und Ihr Studium ernst nehmen und etwas aus sich zu machen suchen. Was unsere Zeit braucht und verlangt, ist nicht geschicktes Beamtentum und Betriebsamkeit, sondern Persönlichkeit, Gewissen, Verantwortlichkeit. An Intellekt, „Talent" ist Überfluß, sie bedeuten an sich nicht viel. Versuchen Sie es, Ihre Lage einmal von diesem Punkt aus zu sehen, es kommen Ihnen vielleicht Gedanken dabei, welche weiter führen.

An Ernst Rogasch, Köln-Nippes

Mitte Februar 1933

... Ihre Karamasow-Phantasie ist stark und schön, obwohl sie das Problem selber für mein Gefühl nicht vorwärts treibt. Der Kardinal, der statt eines Theologen ein Intellektueller ist und so verzweifelt denken und reden kann, ist freilich reif zum Untergang, aber es ist nicht schade um ihn, schade ist nur, daß wir so schwer von ihm loskommen, und daß Christus daneben steht und nichts sagt.

Nicht daß ich wünschte, Sie hätten ihn reden lassen! Nein, das durften Sie nicht, keiner dürfte das. Aber während der Kardinal seine belesene Gescheitheit und kultivierte Verzweiflung ein letztes Mal genießt, wird er uns verflucht zuwider, und unser Herz geht zu dem, der neben ihm steht und durch ihn hindurch auch uns anblickt ...

... Ihr Brief zeigt Not und Verzweiflung, auf die ich nur antworten kann: Halten Sie sie aus! Gehen Sie ihr nicht aus dem Weg! Begnügen Sie sich nicht damit, sie zu äußern! Durchleben Sie sie! Leid tut es mir, daß Worte von mir (ich weiß nicht welche) mit Anlaß waren, Sie niederzudrücken. Vermutlich sehen Sie in mir etwas viel Stärkeres, als ich wirklich bin. Ich habe vor Ihnen nichts voraus, und bin noch heute ähnlicher Verzweiflung zugänglich, nur das eine habe ich dennoch voraus: ich bin älter und habe es auf einem langen Weg erlebt, daß hinter allem Persönlichen das Unpersönliche steht, das Göttliche, und daß dort erst Wirklichkeit entsteht und Leben gelebt werden kann. Manchmal erreiche ich ein Stück Wirklichkeit, manchmal geht sie mir wieder verloren. Es ist Menschenlos, und wir sollen uns damit nicht zufrieden geben, aber wir sollen diese Tragik auch nicht als etwas Persönliches und Individuelles in Anspruch nehmen.

Mehr kann ich zu Ihrem Brief nicht sagen ...

An die Redaktion des „Eckart", Berlin

Februar 1933?

Hochgeschätzte Herren

Ihren Vorschlag wegen eines „Rundgespräches" habe ich erhalten. Ich halte es jedoch grundsätzlich für einen Irrtum, daß Autoren nicht das schreiben, wozu sie von sich aus getrieben sind, sondern das, was Redaktionen bei ihnen bestellen. Dem Irrtum liegt die Institution des intellektuellen Autors zu Grunde, der erstens käuflich ist, sei es durch Geld oder durch den Anreiz zur Interessantheit, und der zweitens stets gewillt und fähig ist, auf „Anregungen" zu reagieren und seine Weisheit über das jeweils ihm diktierte Thema loszulassen. Dazu kommt ein weiteres Übel: alle Vorschläge von der Art des Ihren wollen vom Autor, daß er etwas, was er *gut* und aus Notwendigkeit *einmal* ausgesprochen hat, auf zufällige Anregung hin *nochmals* (also notwendig *schlechter*) formuliere. Natürlich habe ich volle Achtung vor der Güte und Reinheit Ihres Willens, aber ich kann nicht mitmachen, weder jetzt noch ein andres Mal.

An Rudolf Jakob Humm, Zürich

Mitte März 1933

... Die Änderung Ihres Standpunktes und Denkens kann ich verstehen. Ich kenne den Ruf, der uns zur Masse und zum aktuellen Mitkämpfen ruft, sehr gut, und bin mehrmals nahe daran gewesen, ihm zu folgen. Bei der deutschen Revolution war ich ohne Vorbehalt auf Seite der Revolution ... Außerdem habe ich Freunde überall in der Linken und nahe Freunde gerade bei den deutschen Linken. Die Betten sind auch bei mir gerüstet, und ich erwarte morgen den ersten aus Deutschland entkommenen Gast.

Etwas anderes aber ist meine Einsicht in die Ungerechtigkeit der Zustände und meine Auffassung über die Änderung derselben. Ich habe den Krieg 1914–18 so intensiv und bis nahe zur Vernichtung erlebt, daß ich seither über eines vollkommen und unerschütterlich im klaren bin: daß ich, für meine Person, jede Änderung der Welt durch Gewalt ablehne und nicht unterstütze, auch nicht die sozialistische, auch nicht die scheinbar erwünschte und gerechte. Es werden immer die Falschen totgeschlagen, und auch wenn es die Rechten wären: an die bessernde und entsühnende Kraft des Totschlagens glaube ich nun einmal nicht, und sehe in der Zuspitzung der Parteikämpfe zum Bürgerkrieg zwar wohl die Kraft des Entschlusses, die moralische Spannung des „Entweder-Oder", aber ich lehne die Gewalt ab. Die Welt ist krank an Ungerechtigkeit, ja. Sie ist noch viel mehr krank aus Mangel an Liebe, an Menschentum, an Brudergefühl. Das Brudergefühl, das dadurch genährt wird, daß man zu Tausenden marschiert und Waffen trägt, ist mir sowohl in der militärischen wie revolutionären Form nicht annehmbar.

Das gilt für mich, für meine Person. Ich lasse jedem andern seinen Entschluß, ich erwarte nur, falls er mich kennt, daß er meine Haltung als für mich notwendig, oder doch als von mir wohl begründet und verantwortlich anerkenne ...

... Ich habe auch meinen Weg und meine Wandlungen

hinter mir. Es ist vielleicht der Weg eines Don Quichote, jedenfalls ist es der eines Leidens und Sichverantwortlichwissens, er hat mir ein sehr empfindliches Gewissen gegeben, das begann (vorher war es harmlos) im Jahr 1914, und wenn ich heute bewußter als je der Alleinstehende und „Träumer“ bin, so bin ich es bewußt, und sehe nicht bloß einen Fluch, sondern auch ein Amt darin. Ich habe freilich auch meine Art von Gemeinschaft und Sozialität. Ich bekomme im Jahr einige tausend Briefe, alle von jungen Menschen, die meisten unter fünfundzwanzig, und sehr viele suchen mich auch selber auf. Es sind fast ohne Ausnahme begabte, aber schwierige Junge, bestimmt zu einem überdurchschnittlichen Maß von Individuation, verwirrt durch die Etikettierungen der normierten Welt. Manche sind pathologisch, manche so prachtvoll, daß auf ihnen mein ganzer Glaube an den Fortbestand eines deutschen Geistes beruht.

Für diese Minorität von zum Teil gefährdeten, aber lebendigen jungen Geistern bin ich weder Seelsorger noch Arzt, es fehlt mir jede Autorität und auch jeder Anspruch dazu, aber ich stärke, soweit meine Einfühlung reicht, jeden Einzelnen in dem, was ihn von den Normen trennt, suche ihm den Sinn davon zu zeigen. Ich rate keinem ab, sich einer Partei anzuschließen, sage aber jedem, daß, wenn er es zu jung tut, er Gefahr läuft, nicht bloß das eigene Urteil zu verkaufen gegen die Annehmlichkeit, von Genossen umgeben zu sein, sondern – (der Satz wurde durch Besuch unterbrochen, ich beginne neu): sondern ich weise jeden, auch meine Söhne, vor allem darauf hin, daß Zugehörigkeit zu Programm und Partei kein Spiel sein darf, sondern volle Gültigkeit haben muß: daß also, wer sich auf Revolution einläßt, nicht bloß selber mit Leib und Leben seiner Sache zur Verfügung stehen, sondern auch zum Töten, zum Schießen, zum Maschinengewehr und Gas entschlossen und fähig sein muß. Ich gebe jungen Menschen oft die Literatur der revolutionären Linken zu lesen, aber wenn darüber gesprochen wird, und das übliche verantwortungslose Schimpfen auf den Bürger, den Staat und den Faschismus losgeht (die ich natürlich alle zum Teufel wünsche), dann erinnere ich an die Gewissensfrage: daß man bereit zum Töten sein muß, und nicht bloß zum Töten von solchen, die man als Verbrecher kennt und haßt, sondern zum Blindlings-Töten, zum Schießen in Massen. Meinerseits bin ich dazu nicht bereit, unter keinen Umständen, und bin darin Christ, daß ich im Notfall durchaus das Getötetwerden dem Töten vorziehe, aber ich habe nie einen andern, auch nicht meine Söhne, beim Entscheid in dieser letzten Gewissensfrage irgend zu beeinflussen gesucht.

Ich erwarte in einer Stunde einen bekannten antifaschistischen Autor und morgen den ersten Flüchtling aus Deutschland. Die Wellen reichen auch hierher, ich kann mich ihnen beinahe ebensowenig entziehen wie Anno 14. Nur bin ich meines persönlichen Gewissens jetzt sicherer ...

... Ein letztes Mal mußte ich das alles durchprüfen während der deutschen Revolution, als mir dort eine Tätigkeit angeboten wurde. Bei aller Sympathie für Landauer etc. blieb ich beiseite. Da stehe ich noch immer, und von Ihnen aus gesehen ist das vielleicht Stagnation, für mich war und ist es von Tag zu Tag Leben, Wandlung und Prüfung.

An Thomas Mann

21. April 1933

Lieber Herr Mann

Mit Freuden sah ich in der Zürcher Zeitung den Aufsatz von Schuh (den ich seit Jahren schätze) und denke mir, daß er auch Ihnen Freude gemacht hat.

Ihre jetzige Situation bewegt mich aus mancherlei Gründen sehr stark mit. Zum Teil wohl deshalb, weil ich selbst, während des Krieges, sehr Ähnliches erlebt habe, woraus für mich nicht nur eine vollkommene Absage an das offizielle Deutschland wurde, sondern auch eine Revision meiner Auffassung von der Funktion des Geistes und der Dichtung überhaupt.

Bei Ihnen liegt vieles anders als damals bei mir, gemeinsam aber scheint mir das seelische Erlebnis dabei: das Abschiednehmenmüssen von Begriffen, die man sehr geliebt und lang mit dem eigenen Blut genährt hat.

Es steht mir nicht zu und ist nicht mein Wunsch, darüber andre Worte zu sagen als eines der innigen Sympathie. Ich fühle auch, daß Ihr jetziges Erlebnis von meinem damaligen verschieden und schwerer ist, als das meine war – einfach dadurch, daß Sie heute wesentlich älter sind, als ich es in der Kriegszeit war.

Aber ich sehe aus dem allen einen Weg für Sie und für uns weiterführen, einen Weg ins Europäische aus dem Deutschen und ins Überzeitliche aus dem Aktuellen. In dieser Hinsicht halte ich den Zusammenbruch der deutschen Republik und der Hoffnungen, die Sie auf sie setzten, nicht für unerträglich. Es ist etwas zusammengebrochen, was nicht recht lebendig war. Und es wird für den deutschen Geist eine fruchtbare Schule sein, wenn er wieder in offene Opposition zum offiziellen Deutschland kommt.

Ich hoffe, wir sehen uns bald wieder, auch die Kinder.

An Thomas Mann

Nach Pfingsten 1933

Lieber Herr Mann

Wir sind recht froh darüber, etwas von Ihnen zu wissen, haben Sie Dank für Ihren lieben Brief! Um Basel tut es mir leid, ich weiß selber nicht recht, warum ich das als eine Art Nachbarschaft empfunden hätte.

Mit der spezifisch deutschen Art von Vaterlandsliebe erlebt man jetzt manche wunderliche und rührende Beispiele. Es gibt hinausgeworfene Juden und Kommunisten, darunter solche, die in der Kollektivhaltung eines unsentimentalen Heroismus schon ganz hübsche Fortschritte gemacht hatten und welche jetzt, kaum eine kleine Weile in der Fremde und

Unsicherheit lebend, an einem geradezu rührenden Heimweh leiden. Ich kann es begreifen, wenn ich daran denke, wie schwer es mir in der Zeit des Krieges fiel und wie lang ich dazu brauchte, in mir selbst mit dem sentimentalen Teil der Deutschlandliebe aufzuräumen.

Von Ihnen allen war und ist bei uns oft und herzlich die Rede. Es waren seither viele Besuche da, allzu viele, aber auch, von den übrigen Sympathien abgesehen, empfand ich zu den wenigsten eine solche Verwandtschaft wie zu Ihnen in Hinsicht auf Ihr Verhältnis zu Deutschland. Auch die Art der Beleidigungen, die Sie erfuhren, ist mir vom Kriege her vertraut – noch jetzt lese ich je und je in Literatur- oder Buchhändlerblättern solche Töne.

Ich muß gestehen, daß ich diesmal die deutschen Vorgänge nicht so heftig miterlebe wie damals im Krieg, weder um Deutschland bange noch mich für Deutschland schäme, sondern eigentlich wenig berührt bin. Ich hänge, je mehr das Gleichschalten Schlagwort wird, desto inniger an meinem Glauben ans Organische und an die Berechtigung und Unentbehrlichkeit auch solcher Funktionen, welche vom Kollektivbewußtsein verabscheut werden. Darüber, ob mein Denken und Tun deutsch sei oder nicht, habe ich ja gar nicht zu urteilen. Ich kann aus dem Deutschtum, das ich habe, ja nicht heraus, und ich glaube, daß mein Individualismus und auch mein Widerstand und Haß gegen gewisse deutsche Allüren und Phrasen Funktionen sind, bei deren Ausübung ich nicht bloß mir, sondern meinem Volk diene.

Ihnen allen die herzlichsten Grüße! Wir hatten eine sehr trockene Zeit und sind dem Gießkannen-Schleppen beinah erlegen, jetzt hat es endlich tüchtig geregnet, und man kann wieder an seinen Beeten vorübergehn, ohne sich schämen zu müssen. Zwei junge Katzen haben unsere Familie vergrößert, von Ninon wohl gefüttert und gepflegt.

Gute Wünsche von Ihrem

An Thomas Mann

Mitte Juli 1933

Lieber Herr Mann

Ihr Sohn Michael hat mir einen lieben Brief geschrieben, ich lege meine Antwort hier bei. Unsre Frauen haben einander auch geschrieben, und nun komme ich auch noch, obwohl eigentlich in letzter Zeit genug zu tun wäre, aber ich denke sehr viel an Sie, und werde in letzter Zeit immer wieder an Sie erinnert. Einmal durch die Geschichte mit Fiedler in Altenburg, von dessen Prozeß Sie ja wissen. Dann war Bruno Frank einmal bei uns, und er sprach so schön und wissend und verehrend von Ihnen, daß es eine Freude war, ich dachte lebhaft an mein erstes Zusammensein mit Frank, etwa 1908, schon damals waren Sie sein Stern und Vorbild. Und so mahnt mich dies und jenes an Sie, auch manche unserer Gespräche haben Nachklänge bei mir hinterlassen.

Leid tut es mir ein wenig, daß ich bei Ihrem Hiersein meine Scheu nicht überwand und Sie mit dem Vorwort meines seit zwei Jahren geplanten Buches bekannt machte. Es ist vor mehr als einem Jahr geschrieben, und schildert den heutigen geistigen Zustand Deutschlands so genau voraus, daß ich dieser Tage beim Wiederlesen beinah erschrak.

Gleich als Sie abgereist waren, nahm ich mir vor, mich nun auch wieder eine Weile mit Ihrem Werk zu beschäftigen, von dem ich die „Buddenbrooks“ und die „Königliche Hoheit“ sehr viele Jahre nicht mehr gelesen hatte. Bei meinem Augenzustand ist es nun freilich so eine Sache mit Lesevorsätzen, aber nun sind wir soweit, und seit einigen Tagen sind die „Buddenbrooks“ unsere Abendlektüre, meine Frau liest sie mit Hingabe vor, und Sie sind oft den ganzen Abend aufs lebendigste bei uns.

Meine Rolle in Deutschland und der dortigen Literatur ist diesmal, vorerst wenigstens, eine angenehmere als die Ihre. Offiziell bin ich unbelästigt geblieben. In Aufrufen an die Hitlerjugend, sich um ihre deutschen Dichter zu kümmern, finde ich mich weder unter den empfohlenen Kolbenheyern etc. noch auch unter den „Asphaltliteraten" genannt, vor denen gewarnt wird. Man hat mich diesmal vergessen, und ich schätze das sehr, ohne doch zu vergessen, daß es nur ein Versehen ist und sich jeden Tag ändern kann.

Sehr merkwürdig sind mir die Briefe aus dem Reich, die ich von Anhängern des Regimes bekomme, sie sind alle in einer Temperatur von etwa 42 Grad geschrieben, rühmen in großen Worten die Einigkeit, ja sogar die „Freiheit", die jetzt im Reich herrsche, und schreiben in der nächsten Zeile wütend über das Saupack von Katholiken oder Sozialisten, dem man es jetzt zeigen werde. Es ist Kriegs- und Pogromstimmung, freudig und schwer betrunken, es sind Töne von 1914, ohne die damals noch mögliche Naivität. Es wird Blut und anderes kosten, es riecht sehr nach allem Bösen. Dennoch rührt mich zuweilen die blauäugige Begeisterung und Opferbereitschaft, die man bei vielen spürt.

Möchten Sie es erträglich haben, und möchten wir uns in nicht zu ferner Zeit doch wiedersehen!

Ich bitte Sie, Ihre Frau recht sehr von mir zu grüßen, und Mädi! Herzlich Ihr

An Adolf B., Rotenburg in Hannover

28. August 1933

Lieber Herr B.

Ich kann zu Ihrem Brief wenig sagen. Ich kenne den Menschentyp, dem Sie angehören, zwar sehr genau, aber das Individuum kennt man damit noch lange nicht. Immerhin sehe ich deutlich: Sie kämpfen da mit Erscheinungen der Entwicklung, die durchaus notwendig, ja zum Teil selbstverständlich sind. Das Abwelken mancher Lieblingsfreuden zum Beispiel, das man oft im Leben durchmacht, habe ich als Erzähler sehr oft geschildert, in „Unterm Rad" und „Demian" und da und dort. Da ist kein Grund zu Klagen und zu Befürchtungen. Und dazu gehört auch die Stockung in der Produktivität. Nehmen Sie die um Gottes willen als das, was sie ist: als eine Mahnung und Forderung, sich nicht für fertig zu halten, sondern die Leiden neuer Entwicklungsphasen auf sich zu nehmen! Es fehlt Ihnen, dem Theologen, da noch an Frömmigkeit, man hat sie in der Jugend nicht, sie kommt erst später, aber man kann ihr zustreben. Lassen Sie die Frage nach Ihrem Talent, Ihrer Produktivität etc. eine rein biologische sein, und denken Sie daran, daß in jedem Künstlerleben das Ertragen und fruchtbare Überwinden der oft jahrelangen Produktivitätspausen zum Schwersten, aber Lehrreichsten gehört. Sehen Sie Ihr Dichtertum doch nur ja nicht als einen Beruf, als eine Angelegenheit Ihres äußeren Lebens, Ihrer Karriere an! Nichts wäre verderblicher. Lassen Sie ruhig das Produzieren ausbleiben, so wie es Zeiten gibt, wo man nicht träumt, und ziehen Sie diese Vorgänge ja nicht in den Bereich rationaler Lebensgestaltung. Ihre Produktivität ist, wie meine und jede, eine Gnade, nichts andres, und wir können nichts dazu tun. Wir können aber schaden, wenn wir sie dem Bereich des Wunderbaren entreißen wollen.

An Frau Br., Studienassessorin, derzeit Lugano

25. September 1933

... Ich verstehe es und billige es, wenn ein Mensch viel von sich selbst verlangt, wenn er aber diese Forderung auf andere ausdehnt und sein Leben zum „Kampf" für das Gute macht, so muß ich mich des Urteils darüber enthalten, denn ich halte von Kampf, Aktion, Opposition nicht das mindeste; ich glaube zu wissen, daß jeder Wille zur Änderung der Welt zu Krieg und Gewalt führt, und kann darum mich keiner Opposition anschließen, denn ich billige die letzten Konsequenzen nicht, und halte das Unrecht und die Bosheit auf Erden nicht für heilbar. Was wir ändern können und sollen, das sind wir selber: unsere Ungeduld, unser Egoismus (auch der geistige), unser Beleidigtsein, unser Mangel an Liebe und Nachsicht. Jede andere Änderung der Welt, auch wenn sie von den besten Absichten ausgeht, halte ich für nutzlos, darum habe ich auch keinerlei Beziehungen zu oppositionellen Parteien und Blättern, und kann Ihnen also leider auch in dieser Hinsicht keinen Rat geben.

Ich möchte mit meinen Worten keine Kritik an Ihrem Standpunkt üben, ich habe Achtung vor jedem ernsten Willen, aber mein eigener Standpunkt ist ein völlig anderer, es hätte keinen Sinn, dies nicht klar auszusprechen.

Ich würde für einen Menschen, der in Ihrer Lage ist, es für das beste halten, daß er irgendwo eine positive, aufbauende, dienende Arbeit fände, auch wenn sie unter Opfern und Zugeständnissen geschehen muß. Dies schiene mir das einzige, was anzustreben wäre. Den intellektuellen Kampf gegen Unfreiheit und Gewalt, obwohl zu Zeiten auch er notwendig ist, halte ich nicht für eine Tätigkeit, die einen leidenden Menschen aufrichten und beglücken kann.

An Josef Englert, Fiesole

29. September 1933

... Die traurige Mentalität der deutschen Juden ist mir leider seit langem bekannt, ihr Verhalten gegen die Ostjuden war schon lang vor Hitler ein Verrat und eine Schande, beinah möchte man sagen: „es geschieht ihnen recht“, wenn das nicht gegenüber ihrer jetzigen Lage unerlaubt roh wäre. Aber wir dürfen nicht vergessen: Juden wie Deutsche haben neben ihrer rohen, dummen und feigen Mehrheit auch eine feine, weise und tapfere Minderheit, mag sie noch so klein sein. Allein das Vorhandensein einer Person wie Martin Buber ist ein Trost und Glück. Er hat sich in seinen letzten Schriften und seinem Verhalten seit Jahren zu einer Reinheit, Klarheit und Sicherheit des Standpunkts entwickelt, und ist heute, als Jude und für die kleine Minderheit der geistigen Juden, ein

Sammler und Kraftspender geworden, er hat sich weder der deutschen noch der feigen deutsch-jüdischen Art auch nur um einen Schritt gefügt.

Diese kleinen Minderheiten und Herde von Geist und Frömmigkeit sind es, für die ich heute ein lebendiges Mitwissen und Mitschwingen und stilles Mittragen und Mitarbeiten habe. Für meinen kleinen persönlichen Lebenskreis zum Beispiel wird meine Verbindung mit Deutschland mir beinah täglich bestätigt durch die Briefe von Lesern, namentlich ganz jungen Lesern, die sich in einer oft argen Unsicherheit, aber meist mit rührendem Vertrauen an mich wenden, um in ihren Lebenskrisen irgend eine Bestätigung oder Korrektur zu suchen. Und diese Briefe, seit zwanzig Jahren mein einziger realer Beweis für den Sinn meiner Existenz und Arbeit, und zugleich meine tägliche Last und Plage – diese Briefe von jungen deutschen Lesern haben sich seit dem März 1933 in nichts geändert, nicht einmal seltener sind sie geworden. Nach wie vor kämpfen jene Schichten der Jugend, denen ein rasches Aufgehen in der Masse und Uniform nicht möglich ist, ihren Kampf um Licht und Geist, wozu oft die bitterste materielle Not kommt, lesen Arbeitslose in Leihbibliotheken ein Buch, das sie anpackt, beginnen nachzudenken, suchen den Weg zum Autor, verlassen ihn vielleicht bald wieder, weil er für sie nicht als Ratgeber oder Vorbild, nur als Erwecker in Betracht kam, und an dieser Stelle, als Sprecher für eine kleine Minderheit von Menschen, die um Sinngebung und Zielsetzung ringen, an dieser Stelle bin ich nach wie vor mit dem deutschen Volk verbunden und habe in ihm eine Funktion. Manche dieser Leute finden auch persönlich den Weg bis Montagnola, erscheinen eines Tages hier, sprechen für eine Stunde oder einen halben Tag vor, sind zu Fuß oder per Rad hergekommen, und geben, ebenso wie die Briefe, sowohl Sorgen wie Freude, und im ganzen wird für mich daraus eine langsam und stetig wachsende Verantwortlichkeit, die mich manchmal schwer drückt, manchmal auch hält und freut.

Andererseits begreifen viele meiner Freunde nicht, daß ich

nicht Partei ergreife, mich weder in Deutschland einordne noch der Opposition anschließe. Ich hätte zu letzterem oft Lust, aber nur für Augenblicke. Wozu die Proteste? Wozu die witzigen Aufsätze über Hitler oder über die deutsche Unteroffiziersbegabung? Was geht sie mich an? Ich kann sie nicht ändern. Ich kann aber allen denen ein wenig helfen, die gleich mir die ganze säuische Machtstreberei und Politik in ihrem ganzen Tun und Denken sabotieren, und Inseln des Menschentums und der Liebe bilden inmitten von Teufeltum und Totschlag. Sehr gern hätte ich Sie, liebster Freund, einmal gesprochen. Daß Sie, in Ihrer von mir sehr geliebten straffen Art, inmitten der Hölle aktiv geworden sind und selber eingegriffen und Gutes gestiftet haben, ist mir eine herzliche Freude.

Nun seien Sie von Herzen gegrüßt, samt Frau und Kindern, und haben Sie in Fiesole, sei es auch zum letztenmal, noch einen schönen milden Herbst!

An Thomas Mann

Ende 1933

Lieber Herr Thomas Mann

Schon lang haben wir die Lektüre des „Jaakob" beendet... Jetzt möchte ich Ihnen wenigstens danken für den großen Genuß, den ich von dem Buch hatte. Es wären viele Einzelheiten zu nennen, die mich entzückt haben, am meisten aber ist es doch die Gleichmäßigkeit und Kontinuität, die mich an diesem Buch wie an jedem früheren von Ihnen erfreut und ergriffen haben, die Dichtigkeit des Gewebes, die Treue im Willen zum Ganzen, zur großen Form. Und dann ist natürlich inmitten der heutigen Art von Geschichtsauffassung und Geschichtsschreibung die stille, leicht melancholische Ironie mir bis ins kleinste lieb geworden, mit der Sie letzten Endes die Problematik aller Geschichte und allen Erzählenwollens ansehen, ohne doch einen Augenblick in der Bemühung um eben diese im Grund als unmöglich erkannte Geschichtschreibung nachzulassen. Dies grade ist mir, der ich in vielem anders geartet und durch andre Herkünfte gebildet bin, tief sympathisch und vertraut: das Unmögliche zu unternehmen, obwohl man darum weiß, das Tragische aktiv auf sich zu nehmen. Und dann traf dieses Buch so schön mit seiner Stille in eine mit dummen Aktualitäten überstopfte Zeit! Und seine Figuren fast alle waren so viel wirklicher, wahrscheinlicher, richtiger als die Figuren der Weltbühne. Es wird keinen Leser geben, der nicht Ihren Laban als eine erregende persönliche Bekanntschaft erlebt ...

... Ich lese, soweit die Augen es erlauben, pietistische Biographien des 18. Jahrhunderts, und weiß gar nicht mehr, was Produktivität eigentlich ist. Dabei wächst die Vorstellung von meinem seit zwei Jahren vorhandenen Plan (dem mathematisch-musikalischen Geist-Spiel) zur Vorstellung eines bändereichen Werkes, ja einer Bibliothek an, desto hübscher und kompletter in der Phantasie, je weiter weg sie von der Möglichkeit einer Realisierung rückt.

Unsere Gegend ist weiß, es schneit und taut durcheinander. Grüßen Sie bitte Frau Mann und Mädi und Bibi schön von mir, und nehmen Sie unsre guten Wünsche für das neue Jahr!

An Herrn A. H., Pforzheim

Etwa 1933

Lieber Herr H.

... Sie sind auf dem Wege zu einer Persönlichkeit, und werden wohl den Weg auch weiter gehen müssen, selbst wenn er wirklich zu Verrücktheit oder Selbstmord führen würde. Diese beiden Gefahren nehme ich nicht so ernst, in manchen Fällen sind sie keine Gefahr, sondern durchaus richtiges Ende einer Laufbahn, und nicht der schlechtesten.

Ernst nehme ich nur den Menschen als Einzelnen, als Persönlichkeit, und wie es scheint, ist der Weg dazu heute noch schwerer, als er schon zur Zeit meiner Jugend war. Im übrigen aber hat er seinen Sinn und auch sein Gesicht wohl doch nicht verändert, denn die eigentlich menschlichen Schicksale ändern sich kaum in Jahrhunderten.

Geändert haben sich nur die Verlockungen, die heute den jungen Menschen dazu bringen wollen, den schweren Weg zum eigenen Selbst schon früh aufzugeben und sich dafür einer Gemeinschaft, einem scheinbar hohen und edlen Ziel hinzugeben. Wie ich sehe, sind bei Ihnen diese Verlockungen nicht in der groben Gestalt politischer Programme und Scheinideale erschienen, dazu sind Sie schon zu sehr Person geworden. Aber sie neigen dazu, sich den kleineren, mehr idealistischen Gemeinschaften hinzugeben: den Vegetariern, Siedlern, Lebensreformern usw. Ganz einerlei, ob die Ideale dieser Gemeinschaften an sich edel und gut sind oder nicht, sie bedeuten doch für junge Menschen Ihrer Art eine Gefahr: nämlich auch diese kleineren und idealeren Gemeinschaften wollen Sie vor der Zeit formen und abstempeln, erziehen und einreihen, und dieser Gefahr sollen Sie auch gar nicht davonlaufen und allein bleiben, aber Sie sollen je und je daran denken, daß Ihr voller Menschenwert erst dann erreicht ist und wirksam werden kann, wenn Sie sich wirklich so weit zu einer Persönlichkeit, einem Charakter entwickelt haben, als Ihnen möglich ist. Sie sollen also die Ideale und Ziele solcher Gemeinschaften und ihrer Führer niemals gleich ernst nehmen wie Ihr eigenes Werden. Sie werden zwar, wenn Sie etwas taugen, Ihre Person später gewiß hohen und menschlichen Zielen unterordnen, aber erst wenn Sie den Ihnen möglichen Grad von Menschwerdung erreicht haben.

Darum: Nehmen Sie die Programme und Gedankeninhalte der Bünde, Gemeinschaften etc. nicht allzu wichtig, nehmen Sie aber die Ihnen begegnenden Führer ernst, und verlassen Sie sie erst, wenn Sie deutlich fühlen, daß sie Ihnen nichts mehr zu geben haben und unterlegen sind. Nicht an den allgemeinen Ideen, sondern an den Menschen, an den „Führern“, an denen, die Ihnen vorerst noch als Personen überlegen sind, müssen Sie sich bewähren und messen, und wenn es dabei Verzweiflungen und Selbstmordgelüste gibt, so soll Sie das nicht abschrecken, gehn Sie auf die Hölle los, sie ist überwindbar.

Mehr kann ich nicht sagen, mehr sehe ich nicht aus Ihren geschriebenen Blättern. Lesen Sie meine Zeilen ein paarmal durch, vergessen Sie sie dann ruhig wieder, und lassen Sie nur das wirken, was irgend einen Stachel und Antrieb hinterläßt.

An Frau Berta Markwalder, Baden

Herbst 1933 oder 1934

Liebe Frau Markwalder

Danke schön für Ihren lieben Brief, der macht mir große Freude. Natürlich komme ich sehr gern, aber es geht erst im November. Im Oktober hat meine Frau ihre Ferien, sie sind dies Jahr besonders wohlverdient, weil wir manche Sorgen hatten und haben, und weil wir dies Jahr ungewöhnlich viel Besuche und Gäste hatten. Auch muß ich im Oktober in Garten und Haus vieles besorgen, und erwarte einen meiner Söhne zu Besuch. Aber dann im November werde ich mich gerne anmelden.

Ich werde auch, wie Sie es sich wünschen, sehr viel Versöhnlichkeit mitbringen. Sie haben da, liebe Frau Markwalder, in Ihrem Brief etwas gesagt, was nicht richtig ist: Sie sagen, ich sei „stets unter den Feinden Deutschlands“ gewesen! Warum denn? Weil ich sehr häufig ein Gegner der deutschen Politik war? Aber ein Volk hat ja nicht bloß seine Politik, es hat auch seine Seele, seine Kultur, seine Landschaft, seine Sprache, seine Geschichte und Erinnerungen, sein Erbe an Geist und Kunst. An dem allen habe ich, seit ich lebe, mit meiner ganzen Lebensarbeit den innigsten Anteil, sowohl als Dichter wie als Kritiker. Seit vielen Jahren besteht etwa die Hälfte meiner Arbeit im Lesen und Beantworten von Briefen, die ich aus Deutschland erhalte, meist von jungen

Leuten, die mit ihren Nöten, ihren Hoffnungen, Idealen und Zweifeln zu mir kommen. Ich möchte alle diese, oft sehr verantwortungsvolle und lastende Arbeit nicht getan haben, um nun am Ende als ein „Feind Deutschlands“ angesehen zu werden. So steht es wirklich nicht. Und wenn ich, wie Sie selbst es ja auch tun, die zum Teil unerhört grausamen und törichten Akte des jetzigen Regimes mißbillige (wie ich es auch schon vor dem Krieg unter dem Kaiser tat), so kommt auch das keineswegs aus Feindschaft, sondern aus Liebe. Ein Volk hat seine Denker, Dichter und Literaten nicht bloß, um ihm zu schmeicheln und es in jeder Laune und Unart zu bekräftigen, das wäre eine falsche Auffassung von unserer Aufgabe. Kurz, Sie werden keinen Deutschenfresser in mir finden.

An Wilhelm Gundert, Tokio

11. Februar 1934

... Den politischen Ereignissen des Jahres gegenüber verhielt ich mich still und neutral, ich lebe seit zweiundzwanzig Jahren in der Schweiz und bin Schweizer, und habe auch als solcher nicht viel Nationalismus in mir. Daß man in solchen Zeiten „bei seinem Volk stehen“ müsse, wie auch Du es ausdrückst, mag schon richtig sein, aber man kann das auf viele Arten tun. Durch Mitschreien bei dem großen Geschrei und Mithassen bei all den Pogromen gegen die Juden und den Geist, gegen Christentum und Menschentum nützt man ja seinem Volk wenig, für das „Volk“ sind die „großen Zeiten“ ja immer die des Hassens und der Kriegsbereitschaft. Wir Geistigen, auch wenn wir uns dadurch unbeliebt machen, sollten dazu schweigen, solang es möglich ist, und sollten zwar zum Volk, nicht aber zu seinen Leidenschaften, Roheiten und Gemeinheiten stehen, dazu sind wir nicht da.

Inzwischen hat Dich vielleicht mein Gedicht „Besinnung“ erreicht. Es ist ein Glaubensbekenntnis in ziemlich scharfer Formulierung, recht weit weg vom „deutschen“ Christentum dieser Tage, das den Primat des Geistes nicht kennt, weil es von „Rasse"-Gläubigkeiten betrunken ist ...

An Herrn S., Hohenberg in Sachsen

Mitte Februar 1934

... ich fürchte, daß der Tiefstand noch nicht erreicht ist, und Kunst und Dichtung noch eine Weile wird hungern müssen. Das hindert nicht, daß wir die daraus kommenden Leiden fruchtbar machen und uns selber der Zukunft aufsparen und darbringen. Es steht uns ja – scheinbar – auch der andre Weg offen: die Tragik zu übersehen und irgendwie in der Masse aufzugehen. Aber ob er uns wirklich offensteht, und ob wirklich unser Verzicht auf ihn unsere Tat und unsre Tugend ist? Vermutlich geht jeder von uns seinen Weg viel weniger frei als ihm scheint. Darum ist es für die Gezeichneten gut, von Kameraden zu wissen und sich der Reihe der Schaffenden und Leidenden eingeordnet zu fühlen, die durch die Weltgeschichte geht.

Das ist unsere Gemeinschaft der Heiligen, es gehört der arme Villon und der arme Verlaine ebenso dazu wie Mozart, Pascal so gut wie Nietzsche. Ich weiß heut nicht mehr zu sagen.

An Frau Johanna G., Cernauti

Mitte Februar 1934

Liebe Frau Dr. G.

Danke für Ihren Brief! Über Buber wußte ich halbwegs Bescheid, kenne ihn auch persönlich ein wenig. Wenn ich ihn zu den Juden rechne, die zu Deutschland in einem sehr nahen, engen, schicksalsmäßigen Verhältnis stehen, so tue ich es aus guten Gründen: Buber hat, außer der rabbinischen, auch die deutsche philosophische Schule durchlaufen (wenigstens eine derselben: Simmel), ferner ist er mit einer Deutschen verheiratet, publiziert seit Jahrzehnten in Deutschland und schreibt – last not least – ein besseres Deutsch als die meisten Deutschen.

Der „deutsche Jude“, über den Sie mir schreiben, das heißt der traditions- und religionslose, angepaßte Geschäfts- oder Kulturjude, der von Bibel und Talmud so wenig wissen wollte wie von seinen ärmeren und gefährdeteren Brüdern im Osten, dieser „deutsche Jude“ tut mir leid, weil er in schwerer Lage ist, aber er interessiert mich kaum, er hat mein Mitleid, aber ich halte ihn für eine Übergangserscheinung von kurzer Dauer, es gibt ihn seit dem Ende des 18. Jahrhunderts, und jetzt wird er vermutlich untergehen, denn die überlebenden deutschen Juden müssen in irgend einer Form wieder ins Judentum zurück: entweder in das deutsche Getto oder ins politische Judentum und nach Palästina – oder aber in das echte, ewige, geistige Judentum der Bibel und des Talmud. Dieser Weg steht jedem Juden auch in Not und Verfolgung offen, diesen Weg wollte ihm mein Hinweis auf Buber etc. zeigen, weiter nichts.

Daß es schwer ist, sein Vaterland zu verlieren, weiß ich; aber es können aus solchen Leiden gute Dinge entstehen, so wie auch bei dem verlachten und beargwöhnten Ostjuden Buber inmitten seiner deutschen Brüder, die ihn nicht verstanden und schätzten, gute Dinge entstanden sind. Wenn die jetzigen Judenhetzen irgend einen Sinn haben, so ist es der: die Wertvollen unter den Juden auf das Unzerstörbare, Geistige, Göttliche in ihrer Herkunft zurückzuweisen und dadurch dem Geist auf Erden zu dienen. Die deutschen, wohlangepaßten Durchschnittsjuden der jüngsten Vergangenheit waren angenehme, gebildete Leute, aber sie kannten nichts von Not, auch nicht von geistiger, und waren darum geistig auch nicht eigentlich fruchtbar. Durch die jetzige Not kann mancher es werden. Daran zu erinnern, war der Sinn meiner Zeilen über jüdische Bücher.

An einen Theologiestudenten

17. März 1934

Lieber Herr

Es ist nicht gut, daß Sie als Theolog so im Ungewissen sind, wo die Werte liegen und wo Trost zu finden sei. Und es ist auch nicht gut, daß Sie von *mir* erwarten, daß ich durch eine Apologie meiner selbst es Ihnen erleichtere, mir nicht untreu zu werden. Werden Sie lieber untreu, gehen Sie den Weg der Zeit vom Geist zur Macht, vom Glauben an den Geist zum Glauben an die Kanonen, und seien Sie dessen sicher, daß keiner von allen guten Geistern der Vergangenheit Ihren Weg billigt. Er ist leichter zu gehn als der unsere, man kann dabei ohne die „Müdigkeit" fertig werden, die Sie bei mir stört, und die auf einige Jahrzehnte des Kampfes für den Geist gegen die brutale Macht zurückzuführen ist. Es gab in Göttingen einen stud. theol. Adolf B., der sehr schöne Gedichte schrieb – wenn Sie ihn kennen, so grüßen Sie ihn von mir und sprechen Sie mit ihm, da ich Ihnen das nicht geben kann, was Sie haben möchten.

An Max Machhausen, Köln-Ehrenfeld

Juni 1934

Sehr geehrter Herr Machhausen

Danke für Ihren Brief, er machte mir Freude, und ich glaube seine Herkunft so ziemlich zu verstehen . . .

Ihr Brief spricht von Scheler und von Ball. Scheler kenne ich beinahe nur vom Hörensagen, keine seiner späteren Schriften habe ich gelesen. Doch habe ich eine kleine persönliche Erinnerung an ihn. Während des Krieges, 1915 oder 1916, war er einmal in Bern und besuchte mich zweimal. Persönlich war er mir nicht unsympathisch, doch fiel mir in seinen Äußerungen ein hoher Grad von Nationalismus auf, er hatte auch nach Kriegsausbruch ein Buch zur Verherrlichung des

Nationalismus geschrieben, das etwas Faszinierendes hatte und zu dem ich mich damals, etwa 1916, im schärfsten Gegensatz befand.

Auch Hugo Ball lebte während des Krieges eine Weile in meiner Nähe in Bern, aber ohne daß ich von ihm wußte und seinen Namen kannte. Er gehörte zu einem radikalen kleinen Kreis von Kriegsgegnern, und mein Name war ihm zwar bekannt, aber ich war damals für ihn nichts als ein etwas lächerlicher, sentimental-bürgerlicher Unterhaltungsschriftsteller. Erst später, von 1919 an, lernten wir uns kennen, beide als Flüchtlinge nach einer mehr oder weniger mißglückten Existenz ins Tessin gekommen. Er wurde mein Freund und war einige Jahre lang mein nächster Umgang, wir kamen einander immer näher bis zu seinem Tode, sein Grab ist in meiner Nähe, seine Witwe ist noch mit mir befreundet. – Ball trug viel zu meiner Kenntnis des katholischen Gedankens bei, und nahm dafür von mir manches aus der indischen und chinesischen Weisheit auf. Er war in seinen letzten Jahren strenger orthodoxer Katholik, und obwohl ich ihm oft widersprach und aus meiner geringen Sympathie für den Klerus kein Hehl machte, gefiel mir dennoch gerade das an ihm besonders und gewann mein Herz, daß er bereit war, das Opfer des Intellekts zu bringen, daß er den heroischen Versuch machte, es zu verwirklichen, und daß die Realisierung des römischen Ideals im einzelnen Leben ihm wichtiger und heiliger war als alle Gedankengebäude. Er wurde von lauter Ketzern zu Grabe getragen, auch ich trug bei Sturm und Regen eine lange Kerze hinter seinem Sarge her zur Kirche St. Abbondio hinüber.

Das ist, was mir beim Lesen Ihres Briefes wieder einfiel.

Sie sind jung, und für Sie stellt sich das, was Sie suchen, durchaus als „neu“ dar, eine neue Art zu leben, eine neue Art von Geistigkeit und Menschlichkeit etc. Für mich, der ich alt bin, hat das „Neue“ keinen Zauber mehr, und ich glaube dennoch, daß das, was Sie ersehnen und was ich ersehne, dasselbe ist. Denn das Ziel aller Menschenträume und Anläufe ist immer neu, der Aufschwung des Menschen steht immer und überall im Gegensatz zum Gewohnten, Profanen, Alltäglichen, und dem Jungen und Gläubigen erscheinen immer die Angehörigen geordneter und fertig formulierter Bekenntnisse und Ordnungen wie Pharisäer. Und so glaube ich auch, daß die Elite und beste Lebenskraft des Christentums immer bei denen liegt, denen das Formulierte schal zu werden droht, und daß trotzdem die ersehnten „neuen" Ordnungen nur die alten sind, und daß die alten Formulierungen in dem Maß ihren lebendigen Zauber wiedergewinnen, als der Suchende bereit ist, die Formel als Symbol anzunehmen.

Sollten Sie je einmal in den Süden kommen und unsere Gegend berühren, dann sehen wir uns vielleicht. Ein Disput über die Grenzen hinweg ist zur Zeit kaum möglich. Ich wünsche Ihnen Gutes.

An Dr. M. Sp., Charlottenburg

23. Juni 1934

Hochgeschätzter Herr

Danke für Ihre Zeilen. Sie fragen, ob Sie mir nicht „die Laune verdorben" haben. Nun, es war keine da, die hätte verdorben werden können. Wer in der Hölle lebt, und bewußt in ihr lebt, hat keine Laune. Darum halte ich auch unsere Diskussionen über Ansichten für entbehrlich, das Leben ist zu kurz und ist zu schwer, wir haben andere Pflichten zu erfüllen.

Über jüdische Dinge pro oder contra nochmals irgend welche Äußerung zu tun, werde ich unterlassen, ich erhoffe davon für Sie Beruhigung und für mich eine gewisse Entlastung, denn auch ich bin schließlich ein Mensch und hätte eigentlich das Recht eines jeden, mich durch harte und ungerechte Vorwürfe beleidigt zu fühlen. Ich bitte Sie darum, mir den geplanten Brief nicht zu schreiben. Ich gestehe den Juden im Ganzen sowie jedem einzelnen sein volles Recht auf nationale Leidenschaften zu und werde mir also künftig Mühe geben, sie nicht mehr zu verletzen. Aber was ich an den Juden und an andern Völkern verehre, liebe und ernst nehme, sind eben nicht die nationalen Leidenschaften und Empfindlichkeiten. Sie sind für mich etwas Natürliches, etwas Selbstverständliches, aber vollkommen uninteressant. Was mich am Menschen einzig interessiert, ist seine Fähigkeit, jene Leidenschaften unter Umständen abzulegen oder zu sublimieren.

Für Ihre freundlichen Worte schönen Dank! Ergebenst Ihr

An den Vorstand des PEN-Club in London

23. Juni 1934

Sehr geehrte Herren

Erlauben Sie mir, Ihr Interesse einem deutschen Kollegen zuzuwenden, einem sehr beachtenswerten, zur Zeit schwer leidenden Schriftsteller, dessen Werke einen hohen menschlichen und literarischen Wert darstellen, und dessen Sie, wie mir gesagt wird, bisher bei Ihren Bemühungen um die Opfer der deutschen Krise nicht gedacht haben. Es ist der Dichter und Publizist Arthur Holitscher. Seine Romane haben seit dem „Vergifteten Brunnen", der bald nach 1900 zuerst erschien, dem Verfasser einen Platz in der deutschen Literatur verschafft und seit Holitscher sich mehr und mehr den sozialen Problemen der Zeit zugewandt und sich für ihre Lösung im kommunistischen Sinne eingesetzt hat, gehört er zu den Anwälten und Verteidigern der Armen und Rechtlosen. Ich bin nicht sein Parteigenosse, auch nicht sein Landsmann (Holitscher ist von Geburt Ungar, ich bin Schweizer) aber ich bin sein Kollege und einer seiner Leser seit dreißig Jahren, und jetzt, wo Holitscher selbst zu den Armen und Entrechteten gehört, wo seine Bücher verboten, sein Besitz und Arbeitswerkzeug in Berlin beschlagnahmt, seine Existenz schwer bedroht ist, wo er nicht einmal seine eigenen Bücher mehr besitzt, jetzt scheint er mir unbedingt zu jenen Kollegen zu gehören, welche Ihrer kollegialen Teilnahme bedürfen und dieser Teilnahme würdig sind. Seine Bücher gehören unbedingt in Ihre

Bibliothek der Emigranten, und er selbst gehört zu jenen Opfern der politischen Zustände, welche zu kennen und nach Möglichkeit zu fördern gewiß Ihre Pflicht wäre.

Verzeihen Sie mir, einem Außenstehenden, der keiner Organisation angehört und auch nicht Mitglied Ihres Clubs ist, wenn ich mir diesen Hinweis erlaubt habe.

Mit Hochachtung Ihr ergebener

An Otto Basler, Burg (Aargau)

25. August 1934

Lieber Herr Basler

Ja, das ist schade, daß Sie nicht dabei sind, wenn mein Neffe mit mir Musik durchnimmt, ich könnte auch von Ihnen lernen, und sehr schön ist an sich schon das Kennenlernen alter, für mich noch unbekannter Werke und Meister, zum Beispiel der Klaviermusik von Froberger und anderes mehr.

Es freut mich immer, daß Sie meinen Gedichten ein so liebevoller und auch nachsichtiger Leser sind. Das Verhältnis meiner Gedichte zu denen Georges sehe ich ähnlich wie Sie, doch würde ich die beiden verschiedenen Typen von Dichtung nicht so gegeneinander ausspielen, um einer den ausschließlichen Vorzug zu geben, sondern für mich sind sie Erscheinungsformen alter und ewiger Typen, Gegensätze, von denen beide Teile gleich lebendig sind. George und was zu ihm gehört (es gehört das halbe heutige Deutschland dazu) setzen eine willentliche Haltung, eine Zucht, eine vom Willen diktierte und kontrollierte Auswahl voraus, während ich zu der Art gehöre, die gegen den Willen und das Gewollte mißtrauisch ist und eine Harmonie zwischen Geist und Natur, zwischen Willen und Gnade sucht. Die Gefahr der erstern ist Hochmut, Diktatur (Georges Diktatur in seinem „Kreis“ und sein Anspruch auf Ausschließlichkeit, als einziger Dichter der Epoche, waren Vorläufer der andern deutschen Diktatur, und zum Teil sogar direkte Vorbilder) – die Gefahr der andern

Art ist Sichgehenlassen, Unterschätzen des Formwillens, mangelnde Zucht. Nicht irgendwo zwischen beiden Arten, sondern über ihnen im lebendigen Hin und Her zwischen beiden Polen liegt das Gültige.

Mein theoretisches Interesse für Musik ist sehr beschränkt, hätte auch wenig Wert, da ich nicht ausübend bin. Es interessiert mich die Kontrapunktik, die Fuge, der Wechsel der Harmonik-Moden, aber hinter diesen bloß ästhetischen Fragen sind mit die andern lebendig, der eigentliche Geist der echten Musik, ihre Moral. Darüber wissen und sagen die alten Chinesen mehr als unsere Musiktheoretiker. Bei Lü Bu We („Frühling und Herbst“, Kapitel 2) heißt es unter anderem: „Die vollkommene Musik hat ihre Ursache. Sie entsteht aus dem Gleichgewicht. Das Gleichgewicht entsteht aus dem Rechten, das Rechte entsteht aus dem Sinn der Welt. Darum vermag man nur mit einem, der den Weltsinn erkannt hat, über die Musik zu reden.“ Auch über Wagner, den Rattenfänger und Leibmusikanten des zweiten und noch mehr des dritten deutschen Reiches weiß Lü Bu We schon genau Bescheid. Es heißt bei ihm: „Je rauschender die Musik, desto melancholischer werden die Menschen, desto gefährlicher wird das Land, desto tiefer sinkt der Fürst“ etc. Oder: „Rauschend ist ja eine solche Musik, aber sie hat sich vom Wesen der eigentlichen Musik entfernt. Darum ist diese Musik nicht heiter. Ist die Musik nicht heiter, so murrt das Volk, und das Leben wird geschädigt“ und „Die Musik eines wohlgeordneten Zeitalters ist ruhig und heiter und die Regierung gleichmäßig. Die Musik eines unruhigen Zeitalters ist aufgeregt und grimmig, und seine Regierung ist verkehrt. Die Musik eines verfallenden Staates ist sentimental und traurig, und seine Regierung ist gefährdet.“

Addio, vielleicht sehn wir uns im Spätherbst in Baden. Ich bin durch Gäste und Besuche allzusehr belastet, es ist seit langem keine Arbeit möglich gewesen außer eben dem täglich Notwendigen, nur die beiden Gedichte sind so, zwischenein, entstanden.

An Herrn H. L., Wiesbaden-Biebrich

August 1934

Ihr Brief ist gekommen – aber das Leben ist zu kurz, um so viel zu schwatzen, ich halte es für unnütz. Sie können sich natürlich über das Gedicht „Besinnung“ nach Belieben lustig machen, aber wie Sie es als einen Versuch auffassen können, den Menschen seiner Verantwortung zu entziehen, ist mir unverständlich. Vermutlich verstehen Sie unter Geist irgend etwas wie Intelligenz oder was Ähnliches. Ich, das heißt mein Gedicht, nennt den Geist „göttlich“ und „ewig“, das heißt das Gedicht versteht unter Geist genau das, was seit dreitausend Jahren alle spirituellen Weltanschauungen darunter verstanden haben: die göttliche Substanz. Sie ist göttlich, aber sie ist nicht Gott, obwohl es auch Religionen gibt, die es so nehmen. Daß unser Dasein tragisch, aber heilig ist, nimmt doch dem, der so glaubt, nichts von seiner Verantwortung. Ich kann auch nicht sehen, warum mein Glaube im Widerspruch stehen soll mit der „Krisis“ oder andern meiner Schriften. Kein Mensch besitzt seinen Glauben zu allen Tagen und Stunden in gleicher Reinheit und Stärke, in der er ihn zu einer guten Stunde vielleicht einmal formuliert. Und der Glaube an den Geist und an die Geist-Bestimmung des Menschen schließt die Trauer und die Verzweiflung des körperlichen Lebens (von denen die „Krisis“ handelt) keineswegs aus. Wären heute die Begriffe nicht so vollkommen verwirrt und zöge nicht jeden Tag die Praxis teuflische und tödliche Schlüsse aus dieser Verwirrung, so hätte ich vielleicht nie den Drang gespürt, meinen Glauben einmal so zu formulieren, wie jenes Gedicht es tut ...

Versuchen Sie doch lieber Ihren eigenen Glauben für sich zu formulieren – Sie werden sehen, wie schwer und verantwortungsvoll da jedes Wort wird! Und dann suchen Sie, Ihrem Glauben zu leben; an schweren Proben wird es nicht fehlen für einen jungen Deutschen von heute.

An Professor Toshihiko Katayama, Tokio

August 1934

Lieber Kollege

Ihr lieber Brief hat mir Freude gemacht, ich sage Ihnen dafür meinen herzlichen Dank, und auch für die beiden Hefte, den „Lauscher"-Aufsatz und Ihr schönes Sonnengedicht an den Tod.

Was Sie über Ihren „Lauscher"-Aufsatz andeuten, ist mir verständlich. Die zwei Seelen sind mir im Lauf meines Lebens unter verschiedenen Namen und Bildern erschienen und bewußt geworden, auch die Bezeichnung „apollinisch – dionysisch" gehörte in der Jugend eine Weile zu meinem Vokabular. Später gewöhnte ich mich, die „zwei Seelen" mehr als zwei Pole zu sehen und zu deuten, zwischen welchen das Hin und Her der Ströme und Spannungen zwar Kampf und Leid bringen kann, stets aber Leben bedeutet.

Falls Sie in Tokio irgendwo die Berliner „Neue Rundschau" finden können, so finden Sie im Mai-Heft 1934 eine Erzählung von mir, aus der Sie sehen können, womit ich seit einigen Jahren beschäftigt bin, denn sie ist ein Stück aus einer größeren Dichtung, mit der meine Gedanken seit mehreren Jahren spielen.

Das Interesse der Japaner für deutsche Dichtung hat mir schon oft Freude gemacht. Vor einigen Jahren besuchte mich ein japanischer Lehrer, der einige Zeit in Europa studierte. Er hatte in Deutschland die Geburtsorte und Lebensstätten von Goethe, Heine etc. besucht, war auch in meiner Vaterstadt gewesen, und kam nach Montagnola, um mir davon zu erzählen. In Deutschland gibt es nur noch sehr wenige, die das tun könnten. Oder Ihr Aufsatz über „Lauscher"! Als vor einem Jahr der vergessene „Lauscher" neu erschien, hat die Presse in Deutschland beinahe gar nicht davon Notiz genommen, man fand dies alte Buch „verstaubt und romantisch" – sich näher damit zu beschäftigen lehnte die ganze deutsche Kritik ab. – Nun weiß ich freilich, daß auch bei Ihnen in Japan die Menschen keineswegs ausschließlich damit beschäftigt sind, Goethe zu übersetzen und schöne Gedichte zu machen, aber da ich mein Leben lang eine Liebe für den Osten gehabt habe, macht es mir Freude, daß wenigstens eines von den östlichen Völkern etwas von mir weiß und eine Beziehung zu mir hat, und da aus der Ferne alles hübsch aussieht, erscheint mir Ihr Japan manchmal trotz aller aktuellen Gegengründe sehr friedlich und geistig.

An Geistigkeit fehlt es allerdings auch bei uns nicht. Was bei uns am meisten fehlt, ist die Vertiefung im Sinn der Kontemplation. Außer einer kleinen Elite bei den Katholiken ist die versunkne, kontemplative, ehrfürchtig an ein Thema hingegebene Haltung dem Europäer heute kaum noch bekannt, während bei Ihnen, schon vom Buddhismus her, in dieser Hinsicht mehr Tradition vorhanden sein mag.

Aber wie das nun auch sei, wir wollen uns freuen, daß trotz der Leidenschaften und Wildheiten der kindlichen politischen Welt überall in den Völkern Brüder unseres kleinen Ordens vorhanden sind, der nicht Geschichte machen und erobern, sondern denken, kontemplieren, musizieren will. Hier sind wir Brüder und Kollegen, und wollen unsre Flöten und Geigen so gut und sauber wie möglich spielen.

Mit herzlichen Grüßen, auch an W. Gundert

An Dr. Wilhelm Stämpfli, Bern

25. September 1934

Lieber Herr Dr. Stämpfli

Sie fragen: Wie ich mir mein Leben, falls ich Drucker geworden wäre, vorstelle. Nun, ich glaube nicht, daß ich dann in irgend einer Hinsicht anders wäre, als ich es jetzt bin. Ich würde auch keineswegs den Druckerei-Apparat bloß für meine eignen Schriften benutzen, sondern würde je und je von irgend welchen bedeutsamen Worten, auf die ich stoße, Abzüge machen und sie einigen Dutzend oder auch mehr

Freunden und Bekannten schicken, als Samenkörner, von denen viele verloren gehen, einige aber Frucht bringen können. Zum Beispiel hätte ich längst auf einen schönen Bogen die Sätze über Musik und ihre Gesetze zusammengestellt, die man bei den alten Chinesen findet. Als Ersatz dafür habe ich die wichtigsten Sätze über Musik aus dem „Frühling“ des Lü Bu We herausgeschrieben, und nehme sie in das Vorwort meines nächsten Buches auf, das ich kürzlich in vierter, sehr veränderter Fassung zu Ende konzipiert habe...

An Dr. C. G. Jung, Küsnacht

September 1934

Hochgeschätzter Herr Dr. Jung

Sie haben mir mit Ihrem Brief eine Freude gemacht, ich danke Ihnen dafür. Mit meinem „Späherblick“, von dem Sie sprechen, ist es nicht weit her. Ich neige im ganzen weniger zum Unterscheiden und Analysieren als zum Zusammensehen, zur Harmonik.

Was Sie über die Sublimierung sagen, trifft nun wirklich unser Problem ins Centrum, und legt für mich auch das Unterscheidende zwischen Ihrer und meiner Auffassung klar. Es beginnt mit der heute üblichen Sprachverwirrung, wobei jeder jede Bezeichnung anders verwendet. So halten Sie das Wort sublimatio der Chymie reserviert, während Freud etwas anderes, ich wieder etwas andres damit meine. Vielleicht ist sublimatio tatsächlich ein Sprachprodukt der Chymie, ich weiß es nicht, aber sublimis (und auch schon sublimare) gehören nicht einer esoterischen Sprache an, sondern dem klassischen Latein.

Aber darüber wäre man ja schnell verständigt. Diesmal steht hinter der Sprachfrage Reales. Ich teile und billige Ihre Auffassung der Freudschen Sublimierung, ich habe auch nicht Freuds Sublimierung gegen Sie verteidigt, sondern den Begriff an sich, er ist für mich ein wichtiger Begriff in der ganzen Kulturfrage. Und hier sind wir allerdings verschiedener Gesinnung. Für Sie, den Arzt, ist Sublimieren etwas Gewolltes, Überführung eines Triebs in ein uneigentliches Gebiet der Anwendung. Für mich ist Sublimierung zwar letzten Endes auch „Verdrängung", aber ich wende das hohe Wort nur an, wo es mir erlaubt scheint von „geglückter" Verdrängung zu reden, also von Auswirkung eines Triebs auf einem zwar uneigentlichen, aber kulturell hochrangigen Gebiet, zum Beispiel dem der Kunst. Ich halte zum Beispiel die Geschichte der klassischen Musik für die Geschichte einer Ausdrucks- und Haltungstechnik, in welcher ganze Reihen und Generationen von Meistern, fast immer ohne es irgend zu ahnen, Triebe auf ein Gebiet überführt haben, das dadurch, auf Grund dieser echten „Opfer" zu einer Vollendung kam, zu einer Klassik. Eine solche Klassik ist mir jedes Opfer wert, und wenn zum Beispiel die klassische europäische Musik auf dem raschen Weg ihrer Vollendung von 1500 bis ins 18. Jahrhundert ihre Meister, viel mehr Diener als Opfer verschlungen hat, so strahlt sie dafür seither ununterbrochen Licht, Trost, Mut, Freude aus, ist für Tausende, ebenfalls ohne daß sie es richtig wußten, eine Schule der Weisheit, der Tapferkeit, der Lebenskunst gewesen und wird es noch lange sein.

Und wo ein begabter Mensch mit einem Teil seiner Triebkräfte solche Dinge fördert, finde ich seine Existenz und sein Tun von höchstem Wert, auch wenn er vielleicht als Individuum pathologisch ist. Was mir also während einer Psychoanalyse unerlaubt scheint: das Ausbiegen in ein Scheinsublimieren, das scheint mir erlaubt, ja höchst wertvoll und erwünscht, wo es gelingt, wo das Opfer Frucht trägt.

Eben darum ist ja die Psychoanalyse für Künstler so sehr schwierig und gefährlich, weil sie dem, der es ernst nimmt, leicht das ganze Künstlertum zeitlebens verbieten kann. Geschieht das bei einem Dilettanten, dann ist es gut – geschähe es bei einem Händel oder Bach, so wäre es mir lieber, es gäbe gar keine Analyse und wir behielten dafür den Bach.

Innerhalb unserer Kategorie, innerhalb der Kunst, treiben

wir Künstler echte sublimatio, und nicht aus Willen und Ehrgeiz, sondern aus Gnade, – nur freilich ist damit nicht der „Künstler“ gemeint, wie das Volk und der Dilettant ihn sich denkt, sondern der dienende, und Don Quichote, der noch im Verrückten Ritter ist, ist Opfer.

Nun, ich will aufhören. Ich bin kein Analytiker und kein Kritiker: wenn Sie zum Beispiel den Bücheraufsatz ansehen, den ich Ihnen schickte, so finden Sie, daß ich nur ganz selten und nebenher mich kritisch äußere, und nie aburteile, das heißt ein Buch, das ich nicht ernstnehmen und schätzen kann, lege ich weg, ohne mich je darüber zu äußern.

Bei Ihnen habe ich, instinktiv, immer das Gefühl gehabt, daß Ihr eigentlicher Glaube ein echter, ein Geheimnis ist. Ihr Brief bestätigt es mir, und das freut mich. Für Ihr Geheimnis haben Sie das Gleichnis der Chymie, so wie ich für meines das Gleichnis der Musik habe, und zwar nicht irgendeiner Musik, sondern eher das der klassischen. Im Lü Bu We, Kapitel 2, steht darüber alles Aussagbare merkwürdig scharf formuliert. Ich spinne seit Jahren, unter vielen Abhaltungen von außen und innen, an einem Traumfaden mich diesem Musikgleichnis näher, und hoffe es noch zu erleben, daß ich Ihnen etwas davon zeigen und vorlegen kann.

An Herrn A. B., Göttingen

Oktober/November 1934

... Ihr Brief betrübt mich, und es scheint mir kein Zufall, daß er von einem Theologen eben nach seinem Examen geschrieben ist. Er ist so vollkommen von der ratio und von der Verzweiflung an der ratio beherrscht, daß sein Verfasser genau dort zu stehen scheint, wo nach allen großen Theologen, obenan Augustin, die Selbsterkenntnis und Selbsterfahrung an ihrem Ende steht und es entweder zu sterben gilt oder stillzuhalten, bis das Wunder geschieht und die Erlösung sich anbahnt.

Man könnte sagen: vielleicht war das nicht die beste Theologie, die Sie studiert haben, und die Sie bloß bis zur Verzweiflung am Ich und zum Blick in die Tragik der Welt geführt hat, während der eigentliche Inhalt der Religion dort erst beginnt. Aber auch das ist ein Ergebnis, wenn es mir auch scheinen will, als sei in Ihrer Verzweiflung und Vernichtung doch noch ein Hochmut der ratio da, die zwar an sich selber zweifelt, doch aber sich nicht aufgeben kann. Die Vernunft und Geistigkeit ist überspannt und läuft leer, hat scheinbar keine Inhalte mehr. So gehen Sie, wie der Autor der „Morgenlandfahrt" bis zum Wiederfinden Leos, durch eine entwertete Welt.

Über den Selbstmord weiß ich nicht viel, habe aber die nicht beweisbare Vermutung, er könne nur dann getan werden und gelingen, wenn in der Tat eine Seele sich dauernd und hoffnungslos von ihren Quellen abgetrennt findet. Ich glaube nicht, daß der Selbstmord durch die Erwägungen des Selbstmörders, oder gar durch Dreinreden anderer, beschleunigt oder verhindert werden kann. Sonst hätte schon etwa die Erwägung, daß heute ein junger deutscher Theologe vom Schicksal zum Größten aufgerufen ist, was er aus sich und seiner Theologie machen kann, auf Sie Einfluß.

Wir müssen das dem Leben überlassen und den guten Geistern, die Sie zur Zeit nicht sehen. Ich sehe die Welt und unser Leben, mit der Vernunft betrachtet, kaum weniger dunkel, als Sie es tun. Aber ich habe dennoch einen Glauben, oder eine Geduld, das heißt es lebt in mir etwas, das oft sehr klein und schwach ist, das aber, ohne mein Zutun, auch wieder groß werden kann, und dann es mir erlaubt, das Leben auch ohne rationale Rechtfertigung zu leben.

Der „Regenmacher" stand im Frühling in der „Neuen Rundschau", und dort wird im Dezember ein weiteres kleines Stück des Ganzen erscheinen, von dem vorerst nur diese zwei kleinen Teile geschrieben sind. Es geht sehr langsam diesmal, mit halbjährigen und ganzjährigen Pausen. Studien habe ich manche getrieben, um meinen Plan zu nähren, der mich seit dem Fertigwerden der „Morgenlandfahrt“ beschäftigt und plagt, es gehörte dazu viel Lektüre aus dem 18. Jahrhundert, wo mir namentlich der schwäbische Pietist Oetinger sehr gefiel, auch Studien über klassische Musik, bei denen mir ein Neffe half, der Organist und Kenner und Sammler alter Musik ist, ich hatte ihn ein paar Wochen hier und hatte für diese Zeit ein gemietetes Klavierchen im Haus stehen, das sonst ohne Sang und Klang ist.

Leben Sie wohl, schreiben Sie mir wieder.

An Herrn M. P.

Baden, 22. November 1934

Lieber Herr P.

Ihr lieber Brief samt der Karte mit der schönen Aufnahme unseres Hügels hat mich gefreut, ich danke Ihnen dafür, und auch das schöne, liebe Gesicht des Naturforschers Fabre war mir ein willkommener Gruß. Ich antworte, wie immer, mit elender Schreibmaschine, und muß dafür wieder einmal um Nachsicht bitten. Zwischen dem, was jeden Tag an Korrespondenz etc. von mir gefordert wird, und dem, was meine Augen täglich leisten können, wird das Mißverhältnis immer größer – ich müßte ein Bureau oder mindestens einen Sekretär haben, um fertig zu werden, aber das wäre mir ganz unmöglich.

Es freut mich also sehr, daß Sie meine Worte über Ihr Buch anerkennen und Freude an ihnen haben. Das Positive und Spendende zu sehen und zu betonen, schien mir immer die Hauptaufgabe dessen, der zwischen Büchern und Lesern vermittelt. Darum habe ich auch nur ganz wenigemal in meinem Leben Bücher öffentlich getadelt. Ist nichts zu loben, so schweige ich.

Ihr Brief freut mich auch noch in anderer Hinsicht. Ich hatte Sie, ganz ungeprüft infolge einer Reihe von Eindrücken, für einen Katholiken gehalten, also für einen Konvertiten, denn daß Sie von Herkunft Jude sind, wußte ich ja. Nun könnten Sie zwar heute oder morgen Katholik werden, ohne daß dies meine Stellung zu Ihnen ändern würde. Aber im Grunde gefällt es mir doch viel besser, daß Sie nicht konvertiert haben. Erstens ist das Bleiben beim Ererbten und Sichbekennen zu den Herkünften ja doch das Schönere. Und zweitens glaube ich an eine Religion außerhalb, zwischen und über den Konfessionen, die unzerstörbar ist, während ich trotz aller Hochachtung, ja Liebe zur römischen Form des Christentums diese Form doch keineswegs für unzerstörbar und ewig halte. Auch gibt das Gefühl, im Katholizismus geborgen zu sein, den unedleren Geistern leicht jenen Hochmut und jene lieblose Schulmeisterei, wie sie etwa dem Buch von Thieme anhaftet – noch abgesehen davon, daß jenes Buch, das für Kant etc. bloß Witzworte hat, mit dem Faschismus aufs frechste liebäugelt. Da kann ich dann manchmal richtig Protestant sein und das Ungeistige und Ungöttliche an solchen Erscheinungen als Papismus empfinden, wenn auch nur für Augenblicke.

Übrigens verstehe ich nun auch Ihre Schriften besser, wo ich weiß, daß Sie nicht Katholik sind. Wir werden auf diese Sachen ja gewiß einmal zu sprechen kommen, das hat Zeit.

An Professor C. Brinkmann, Heidelberg

Baden, Anfang Dezember 1934

Hochgeschätzter lieber Kollege von der andern Fakultät

Ich danke für Ihr Briefchen, das hat mich sehr gefreut. Ich bekam es noch in Baden, bin noch etwa fünf, sechs Tage hier, dann wieder ständig in Montagnola.

Ein Wort in Ihrem Brief zweifle ich an. Sie sagen, mein Bekenntnis zum „Bedürfnis nach Maß" sei ganz und gar deutsch. Das kann ich nicht finden. Deutsch ist das Gegenteil. Deutsch ist Maßlosigkeit, Begeisterung fürs Dynamische, Jugendlichkeit, Unruhe, samt allen Tugenden und schweren Lastern solcher Konstitution. Das „Bedürfnis nach Maß", uns von den Griechen und Franzosen her in schönen Beispielen bekannt, noch betonter vorhanden bei den klassischen Chinesen, scheint mir gerade das *ent*nationalisierte, übernationale Menschenbedürfnis zu sein, jenes Bedürfnis der Seele, dessen Stimme zugleich Mahnung zum Gedanken der Menschheit und schließlich alles Lebens als *Einheit* ist. Diese höchste Fähigkeit des Menschen, aus dem Ich, aus dem Ich der Nation, sich der göttlichen Einheit zu nähern – diese Fähigkeit als spezielle Gabe *einer* Nation in Anspruch zu nehmen, schiene mir gerade das Gegenteil jenes Bedürfnisses nach Maß. Nein, dieses Bedürfnis ist so deutsch, wie der Nichtpatriot Goethe deutsch war, und so griechisch, wie der verurteilte Sokrates griechisch war, es ist dem Bereich des Hochmuts und der Maschinengewehre entzogen. Ich wollte nur kein Mißverständnis aufkommen lassen. Wenn Sie können, sehen Sie einmal das Maiheft und das Dezemberheft der „Neuen Rundschau“ an. Mit Grüßen Ihr

An den Verlag Philipp Reclam junior, Leipzig

der mir einige „zeitgemäße“ Änderungen
an meiner „Bibliothek der Weltliteratur“ nahelegte.

13. Dezember 1934

Hochgeschätzte Herren

Ich habe Ihren Brief, die Neuausgabe meines Bändchens in Ihrer Universalbibliothek betreffend, erhalten und überdacht, und kann Ihnen leider keine Erfüllung Ihrer Wünsche versprechen.

Und zwar aus zwei Gründen, einem äußeren und einem inneren.

Der äußere Grund, der eine ernstliche Neubearbeitung des Büchleins mir ohne weiteres unmöglich macht, ist mein Augenleiden und meine große Überlastung – ich werde jeden Tag nur mit Mühe und mit dem Notwendigsten fertig.

So wäre es mir zum Beispiel unmöglich, mich plötzlich mit

der Edda zu beschäftigen, etwas über sie zu schreiben, die Übersetzungen ein wenig zu vergleichen usw.

Nicht minder zwingend für mich sind die inneren Gründe. Sie wissen ja, daß mein Büchlein keineswegs ein objektiver und schulmäßiger Führer durch die Literaturen ist und sein will, sondern ein ganz persönliches Bekenntnis zu dem, was mir in meinen siebenundfünfzig Jahren an Lese-Erlebnis und Lese-Erfahrung zugewachsen ist. An diesen Erfahrungen und an diesem Bekenntnis nun möchte ich nicht das Geringste ändern. Ich halte nicht heute Bücher und Autoren für minderwertig, weil der Zeitgeschmack es tut, und streiche aus meinem Essay nicht Dinge weg, die mir lieb und wichtig sind – bloß weil die Konjunktur das nahelegt.

Ich sehe aus dieser Schwierigkeit nur zwei Auswege. Der einfachste, zu dem ich auch gern bereit bin, ist der: daß Sie mir nach Verkauf der jetzigen Auflage das Werkchen wieder freigeben, und es vorerst nicht wieder erscheint.

Der zweite wäre der: daß Sie meinen alten Text, abgesehen von einigen zu korrigierenden Druckfehlern, unverändert neu drucken. Ich wäre dann damit einverstanden, daß Sie diejenigen Ausgaben der Bibliographie, welche nicht mehr käuflich sind oder welche durch ebenso gute Ausgaben Ihres Verlags ersetzt werden können, in der Bücherliste meines Büchleins ändern.

Ausdrücklich aber müßte ich mir in diesem Fall ausbedingen, daß weitere Änderungen an der Bücherliste, zum Beispiel Weglassung jüdischer Autoren etc. nicht vorgenommen werden dürfen. Sie deuten eine ganze Reihe solcher Weglassungen als wünschenswert an, und ich verstehe Ihren Standpunkt, er ist aber nicht der meinige. In diesem Punkte sind Konzessionen mir unmöglich.

Vielleicht überlegen Sie die ganze Frage nochmals. Wenn Sie mein Anerbieten annehmen, auf eine neue Auflage zu verzichten, und mir das Autorrecht zurückgeben, dann haben Sie ja die Möglichkeit, mit einem Literaturhistoriker, der objektiver und zugleich zeitgemäßer ist als ich, einen Führer durch die Literatur auszuarbeiten, der meinen subjektiven Versuch künftig ersetzt.

An Herrn H. M., Breslau

1934

Ich kann Ihnen nur ganz kurz antworten, man kann solche Dinge einander nicht aus der Ferne und brieflich erklären, das ist unmöglich. Also in möglichster Kürze: Es fällt mir auf, daß Sie von meinem „Goldmund" offenbar nur die Hälfte gelesen haben, nämlich das, was Goldmund betrifft. Die andre Hälfte, der Narziß und seine Welt, ist an Ihnen vorbeigeglitten. Aber das Buch und seine Welt wird sinnlos, wenn man es so halbiert: Narziß ist genauso ernst zu nehmen wie Goldmund, er ist der Gegenpol.

Ihre Leiden kommen daher, daß Sie zu den Menschen gehören, welchen die Möglichkeit und der Trieb zur Persönlichkeit angeboren ist, diese haben es schwer, dafür steht ihnen allein die Welt des Schönen und des Geistes offen. Gehen Sie diesen Weg weiter, Sie werden vergebens versuchen, sich der Durchschnittswelt anzupassen. Werfen Sie auch einmal einen Blick in den „Demian" und in das letzte Gedicht im „Baum des Lebens" (Insel-Bücherei). Aus diesen einander scheinbar zum Teil widersprechenden Bekenntnissen, zu denen allerdings auch noch der „Siddhartha" gehört, können Sie meine Lebensanschauung so ziemlich kombinieren. Sie in ein begriffliches System zu fassen und dem Leben einen objektiven, dogmatischen „Sinn" zu geben, wie Sie es von mir erwarten, daran hindert mich das Künstlertum. Unter den Bekenntnissen, die die Menschheit sich formuliert hat, verehre ich am höchsten das der alten Chinesen und das der katholischen Kirche. Auch in diesen Bekenntnissen findet der Einzelne, der zur Persönlichkeit Bestimmte nicht einfach Ruhe, denn sein „Sinn" ist eben nicht die Ruhe, zu seinem „Sinn" gehört, daß er sich viel Unruhe schaffen muß.

An einen Schweizer Redakteur

17. Januar 1935

Dieser Tage stand in Ihrem Blatt leider eine Entgleisung: eine ungehörige Beleidigung des „jüdischen Verlags" S. Fischer in Berlin, wegen Weglassung einer Fußnote in dem Buch von Annette Kolb.

Aus verschiedenen Gründen, hauptsächlich aber wegen der kollegialen Verständigung, muß ich dazu Stellung nehmen und den leichtfertigen Beleidiger des Verlags Fischer dementieren. Er hat sich gründlich getäuscht. Auch sollte und könnte er wissen, daß der Verlag Fischer, samt seiner „Neuen Rundschau", in Deutschland heute einen der paar Orte bildet, an welchen Verstand und menschliche Gesittung mitten im Chaos noch eine Zuflucht haben. Unter andrem besteht ein Hauptteil meiner Arbeit seit zwei Jahren darin, in meinen Bücherberichten in der „Rundschau" gerade diejenigen Bücher anzuzeigen, die kein einziges Blatt des Reichs mit dem gleichen Freimut anzuzeigen wagt: die Bücher von Juden, Katholiken, Protestanten, deren Gesinnung und Geist dem herrschenden System entgegen ist und die gute Tradition und intellektuelle Ehrlichkeit zu wahren bemüht ist.

Sie sollten, scheint mir, unsere ehrlichen Bemühungen, die oft nicht ohne Gefahr sind, nicht nur nicht durch so törichte Anwürfe sabotieren, sondern sich ihrer freuen. Die „Rundschau" ist zum Beispiel von sämtlichen deutschen Blättern, deren Mitarbeiter ich früher war, heut das einzige, das meine Aufsätze über Juden, Katholiken etc., soweit sie geistig dem Gewaltregime Widerstand leisten, noch zu drucken wagt. Alle andern haben versagt. Und der alte, nicht „jüdische" Verlag Reclam in Leipzig hat mir kürzlich zugemutet, in meinem Büchlein über Weltliteratur, das bei ihm erschienen ist, für die nächste Auflage alles umzuarbeiten, fast alle Juden zu streichen etc. Natürlich habe ich das abgelehnt.

Ich wiederhole: Sie dürfen keine dieser Tatsachen veröffentlichen, Sie würden uns und unsere Arbeit damit vernichten. Das ist auch bei dem Vorwurf in Ihrem Blatt das Gemeine, daß ja der Bescholtene nicht die Möglichkeit der Richtigstellung hat, weil er gefährdet und beobachtet in einem Land des Terrors steht. Sie sollen nichts von dem, was ich mitteile, weitersagen: aber Sie, die Redaktion und jener voreilige Mitarbeiter sollen aus einer offenbaren Ahnungslosigkeit geweckt werden, damit nicht ähnliches wieder geschieht.

Nun die Tatsachen: Der Verlag Fischer hat den nicht kleinen Mut gehabt, in Annette Kolbs Buch die erwähnte Fußnote (über Juden) abzudrucken – neun Zehntel aller deutschen Verleger hätten das nicht getan.

Dann ist (nicht bei der zweiten, sondern erst bei der fünften Auflage) eine deutsche Staatsanwaltschaft, offenbar durch Denunziation, auf die Fußnote aufmerksam gemacht worden. Jetzt wurde der Verlag vor die Entscheidung gestellt, entweder das ganze Buch konfiszieren und verbieten zu lassen, oder die Note zu streichen. Er wäre vollkommen im Rechte gewesen, wenn er sie jetzt ohne weiteres gestrichen hätte. Er tat das aber noch nicht, sondern der Leiter des Verlags reiste selber nach Paris zu Annette Kolb, legte ihr den Sachverhalt dar und erhielt ihre Einwilligung zur Streichung jener Note, da die Autorin selber den Verlust der Fußnote dem Verlust des ganzen Buches vorzog. Der Verlag hätte nicht korrekter und sauberer handeln können.

Meint Ihr Mitarbeiter, der Verleger hätte, bloß der Gebärde wegen, Buch und Autorin preisgeben, das Buch verbieten und eventuell sich selber ins Konzentrationslager bringen sollen? Vom Auslande her sind solche Don Quichoteschen Forderungen leicht und billig zu stellen.

Ich nehme an, es werde Ihnen lieb sein, diese Aufklärungen zu bekommen. Ich mache mir mitten in meiner großen Überlastung die Mühe dieser Mitteilungen wirklich nicht, weil Fischer auch mein Verleger ist, sondern weil offenbar bei Ihnen wenig Ahnung besteht von den Bedingungen der geistigen und kulturellen Arbeit im jetzigen Deutschland. Ich selber stehe mitten in dieser Arbeit, deren Ziel es ist, über das Schlimmste hinweg mitten im Terror bei einer Minderheit ein reinliches Denken zu unterstützen und womöglich in eine andere Epoche hinüber zu retten. Der von Ihrem Mann bewitzelte Judenverlag Fischer, der es sehr schwer hat, hat sich in dieser Arbeit mir als ein treuer und anständiger Genosse erwiesen. Darum schrieb ich Ihnen.

Ich richte das Schreiben an Sie, lieber Kollege, weil ich nicht weiß, wer für jene Entgleisung verantwortlich ist. Ich erwarte keine Antwort, ich erwarte nur, daß Sie meine Feststellungen zur Kenntnis nehmen.

An eine Leserin in Stuttgart

23. Februar 1935

Liebes Fräulein

Ich kann nur kurz antworten, will es aber doch versuchen. Ich habe zeitlebens die Religion gesucht, die mir zukäme, denn obwohl ich in einem Hause von echter Frömmigkeit aufgewachsen bin, konnte ich doch den Gott und den Glauben, der mir dort angeboten wurde, nicht annehmen. Das geht bei manchen Jungen leichter oder schwerer, je nach dem Grad von Persönlichkeit, zu dem sie fähig und bestimmt sind. Mein Weg war es, zuerst ganz individuell suchen zu müssen, das heißt vor allem mich selber suchen und mich, soweit mir das gegeben war, zur Persönlichkeit bilden zu müssen. Dazu gehört das im „Demian" Erzählte. Später habe ich manche Jahre die indischen Gottesvorstellungen besonders geliebt, dann allmählich die Klassiker der Chinesen kennen gelernt, und ich war schon lange nicht mehr jung, als ich allmählich begann, mich wieder mit dem Glauben vertrauter zu machen, in dem man mich erzogen hatte. Dabei hat das klassische katholische Christentum eine Rolle gespielt, aber ich fand mich getrieben, auch die protestantischen Formen des Christentums neu kennen zu lernen, und manches Gute und Fördernde ist mir dann auch aus der jüdischen Literatur zugekommen, namentlich aus den chassidischen Büchern und aus neuen jüdischen Werken wie etwa Bubers „Königtum Gottes“. Irgend einer Gemeinschaft, Kirche oder Sekte gehörte ich nie an, halte mich aber heute nahezu für einen Christen. Ein Bekenntnis, in dem ich möglichst genau die Grundlagen meines jetzigen Glaubens darzustellen versuchte, ist das Gedicht „Besinnung“, es ist Ende 1933 geschrieben und steht am Schluß des Gedichtbändchens in der Inselbücherei.

Zu Ihrer Frage wegen „Knulp“ möchte ich sagen: ich halte es, im Gegensatz zu manchen Modeprogrammen nicht für die Aufgabe des Dichters, seinen Lesern Normen für Leben und Menschentum aufzustellen und allwissend und maßgebend zu sein. Der Dichter stellt dar, was ihn anzieht, und Gestalten wie Knulp sind für mich sehr anziehend. Sie sind nicht „nützlich“, aber sie tun sehr wenig Schaden, viel weniger als manche Nützliche, und sie zu richten ist nicht meine Sache.

Vielmehr glaube ich: wenn begabte und beseelte Menschen wie Knulp keinen Platz in ihrer Umwelt finden, so ist die Umwelt ebenso mitschuldig wie Knulp selbst, und wenn es irgend etwas gibt, was ich den Lesern raten möchte, so ist es dies: die Menschen zu lieben, auch die schwachen, auch die Nichtnützlichen, nicht aber sie zu richten.

Vielleicht können Sie damit etwas anfangen, ich habe nicht mehr zu sagen.

An Vikar D. Z., Fehrbellin

3. März 1935

... Ich habe in jenem Gedicht („Besinnung“) im Dezember 1933 versucht, zunächst für mich selber, möglichst genau die Fundamente meines Glaubens zu skizzieren. Sie haben offenbar das Gedicht weniger wörtlich genommen, als ich es meinte, wenigstens ist im Gedicht der Geist ausdrücklich als „väterlich“ bezeichnet, während Sie „mütterlich“ gelesen haben.

Sie vermuten richtig, daß dem Gedicht eine Wandlung zu Grund liegt, nämlich eine beginnende „Besinnung" auf meine Herkunft, welche christlich ist. Das Bedürfnis zur Formulierung aber entstand aus dem aktuellen Streit um „biozentrische" oder „logozentrische" Anschauungsart, und ich wollte mich deutlich zu „logozentrisch" bekennen.

Sie sehen nun in meinem Versuch eine Gefahr, und einen Einbruch des Nichtchristen in ein Gebiet und eine Terminologie, die Sie als Reservat der Theologie und der „Kirche" betrachten, innerhalb deren, nach Ihrem Brief, allein Christlichkeit möglich sei. Nun, es gab Bekenntnisse zum Geist lange vor dem christlichen, und gab sie neben ihm. Und die „Kirche", von der Sie sprechen, hat mir eben von Kind auf gefehlt, sie ist heute noch weniger vorhanden als damals. Daß es so etwas wie eine „Kirche" außerhalb der katholischen gebe, darin denken wir verschieden: ich kann diese Kirche nicht sehen und bin ihr nie begegnet, während ich sehr vielen Formen von Glauben und von Christlichkeit auf dem Boden der unzähligen Landeskirchen, Gemeinschaften etc. begegnet bin. Wenn ich dahin komme, ohne Kirche nicht leben zu können, so werde ich mich der einzigen anvertrauen, die ich als solche anerkennen und verehren kann, der römischen. Vorläufig scheint mir das allerdings, trotz meiner allmählichen Rückkehr zu der christlichen Atmosphäre meiner Jugend, sehr unwahrscheinlich: darin bin auch ich ganz Protestant, daß ich eine solche Konversion, trotz allen Verlockungen, die sie haben kann, im Grunde als Schwäche empfinde.

Daß es, wie Ihr Brief supponiert, eine protestantische Kirche und eine den protestantischen Bekenntnissen gemeinsame, autoritative Theologie gebe, wußte ich bisher nicht. Ich habe von Kind auf Reformierte, Calvinisten, Lutheraner gekannt, die württembergische Landeskirche, in der ich konfirmiert wurde, war eine Kreuzung zwischen Lutherisch und Reformiert, außerdem habe ich sowohl geistig wie persönlich Berührung mit den Kreisen der Pietisten und Herrnhuter gehabt – nirgends war im Ernst von einer Kirche die Rede, die den Anspruch mache oder gar erfülle, dem gesamten Protestantismus ein Obdach und ein Dogma zu geben! Als Ideal und Wunschbild freilich bestand diese Kirche, so etwa wie sie in des alten Arnold Ketzergeschichte besteht. Autoritätsbegabt und verwirklicht aber habe ich diese Kirche und Theologie, von der Sie als einer Realität sprechen, nie angetroffen.

Ich muß mich hüten, das Bekenntnis meines Gedichts voreilig auszubauen, sondern auf meinem Wege bleiben, der mich vielleicht vollends zum Christen macht. Theologisches las ich nicht sehr viel, und mehr Katholisches als Protestantisches. Zu den ehrwürdigsten und anziehendsten Persönlichkeiten der protestantischen Frömmigkeit gehört für mich Oetinger. Auch seine Theologie aber ist nicht eine autoritative.

Genug, man ruft mich ab. Ich konnte Ihren Wunsch nur halb erfüllen, lassen Sie immerhin den guten Willen gelten.

An eine deutsche Institution, die den Arier-Nachweis von Hermann Hesse verlangt hatte

15. März 1935

Sehr geehrte Herren

Sie haben mir eine „Arier-Erklärung" zugesandt mit der Aufforderung, sie zu unterzeichnen. Vermutlich war das nur ein Irrtum, denn ich bin Schweizer, bin auch Mitglied des Schweizer Schriftstellervereins, und wir haben von Ihren Behörden die Zusicherung unbehelligter Mitarbeit erhalten, ebenso wie wir den reichsdeutschen Kollegen unsre Zeitungen, Bühnen etc. kollegial offen halten.

Ich habe zwar die Erfahrung gemacht, daß Ihre offiziellen Stellen viele ihrer Versprechungen und Verträge nicht halten. Zum Beispiel hat Ihre Regierung mit der Schweiz einen Vertrag über Doppelbesteuerung unterzeichnet, und nach diesem Vertrag würden unsre Honorare, da wir sie in der Schweiz versteuern, in Deutschland keiner Besteuerung unterliegen. Trotzdem werden uns, allem Recht entgegen, bei den Rundfunkabrechnungen zehn Prozent Auslandsteuer automatisch abgezogen.

Wir haben das hingenommen, aber keineswegs gebilligt. Deutsche Kunst und Literatur ist bei uns in der Schweiz jeden Tag in vielerlei Formen ein freundlich aufgenommener Gast, und uns Schweizern hat Berlin ausdrücklich in einer Erklärung an den Schriftstellerverein Gegenrecht zugesichert. Wir verlangen von deutschen Kollegen, die wir schätzen, keine Arier- noch andre Ausweise und erwarten Gegenrecht. Ich unterzeichne daher die Erklärung nicht, nicht weil ich etwa nicht Arier wäre, sondern weil diese Zumutung unserem Schweizer Gefühl und Bewußtsein widerspricht.

Hochachtungsvoll

An Stefan Zweig

der im Jahr 1935 nach England emigrierte

18. April 1935

Lieber Herr Stefan Zweig

Gestern kam Ihr neues Buch mit der lieben Widmung, ich danke Ihnen dafür und freue mich darüber, meine Frau wird mir das Buch bald vorlesen, das auch sie stark anzieht.

Falls Sie je und je die Neue Rundschau sehen, so finden Sie darin alle paar Monate Bücherberichte von mir, die zur Zeit beinah meine einzigen Publikationen sind. Und im kommenden Heft, vom Mai, würden Sie einen Hinweis auf C. Schrempf finden, der mich seit etwa sechs Jahren oft beschäftigt hat. Dieser Mann, der dieser Tage 75 Jahre alt wird und soeben seine Frau begraben hat, ist auf einer Reise zu mir gekommen, war einige Tage in Montagnola und wir hatten, obwohl ich bei schlechtestem Befinden war, mehrere lange ergiebige Gespräche. Dieser wunderbare liebe alte Mann, von mir durch manche Verschiedenheit getrennt (er ist z. B. ganz und gar unkünstlerisch) ist mir durch diesen Besuch noch lieber geworden, ich hatte ihn vorher nicht persönlich gekannt. Er hat, so wie ich ihn sehe, zwei Herkünfte. Einerseits stammt er direkt und deutlich vom süddeutschen Pietismus ab, von einer nicht enthusiastischen, eher nüchternen und sehr sittenstrengen Art von Pietismus; und wenn er sich auch nicht nur vom Pietismus sondern auch vom Christentum und jeder dogmatisierten Religion schon ziemlich früh freigemacht hat, so ist er in seiner nüchternen unbestechlich redlichen Art doch von dort her geprägt. Seine zweite Herkunft und geistige Heimat aber ist bei Sokrates, der ihm wie ein Vater und wie ein Bruder ist (er hat das originellste und anregendste aller Sokratesbücher geschrieben). Und auf der Linie von Sokrates zu Schrempf liegt auch Lessing, den er genau kennt und von dem er starke Anregungen nahm, namentlich durch „Ernst und Falk" und die „Erziehung des Menschengeschlechts".

Dieser bescheidene alte Weise kam gerade in einem Moment, wo ich körperlich recht elend und in der Seele sehr erschöpft war, und wenn ich mir auch neben diesem 75jährigen lächerlich verbraucht und müde vorkam, so hat der Kontakt mit ihm mir doch sehr wohl getan. Ich reise heut nach Zürich, teils um die H-Moll-Messe einmal wieder zu hören, teils um leider mit meinem Verleger eingehend seine und meine Lage zu besprechen, keine angenehme Aussicht. Heut Nachmittag also werde ich einmal wieder durch Rüschlikon und an dem Hügel vorbei fahren, auf dem Sie eine Weile wohnten. Auch damals hörte ich einst eine Aufführung der H-Moll-Messe mitten im Krieg und das dona nobis pacem war damals kaum zu ertragen, so schnitt es ins Herz.

Addio, ich habe mich etwas verplaudert, nehmen Sie es freundlich auf!

Herzlich Ihr

An Herrn E. K., Andelfingen

7. Mai 1935

Lieber Herr K.

Mit meinen Bücherbesprechungen ist es so: ich berichte das Jahr hindurch über das, was ich lese, aber nur über Bücher, die in irgend einem Sinn etwas Vorbildliches und Gültiges haben, die ich als Ergebnisse und Früchte unsrer Zeit ansehe und denen ich zutraue, daß sie vielleicht noch bis morgen oder übermorgen bestehen werden. Ich lege Ihnen einen solchen Bücheraufsatz bei. Sie sehen daraus auch, daß es nicht Dichtungen, und namentlich nicht junge Dichtungen, in erster Linie sind, die ich gern lese. Ich bin ein alter Mann und habe die Jugend gern, aber ich müßte lügen, wenn ich sagen wollte, daß sie mich stark interessiert. Für alte Leute, zumal in Zeiten so schwerer Prüfung wie jetzt, gibt es nur *eine* interessante Frage: die Frage nach dem Geist, dem Glauben, der Art von Sinn und Frömmigkeit, die sich bewährt, die den Leiden und dem Tod gewachsen ist. Den Leiden und dem Tod gewachsen sein, ist die Aufgabe des Alters. Begeistertsein, Mitschwingen, Angeregtsein ist die Stimmung der Jugend. Die können miteinander befreundet sein, aber sie sprechen zweierlei Sprache.

Ich möchte also Ihr Buch nicht besprechen. Ich habe zwar auch schon, seltene Male, Ausnahmen gemacht und je und je ein Buch bloß aus Artigkeit oder Kollegialität besprochen, aber ich habe nachher nie den Eindruck gehabt, daß es etwas genützt habe und richtig gewesen sei. In Deutschland bespreche ich zur Zeit, das heißt so lange, bis ich verboten werde, solche Bücher, welche niemand sonst zu besprechen wagt, Bücher von Juden, Bücher von Katholiken, Bücher von Bekennern irgend eines Glaubens, der dem dort herrschenden entgegensteht. Aber sprechen Sie davon nicht mit Ihren Kameraden, diese Dinge müssen ganz im stillen geschehen.

Ich werde mir Ihre Gedichte noch besser ansehen, ich bin augenleidend, und muß jeden Tag viel mehr lesen und schreiben, als ich eigentlich kann und dürfte. Aber vorerst habe ich einige Sachen in Ihrem Buch gelesen, und was mir daran gefällt, ist nicht bloß der Klang der Jugend (der hat für die Alten immer etwas, was zur Sentimentalität spricht), sondern noch mehr eine Art von Frömmigkeit. Ich halte die Frömmigkeit oder Pietät für die beste Tugend, die wir haben können, mehr wert als alle Talente, und ich verstehe unter Frömmigkeit nicht das Pflegen von feierlichen Gefühlen in einer einzelnen Seele, sondern vor allem die Pietät, die Achtung des Einzelnen vor dem Ganzen der Welt, vor der Natur, vor den Mitmenschen, das Gefühl des Einbezogenseins und Mitverantwortlichseins.

Genug, ich habe schon zu viel geplaudert. Haben Sie Dank und seien Sie gegrüßt.

An Professor J. W. Hauer, Tübingen

16. Mai 1935

Lieber Herr Hauer

Ihr Gruß und Ihre Sendung haben mich gefreut, ich werde mich gern allmählich damit bekannter machen, wenn es auch langsam gehen wird, da ich immer überlastet bin. Heut möcht ich bloß ein Wort im allgemeinen darüber sagen, wie die Schweiz, und das Ausland überhaupt, zu Ihren Problemen steht. Sie sind ja kein Durchschnittsprofessor, der der Meinung ist, die Welt müsse seinen Standpunkt teilen, und sich wundert, wenn das „Ausland" anders denkt als der für gewisse Gedankenrichtungen besoldete Gelehrte. Nun wird im Ausland zur Zeit, und gewiß noch für lange, ganz ohne weiteres *alles* Weltanschauliche, was irgend parallel mit den herrschenden Mächten zu gehen scheint, unter einen Hut gebracht. Es macht zum Beispiel der Zeitungsleser keinen Unterschied zwischen Ihnen und den deutschen Christen; er sieht in Euch beiden Vertreter einer zur Macht gelangten Weltanschauung, deren Äußerungen unter anderem in Christen- und Judenverfolgungen bestehen. Und da der Ausländer nicht nur platonischer Zuschauer der deutschen Zustände ist, sondern auch mit Deutschland in täglichem praktischen Verkehr und Austausch steht, da zum Beispiel in der Schweiz eine Menge von Leuten sei dem Ende der Inflation ihren Glauben an den deutschen Wiederaufstieg durch Zeichnung der deutschen Anleihen betätigt hat, und diese Anleihen sich heute als eine Art von Betrug erweisen – kurz, aus diesen und andern Gründen neigt der Ausländer dazu, in jeder neu auftretenden deutschen Weltanschauung einen Versuch zur Verherrlichung dieser neuen Methoden und der brutalen Gewalt überhaupt zu erblicken.

Ich selber habe nur wenige Male in Schweizer Blättern Berichte über Sie gelesen. Einmal war ein angeblich von Ihnen formulierter Ersatz für die Zehn Gebote der Bibel mitgeteilt. Die meisten Gebote waren ähnlich, aber schwächer formuliert als in der Bibel, und das „Du sollst nicht töten" war weggelassen. Ich weiß nicht, wie weit das verdorben und entstellt war; auf die Mehrzahl der Zeitungsleser wirkte es jedenfalls als Bekräftigung aller Ideologien, deren Ziel die Rechtfertigung der Gewalt ist.

Solange diese Spannungen zwischen dem Reich und der Welt sind, dürfen Sie natürlich nicht erwarten, daß in der Öffentlichkeit Ihre Bewegung anders betrachtet wird als daraufhin, ob Sie mit jenen Gewaltverherrlichungen parallel geht oder doch ihr ähnliche Klänge hat. Wir im Ausland haben bei all diesen Dingen ganz andre Interessen und andre Voraussetzungen als Ihr. Und im ganzen beruht die Sympathie des Auslands mit dem Christentum, das bis vor kurzem fast vergessen war, bloß darauf, daß man meistens mit Verfolgten mehr Sympathie hat als mit Verfolgern, und daß man in Bibel und Christentum eine Moral wittert, die vielleicht geeignet wäre, die unbegrenzten Appetite der Macht einzudämmen. Dieser Standpunkt ist heute und noch für lang der des Auslandes diesen Sachen gegenüber, daher das neu erwachte Interesse für Christentum und Kirche und die vielen Sympathien für Rom.

Ob Ihre Bewegung dem heutigen Deutschland entspricht

und von Wert sein kann, danach fragt das Ausland nicht; es fragt: Kann diese Bewegung dazu dienen, die Staatsallmacht zu glorifizieren und zu stützen oder nicht? –

Genug für heut. Ich wollte nur versuchen, ein paar Linien anzudeuten. Es ist wie in der Reformation: Man glaubt zu philosophieren und bereitet bloß dreißigjährige Kriege vor.

An Herrn J. F., Köln

22. Mai 1935

... Ich sehe aus Ihrem Brief, wie der Freund Hein in der letzten Zeit seinen Schatten auf Ihren Weg hat fallen lassen, und wie Sie von außen und innen her erschüttert wurden. Da denke ich Ihrer in guter Freundschaft. Ich bin im ganzen gegen das Heroische, und so auch gegen die Stoa, eher mißtrauisch, und so habe ich es in meinem eigenen Leben mit seltenen Ausnahmen (eine war der Tod meiner Mutter, den ich damals eine Zeitlang gar nicht an mich heran ließ) gehalten, daß ich für den kürzesten Weg durch die Welt der Schmerzen den ansah, der mitten durch den Schmerz hindurch führt, das heißt ich übergab mich ihm und den höheren Gewalten, und überließ es ihnen, was daraus werden würde.

Auf eine menschenwürdige Art alt zu werden und jeweils die unserem Alter zukommende Haltung oder Weisheit zu haben, ist eine schwere Kunst; meistens sind wir mit der Seele dem Körper gegenüber entweder voraus oder zurück, und zu den Korrekturen dieser Differenzen gehören jene Erschütterungen des inneren Lebensgefühles, jenes Zittern und Bangen an den Wurzeln, die uns je und je bei Lebenseinschnitten und Krankheiten befallen. Mir scheint, man darf ihnen gegenüber wohl klein sein und sich klein fühlen, wie Kinder durch Weinen und Schwäche hindurch am besten das Gleichgewicht nach einer Störung des Lebens wiederfinden ...

... Ich wünsche Ihnen alles Heilende und Gute, was der Mensch in dunkler Stunde erfahren kann.

An Dr. J. L., Zürich

1. Juni 1935

Lieber Freund

Danke für Deinen Brief; ich kann mitfühlen ... wie satt Du Deiner jetzigen Existenz bist ...

... Das Leben im Ungewissen einer großen bösen Maschinerie von Staat etc. ausgeliefert, ist auch mir nicht bekömmlich und macht mir viel Sorgen und Enge, z. B. schwebt bei der jetzigen Konstellation meine ganze literarische und ökonomische Existenz in der Luft und kann jeden Tag ihr Ende finden. Aber ich weiß für Dich und mich doch keine andere Hilfe in der Misère als daß wir uns mehr als je in unsern geistigen Arbeiten oder Spielen festbeißen und möglichst zäh dem Traum in unserer Seele nachgehen, auch wenn morgen alles mit uns untergeht.

Der Gedanke an den Tod hat dabei sein Tröstliches. Ich glaube, je kleiner unsere Vitalität wird, desto kleiner wird im Grunde auch die Bangigkeit vor dem Leben. Je näher und gewisser man den Tod weiß, desto weniger braucht man ihn selber zu rufen. Er wartet ja auf uns, samt denen, die uns vorausgegangen sind ...

... Mit dem Glasperlenspiel geht es sehr langsam, tropfenweise. Aber wenn ich auch nur selten einen Strich daran tue, so lebe ich doch sehr viel in Gedanken darin, und oft, während ich im Garten knie und Unkraut zupfe, bin ich bei seinen Figuren und spiele mit ihnen.

...

Es grüßt Dich herzlich Dein

An Thomas Mann, Küsnacht/Zürich

3. Juni 1935

Lieber Herr Thomas Mann

Zu Ihrem Geburtstag bekommen Sie Briefe mehr als genug; ich will Ihnen nur zuwinken und sagen, daß ich an Sie denke.

Meines Vaters Vater ist 95 Jahre alt geworden, und es wäre schade gewesen um jedes Jahr, das gefehlt hätte. Auch für Sie scheint mir ein Patriarchenalter ganz angemessen, wenn auch unter freundlicheren Sternen als sie uns im Augenblick scheinen.

Immerhin – noch haben wir Friede, und wenn man sich vorstellt wie die Welt und unser Leben aussähe, wenn morgen Krieg käme, dann schätzt man selbst einen so geduckten und verkümmerten Frieden, wir wir ihn heute haben.

Wir beide wünschen Ihnen und uns, daß Sie über die Nöte dieser Jahre hinaus Ihr Leben und Ihre köstlichen Gewebe weiter spinnen, und uns freundlich gesinnt bleiben.

Mit herzlichen Grüßen, auch für Ihre Frau

Ihre H. Hesse und Ninon Hesse

An Herrn H. M., Koblenz

Baden, 19. November 1935

... Es geht Ihnen wie allen: Sie lesen aus meinen Büchern und aus allen Büchern das heraus, was Ihrer Stimmung und Ihrer Erlebnisstufe entspricht, so wie eine Pflanze aus der Erde das saugt, was sie zum Aufbau braucht. Und da Sie jung und werdend, oft in Zweifeln und vermutlich auch zart organisiert und leidensfähig sind, lesen Sie aus den Büchern vor allem Bestätigung Ihrer Nöte und Zweifel.

Dazu geben meine Bücher Gelegenheit genug. Ich bin den fragwürdigen Weg des Bekennens gegangen, ich habe, bis zur „Morgenlandfahrt“, in den meisten meiner Bücher beinahe mehr von meinen Schwächen und Schwierigkeiten gezeugt als von dem Glauben, der mir trotz der Schwächen das Leben ermöglicht und gestärkt hat.

Wenn Sie sich für eine Stunde von sich selbst emanzipieren könnten, so würden Sie aber plötzlich sehen, daß zum Beispiel der „Steppenwolf" keineswegs bloß von Haller handelt, sondern ebensosehr von Mozart und den Unsterblichen. Und Sie würden in meinen früheren Erzählungen im „Knulp", im „Siddhartha" etc. einen zwar nicht dogmatisch durchformulierten, aber doch eben einen Glauben entdecken. Zu formulieren versucht habe ich ihn auf dichterische Weise erst in der „Morgenlandfahrt" und auf direkte Weise in dem Gedicht, das am Schluß meines Gedichtbüchleins im Insel-Verlag steht. Seit bald vier Jahren meditiere ich an einem Plan, der noch weiter führen und deutlicher bekennen soll.

Im Grunde freilich halte ich es für unnötig, den Kern jedes echten Glaubens immer wieder neu und subjektiv zu formulieren. Was der Mensch ist und sein könnte, auf welche Weise er sich und sein Leben mit Sinn erfüllen und heiligen kann, das haben alle Religionen verkündigt, das steht bei Konfuzius ebenso wie bei seinem scheinbaren Antipoden Lao Tse, steht in der Bibel ebenso wie in den Upanishaden. Dort steht alles, woran der Mensch glauben und sich halten kann.

Daß wir trotzdem auch jene Art von Literatur und Lebenszeugnis brauchen, welche das Schwache, Fragwürdige, Traurige etc. im Menschenleben betont, das rechtfertigt die Existenz solcher Bücher wie des „Steppenwolf" etc. Vielleicht wird von der „Morgenlandfahrt" an mein Zeugnis allmählich positiver. Aber auch wenn es dazu nie kommen sollte, würde ich mich und mein Leben zwar als gefährdet, als krank, als unvorbildlich, aber durchaus als positiv und gläubig empfinden.

An R. J. Humm, Zürich

Baden, 10. Dezember 1935

Lieber Herr Humm

An meinem letzten Badener Tag kommt Ihr Brief und macht mir Freude, denn daran bin ich gar nicht gewöhnt, daß auf die Arbeit, mit der ich meine Tage hinbringe, irgend ein Echo kommt. Nun hat also mein Versuch, etwas über Ihr Inselbuch zu sagen, Sie erreicht und hat Sie gefreut und mir ein Echo gebracht, das ist mir lieb, es bringt mir ein wenig Licht, ich schlucke es gern.

Ich zweifle nicht daran, daß Sie auch zu mancher Stelle den Kopf geschüttelt haben. Aber jedenfalls haben Sie die Hauptsache gespürt und acceptiert: daß ich nicht klüger sein, richten oder Censur erteilen, sondern das äußern wollte, was Ihr Buch an Liebe in mir geweckt hat. Das genügt.

Es ist in Ihrem Buch und auch in Ihrem Brief etwas, worauf ich zur Zeit keine Antwort habe. Ich sah der „privaten" Auseinandersetzung in Ihren „Inseln" nicht bloß mit Teilnahme und gelegentlich mit Sorge zu, sondern auch mit einem gewissen Neide. Ich selber nämlich bin mit den letzten Jahren der Möglichkeit einer privaten Auseinandersetzung so weit entwichen, daß ich sie zur Zeit überhaupt nicht ertrüge. Von innen und von außen her, in meinem privaten Leben wie in meinem Verhältnis zu den Weltumständen, bin ich langsam in eine Krise gekommen, die sich in diesem Jahr nun zugespitzt hat, so daß ich glaube, es werde bald das Urteil gefällt und die Probe auf Leben oder Sterben reif sein. Inzwischen habe ich in diesen Jahren obwohl meines privaten Lebens und Standes immer ungewisser, mir eine Haut wachsen lassen, die mich wie Glas umgibt und eigentlich aus nichts besteht, als aus einem Glauben, daß auch Krisen und Leiden positive Funktionen seien und daß der Ort, an den ich mich gestellt sehe, als Amt und Schicksal aufzufassen sei.

Aber ich habe das Gefühl, mich da in einer privaten Mythologie auszudrücken. Kurz, ich bin seit längerer Zeit an den Wurzeln angesägt und der Lebenswille ist sehr klein geworden, und ich balanciere das indem ich meine Funktion, das bißchen literarischer Arbeit, mit vermehrter Sorgfalt, wie ein Amt, zelebriere. Vielleicht bin ich damit ein Hanswurst, doch ist auch das mir eigentlich einerlei.

Ein jüngerer Bruder von mir, ein sehr lieber, kindlicher, reiner und frommer Mensch, kleiner Bureau-Angestellter hier in Baden mit Frau und Kindern, hat trotz seiner scheinbaren Unähnlichkeit mit mir offenbar zur selben Zeit sich gezwungen gesehn, das Gleichgewicht in sich neu zu ordnen und ist nicht damit fertig geworden. Er mußte fürchten, seine Stelle zu verlieren, das scheint ein Anlaß, aber es war natürlich Tieferes, kurz, er verschwand kürzlich, wurde von uns zwei Tage vermißt und gesucht und dann begraben, er hat die Sache mit seinem Taschenmesser geordnet.

So schreibe ich Ihnen aus einer Position, auf die ich nicht stolz sein kann. Vermutlich war mein Leben das eines Don Quichote, aber oft glaube ich daran, daß Don Quichote ebensowenig entbehrlich ist als irgend ein Führer und „Erfolgreicher".

Genug, eigentlich wollte ich Ihnen nichts sagen, als daß Ihr Brief mich freut. Bald wird meine Frau kommen um mir packen zu helfen.

Herzlich Ihr

Einen Gruß an Zollinger

An Thomas Mann, Küsnacht/Zürich

5. Februar 1936

Lieber Herr Thomas Mann

Die Schwarzschild- und Korrodikampagne war eigentlich kein würdiger Anlaß, indessen begreife ich, daß Sie einmal den Schnitt durchs Tafeltuch haben tun müssen. Nun es getan ist und in so würdiger Form, sollte man Ihnen eigentlich nur gratulieren. Ich kann es dennoch nicht tun. Ohne mir, auch nur in Gedanken, die geringste abfällige Kritik an Ihrem Schritt zu erlauben, bedaure ich im Grunde doch daß Sie ihn taten. Es war ein Bekenntnis – aber wo Sie stehen, war längst jedermann bekannt. Für die Herren in Prag und Paris, die Sie auf so banditenhafte Art bedrängten, ist es Genugtuung zu sehen, daß der Druck gewirkt hat.

Wenn ein Lager da wäre, dem man sich zuwenden und anschließen könnte, wäre ja alles gut. Aber daran fehlt es ja. Wir haben aus der Giftgasatmosphäre zwischen den Fronten keine andere Zuflucht als zu unserer Arbeit. Und die, gewissermaßen illegale Wirkung des Trostes und der Stärkung, die Sie auf die reichsdeutschen Leser hatten, wird Ihnen nun wohl verloren gehen – das ist ein Verlust für beide Teile. Auch ich bin mitbetroffen, ich verliere einen Kameraden, und ich beklage das ganz egoistisch. So wie ich während des Weltkriegs einen Kollegen in R. Rolland hatte, so hatte ich ihn seit 1933 in Ihnen. Ich denke Sie zwar keineswegs zu verlieren, ich werde nicht leicht untreu, aber drüben in Deutschland stehe ich, als Autor, nun sehr allein. Ich möchte aber den Posten halten, solang es von mir abhängt.

Nun wünsche ich sehr, Sie möchten, ganz persönlich und privat, die Entspannung wohltätig spüren, die Ihr Schritt bringen sollte. Wenn Sie sich befreit fühlen und erleichtert zu Ihrer Arbeit zurückkehren, dann ist alles gut.

Herzlich grüßt Sie und Frau Mann

An S. Fischer-Verlag, Berlin

9. Februar 1936

Hochgeschätzte Herren

Ich glaube, ich habe Ihnen schon im November einmal von den Angriffen Will Vespers gegen mich gesagt. Vielleicht haben wir unrecht dran getan, sie zu ignorieren, wenn auch Vesper ein trüber Literat ist, den man nicht ernst nehmen sollte.

Sie sehen aus der Beilage, wie weit die in seinem Blatt „Neue Literatur" begonnene Campagne schon reicht.

Da Vesper von Anfang an unlauter und mit verbotenen Mitteln gegen mich arbeitete, gebe ich Ihnen hier die paar Daten, die zur Enthüllung seiner Praktiken nötig sind und für die ich bürge. Wenn es Ihnen angezeigt scheint, so verwenden Sie sie nach Ihrem Belieben zur Aufklärung der Presse!

1. Anlaß zu Vespers Angriffen bieten meine Berichte über deutsche Bücher in Bonniers Magasin. Er wirft mir vor, daß ich dort „in jüdischem Sold" nur Bücher von Emigranten etc. anzeige. Wie sich dann herausstellte war W. Vesper selbst in diesem jüdischen Sold mein Vorgänger, er hat bis vor etwas mehr als einem Jahr für Bonnier gearbeitet, und wurde dort wegen zu einseitiger nationalsozialistischer Propaganda abgebaut. Daß in meinen Buchberichten mit der denkbar höchsten Anerkennung von Stefan George, Rilke, Hofmannsthal, Carossa, Emil Strauß etc. die Rede ist, verschweigt Vesper. Er hält sich nur daran, daß ich auch Bücher von Juden besprach.

2. Auf seinen ersten Angriff (November 1935) antwortete ich Herrn Vesper brieflich, ich sei Schweizer und sowohl die Schweiz wie Schweden hätten wohl das Recht, sich ihre eigene, neutrale Meinung über die deutsche Literatur zu bilden. Seither arbeitet Vesper, ohne es mich natürlich wissen zu lassen, fieberhaft daran, die Presse über den Fall Hesse zu informieren. Er macht seine falschen Angaben über mich wider besseres Wissen.

3. Vesper behauptet, ich sei Reichsdeutscher und als Sohn eines Reichsdeutschen geboren. Ich bin aber der Sohn eines Balten, der bei meiner Geburt noch russischer Untertan war, der aber für sich und seine Familie vor 50 Jahren (kurz nach 1880) das Schweizer und Basler Bürgerrecht erwarb. Die Mutter meiner Mutter war Schweizerin und meine Eltern lebten damals in Basel.

4. Reichsdeutscher bin ich dann allerdings geworden, im

Alter von nicht ganz 14 Jahren. Meine Eltern ließen mich (nur mich allein, nicht etwa sich und die ganze Familie) in Württemberg einbürgern, weil ich dort studieren und die Staatsprüfungen machen sollte. In der protestantischen Mission, der meine Eltern angehörten, gab es damals eine Menge ähnlich internationaler Familien; z. B. war von meinen älteren Stiefbrüdern der eine Württemberger, der andre (weil in Indien geboren) Engländer.

5. Vesper erzählt, ich habe mein Vaterland anno 1914, als es im schwersten Ringen war, feige verlassen. Auch dies lügt dieser arme Kerl, und zwar bewußt, er kennt die Daten. Er weiß, daß ich nicht, wie er sagt, „im Kriegsjahr 14" sondern in vollem Frieden, schon 1912, in die Schweiz zurückgekehrt bin.

6. Meine reichsdeutsche Staatsangehörigkeit habe ich im Kriege dadurch bezahlt, daß ich mich im Sommer 1914 als Freiwilliger stellte, und dann von 1915 bis zum Frühling 1919 eine von mir und Professor Woltereck gegründete Abteilung der Fürsorge für die deutschen Kriegsgefangenen leitete. Ich war als Beamtenstellvertreter der deutschen Gesandtschaft in Bern zugeteilt.

7. Als gewesener Schweizerbürger hatte ich das Recht, mich nach der Rückkehr in die Schweiz innerhalb von 10 Jahren unentgeltlich wieder einbürgern zu lassen. Um nicht während des Krieges und der ersten Nachkriegszeit gewissermaßen zu desertieren habe ich darauf verzichtet, und bin erst im Jahr 1923 wieder Schweizer geworden. Inzwischen nämlich war meine Ehe geschieden worden und meine Frau hatte für sich und unsere drei Söhne wieder ihr ursprüngliches Heimatrecht (sie ist aus alter Basler Familie) in Anspruch genommen. Meine drei Söhne waren also Schweizer, ich selbst nur dem Papier nach Deutscher, mein Wohnort war die Schweiz, meine Söhne sprechen gleich mir und ihrer Mutter Schweizer Mundart und gehören alle der Schweizer Armee an – es war nur selbstverständlich, daß ich nun auch für meine Person das Schweizer Bürgerrecht erwarb.

Dies sind die Daten, die Vesper verfälscht hat.

Bitte geben Sie dem „Westdeutschen Beobachter", den ich beilege, eine Berichtigung! Aber vermutlich standen diese Ausstreuungen über mich noch in sehr vielen andern Blättern.

Ich schäme mich, der deutschen Literatur anzugehören und solche Kollegen zu haben. Bei Vesper kenne ich zufällig auch die persönlichen, egoistischen Motive. Pfui Teufel! Meine Bücherbesprechungen, in Schweden wie bei Ihnen, baue ich ab, ich will nichts mehr damit zu tun haben.

Mit Grüßen Ihr

An Dr. Eduard Korrodi, Zürich

12. Februar 1936

Lieber Herr Doktor Korrodi

Danke für Ihren Brief, der sichtlich unter hohem Druck geschrieben ist; da Sie schon so lange im Zeitungsleben stehen, war ich erstaunt darüber, daß Ihr momentanes Exponiertstehen Sie so erregt. Mir ist diese Reaktion sympathisch, ich selbst bin empfindlich gegen Anrempeleien, d. h. ich bin mit dem Herzen, mit den Nerven viel empfindlicher als mit dem Verstande. Als Reaktion auf eine augenblickliche Situation also verstehe ich Ihren Brief sehr gut; ich glaube es ist Ihr jetziger Bruch mit Thomas Mann am meisten daran schuld. Ich kenne diese Art von Abschieden. Mit Emil Strauß ging es mir ähnlich; ich habe ihm zwar die Treue gehalten, aber persönlich hat er einst in der Nachkriegs-Verbitterung mit mir gebrochen. Und so habe ich noch manchen einstigen Freund in Deutschland, dem ich nötigenfalls die Stange halte, von dem ich aber nie einen gleichen Dienst erwarten darf, denn die Leute sind politisiert, und bekanntlich hat im Zeichen der Politik und Partei der Mensch keine Verpflichtung mehr zu menschlichen, sondern nur noch zu parteilichen und kriegerischen Gefühlen und Methoden.

So werde ich zur Zeit nicht bloß von den Emigranten in der Ihnen bekannten schmutzigen Art angegriffen, sondern werde zur gleichen Zeit, seit November, systematisch und mit immer breiterem Nachhall in der Tagespresse, im Dritten Reich als Verräter und Emigrant denunziert; Leiter dieser Aktion ist Will Vesper, und es ist ganz wohl möglich, daß er sein Ziel erreicht, mich in Deutschland verboten zu sehn.

Ich kenne also die Situation des brutal Angegriffenen recht wohl. Meine eigentliche Arbeit ist ohnehin durch die giftige Atmosphäre lahmgelegt; darum habe ich mich auch in dieser Zeit so reichlich mit Buchkritik etc. befaßt, was für mich ja nur ein Nebenberuf ist.

Was mir aus Ihrem Brief klar wird, ist Ihre momentane Stimmung. Was mir nicht ganz klar wird, das ist: Was Sie nun eigentlich von mir erwarten und in welcher Hinsicht Sie mit mir unzufrieden sind. Wenn ich richtig verstehe so tadeln Sie an mir, daß ich meinem alten Verlage, dem ich dreißig Jahre treu war, auch morgen und weiter treu bleiben möchte. Ferner nehmen Sie offenbar an, ich habe Dr. Bermann ganz besondere Dienste getan bei seinem Zürcher Versuch. Das ist nicht der Fall, ich gab ihm nur Empfehlungen an zwei dortige Freunde und bin über den Verlauf seines Versuchs im einzelnen keineswegs unterrichtet. Daß er in der Schweiz einen Verlag auftäte, würde mir nicht wie Ihnen als ein Unglück erscheinen. Auch wenn die Schweizer Verlage wirklich auf höchster Höhe stünden, und auch wenn Bermann nicht eine überdurchschnittliche Tradition und Fähigkeit mitbrächte, so wäre es für die Schweiz kein Verlust, sondern ein Gewinn, wenn der Verlag von Thomas Mann, Schickele und andern guten Autoren sich hier statt in Wien oder Holland befände. Es würde in der Schweiz ein Plus an Arbeit geben. Reüssierte der neue Verlag nicht, so wäre er der Verlierende nicht die Schweiz. Reüssierte er aber, so hätte in jeder Hinsicht auch die Schweiz davon Gewinn.

Was nun mich selber als Autor des Fischer-Verlages betrifft, so scheinen Sie irrigerweise zu glauben, ich könne nach meiner freien Wahl dem alten Verlag treu bleiben oder einen beliebigen neuen wählen. Dem ist nicht so und ebenso hat Bermann keineswegs selbst darüber zu entscheiden, welche Autoren aus dem alten Fischer-Verlag er in seinen neuen mitnehmen will. Er kann nur den alten Verlag in Berlin verkaufen, und nach deutschem Recht erwirbt der Käufer auch die Autorenverträge. Wenn Bermann aus dem Verlag Fischer, weil Jude, austreten muß, so gehen die Rechte an meinen Büchern automatisch an seinen Nachfolger in Berlin über. Bis zum Ablauf meines Vertrags, der noch für Jahre gilt, bin ich automatisch an den Verlag in Berlin gebunden, einerlei wer sein Besitzer sei.

Das wäre die Frage Bermann. – Frage ich mich, was Sie weiter von mir erwarten, so finde ich etwa folgendes: Sie erwarten von mir, ich als Dichter möge endlich auch einmal ein Minimum an Heroismus zeigen und Farbe bekennen. Aber lieber Kollege: Dies habe ich seit dem Jahr 1914, wo mein erster Kriegsaufsatz mir die Freundschaft Rollands eingebracht hat, ununterbrochen getan. Ich habe nun seit 1914 stets die Mächte gegen mich gehabt, die ein religiöses und ethisches (statt politisches) Verhalten nicht erlauben wollen, ich habe hunderte von Zeitungsangriffen und tausende von Haßbriefen seit meinem Erwachen in der Kriegszeit zu schlukken bekommen, und ich habe sie geschluckt, habe mein Leben davon verbittern, meine Arbeit erschweren und komplizieren, mein Privatleben flöten gehen lassen, und immer war ich nicht nur von einer Front her bekämpft um dafür von einer andern beschützt zu werden, sondern immer haben beide Fronten mich, den zu keiner Partei gehörenden, gern zum Objekt ihrer Entladungen gewählt. So werde ich ja auch heute wieder gleichzeitig von den Emigranten und vom Dritten Reich angepöbelt. Und ich bin der Meinung, das Stehen auf diesem Posten des Outsiders und Parteilosen sei mein Platz, wo ich mein bißchen Menschentum und Christentum zu zeigen habe.

Mir scheint, Sie erwarten beinahe von mir, daß ich mich zu einer Art von Schweizerischem Antisemitismus und Antimarxismus bekenne. Nun, Marxist bin ich zwar nie gewesen, ich bin ja auch gleich Ihnen des öfteren Zielscheibe von Angriffen aus jenem Lager, doch bin ich ebensowenig Anhänger des Kapitalismus und Wortführer der besitzenden Klasse – auch dies wäre Politik und Partei, und meine Stellung ist bis zum Fanatismus a-politisch. Was ferner die Juden betrifft so bin ich nie Antisemit gewesen, obwohl auch ich gegen manches „Jüdische" gelegentlich Ariergefühle habe. Ich halte es nicht für die Aufgabe des Geistes, dem Blut und der Rasse den Vorrang einzuräumen, und wenn Juden wie S. widerlich sind, so sind es Arier wie Streicher oder W. Vesper und hundert andere wahrlich nicht weniger. Geht es den Juden gut, so kann ich recht wohl einen Witz über sie ertragen. Geht es ihnen schlecht – und den deutschen Juden geht es heute höllisch schlecht – dann ist für mich die Frage für wen ich empfinden solle, für die Opfer oder die Verfolger sofort entschieden. Darum habe ich in meinen Stockholmer Literaturberichten auch die Emigrantenliteratur betreut, was ich jetzt so teuer bezahle.

Nein, ich bin weder für Antisemitismus noch für eine Partei zu gewinnen. Das hindert nicht, daß ich Schweizer und Republikaner bin mit voller Überzeugung. Unsere Demokratie meint ja doch wohl nicht, daß die Parteien sich totschlagen, sondern daß sie sich zu Beratung und Verständigung treffen sollen. Das tun weder die Sozi noch tun es die Besitzenden. Ich lasse sie streiten. Aber das sind Fronten, in denen ich nichts zu suchen habe.

Wenn ich in den vierundzwanzig Jahren, die ich in der Schweiz lebe, fast nie von meinem Schweizertum gesprochen habe, so braucht Sie das nicht zu wundern. Von meinen Vorfahren war nur Eine Seite schweizerisch, und mein eigenes Bürgerrecht ist gekauft. Nun wissen Sie, wie gern man im Lande die Eingekauften hat, die jeden Satz mit „Wir Schweizer" beginnen . . .

Zu einer Frage möchte ich noch ein Wort sagen. Sie deuten an, daß Sie recht wohl ein europäisches oder weltliterarisches

Feuilleton machen könnten. Das ist richtig. Nur wäre dies Feuilleton recht unschweizerisch. Aber es hätte einen noch größeren Fehler. Ein Feuilleton, das zu neun Zehnteln aus Übersetzungen bestünde, würde sprachlich ungeheuer verarmen. Sie wissen doch, wie das ist, wenn man einen russischen oder spanischen Roman in deutscher Übersetzung gelesen hat, und dann ein deutsches Originalwerk in die Hand nimmt; das ist wie ein Mundvoll frischer Luft. Nein, auch mit guten Übersetzern (und wieviel wirklich gute gibt es denn?) würde da eine Esperantowelt entstehen, und man würde sich nach dem früheren Zustand zurücksehnen.

Ich danke Ihnen nochmals für Ihren Brief, den ich als Zeichen Ihres Vertrauens schätze, Sie haben mir damit eine Freude gemacht. Daß ich ihn genügend ernstnehme, sehen Sie schon aus der Ausführlichkeit meiner Antwort ...

An Thomas Mann, Küsnacht

12. März 1936

Lieber Herr Thomas Mann

Danke für Ihren Brief, der hat mich gefreut und mir wohlgetan. Sie haben richtig geahnt, daß ich so etwas brauchen könne; vermutlich hat Ihnen auch J. Maass, mit dem wir gut Freund geworden sind, etwas davon erzählt, daß es mir wenig gut geht.

Die große Enttäuschung, die mir meine dreijährige Tätigkeit als Rezensent gebracht hat, indem ich von beiden Seiten, der deutschen und der Seite der Emigranten, als Antwort auf eine gutgemeinte und schließlich unheimlich anstrengende Arbeit Ohrfeigen geerntet habe, diese Enttäuschung hat mir gezeigt, wie sehr diese Tätigkeit als wohlwollender Referent über deutsche Literatur nebenher auch eine Flucht gewesen war, Flucht vor dem tatenlosen Zusehenmüssen dem Aktuellen gegenüber, und Flucht vor meiner Dichtung, von der mich seit zwei Jahren ein immer zunehmendes Vacuum trennte.

Vorerst werde ich die kritische Tätigkeit abbauen und auf ein Minimum einschränken, werde die Übermüdung und Überstopfung durch das zu viele Lesen abklingen lassen und hoffe, daß schon das mich wieder etwas fester auf die Beine stellen wird. Schwerer wird es gehn, den Rückweg zu meiner Dichtung zu finden, die seit Langem völlig liegen blieb. Die Idee dieser Dichtung ist zwar lebendig geblieben, ich bin mit den Gedanken viel bei ihr, aber es fehlte die Lust am Produzieren, an der Arbeit im Detail, am Sinnlich- und Sichtbarmachen des Spirituellen.

Daß man Sie drüben im Reich in Ruhe läßt, freut mich. Sollten Sie verboten werden, so wäre es mir ein sehr unlieber Gedanke, dort allein meinen kleinen Markt weiter zu haben. Aber das muß sich entwickeln, es ist noch immer möglich, daß wir eines Tages beide zusammen verboten werden, und das würde mich freuen, obwohl ich es nicht provozieren darf. Unsre Arbeit ist heut eine illegale, sie dient Tendenzen, die allen Fronten und Parteien lästig sind.

Ich denke nicht selten an Sie und freue mich, Sie jeden Tag eine Weile in Ägypten zu wissen. Auch ich hoffe wieder auf Morgenlandfahrt. Es wäre ja sonst wirklich in dieser geistlosen Welt schwer auszuhalten.

Herzlich grüßt Sie und die Ihren Ihr

An Fräulein H. B., Wolfratshausen

5. Oktober 1936

Liebes Fräulein

Ihr Brief hat mich ein wenig betrübt. Daß Sie mit dem „Demian“ so gar nichts anzufangen wissen, daß Sie sich fragen, warum ein Mensch überhaupt so etwas schreiben könne, zeigt mir, daß mein Tun und Denken sehr einsiedlerisch ist und wenig verstanden wird. Aber dies wußte ich schon seit Jahrzehnten, und habe mich damit abgefunden.

Ich kann Ihre Fragen nicht beantworten. Aber ich möchte

Ihnen ein Wort über das Lesen von Büchern im allgemeinen sagen. Man sollte Bücher nicht mit solchen Gedanken und Fragen lesen, wie Sie es tun. Wenn Sie eine Blume betrachten oder an ihr riechen, so werden Sie ja auch nicht gleich darauf die Blume zerpflücken und zerrupfen, sie untersuchen und mikroskopieren, um herauszukriegen, warum sie so aussehen und so duften muß. Sondern Sie werden eben die Blume, ihre Farben und Formen, ihren Duft, ihr ganzes Dasein in seiner Stille und Rätselhaftigkeit auf sich wirken lassen und in sich aufnehmen. Und Sie werden von dem Blumenerlebnis genau in dem Maß bereichert sein, in dem Sie der stillen Hingabe fähig sind.

So wie mit der Blume sollten Sie es mit den Büchern der Dichter auch machen.

Eben jetzt, wo ich schließen will, fällt mir der Grund ein, warum Ihr Brief mir etwas weh getan hat. Nämlich darum: weil Sie nach dem Lesen des „Demian" es für möglich halten, daß ich Sie Ihrer jüdischen Abstammung wegen geringschätzen oder ablehnen könnte ...

An Georg Reinhart, Winterthur

Zum 10. Januar 1937

Lieber Herr Reinhart

Zu Ihrem 60. Geburtstag bekommen Sie ohne Zweifel so viele Briefe, daß man Ihnen einen Gefallen tut, wenn man seinen Glückwunsch kurz faßt.

Aber sagen möchte ich Ihnen bei diesem Anlaß doch, daß ich in meinem Leben Ihr Dasein und die Freundschaft mit Ihnen für ein Glück und einen hohen Wert halte, und zwar nicht bloß darum, weil Sie mir in der gefährdetsten Zeit meines Lebens so freundlich durchgeholfen haben. Natürlich gehört dies mit dazu, und wenn ein reicher Mann mit einem ärmeren befreundet ist, so wird und muß das irgendwie auch in der Form des Geldes zum Ausdruck kommen. Aber das ist ja bloß ein Teil meiner Beziehung zu Ihnen und meiner Freundschaft und Dankbarkeit für Sie. Ich bin Ihnen dankbar und habe Freude daran, daß es Sie gibt und daß ich Sie kenne, einfach weil Sie so sind wie Sie sind, weil Sie ein Mann der Welt und der großen Geschäfte sind, der dennoch von diesen Geschäften nicht aufgefressen und von der Welt nicht nivelliert worden ist, sondern sein Gesicht und seinen Charakter, seine Liebhabereien und seine Talente behalten und gepflegt und sich in seinem Hause eine so schön ausstrahlende Zuflucht geschaffen hat.

Sie werden das alles und noch viel mehr, in diesen Tagen in vielen Formen und von vielen Seiten zu hören bekommen. Es wird ohne Zweifel von Ihnen mit einem etwas sarkastischen Lächeln beantwortet werden. Trotzdem glaube ich nicht, daß es Sie nicht dennoch auch freut, es einmal von Ihren Freunden gesagt zu bekommen, wie gern sie Sie haben.

Ich denke Ihrer an Ihrem Geburtstag und wünsche Ihnen und Ihrem ganzen Haus von Herzen noch manche Jahre eines Nachsommers im Sinne Adalbert Stifters. Das Altwerden ist ja nicht bloß ein Abbauen und Hinwelken, es hat wie jede Lebensstufe, seine eigenen Werte, seinen eigenen Zauber, seine eigene Weisheit, seine eigene Trauer, und in Zeiten einer einigermaßen blühenden Kultur hat man mit Recht dem Alter eine gewisse Ehrfurcht erwiesen, welche heut von der Jugend in Anspruch genommen wird. Wir wollen das der Jugend nicht weiter übelnehmen. Aber wir wollen uns doch nicht aufschwatzen lassen, das Alter sei nichts wert.

Meine Frau schließt sich meinen Glückwünschen und Grüßen an.

Von Herzen alles Freundliche und Schöne wünscht Ihnen Ihr

An Herrn P. U. W., Prag

21. Januar 1937

... Daß sich Ihre Dichtungen schon zur Veröffentlichung eignen, glaube ich kaum. Es ist viel Schönes und Versprechendes darin, aber hier fehlt es noch an Selbständigkeit, man fühlt die literarisch-romantische Atmosphäre stark, aber man fühlt auch die Vorbilder und Anregungen. Es ist beim Malen und Zeichnen leichter, sich des Handwerks zu erinnern und einfach Studien und Übungen zu machen – beim Schreiben geht das schwerer, es ist aber dennoch notwendig. Ich würde raten: versuchen Sie immer wieder, neben Ihren andern Arbeiten her, literarische Übungen, das Aufzeichnen von Erlebnissen, von Gesehenem, von Kunstwerken, das möglichst genaue, präzise, nüchterne Nachzeichnen durch Worte, und nehmen Sie jede solche Übung immer wieder nochmals durch, bis jedes Wort feststeht und Sie für jedes Wort einstehen können. Mehr Rat kann ich Ihnen nicht geben, ich eigne mich zum Lehrer gar nicht. Es soll nur eine Anregung sein.

Die „Romantik“, die Sie meinen , ist auch mir bekannt und lieb, doch kann ich aus Ihren Versuchen nicht recht erkennen, was Ihnen einmal möglich sein wird. Denn es kommt nicht darauf an, aus Gelesenem eine allgemein romantische Atmosphäre zu zaubern, das ist nicht schwer, auch ich bin diesem Zauber oft genug erlegen. Sondern es kommt darauf an, aus der romantischen Haltung ein verantwortliches Dichtertum zu erziehen, mit großer Strenge im Wort und großer Vorsicht im Anlehnen an Vorbilder. Die alte Romantik ist da und braucht nicht nochmals geschaffen zu werden. Es sind viele Ansätze bei Ihnen, aber die Freude an der allgemeinen Stimmung, am Sichergehen in einer romantischen Szenerie wiegt noch vor; auch sie ist etwas Schönes, aber sie genügt nicht, und wem sie genügt, der bleibt Dilettant. Gerade da Sie das Malen und Musizieren ohnehin üben, sollten Sie versuchen, im Dichten nicht mit dem Andeuten der Stimmung zufrieden zu sein, sondern ein richtiges Zeichnen und Bauen mit den Worten probieren, so bewußt und nüchtern wie möglich, man lernt da nie aus, die Aufgabe ist mit jedem Satz wieder neu.

Das ist alles, was ich zu sagen weiß. Ihre Gefahr ist, glaube ich, die Einsamkeit, in der Sie leben. In Ihrem Alter erträgt man sie ohne Schaden nicht sehr lang. Holen Sie sich irgend einen Menschen zum Freund, zeigen Sie ihm sich und Ihre Versuche, achten Sie auf die Wirkung, er braucht durchaus kein Genie zu sein.

Ich wünsche, Sie möchten Ihren Weg finden. Geht es mit dem Zeichnen nicht, so müßten Sie einen andern, gewöhnlichen Broterwerb suchen – nicht aus Ihrer Dichtung Brot zu machen suchen! Nur dies nicht!

An Professor Arthur Stoll, Basel

27. Januar 1937

Lieber Herr Professor

Haben Sie schönen Dank für Ihren Gruß und für die Drucksache, die ich mit besonderem Interesse studiert habe.

Daß Sie Ihren fünfzigsten Geburtstag begangen haben, ahnte ich nicht, nun kommen meine Glückwünsche verspätet. Die Inanspruchnahme, die solche Jubiläen bringen, ist mir aus eigener Erfahrung bekannt und im Sommer dieses Jahres werde ich sie nochmals über mich ergehen lassen – ich bin gerade zehn Jahre älter als Sie und werde sechzig. Wenn ich auf einer andern Seite der Welt und Kultur arbeite und lebe als Sie, und meine Verhältnisse kleine sind, so sind doch die Situationen und Schicksale jeder ernstlichen geistigen Arbeit ähnliche; und so wird auch bei Ihnen das Gefeiertwerden und die Berühmtheit unter andren Reflexen auch den der Ironie in Ihnen auslösen. Das Berühmtsein samt den Jubiläen ist ein Versuch, rein geistige Funktionen ins Soziologische zu übersetzen, oder geistige Leistung (die immer bloß vom Einzelnen geleistet werden kann) mit den Formeln der Masse, der Quantität, auf einen gemeinsamen Nenner zu bringen. Die Folge sind Mißverständnisse, und wir müssen froh sein, wenn sie drollig und harmlos bleiben, sie können auch tragisch werden ...

... Und nun wünsche ich Ihnen, was ja jeder von uns sich selber vor allem wünscht: Sie möchten immer wieder aus dem Gedränge der Welt und Geschäfte in die erfrischende Einsamkeit der eigentlich geistigen und schöpferischen Arbeit hinüber finden, und dort jener Jugend teilhaftig sein, der die Jahrzehnte nichts anhaben können.

An einen jungen Verwandten

1. Februar 1937

... Was Du über die Kunst im Anschluß an Balzac sagst, verstehe ich leider ebensowenig, wie ich frühere Äußerungen dieser Art von Dir verstanden habe. Daß Kunst so notwendig sei wie Brot, ist auch mein Standpunkt, eben darum habe ich mein Leben, und oft unter Opfern, darauf verwendet, Künstler zu sein. Daß der Künstler eine abgestempelte Gesinnung haben müsse (hast denn Du selbst eine?), daß er sich für eine Partei oder Gruppe entscheiden müsse (gehörst Du selber einer an?) und daß er über das, was Gut und Böse, Schwarz und Weiß sei, sich bei Dir oder sonstwo Bescheid holen müsse, glaube ich nicht, und nie hat das ein echter Künstler geglaubt. Die Kunst gehört zu den Funktionen der Menschheit, die dafür sorgen, daß Menschlichkeit und Wahrheit fortbestehen, daß nicht die ganze Welt und das ganze Menschenleben in Haß und Partei, in lauter Hitlers und Stalins zerfällt, der Künstler liebt die Menschen, er leidet mit ihnen, er kennt sie oft sehr viel tiefer, als je ein Politiker oder Wirtschafter sie gekannt hat, aber er steht nicht als ein Herrgott oder Redakteur über ihnen, der genau weiß, wie alles sein sollte. Was heißt denn Dein Lieblingswort „Gesinnung“? Der Heiland zum Beispiel hat ohne Zweifel die Armen geliebt und die Habgier verurteilt, er hat aber niemals ein Programm aufgestellt, wie durch normierte Gesinnungen, Parteien, Revolutionen etc. künftig die Armut abgeschafft werden könne, sondern hat aufs deutlichste erkannt und ausgesprochen, daß es allezeit Arme geben werde. Er war also, nach Deiner mir nicht recht klaren Theorie, ein Außenseiter, der in einer „dritten Dimension" lebte, so wie wir Künstler, die Du so sehr verachtest. Auch das ist mir völlig unverständlich, was in Deinem Brief steht: die Künstler hätten sich im Lauf der Jahrtausende einen Privatstandpunkt erobert. Wo standen sie denn vorher? Und hat es nicht Künstler genug gegeben, die eifrigst Partei ergriffen haben, die Wortführer politischer Bestrebungen, Sozialisten etc. waren? Sie und ihre Werke sind dadurch nicht um einen Faden besser oder schlechter geworden. Daß ein Künstler oder Intellektueller ein Lump ist, wenn er seine echten Gefühle und Meinungen aus Opportunismus verleugnet und andere vortäuscht, darin sind wir ja einig. Daß aber zum Beispiel heutzutage ein Künstler dadurch besser wird, daß er sich einer Partei verschreibt oder verkauft, kannst Du nicht im Ernst glauben.

Leid tut mir nur, daß ich in Deinen Augen auch so ein Mann bin, der die Kunst für etwas Privates hält und weder Gut noch Böse, nur „Genial" oder „Ungenial" etc. kennt! Hast Du wirklich nie etwas von mir gelesen? Hast Du wirklich nie gefühlt, daß es mir damit ernst ist, daß ich die Programme und fertig formulierten „Gesinnungen" nur darum ablehne, weil sie die Menschen unendlich verdummen, und daß ich für Gut und Böse ein ziemlich zartes Gewissen habe? Lieber H., ich könnte heute, statt von allen extremen Parteien angespuckt zu werden, Erfolg und Einfluß in Menge haben, wenn ich mich einer Partei anschlösse . . . Der einzige heutige Dichter von hohem Rang, der sich am Ende seines Lebens zum Kommunismus bekannte, ist André Gide* –

* Bekanntlich hat André Gides Zugehörigkeit zur Partei nur sehr kurz gedauert.

ich meine: der einzige, den ich selber ernstnehme. Er hat, resigniert und tief enttäuscht, seine Stimme und seinen Namen den Kommunisten gegeben, und ist als Dichter erloschen, vielmehr er hat sich zurückgezogen und schweigt.

Es hat im Laufe der Jahrhunderte tausend „Gesinnungen" und Parteien und Programme gegeben, tausend Revolutionen, sie haben die Welt verändert und (vielleicht) vorwärts gebracht. Aber keines ihrer Programme und Bekenntnisse hat seine Zeit überdauert. Die Bilder und Worte einiger echter Künstler und auch die Worte einiger echter Weiser und Liebender und Sichopfernder haben die Zeiten überdauert, und tausendmal hat ein Wort Jesu, oder ein Wort eines griechischen oder andern Dichters, nach Jahrhunderten noch Menschen getroffen und aufgeweckt, und ihnen den Blick für das Leid und das Wunder des Menschentums geöffnet. In der Reihe dieser Liebenden und Zeugen ein kleiner, einer von Tausenden zu sein, wäre mein Wunsch und Ehrgeiz, nicht aber für „genial" und dergleichen zu gelten.

Schade, daß es so ist. Schade, daß Du einstweilen noch nicht die Reife und nicht die Liebe hast, um ohne Aburteilen etwas glauben und lieben zu können. Aber das Leben geht weiter über uns und unsre Wünsche und Meinungen weg, und ich glaube daran, daß wir alle unfehlbar geprüft und gerichtet werden.

Du sprichst vom „Brotbacken", mit dem Du die Kunst vergleichst. Aber ein Bäcker, der sich so glühend für eine Meinung oder Gesinnung einsetzt, und in jedes Brot einen Wahlzettel seiner Partei mit einbackt, wird unfehlbar von denen, die sein Brot essen, eben doch bloß daraufhin geprüft werden, ob sein Brot gut ist, sich verdauen läßt und Kraft gibt. Wenn Homer und Goethe und alle die andern Dichter, die Du mit ihren „privaten" Standpunkten so verachtest, nicht sehr gutes Brot gebacken hätten, so würde ihr Brot nicht heute noch für Menschen eine Speise sein können.

Genug, man kommt da brieflich nicht weiter, und unsere Diskussion hat noch den Nachteil, daß sie von Balzac ausging, der mir ganz gleichgültig ist. Von Dostojewski würdest Du kaum so verächtlich reden. Und doch ist er ein glühender Nationalist gewesen ...

An Herrn C. S., Mährisch-Ostrau

Anfang Februar 1937

... Ich sehe, daß Sie sich gefährdet fühlen. Viel kann ich dazu nicht sagen, ich bin weder Arzt noch Erzieher. Sie sollten einen Freund oder Berater haben, dem Sie dies alles sagen, nicht in Briefen, sondern direkt, mündlich, und ganz aufrichtig. Aus der Ferne kann ich nur dies sagen: Furcht vor Wahnsinn ist meistens nichts anderes als *Furcht vor dem Leben,* vor den Forderungen unserer Entwicklung und unserer Triebe. Zwischen dem naiven Triebleben und dem, was wir bewußt sein möchten und zu sein streben, ist immer eine Kluft, man kann sie nicht überbrücken, wohl aber immer wieder überspringen, hundertmal, und jedesmal gehört Mut dazu und befällt uns vor dem Sprung einige Angst. Unterdrücken Sie die Regungen in sich nicht im voraus, nennen Sie sie nicht im voraus schon „Wahnsinn" etc., sondern hören Sie sie an, machen Sie sie sich deutlich! Jede Entwicklung ist mit solchen Zuständen verbunden, ohne Bedrängnis und Schmerzen geht es nicht. Wenn „Wahnbilder" Sie bedrängen, so schließen Sie nicht die Augen, sondern suchen Sie einmal, diese Bilder deutlich in sich werden zu lassen, sonst verfeinden Sie sich mit dem Chaos, das in Ihnen ist wie in jedem, nur immer mehr; Sie sollen sich aber mit ihm befreunden, es annehmen, mit ihm rechnen lernen. Und wenn es sogar Wahnsinn wäre, was in Ihnen steckt – Wahnsinn ist längst noch nicht das Ärgste, was einem Menschen begegnen kann; auch der Wahnsinn hat seine heilige Seite.

Der Empfänger dieses Briefes hat sich 11 Jahre später wieder gemeldet; es ist einer der ziemlich seltenen Fälle, in denen ein gegebener Rat auch angenommen wurde und Frucht getragen hat. Im März 1948 schrieb der inzwischen emigrierte C. S.:

„Ich möchte Ihnen danken. Sie haben mir vor vielen Jahren, als ich am Beginn einer entscheidenden Entwicklung stand, geholfen, daß ich mich nicht verlor. Ihre vorausweisenden Worte, die Sie mir damals, vor zwölf Jahren sandten, haben mich mein Leben seither klarer und bewußter begreifen gelehrt. Sie sind mir Trost und Leitschnur geblieben, immer wieder Zuspruch und leise Mahnung auf dem wirren Weg zu mir selber.

Wenn ich trotz langer, immer wiederkehrender Anfälle einer hartnäckigen Krankheit, die jedesmal alles dazwischen Aufgebaute bis zur scheinbaren Unkenntlichkeit verschüttet, an den Wurzeln heil geblieben bin, und wenn das Streben nach innerem Bereitwerden immer aufs neue stark in mir werden und wachsen konnte – dann verdanke ich es Ihnen."

Brief an einen emigrierten Schriftsteller

26. Februar 1937

Hochgeschätzter Herr Knab

Ich habe keine Copie des Briefes, den ich Ihnen schrieb, aber es scheint mir ein wenig so, als sähen Sie von dem, was ich über Ihr Buch sagte, allzusehr nur den Zweifel an der eigentlich dichterischen Potenz, und zu wenig das, was trotzdem bejahend und anerkennend war. Ich weiß durchaus nicht, ob mein Urteil recht hat, ich bin kein Kritiker, hätte mich zu Ihrem Buch ja auch nicht geäußert wenn das nicht Ihr Wunsch gewesen wäre. Wenn ich in der Erinnerung Ihr Buch mit wirklichen Meisterwerken ähnlicher, nämlich katholisch-christlicher Herkunft vergleiche, etwa dem Priestertagebuch von Bernanos, so scheint mein Urteil mir richtig und erlaubt. Daß trotzdem Ihr Buch hoch über dem literarischen Durchschnitt steht, ist eine ganz andre Sache. Der literarische

Durchschnitt ist für mich kein Maßstab. Ich weiß auch, daß meine eigenen literarischen Versuche einem durchaus strengen und nur am Höchsten orientierten Urteil nicht standhalten werden, und versuche trotzdem, weiter zu gehen und weiter zu lernen. Darum freut es mich, daß auch Sie, obwohl Sie vorerst in meinen Worten nur das Verneinende empfinden, doch den Antrieb daraus schöpften, weiter zu machen und es immer besser zu machen. Mehr kann niemand, und was am Ende von unserer Arbeit übrig bleibt, wird anderswo entschieden.

Daß ich Ihrem Buch nicht als Rezensent dienen kann, tut mir leid, aber ich habe nun einmal meine früheren Bücherberichte aufgeben müssen, und habe keinen publizistischen Ort mehr, der mir zur Verfügung stünde.

Mit guten Wünschen grüßend Ihr

An Graf Wiser, Bad Eilsen

Zum 24. Juli 1937

Wenn ein Chinese den andern auf eine Art anreden will, welche zugleich Zuneigung und Hochachtung, Zärtlichkeit und Respekt ausdrückt, dann nennt er ihn „Mein älterer Bruder".

Dies etwa wäre die Anrede, die ich Ihnen, wenn es nicht zudringlich ist, an diesem Tag geben möchte: ein leidliches Befinden mit wenig Beschwerden, immer wieder Kraft zur Arbeit und Freude an der Arbeit, und im Herzen die Gelassenheit, mit der ein Mensch, der immer strebend bemüht war, im Alter den Lauf der Welt betrachten darf. Ich glaube, er darf nicht nur den Lauf der Welt mit dieser Gelassenheit betrachten, sondern auch das Jenseits und die verschiedenen Vorstellungen und Meinungen darüber. Ich bin des Glaubens, daß wir nicht ins Nichts gehen, ebenso wie ich des Glaubens bin, daß unsre Arbeit und Sorge um das, was uns das Gute und Rechte schien, nicht vergebens war. Aber in welchen Formen das Ganze uns Teile belebt und immer wieder festhält, darüber kann ich wohl zuweilen phantasieren, aber nicht eine dogmatisch festgelegte Meinung annehmen. Glauben ist Vertrauen, nicht Wissenwollen.

Von Herzen grüßt Sie und wünscht Ihnen Gutes

Ihr dankbarer Freund H. H.

Bitte grüßen Sie auch Ihre liebe Frau von mir!

An Robert Mächler, Bern

14. September 1937

Hochgeschätzter Herr

Dank für Ihre Zusendung, ich habe den Aufsatz mit Interesse gelesen ...

... Ich verdanke Ihrem Aufsatz einige Bestätigungen und auch einige neue Gedanken. Seine Überschrift würde ich, wenn ich über das Thema schriebe, vielleicht ändern, und würde sagen: das Gewissen der Dichter. Denn „schlechtes Gewissen" ist, christlich wie psychologisch genommen, stets das Anzeichen für die Existenz eines lebendigen, gesunden, wenn schon beunruhigten Gewissens. Daß dies Gewissen bei den Dichtern spürbar wird, unterscheidet sie von anderen Funktionären des Völkerlebens, von den Staatsmännern und Generälen zum Beispiel. Und da, vom christlichen Standpunkt, „schlechtes Gewissen" stets das Merkmal intensiver und wertvollster Seelenvorgänge ist, scheint mir die Funktion des Dichters allein schon durch den Hinweis auf dies schlechte Gewissen gerechtfertigt: der Dichter erscheint als Zeiger, als Seismograph, von dem der Gewissenszustand seiner Umwelt abgelesen werden kann.

Was natürlich nicht ausschließt, daß auch Dichter aus wenig edlen Veranlassungen ein schlechtes Gewissen haben können. Mir ist aber auch das schlechteste Gewissen lieber als das unerschütterliche gute Gewissen der Staatsmänner, der Generäle und der Rüstungsfabrikanten.

An eine Gruppe junger Menschen in Berlin

Mitte Oktober 1937

Haben Sie Dank für Ihren Brief, er ist mir teuer als ein Zeichen der Treue und als ein Versprechen, nicht mir gegeben, aber dem Geist, dem auch ich zugehöre und diene. Sie haben es schwerer, als ich es in meiner Jugend hatte, damals umgab uns eine zwar bedrohte und in sich unsichere, aber harmlosere, kindlichere Welt. Indessen wird das Gesicht der Welt und Zeit sich immer neu verwandeln, versteifen, verfratzen und wieder entspannen, und auch die häßlichen und rohen Bewegungen des Zeitgeistes sind Zuckungen des suchenden Menschengeistes. Im Zurückblicken sieht man es deutlich: im Geistigen und Dauernden, in den Werken des Geistes, den Bibeln und Philosophien, sind in Jahrtausenden die „Entwicklungen" sehr gering, vom alten Indien bis zu Thomas von Aquin oder Ekkehart haben, unter wechselnden Bildern, stets die gleichen Wahrheiten gegolten. Freilich, sie gelten nur für die Wissenden, nicht für die Welt und Masse. Und die Wissenden sind immer nur wenige. Aber vielleicht bedürfen sie der Masse, die sie umhüllt und verbirgt, ebensosehr wie die Masse ihrer bedarf.

Genug, liebe Freunde, Ihr wißt das ja selbst.

An Frau H. R., Norrköping

11. Januar 1938

. . . Die Unterhaltung über „Form", die Sie anregen, ist auf brieflichem Weg nicht möglich. Ich kann in Kürze nur dies sagen: das Schreiben von Versen „ganz aus dem Gefühl" ist eine Einbildung, es gibt das nicht. Sondern man bedarf der Form, der Sprache, der Verse, der Wortwahl, und dies alles vollzieht sich nicht „im Gefühl", sondern im Verstand. Zwar wählen viele kleinere Dichter ihre Formen nur unbewußt, das heißt sie ahmen aus der Erinnerung Versformen nach, aber daß sie nicht wissen, was sie tun, ändert am Vorgang nichts. Von der Lyrik der Meister, von Pindar bis Rilke ist nichts „ganz aus dem Gefühl" geschrieben, wie Sie es nennen, sondern alles mit größter Wahl und Arbeit, in strengster Konzentration, und oft mit peinlichster Nachprüfung der überkommenen Gesetze und Formen. „Aus dem Gefühl" schreibt man zur Not Briefe oder Feuilletons, nicht aber Verse. Nur: je weniger der Dichter über seine Ausdrucksmittel nachdenkt, je mehr er unbewußt alte Mittel nachahmt, desto mehr glaubt er, neu und nur Gefühlsdichter zu sein. Es ist aber eben eine Täuschung.

An Herrn Fr. A., Basel

Anfang Februar 1938

Lieber Herr A.

Leider kann ich Ihnen nicht helfen. Weder kann ich Ihr Manuskript lesen . . ., noch kann ich Ihnen den Verleger nennen, der dafür in Betracht käme . . .

Einen Blick habe ich immerhin in Ihre Arbeit getan, nur eine Viertelstunde und aus Stichproben ungefähr gesehen, wohin Sie zielen. Ich billige im ganzen Ihre Auffassungen sehr, bin jedoch wegen der Wirkung sehr skeptisch. Da schon alte Institutionen wie die konfessionellen Kirchen mit ihrem ganzen Apparat sich heute zu schwach zeigen, dem politischen Immoralismus Widerstand zu leisten, da das protestantische Deutschland das Großwerden des Hakenkreuzes nicht hindern konnte, der Papst mit dem Duce paktiert hat, und italienische Kriegsschiffe von Erzbischöfen geweiht werden – wie soll da der gute Wille und Idealismus von uns Einzelnen, einer unorganisierten und zum großen Teil aus Unorganisierbaren bestehende Schar Gutgesinnter, Einfluß auf die Welt gewinnen? Ich glaube, daß der Mechanismus des modernen Staates und der modernen, gott- und geistfernen Menschheit sich in sich selbst auflösen, in Kriegen etc.

austoben und zertrümmern muß, ehe Neubildungen möglich sind.

So spreche ich als alter Mann. Aber ich weiß und glaube auch das Gegenteil, nämlich daß jeder von uns trotz aller offensichtlichen Unmöglichkeiten das Seine tun und das Unmögliche mit seinen Mitteln anstreben soll, auch wenn es nirgends hinführt als in ein Martyrium – dies kann ja unter Umständen die wirksamste Art von Opfer sein. So strebe ich, als Dichter, danach, einer kleinen Anzahl von Menschen, die gerade mich verstehen und meinem Einfluß erreichbar sind, inmitten der Geld- und Kriegsmaschinerie, zu der die Welt geworden ist, ein beseeltes Leben, oder doch die Sehnsucht nach ihm, zu erhalten. Inmitten der Kanonen und Lautsprecher unsre kleinen Flöten spielen, die Aussichtslosigkeit unsres Tuns und auch seine Lächerlichkeit auf uns nehmen, das muß unsere Form von Tapferkeit sein.

So müssen auch Sie Ihren Weg verfolgen – ganz umsonst sind solche Anstrengungen nie.

Lassen Sie sich nicht entmutigen!

An Herrn F. L., Zürich

16. Februar 1938

Hochgeschätzter Herr L.

. . . Ihr Brief, dessen schöne Absicht ich wohl sehe, bringt mich in Verlegenheit. Ich habe, von vielen Jugendsünden abgesehen, nicht das Gefühl, mich meinen Pflichten entzogen zu haben, und bin nun etwas bestürzt, als alter Mann von Ihnen an meine „Pflicht" erinnert zu werden. Und gerade im Verhältnis zu Deutschland, das heißt zum politischen und aktuellen Deutschland, habe ich seit 1914 nach meinem Gefühl durchaus richtiger und klarer gehandelt als die Mehrzahl der Emigranten, die seit einigen Jahren plötzlich gemerkt haben, daß dort nicht alles stimmt, und uns andern nun mit ihrem Besserwissen auf die Schulter klopfen. Allerdings war mir die

Haltung zum Teil erleichtert: ich konnte, statt nur zu konvertieren, in das Schweizer Bürgerrecht zurückkehren, das ich schon als Kind besessen hatte. Immerhin war auch damit genug Schwieriges verbunden.

Was das „heimliche“ Deutschland, das der Sprache, Dichtung, Kultur betrifft, so habe ich mich stets dazu gerechnet und tue es weiter, auch wenn Sie diese Zugehörigkeit davon abhängig machen wollen, wie weit ich für Ihre Unternehmung als Mitarbeiter in Betracht komme. Ich gehöre auch darin zum heimlichen Deutschland, daß ich sehr viel auf meine Unabhängigkeit und mein eigenes Gewissen halte und mich sehr ungern auf die Schultern klopfen und von andern über meine Pflichten belehren lasse. Alles, was ich in Jahrzehnten getan habe, war ein Mitarbeiten am heimlichen Deutschland, und mit den Jahren wurde aus dem unbewußten Mitarbeiten mehr und mehr ein bewußtes. Sie haben mir zum Beispiel nahegelegt, ein Buch von Huxley ausführlich zu würdigen, und ich glaube durchaus im Sinn des guten „heimlichen Deutschland“ gehandelt zu haben, als ich mich weigerte.

Ich möchte Sie heute nun darum bitten: Überlassen Sie den Grad, die Art und die Inhalte meiner eventuellen Mitarbeit mir selbst... Daß ich nun, noch ehe mein Beitrag gedruckt ist, in so energischer Weise von Ihnen an meine Pflicht gemahnt und darüber belehrt werde, was ich zu tun und zu schreiben habe, kann mich nicht zur Mitarbeit geneigter machen, es kann mich nur verstimmen.

... Sie legen mir nahe, à la Sinclair mir eine neue Jugend zuzulegen und diese Ihrem Unternehmen dienstbar zu machen. Ich bin aber heute ein alter Mann und kann eine dritte Jugend nicht kommandieren, sondern habe alle Mühe, durch langsame Weiterarbeit an dem, was mich seit mehr als fünf Jahren beschäftigt, meiner Pflicht treu zu bleiben. Wenn ich darüber hinaus seltene Male etwas produziere, was für eine Zeitschrift in Betracht kommt, so können das nur Ausnahmen sein.

Nehmen Sie mir meine Worte nicht übel, sie sind gut gemeint.

An R. J. Humm, Zürich

8. Juli 1938

Lieber Herr Humm

Ihr Brief hat mich sehr gefreut, und ich hätte Ihnen gleich dafür gedankt, aber in der letzten Zeit, und namentlich seit dem 11. März, bin ich durch die Emigranten- und Flüchtlingssorgen, die mich in Anspruch nehmen, meist so belagert, daß der größere Teil meiner Arbeitsfähigkeit davon verbraucht wird ...

... Sie nennen mich eine Säule, caro amico, und ich komme mir eher wie ein halb zerfaserter, überanstrengter Strick vor, an dem viele Gewichte hängen, und der bei jedem neu dazukommenden Gewicht das Gefühl hat: Jetzt wird es bald krachen. Indessen spüre ich dennoch, was Sie vermutlich mit der Säule meinen. Sie spüren in mir etwas wie einen Glauben, etwas was mich hält, eine Erbschaft von Christentum teils, teils Humanität, die nicht bloß anerzogen und nicht bloß intellektuell fundiert ist. Damit hat es seine Richtigkeit, nur könnte ich meinen Glauben nicht formulieren, je länger, je weniger. Ich glaube an den Menschen als an eine wunderbare Möglichkeit, die auch im größten Dreck nicht erlischt und ihm aus der größten Entartung zurückzuhelfen vermag, und ich glaube, diese Möglichkeit ist so stark und so verlokkend, daß sie immer wieder als Hoffnung und als Forderung spürbar wird, und die Kraft, die den Menschen von seinen höhern Möglichkeiten träumen läßt und ihn immer wieder vom Tierischen wegführt, ist wohl immer dieselbe, einerlei ob sie heut Religion, morgen Vernunft und übermorgen wieder anders genannt wird. Das Schwingen, das Hin und Her zwischen dem realen Menschen und dem möglichen, dem erträumbaren Menschen ist dasselbe, was die Religionen als Beziehung zwischen Mensch und Gott auffassen.

Dieser Glaube an die Menschen, das heißt daran, daß der Sinn für Wahrheit, das Bedürfnis nach Ordnung dem Menschen innewohnt und nicht umzubringen ist, hält mich über

Wasser. Ich sehe im übrigen die heutige Welt wie ein Irrenhaus und ein schlechtes Sensationsstück an, oft bis zum tiefsten Ekel degoutiert, aber doch so wie man Irre und Besoffene ansieht, mit dem Gefühl: wie werden die sich schämen, wenn sie eines Tages wieder zu sich kommen sollten!

Ich freue mich, daß ein Buch von Ihnen fertig ist. Zwischen Ihrer Sprache und der meinen, zwischen Ihren Problemen und meinen steht die Grenze einer Generation, oft kommt es mir vor, als wäre ich fünfzig Jahre älter als Sie, oft scheinen Sie mir der viel Ältere zu sein. Aber ich spüre über die Grenze weg auch eine Verwandtschaft und echte Kollegialität, Mitarbeiterschaft an verschiedenen Punkten desselben Baues. Im übrigen werde ich immer dümmer, und sehe nur noch mit Erstaunen, nicht mehr mit eigentlichem Verstehenwollen zu, wie noch die kindischesten, ja viehischesten politischen Triebe sich als „Weltanschauungen" etc. geben, ja die Gebärden von Religionen annehmen. Diese Systeme haben mit dem so sehr viel geistvolleren Marxischen Sozialismus das gemein, daß sie den Menschen für nahezu unbegrenzt politisierbar halten, was er nicht ist – ich halte die Krämpfe der heutigen Welt großenteils für eine Folge dieses Irrtums.

Genug geplaudert, ich muß an die Arbeit – leider nicht an die literarische, sondern an die Morgenpost.

An Oskar Laske, Wien

Juli 1938

Hochgeschätzter Herr Laske

Unsre Freundin hat mir, als Geschenk zu meinem Geburtstag, Ihr Bild mitgebracht, die Vorfrühlingslandschaft mit dem Gehöft am Hang, und ich möchte Ihnen sagen, daß sie mir damit eine große Freude bereitet hat.

Ich bin kein Analytiker und kann Kunstwerke naiv genießen, ohne mir über das Zustandekommen der ästhetischen Wirkung näher Rechenschaft zu geben; meistens ist ja auch dies Rechenschaftgeben eine Täuschung, und ist nur ein Einordnen des Erlebnisses in ein Schema von Begriffen und Vokabeln. Immerhin habe ich über Ihr schönes Bild, dessen Frische, Leichtigkeit und Beschwingtheit mich erfreut, auch ein wenig nachgedacht. Der virtuose Vortrag, die spielende Bewältigung des Handwerks ist es nicht, was mich entzückt, obwohl auch dies schon viel ist; es ist eher das, daß man den Maler, der so spielend zu arbeiten scheint, dennoch überall im einzelnen sein Objekt umwerben und von ihm bezaubert spürt. Daraus, scheint mir, entsteht die Musik des Ganzen, und entstehen die farbigen Blüten und Zauberinseln im Bild, jene Stellen, wo ein kleiner Fleck Farbe so richtig sitzt und so gestimmt ist, daß man ihn als Beglückung fühlt. – Nun, Sie werden klügere Leute über Ihre Bilder Klügeres sagen hören; ich wollte auch nicht über Ihr Bild reden, sondern nur dafür danken und Ihnen sagen, daß ich es liebe.

An Dr. Herbert Steiner, Zürich

23. Juli 1938

Im Prozeß der „Vereinheitlichung“ und zugleich Banalisierung der Sprache steht, glaube ich, der Dichter eindeutig auf Seite der erhaltenden retardierenden Partei, und sollte es daher möglichst auch in den formalen Fragen der Orthographie etc. tun. Wenn ein Autor einmal das Wort „anderer“ geschrieben hat, darf ihn das nicht dazu verpflichten, auf der nächsten Seite auf das Wort „andrer“ zu verzichten, bloß weil das „konsequent“ ist. Zwischen beiden Wörtern ist ein rhythmischer Unterschied, und wenn auch der Autor die Motive, warum er das einemal so, das andremal so schreibt, nicht immer klarlegen kann, so tut er es eben doch aus einem künstlerischen, einem Bedürfnis nach Differenzierung im Ausdruck. Wenn in einem Quartett von Schubert die Coda eines Satzes die drittletzte Note punktiert, in einem andern Satz aber die sonst gleiche Endphrase der Coda ohne Punkt läßt, so weiß jeder Musikant, daß das auch einheitlich gemacht werden könnte, daß dies aber weit langweiliger wäre.

Ich freue mich, Sie im Widerstand gegen Duden des öftern auf meiner Seite zu sehen!

An einen deutschen Gelehrten

Ende Dezember 1938

Lieber Herr

Danke für Ihren Brief. Es ist in der Tat genau so, wie Sie andeuten. Nur daß wir ja immerhin Individuen bleiben, auch keine Jünglinge mehr sind, so daß, sollte man meinen, Verständnis eben doch möglich bleibt. Nur sind eben, wenn gehauen und gestochen wird, meist die Hauer und Stecher mehr zu Predigten und Lobpreisungen des Neuen, Jungen und Starken bereit als die Gehauenen. Sie bedenken nicht, daß der ganze Spaß des Hauens unmöglich wäre, gäbe es nicht Gehauene oder zu Hauende. Und da ich zu den Gehauenen gehöre, kann ich Ihnen nur über diese Seite der Welt Auskunft geben. Die Prinzipien übrigens, um die es den Streitern geht, sind mir gänzlich egal, ich gebe nicht fünf Pfennige für sie. Es sind Ideologien, vielmehr Feuilletons über unbewußt gebliebene biologische Vorgänge. Wir Untenliegenden nun sind nicht nur damit beschäftigt, zu bluten und um das zu klagen, was man teils aus Mutwille, teils aus Raffgier uns zerschlagen oder genommen hat, sondern wir haben auch andre, zum Teil sehr anstrengende Funktionen, zum Beispiel die Fürsorge für Heere von ausgeplünderten Flüchtigen – die Kriegsgefangenenfürsorge, in der ich einst drei Jahre arbeitete und zeitweise hart zu arbeiten glaubte, war ein Spaß dagegen. Daß hinter den Ideologien, vielmehr Feuilletons, auch viel Jugend, schöner dummer Glaube, und auch ein Teil echter Verzweiflung stehe, daran zweifle ich nicht, die Mehrzahl der Beteiligten sind ja Menschen. Was mich betrifft, so kann ich, wie einst im Weltkrieg, mich für die Streitobjekte selbst schon darum nicht interessieren, weil sie im Streit so jugendlich-derben Vereinfachungen erliegen, daß man nicht dabei ernst bleiben kann, vor allem aber darum nicht, weil überall der Boden voll von Opfern liegt, die aus allen Löchern bluten, und für die zu sorgen uns alten und altmodischen Leuten dringlicher scheint als der jugendliche Wettkampf der Lautsprecher. Ich bin nahezu verbraucht, und bin froh, daß ich alt bin und für das Ganze nicht mehr den vollen Ernst der Jugend aufbringe. Wo ich stehe, ist mir völlig klar, der Standpunkt ist wieder, wie es mir immer ging, ein einsamer, durch keine Gruppe und Partei gedeckt. Ihrer denkt herzlich und mit guten Wünschen

An Herrn H. B. aus Hamburg, derzeit in London

10. Januar 1939

Ihr wunderlicher Brief ist gekommen, ich habe keine Antwort darauf. Sie erzählen, daß Sie in England den Nationalsozialismus verteidigen, während Sie in Deutschland nicht an ihn glauben. Und Sie erzählen das ausgerechnet einem der Opfer dieser Gewaltherrschaft! Und aus diesem Durcheinander soll die Zukunft der Welt kommen. Nein, lieber Herr, daran glaube ich nicht. Öffnen Sie erst einen Moment die Augen für das namenlose Elend, das die Welt erfüllt, über das unsägliche auf Gewalt und Gegenwehr verzichtende Leiden, das die von Ihnen Verteidigten über die Welt verhängen! Aus diesem Leiden, aus dieser Wahrheit, aus diesem Abgrund ohne Phrase, ohne Jünger, ohne Steiner, ohne Hitler, wird das neue Menschentum, vielmehr die Auferstehung des alten und ewigen, kommen.

An Oskar Loerke, Berlin

5. Oktober 1939

Lieber verehrter Herr Loerke

Seit Ihrem lieben Brief, der mir eine Freude war, wollte ich Ihnen immer schreiben; jetzt, wo ich ihn heraussuche, sehe ich, daß er vom 14. August ist, ich bin also lang Ihr Schuldner geblieben. Einen kleinen Kartengruß allerdings sandte ich Ihnen zwischenein, nach der Lektüre Ihres Aufsatzes über Rückert, an dem ich eine reine Freude hatte. Ich las dann auch einige ältere Aufsätze wieder, namentlich über Jean Paul und über den „Westöstlichen Diwan". Darüber bekam ich große Lust, den „Franz Pfinz" wiederzulesen, aber er war verloren, ich weiß nicht wann und wohin. Aber ich bekam durch Suhrkamp ein Exemplar, und das liebe kleine Buch tat mir durch seine Frische und Fülle und trotz allem fröhliche Weise sehr wohl. So wie das Äußere des Büchleins, nach dreißig Jahren, tadellos wohlbehalten, neu und unvergilbt ist, so hat die Erzählung sich erhalten, die Sätze sind so dicht und gefüllt, die Bilder so schlicht und neu, und etwas von Leibgeber und Lenette duftet darin mit.

Wenn ich den „Steinpfad" bekommen kann, werde ich froh darüber sein. Man hungert nach Substantiellem und Sinnvollerem, als die Weltgeschichte zu sein scheint.

Möge es Ihnen erträglich gehen!

An Frau A. B., Zürich

8. Oktober 1939

Sehr geehrte Frau B.

Haben Sie Dank für Ihren Gruß und für die Zusendung des schönen rührenden Gedichtes von L. M. Ich kann mir denken, was der Abschied von der Heimat ihm war!

Sie schreiben: „und doch, was ist solch ein Einzelschicksal heute, wo Leid und Grauen wie eine Sintflut" etc. Dieser

Gedanke liegt ja freilich nahe, aber er ist im Grunde nicht richtig. Ein echtes, voll erlebtes Menschenschicksal ist nicht weniger, sondern *mehr* als irgend ein Massenschicksal. Wenn tausend Menschen auf einmal von einem Hitlerschen Flugzeug aus zusammengeschossen, verbrannt oder vergast werden, so ist das grausig, aber es ist sinnlos, es ist wie Erdbeben und Meerflut oder Hungersnot, es ist ein mechanisches Massenschicksal, und hat für unser Herz und unsern Geist niemals die Bedeutung, die ein echtes, einmaliges, voll erlebtes Menschenschicksal hat.

Schönen Dank und Gruß.

An Kuno Fiedler, St. Antönien

Oktober 1939

Hochgeschätzter Herr Dr. Fiedler

Mit Überraschung empfing ich Ihr Geschenk und sage Ihnen schönen Dank dafür. Es traf sich so, daß ich Ihre Schrift gleich vorlesen lassen konnte, während neue Bücher sonst meistens sehr lange warten müssen.

Die Schrift selbst hat mir, trotz ihrer kriegerischen Stimmung, einen ausgezeichneten Eindruck gemacht, einfach als biblische und christologische Studie, und als Ausdruck eines mir wohlbekannten und höchst sympathischen liberalen Theologentums. Ihr Brief dagegen stellt das alles in ein andres Licht, macht es aktueller, und zeigt mir allerlei, was ich nicht wußte. Daß ein liberaler Theolog zum Beispiel heute die Barthianer als durchaus „orthodox" empfindet und schon fast den Katholiken gleichsetzt, war mir überraschend, und hat mir aufs neue gezeigt, wie vergänglich im Protestantismus alle diese Bezeichnungen sind. Was heute Sekte war, ist morgen orthodox. Mir kommen dabei sehr laienhafte Gedanken. Denn so sehr ich die Gradheit und Tapferkeit Ihrer Schrift liebe, bin ich doch keineswegs ein Antipapist, sondern habe sowohl für den Vatikan wie für die von Ihnen bespöttelten

„Summen" des Thomas von Aquin große Bewunderung, ja ich finde sogar, die scholastische Philosophie sei vielleicht neben der Musik diejenige Disziplin, in der das christliche Europa das Vollkommenste geleistet habe. Ich meine es etwa so: für mich sind zwei Arten von Christentum möglich, ein rein praktisches, persönliches, dogmafreies und ein kirchliches und theologisches. Für den Einzelnen, wenn er dafür hoch genug steht, ist Ihr sittliches Christentum da, das, wie mir scheint, einer Theologie gar nicht bedarf. Als Kirche aber, als Form, als Tradition, als kulturhütende und kulturschaffende Macht ist das katholische Christentum nicht nur dem protestantischen weit überlegen, es ist sogar von einer fast idealen Biegsamkeit und Treue im Wechsel von Bewahren und Sichanpassen.

Das Christentum, das Sie meinen, ist unendlich viel reiner, jesus-ähnlicher und sittlich höher als alles Kirchliche. Aber es hat weder Basiliken noch gotische Dome, weder etwas wie den Text der römischen Messe noch etwas wie die Musik Palestrinas oder Bachs hervorgebracht, und wird es nie hervorbringen. Für Ihren Standpunkt ist das Magische in der Religion etwas Überwundenes und Dummes, so etwa wie für den reinen Buddhisten die Götter und Mythologien Torheit sind. Aber ich habe es an mir erlebt, daß man von der reinsten Philosophie und Moral gern und mit guten Ergebnissen zu den Göttern und Götzen zurückkehren kann. Die stille, bildlose, götterlose Weisheit Buddhas bedarf des Gegenpols, und die wilde wütende Größe Shivas und das Kinderlächeln Vishnus sind nicht minder gute Schlüssel zum Geheimnis der Welt als die moralisch-kausale Erkenntnis Buddhas.

Und natürlich glaube ich auch nicht, daß wirklich die Orthodoxie die Mutter des Blutdursts und der Scheiterhaufen sei. Sondern das Tier und der Dämon im Menschen kehrt immer wieder zum Töten und Quälen zurück, und findet dann natürlich auch immer irgend eine „orthodoxe" Ideologie dazu, so wie Hitler und Stalin mit entgegengesetzten Orthodoxien denselben Mächten dienen.

Wäre die Menschheit ein Individuum, so wäre sie durch das „reine“ Christentum zu heilen, Tier und Dämon müßten zu bannen sein. Aber es ist nicht so. Die „reinen“ Religionen sind für eine kleine Schicht Hochstehender, während die Völker der Magien und Mythologien bedürfen. An einen Prozeß der Entwicklung von unten nach oben glaube ich nicht. Immer wieder steigen aus dem trüben Ganzen der Menschheit die einzelnen Reinen und Heilande auf, und werden von den Vielen erst dann verehrt, wenn man sie gekreuzigt und zu Göttern gemacht hat.

Ich werde langweilig, lassen Sie mich aufhören, das alles ist Ihnen ja so gut bekannt wie mir. Ich hatte Freude an Ihrer Schrift.

An Kuno Fiedler, St. Antönien

Januar 1940

Hochgeschätzter Herr Dr. Fiedler

Schönen Dank für Ihren Brief! Daß der meinige Sie nicht angreifen oder widerlegen, sondern nur ein Echo und ein Stück Gespräch sein wollte, haben Sie ja verstanden, und so brauche ich mich nicht gegen den Verdacht zu wehren, ich hätte Sie korrigieren oder gar belehren wollen. In der Frage, um die es zunächst ging, war ich ja ohnehin viel zu sehr Laie, um mitzureden. Ich gehe darum auf Ihren lieben Brief nicht im Sinn einer Verteidigung ein. Nur den *einen* Punkt, da er ein wirkliches Mißverständnis zum Grund zu haben scheint, möchte ich richtigstellen: ich habe gesagt, daß die Menge stets etwas wie Katholizismus etc. brauche – aber ich habe gewiß nicht gesagt, daß wir sie darin unterstützen sollen. Daß sie sich selber ihr Recht nimmt, und dabei die Vorteile der Majorität hat, ist mir natürlich bekannt, ich sehe dem zu, seit ich lebe. Was ich zu Gunsten der Orthodoxie und zu Gunsten der Dummen und Trägen zu sagen habe, ist lediglich dies: sie existieren und bilden den größeren Teil vom Bestand der

Welt und Wirklichkeit. Sie „bekämpfen“, mag da oder dort nötig sein, es mag zum Beispiel sehr wohl Ihre Aufgabe sein, doch ist es nicht die meine. Im Gegenteil, als Künstler, als Organ der möglichst reinen Betrachtung habe ich die Wirklichkeit zu achten und sie nicht ethisch, sondern ästhetisch ernst zu nehmen, was eine ebenso echte und wichtige Funktion ist wie die des Denkers, Kritikers, Moralisten.

Ihre religiösen Rangstufen kann ich mir wohl einigermaßen vorstellen, in Analogie zu Ihren „Stufen der Erkenntnis“. Ich habe Sympathie für Typologien, wenn sie nicht zu dogmatisch verwendet werden, und bin als Künstler ohne weiteres zu einer aristokratischen Weltansicht geneigt. Ich fühle ganz mit Ihnen, wenn Sie zum Beispiel die Orthodoxie in einen zweiten oder dritten Rang weisen. Eine andre Frage aber ist, ob es richtig sei, zwischen den diversen Rängen sich auf Macht- oder Kompetenzstreitigkeiten einzulassen. Dies hätte eigentlich einen Sinn nur dann, wenn es möglich wäre, durch Belehrung, Überführung etc. einen Menschen vom einen Rang in den andern zu versetzen. Wenn der Edle den Unedlen wirklich adeln kann, dann hat es einen Sinn, daß er ihn als Feind betrachtet, solang er noch unedel ist. Nach meiner Auffassung, für die ich freilich kein System und wenig Ausdrucksmöglichkeiten habe, wird der Unedle eben doch nie edel, während allerdings jeder „Rang“ natürlich seine Ränder hat, wo die Qualitäten und Stufen ineinander verfließen. So wie jeder Mensch Männliches und Weibliches in sich hat, hat auch jeder Samen des Edlen und des Unedlen in sich, dennoch scheint er mir eigentlich stets geprägt und prädestiniert, edel oder unedel zu sein. Wenn die Orthodoxen an Rang unter den Edleren stehen, so kann ich nicht sehen, wie man sie veredeln könnte, und wenn man das nicht kann, ist weder Belehren noch Kämpfen zu etwas gut. Sondern der Edlere hat, nach meiner Meinung, nichts andres zu tun, als so zu sein und zu leben, wie er ist, und wenn zu seinem Wesen auch noch Duldung und Ritterlichkeit im Geltenlassen der minder Edlen gehören, dann desto besser. Er wird, ob er seiner

Sendung bewußt ist, ob er die geringere Qualität der andern erkennt und zugibt oder nicht, stets als Edler leben, wird teilhaben am Adel und an der Tragik der höchsten Menschlichkeit. Und diese höchsten Erlebnisse, obwohl sie zum großen oder größten Teil Leiden sind, sind das Plus, das er vor dem Orthodoxen und der Menge voraus hat, dessen er sich nicht begeben und das er den Niederen nicht zugänglich machen kann, er möge es auch noch so sehr wollen.

Wir Künstler haben es darin gut, daß wir durch unsre Natur und die ganze Art unsrer Funktion auf unsre Werkstatt und unsre Mittel angewiesen sind. Es hat für einen Künstler nicht den mindesten Sinn, um irgend etwas andres zu „kämpfen" als um die Perfektion in seinem Handwerk, wobei ich nicht an Routine, sondern an Gewissenserziehung und Hellhörigkeit denke. Natürlich kann ein Künstler zufällig auch noch Weltverbesserer und Kämpfer oder Prediger sein, aber der Erfolg seiner Bestrebungen wird nicht von der Glut seines Wollens und der Richtigkeit seiner Überzeugungen abhängen, sondern immer und einzig von der Qualität seiner Leistung als Künstler. Wenn ein unbedeutender Künstler superlativische Proteste gegen die verkommene Welt malt oder deklamiert, so wird das rührend und komisch sein, mehr nicht. Wenn aber ein echter Künstler, meistens wird es ohne Absicht und fast ohne Bewußtsein geschehen, ein paar Linien zeichnet oder ein paar Verse sagt, so wird er damit jeden, der Sinne hat, an das Ewige und unbedingt Wertvolle und Heilige erinnern, an das, woraufhin alle Weltstufen geordnet sind.

Nicht ganz kann ich Ihrer Aufforderung folgen, die Erfindung des Telephons und ähnliche Dinge sehr ernst zu nehmen. Sie sind Technik, und wenn das Telephon oder die drahtlose Radau-Übertragung nicht erfunden wären, so wäre das nach meinem Gefühl keineswegs ein Verlust. Gewiß: der Mensch hat eines Tages unbedingt das Telephon gebraucht, darum wurde es denn auch erfunden. Aber daß er es ohne Telephon nicht mehr aushielt, kam ja nicht von geistigen Fortschritten und Entwicklungen her, sondern er mußte eben mit der Fabrik und der Börse schnellere Verbindung haben, der Geschäfte und der gesteigerten Happigkeit wegen.

Ihre Mahnung an die große Mitschuld der Intellektuellen und Literaten an der Finsternis der Zeit trifft mich mit, insofern eben jeder Appell an unsre Mitschuld uns treffen und schmerzen muß. Doch gehöre ich auf diesem Gebiet zu den Harmlosen, ich habe weder schädliche Lehren und Haltungen in die Welt gebracht, wie ein Nietzsche oder auch ein Stefan George, noch habe ich aus der Nachahmung solcher Haltungen einen Kult gemacht. Man hat mir seit meiner Jugend immer vorgeworfen, daß ich so gar kein „Kämpfer" sei; bald taten es die Frommen, bald die Ungläubigen, bald die Sozialisten, bald die Patrioten, darum empfinde ich, vermutlich irrtümlich, auch in Ihrem Brief etwas wie einen leisen Appell an mich, zu Gunsten eines Kämpfens für dies oder jenes Gute. Aber hier bin ich unbelehrbar. Ich habe in meinen jüngeren Jahren nicht auf Mahnungen von außen hin, sondern aus eigenem schlechten Gewissen, manchen Schritt aus dem Künstlertum ins moralische und erzieherische Literatentum hinüber getan, ich habe ohne inneren Beruf, aber eben aus schlechtem Gewissen, zum Beispiel lange Jahre demokratisch-antikaiserlichen Bestrebungen gedient, es war noch vor dem Weltkrieg, und habe dafür zahlen müssen, wie es sich gehört. Seither bin ich in dieser Hinsicht ruhiger, wenn auch noch längst nicht guten Gewissens.

An Kuno Fiedler, St. Antönien

Januar 1940

Hochgeschätzter Herr Dr. Fiedler

Es war diesmal so viel Neujahrspost da und als es vorüber zu sein schien, kam, durch Zensur, Kälte, Seekrieg etc. verlangsamt, bis Mitte Januar immer noch eine Woge angespült, und darüber ist Ihr lieber Brief, der mich noch zur Weihnacht erreichte, ohne Antwort geblieben. Ich nahm seine Wünsche dankbar an, auch was die Wiederholung Ihres Besuches bei mir betrifft – möge sie trotz allem dies Jahr glücken! Und mögen Sie im Lande bleiben und möglichst in Ruhe gelassen werden! Daß der Mensch heroisch und auf jede Schweinerei gefaßt sein, zum Leben in Amerika oder Shanghai ebenso bereit sein solle wie zu dem in seiner Studierstube oder in einem Konzentrationslager, das sind so Forderungen und Clichés der Zeit. Daß ein Mensch seinen Frieden, seine Arbeit, seinen Tisch und Stuhl liebt und nicht hergeben will, ist ja schließlich nur natürlich, auch wenn um ihn herum die Menschheit das Erstaunlichste leistet, bei vierzig Grad Kälte in Schützengräben liegt, oder, wie deutsche Juden seit der Rationierung, seiner Rasse wegen langsam verhungert – über allen diesen heldischen Leistungen wird der Mensch ja nicht besser, sondern verkommt und verliert Maß und Gestalt.

Aber das „stellvertretende Leiden", von dem Sie sagen und das in mehreren Briefen dieser Tage berufen wurde, das gibt es gewiß! Daß immer eine kleine Minderheit Menschen das Teuflische nicht schluckt, sondern bitter an ihm leidet, darauf kommt es an, glaube ich; etwa so wie in Sodom eine winzige Zahl von „Gerechten", das heißt von ernst zu nehmenden Menschen, genügt hätte, um das Ganze vor Gottes Zorn zu retten.

Herzlich grüßt Sie und wünscht Ihnen Gutes Ihr

Trostbrief während des Krieges

7. Februar 1940

Hochgeschätzter Herr

Im Wald kann es vorkommen, daß ein junger Baum, geknickt oder entwurzelt, sich im Umlegen auf einen alten stützt, und dabei sich herausstellt, daß auch mit dem alten nichts mehr los ist, daß er, der noch ganz stattlich aussah, hohl und schwach ist, und unter dem jüngern zusammenbricht.

So ähnlich könnte es mit Ihnen und mir sein. Nur ist doch alles auch wieder anders. In Ihre Lage kann ich mich denken, ich habe die vier Jahre 1914 bis 18 miterlebt, bis zum Kaputtgehen, und diesmal habe ich drei Söhne, die Soldaten sind (der älteste ist seit kurzem auf Pikett gestellt, die zwei andern seit 1. September im Dienst).

Wie etwa ich die ganze Geschichte ansehe, zeigt Ihnen vielleicht am besten ein Beispiel aus der Mythologie. Die indische Mythologie zum Beispiel hat auch die Sage von den vier Weltzeitaltern, und wenn das letzte so weit ist, und alles in Krieg, Verkommenheit und Elend steht bis an den Hals, dann muß Shiva, der Kämpfer und Aufräumer unter den Göttern, antreten, er muß die Welt im Tanz zertrampeln. Kaum ist er damit fertig, so hat der holde Schöpfergott Vishnu, irgendwo im Rasen liegend, einen schönen Traum, und aus dem Traum, oder aus einem Atemzug oder aus einem Haar von ihm, sprießt schön und jung und entzückend eine neue Welt auf, und alles fängt von neuem an, aber nicht wie eine Mechanik, sondern beschwingt und zauberisch schön.

Nun, ich glaube, daß unser Abendland im vierten Zeitalter steht, und daß Shiva schon auf uns tanzt; ich glaube, daß fast alles kaputt gehen wird. Aber ich glaube nicht minder, daß es von vorn beginnen wird, daß alsbald wieder Menschen Opferfeuer anzünden und Heiligtümer bauen werden.

Und so bin ich, als alter müder Kerl, dessen froh, daß ich alt genug und verbraucht bin, um ohne Bedauern sterben zu können. Aber ich lasse die Jugend, auch meine Söhne, nicht im Hoffnungslosen, sondern nur im Schweren und Bangen zurück, im Feuer der Prüfung, und zweifle gar nicht daran, daß alles, was uns heilig und schön war, ihnen und künftigen Menschen es auch wieder sein wird. Der Mensch, so glaube ich, ist großer Erhebungen und großer Schweinereien fähig, er kann zum Halbgott steigen und zum Halbteufel sinken; aber er fällt, wenn er etwas recht Großes oder recht Säuisches getan hat, immer wieder auf seine Füße und auf sein Maß zurück, und dem Pendelschlag der Wildheit und Dämonie folgt unweigerlich der Rückschlag, folgt die dem Menschen unentrinnbar eingeborne Sehnsucht nach Maß und Ordnung.

Und so glaube ich, daß zwar ein alter Mann heute nichts Hübsches von außen mehr zu erwarten hat und wohl daran tut, sich zu den Vätern zu legen, daß aber ein schöner Vers, eine Musik, ein aufrichtiger Aufblick zum Göttlichen heute mindestens so wirklich, so lebendig und wertvoll ist wie früher, im Gegenteil: es zeigt sich ja, daß das sogenannte „Wirkliche", das der Techniker, Generäle und Bankdirektoren, immer unwirklicher, immer wesenloser, immer unwahrscheinlicher wird, sogar der Krieg hat, seit seiner Liebe zum Totalen, fast all seine Zugkraft und Majestät verloren: es sind riesige Schemen und Chimären, die einander in diesen Materialschlachten bekämpfen – während dagegen jede seelische Wirklichkeit, jedes Wahre, jedes Schöne, jede Sehnsucht danach, heut wirklicher und wesenhafter scheint als je.

An Herrn G. G., Kopenhagen

20. Februar 1940

Hochgeschätzter

Sie sahen schon aus meiner Drucksache, daß Ihr langer Brief (und auch die ergänzende Karte – wegen der „Substanz" und ihrer Auffassung durch mich seien Sie beruhigt) angekommen ist. Also vom „Lateinschüler", einer meiner ältesten Erzählungen (um 1905), gibt oder gab es eine solche wohlfeile kleine Ausgabe, wie Sie wünschten, und ich konnte Ihnen zwei Stück davon senden. Ich wollte bei dem Anlaß die Erzählung wiederlesen, kam aber noch nicht dazu, und werde wohl auch im Leben nicht mehr dazu kommen. Zuletzt las ich sie vor etwa dreizehn oder vierzehn Jahren, als ich die alte Fassung des Buches „Diesseits" ganz für eine neue Ausgabe durcharbeitete, es handelte sich weniger um Änderungen als um Kürzungen, Wegstreichen entbehrlicher Ornamente etc.; in der damals entstandenen Fassung existiert das Buch heute noch.

Einiges in Ihrem Brief wirkte auch melancholisch auf mich, besonders Ihre Vorstellung, wie Sie, der Recke G., bei mir eintreten würden, um mich zu ermuntern, und zwei oder drei Tage und gar Nächte mit mir spaßen und homerisch lachen würden. Die Menschen haben nicht die Gabe, einander zu kennen, und meine Vorstellung von Ihnen ist gewiß so falsch wie Ihre von mir. Mir ist, obwohl ich natürlich auch fröhliche Zeiten kannte, das Spaßen und Lachen nicht so nah, und wenn ich einmal dazu verführt werde, so strengt es mich ungeheuer an, und eine Stunde oder zwei ist mehr als genug, eine halbe oder gar ganze Nacht mitzulachen, wäre für mich eine Überanstrengung, von der ich mich nicht mehr erholen würde. Nein, lieber Kamerad dort im Norden, alles was in meinen Dichtungen steht oder angedeutet ist, alle Töne meiner Musik und alle Erkenntnisse oder Erfahrungen, beruhen nicht auf meiner Begabung zum Spaß und zur Kraft, denn die habe ich nicht, sondern auf einer Begabung zum Leiden, einer Begabung, wie die Prinzessin auf der Erbse sie hatte, einer äußerst zarten Sensibilität... Und so bin ich, ohne Ihnen damit weh tun zu wollen, recht zufrieden damit, daß Sie nicht bei mir hereintreten, mir auf die Schulter klopfen und mich zum Spaßen auffordern können.

Wenn Sie später einmal die Melodie in meinen Büchern noch differenzierter werden kennengelernt haben, dann werden Sie freilich sehen, daß diese Zartheit ebensosehr Gesundheit wie Krankheit, jedenfalls aber etwas ist, was ich nicht anders wünsche, obwohl auf diese Art das Leben voll Leiden ist. Ich finde, unser Leben, das durchschnittliche Leben eines heutigen Abendländers, ist so scheußlich, daß es nur von Klötzen, von Idioten, von Leuten ohne Nerven, ohne Geschmack, ohne feine Schwingungen ertragen werden kann, der „Heroismus“ ist ja denn auch das Ideal dieser Zeit und endet bei vierzig Grad Frost im Schützengraben. Nein, die Menschen ertragen dies Leben nur, weil sie sich die zarteren, und darunter die besten und schönsten Gaben des Menschen schon abgewöhnt haben. Ich, im Gegenteil, bin ein Dichter, ein Wesen also aus einer mythischen, untergegangenen Zeit, klüger zwar und weit differenzierterer Schwingungen fähig als der heutige Mensch, aber in der Welt und Luft dieses Heute gefangen und zum Verrecken bestimmt wie ein seltnes Tier im Käfig des Zoo.

Nun genug und schon zuviel! Ich danke Ihnen für Ihren lieben Brief, mit vielem hat er mir Freude gemacht, und Ihr Verhältnis zu Spinoza ist mir eine Freude.

An Frau G. S., Bern

16. April 1940

Haben Sie vielen Dank für Ihre sehr willkommenen Gaben!

... Mit dem, was Sie zum Roman von Joachim Maaß sagen, kann ich Ihnen allerdings nicht recht geben. Daß in einem Roman ein Mensch sein Leben erzählt oder beichtet, hat nur dann Sinn und Erfolg, wenn der Leser diese Beichte ernst nimmt und gewillt ist, dem Dichter wirklich zuzuhören, nicht aber wenn er, statt zuzuhören sich Sorgen darum macht, ob der Beichtende und sein Zuhörer nicht vielleicht verhungern, weil die Beichte so lang dauert. Der Einwand, daß ein Mensch für gewöhnlich nicht so lang und anhaltend spreche, ist etwa so wie der beliebte Einwand gegen die Oper: daß doch im gewöhnlichen Leben die Leute nicht singen, daß also die Oper dummes Zeug sei. Die Dichtung hat ja mit dem „gewöhnlichen Leben" gar nichts zu tun, sondern will und soll den Hintergrund, den Sinn des Lebens sichtbar machen, und wenn da ein Mensch sein ganzes Leben erzählt und dazu fünfzig oder hundert Seiten braucht, so ist das ja, wenn wirklich etwas Erfahrungswertes erzählt wird, noch immer sehr wenig.

Vorgestern bekam ich nach langer Pause einen Brief von Maaß, dem Autor des „Testament", er ist in Amerika, sein Schicksal noch ungewiß. Sein Freund und hochbegabter Kollege Beheim-Schwarzbach (bei Reclam gibt es von ihm die fabelhafte Erzählung „Todestrommel") ist in England, mußte aber seine Frau, die dazu noch leidend ist, in Deutschland zurücklassen!

Ja, ich danke Ihnen auch noch für das, was Sie über das geänderte Gedicht sagen. Mit der Bemerkung über die Zeile vom roten Fenster oder leisen Schimmer haben Sie wahrscheinlich recht, wenigstens ist auch mir das leise Schimmern lieber und wird vermutlich wieder eingesetzt werden. Die Sache war die: daß das Gedicht aus dem Subjektiven und Erzählenden ins Allgemeine und rein Gleichnishafte übersetzt wurde, war ohne Zweifel richtig, schon darum, weil das Gedicht mit einer eigentlich rein geistigen Erkenntnis schließt, mit der Einsicht nämlich, daß das Wesen der Musik Zeit ist, und zwar reine Gegenwart, nichts andres: ich habe zu dieser Einsicht, obwohl ich seit den Kinderjahren ein Musikfreund war, gegen sechzig Jahre gebraucht. Nun war aber mit der gestrichenen ersten Strophe auch die Zeile von der wolkigen Vorfrühlingsnacht weggefallen, die wärmste, sinnenhafteste, auch am stärksten die Raumtiefe andeutende Zeile des Ganzen, und dieser Verlust tat mir leid. Um ihn vielleicht zu ersetzen, gab ich der Zeile vom Fenster das Rot und Glühen mit, und werde so lang dabei bleiben, bis ich am Ende eben doch wieder das leise Schimmern einsetze! So ist es mit uns Dichtern. Als Knabe las ich im Wartezimmer des Zahnarztes einmal in den Fliegenden Blättern einen Witz: ein Kommerzienrat begegnet einem Dichter und fragt, ob er denn heut auch schon etwas gearbeitet habe. Der Dichter sagt in tiefem Ernst: „O ja. Den ganzen Vormittag habe ich das gestern Geschriebene wieder durchgenommen, und schließlich einen Satz gestrichen." Der andre fragt: „Und am Nachmittag?" Der Dichter: „Ja, da habe ich das Ganze nochmals durchgeprüft und habe den Satz am Ende doch wieder stehen lassen."

Ich habe diese Lektüre bei einem Stuttgarter Zahnarzt, so etwa ums Jahr 1890, nie vergessen.

Addio, seien Sie beide herzlich gegrüßt.

An Herrn G. G., Kopenhagen

1940?

Lieber Herr

Was sind Sie für ein robuster G., man zuckt ganz zusammen, wenn Sie die Hand erheben, und wenn Sie gar Verse aus dem Ärmel schütteln. Sie protestieren so heftig auf die paar Verse, das einzige Neue, was ich seit einem halben Jahr produziert habe, daß irgend etwas in den Versen Sie doch am Ende berührt oder getroffen haben muß, da Sie so heftig reagieren. Ihre Richtigstellung meines Gedichts haut aber am Ziel vorbei – schon darum, amice, weil man Gedichte überhaupt nicht richtigstellen kann. Wenn sie keine Gedichte sind, zerfallen sie von selber. Wenn sie aber Gedichte, Visionen, Schau-Erlebnisse sind, dann ist nichts gegen sie zu machen, dann gehören sie zum Stärksten, was es in der Welt gibt.

Ob mein Gedicht ein wirkliches Gedicht sei, weiß ich nicht, habe auch nicht darüber zu entscheiden. Sie aber, lieber Leser, sollten, wenn ein Gedicht zu Ihnen kommt, nicht die Fäuste ballen und die Stimme erheben, damit machen Sie sich selber für das Gedicht unerreichbar, Sie sollten es erst in sich einzulassen versuchen und es nicht daraufhin examinieren, ob es die von Ihnen gewünschte spinozistische Weltanschauung hat.

Können Sie sich an den Räuber im „Siddhartha" erinnern, der den Buddha in sich hat? So hat die indische Mythologie, mit ihren oft massiven Bildern von Vishnu und Shiva, von den vier Weltzeitaltern, dem Weltuntergang und der ewigen Neuschöpfung, nicht nur kindlich-primitive Züge, sondern enthält in sich, dem Weisen spürbar, auch alle Esoterik. Wie der Räuber Buddha ist, so ist der Demiurg das Eine, und ist Untergang und Neuschöpfung Eins – hinten nämlich, im Hintergrund, tief im Welthintergrund. Vorn aber, auf der Schiefertafel für Schüler, in der mythologisch-poetischen Niederschrift mit spielerischen Buchstaben, ist das Gedicht bloß Gedicht, etwas Zwei- und Vieldeutiges, etwas, was auf die meisten wie eine dumme Kinderei wirkt und auf Spinozisten wie ein rotes Tuch zu wirken vermag. Und zwischen diesem Vorn und Hinten, zwischen dem primitiven Demiurgen oder Dichter und dem esoterischen Spinoza-Gott schwingt und musiziert die ganze Welt. Nur muß man ein wenig zuhören; mit der Trommel kommt man ihr nicht bei, die Trommel baut nur eine Mauer zwischen Gedicht und Leser, zwischen Musik und protestierenden Hörer.

Genug, das war für meine schwachen Verhältnisse ein viel zu langer Brief. Aber ich wollte Ihnen doch zeigen, daß ich Ihre Stimme gehört habe. Dichter hören so gut, daß man gar nicht auf den Tisch zu hauen braucht, sie sind Seismographen. Ich wollte Sie nur grüßen und Sie ein wenig hänseln, und damit vielleicht erreichen, daß Sie künftig gewärtig sind, auch hinter Gedichten, hinter Mythologien und Demiurgen das Geheimnis zu wittern und zu respektieren.

Yin und Yang sollen miteinander spielen, nicht miteinander streiten. Das Leid der Welt soll uns im Innersten unzerstörbar, aber es soll uns nicht kraft einer perfekten Philosophie zugeknöpft finden. Und auch die Gedichte machen den Anspruch, mit mehr Spiel und Spaß betrachtet und zugleich mehr ernst genommen zu werden, als Sie es diesmal taten.

An Herrn W., Stockholm

Ende Februar 1941

Lieber Herr W.

Danke für Ihren Brief, er hat mir Freude gemacht, und da Sie ein Bruder von P. U. W. sind, weiß ich ja auch so ungefähr, woher Sie kommen und welcher Art Sie sind.

Ob Sie ein Dichter sind, das heißt ein Mensch, der die Verwirklichung und Darstellung seines eigenen Wesens nur als Dichter wirklich erreichen kann, das wird sich zeigen. Daß Sie von der Dichtung stark angesprochen werden und selber ein Dichter werden wollen, ist jedenfalls ein Anfang, und so müssen Sie diesen Weg weiter gehn, bis sich zeigt, ob er der einzige und wahre für Sie sei. Beim Dichter ist das schwieriger als beim Maler, weil man gute und formal wertvolle Musik oder Malerei unter Umständen auch schon sehr jung zu leisten vermag, während Dichtungen von dauerndem Wert fast ohne Ausnahme nur von Menschen gemacht werden, die schon eine gewisse Reife und Erfahrungsfülle haben. Es gibt für den Dichter kein sachlich erlernbares Handwerk, damit ist dem jungen Dichter seine Sache scheinbar leicht, im Grunde aber schwerer gemacht als andern Künstlern. Meistens muß man länger warten, bis man etwas zustande bringt, das auch für andre wertvoll ist. Darum ist es gut, sich zu üben, es sich durch Strenge schwer zu machen, alles Geschriebene nach einer Weile zu prüfen, ob man es nicht besser, genauer, schärfer ausdrücken könne.

Nehmen Sie vorlieb mit diesen Worten, ich kann heute nicht mehr sagen. Nur das noch: je mehr ein Künstler sich um seine Kunst bemüht, und sie ernst nimmt, desto näher kommt er dem Ziel, das Letzte zu finden, was mit aller Kunst gemeint ist: den Glauben an einen Sinn des Lebens, oder wenn Sie wollen, den Mut, diesem Leben einen Sinn zu geben. Der Weg dahin hat viele Stufen, und geht oft krumm, und scheint oft schwer, und lohnt sich doch.

An Peter Suhrkamp, (Berlin?)

7. März 1941

Lieber Herr Suhrkamp

Ihr Gasteiner Brief mit der Nachricht von Loerkes Tod kam gestern, und gleichzeitig die Nachricht vom Tod meines ältesten Bruders. Wir waren vier Brüder und hatten einander sehr gern. Der jüngste verließ uns zuerst, es war Hans, den Sie aus den Gedenkblättern kennen. Jetzt bin ich von den vieren allein noch übrig.

Was Loerkes Verlust für Sie bedeutet, weiß ich, auch Sie haben einen Bruder und mehr verloren.

Mir geht es wieder schlecht, d. h. so, daß an andre als mechanische Arbeit nicht zu denken ist, Augen und Kopf sind von Schmerzen eingehüllt, die Hände, namentlich die rechte, haben die Gicht in fast allen Gelenken.

Aber ehe diese (gewiß mit dem Frühling zusammenhängende) Verschlechterung kam, habe ich (seit Baden) doch ein Kapitel des Knecht fertig gemacht. Was am Ganzen noch fehlt, ist der Menge nach so wenig, daß es gewiß in diesem Jahr vollends werden kann, nur darf ich nichts versprechen und keine Termine nennen.

Von dem Material zu einem etwaigen Buch, das ich Ihnen seinerzeit zeigte und das Sie (es ist eben doch so) nicht haben wollten, müssen ein bis zwei Stücke aus Zeitgründen wegbleiben. Es bleibt also wenig übrig, und wenn ich von diesem Wenigen noch eine längere Erzählung für ein Extrabändchen geben würde, wie Sie anregen, würde dies einem völligen Verzicht auf dies Buch ungefähr gleichkommen. Soviel für heute. Jenes Material muß ich erst nochmals genau durchsehn, und das wird eine gute Weile dauern, der Augen wegen.

Was Sie mir über Ihre Kur und Ihr ganzes Befinden schrieben, hat meine herzliche Teilnahme. Nur verstehe ich vorerst nicht alles, es ist ja wohl ein Ineinander von Physischem und Moralischem. Wenn ich mein eigenes Leben nach den allgemein gültigen Regeln, und gar nach den Gesichtspunkten, die heute in der Welt gelten, ansehe, dann ist alles falsch gewesen und konnte nur zu einem üblen Ende führen. Hätte ich jeweils so gehandelt und gelebt, wie Sitte, Vernunft, Hygiene etc. verlangen, so hätte ich es vielleicht zu einem mittleren Offizier gebracht und es wäre mir vielleicht die Zerstörung von einigen Dörfern gelungen, während ich so mit leeren Händen dastehe, es sei denn, man wolle mir die paar geschriebenen Bücher als mildernde Gründe anrechnen. Aber wenn ich heut jung wäre und wieder anfinge, würde ich es doch wohl wieder ähnlich machen wie diesmal.

Herzlich danke ich Ihnen und drücke Ihnen die Hand. Ihr

An Dr. H. M., Burgdorf

Ende März 1941

. . . Was Sie über Korrekturen an Gedichten sagen, ist mir verständlich, doch teile ich diese Auffassung nicht. Unhöfliche Völker neigen dazu, die Höflichkeit als feige Hinterlist anzuprangern und die Grobheit als edle Tugend zu rühmen. Ebenso neigen jene Völker, die zu ihrer eigenen Sprache ein schlechtes Verhältnis haben (obenan die Deutschen und besonders stark die Deutsch-Schweizer) dazu, die Pflege der Sprache als „Wortgeklimper" und dergleichen abzutun, so wie faule Schüler das Lernen von Latein und Griechisch als Stubenhockerei etc. ablehnen. Wenn jemand der Sprachpflege nur den Wert einer Tuerei und Ziererei zuschreibt, und Bemühungen um sorgfältige Wortwahl und Syntax als „Wortgeklimper" empfindet, so schadet das nicht, wenn er Bauer oder Landsknecht ist. Wenn er aber Dichter ist, dann ist er tief im Unrecht. Viele deutsche und Schweizer Dichter und Dilettanten haben das an sich, daß sie gern so tun, als sei Dichtung so etwas wie Spucken oder Verdäuen, etwas, was instinktiv und triebhaft und unter Ausschluß des Willens und der Vernunft sich vollzieht. Das ist nicht bloß dumm und falsch, es rächt sich auch sehr an unsrer Literatur, die weiß Gott nicht reich ist . . .

Freuen Sie sich, solang Sie jung sind, am Frühling! Und seien Sie freundlich gegrüßt.

An Herrn L. M., Cannstatt

1941?

Lieber Herr M.

Ehe ich für einige Wochen verreise, will ich Ihnen für Ihren Brief danken. Das Schicksal der Ihren geht auch mir nah; möge alles gnädiger auslaufen, als die Gewalthaber es meinen.

Was Ihre Unruhe und Besorgnis wegen Ihrer eigenen Natur und Ihrer Tauglichkeit fürs Leben betrifft, so möchte ich Ihnen Mut und Glauben zusprechen. Natürlich gibt es sehr viele Menschen, denen das Leben leichter fällt und die scheinbar oder wirklich „glücklicher" sind; es sind die nicht stark Individualisierten, die keine Probleme kennen. Sich mit ihnen zu vergleichen hat für uns andre keinen Sinn; wir müssen unser eigenes Leben leben, und das bedeutet etwas Neues und Eigenes, immer Schwieriges und auch immer Schönes für jeden Einzelnen. Es gibt keine Norm für das Leben, es stellt jedem eine andre, einmalige Aufgabe, und so gibt es auch nicht eine angeborene und vorbestimmte Untauglichkeit zum Leben, sondern es kann der Schwächste und Ärmste an seiner Stelle ein würdiges und echtes Leben führen, und andern etwas sein, einfach dadurch daß er seinen nicht selbstgewählten Platz im Leben und seine besondere Aufgabe annimmt und zu verwirklichen sucht. Das ist echtes Menschentum und strahlt immer etwas Edles und Heilendes aus, auch wenn der Träger dieser Aufgabe in den Augen aller ein armer Teufel ist, mit dem man nicht tauschen möchte.

Geben Sie sich nicht abschätzigen Selbstprüfungen und Selbstkritiken hin. Man kann eine einzelne Handlung, die man bereut, wohl kritisch und verurteilend betrachten, das ist nur recht; aber man soll nicht sich selber, so wie man in die Welt gestellt worden ist, abschätzig beurteilen, sondern erst einmal das, was man von Gott mitbekommen hat an Gaben und an Mängeln annehmen, Ja dazu sagen, und versuchen, das Beste daraus zu machen. Gott hat mit jedem von uns etwas gemeint, etwas versucht, und wir sind seine Gegner, wenn wir das nicht annehmen und ihm helfen, es zu verwirklichen.

Mehr kann ich dazu nicht sagen, es kommt auch nicht auf viele Worte an.

An Alfred Kubin, Wernstein am Inn

April 1942

Lieber Alfred Kubin

Dieser Tage bin ich wieder einmal von einer Kur in Baden heimgekehrt, wieder mit der freundlichen Illusion, etwas für die Linderung meiner alten, seit zwei Jahren zum Dauerzustand gewordenen Krankheit getan zu haben.

Da fand ich Ihr Buch vor, die „Abenteuer", das habe ich nun vor mir und bin beglückt, wieder einmal einen Gang durch Ihre mir so teuren Gefilde tun zu dürfen. In Ihren Zeichnungen liebe ich nicht nur die dichtende Seele und die lebendige, nie zur Bravour gewordene Meisterschaft des Künstlers, ich empfinde sie außerdem oft als mir nahe verwandt. Ähnlich wie viele meiner Gedichte entstanden sind: meist in schlafloser Nacht, die Mappe auf den Knien, mit kritzelnder, spielender Hand dem Buchstabenmalen und Versemachen hingegeben wie ein Knabe seinem Spiel, zugleich voll Gefühl der Schwäche, Hinfälligkeit, Trostbedürftigkeit und eines stillen inneren Glückes – so ähnlich denke ich mir, wenn es auch nicht im Bett und des Nachts ist, die Geburt vieler Ihrer Blätter. Es wird da aus dem Besessen- oder Bezaubertsein von einem Inhalt, einem Bild, und dem Eingesponnensein in das Gewebe der Linien und Strichlagen etwas erzeugt, was man so nicht wollen und beabsichtigen kann, ein Spiel, so ernst, wie nur echtes Spiel sein kann, und ein Ernst, so spielerisch, daß die Schwere verschwindet und ein Schweben entsteht, wie bei einer Seifenblase.

Ich danke Ihnen für diese köstliche, reife Gabe von Herzen, sie bedeutet mir viel.

An einen Freund

21. Janur 1943

Lieber Freund E.

Gestern kam Ihr Tagebuch von der Patrolscharte, am Nachmittag haben wir es gelesen. Ich danke Ihnen und denke Ihrer mit der Teilnahme, die Ihrem Leid und Kampf gebührt. Der Gute Vater muß uns wohl im Leide immer wieder verloren gehen, und unser Weg zur ewigen, großen, unerbittlichen Mutter führen. Aber ob wir die Allmutter nun Leben oder Leid nennen, in unsrem Innern fordert sie als Gegenspieler doch jeweils wieder den Vater, weil die Natur in uns zweipolig ist und zwischen Natur und Geist nicht zu wählen hat.

Noch einmal ist mir Ihr Verlust und Leid, und damit die Schärfe Ihrer ganzen Krise ganz nahe gekommen, ich werde Ihren Passionsweg zu jener Scharte nicht vergessen, nicht das gestürzte Schäflein und seine Mutter, nicht die Lachenden an der Küchentür, noch die Gespräche mit Hans, und die Begegnungen mit dem Photographen.

Eine kleine Freude war mir Ihre Randbemerkung über das Eintreffen des Gedichtbandes. Dem muß nun noch der „Knecht" folgen, etwa nächsten Herbst, es wird mir noch viel Arbeit machen mit dem neuen Verleger, einem noch zu überarbeitenden Kapitel, den Satzproben, Korrekturen und allem. Aber ich hoffe es noch zu schaffen, und habe dann nichts von Wichtigkeit mehr zu besorgen.

An Herrn G. G., Kopenhagen

27. März 1943

Lieber Herr G.

Danke für Ihren lebhaften Brief vom 18.! Er hat mir Spaß gemacht, ist aber nicht ganz leicht zu beantworten; denn mir scheint, Sie waren ernstlich darüber ärgerlich, daß ich Sie nicht mein Buch korrigieren lassen konnte, und das verstehe ich nun freilich nicht. Sie hatten es mir angeboten und ich Ihnen geantwortet, daß ich die Fahnen selbst lesen müsse, da es sich nicht nur um Duden handle. Auf deutsch also, und nach meinem Gefühl für jeden, der selbst Autor ist, unmißverständlich: den Duden, das heißt die mechanischen Druckfehler, überlasse ich ruhig dem Verleger und andern Mithelfern, zum Beispiel meiner Frau, doch für mich geht es bei der Korrektur um andres, nämlich teils um etwaige sachliche Korrekturen, welche sich bei der letzten Lektüre ergeben können (und wirklich auch ergeben haben), teils und vor allem um stilistisch-syntaktische Bedürfnisse. Wenn ich nun zum Beispiel einem Prosasatz, aus rein musikalisch-ästhetischen Erwägungen, einen etwas veränderten Silbenfall, oder eine etwas andere Färbung in den Vokabeln geben will – ja glauben Sie denn im Ernst, daß ich diese letzten und zartesten Künstler-Pflichten einem Fremden überlassen würde, einem Mann zudem, von dem ich weiß, daß das nur Ästhetische ihm wenig bedeutet und er dort für Nuancen kaum empfindlich ist, und der sich soeben selber dazu bekannt hat, daß das Lesen eines Gedichtbuches für ihn ein Unsinn sei? Ich kann da im Ernst nicht mit, so wie ich andrerseits Ihre Ausrede, das Verabscheuen des Gedichtlesens sei nun eben hamburgisch, für allzu fadenscheinig halte. Es ist nicht hamburgisch, sondern es ist ein Bildungs- und Geistesfehler, wenn Leute von sonst hohem Bildungsgrad zu träg und sprachlich zu stumpf sind, um Gedichte lesen zu können, um am edelsten, innigsten Leben ihrer eigenen Sprache teilzunehmen. So sehe ich das, und diese Trägheit der neunundneunzig Prozent ist nicht hamburgisch, sie reicht von Kopenhagen bis China. Nun, es hat sich ja gezeigt, daß auch ein Hamburger in der Not Fliegen fressen lernt, und ich danke Ihnen für Ihr Eingehen auf mein Buch herzlich, es hat mir Freude gemacht.

An einen jungen Menschen

Zürich, Mai 1943

Obwohl ich zu einem richtigen Brief nicht fähig bin – die Ärzte plagen mich wieder – möchte ich doch Ihren Gruß erwidern. Er kommt aus einer Not, wie ich sehe. Was wir erleben, ist ja in Worten nicht mitteilbar, und so kommt auch Ihr Brief natürlich nur annähernd an das Problem heran. Es liegt bei dem Wort „Ich". Sie sprechen vom „Ich", als sei es eine bekannte, objektive Größe, die es eben nicht ist. In jedem von uns sind zwei Ich, und wer immer wüßte, wo das eine beginnt und das andre aufhört, wäre restlos weise.

Unser subjektives, empirisches, individuelles Ich, wenn wir es ein wenig beobachten, zeigt sich als sehr wechselnd, launisch, sehr abhängig von außen, Einflüssen sehr ausgesetzt. Es kann also nicht eine Größe sein, mit der fest gerechnet werden kann, noch viel weniger kann es Maßstab und Stimme für uns sein. Dies „Ich" belehrt uns über gar nichts, als daß wir, wie die Bibel oft genug sagt, ein recht schwaches, trotziges und verzagtes Geschlecht sind.

Dann ist aber das andre Ich da, im ersten Ich verborgen, mit ihm vermischt, keineswegs aber mit ihm zu verwechseln. Dies zweite, hohe, heilige Ich (der Atman der Inder, den Sie dem Brahma gleichstellen) ist nicht persönlich, sondern ist unser Anteil an Gott, am Leben, am Ganzen, am Un- und Überpersönlichen. Diesem Ich nachzugehen und zu folgen, lohnt sich schon eher. Nur ist es schwer, dies ewige Ich ist still und geduldig, während das andre Ich so vorlaut und ungeduldig ist.

Die Religionen sind zum Teil Erkenntnisse über Gott und Ich, zum Teil seelische Praktiken, Übungssysteme zum Unabhängigwerden vom launischen Privat-Ich und dem Näherkommen an das Göttliche in uns.

Ich glaube, eine Religion ist ungefähr so gut wie die andre. Es gibt keine, in der man nicht ein Weiser werden könnte, und keine, die man nicht auch als dümmsten Götzendienst betreiben könnte. Aber es hat sich in den Religionen fast alles wirkliche Wissen angesammelt, zumal in den Mythologien. Jede Mythologie ist „falsch", wenn wir sie anders als fromm ansehn; aber jede ist ein Schlüssel zum Herzen der Welt. Jede weiß von den Wegen, aus dem Götzendienst am Ich einen Gottesdienst zu machen.

Genug, ich bedaure, daß ich nicht Priester bin, aber vielleicht müßte ich dann gerade das von Ihnen verlangen, was Sie zur Zeit nicht leisten können. Und so ist es besser, ich rufe Ihnen einfach den Gruß eines Wanderers zu, der gleich Ihnen im Dunkel geht, aber vom Licht weiß und es sucht.

An Professor Robert Faesi, Zürich

nach seiner Kritik über das „Glasperlenspiel"

1. November 1943

... Auf einige Kleinigkeiten möchte ich kurz antworten. Enttäuscht hat mich, daß Ihnen der Gedanke kommen konnte, in der utopischen Zukunftswelt des Buches (die Sie ganz richtig datieren) irgend eine Äußerung über Staatsform, Kleidung etc. zu suchen. Dagegen hat es mich sehr gefreut, daß Sie die Struktur meiner Utopie so richtig erkannt und es so gut formuliert haben: sie zeigt lediglich eine Möglichkeit des geistigen Lebens, einen platonischen Traum, nicht ein für ewig gültig zu haltendes Ideal, sondern eine mögliche, sich ihrer Relativität aber bewußte Welt. Den inneren Sinn und Wert dieser Welt stellt der jüngere Josef Knecht und der Ordensmeister dar, während der spätere Knecht, historisch vorgeschult, den Gedanken der Relativität und Vergänglichkeit auch der idealsten Welt verkörpert. Daß Knecht sie so sehn konnte, verdankt er dem Meister Jakobus, und daß ich Kastalien, meine Utopia, zugleich in ihrer Relativität sehen konnte, verdanke ich jenem Jakobus, nach dem der Pater seinen Namen bekommen hat: Jakob Burckhardt ...

An Professor Emil Staiger, Zürich

Anfang Januar 1944

Hochgeschätzter Herr Professor

Ihr lieber Brief hat mir eine wirkliche Freude gebracht. Nachdem mein Buch die erste, unangenehme Berührung mit der Öffentlichkeit, das Besprochenwerden durch die Feuilletonisten, erlebt hat, wobei die Stimme von Professor Faesi die einzige ernsthafte war, beginnt es nun bei jener Art von Lesern, denen es zugedacht ist, langsam seine Wirkung, und bisher das schönste Zeichen dieser Wirkung war Ihr Brief. Er brachte mir einen so schönen und reichen Widerhall, daß ich heute trotz schlechtesten Befindens ganz vergnügt bin.

Eigentlich habe ich bei dem Buch weder an eine Utopie (im Sinne eines dogmatischen Programms) gedacht noch an eine Prophezeiung, sondern ich habe etwas darzustellen versucht, was ich für eine der echten und legitimen Ideen halte, und dessen Verwirklichung man an vielen Stellen der Weltgeschichte fühlen kann. Daß ich dabei nicht ins Unmögliche, Übermenschliche und Theatralische geraten bin, bezeugt Ihr Brief mir zu meiner Freude. Es waren viele Geister um mich während der Arbeit an diesem Buch: eigentlich alle Geister, die mich erzogen haben, und darunter sind so menschlich einfache, so allem Pathos und Humbug ferne wie die der chinesischen Weisen, der historischen wie der legendären.

Ebenso wie Ihr Urteil über die Heiterkeit und Einfachheit in der Haltung meines Buchs freut mich Ihr Wort über den Sinn und die mögliche Wirkung desselben. Sie finden ihn kurz ausgedrückt in dem Motto, das vor dem Buch steht, und dessen Sinn etwa ist: Das Beschwören einer Idee, das Darstellen einer Verwirklichung ist an sich schon ein Schrittchen zu dieser Verwirklichung (paululum appropinquant). Auch hier ist Ihr Urteil mir eine Bestätigung.

Indem ich Ihnen für die Freude danke, die Sie mir bereitet haben, muß ich Ihnen doch auch sagen, daß Sie mir durch manche Ihrer Arbeiten bekannt und lieb sind, zum Beispiel im „Trivium“. Ich hatte da je und je das Gefühl: da sind Leute an der Arbeit, denen es genau auf das ankommt, was auch ich meine.

Freuen würde es mich, Sie einmal zu sehen. Da ich nicht mehr beweglich genug bin, um Besuche zu machen, glückt es vielleicht einmal, wenn Sie in unsere Gegend kommen, daß Sie uns aufsuchen, mich und meine Frau, die mit zum Bau gehört.

An Otto Engel, Stuttgart-Degerloch

Ende Januar 1944

Lieber Dr. Engel

Wenn ich auch zur Zeit materiell mit meinem Gewerbe das Gegenteil von Erfolg habe (die Berliner Bücher fast alle seit Jahren dauernd vergriffen, die in Zürich gedruckten auf den winzig kleinen Schweizer Markt beschränkt, ich habe in den letzten Jahren beinah mehr Bände verschenkt als verkauft), so hat doch die Intensität des Lesens und Verstehens sehr zugenommen, und das „Glasperlenspiel“ findet wirklich eine kleine Anzahl von Lesern, die es nahezu bis aufs Letzte kapieren und annehmen, und das ist sehr schön. Einige Briefe zeigen das, einer kam von dem kürzlich erst ernannten neuen Literaturprofessor der Universität Zürich, den ich persönlich nicht kenne, einer von E. Ackerknecht, dem Autor der schönen „Kellerbiographie“, dann der Ihre und einer, ein sehr schöner und lieber, von Marianne Weber. Ich glaube, jetzt kennen Sie mein Buch schon eher besser als ich, denn mir entgleitet es nun allmählich wieder. Sie sehen auch die schwäbische Seite am Elitegedanken und Glasperlenspiel, und das macht mir besonderen Spaß . . .

. . . Wenn Freund Schrempf noch für Grüße erreichbar ist, so grüßen Sie ihn herzlich und sagen Sie ihm, daß er mit zu den stets vorhandenen Gestalten meines Lebens gehört, und daß ich sein Denken und Wesen als eine glückliche Mischung von schwäbisch-frommem und sokratischem Geist empfinde, bestrahlt von dem fremden Gestirn Kierkegaard, dessen kalte Leidenschaftlichkeit zu jenen beiden andern Geistern unvergeßliche Gegensatzklänge erzeugt.

Wenn es geht, so schreiben Sie mir dann noch einmal über den Gesamteindruck von meinem Buch. Sein Motto hat den Vorzug vor vielen andern, daß es haargenau paßt, und das war keine Kunst, denn der deutsche Text ist von mir und der Autor Albertus erfunden; die Fassung in scholastischem Latein hat Schall gemacht und Collofino (Feinhals) revidiert, darum sind auch die beiden in der Quellenangabe dankbar mitgenannt.

Grüßen Sie Ihre Frau und die Freunde, und suchen Sie durchzuhalten. Wenn auch der Bestand an Tao keine Verminderung erleiden kann, so kommt es doch in solchen Zeiten sehr auf die Einzelnen an, die das Erbe hinübertragen zu den Späteren.

An Rolf v. Hoerschelmann, Feldafing

22. Februar 1944

Lieber Herr v. Hoerschelmann

Schönen Dank für Ihren Brief. Bei Kastalien sollte man bedenken, daß es nicht nur, auch nicht in erster Linie, Utopie, Traum und Zukunft ist, sondern auch Wirklichkeit, denn Orden, platonische Akademien, Yogaschulen und all das hat es längst und oft gegeben. Und was die Frauen betrifft: der Dichter Bhartrihari zum Beispiel war buddhistischer Mönch, lief aber immer wieder fort, weil er ohne Frauen nicht sein zu können meinte, kam aber jedesmal reuig zurück und wurde aufs freundlichste wieder aufgenommen.

Die andre Frage: Das Glasperlenspiel ist eine Sprache, ein komplettes System; es kann daher auf jede denkbare Weise gespielt werden, von einem und improvisierend, von mehreren und nach Plan, wetteifernd oder auch hieratisch.

In Stuttgart starb, weit über achtzig alt, mein Freund Christoph Schrempf. Von den Menschen, die ich kannte, war er dem Sokrates am ähnlichsten (über den er übrigens auch großartig geschrieben hat).

Ja, da war ja noch eine Frage: Knechts Tod kann natürlich viele Deutungen haben. Für mich ist die zentrale die des Opfers, das er tapfer und freudig erfüllt. So wie ich es meine, hat er damit auch sein Erzieherwerk an dem Jüngling nicht abgebrochen, sondern erfüllt.

Addio, freundliche Grüße.

An einen Freund

über „Das Glasperlenspiel"

Februar 1944

Lieber Freund

Danke für Deinen Brief, der hat mir Freude gemacht, bis auf die schlechte Nachricht, daß jener Fall, den Du getan hast, so lange nachwirkt. Gut, daß Du zu Brun gegangen bist, ihm würde ich mich auch eher anvertrauen als irgend einem andern.

Du erwähnst in Deinem Brief auch den Basler Dr. Engelmann und fügst bei: „von dem Du vielleicht auch einmal gehört hast". Da muß ich protestieren. Als halber Basler, der außerdem zu Anfang des Jahrhunderts in Basel Buchhändler und Antiquar war, müßte ich sehr blind gewesen sein, wenn Dr. E. mir entgangen wäre. Außerdem aber kannten ihn, als ich noch ein Kind war, schon meine Eltern, und mein ältester Stiefbruder Theodor Isenberg hat seine Lehre als Apotheker bei Engelmann absolviert. In unser Antiquariat in Basel im Pfluggäßli kam er häufig, im schwarzen Baslerhut und schwarzer Pelerine, mit rosigem Rundkopf, hellblauen Augen und schlürfender Sprache, sagte: „I bruch aigedlig nid, i wott numme-n-e gly schnaigge" und unterhielt sich gern mit meinem Kollegen Bauer und mir.

Daß Du Dich meines Buches weniger mit denkerischer Analyse als mit Gefühl, Stimmung und Assoziationen bemächtigt hast, finde ich ganz in der Ordnung; das Buch ist ja keineswegs eine Abhandlung, noch weniger eine Philosophie, es ist eine Erzählung und ein Bekenntnis, und Aufbau, Tonfall und Farbe sind nicht weniger daran beteiligt als die Gedanken. Das mit der „Utopie", das heißt dem Verlegen in die Zukunft, ist natürlich nur ein Behelf. In Wirklichkeit ist Kastalien, Orden, meditative Gelehrsamkeit etc. weder ein Zukunftstraum noch ein Postulat, sondern eine ewige, platonische in diversen Graden der Verwirklichung schon oft auf Erden sichtbar gewordene Idee.

An Frl. Charlotte Petersen, Dillenburg (Hessen)

Mitte Mai 1944

Frl. Petersen hatte eine Stelle aus einem Buch von Ernst *Jünger* zitiert, die folgendermaßen lautete: „Die Schlacht ist ein furchtbares Messen der gegenseitigen Produktion, und der Sieg der Erfolg einer Konkurrenz, die schneller und rücksichtsloser herzustellen versteht. Hier deckt das Zeitalter, aus dem wir stammen, seine Kehrseite auf. Die Herrschaft der Maschine über den Menschen, des Knechtes über den Herrn wird offenbar, und ein tiefer Zwiespalt, der schon im Frieden die wirtschaftlichen und gesellschaftlichen Ordnungen zu erschüttern begann, tritt auch in den Schlachten dieses Zeitalters tödlich hervor. Hier enthüllt sich der Stil eines materialistischen Geschlechtes, und die Technik feiert einen blutigen Triumph. Hier muß eine Rechnung beglichen werden von Schulden, die längst verjährt und vergessen schienen, und wenn wir ‚da hinein' mußten, so wird es schon seine guten Gründe haben. Wenn *wir* vielleicht auch gar keine Schuld hatten, aber das Schicksal kennt keine persönliche Haftbarmachung, es steht hoch über Fragestellungen dieser Art."

Darauf antwortet H. H.:

Die Stelle von Jünger, die Sie mir mitteilten, ist freilich charakteristisch. Die Jüngersche Welt ist eine Welt voll Geist, Kritik, Verstand und hohem künstlerischem Geschmack, nur ohne Liebe. Und charakteristisch in Ihrem Citat scheint mir besonders der Schluß vom Schicksal, das keine persönliche

Haftbarmachung kenne. So ist es: niemand ist schuldig, man schießt und brennt die Welt in Trümmer, und ist dabei völlig unschuldig, man ist „Exponent“ oder „Faktor“ oder irgend etwas Geistreiches, aber kein Mensch, kein moralisches, unter Gott stehendes, ihm verantwortliches Wesen. Ich gebe, deutsch gesprochen, keinen roten Pfennig dafür.

An Professor K. Kerényi, Ascona

Anfang September 1944

Lieber Herr und Freund

(Das ist eine Anrede, die Jacob Burckhardt gern brauchte.)

Die Kräfte stehen mir nicht mehr zur Verfügung wie früher, und auch die Worte nicht, sonst hätte ich Ihnen manches Dankbare und Freundliche längst geschrieben. Nun bin ich fertig mit der ersten Lektüre Ihres neuen Buches, an dem ich große Freude habe. Um den Zauber zu bezeichnen, den die Lektüre eines echten Mythologems für mich hat, habe ich hin und her nach Worten gesucht, habe aber keine gefunden, die es so schön und vollkommen sagen würden wie die, die Sie mir in Ihrem Julibrief geschrieben haben, sie lauten: „In den Geweben solcher Träume wird man selbst gewoben und zugleich hineingewoben in jenes saumlose Gewebe, das mit den großen Mythologemen der Menschlichkeit begann.“ Das ist es. Und während man als Dichter von heute vor dieser mythischen Welt so unendlich klein wird, fühlt man sich doch im Sinn seines Tuns, im dichterischen Träumen, bestätigt und gerechtfertigt. Das tut wohl, und ist zu Zeiten notwendig. Inzwischen sandte ich Ihnen als einen Sommergruß die zwei Gedichte aus Bremgarten. Wir waren dort am Ort des Festes der „Morgenlandfahrt“, noch einmal mitten in einer Welt von Erinnerungen und Beziehungen, und während wir selbst und die Freunde zum Teil gealtert und verändert sind, stand Schloß und Fluß und Baumwelt so unverändert und ungealtert, daß man mit Augen in die eigene Vergangenheit eingehn konnte wie in ein Bild. Und es gab diesmal sogar einen besonderen Höhepunkt, es gab uns zu Ehren noch einmal ein richtiges Bremgartner Fest. Im schönen Rokokosaal wurde uns am letzten Abend das letzte Werk meines Freundes, des Musikers Schoeck, vorgeführt, eins seiner schönsten, und nachher saß man wie einst an langer Tafel bei Kerzen, Imbiß und Wein in der offenen Halle vor dem Hintergrund der Gartennacht, und es waren fast alles Gestalten und Gesichter, die mir von lang her teuer sind, einige auswärtige Freunde waren für den Abend hergereist, zwei meiner Söhne mit ihren Frauen waren dabei. Ich habe mich zwar von der Anstrengung, der andern Tages die heiße Reise folgte, noch nicht erholen können, aber das Erlebnis strahlt weiter und war nicht zu teuer erkauft.

Nochmals danke ich Ihnen, für Ihr Buch und das, was es mir gegeben hat.

An eine Leserin

die mich fragte, warum im „Glasperlenspiel" die Frauen weggeblieben seien

Februar 1945

Ihre Frage ist kaum zu beantworten. Ich könnte natürlich Gründe angeben, aber sie wären nur vordergründig. Eine Dichtung entsteht nicht einzig aus Bedachtem und Gewolltem, sondern zu großen Teilen auch aus tieferen Gründen, die der Autor selbst nicht kennt oder höchstens ahnt.

Ich würde raten, es etwa so anzusehen: der Autor des Josef Knecht war ein alternder, und bei Beendigung der Arbeit ein schon alter Mann. Je älter ein Autor wird, desto mehr hat er das Bedürfnis, genau und gewissenhaft zu sein, und nur von Gebieten zu sprechen, die er wirklich kennt. Die Frauen aber sind ein Stück Leben, das dem Alternden und Alten, auch wenn er sie früher reichlich gekannt hat, wieder ferngerückt und geheimnisvoll wird, worüber etwas Wirkliches zu wissen er sich nicht anmaßt und traut. Die Spiele der Männer dagegen, soweit sie geistiger Art sind, die kennt er durch und durch, dort ist er zu Hause.

Der Leser mit Phantasie wird sich in mein Kastalien hinein alle klugen und geistig überlegenen Frauen von Aspasia bis heute schaffen und vorstellen.

An den Vater eines Selbstmörders

10. Mai 1945

Sehr geehrter Herr

Sie haben das begreifliche Bedürfnis gehabt, Ihren väterlichen Schuld-Anteil am Schicksal Ihres Sohnes auf einen andern abzuwälzen, und haben das in einem weder artigen noch klugen Brief an mich getan.

Von ebenso gesinnten Lesern und Vätern hat einst Goethe, mit dem ich mich sonst nicht von ferne vergleichen darf, ganz ähnliche Briefe über seinen „Werther" bekommen. Es war eine problematische, etwas dekadente Jugend vorhanden, in welcher Selbstmorde vorkamen, und die Väter suchten nicht bei sich oder ihren Söhnen die Dekadenz, sondern in dem verfluchten „Werther", welcher Dinge auszusprechen gewagt hatte, die man nach ihrer Meinung totschweigen oder weglügen sollte.

Sie müssen die Verantwortung für meine Bücher, die unter Opfern entstanden sind von denen Sie nichts zu ahnen vermögen, mir selbst überlassen, ich bin bald siebzig Jahre alt und Ihrer Ratschläge und Vorschriften wirklich nicht bedürftig. Hätten Sie die Sorgfalt aufgebracht, den Steppenwolf wirklich zu lesen und zu verstehen, so hätten Sie gesehen, daß er nicht die Geschichte eines Unterganges ist, sondern die einer Krise und Heilung, und daß der Steppenwolf kein Dekadenter, sondern ein Lebensfähiger ist. Daß diese Heilung nicht Jedem glückt, ist kein Grund dafür, nach

Ihrem Rezept über die moralische und seelische Problematik unsrer Zeit zu schweigen und sich hinweg zu täuschen. Glauben Sie im Ernst, daß der Chirurg und nicht der Literat darüber zu befinden habe, welche Themata für die Literatur erlaubt und bekömmlich seien?

So wie Sie mit den Werkzeugen und mehr oder weniger vollkommenen Methoden Ihres Berufes die physischen Leiden erkennen, aufdecken und anpacken müssen, so muß die Literatur jeder Epoche, soweit sie nicht Syrup für Backfische ist, immer wieder den Mut haben, tiefliegende seelische Gefahren und Erkrankungen aufzuzeigen. Wer das tut, dem wird stets die Majorität der Bürger den Rücken zuwenden und unartige Briefe schreiben. So haben, genau nach Ihren Grundsätzen, auch die Nationalsozialisten fast die Hälfte meiner Bücher unterdrückt und verboten.

Sie haben mir Ihr vernichtendes Urteil über mein Buch mitzuteilen das Bedürfnis gehabt, und damit moralische Ratschläge für mich verbunden. Ich kann dem nur entgegensetzen: suchen Sie, verehrter Herr, die Schuld am Tode Ihres armen Sohnes nicht bei einem Buch, das er etwa gelesen hat, und das zehntausend andere ohne Schaden, sehr viele zu ihrem Nutzen gelesen haben, sondern fragen Sie sich, warum denn Ihr Sohn nicht zu seinem Vater kam, als er sich seiner Problematik nicht mehr gewachsen fühlte.

Es fiel mir schwer diesen Brief zu schreiben, da Sie in Trauer sind und Ihr Sohn meine Sympathie hat. Aber Ihr Brief forderte die Antwort, die ich ihm gebe.

Hochachtungsvoll

An Dr. Paula Philippson, Basel

Juli 1945

Liebe verehrte Frau Philippson

Noch schulde ich Ihnen Dank für Ihr freundliches Gedenken mit dem Gedicht von Beate Berwin, und nun kommen zum 2. Juli Ihre schönen Allschwiler Blumen, die seither die Bibliothek schmücken; nun möchte ich Ihnen dafür Dank sagen, daß Sie mir und unsrem Haus dies freundliche Gedenken bewahrt haben.

Deutschland macht uns jetzt viele Sorge, nicht nur private. Es wäre mir lieb, wenn Sie irgendwo das letzte Heft der Neuen Schweizer Rundschau * zu diesem Problem lesen würden. Jungs Bekenntnis, obwohl ich ihm in vielem gar nicht beistimme, ist doch von einem Ernst, wie nur wenige seiner kleinern Schriften. Mein Aufsatz in dem Heft ist zwar schon sehr alt, aber ich würde heut auch nicht viel anders schreiben. Keinesfalls würde ich öffentliche und kollektive Bußpredigten an Deutschland mit unterschreiben, dagegen privat sage ich es fast jedem Deutschen, der mich anspricht: eine wie schlechte, böse und im Grunde dumme Politik Deutschland seit 1870 gemacht hat, stets und immer, und wie eben doch alle daran mit schuld sind. Wer sich für Bismarck oder Wilhelm den Zweiten nicht mehr mitverantwortlich fühlt und sich ostentativ die Hände wäscht, der ist doch, in 99 von 100 Fällen, treulich und begeistert seinerzeit zur Urne gepilgert, um Hindenburg zu wählen. Irgend einmal muß eben doch das Volk anfangen, sich für sein Tun und sein Leiden selber verantwortlich zu fühlen. Aber das lernt sich schwer, und da viele andre Völker unendlich lang dazu gebraucht haben, wird es auch hier nicht rasch gehen. Inzwischen sind leider uns alten Leuten unsre Gärtchen verhagelt; auch ich rechne mit dem teilweisen Wiederaufbau dessen, was Deutschland *mir* zerstört hat, zu meinen Lebzeiten nicht mehr. Ein deutscher Literat ist in der von Amerika mit Rußland regierten und kontrollierten Welt bestenfalls eine lästige Figur.

Wir haben trotz allem schön Geburtstag gefeiert und eine Partie Boccia gespielt.

Seien Sie herzlich gegrüßt von Ihrem

* Heft 2, Juni 1945 enthielt H. H.'s Brief an einen jungen Deutschen (1919) und einen Aufsatz von C. G. Jung: Nach der Katastrophe.

An Dr. O. E., Stuttgart

Rigi, 10. August 1945

... Ihre Gedanken und Stimmungen beim Tode der Anna Schieber verstehe ich nicht nur, sondern finde sie, unter diesen Umständen und bei Ihrem Charakter, folgerichtig, ja selbstverständlich. Und wenn Sie wirklich einmal nicht mehr anders können und sich vom Leben befreien, so werde ich Ihnen das gewiß nicht übelnehmen. Dennoch hoffe ich, Sie tun es nicht, schon Ihrer Nächsten wegen, und vor allem, weil Leute wie Sie, die die deutsche Geschichte seit 1919 bewußt und wach miterlebt haben, selten und notwendig sind, jeder von ihnen ist unersetzlich. Was Ihnen fehlte, um der Verzweiflung Herr zu werden, war vor allem die Zugehörigkeit zu einer politischen Widerstandsgruppe. Die süddeutsche demokratische Denkweise der Zeit vor Hitler war sympathisch, aber doch veraltet. Ich lege Ihnen den gedruckten Brief von R. bei, ein mir befreundeter Schweizer Sozialistenführer brachte ihn soeben in seinem Blatt. Dieser Brief, den ich Sie zu lesen und an andere weiterzuleiten bitte, war mir höchst wertvoll, nicht wegen der Details aus dem deutschen Elend, sondern wegen seiner absolut tapfern, positiven, dem Dienst an der nächsten Zukunft zugewandten Gesinnung.

Wegen des Aufsatzes von J. habe ich an Marianne W. geschrieben, ich hoffe, sie erhalte es und teile es Ihnen mit. Da Sie jedem Nationalismus abgeschworen haben, caro amico, sollten Sie auf die väterlichen, predigenden, von Weisheit triefenden Predigten der tugendhaften Völker nicht national reagieren, das heißt diese Predigten überhaupt nicht auf sich beziehen. Wie groß der Teil Eures Volkes sei, die gegen diese Predigten recht haben, wissen wir ja nicht, aber ich fürchte doch, es sei allermindestens die Hälfte, die die Augen zugemacht und alles gebilligt hat und jetzt von nichts wissen und an nichts mitschuldig sein will. Auch für mich sieht das „deutsche Volk“ so aus, aber dazu gehören Sie ja so wenig wie ich! Genug davon.

An Frau Lise Isenberg, Korntal bei Stuttgart

4. Oktober 1945

Liebe Lise

Für Deine Briefe danke ich Dir sehr. Ich dachte und denke an Carlo unendlich oft, manchmal mit Sorge um ihn, manchmal auch denke ich ihn mir irgendwo im Osten unter Russen, musizierend oder auch bloß durch die Lippen pfeifend, mit einem Lächeln auf dem Gesicht, im Begriff ins Asiatische überzugehen.

... Du hast es schwer, und hast viel Arges durchmachen müssen. Und wir andern, wir vom Krieg äußerlich Verschonten, haben seit 1933 und 1939 so viel erfahren, so viel schlukken müssen, die Welt so zum Speien verändert gesehen, daß wir uns instinktiv gegen jedes Mehr an Leid, gegen jede neue uns zukommende Einzelheit an Erlittenem sträuben. Dennoch schwingt das Herz mit, und hat dabei oft den glühenden Wunsch, darüber vollends zu brechen und dies dumme Affentheater zu verlassen, das uns so fratzig und satanisch anglotzt, und uns doch lange Zeit so viel Spaß gemacht hat. Ich rette mich je und je auch in die Vision der alten Völker, namentlich Indiens: da gibt es die vier Weltzeitalter, mit dem goldenen beginnend, und von einem zum andern heruntersinkend und verludernd, bis es unerträglich wird und der große Shiva zum Tanz antritt, und im göttlichen Tanz den ganzen Weltdreck zunichte trampelt. Dann kann die Schöpfung wieder neu, schön und unschuldig beginnen. Manchmal scheint es mir, wir seien so gegen das Ende des vierten Zeitalters geraten und Shiva trete diesmal als Atombombe auf...

Liebe Lise, wir müssen uns dran halten, daß die Noten und Bücher verloren, daß aber die Tonleiter und die Tonarten, daß das Alphabet unzerstört vorhanden ist, und daß wir daraus fast alles wieder machen können. Aber freilich, „von dieser Welt" ist unser Reich nicht mehr.

Viele herzliche Grüße von uns beiden!

An Landesbischof Th. Wurm, Stuttgart

3. November 1945

... Als ich in den Jahren nach dem ersten Krieg sah, wie ganz Deutschland nahezu einmütig seine Republik sabotierte und nicht das mindeste gelernt hatte, wurde es mir leicht, die Schweizer Staatsangehörigkeit anzunehmen, was ich während des Krieges, trotz meiner Verurteilung der deutschen Machtpolitik, nicht hatte tun können. In einem meiner Bücher habe ich damals den kommenden zweiten Krieg mahnend und angstvoll an die Wand gemalt, wurde aber nur freundlich ausgelacht.

Da sagte ich mich für immer vom politischen Deutschland los. Heute bekomme ich viele Briefe von Deutschen, die Anno 18 jung waren und mir schrieben, es klinge ihnen noch der Ton meiner Aufsätze aus jener Zeit in den Ohren, und sie wollten, sie und alle hätten jene Mahnungen ernster genommen.

Nun, ich hatte es leichter als andere, kein Nationalist zu sein. Unsre Familie war sehr international, was ja auch zur Heidenmission paßte, und ich hatte schon früh außer dem Geist Luthers und Bengels auch den indischen verspürt. Leute wie mein Großvater und mein Vater hätten eigentlich schon keine Nationalisten mehr sein dürfen, doch brauchte es eben noch eine Generation, um das zu klären. Dafür stehen wir jetzt vor den neuen, erschreckenden Nöten und Aufgaben! Darin bin ich mit Ihnen einig, daß man da mit dem Straf- und Vergeltungsmaßstab nicht weiterkommt, und das Loskommen davon grade von denen geleistet werden muß, die jetzt am schwersten leiden. Ich bin oft froh, daß ich alt und schon recht wacklig bin. Aber in manchen Briefen von deutschen Freunden und Lesern, namentlich aus den Gefangenenlagern von England, Amerika, Italien, Frankreich, Ägypten etc. spüre ich doch so viel Besonnenheit und guten Willen, so viel Geklärtheit durch schwerstes Leiden, daß ich die Hoffnung nicht lassen kann.

Herzlich denkt Ihrer und grüßt Sie

An den „Südkurier", Konstanz

5. November 1945

... Ihrer Einladung, die Gedanken im Rigi-Tagebuch nochmals zu formulieren und sie Ihren komplizierten Verhältnissen anzupassen, kann ich nicht folgen. Solche Arbeit ist Aufgabe des Journalisten. Aufgabe des Dichters ist, das Seine so genau und verantwortlich wie nur möglich zu sagen, und davon keinen kleinsten Schritt abzugehn. Beide Aufgaben, die Ihre der Anpassung und die meine der Ablehnung jeder Anpassung, sind notwendig, ich will keiner den Vorrang geben, aber ich muß zu der meinen stehen.

Ich erlebe es heute immer und immer wieder, daß mir deutsche Leser (darunter alte und kluge Leute wie zum Beispiel der Landesbischof Wurm) schreiben: sie hätten jetzt erst meine Aufsätze aus der Zeit von 1914 bis 1919 recht verstanden, und sie gäben viel dafür, wenn sie sie damals schon verstanden und befolgt hätten. Und so wird es jetzt auch wieder sein. Ich habe seinerzeit aus meinem politischen Erwachen während des ersten Krieges alle Konsequenzen gezogen, auch die der völligen Trennung vom politischen Deutschland, des Austrittes aus der Akademie, der Schweizer Einbürgerung etc. und es wäre mir auch beim besten Willen völlig unmöglich, mich in die heutige deutsche Mentalität wirklich nochmals einzufühlen. Während Deutschland damals seine junge Republik irrsinnig sabotierte, Hitler in seiner Festungshaft verhätschelte und einmütig den alten Hindenburg wählte, gehörte ich diesem Volk im politischen Sinn schon nicht mehr an ...

An Thomas Mann, Pacific Palisades, California

Baden bei Zürich, 15. Dezember 1945

Lieber Herr Thomas Mann,

Am Ende einer Badener Kur, wenige Tage vor der Heimkehr, bekam ich Ihren Brief, in dem Sie zu der kleinen Affäre mit dem Captain Habe-Bekessy Stellung nehmen, und der mir schon durch seine gute Laune und die liebenswerten Capricen seines Tonfalls wohlgetan und Spaß und Freude gemacht hat. Es geht in der Welt so undifferenziert, so brutal simpel und nackt her, daß ein wirklicher Brief, von einem wirklichen Menschen in einer wirklichen Sprache geschrieben, eine Seltenheit und Kostbarkeit ist. Und lieb war es mir auch zu erfahren, daß mein Buch, die Traumfährte, Sie richtig erreicht hat, auch das ist ein Glücksfall.

Zu dem unartigen Brief jenes Presse-Offiziers bestand meine Stellungnahme in Schweigen, nur kam leider durch eine Indiskretion die Sache in die Schweizer Presse und ich hatte Mühe, die redlichen Bemühungen der Presse, die Amerikaner aufzuklären und mich reinzuwaschen, wieder abzublasen, denn natürlich war es keineswegs mein Wunsch, mich vor Pseudoautoritäten zu rechtfertigen und um Rehabilitierung zu bitten. Nun, das ist vorüber.

An den deutschen Reaktionen auf Ihren Brief an Molo hatte ich auch ein wenig Teil, einige Redaktionen und manche Private teilten mir mit, sie wüßten nun, woran sie mit diesem Th. Mann und mir seien, und wenn es eine kleine Weile so ausgesehen hatte, als riefe man uns allzu rasch und happig wieder als Brüder und Kollegen an, so hat sich das aufs Beste korrigiert, was mir sehr sympathisch ist. Eine Ausnahme machte die Stadt Konstanz. Dort wurde vor bald 20 Jahren, zu meinem 50. Geburtstag, ein Sträßchen nach mir benannt, das Schild wurde aber nach einigen Jahren eilig wieder abgenommen und der Name durch einen andern ersetzt, und jetzt hat der Stadtrat im Verlauf einer wohlfeilen Säuberungsaktion sich wieder gewesener Zeiten erinnert, und den alten Straßenschild wieder aufgehängt. Man könnte darüber lachen, was für Sorgen die Leute zu haben scheinen, aber leider kommt es zum Lachen doch nicht, denn hinter allen diesen Dummheiten und Verlegenheiten steht eine so ungeheure, animalische, elementare Not, ein so gehäuftes Elend, daß jeder, der in Deutschland noch Verwandte und Freunde hat, zuweilen nachts am Alpdruck aufwacht.

Politisch hat dort niemand etwas gelernt, doch ist eine sehr kleine, durch Hitler und Himmler auf ein Minimum reduzierte Schicht vorhanden, die genau Bescheid weiß, und zu der ich manche Beziehungen habe. Doch reicht diese Schicht Humus längst nicht aus als Boden für eine neue Republik. Vorerst muß man damit zufrieden sein, daß wenigstens keine Machtmittel mehr vorhanden sind, die mißbraucht werden können.

Hier in Helvetien haben wir ja eine wundervolle, eine vorbildliche Verfassung. Würden ihre Möglichkeiten ausgenützt, so wäre das Leben hier nicht so grämlich und ängstlich wie es ist. Aber wenigstens hat je und je ein Winkelried die Courage, einen gestohlen habenden hohen Militär einen Dieb zu heißen, und zuweilen hat das sogar lästige Folgen für den Offizier. Dessen freut sich das Volk, und blickt im übrigen mit ängstlicher Hoffnung auf das mächtige Amerika, von dem man sich zwar unverstanden fühlt, das aber doch hübsch fern liegt und darum weniger Furcht erweckt als das ganz nahe gerückte Rußland.

Leben Sie wohl, und eilen Sie nicht mit dem Europabesuch. Seien Sie mit Ihrer Frau herzlich gegrüßt von uns beiden (meine Frau ist in Zürich, besucht mich des öftern und war entzückt von Ihrem Brief). Ihr

An Dr. O. E., Stuttgart

22. Januar 1946

Lieber Dr. E.

Ich nehme an, daß inzwischen meine Grüße und Antworten an Sie angelangt sind, und Sie wenigstens einigermaßen befriedigt haben. Inzwischen habe ich Ihre Briefe, Ihren Vortrag und jenen Zeitungsbrief mit der Absage an die vita contemplativa vollends verdaut, den Vortrag sogar sehr genau zu mir genommen, da ich ihn für jemand abgeschrieben habe. Einiges stimmt da freilich nicht. Zum Beispiel rühmen Sie dem Gott der Kirche nach, daß er dem Menschen eine klare, in der Praxis bewährbare Moral gebe. Die deutschen Pfarrer, die sich samt ihrem Gott zu Haufen Hitler an den Hals geworfen haben, zeigen das Gegenteil, und ebenso die italienischen Erzbischöfe, die Mussolinis Kriegsschiffe und Flugzeuge geweiht und gesegnet haben. Sie zeigen vielmehr: der Kirchengott und die Kirche schützen den Menschen, bis hinauf zu den höchsten Beamten der Kirche, vor den gröbsten moralischen Entgleisungen keineswegs.

Und das mit der Betrachtung, dem Denken, der Einkehr, dem im Moment des Handelnmüssens plötzlich unbrauchbar gewordenen Gott etc., das ist alles ein bißchen überspitzt und hastig gesagt. Daß der Mensch nicht zugleich handeln und meditieren könne, ist richtig und brauchte nicht mehr eigens gesagt zu werden, so wie noch nie ein Mediziner es nötig fand, eigens festzustellen, daß der Mensch nicht zugleich aus- und einatmen könne. Sondern eben eins nach dem andern, im Rhythmus, in der Polarität, die das Leben sind. Wir haben ja eigentlich in den letzten Jahrzehnten gesehen, wohin die Verachtung des Betrachtens zu Gunsten des strammen Handelns führt: zur Anbetung der leeren Dynamik, womöglich noch zum Lobpreis des gefährlichen Lebens, kurz zu Adolf und Benito. Dieses Lied, auch wenn es von schöner Stimme und gemäßigt gesungen wird, sagt mir gar nichts. Und wie eigentümlich ist das: Grade in dem Augenblick, wo

Sie sehen, daß Handeln das einzig Notwendige ist, wo Sie brennen vor Eifer, mitzuhelfen, mitzubauen – da haben Sie das Bedürfnis, sich diese aktive Einstellung in einer wohlüberlegten und gut stilisierten Betrachtung klarzumachen! Es scheint also doch so, daß Handeln das Einatmen, Betrachten das Ausatmen sei, und daß der Mensch, der nicht beides hat, eben kein voller Mensch sei. Und: während Sie den Betrachtenden als für den Moment Entbehrlichen, das Entscheiden und Handeln als das im Moment einzig Lebenswichtige erkennen und erweisen, schreiben Sie mir, dem Betrachtenden und nicht Handelnden, leidenschaftliche Briefe, um mir vor Augen zu führen, daß das von mir Betrachtete und Geschriebene heute ganz unentbehrlich sei, und daß es sehr pressiere mit dem Abdrucken etc.

Ich möchte Ihnen damit bloß für einen Augenblick einen Spiegel vorhalten. Denn so sehr Sie mit vielem natürlich recht haben – es darf nicht dahin kommen, daß Sie in den Schweizern Leckerlifresser und in den Dichtern Leute sehen, die es sich halt leisten können, eine vita contemplativa zu führen. So, und damit genug; schließen Sie aus diesen Worten nicht, daß ich den Magister spielen wolle, sondern eher, wie ernst ich Ihre Sachen gelesen und bedacht habe. Sie haben das Recht des Aufgewühlten und Leidenden, der umgeben ist von lauter schreienden Appellen ans Zugreifen und Helfen, und ich habe das Recht des Alten, dessen Gehirn nicht mehr so richtig durchblutet wird und dem allmählich die ars moriendi wichtiger wird als die ars vivendi.

Die Gegend liegt in tiefem Schnee, zwei Tage konnte die Post nicht zu uns gelangen, sonst wäre ich auch nicht zu der Abschrift und zu diesem Gruß gekommen.

An Wilhelm Schussen, Tübingen

1. März 1946

Lieber Herr Schussen

Haben Sie Dank für Ihren lieben Brief vom 14. Febr. und den lieben Schäufele! Ich warte schon lang auf die Möglichkeit, Bücher in Ihr Land zu senden; sobald sie da ist, bekommen Sie etwas.

Über Ihren Brief war ich gerührt, aber auch tief erschrokken. Ihr habt also von allem und allem nichts gewußt! Nicht, daß Hitler durch seinen Münchner Putsch in seiner Gefährlichkeit bloßgestellt war, nicht, daß er von Euren „republikanischen“ Behörden statt bestraft, verhätschelt wurde, etc. etc., bis zum scheußlichen Bockenheimer Dokument, das noch lang vor Hitlers Machtergreifung in allen deutschen Zeitungen stand, und das jedem nicht völlig Blindseinwollenden vollends die Augen öffnen mußte. Und dann, von 1935 an, konnte man in Eurem Land an keinem Kurort vorbeifahren, ohne große Tafeln zu lesen „Juden unerwünscht“, von dem überall angebrachten „Juda verrecke“ zu schweigen, aus dem jeder nicht Blinde die nahenden Pogrome deutlich ablesen konnte. Nein, für mich war Hitler schon manche Jahre vor seiner Machtergreifung kein Rätsel mehr, und leider auch das deutsche Volk nicht mehr, das den Satan dann wählte und anbetete, und ihm jeden Kredit zu jeder Scheußlichkeit gab. Ich bin froh, daß ich schon während des ersten Krieges von Deutschland und seiner verfluchten Kanonenpolitik mich losgemacht und losgesagt habe. Das Leben als Vaterlandsloser ist auch kein Schleck, aber mir war es unendlich viel lieber als das Mitverantwortlichsein für die deutsche Blindheit, Wurstigkeit und Roheit in allem Politischen. Daß auch ein Mann wie Sie blind und ahnungslos bleiben konnte, ist von hier draußen einfach unfaßlich. Daß Leute wie Korfiz Holm von all dem nichts wußten und wissen wollten, wundert mich gar nicht. Die Mehrzahl meiner Freunde in Deutschland wußte Bescheid, und manche sind gleich 1933 emigriert, andre in den Folterkammern der Gestapo verschwunden, so wie die Angehörigen und Freunde meiner Frau fast ohne Ausnahme in Himmlers Gasöfen in Auschwitz etc. verschwanden. Und Ihr habet von alledem nichts gewußt! Man glaubt es Euch natürlich nicht, denn in diese Kunst des Nichtwissens und Unschuldigseins, während man gleichzeitig bis an die Knie im Blut watet, kann kein andres Volk sich je hineindenken.

Nun, genug davon, es nützt ja nichts. An meinen Sympathien zu den Freunden drüben haben die Ereignisse wenig geändert, die Welt besteht ja nicht bloß aus Politik. Für uns draußen war eigentlich die schlimmste Zeit die etwa zwischen 1935 und 39, als die Scheußlichkeit immer wuchs und wuchs und man noch nirgends ein Zeichen dafür sah, daß die Welt sich empören, und ihr den Krieg erklären werde. Der Kriegsbeginn war für uns, trotz allem, ein Aufatmen. Endlich geschah etwas! Und unsre Wünsche und Gebete galten dem Untergang Hitlers und seiner Heere, obwohl in ihnen zahllose mir verwandte oder befreundete Leute standen.

Heute erwarten wir den Besuch vom Landesbischof Wurm, der zur Zeit in der Schweiz ist. Mein treuer Berliner Verleger ist am Leben, er war lang Gefangener der Gestapo, aber meine Briefe erreichen ihn nicht; ich habe längst darauf verzichtet, den Wiederaufbau meines Werkes noch zu erleben. Es geht auch ohne mich, man ist der Welt müde und hängt nicht mehr an ihr. Seien Sie herzlich gegrüßt von Ihrem

An einen Kriegsgefangenen in Frankreich

11. März 1946

Die Diskussion über die deutsche Schuld etc. wird mir jeden Tag etwa ein bis zwei dutzendmal in allen Fassungen brieflich ins Haus getragen. Auf Ihre Fragen kann ich antworten: ich bin während des Krieges von 1914 zur Erkenntnis der Weltwirklichkeit erweckt worden, habe dem Krieg und der deutschen Gewaltpolitik abgeschworen und alle pa-

..otischen Phrasen und Sentimentalitäten von mir getan, und habe bald nach dem Krieg meine deutsche Staatsangehörigkeit und die einzige offizielle Ehrung und Bindung, die Mitgliedschaft der Akademie, abgelegt.

Wir sehen häufig Deutsche, erst letzte Woche war der Bischof Wurm einen halben Tag bei mir, und Briefe kommen zu Hunderten, von denselben Leuten zum Teil, die unter Hitler jahrelang sich nicht mehr getraut hatten, an einen wie mich, der unten durch war, zu schreiben. Die Leute haben lauter Fragen und Sorgen, die wir vor Jahren beantwortet haben.

Nehmen Sie mir's nicht übel: ich ertrage die Klagen, die Gereiztheit und oft bösen Drohungen in den Briefen der Gefangenen schlecht. Sie klagen über lauter Dinge, von denen sie vorher das Hundertfache andern angetan haben, und sie singen Loblieder auf den deutschen Charakter und den herrlichen deutschen Soldaten im Haus eines Mannes, dessen Werk und Leben Deutschland zerstört, dessen Frau ihre Liebsten in deutschen Gaslagern verloren hat. Das hören wir nicht gern, wir haben jahrelang diesen herrlichen deutschen Soldaten die Niederlage gewünscht. Und wir halten es für unrichtig und für einen deutschen Fehler, im Haus des Gehängten so laut vom Strick zu reden und im Ertragen von Leiden, die andre von Euch viele Jahre lang vervielfacht ertragen mußten, so ungeduldig zu sein. Ich bekomme Briefe nicht nur von Ihnen, sondern von Hunderten von deutschen Kriegsgefangenen, von Deutschen im jetzigen Deutschland, und in fast allen vermisse ich jene herrlichen Eigenschaften, die Sie dem deutschen Soldaten zuschreiben, sie sind voll von Klagen, Bitten, Anliegen, und dabei von Andeutungen, wie wertvoll man selber und wie gering die andern seien, und an Drohungen mit Revanche fehlt es auch nicht. Für mich bedeutet das: Keiner hat etwas gelernt, jeder macht und denkt da weiter, wo der Krieg begonnen hat, jeder erwartet Mitleid, Hilfe, Verständnis, und keiner läßt merken, daß er sich am Ganzen mitschuldig weiß, nicht nur an Hitler, sondern noch an vielem andern.

Darum bitte ich Sie, mir lieber Ihre Mitteilungen und Anliegen ganz sachlich mitzuteilen und die Konversation über aktuelle Themata wegzulassen, wir haben für sie keine Zeit und Geduld, wir sind überlastet ...

Ihre Aufträge sind stets, und zwar alle in mehrfacher Ausführung und auf verschiedenen Wegen, weitergeleitet worden, aber eine normale und zuverlässige Verbindung mit Deutschland haben wir eben nicht.

An Herrn S. P., Innsbruck

6. April 1946

... Ihre Auffassung, daß Völker für das, was sie tun, nicht verantwortlich seien, wird von der demokratisch lebenden Welt nicht geteilt, auch von mir nicht. Deutschland hat nach dem ersten Krieg viel verloren, und nur ein einziges wertvolles Geschenk erhalten: die Republik. Sie wurde von neunzig Prozent des Volkes einmütig sabotiert. Jener Hitler, von dem Sie meinen, er sei erst von 1933 an machtlüstern und gefährlich geworden, war jedem, der sehen wollte, schon Anno 1923 vollkommen deutlich erkennbar, und als er nach seinem gemeinen Münchener Putsch nicht füsiliert oder streng eingesperrt, sondern in Festungshaft verpäppelt und verwöhnt wurde, wußte jeder in der Welt, der sehen wollte, was aus Deutschland werden würde. Ich bin damals aus der deutschen Staatszugehörigkeit ausgetreten und Schweizer geworden, und habe damals den „Steppenwolf" geschrieben, in dem der nahende Krieg drohend an die Wand gemalt wird ...

... Die Deutschen sind im Ertragen nie groß gewesen. Aber es bleibt nichts erspart: Ihr müsset die Folgen davon, daß Ihr die Welt als Räuber überfallen und mit satanischen Mitteln zur Hölle gemacht habet, in Gottes Namen tragen. Natürlich wäre es besser und schöner, wenn die Sieger großzügiger und frömmer wären. Aber *Ihr* seid es, die ihnen diesen scheußlichen Krieg aufgezwungen und sie zum Teil verdorben habet. Dagegen kämpft man nicht mit ein paar moralischen Ermahnungen an. Was ich übrigens in der Radio-Neujahrsrede und anderwärts längst versucht habe. Mehr liegt nicht in meiner Macht.

An Dr. Paula Philippson, Basel

Mai/Juni 1946

Liebe verehrte Frau Philippson

Danke für Ihren guten Brief! Ich kann mir zwar Ihre freundlichen Ausblicke in die Zukunft und auf die Wirkung, die das „Glasperlenspiel" auf die deutsche Denkweise üben wird, nicht zu eigen machen, ich bin müde, enttäuscht und skeptisch, und glaube vorläufig noch nicht einmal an das wirkliche Erscheinen irgend eines Buches von mir dort drüben; aber dennoch hat Ihr lieber Brief mir Freude gemacht. Praktisch steht es so, daß Suhrkamp schon seit mehr als einem halben Jahr die Lizenz hat und das „Glasperlenspiel" ankündigt; aber selbst wenn der Druck heut oder morgen wirklich durchgeführt werden könnte, so reicht das Papier, auf das Suhrkamp hoffen kann, höchstens für eintausend Exemplare.

Mit meinem „Brief nach Deutschland" bin ich gar nicht mehr zufrieden; dabei habe ich ihn in einigen hundert Abzügen, die noch nicht fertig sind, extra zum Versand in Briefen nach Deutschland nochmals drucken lassen. Aber es ist so: das deutsche Volk als Ganzes hat für das, was es der Welt und sich selber angetan hat, keine Spur von Verantwortungsgefühl. Es gibt Stimmen wie die rührende der Frau S., die ich lesen durfte. Aber sie sind unendlich selten, und grade diesen wenigen, die ein Erinnertwerden an die Wirklichkeit ja gar nicht nötig haben, tut man mit seinen plumpen Versuchen nur weh, ich habe das nun oft erfahren, und möchte am liebsten überhaupt schweigen. Aber wenn jeden Tag ein Stoß Briefe kommt, kann man nicht völlig inaktiv bleiben.

Ach, es ist alles falsch, was man in solcher Lage tut. Wenn man wenigstens praktisch helfen könnte! Solang ich Pakete nach Deutschland beordert habe, hatte ich nicht das Gefühl, etwas Unnützes zu tun, aber mit drei Ausnahmen ist uns von allen den vielen kein einziges bestätigt worden!

Und doch meint man immer wieder, es müsse sich mit der Zeit doch auch in Deutschland herumsprechen, daß ein Volk nicht bloß Objekt und gelenkte oder mißbrauchte Masse zu sein braucht, sondern Subjekt und mündig und für das, was es tut, der Verantwortung fähig sein könnte.

Wir hatten eine Reihe von Tagen, die ein beinah ununterbrochenes Gewitter waren, und seither hat es fast ohne Pause geregnet, und überall steht das Wasser in Seen, und es ist kalt geworden. Aber aus dem Schlößchen Muzot im Wallis kam vorgestern ein Strauß Rosen aus Rilkes Garten, gesandt von Regine Ullmann, die zur Zeit dort ist. Und aus meinem Geburtsstädtchen Calw wurde ich von der französischen Behörde eingeladen, zu einer beabsichtigten Hesse-Feier zu kommen. Da mußte ich lachen, und es fiel mir ein: einst, noch im Anfang des ersten Krieges, wurde im Calwer Gemeinderat der Vorschlag laut, eine Straße nach mir zu nennen, aber es waren kluge Leute da, die damals schon witterten, daß ich bald kein Schmuckstück mehr, sondern ein Schandfleck sein könnte, wie es ja auch eintraf, und man verzichtete auf das Projekt...

An Herrn L. E., Wietze

25. Juni 1946

... Aus Ihrem Brief sehe ich nur, daß Sie aus den Gedanken meiner Bücher sich nichts zu eigen gemacht haben. Statt nach der eigenen Schuld zu fragen und den eigenen inneren Möglichkeiten zu Einkehr und Umkehr, urteilen Sie richterlich über die andern Völker. Es geht auf diesem Weg nicht vorwärts. Sie sagen auch, Sie haben den Krieg verloren, weil

Ihre Rüstung die schwächere gewesen sei. Das ist eine der deutschen Lügen, die noch heute gedeihen. Ihr habet den Krieg, diesen von Euch satanisch und wahnsinnig heraufbeschworenen Überfalls-Krieg auf Eure Nachbarländer, nicht deswegen verloren; als er begann, war weder England noch Frankreich noch Rußland ernstlich für einen Krieg gerüstet, sondern Ihr habt ihn verloren, weil die deutsche Eroberungs- und Mordlust wieder einmal für die ganze Welt unerträglich geworden war. Und wenn man die ganze Welt gegen sich hat, verliert man eben. Und wenn man verloren hat, sucht man, statt etwas draus zu lernen, nun an den andern herum zu nörgeln. Damit müssen Sie sich an die Sieger wenden, nicht an mich...

... Es ist mein erster und letzter Brief an Sie. Sie werden nichts daraus lernen, da Sie nicht wollen, aber ich war doch leider verpflichtet, ihn zu schreiben.

An einen Korrektor

Oktober 1946

Sehr geehrter, lieber Herr Korrektor

Da wir beide immer wieder aufeinander angewiesen sein und gemeinsame Arbeit zu leisten haben werden, kann es vielleicht nichts schaden, wenn ich einmal für eine Stunde von den beständigen kleinen Korrekturen, Zurechtweisungen und Erziehungsversuchen, die wir beide einer am andern zu üben gewohnt sind, absehe, und Ihnen etwas Prinzipielles über Ihre und meine Arbeit, das heißt über meine Vorstellung vom Sinn dieser Arbeit, von ihrer Funktion im Ganzen des Volkes, der Sprache, der Kultur zu sagen versuche. Sie wissen, daß es gut und freundlich gemeint ist, und werden mir dies auch dort, wo Sie meine Auffassung keineswegs teilen, zugestehen. Und ich meinerseits setze bei Ihnen, gewiß mit Recht, ein Interesse für diese Gedanken, eine Teilnahme an unsrer gemeinsamen Arbeit, einen Eifer für Ihren Beruf und dessen Bedeutung voraus, denn wer von uns vermöchte seinen Beruf weiter auszuüben, wer ihm treu zu bleiben, ihm Opfer zu bringen und dafür wieder Freude an ihm zu erleben, wenn er nicht immer wieder Lust hätte, dem Sinn dieses Berufes näher zu kommen und seine Entartung in ein starres System von mechanischen Handgriffen zu verhindern. In der Epoche der Technik, der allgemeinen Überschätzung des Geldes und der Arbeitszeit, ist ja jeder Beruf und jeder arbeitende Mensch, auch der gutgewillte, stets von neuem der Gefahr ausgesetzt, lebloser Maschinenteil zu werden und seine Arbeit aus einer persönlichen und verantwortlichen zu einer schematisierten und fabrikmäßigen werden zu lassen. Gerade aus dem Widerstand, den Sie zuweilen meinen Absichten und Auffassungen entgegensetzen, kann ich erkennen, wie ernst Sie Ihren Beruf nehmen. Wäre ich nicht davon überzeugt, so würde ich mir ja gewiß auch nicht die Mühe dieser Erklärung machen, welche – ich merke es schon bei diesen einleitenden Sätzen – durchaus nicht so leicht abzufassen ist, wie ich das mir vorher dachte, sondern im Fortschreiten ihres Werdegangs beständig schwieriger und heikler zu werden scheint.

Die gemeinsame Arbeit zwischen Autor und Korrektor beginnt ja erst dann, wenn der Autor seine größte und eigentliche Arbeit, das Schreiben seines Buches, längst getan hat. Eben darum neigt gelegentlich der Korrektor dazu, die ganze noch übrige Aufgabe, nämlich aus dem geschriebenen Manuskript ein gedrucktes Buch zu machen, einzig für seine eigene Aufgabe zu halten, von welcher der Autor möglichst ausgeschlossen werden müsse. Er, der Autor, hat das Seine getan, er hat sein Essay, seine Erzählung, seinen Roman geschrieben, der Verleger hat seine Arbeit übernommen, und Sache des Setzers und des Korrektors ist es nun, aus dem geschriebenen Text einen gedruckten zu machen. Es scheint ganz einfach zu sein. Der Autor hat seine Arbeit geleistet, man hat sie ihm abgenommen, mag er sich nun Ruhe gönnen, bis ein neues Manuskript seine Kräfte fordert! Warum soll er sich nun auch noch um den weiteren Prozeß der Buchwerdung kümmern, sich in Arbeiten mischen, die den Fachleuten zustehen? Das mag in manchen Fällen ja notwendig sein und als Ausnahme zugestanden werden, namentlich wenn der Autor noch jung und unerfahren ist und erst beim Anblick der vom Setzer überreichten Korrekturabzüge an manche Verbesserungen seines Textes zu denken beginnt, die ein Mann mit Erfahrung eben schon vor der Ablieferung des Manuskriptes in Ordnung bringt.

Völlig unnötig aber, so scheint es vielen und scheint es auch Ihnen, geschätzter Mitarbeiter, ist eine Einmischung des Verfassers in die Arbeit des Korrektors, sobald es sich gar nicht um das Drucken des Manuskriptes, sondern um den Neudruck eines älteren, schon seit Jahr und Tag gedruckt vorliegenden Buches handelt. Und gerade diese Art von Arbeit ist es nun, die wir beide des öfteren zu leisten haben, denn ich bin ein alter Mann, und es kommt selten mehr vor, daß Neues von mir zu drucken ist, während wir immer wieder vor der Aufgabe stehen, irgend eines von meinen früheren Büchern, die infolge der Hitlerschen Verbote sowie der amerikanischen Bomben seit Jahren nicht mehr vorrätig sind, neu zu drucken. Sofern ich, der Autor, nicht eine Neubearbeitung dieser Texte unternehmen, sondern sie einfach in der frühern Gestalt neu gedruckt sehen will, sollte das doch wirklich ohne mich geschehen können und lediglich eine ziemlich mechanische Arbeit des Setzers und des Korrektors sein.

Ja, so sollte man denken. Und doch ist es nicht so. Wenn ich darauf verzichte, die Korrektur selbst mitzulesen und jeden Buchstaben des Textes genau zu prüfen, dann entsteht unter des Setzers und Ihren Händen ein Text, der zwar bei ganz oberflächlicher Prüfung der alte zu sein scheint, in Wirklichkeit aber vom Urtext in Dutzenden, nein in Hunderten von Kleinigkeiten abweicht.

Wenn in meinem Text etwa steht „Er öffnete die Türe weit . . .“, dann haben Sie zwar nicht ganze Worte weggelassen oder hinzugefügt, aber Sie haben zum Beispiel aus der

„Türe“ eine „Tür“ gemacht. Und damit haben wir schon einen der häufigsten Fälle jener Veränderungen genannt, die mein Text unter Ihrer und des Setzers Hand erleidet, eine jener hundert Stellen, die Sie verbessert zu haben glauben, während ich der Meinung bin, sie sei nicht verbessert, sondern verdorben worden. Es geht immer nur um scheinbar Winziges, um einen oder zwei Buchstaben, um eine „Tür“ statt der „Türe“, um ein „heute“ statt des von mir geschriebenen „heut“, um ein „im Laufe“ statt meines „im Lauf“, um ein „andrer“ statt meines „anderer“. Ich schrieb „Miethaus“, und Sie machen „Mietshaus“ daraus, ich schrieb „unsrem“, und Sie drucken „unserem“, und so fort, lauter winzige Kleinigkeiten, aber sie gehen in die Hunderte.

Wenn nun jemand Sie fragen würde, ob Sie wirklich und ernstlich daran glauben, der deutschen Sprache mächtiger und sicherer zu sein als Ihr Autor, so würden Sie ohne Zweifel diesen Gedanken weit von sich weisen. Sie würden sagen, eine solche Selbsteinschätzung liege Ihnen ebenso fern wie eine Geringschätzung des Dichters und seiner sprachlichen Potenz. Aber dichten sei dichten und drucken sei drucken, und es gebe nun einmal eine Norm und eine Konvenienz für Schreibweise und Interpunktion, und wenn der Dichter je nach seiner augenblicklichen Laune ein „e“ oder „s“ oder ein Komma setze oder weglasse, wenn er selber das einemal „heut“, das andremal aber „heute“, das einemal bei der gleichen Stelle in einem Satzbau ein Komma, das andremal einen Strichpunkt setze, dann sehe man ja, daß der Dichter selber seiner Zeichensetzung durchaus nicht so sicher sei, und es sei gut, wenn ein Korrektor darüber wache, daß diese äußerlichen Formen und Ausdrucksmittel einheitlich angewendet würden.

Und nun zitieren Sie, lieber Herr Korrektor, Ihren Hausheiligen und Ihr Gesetzbuch, den Duden.

Es kann nun sein, daß ich in mancher Einzelheit dem Duden Unrecht tue, das heißt daß ich bei ihm hier und dort eine Starrheit und Härte mehr vermute, als er wirklich enthält, ich kann das nicht kontrollieren, denn ich besitze keinen Duden und habe nie einen besessen. Nicht weil ich etwa eine Abneigung gegen Wörterbücher hätte, ich besitze ihrer manche, und eines von ihnen, das große Grimmsche Wörterbuch der deutschen Sprache, gehört zu meinen Lieblingsbüchern.

Ich bin auch nicht dagegen, daß es so etwas wie einen Duden gebe, eine Vorschrift für die Rechtschreibung und eine allgemeine Anweisung für den Gebrauch der Interpunktionen. In Zeitaltern, in denen alle schreiben und die meisten schlecht schreiben, sind solche Hilfsmittel durchaus notwendig und willkommen. Was ich gegen den Duden habe, ist nichts Prinzipielles; es ist gut und richtig, daß ein gewissenhafter Schullehrer seinem Volk bei Rechtschreibung und Interpunktion durch Ratschläge behilflich sei. Aber Duden, das wissen Sie ja, ist längst kein Ratgeber mehr, sondern ein unter einem scheußlichen Gewaltstaat allmächtig gewordener Gesetzgeber, eine Instanz, gegen die es keine Berufung gibt, ein Popanz und Gott der eisernen Regeln, der möglichst vollkommenen Normierung.

Vielleicht gibt auch Duden zu, daß man sowohl heut wie heute, sowohl Tür wie Türe, sowohl Miethaus wie Mietshaus sagen könne, ich weiß es nicht. Sie können es ja nachschlagen. Ich weiß nur, daß Ihre Setzer und Sie mir nicht erlauben wollen, von dieser herrlichen Möglichkeit Gebrauch zu machen und, je nach Bedarf, bald heut bald heute, bald hieher bald hierher, bald unsre bald unsere zu sagen. Dies ist es, wogegen ich mich wehre und wehren muß, denn es geht hier um Dinge, für welche es keinen Duden und keine staatliche oder berufliche Autorität gibt, und für die der Dichter und Schriftsteller allein die Verantwortung trägt.

Ob ich sage: „Schließ die Tür“ oder „Schließe die Türe“, das ändert am Sinn des Satzes nichts. Es ändert aber anderes. Es ändert – Sie brauchen den Satz nur laut zu sprechen – den Rhythmus und die Melodie des Satzes vollkommen. Die beiden weggelassenen Buchstaben machen aus ihm etwas ganz und gar anderes, nicht was den sachlichen Inhalt angeht, den der Satz ausdrückt, sondern in bezug auf seine Musik.

Und die Musik, und zwar ganz besonders die Musik der Prosa, ist eines der wenigen wahrhaft magischen, wahrhaft zauberischen Mittel, über welche auch heute noch die Dichtung verfügt. Diese winzigen Silben, hinzugefügt oder weggelassen, nötigenfalls unterstützt durch die Interpunktion, haben eine rein dichterische, vielmehr eine rein musikalische Funktion und Bedeutung. Sogar die Literaturwissenschaft hat das seit kurzem entdeckt und zum Gegenstand intensiver Forschung gemacht.

Und nun, wenn Sie mir bis hierher freundlich gefolgt sind, folgen Sie mir noch einen kleinen Schritt weiter. Stellen Sie sich bitte einen Augenblick lang vor, Sie wären Korrektor nicht in einer Druckerei für Literatur, sondern in einer Notendruckerei für musikalische Werke. Als Vorlage für den Druck hätten Sie irgend eine Partitur, einen Klavierauszug oder sonst ein Werk, sei es in der Handschrift des Komponisten, sei es in einem älteren Druck. Als Mitarbeiter hätten Sie den Notenstecher, und mit ihm gemeinsam hätten Sie als Wegweiser und Richtschnur einen musikalischen Duden, das Buch eines musikalischen Schullehrers also, das über die Gesetze und Mittel des musikalischen Ausdrucks, soweit er sich in Notenbildern wiedergeben läßt, Bescheid gibt, dessen Autor ein guter Kenner der musikalischen Sprache, jedoch kein Schöpfer und vielleicht auch kein wirklicher Freund und Versteher der musikalischen Meister ist. Sein Buch hätte die Aufgabe, Leuten als Berater zu dienen, welche Musik schreiben wollen, ohne die Gesetze, Gewohnheiten und Handwerksregeln dieser Tätigkeit ganz zu beherrschen. Das Fatale an diesem wohlgemeinten und sehr nützlichen Buche wäre nur, daß es in einem an Gehorsam gewöhnten Volk durch staatliche Autorität als unbedingt maßgebend eingeführt wäre.

Mit Ihrem nach seinem Musik-Duden gedrillten Notenstecher würden Sie nun also den Druck eines Notenwerkes beginnen. Sie würden verfahren, wie Sie beim Korrigieren einer Roman-Korrektur zu verfahren gelernt haben. Sie würden also im großen ganzen auf treue Wiedergabe der Vorlage, zugleich aber doch auch auf eine gewisse Beaufsichtigung und Normierung der Notenschrift bedacht sein. Sie würden sich zum Beispiel niemals erlauben, einen ganzen Takt wegzulassen, wohl aber da und dort eine Viertel- oder Achtel- oder Sechzehntelnote, oder Sie würden wenigstens da und dort, wo der Komponist Ihnen zu willkürlich vom Schema abzuweichen scheint, aus zwei Achteln ein Viertel machen, ein passend scheinendes Accelerando-Zeichen einfügen, ein unpassend scheinendes weglassen. Es wären lauter winzig kleine, von Duden erlaubte, ja gebotene Eingriffe, aber sie würden das Musikstück ganz erheblich vergewaltigen. Und in zehn oder zwanzig Jahren würde ein anderer Notendrucker dieses Stück nach Ihrer Version wieder neu abdrucken, vom Setzer wieder mit neuen, winzigen Eingriffen nach einem neuesten, revidierten Duden versehen. Dann würde eine dritte, vierte, zehnte Neuausgabe dieses Musikstückes ungefähr so aussehen, wie ein großer Teil der wohlfeilen Klassikerausgaben unsrer Dichter in der Zeit vor der Wiederentdeckung des Verleger- und Herausgeber-Gewissens ausgesehen hat.

Ich erschrecke, Verehrter, über den Umfang, den das Briefchen, das ich Ihnen hatte schreiben wollen, mir unter den Händen angenommen hat. Je älter ich werde, desto schwerer fällt mir das Schreiben, und je schwerer das Schreiben mir fällt, desto mehr Atem und Raum brauche ich, um über die unendlichen Möglichkeiten zu Mißverständnissen hinweg dennoch etwas wie Eindeutigkeit und Gültigkeit des Geschriebenen zu erreichen. Aber vielleicht war es nicht vergeblich; vielleicht träumen Sie nun des Nachts einmal von weggestrichenen Buchstaben, so wie ein Feldherr vielleicht gelegentlich einmal von gefallenen Soldaten träumt. Sie tun ihm dann vielleicht plötzlich leid, und vielleicht fragt er sich, ob ihr Opfer eigentlich wirklich unvermeidbar war.

An Anni Carlsson, Stockholm

28. November 1946

... Ihre Arbeit über das „Glasperlenspiel" bewährt sich sehr, Sie haben da ein kompliziertes und neues Thema so reinlich auf seine Struktur und Tendenzen hin untersucht, die großen Linien so klar und kräftig betont und das Einzelne so gültig und oft originell formuliert, daß es eine Freude ist, und ich mir wünschen möchte, die Arbeit auch noch anderswo erscheinen zu sehen. Vorerst war das „Trivium" gewiß ein sehr geeigneter und auch ehrenvoller Platz für sie ...

An Professor Ernst Beutler, Frankfurt am Main

30. März 1947

Hochgeschätzter lieber Herr Professor Beutler

Danke für Ihre Mitteilungen vom 17. März, die mich herzlich interessieren und freuen.

Ich kann nicht beurteilen, wie weit im jetzigen Augenblick größter materieller Not es möglich und zu verantworten sei, daß man bedeutende Kräfte und Mittel an die von Ihnen entworfene große Aufgabe wende. Aber ich muß Ihre Frage, ob auch ich diese Aufgabe als lebenswichtig, ja heilig anerkenne, rückhaltlos bejahen.

Vielleicht ist die Zahl der Menschen, in Deutschland wie außerhalb, heute noch nicht so sehr groß, welche vorauszusehen vermögen, als welch vitaler Verlust, als welch trauriger Krankheitsherd sich die Zerstörung der historischen Stätten erweisen wird. Es ist damit nicht nur ein großes edles Gut vernichtet, eine Menge hoher Werte an Tradition, an Schönheit, an Objekten der Liebe und Pietät zerstört; es ist auch die bildende und durch Bilder erziehende Umwelt der künftigen Geschlechter, und damit die Seelenwelt dieser Nachkommen, eines unersetzlichen Erziehungs- und Stärkungsmittels, einer Substanz beraubt, ohne welche der Mensch zwar zur Not leben, aber nur ein hundertfach beschnittenes, verkümmertes Leben führen kann. Darum begrüße ich Ihren Plan und wünsche ihm von Herzen Gelingen.

Aus einem Brief an einen nicht mehr feststellbaren Empfänger

8. Juni 1947

Herr H. Hesse ist seit einem Jahr dauernd krank, und seit mehreren Jahren jeden Tag, meist bis zur Erschöpfung, überbürdet.

Er kann keine Privatbriefe schreiben und keine Besuche empfangen. Er meint, die Leute Ihrer Generation seien zum rücksichtslosen Heroismus erzogen worden, und hätten sich darin so lang bewährt, als sie Andere töten und vergewaltigen mußten. Aber, so meint er, ein Rest von Heroismus sollte ihnen doch auch übrig geblieben sein, um nun ihr Schicksal auf sich zu nehmen. Sie sollten, meint er, baldmöglichst nach Deutschland gehen und die Stelle suchen, wo Sie Ihrem Volk, das Sie mit in dieses Elend haben bringen helfen, dienen und durch Ihre Arbeit helfen können ...

An den Heinrich-Heine-Bund

Der Heinrich-Heine-Bund, die antifaschistische deutsche Kulturorganisation in England, die aus dem Freien Deutschen Kulturbund in Großbritannien nach dem Kriege hervorgegangen war, sandte Hesse anläßlich seines 70. Geburtstages im Jahre 1947 ein Glückwunschtelegramm. Darauf antwortete er mit folgendem Brief:

9. Juli 1947

Ihr telegraphischer Gruß hat mich gefreut und gerührt, ich sage Ihnen dafür schönen Dank und dachte der Zeiten um 1895, wo ich den gegen meines Vaters Verbot erworbenen

Heine in einer Schublade hielt (wo er später dennoch entdeckt und konfisziert wurde) und von seinen Versen, von der Harzreise, vom Buch Le Grand ganz berauscht war. Und dann wieder, Jahrzehnte später, lernte ich den anderen Heine kennen, den Demokraten und Sozialisten, den Juden und Internationalisten. Es ist also ein vertrautes Zeichen, unter dem Ihr lieber Zuruf mich erreichte.

Ich erwidere Ihren Gruß von Herzen.

An Georg Schwerdt, Augsburg

Mitte Juli 1947

Herr Hesse, durch Krankheit und Überbürdung sehr behindert, stellt Ihnen zu beliebiger Verwendung folgende Angaben zur Verfügung:

„Meine erste Begegnung mit Karl Stirner geschah in Gaienhofen, also jedenfalls vor dem Jahr 1912. Er besuchte damals Ludwig Finckh.

Dann war ich im Januar und Februar des Jahres 1917 zusammen mit meinem Freunde Emil Molt im Kurhaus Chantarella über St. Moritz im Engadin. In St. Moritz lebte damals der Maler Ernst Kreidolf, den wir zuweilen sahen, und ich glaube es war durch ihn, daß wir erfuhren, im Spital Samaden liege totkrank mit einer Lungenentzündung Karl Stirner. Wir besuchten ihn, er lag schwach und kaum zum Reden fähig in seinem Spitalbett, und wunderbar blickten aus dem abgezehrten Gesicht die schönen Augen uns an. Vor unsrer Abreise wiederholten wir den Besuch noch einmal.

Etwa ein Jahr später war ich in kurzen Ferien in einem Dorf über Locarno, und erfuhr, daß in der Nähe, in Orselina, Stirner sich als Patient aufhalte. Wir sahen uns mehrmals, ein oder zweimal in seinem recht öden Pensionszimmerchen, aber auch bei mir in einem hübschen Garten in Monti. Ich hatte vor kurzem zu aquarellieren begonnen. Stirner sah meine unbeholfenen Blättchen lächelnd an, tadelte überall da, wo er ein Drüberwegsehen, ein Verallgemeinern oder Schematisieren spürte, und lobte überall da, wo er spürte, daß einer Form, etwa der eines Pfirsichbäumchens oder eines Rebstocks, mit Bemühen um Genauigkeit und um das Charakteristische und Individuelle nachgegangen worden war.

Dann sahen wir uns lang nicht mehr, wechselten aber zuweilen Grüße. Zuletzt war er bei mir auf dem Rückweg aus Syrakus in jenem Jahr 1937, wo mein Sohn ihn photographiert hat.“

An eine Dame mit Liebeskummer

20. Juli 1947

Sehr geehrte Frau M.

Ihr Brief ist gekommen, und so sehr ich die Not spüre, aus der er kommt, beneide ich Sie doch ein wenig um die Menge von Hingabe, Zeit, Leidenschaft, die Sie sich selbst und Ihrem Privatleben zuwenden können. Auch mir würde das sehr zusagen, aber die Welt will das nicht, und sie ist stärker als ich, sie zwingt mich Tag für Tag, mich von den Nöten und Anliegen andrer verbrauchen zu lassen, von der Hungersnot bis zum Künstlerpech und dem Liebeskummer. Und das wäre auch für Sie eine ganz gute Kur, denn Sie haben offenbar für Ihren Konflikt keine rechte Kontrolle, und neigen dazu, das, was nur bedauerlich ist, schon für tragisch zu halten. Es ist aber nicht tragisch. Daß ein Mensch den, den er liebt, nicht bekommen und für sich allein haben kann, ist das häufigste aller Schicksale, und damit fertig zu werden heißt: den Überschuß an Leidenschaft und Hingabe, den man für seine Liebe hat, diesem Objekt entziehen und sie anderen Zielen zuzuwenden: der Arbeit, der Mitarbeit im Sozialen, der Kunst. Dies ist der Weg, auf dem Ihre Liebe fruchtbar und sinnvoll werden kann. Das Feuer, an dem Sie jetzt nur das eigene Herz verbrennen lassen, ist nicht nur Ihr Eigentum, es gehört der Welt, der Menschheit, und wird aus Qual zu Freude werden, wenn Sie es fruchtbar werden lassen. Trennen Sie sich von dieser Liebe, andres kann ich Ihnen nicht raten.

An Richard Benz, Heidelberg

Wengen über Lauterbrunnen, Ende Juli 1947

Lieber verehrter Herr Dr. Benz

Ihr Brief hat mich hier oben gefunden, wo ich mich wenig wohl fühle, so daß ich für eine Erquickung um so empfänglicher bin. Ihr lieber kollegialer und freundschaftlicher Brief hat mir wohlgetan, um so mehr als ich seine Gefühle und Gedanken ohne jeden Abzug von Herzen erwidern kann. Mehr als ein paar Zeilen schreiben kann ich in meinem schlechten Zustand nicht, aber ich will doch nicht warten, es könnte zu spät werden, und so sei Ihr Bekenntnis und Ihr Händedruck denn in alter Sympathie erwidert. Wir gehören beide zu den Vertretern einer aussterbenden Art, oft scheint mir, wir seien schon fast die einzigen Relikte einer Kultur und Art, die mit uns verschwindet. Doch zu andern Stunden sehe und spüre ich wohl auch den Gehalt an Ewigem, der auch in dem von uns Vertretenen und Geliebten lebt, neben allem Vergänglichen und Überlebten.

Ich traf mich vor ein paar Tagen in Luzern mit Thomas Mann, da waren wir auch eine Stunde in Tribschen und im Wagner-Museum. Da war mit Ausnahme einiger Photos und Briefe alles gesättigt mit einem haut-goût vom schlechtesten 19. Jahrhundert, eine verschollene Theaterwelt, aber daneben in einem Kabinett fand ich unter Glas ein mir vorher nicht bekanntes Jugendbild von Nietzsche als Pforta-Schüler, das konnte ebensogut den Walt der Flegeljahre darstellen, es wog den ganzen übrigen Zauber und Plunder auf.

Ich schicke Ihnen auch noch zwei Drucksachen mit dem ganz wenigen, was ich seit einem Jahr geschrieben habe. Es ist damit so ziemlich zu Ende. Ich habe stets viel Freiheit und vor allem viel Verborgenheit gebraucht, mein Leben konnte mir gar nicht privat genug sein; und seit die Welt mir dies, ohne wertvollen Ersatz, genommen hat, dorre ich ab. Nun, ich habe es ja lange gut gehabt, wir wollen nicht klagen.

Man unterbricht mich. Leben Sie wohl und haben Sie Dank! Herzlich der Ihre

An Herrn Dr. P. E., Dresden

16. September 1947

... Das ist der eine Punkt, er ist nicht wichtig. Schwerer wiegt der andre, den Ihr Brief zur Sprache bringt. Ich bin betrübt darüber, daß auch Sie, wie Hunderte meiner Leser und Korrespondenten, nicht Hesse schätzen können, ohne Thomas Mann dafür herabzusetzen. Ich habe für das gar keinen Sinn. Wenn Ihnen Gott die Gabe verlieh, Hesse zu verstehen, Mann aber nicht, wenn Ihnen das Organ fehlt, diese entzückende und höchst einmalige Erscheinung im Raum der deutschen Sprache erfassen und einordnen zu können, so geht mich das nichts an. Aber daß ich, der ich nicht nur ein persönlicher Freund, sondern ein alter und treuer Bewunderer von Thomas Mann bin, beständig dazu herhalten soll, gegen Mann ausgespielt zu werden, ist mir höchst widerlich. Ich will nicht schulmeistern, noch weniger Ihnen weh tun, o nein, aber es mußte ausgesprochen werden, und das ist ja nun getan.

An eine Leserin des „Glasperlenspiel"

September 1947

Die Frage danach, wie es mit dem Glasperlenspiel beschaffen sei, in wieweit es existiere, einmal existiert habe oder Utopie sei, in wieweit der Autor selbst daran glaube usw., finden Sie sehr genau beantwortet in dem Motto, das vorn im ersten Bande steht.

Zu dem paululum appropinquant habe ich als Autor der Biographie Josef Knechts und als Erfinder des Albertus Secundus ein kleines beigetragen. Ebenso trugen und tragen dazu bei jene Leute, die ins Wesen der Musik eingedrungen sind und die Musikwissenschaft der letzten Jahrzehnte geschaffen haben, oder jene Philologen, die den Versuch unternehmen, die Melodien eines Prosastils meßbar zu machen, und manche andre. Zu diesen Förderern des non ens, zu jenen, die es der facultas nascendi näher brachten, gehörte auch mein Neffe und Freund Carlo Isenberg, der Ferromonte meines Buches. Er war Musikforscher, Cembalist und Klavichordspieler, betreute eine Orgel und leitete einen Chor, hat im Süden und Südosten Europas nach den Resten ältester Musik geforscht, ist seit Kriegsende verschollen und, wenn er noch am Leben ist, in Rußland gefangen.

Was mich selbst betrifft, ich habe nicht in Kastalien gelebt, ich bin Eremit und habe nie irgend einer Gemeinschaft angehört, außer jener der Morgenlandfahrer, eines Bundes von Gläubigen, dessen Existenzform eine sehr ähnliche ist wie die Kastaliens. Aber seit etwa einem Dutzend Jahren, seit da und dort Teile meines Buches über Josef Knecht bekannt wurden, bin ich nicht selten durch Grüße, Zurufe und Fragen von Leuten erfreut worden, die irgendwo im Stillen arbeiten und spekulieren und für welche das Ding, das ich Glasperlenspiel genannt habe, ebenso existent war wie für mich. Sie fühlen es von ihrer Seele bejaht, sie haben davon ein Wissen oder eine Ahnung gehabt längst vor dem Erscheinen meines Buches, sie haben es als geistige und sittliche Forderung erlebt, und sie beginnen immer mehr auch seine gemeinschaftbildende Kraft zu erkennen. Sie führen weiter, was ich in meinem Buch angedeutet habe: Paululum appropinquant. Und mir scheint, auch Sie gehören zu ihnen und wohnen näher bei Kastalien, als Sie wußten.

An Herrn H. D., Tübingen

Ende September 1947

Lieber Herr D.

Da Ihr Brief mich so freundlich ansprach, habe ich denn auch dem Manuskript zwei Abende geschenkt, und es mir vorlesen lassen, doch hat es mir nichts Neues gesagt, die Erlebnisse wie die Gesinnungen kannte ich längst, und Ihre Darstellung ist nicht persönlich und scharf genug, um sie als Dokumente zu verstärken. Ihr Brief ist mir weit lieber. Aber eines hätte ich zu den Tagebüchern zu sagen: Sie sind nicht frei von Nationalismus, solang das Wort „deutsch" diese sentimentale Heiligkeit für Sie hat. Sie lehnen zwar den ewigen deutschen Soldaten ab, preisen aber den ewigen deutschen Mann, so als ob seine Würde, Tapferkeit etc. dadurch an Wert gewönnen, daß sie die Etikette „deutsch" bekommen, und wie wenn genau dieselbe Würde, Tapferkeit, Ausdauer, Ritterlichkeit nicht den guten Japaner, Chinesen, Muselmann, Franzosen etc. ganz ebenso auszeichnen würden wie den guten Deutschen. Ich habe Ihnen keine Lehren zu erteilen, aber an diesem Punkt ist etwas noch nicht in Ordnung. Sie müssen den Mann als Menschen, nicht den Mann als Deutschen erkennen und lieben lernen, ehe Sie sagen dürfen, Sie seien kein Nationalist. Im Augenblick wo in Deutschland wieder irgend etwas wie Machtbildung möglich sein wird, wird sie versucht werden von denen, die an das heilige Deutschland, seine heilige Not, sein heiliges Leiden und sein ewiges Mannestum appellieren, und dann wird sehr rasch auch der Soldat und der Anspruch Deutschlands auf Macht, auf Herrschaft, auf Auserwähltheit wieder da sein.

Ich danke Ihnen für Ihren Brief.

An Thomas Mann

13. Oktober 1947

Lieber verehrter Foma Genrichowitsch

Seit einiger Zeit wollte ich Ihnen immer irgend einen Gruß schreiben, ein Lebenszeichen und Zeichen des Gedenkens und der Sympathie senden, denn wir denken Ihrer viel, und haben neulich fast alle Aufsätze aus „Rede und Antwort" wieder gelesen, beginnend mit dem über Chamisso und den autobiographischen, sodann haben wir, von Ihnen inspiriert, nach langen Jahren den „Stechlin" wieder vorgenommen und lesen ihn abends. Und nun kam heute eine noch stärkere Mahnung an Sie. Wir hörten am Radio das Tonband, auf das Sie das „Wunderkind" gesprochen haben, freuten uns an Ihrer Stimme und Sprache, und wurden wieder einmal stark davon berührt, daß schon in Ihren frühsten und auch den kleinsten Werken nicht nur Tonfall und Vortrag schon so fertig und präzise vorhanden, sondern auch das Centrum Ihrer Thematik und Problematik so ungemein genau aufgezeigt ist.

Nun, es hätte weder dieser Begegnung im Radio noch sonst einer Mahnung bedurft, um mich Ihrer herzlich und dankbar denken zu lassen. Die Welt ist nicht sehr reich an Leuten und gar Kollegen, deren Dasein, Wirkung und Strahlen einem reine Freude macht, im Altwerden tut man auch schwerer mit der Aufnahme neuer Erscheinungen und Typen, desto dankbarer ist man für die wenigen Gefährten, an deren Dasein und Gaben man sich nur freuen kann . . .

An den Dichter Lajser Ajchenrand

Erschienen in der Neuen Zürcher Zeitung vom 8. November 1947. Dürfte damals geschrieben worden sein

Ohne Datum

Danke für Ihren lieben Brief. Ich bin alt und sehr müde geworden und kann und darf eigentlich keine Briefe mehr schreiben, wenigstens keine privaten, weil mir seit Jahren von außen her eine tägliche Arbeitslast aufgebürdet ist, der ich nicht mehr so recht gewachsen bin. Nachdem es mir ein Leben lang geglückt war, in einer gewissen Verborgenheit zu leben, stehe ich nun in einer Öffentlichkeit, der ich mein Privatleben opfern muß, und tue das gar nicht gerne. Aber das Alter hilft einem über manches hinweg, und wenn ein alter Mann den Kopf schüttelt oder ein paar Worte murmelt, dann sehen die einen darin abgeklärte Weisheit, die andern einfach Verkalkung; und ob sein Verhalten zur Welt nun im Grunde ein Ergebnis von Erfahrung und Weisheit oder nur die Folge von Kreislaufstörungen sei, das bleibt ununtersucht, auch vom Alten selbst.

Sie wissen schon, daß ich von Ihren jiddischen Gedichten einen starken und schönen Eindruck habe. Ich habe sie längst nicht alle gelesen, aber die, die ich lesen konnte, haben zu mir gesprochen.

Wir Dichter haben, unter andrem, die Aufgabe, das von den Menschen unsrer Zeit Erlittene auszusprechen, und das können wir nur, wenn wir es nicht vom Hörensagen, sondern aus eigenem Erleiden kennen. Ob das Aussprechen nun auf pathetische oder sentimentale, auf klagende oder auf witzige oder auf anklägerische Art geschieht, es ist auf jeden Fall notwendig, und muß der Menschheit auf ihren unbeholfenen Kinderschritten der Entwicklung ein wenig helfen. Die heutige Größe des Leides gibt uns eine Solidarität, die alle Völker und alle Arten von Dasein und Leiden umfaßt. Das Unerträgliche muß zu Wort kommen, um vielleicht überstanden zu werden. Darin sind wir Brüder.

Es grüßt Sie Ihr

An Thomas Mann

Baden, 12. Dezember 1947

Lieber Herr Thomas Mann

Besseres konnte ich mir in diesen etwas öden, verdösten Wochen der Badener Kur nicht wünschen als einen Brief von Ihnen, und gar einen so erfreulichen und verheißungsvollen, denn er verspricht mir, oder zeigt doch als möglich und auch von Ihnen selbst erstrebt zwei wunderschöne Dinge an, die ich mir beide schon gewünscht habe, und zwar das eine, den ganzen, ausgeführten „Krull", schon seit Jahrzehnten, das andre, den Faustkommentar ad usum Germanorum, im Lauf der letzten Jahre auch mehr als einmal. Über „Krull" brauche ich nichts zu sagen, Sie wissen längst, wie lieb mir diese Gestalt ist, und können sich denken, wie sehr ich nicht nur mir diesen großen Lesegenuß, sondern auch Ihnen das längere Weilen bei dieser Arbeit wünsche und gönne, deren entzükkende Tonart und Atmosphäre ja schon vorhanden ist, und die ich mir unter andrem auch als einen Spaziergang in artistischer Höhenluft, im Spiel mit einer von aktuellen und makabern Problemen freien Materie vorstelle. Möchten gute Sterne darüber stehen!

Seit Sie nicht mehr von mir gehört haben, habe ich auch den „Leverkühn" gelesen. Das ist ein großer und kühner Wurf, nicht nur durch die Problemstellung und durch die bezaubernd lichte und entstofflichte Weise, mit welcher diese Problematik auf das musikalische Gebiet entführt und dort mit der Objektivität und Ruhe analysiert wird, die nur im Abstrakten möglich sind. Nein, für mich ist das Erstaunliche und Aufregende dabei, daß Sie dieses reinliche Präparat, diese ideale Abstraktion nicht im idealen Raume ausschwingen lassen, sondern es mitten in eine realistisch gesehene Welt und Zeit hinein stellen, eine Welt, die zum Lieben und zum Lachen, zum Hassen und Ausspeien reizt. Da steht nun freilich vieles, das man Ihnen übelnehmen wird, aber daran ist man ja gewöhnt, Sie werden es nicht zu schwer nehmen. Mir selbst ist, nach dem erstmaligen Lesen, die Innenwelt Leverkühns sehr viel klarer, geordneter, durchsichtiger als seine Umwelt, und dies grade gefällt mir so, daß diese Umwelt so mannigfaltig, figurenreich und so verschiedentlich belichtet ist, daß sie Raum hat für die Hallenser Theologenkarikaturen wie für das holde Kind Nepomuk, daß der Dichter uns den Guckkasten so reich besteckt hat und kaum jemals die gute Laune, den Spaß am Theater verliert.

Sie sehen, daß ich das Buch schon besitze, freilich nur in einem schäbigen Lese-Exemplar. Sollten Sie, irgend einmal, ein hübscheres, ein gebundenes für mich übrig haben, so werde ich Ihnen dafür natürlich sehr dankbar sein.

Noch etwas: auf manchen Seiten Ihres Buches, wo Leverkühnsche Musik analysiert wird, fand ich mich an eine Nebenfigur des „Glasperlenspiel" erinnert, an Tegularius, dessen Glasperlenspiele zu Zeiten die Neigung haben, auf scheinbar legitimstem Wege in Melancholie und Ironie zu enden.

Meine Kur ist zu Ende, in wenigen Tagen bin ich wieder zu Hause. Ihnen beiden die herzlichsten Grüße von Ninon und Ihrem H. H.

An ein junges Mädchen

31. Dezember 1947

... Sie stehen auf der Lebensstufe, wo der junge Mensch, falls die Natur ihm genug mitgegeben hat, ein Individuum, eine Persönlichkeit zu werden versucht. Neunundneunzig von hundert geben diesen Versuch bald wieder auf, er ist unbequem und stellt hohe Forderungen, während der Weg in die Anpassung, in die Bürgerlichkeit, ins Geldverdienen etc. so viel leichter ist. Aber der Eine vom Hundert, der den Weg nicht aufgibt, sondern weitergeht, wird immer wieder da sein. Für ihn hat zwar der breite Weg auch seine große Verlockung, aber er hat keine Wahl, er ist zu anderem bestimmt.

Und damit ist er von den neunundneunzig andern abgetrennt, und wird es zeitlebens bleiben.

Sie konnten dies, ohne mich alten Mann zu bemühen, sehr wohl aus meinen Büchern lesen. Aber nun haben Sie sich diese Mühe also erspart.

An Herrn J. H., Hannover

10. Januar 1948

... Ihre Gedanken gefallen mir, es wäre gut, wenn viele so dächten. Ich selber habe es von den indischen Denkern gelernt, zwischen Sein und Tun zu unterscheiden, und im „Verbrecher" den möglichen Heiligen zu sehen. Es gibt Tausende, denen diese Gedanken durch meine Bücher, besonders den „Siddhartha", vertraut geworden sind.

Aber mit der Auffassung, daß es nur auf das Wollen, nicht auf das Tun ankomme, sollte man vorsichtig sein. Sie ist gut und richtig für reife Menschen und Völker, nicht für unreife. Die Bagatellisierung der „guten Werke", die alleinige Rechtfertigung „durch den Glauben", war schon bei Luther ein gefährliches, ja freches Wagestück, und hat unsäglich Schlimmes anrichten helfen. Die Deutschen, und gar die von heute, sind wahrlich nicht ein Volk, dem man predigen darf, auf das Tun komme es nicht an, da sei alles entschuldbar, wenn nur der Wille gut sei. Der „Wille" wird bei den meisten der eines echten oder vorgegebenen Patriotismus sein, und im Namen des Vaterlandes etc. wäre man morgen wieder für die gleichen Verbrechen bereit, deren Folgen heute das Volk zu vernichten drohen.

Ich lege keinerlei Wert auf Rechthaben und Rechtbehalten, und werde mich auf weitere Diskussion nicht einlassen, einfach weil ich Nötigeres und Wichtigeres zu tun habe. Ich wollte Ihnen nur, in flüchtiger Form erklären, warum ich Ihre so schöne Anregung gleich hundert ähnlichen ad acta legen muß.

An Thomas Mann, Pacific Palisades, California

21. Januar 1948

Lieber Herr Thomas Mann

Heut habe ich, Sie werden lachen, zum erstenmal einen Text von Ihnen in englischer Sprache gelesen, vielmehr buchstabiert, Ihr Vorwort zum Demian, dessen amerikanische Ausgabe eben bei mir eintraf.

Es ist mir eine Freude, so an Ihrer Hand und von Ihnen vorgestellt dem fremden Land zum erstenmal ernstlich entgegenzutreten, denn die früheren Versuche, Bücher von mir in Amerika einzuführen, wurden dort überhaupt nicht bemerkt. Auch jetzt regt der Start mich zwar nicht auf, ich bin wenig interessiert, aber wenigstens macht er mir Spaß und geschieht er in guter Gesellschaft.

Auch die Art, wie der Verlag Holt die häßliche Vorderseite des Buchumschlags auf der Rückseite durch das St. Moritzer Bild wieder gutzumachen sucht, hat mir Spaß gemacht.

Kurz, ich bin einmal wieder der Beschenkte, und das ist heutzutage, wo man meistens der Betrogene und Bestohlene ist, eine nicht häufige Lage, man errötet beinah ein wenig.

Noch einmal sage ich Ihnen Dank für diesen Essay, und schicke für das neue Jahr unsre Wünsche mit. Mögen die nächsten Weltkatastrophen so lang noch zögern, bis wir ihnen nicht mehr erreichbar sind, und möge irgendwo die lichte und hübsche Seite des Lebens weiter gedeihen.

Es grüßt Sie beide herzlich, auch im Namen meiner Frau
Ihr

An Wilhelm Speyer, U.S.A.

Im März 1948

Lieber hochgeschätzter Herr Speyer

Es reicht mir nicht zu einer richtigen Antwort auf Ihren lieben Brief, für den ich Ihnen dankbar bin. Ich möchte Ihnen nur die Mühe ersparen etwa Ausschnitte aus dortigen Zeitschriften etc. über mich zu beschaffen, denn kaum eine andre Art Literatur langweilt mich mehr als diese. Also ich hoffe, Sie haben sich nicht etwa schon Mühe damit gemacht.

Was ich an Korrodi Ihres Buches wegen geschrieben habe, hat meine Frau für Sie kopiert und ich lege es bei.

Seit 3 Wochen ist unser Haus voll. Nach aufregenden Monaten ist es endlich gelungen, ihre einzigen ganz nahen Angehörigen aus Rumänien heraus zu retten, wo die ganze Volksschicht, der sie angehörten, „liquidiert" wird. Sie sind nun als heimat- und mittellose Flüchtlinge, aber wenigstens lebend, herausgekommen und bei uns. Nun muß nach irgend etwas wie einer anderen Scheinheimat und einer Lebensmöglichkeit für sie gesucht werden.

Der beginnende Frühling vermehrt wie immer meine Beschwerden stark. Da ich so gut wie nie ohne Schmerzen bin, ist mein Leben ziemlich langweilig, ich bin seit einigen Jahren enttäuscht und müde, aber nicht undankbar für das sehr viele Schöne was ich in frühern Zeiten gehabt und gelebt habe.

Seien Sie herzlich gegrüßt von Ihrem

An einen Freund

über Wilhelm Speyers Buch „Das Glück der Andernachs"

Ende März 1948

... Was ich an Speyers Buch zu bewundern habe, ist etwa dies:

Erstens ist es eine innige und sehnsuchtsvolle Schattenbeschwörung. So wie Joachim Maaß in seinem Hamburger Roman seine Heimat, die er verlassen und verlieren mußte, und die inzwischen vernichtet wurde, noch einmal mit tausend geliebten Einzelzügen beschwört und beschreibt, sie sich noch einmal ganz und innigst zu eigen macht und ihr damit ein herrliches Denkmal baut, so macht es Speyer mit Berlin, und er malt in seinem Buch alles, worin er selbst hineingeboren und aufgewachsen ist und was er kennt und als Emigrant und Heimatloser liebt, so wie etwa Sie das Tal, den Wald und Bach kennen, an dem Sie ein Kind und Knabe waren. Diese Liebe und Trauer gibt dem Buch die Wärme und das Dichterische.

Zweitens schildert das Buch mit größter Präzision und auf Grund vieljähriger genauester Einzelstudien die Zeit, in der das junge und strahlende, reiche und lebensfrohe deutsche Reich es erlebte, wie sein uralter Kaiser immer mehr zum Schatten wurde, wie der Kronprinz, die Hoffnung aller Liberalen und Humanen, als Todkranker immer mehr an die Wand gedrückt wird und zusehen muß, wie der junge Wilhelm heraufkommt und allem, woran sein Vater glaubte, Hohn spricht.

Drittens, und das ist das centrale Problem des Buches, wird der Beginn des deutschen Antisemitismus geschildert, sehr genau und richtig, und, das Tragischste und Groteskeste bei diesem Vorgang, wie innerhalb der Judenschaft selber, der wohlhabenden, gutgebildeten, dem Deutschtum völlig angepaßten und volkswirtschaftlich wichtigen Schicht der Juden – wie innerhalb dieser Judenschaft selber dem jungen frechen Wilhelm, dem hochmütig-reaktionären preußischen Adel, dem Antisemitismus des Hofpredigers Stöcker etc. Vorschub geleistet wird, wie diese verwöhnten, aber gutartigen Leute, indem sie sich ihres Judentums zu schämen und es zu vergessen und zu verdrängen beginnen, selber gerade das anbeten, fördern und begünstigen, was ihrer ganzen Schicht und Rasse etwas später den Tod bringen wird ...

An einige frühere Schüler von Professor Ernst Bertram

31. März 1948

Durch einige frühere Schüler von Professor Dr. Ernst Bertram, dem gewesenen Ordinarius für deutsche Literaturgeschichte in Köln, erfahre ich, daß Bertram in die Gruppe III. eingestuft worden ist und erfahre auch die Begründung dieses völlig unbegreiflichen Urteils.

Ich begreife wohl, daß bei den Spruchkammern Fehlurteile und falsche Einreihungen vorkommen können. Aber ein so auffallendes Fehlurteil wie dieses sollte doch unbedingt revidiert und korrigiert werden.

Persönlich kenne ich Bertram nicht, und kann mir denken, daß seine politische Einstellung mit meiner eigenen keineswegs harmoniert hätte. Er gehörte zu den idealistischen Deutsch-Nationalen, während ich grundsätzlich jeden Nationalismus für überholt und rückständig halte. Aber Nationalsozialist ist Bertram nie gewesen und einzig darum geht es ja hier. Daß er ein Buch über Nietzsche geschrieben hat, ein überaus schönes Buch übrigens, geschah zu einer Zeit, in der weder Bertram noch sonst irgendjemand ahnen konnte, in welch schauerlicher Weise Goebbels und Rosenberg diesen romantischen Denker-Dichter für ihre Propaganda mißbrauchen würden.

Daß Bertram dem Kreise von Stefan George angehörte, ist ebensowenig ein Beweis gegen ihn. Es haben diesem Kreis, wie die Spruchkammer ja recht wohl wissen müßte, keineswegs nur Deutschnationale, sondern auch verschiedene namhafte Juden und Emigranten wie Wolfskehl, Gundolf, Kantorowicz etc. angehört.

Das über E. Bertram gefällte Urteil scheint mir, der ich viele ähnliche Urteile kennen gelernt habe, im Prinzip falsch und der Revision bedürftig. Es würde in der geistigen Welt einen guten Eindruck machen, wenn dies Fehl-Urteil korrigiert würde.

An Herrn H. D., München

16. April 1948

Lieber Herr

... Zwischen Nachsinnen und Meditation sehe ich den Unterschied, daß Nachsinnen etwas Aktives ist, Meditation aber in einem passiven Zustand, in einem wartenden Offenstehen ihren Grund hat. Sie erfordert ein Neutralisieren des Persönlichen, eine möglichst große Unabhängigkeit von den körperlichen Funktionen. Die beste Vorbereitung dazu sind Atemübungen, die jedoch nicht in einem Überanstrengen der Atemorgane bestehen dürfen, sondern hauptsächlich darin, daß der Übende einfach seine Aufmerksamkeit ganz auf den Vorgang des Atmens richtet, bewußt und sorgfältig ein- und ausatmend, das Einatmen mit dem Bauch beginnend, aber nie forcierend. Wenn man eine Weile so geatmet hat, kann man auch sich der Vorstellung hingeben, daß man im Einatmen die Welt in sich aufnimmt, beim Ausatmen sie wieder entläßt, daß man in diesem Ein und Aus teilhat am göttlichen All. Man erreicht damit eine Entspannung und Lockerung, eine Art von Entpersönlichung, man wird zum Objekt, zum Gefäß für das Aus- und Einströmende. All das ist nicht Meditation, aber es ist ihre Vorbereitung.

Welche Gegenstände meditierbar seien und welche nicht, kann ich nicht sagen. Die meisten Menschen bleiben beim Meditieren innerhalb des Sichtbaren, der Bilderwelt. Aber man kann auch etwa einen musikalischen Vorgang meditieren.

Mehr fällt mir zur Stunde nicht dazu ein, und namentlich weiß ich gar nichts darüber, wie weit diese Dinge innerhalb Ihres jetzigen Lebens und Tageslaufes praktikabel sind. Ich selbst habe damit stets viel Zeit verbraucht, so wie man auch als Künstler immer ein Krösus an Zeit sein muß, um etwas Rechtes machen zu können.

Versuchen Sie, ob Sie etwas damit anfangen können.

An Herrn W. S., Riehen-Basel

Ende April 1948

Sehr geehrter Herr S.

Danke für Ihr Briefchen.

Mit der Auffassung jenes Bibelspruches durch Michael Schabad bin ich ohne weiteres einverstanden.

Für mich selbst allerdings, ganz privatim, gehe ich schon seit Jahrzehnten einen Schritt weiter in der Deutung jener Worte, womit ich vermutlich historisch unrecht habe, da weder das Alte noch das Neue Testament pantheistisch gemeint ist, womit ich für mich aber jenem Spruch erst die volle Deutung gebe.

Indisch aufgefaßt, das heißt im Sinn der Upanishaden und der ganzen vorbuddhistischen Philosophie, ist mein Nächster nicht nur „ein Mensch wie ich", sondern er ist Ich, er ist mit mir Eins, denn die Trennung zwischen ihm und mir, zwischen Ich und Du, ist Täuschung, Maya. Mit dieser Deutung ist auch der ethische Sinn der Nächstenliebe völlig ausgeschöpft. Denn wer erst eingesehen hat, daß die Welt eine Einheit ist, dem ist ohne weiteres klar, daß es sinnlos ist, wenn die einzelnen Teile und Glieder dieses Ganzen einander wehtun.

Adressat nicht mehr festzustellen

Juni 1948

Wenn auch die Mehrzahl der an mich gelangenden Stimmen aus Deutschland eher deprimierend ist, so kommen doch immer wieder auch ganz andere Stimmen und Zeichen. Es kommen Briefe von einer Tapferkeit, Würde und Gefaßtheit, die für den außerhalb jenes Elends Lebenden so tröstlich wie beschämend sind, und die an Zahl freilich ihnen weit überlegenen bloßen Bettel-, Klage- oder auch Schmähbriefe vielfach aufwiegen.

Und besonders erfreulich ist mir jenes Zeichen, das mir den Fortbestand gewisser Züge, Begabungen, Spielereien und Passionen des deutschen Geistes zeigt, gewisse geistige Regungen, die nur in den paar wirklichen Kulturvölkern, und auf diese besondere Weise nur in jenem Deutschland möglich sind, das wir heute mehr als jemals lieben und von dem viele glauben, es sei untergegangen und ausgelöscht. Aber nein, es lebt, wenn auch nur in vereinzelten Keimen, es lebt, so wie die Wurzel eines abgehauenen und angebrannten, ehrwürdigen Baumes noch leben und inmitten von Trümmern noch Zweige treiben kann.

Als Beispiele dieses Werdens und dieser Triebkraft nenne ich nur zwei kleine Geschenke, die mir kürzlich, wenige Tage nacheinander zugegangen sind.

Da sandte mir ein Kantor im Harz eine von ihm auf das Thema meines Namens: H-E-Es-Es-E komponierte Passacaglia mit Fuge, eine schöne, im besten Kontrapunkt gesetzte und keineswegs akademisch wirkende Musik.

Und aus einem Seminar für Gotisch der Technischen Hochschule Dresden sandten mir die Studenten ein sorgfältig kalligraphiertes Manuskript in Quart, eine noch überraschendere und lustigere Gabe: es waren sechsundzwanzig meiner Gedichte ins Gotische übersetzt.

Daß die Schüler eines Seminars auf solche Einfälle kommen, daß sie aus dem Spaß, den ihnen ihr eben gelerntes Gotisch machte, und der Zuneigung zu einem Dichter diese Leistung philologischen Eifers und studentischen Spieltriebes hervorbringen, ist an sich ja etwas Hübsches und kann nur aus einem guten Vorrat an Jugend, Geist und Unverdorbenheit kommen. Daß dies aber unter den heutigen Umständen, bei dem heut so knappen und harten Leben der deutschen Studenten möglich war, das wiegt mir viele Hunderte von andern Phänomenen deutscher Gegenwart auf.

An einen Geistlichen

Sommer 1948

Sehr geschätzter Herr Stadtpfarrer

Dank für Ihren Brief. Ich habe nicht Zeit und Sammlung, um auf ihn einzugehen, aber ich möchte doch sagen, daß ich Ihre Auffassung nicht teile. Für Sie ist das Alte Testament, genau wie für die Theologen zur Zeit meiner Jugend, Vorstufe und enthält zwar „Perlen", ist aber doch nicht was das Neue ist. Nun, mir ist das Alte sehr viel lieber, für ein Kapitel der geschichtlichen Bücher und für manches Kapitel bei den älteren Propheten gäbe ich die Briefe des Paulus oder die Apokalypse gerne hin.

Es liegt mir weder am Streiten noch am Rechthaben, es liegt mir aber daran, Sie nicht im Glauben zu lassen, ich teile Ihre Auffassung. Ich bin der Meinung, daß das Wort von der Nächstenliebe im Alten Testament so viel wert ist wie jedes Jesuswort oder gar Apostelwort, und halte die alte Parole der Judenhetzen von der Kollektivschuld der Juden am Tod Jesu heute im Mund eines Christen, und gar eines Deutschen, für unerlaubt.

Mit Grüßen Ihr

An eine Leserin in Sachsen

als Antwort auf einen verzweifelten Brief

Sommer 1948

Liebes Fräulein

Wir leben alle heute in Verzweiflung, alle wachen Menschen, und sind damit zwischen Gott und das Nichts gestellt, zwischen ihnen atmen wir aus und ein, schwingen und pendeln. Wir hätten jeden Tag Lust, das Leben hinzuwerfen, und werden doch von dem gehalten, was in uns überpersönlich und überzeitlich ist. So wird unsre Schwäche, ohne daß wir darum Helden wären, zur Tapferkeit, und wir retten ein wenig vom überlieferten Gut an Glauben für die Kommenden.

An Frau Annemarie Schütt*, Cassina d'Agno

3. September 1948

Liebe Frau Annemarie

Mit Ihrer lieben Mutter habe auch ich etwas Unwiderbringliches verloren. Für mich war sie, außer der genialen Freundin, vor allem auch der Kamerad und die geistige Erbin Hugo Balls, und sie war seit dessen Tod der einzige Mensch, mit dem ich noch gemeinsame Erinnerungen aus bestimmten Zeiten und Kreisen des geistigen Lebens in München etc. hatte. Ein Stück meines Lebens ist mit ihrem Weggang verstummt und hat keine Zeugen und Kameraden mehr ...

Für Klabunds Bruder geschrieben

September 1948

Sehr geehrter Herr Dr. Henschke

Ich muß mich kurz fassen, ich bin dauernd krank, und jeden Tag bis zur völligen Auspumpung überbürdet mit Aufgaben, die mit Literatur längst nichts mehr zu tun haben.

In Monti über Locarno wohnte ich einige Wochen im Gartenhäuschen des Hauses Neugeboren, das von vielen Mietern besetzt war, zu ihnen gehörte Klabund mit seiner lieben und schönen ersten Frau. Viel kamen wir damals nicht zusammen, doch ist eine hübsche Anekdote mir erinnerlich: eines Morgens saß Klabund mit einigen seiner Bekannten im Garten

* Annemarie Schütt-Hennings, Bildteppich-Weberin, ist die Tochter der Dichterin Emmy Hennings, Stieftochter von Hugo Ball.

nach dem Frühstück. Er hatte eben Post bekommen, sein Vater hatte ihm einige Ausschnitte aus deutschen Zeitungen zugesandt, in denen Klabund recht schlecht behandelt wurde. Neben jedes Kraftwort in diesen Kritiken hatte der Vater einen Strich gemacht und hinzugeschrieben: „Bravo! Ganz meine Meinung! etc. etc.". Diese Kritiken, in denen er von dummen oder philiströsen Rezensenten heruntergerissen wurde, las Klabund schmunzelnd und zuweilen unter lautem Lachen vor, samt den Bemerkungen seines Vaters.

Und einmal gab es im Hause Neugeboren einen großen Schrecken, eine Explosion. Da hatte Frau Irene eine verlötete Büchse mit Frankfurter Würsten und Sauerkraut einfach auf den Gasherd gestellt und das Gas angezündet. Zum Glück war sie, als die Höllenmaschine losging, gerade einen Augenblick hinausgegangen. Der Inhalt der Büchse klebte, über die ganze Küche verteilt, in winzigen Fetzchen an Wänden und Decke.

Das war, glaube ich, im Frühling 1917. Später, nach dem Krieg, besuchte ich Klabund einmal in Davos, wo wir, obwohl er beinahe stimmlos und schwer krank war, ein intensives politisches Gespräch hatten. Auch hat er mich ein oder 2 mal in Montagnola besucht. Doch sind da keine besondern Sachen passiert. Nehmen Sie vorlieb, und seien Sie bestens gegrüßt von

An einen jungen Künstler

5. Januar 1949

Lieber J. K.

Danke für Deinen Neujahrsbrief. Er ist traurig und deprimiert, und ich verstehe das nur allzu gut. Aber es steht auch der Satz darin, daß Du unter dem Gedanken leidest, es sei Dir und Deinem Leben ein Sinn, eine Aufgabe zugeteilt, deren Nichterfüllung Dich leiden mache. Das ist, trotz allem, hoffnungsvoll, denn es ist wörtlich wahr, und ich bitte Dich, meine paar Anmerkungen dazu Dir je und je ins Gedächtnis zu rufen und zu überlegen. Diese Gedanken sind nicht von mir, sie sind uralt, und sie sind etwas vom Besten, was Menschen je über sich selber und ihre Aufgabe gedacht haben.

Was Du im Leben leistest, und zwar nicht nur als Künstler, sondern ebenso als Mensch, als Mann und Vater, Freund und Nachbar etc., das wird vom ewigen „Sinn“ der Welt, von der ewigen Gerechtigkeit nicht nach irgend einem festen Maß gemessen, sondern nach Deinem einmaligen und persönlichen. Gott wird Dich, wenn er Dich richtet, nicht fragen: „Bist Du ein Hodler geworden, oder ein Picasso, oder ein Pestalozzi oder Gotthelf?“ Sondern er wird fragen: „Bist Du auch wirklich der J. K. gewesen und geworden, zu dem Du die Anlagen und Erbschaften mitbekommen hast?“ Und da wird niemals ein Mensch ohne Scham oder Schrecken seines Lebens und seiner Irrwege gedenken, er wird höchstens sagen können: „Nein, ich bin es nicht geworden, aber ich habe es wenigstens nach Kräften versucht.“ Und wenn er das aufrichtig sagen kann, dann ist er gerechtfertigt und hat die Probe bestanden.

Wenn solche Vorstellungen wie „Gott“ oder „ewiger Richter“ etc., Dich stören, so kannst Du sie ruhig weglassen, auf sie kommt es nicht an. Es kommt einzig darauf an, daß jedem von uns ein Erbe und eine Aufgabe mitgegeben ist, er hat von Vater- und Mutterseite, von vielen Ahnen her, von seinem Volk, seiner Sprache her gewisse Eigenschaften, gute und böse, angenehme und schwierige geerbt, Talente und Mängel, und all dies zusammen ist Er, und dies Einmalige, das in Deinem Fall J. K. heißt, hat er zu verwalten und zu Ende zu leben, reif werden zu lassen und schließlich mehr oder weniger vollkommen zurückzugeben. Es gibt da Beispiele von unvergeßlichem Eindruck, die Weltgeschichte und Kunstgeschichte ist voll davon: daß zum Beispiel einer, so wie in vielen Märchen, der Dumme und Unnütze in einer Familie ist, und daß gerade ihm eine Hauptrolle zufällt, und daß grade dadurch, daß er seinem Wesen so treu bleibt, alle Begabteren und Erfolgreichen neben ihm klein werden.

Da gab es zum Beispiel im Anfang des vorigen Jahrhunderts in Frankfurt die hochbegabte Familie Brentano, von deren fast zwanzig Kindern zwei noch heute berühmt sind, die Dichter Clemens und Bettina. Nun, alle diese vielen Geschwister waren hochbegabte, interessante, überdurchschnittliche Leute, sprühende Geister, glänzende Talente; nur der Älteste war und blieb einfältig, er lebte sein ganzes Leben lang wie ein stiller Hausgeist im Vaterhaus, zu nichts zu brauchen, er war fromm als Katholik, geduldig und gutmütig als Bruder und Sohn, und wurde inmitten der witzigen und lustigen Geschwisterschar, bei der es oft exzentrisch zuging, immer mehr zu einem schweigenden Mittel- und Ruhepunkt, einem wunderlichen Haus-Kleinod, von dem Frieden und Güte ausstrahlte. Von diesem Einfältigen, diesem Kindgebliebenen, sprechen die Geschwister mit einer Ehrfurcht und Liebe wie von keinem anderen Menschen. So war also auch ihm, dem Trottel, dem Blöden, sein Sinn und sein Auftrag mitgegeben, und er hat ihn vollkommener erfüllt als alle die glänzenden Geschwister.

Kurz, es kommt, wenn ein Mensch das Bedürfnis hat, sein Leben zu rechtfertigen, nicht auf eine objektive, allgemeine Höhe der Leistung an, sondern eben darauf, daß er sein Wesen, das ihm Mitgegebene, so völlig und rein wie möglich in seinem Leben und Tun zur Darstellung bringe.

Tausend Verführungen bringen uns beständig von diesem Wege ab, aber die stärkste aller Verführungen ist die, daß man im Grunde ein ganz andrer sein möchte als man ist, daß man Vorbildern und Idealen folgt, die man nicht erreichen kann und auch gar nicht erreichen soll. Diese Verführung ist darum für höher veranlagte Menschen besonders stark und gefährlicher als die vulgären Gefahren des bloßen Egoismus, weil sie den Anschein des Edlen und Moralischen hat.

Jeder Bub hat in einem gewissen Alter einmal Fuhrmann oder Lokomotivführer, dann Jäger oder General, dann ein Goethe oder ein Don Juan werden wollen, das ist natürlich und gehört mit zur natürlichen Entwicklung und Selbsterziehung: die Phantasie tastet gewissermaßen die Möglichkeiten für die Zukunft ab. Aber das Leben erfüllt diese Wünsche nicht, und die kindlichen und jugendlichen Ideale sterben von selber ab. Und doch wünscht man sich immer wieder etwas, was einem nicht zusteht, und quält sich mit Forderungen an die eigene Natur, die ihr Gewalt antun. Es geht uns allen so. Aber zwischenein, in Stunden des inneren Wachseins, spüren wir immer wieder, daß es keinen Weg aus uns heraus und in etwas anderes hinein gibt, daß wir mit unsern eigenen, ganz persönlichen Gaben und Mängeln durchs Leben hindurch müssen, und dann geschieht es wohl zuweilen auch, daß wir ein Stückchen weiterkommen, daß uns etwas glückt, was wir vorher nicht konnten, und daß wir für einen Augenblick uns selber ohne Zweifel bejahen und mit uns zufrieden sein können. Auf die Dauer gibt es das natürlich nicht, aber doch strebt das Innerste in uns nach nichts andrem als danach, sich selber natürlich wachsen und reifen zu spüren. Nur dann ist man in Harmonie mit der Welt, und unsereinem wird das selten zuteil, aber desto tiefer ist dann das Erlebnis.

Ich darf nicht vergessen, daß ich mit dieser Erinnerung an die jedem Einzelnen einmalig gestellte Aufgabe keineswegs dasselbe meine, was junge und alte Kunstdilettanten die Wahrung und Durchsetzung ihrer Individualität und Originalität nennen. Es versteht sich ja von selbst, daß ein Künstler, wenn er die Kunst zu seinem Beruf und Lebensinhalt macht, zuerst alles irgend Erlernbare an Handwerk lerne, und nicht meinen darf, er müsse dies Lernen vermeiden, damit nur ja seine kostbare Persönlichkeit und Originalität nicht verloren gehe. Der Künstler, der als Künstler dem Lernen und dem Sichplagen ausweicht, wird es auch als Mensch tun, er wird weder Freunden noch Frauen, weder seinen Kindern noch seiner bürgerlichen Gemeinschaft gerecht werden, sondern mit seiner gewahrten Originalität eben unnütz beiseite hocken und verkommen, wir haben manche Beispiele dieser Art gekannt. Das Sichbemühen um das Erlernbare ist in der Kunst eine ebenso selbstverständliche Aufgabe wie im Leben, man muß jedem Kind das Essen und die Reinlichkeit, das Lesen und Schreiben beibringen, das Lernen des Lernbaren ist nicht Hindernis, sondern Förderung und Bereicherung in der Entwicklung der Individualität. Ich schäme mich ein wenig, indem ich diese Selbstverständlichkeiten hinschreibe, aber es steht nun doch so mit uns, daß niemand mehr den Instinkt für das Selbstverständliche zu haben scheint und dafür ein primitiver Kult des Unerhörten und Ausgefallenen betrieben wird. Ich bin, wie Du ja weißt, in der Kunst kein Verächter des Neuen, im Gegenteil, aber im Moralischen, das heißt im Verhalten des Menschen seiner Aufgabe gegenüber, sind mir die Moden und Neuerungen verdächtig, und ich bin voll Mißtrauen, wenn ich von neuen Moralen und Ethiken die gescheiten Leute so reden höre wie von Moden oder Stilen in der Kunst.

Es gibt nun in der Welt von heute auch noch eine andere Forderung an den Menschen, die von Parteien, Vaterländern oder Weltmorallehrern propagiert wird. Es ist die Forderung, daß der Mensch auf sich selbst und auf die Idee, es könnte mit ihm etwas Persönliches, Einmaliges gemeint sein, vollkommen verzichte, daß er einem Normal- oder Idealmenschentum der Zukunft sich anpasse, ein Rädchen in der Maschine, ein Bausteinchen unter Millionen vollkommen ihm gleicher Bausteinchen werde. Ich möchte über den moralischen Wert dieser Forderung nicht aburteilen, sie hat ihre heroische und großartige Seite. Aber ich glaube nicht an sie. Das Gleichschalten, sei es noch so wohl gemeint, geht wider die Natur, und es führt nicht zu Frieden und Heiterkeit, sondern zu Fanatismus und Krieg. Es ist im Grunde eine mönchische Forderung, und die ist nur erlaubt, wenn man es mit Mönchen, mit freiwillig in einen Orden Getretenen zu tun hat. Aber ich glaube nicht, daß diese modische Forderung an den Menschen Dich ernstlich gefährden könnte.

Ich sehe, daß mein Brief an Dich fast zu einer Abhandlung geworden ist. Ich werde ihn darum abschreiben lassen und ihn bei Gelegenheit auch anderen zu lesen geben, Du wirst nichts dagegen haben.

An Herrn V.

12. Januar 1949

... Jenes deutsche Wesen, das wir lieben und dem wir zugehörig und verpflichtet sind und das Sie in Bach, Luther, Goethe verehren, – warum soll es der Verteidigung durch Waffen bedürfen? Sie verlegen da, glaube ich, wie man es gerne tut, ein moralisches Problem auf eine andere Ebene, vielmehr: Sie machen sich selber Skrupel und schlechtes Gewissen um etwas Wesenloses, während Sie Ihrem echten, wirklichen Problem damit ausweichen.

Es haben mir während des siegreichen deutschen Raubzuges durch halb Rußland manchmal deutsche Soldatenknaben geschrieben: „Wir stehen hier am Kaukasus, um jene höchsten Güter deutschen Geistes zu schützen, zu denen wir auch Ihr Werk rechnen" und ähnlichen Knaben-Unsinn. In Wirklichkeit halfen alle diese armen Helden den Bestien, die das „Vaterland" regierten, alles gut und echt Deutsche vollends kaputt zu machen. Und nun kommen auch Sie noch und plagen sich damit, ob Sie nicht etwa doch am Ende dem Deutschland Goethes mit dem Schwert aufhelfen sollten!

Nein, Sie verraten weder Goethe noch Bach, wenn Sie ihretwegen das Schwert nicht ziehen. Sie verraten Ihr Deutschtum aber, wenn Sie sich Ihrer geistig-moralischen Aufgabe: nämlich eben jenem unsterblichen geistigen Deutschtum immer fester und auf immer fruchtbarere Art anzugehören, – wenn Sie dieser Aufgabe davonlaufen in die Sentimentalitäten der Melancholie, der Sünde oder des Selbstmordes hinein. Denn das Selbstmördertum hört erst mit der vollendeten Tat auf, sentimental zu sein ...

Antwort an einen deutschen Studenten

Januar 1949

Briefe wie den Ihren, von wohlgesinnten und suchenden jungen Deutschen, bekomme ich viele hundert im Jahr, und es sind vom Reaktionär bis zum Kommunisten alle Schichten vertreten. Aber bei allen gibt es Dunkelheiten und Widersprüche in der Logik, auch bei Ihnen. Sie hören gläubig dem Professor zu, der die Schuld am Zustand der Welt auf den „Eintritt der Massen in die Geschichte" schiebt, und sind selber der Sohn eines Akademikers, der im Vollbesitz der bürgerlich-individualistischen Traditionen dennoch, wie 99 Prozent seiner Kollegen, „nominell" der Partei Hitlers angehörte. Nominell oder wie immer, er hat durch seine Mitgliedschaft Hitler und die Judenfolterungen und die ganze satanische Welt jenes Deutschland bejaht und unterstützt. Und bezieht dafür noch heute und unter den Russen eine Pension, sei sie noch so gering. Unter Hitler hätte er die als gewesenes Mitglied der Kommunistischen Partei nicht bekommen. Die Russen sind also immer noch um einen winzigen Grad menschlicher als die Partei es war, der Ihr Vater angehörte. Für uns Ausländer sind alle diese Dinge, oder vielmehr die Einstellung des deutschen Volkes zu ihnen, nicht recht begreiflich. Aber wir sind daran gewöhnt, daß man das in Ihrem Lande besser weiß, und daß sehr wenige dort Lust haben, einfach die ungeheure Schuld sich selber einzugestehen und sie auf sich zu nehmen.

Das ist nun ein sehr viel längerer Brief geworden als ein alter invalider und überbürdeter Mann sich eigentlich erlauben darf. Er will Ihnen nicht etwa weh tun, er ist nur ein Versuch zur Klärung.

Seien Sie mit guten Wünschen gegrüßt von Ihrem

An Alfred Henning, Weimar

3. Februar 1949

Hochgeschätzter Herr Henning

Ihr Brief vom 20. Januar mit den drei Tafeln hat mich erreicht, aber nicht in dem Sinne, in dem Ihr Anruf gemeint war. Ich habe zwar mit Teilnahme und mit Vergnügen die Nachricht vernommen, daß Glasperlenspiele von Ihnen schon zu einer Zeit gespielt wurden, als ich dieser Idee noch nicht begegnet war und ihr noch nicht den dichterischen Namen gegeben hatte. Auch bin ich durch die Nachricht, daß diese Konzeption von wissenschaftlicher Seite her gleichzeitig, ja früher als von mir gefaßt und zum Teil realisiert wurde, nicht irgendwie irritiert, sondern rein erfreut, und wünsche Ihrer Erfindung jedes Gedeihen. Es sind mir schon mehrmals, seit mein Buch erschien, Briefe von Glasperlenspielern zugegangen, die mir gleich Ihrem Briefe zeigten, daß ich da einem Gedanken oder einem geistigen Bedürfnis Ausdruck gegeben habe, das in der Zeit liegt und nicht nur meine individuelle Imagination war. Diese Glasperlenspiele waren allerdings nicht so komplex und universal wie die Ihren, sie gingen von der Musiktheorie aus und blieben mehr oder weniger innerhalb des Musikalischen.

Worin ich Sie enttäuschen muß, das ist Ihre Erwartung, daß ich den Rest meiner Tage und Kräfte nun dem Studium Ihrer Sache widmen werde. Es würden mir, der ich ein Einzelner und kein Wissenschaftler bin, dazu nicht nur viele formale Voraussetzungen, sondern vor allem die Kräfte fehlen. Ich habe das, was ich zu „unserer" Idee zu sagen habe, ja längst gesagt. Inzwischen sind andre Aufgaben und Pflichten mir zugewachsen, von denen die meisten mit Literatur nichts mehr zu tun haben. Auch die schönsten und interessantesten Bücher und Manuskripte müssen ungelesen bleiben.

Svenska Akademien, Stockholm

2. März 1949

Hochgeschätzte Herren

Bei Ihren Erwägungen für künftige Literatur-Nobelpreise möchte ich Sie bitten, zwei bedeutende und höchst verdienstvolle Persönlichkeiten mit in Betracht zu ziehen. Beide gehören jenem Bereich der Literatur an, über den ich mir ein Urteil erlauben darf: dem deutsch-sprachigen.

Da ist vor allem Martin Buber, der Jude und große Lehrer und Führer der geistigen Elite unter den Juden. Als Übersetzer der Bibel, als Wiederentdecker und Verdeutscher der chassidischen Weisheit, als Gelehrter, als großer Schriftsteller, und schließlich als Weiser, als Lehrer und Repräsentant einer hohen Ethik und Humanität ist er nach der Meinung derer, die sein Werk kennen, eine der führenden und wertvollsten Persönlichkeiten im heutigen Schrifttum der Welt.

Der zweite Name, den ich Ihnen in Erinnerung rufen möchte, ist der von Gertrud von Le Fort. Man kann sie in gewissem Sinne Frau Undset an die Seite stellen: Katholikin, Meisterin der geschichtlichen und auch der mythischen Erzählung, zugleich innerhalb des Hitlerschen Deutschland wohl die wertvollste, begabteste Vertreterin der intellektuellen und religiösen Widerstandsbewegung. Als Vertreterin menschlich christlicher Gesinnung ist sie Frau Undset gleichwertig, als Dichterin stelle ich sie noch höher.

Genug, ich habe es für meine Pflicht gehalten, Ihnen diese beiden ehrwürdigen Gestalten und ihr großes Lebenswerk in Erinnerung zu bringen.

Mit herzlicher Hochschätzung und ergebenen Grüßen Ihr

An einen Professor in Amerika

der mir meldete, daß er als deutscher Emigrant in der Hitlerzeit heute wieder von Kollegen, selbst ehemaligen Freunden in Deutschland beschimpft und geschulmeistert wird, weil er als Emigrant „sich um die Teilnahme am deutschen Schicksal gedrückt" habe.

Im April 1949

Ihr Brief bestätigt meine eigenen Erfahrungen. Aber trotz alle dem ist uns ein Zweifel an dem, was Sie die deutschen Kulturwerte nennen, nicht erlaubt. Wir haben die Aufgabe, den übernationalen Gedanken, den Gedanken der Einheit der Menschheit und ihrer Kultur, fördern zu helfen, und haben jedem Nationalismus Widerstand zu leisten: dem dummstolzen Patriotismus und Größenwahn des Durchschnittsdeutschen, Durchschnittsamerikaners etc. wie umgekehrt den Ressentiments gegen ganze Nationen in unsern eigenen Herzen. Wir Geistigen haben, allen Dampfwalzen und Normierungen zum Trotz, das Differenzieren zu üben und nicht das Verallgemeinern.

Und so wohlberechtigt unsre Ressentiments gegen Deutschland sind, so widerlich die schon wieder vorhandene deutsche Großschnäuzigkeit auch ist, so stehen, wie überall, auch in Deutschland dem allgemeinen Dreck sehr viele einzelne, individuelle Gedanken, Taten und Haltungen von vorbildlicher Reinheit und Größe gegenüber. – Wir müssen Widerstand leisten, wir dürfen nicht nachgeben, auch nicht unsern heftigsten und bestbegründeten Haßgefühlen.

An Otto Basler, Burg (Aargau)

April 1949

Lieber Herr Basler

Danke für Ihren erfreulichen Brief. Ich bin gerührt über die Zeichen der Sympathie und Kameradschaft, die von Thomas Mann kommen. Er selber hat einmal im Gespräch mit uns gesagt: „In der geistigen Welt gibt es keine unglückliche Liebe", und das trifft auch auf unser gegenseitiges Verhältnis zu, so wie ich auch früher gelegentlich überrascht wurde durch die Kunde, daß manche Zeitgenossen, von denen ich das nie gedacht hätte, mich kennen und meine Schriften lieben, die beiden am meisten überraschenden Namen waren die von André Gide, der mir einst vor vielen Jahren ein Briefchen schrieb, und von Franz Kafka, von dem sein Freund Brod mir viele Jahre nach Kafkas Tod erzählte, daß er alles von mir gelesen und sehr gern gehabt habe. In beiden Fällen bestand von meiner Seite her das gleiche Verhältnis in der Sympathie und Bewunderung für die andern.

Die Zeitungen lese ich nicht, kann also nicht sagen, was die Zürcher Zeitung über Manns Beziehung zum Kommunismus gebracht hat. Aber ich glaube kaum, daß er darüber viel anders denkt als ich. Ich habe von allem Anfang an den Kommunismus genau ebenso für mich abgelehnt wie den Fascismus, aber doch mit dem Unterschied, daß ich den Kommunismus für einen Versuch halte, der gemacht werden muß, während der Fascismus lediglich ein nutzloser Versuch des Rückschritts ist. Aber solang der Kommunismus nicht etwa die Verteilung von Macht und Besitz unter Alle sich zum Ziel setzt, sondern die „Diktatur des Proletariats", ist er mit Marx verglichen ein Rückschritt, und solang seine Nutznießer nicht das Volk, sondern die kleine Clique von Bonzen sind, ist ja nicht weiter darüber zu reden.

Ich zweifle nicht, daß Th. Mann sehr ähnlich denkt.

Noch etwas: Ich bitte Sie, Mann sehr von mir zu grüßen und zu melden, daß es mir endlich gelungen ist, den schönen Mann-Vortrag des mir befreundeten Dr. Amstein unterzubringen: er wird im Maiheft der Neuen Schweizer Rundschau stehen, und wahrscheinlich im gleichen Heft ein kleines Stückchen Prosa von mir.

Notiz aus dem Sommer 1949

Wer viele Briefe bekommt und von vielen angegangen wird, dem kommt heutzutage ein nicht aussetzender Strom von Elend jeder Art entgegen, von der sanften Klage und schüchternen Bitte bis zum wütend grollenden Auftrumpfen der cynischen Verzweiflung. Wenn ich in eigener Person das ertragen müßte, was an Jammer, Bedrängnis, Armut, Hunger, Heimatlosigkeit die Briefpost eines einzigen Tages mir zuträgt, so wäre ich längst nicht mehr am Leben, und mancher dieser oft sehr sachlichen und anschaulichen Berichte stellt mir Zustände vor Augen, in welche mit der mitfühlenden Phantasie einzudringen und welche wirklich anzunehmen und wahrzuhaben mir große Mühe macht. Ich habe mich im Lauf dieser letzten Jahre damit abfinden müssen, mein Empfinden und Verstehen für jene Fälle von großer Not zu sparen, denen wenigstens einigermaßen abzuhelfen, denen mit Trost und Rat oder mit materieller Gabe beizukommen ist.

Unter den Briefen, welche einen geistigen und moralischen Beistand erbitten, ist eine bestimmte Kategorie erst in diesen Elendsjahren in den Bereich meiner Erfahrung getreten. Es sind Briefe von nicht mehr jugendlichen, manchmal schon alten Menschen, denen durch die bis zur Unerträglichkeit gesteigerte Härte und Bitterkeit des äußeren Lebens ein Gedanke nahegelegt wird, der ihrem Charakter fremd ist und in ihrem Leben vorher niemals aufgetaucht war: der Gedanke, dem Jammer durch den Selbstmord ein Ende zu machen. Von jugendlichen, weichherzigen, etwas dichterisch und etwas sentimental veranlagten Leuten freilich kamen Briefe voll solcher Stimmungen schon immer, sie gehören zum Bekannten und Gewohnten, und ich bin zuweilen ziemlich deutlich, ja derb geworden in meinen Antworten auf das Liebäugeln oder gar das Drohen mit dem Selbstmord. Ich schrieb diesen Lebensmüden etwa, daß ich zwar den Selbstmord keineswegs verurteile, aber erst den wirklichen, vollzogenen, vor dem ich nicht weniger Respekt habe als vor jeder andern

Todesart, daß ich aber Unterhaltungen über Lebensüberdruß und suicide Absichten nie so ganz und gar ernst nehmen könne, wie es ihr Wunsch sei, sondern in ihnen eine nicht ganz erlaubte, nicht ganz anständige Mitleids-Erpressung zu sehen geneigt sei. Aber nun kommen, nicht häufig, aber doch immer wieder, auch von bisher lebenstüchtigen und bewährten Leuten diese Briefe mit der Frage, was ich vom Selbstmord halte, denn es werde immer schwerer und immer unerträglicher, dies Leben, dem aller Sinn, alle Freude, alle Schönheit und Würde fehle, und darauf gibt es keine Antwort ohne völliges Ernstnehmen und Anerkennen der mir zugetragenen Not.

Ein paar Sätze aus meinen Antworten auf solche Anrufe habe ich mir notiert . . .

Ein Mann von mehr als fünfzig Jahren bat mich nüchtern und ohne jede Spur von Phrase um meine Meinung über den Selbstmord, an den er in einem tätigen und verantwortungsvollen Leben niemals gedacht habe, der ihm aber jetzt als die einzige Befreiung von einem allzu schwer, allzu sinnlos und würdelos gewordenen Leben sich immer eindeutiger und unabweislicher anbiete. Aus meiner Antwort an ihn notierte ich mir die Sätze:

„Als ich etwa fünfzehn Jahre alt war, verblüffte uns einmal einer unserer Lehrer mit der Behauptung, der Selbstmord sei die größte moralische Feigheit, die der Mensch begehen könne. Ich hatte bis dahin eher dazu geneigt zu glauben, daß ein gewisser Mut, ein gewisser Trotz und Schmerz dazu gehöre, und hatte für die Selbstmörder eine mit Grauen gemischte Hochachtung empfunden. So war der mit dem Anspruch eines Axioms vorgetragene Spruch des Lehrers mir wirklich für den Moment eine Verblüffung, ich stand dumm und ohne Erwiderung vor diesem Spruch, er schien ja alle Logik und alle Moral für sich zu haben. Doch hielt die Verblüffung nicht lange vor, ich kehrte bald dazu zurück, auch meinen eigenen Gefühlen und Gedanken wieder zu glauben, und so sind die Selbstmörder mir zeitlebens beachtenswert, sympathisch und irgendwie, wenn auch auf düstere Weise, ausgezeichnet erschienen, Beispiele eines menschlichen Leidens, dem die Phantasie jenes Lehrers nicht nachkam, und eines Mutes und Trotzes, den ich nur lieben konnte. Auch sind in der Tat die Selbstmörder, die ich gekannt habe, lauter zwar problematische, aber wertvolle, überdurchschnittliche Menschen gewesen. Und daß sie außer der Courage, sich die Kugel in den Kopf zu schießen, auch noch die Courage und den Trotz gehabt hatten, sich den Lehrern und der Moral unbeliebt und verächtlich zu machen, konnte mein Mitgefühl nur erhöhen.

Wenn einem Menschen, so denke ich mir, durch Natur, Erziehung und Schicksal der Selbstmord unmöglich und verboten ist, dann wird er ihn, auch wenn gelegentlich die Phantasie ihn mit diesem Ausweg in Versuchung führt, nicht ausführen können, es wird ihm einfach verboten bleiben. Ist es anders, und wirft einer das Leben, das ihm unerträglich geworden ist, entschlossen von sich, so hat er nach meiner Meinung dazu dasselbe Recht, wie andre es auf ihren natürlichen Tod haben. Ach, bei manchen, die sich umgebracht haben, habe ich ihren Tod als natürlicher und sinnvoller empfunden denn so manchen andern!“

Einige Male im Jahr aber kommt eine Art von Brief, an der ich besondere Freude habe und deren Erwiderung ich die größte Liebe zuwende. Einige Male im Jahr kommt es vor, daß jemand bei mir anfragt, ob noch eines von den mit Bildchen geschmückten Gedichtmanuskripten zu haben sei, die ich den Liebhabern zur Verfügung halte und deren Ertrag mir einen Teil der Ausgaben für alle die Pakete und Unterstützungen in die Länder des Elends und Hungers decken müßte. Eine solche Anfrage kam dieser Tage nach einer Pause von vielen Monaten, einmal wieder und setzte mich in Arbeit und Brot. Ich halte, wenn irgend möglich, stets ein solches Manuskript oder zwei vorrätig, und hat eines einen Liebhaber gefunden, so suche ich es möglichst bald zu ersetzen. Dies ist von allen Arbeiten, die ich je getan habe, mir eine der liebsten, und sie geht etwa folgendermaßen vor sich:

Zuerst öffne ich den Papierschrank in meinem Atelier. Ich besitze ihn seit dem Bau meines jetzigen Hauses, er enthält eine Reihe sehr breiter und tiefer Zugfächer für Papierbogen. Der Schrank und das viele, zum Teil edle und alte, heute meist nicht mehr zu beschaffende Papier ist eine jener Wunscherfüllungen nach dem Spruch „Was man in der Jugend wünscht, hat man im Alter die Fülle". Als kleiner Knabe habe ich zu Weihnacht und Geburtstag mir jedesmal Papier gewünscht, als etwa Achtjähriger tat ich es auf dem Wunschzettel mit den Worten „Ein Bogen Papier so groß wie das Spalentor". Später habe ich immer wieder Gelegenheiten zum Erwerb schöner Papiere benützt, oft habe ich sie gegen Bücher oder gegen Aquarelle eingetauscht, und seit der Schrank existiert, bin ich Besitzer von weit mehr Papier, als ich je werde verbrauchen können. Ich öffne den Schrank und gehe ans Auswählen eines Papiers, manchmal locken mich die glatten, manchmal die rauhen, manchmal die edlen Aquarellpapiere, ein andermal die einfacheren Druckpapiere. Diesmal bekam ich beim Suchen Lust auf ein sehr einfaches, leicht gelbliches Papier, von dem ich noch wenige gesparte Bogen pietätvoll bewahre. Es ist das Papier, auf das einst eines meiner liebsten Bücher, die „Wanderung", gedruckt wurde. Dies ist nicht kostbar, aber es hat eine besondere, ganz schwach saugende Porosität, die den darauf gesetzten Wasserfarben etwas leicht Verbleichtes, Altes gibt. Es hatte, wie ich mich erinnerte, auch seine Gefahren, doch wußte ich nicht mehr welche es seien, und mich von ihnen überraschen und auf die Probe stellen zu lassen, dazu war ich gerade aufgelegt. Ich nahm die Bogen heraus, schnitt mit dem Papierfalzer das erwünschte Format zurecht, suchte ein passendes Stück Karton als Schutzmappe dazu, und begann meine Arbeit. Ich male stets zuerst das Titelblatt und die Bilder, noch ohne Rücksicht auf die Texte, die ich später erst auswähle. Die ersten fünf, sechs Bilder, kleine Landschaften oder einen Blumenkranz, zeichne und male ich auswendig nach vertrauten Motiven, für die folgenden suche ich anregende Vorlagen aus meinen Mappen zusammen.

Ich zeichne mit Sepia einen kleinen See, ein paar Berge, auch eine Wolke in den Himmel, baue im Vordergrund am Hügelhang ein kleines Spieldorf auf, gebe dem Himmel etwas Kobalt, dem See einen Schimmer Preußischblau, dem Dorf etwas Goldocker oder Neapelgelb, alles ganz dünn, und freue mich darüber, wie das sanft saugende Papier die Farben dämpft und zusammenhält. Ich wische mit feuchtem Finger den Himmel etwas blasser und unterhalte mich mit meiner naiven kleinen Palette aufs beste, lang habe ich das Spiel nicht mehr geübt. Es geht ja allerdings nicht mehr wie einst, ich ermüde viel rascher, die Kraft reicht nur für wenige Blätter im Tag. Aber noch immer ist es hübsch und macht mir Spaß, eine Handvoll weißer Blätter in eine Bilderhandschrift zu verwandeln und zu wissen, daß die Handschrift sich weiter verwandeln wird, in Geld zunächst, dann aber in Pakete mit Kaffee, mit Reis, mit Zucker und Öl und Schokolade, und des weitern zu wissen, daß damit ein Strahl von Ermunterung, von Trost und neuer Kraft in teuren Menschen entzündet wird, ein Jubelgeschrei bei Kindern, ein Lächeln bei Kranken und Alten, und auch da und dort ein Schimmer von Glauben und Vertrauen in übermüdeten und mutlos gewordenen Herzen ...

Es ist ein hübsches Spiel, und ich mache mir kein Gewissen daraus, daß diesen kleinen Malereien ein künstlerischer Wert nicht innewohnt. Als ich einst die allerersten dieser Heftchen und Mäppchen machte, waren sie noch viel unbeholfener und kunstloser als heute, es war während des ersten Weltkrieges, und ich machte sie auf den Rat eines Freundes, damals zugunsten der Kriegsgefangenen, es ist lange her, und später kamen Jahre, in denen ich über einen Auftrag froh war, weil ich selber es nötig hatte. Heute nun sind es nicht mehr, wie vor Jahrzehnten, Bibliotheken für Kriegsgefangene, in die ich meine Handarbeiten verwandle. Die Leute, in deren Dienst ich heute meine kleinen Handarbeiten herstelle, sind nicht anonyme Unbekannte, ich gebe die Erträge meiner Arbeit auch nicht einem Roten Kreuz oder dieser oder jener

Organisation, ich bin mit den Jahren und Jahrzehnten immer mehr ein Liebhaber des Individuellen und Differenzierten geworden, entgegen allen Tendenzen unsrer Zeit. Und möglicherweise bin ich damit nicht nur ein wunderlicher Eigenbrötler, sondern habe objektiv recht. Zum mindesten kann ich feststellen, daß mir das Betreuen einer kleinen Zahl von Menschen, die ich zwar nicht alle persönlich kenne, deren jeder aber mir etwas bedeutet, deren jeder seinen eigenen, einmaligen Wert und sein besonderes Schicksal hat, viel mehr Freude macht und mir im Herzen richtiger und notwendiger scheint als die Fürsorge und Wohltätigkeit, die ich einst als Rad einer großen Fürsorge-Maschinerie mitbetreiben half. Auch heute stellt jeder Tag an mich die Forderung, mich der Welt anzupassen und, wie die meisten es tun, mich all der aktuellen Aufgaben mit Hilfe von Routine und Mechanisierung zu entledigen, mit Hilfe eines Apparats, einer Sekretärin, einer Methode. Vielleicht sollte ich die Zähne zusammenbeißen und es noch auf meine alten Tage erlernen? Aber nein, es wäre mir nicht geheuer dabei, und alle jene vielen, deren Not ihre Wellen bis auf meinen überhäuften Schreibtisch spült, wenden sich ja an einen Menschen, nicht an einen Apparat. Bleibe jeder bei dem, was sich ihm bewährt hat!

An Herrn Z.

2. August 1949

Lieber Herr Z.

Es ist eigentlich unnütz, diese Zeilen zu schreiben, aber da es Ihnen mit Ihrem Anliegen ernst ist, möchte ich mich doch nicht entziehen.

Ich habe im „Glasperlenspiel“ die Welt der humanistischen Geistigkeit dargestellt, die vor den Religionen zwar Respekt hat, aber außerhalb derselben lebt. Ebenso habe ich vor dreißig Jahren im „Siddhartha“ den Brahmanensohn dargestellt, der aus der Tradition seiner Kaste und Religion hinaus seine eigene Art von Frömmigkeit oder Weisheit sucht.

Mehr als dies habe ich nicht zu geben. Über die Werte und Segnungen der christlichen Religion wird Ihnen jeder Priester und jeder Katechismus mehr sagen, als ich Ihnen sagen könnte.

Mir ist das humanistische Ideal nicht ehrwürdiger als das religiöse, und auch innerhalb der Religionen würde ich nicht einer vor der andern den Vorzug geben. Eben darum könnte ich keiner Kirche angehören, weil dort die Höhe und Freiheit des Geistes fehlt, weil jede sich für die beste, die einzige, und jeden ihr nicht Zugehörenden für verirrt hält...

... Sie müssen also selbst wählen. Der Weg in die Kirchen ist leicht zu finden, die Tore stehen weit offen, an Propaganda fehlt es auch nicht. Der Weg nach Kastalien und darüber hinaus, den Knecht geht, ist schwieriger. Niemand wird eingeladen, ihn zu gehen, und wenn auch Kastalien vergänglich ist, so teilt es dies Los mit allem Menschenwerk. Dieser Vergänglichkeit ins Gesicht zu blicken, gehört mit zur geistigen Tapferkeit.

An Herrn K. St., Blecher bei Düsseldorf

Ende August 1949

... Am besten wird es sein, wenn ich Ihnen ohne Phrase sage, wie Ihr Brief mir gefallen hat.

Gefallen hat mir Ihre Begabung, sie verspricht etwas, sie ist nicht die eines Literaten, sondern die eines Dichters.

Gefallen hat mir auch die Aufrichtigkeit, mit der Sie sich selbst und mir gegenüber sich die Problematik Ihres Lebens und Ihrer Generation klar zu machen suchen. Zusammen mit jener Begabung ist sie etwas Positives und Schönes ...

... Nicht gefallen hat mir manches im Tonfall Ihres Briefes, das mich an das erinnert, was sich der Ausländer als „deutsche Jugend“ vorstellt: etwas Verstiegenes und in Leid und Verzweiflung Verliebtes, etwas „Faustisches“ und Existentialphilosophisches also, wovon wir Ausländer wenig halten. Diese von Tragik und Größe berauschte Jugend war einst, als sie mit Rucksack und Gitarre herumzog, halb drollig halb liebenswürdig, eignete sich aber bald darauf vorzüglich zum Kriegführen, Erobern, Foltern und andern Tätigkeiten, von denen wir ebenfalls nichts halten.

Was mir an Ihrem Brief also nicht gefällt, ist mehr das Allgemeine, das Sie mit Ihrer Generation gemeinsam haben, als das Individuelle. Es würde mir darum Freude machen, wenn Sie all Ihre Kraft darauf wenden würden, das Individuelle, Einmalige, Schöne in Ihnen zur Gestalt und Reife zu bringen, und das Andre, Kollektive möglichst abzubauen, mindestens ihm zu mißtrauen, es ist eine Mitgift ohne viel Wert.

Das ist mein ganz subjektiver Eindruck, und ich habe ihn Ihnen mitgeteilt, weil etwas in Ihrem Brief mir gefiel und mich ehrlich und schön ansprach ...

An Herrn K. K. in C.

19. September 1949

Lieber Herr K.

Danke für Ihren Brief. Ich verstehe und billige seine Tendenz, doch macht es mich traurig zu sehen, wie auch ein Mann wie Sie durch die Brille einer Theorie die reale Welt falsch sehen kann. Mein treuer Verleger und Freund Suhrkamp ist für Sie, auf Grund einer marxistischen Schablone, ein rückständiger Kapitalist, der meine Bücher dem jämmerlichen Bourgeois verkauft, sie dem edlen und nach nichts als Geist und Bildung strebenden Arbeiter aber tückisch vorenthält. Glauben Sie wirklich im Ernst an solche Märchen?

Für mich ist weder der Arbeiter so heilig, der auf die Minute seine Arbeit verläßt, um heim oder ins Kino zu gehen, noch ist der „Kapitalist“ und Unternehmer, der seinen bedrohten Betrieb und seine Leute zu halten sucht und weder Feierabend noch Kino noch Ferien kennt, für mich der rückständige Typ wie Sie ihn sehen. Für mich ist z. B. Suhrkamp vor allem ein Mann, eine Person, ein Charakter, und da kann ich nur sagen: wenn Deutschland tausend solche Menschen und Charaktere hätte, wäre es zu retten. Dieser Mann, über den Sie mir so töricht schreiben, hat Gefängnis, K.Z., Verurteilung zum Strang und schwerste Mißhandlung erduldet, ohne einen Schritt weit nachzugeben. Er hat, ohne ein einziges Wort der Klage, im Krieg seinen persönlichen Besitz und seinen Verlag verloren, und jetzt beginnt er seinen Verlag, darunter auch mein Werk, langsam und geduldig wieder aufzubauen. Er gerät damit in manche Nöte, unter andrem wollen ihm die Sieger, die ihn als Nazigegner etwas protegierten, minderwertige ausländische Literatur aufzwingen, er bleibt auch hier standhaft ohne jede Rücksicht auf Konjunktur. Und schließlich ist er nun, wie alle deutschen Verlage in diese schwerste Buchkrise seit 35 Jahren hinein geraten. Und in diesem Augenblick soll ich ihn im Stich lassen, soll ihn gar mit einem „Machtwort" anbrüllen, wie Sie es von mir erwarten?

Nein, so preußisch ist es zwischen meinem Verleger und mir nie zugegangen. Und so werde ich auch heute kein Machtwort sprechen, was auch recht töricht und unnütz wäre, denn um Machtworte zu sprechen, muß man Macht haben, ich habe aber keine, sondern halte mich ebenso wie Suhrkamp an unsre Verträge.

Im Augenblick ist er, der jahrelang keinen Tag Ferien gehabt hat und seit dem K.Z. ein kranker Mann ist, nicht erreichbar. Wir haben es nach langen Bemühungen dahin gebracht, daß er in ärztlicher Behandlung und in einer Kur ist, und da werde ich ihn hübsch in Ruhe lassen. Kommt er einmal wieder in die Schweiz, so wird zu den vielen Fragen, die seit langem auf Besprechung warten, auch die der Gilde gehören.

Ihnen Beiden herzliche Grüße von Ihrem

An Herrn A. Sch., Geislingen

27. Oktober 1949

Lieber Herr Sch.

Wie typisch deutsch ist das, was Sie mir von Ihrem „älteren Freund" berichten. Er hat die ganze Schweinerei seit 1933 miterlebt, sitzt mitten im deutschen Elend und Zerfall; was ihm aber Sorge macht und wogegen er „Feuer und Schwert" aufrufen will, ist die Sorge um die Moral Norwegens, das einen Landesverräter, der leider zugleich ein großer Dichter ist, nach seiner Meinung falsch behandelt. In Frankreich wäre Hamsun in der ersten Reihe der füsilierten „Kollaborationisten" gewesen. In Deutschland wäre er durchgeschlüpft. Ob Norwegen ihn „richtig" behandelt, weiß ich nicht, es gibt in einem solchen Dilemma überhaupt kein „richtig". Und mir persönlich würde es natürlich besser gefallen, wenn man ihn laufen gelassen und es dem Volk allein überlassen hätte, wie es sich zu ihm verhalten wolle.

Von Hamsun abgesehen, der ja nicht nur ein Nazifreund, sondern auch in der Mehrzahl seiner Bücher ein bissiger Geistfeind war, macht es mich traurig, daß Ihr Freund, wenn er schon, statt in seinem eigenen Land eine Zelle des Friedens und Aufbaus zu bilden, andre Völker belehren will, es auf diese widerliche Weise tut, daß er uns Dichtern, die wir wahrlich am Schicksal Hamsuns, so wohlverdient es ist, bitter genug mitleiden – daß er also uns Dichtern nur zumutet, zu „Feuer und Schwert" zu greifen. Genau zu diesen Mitteln der Gewalt, der Dummheit und Roheit! Man wendet sich ab und schämt sich.

Gut, daß Sie selbst von dem Unsinn dieses Freundes nicht angesteckt sind und so vernünftig und richtig denken! Denn dem, was Sie über die Liebe und den „Wandlungsprozeß" sagen, kann ich vollkommen zustimmen.

Freundlich grüßend

An Dagens Nyheter, Stockholm

Telegraphische Antwort auf eine Umfrage, den Literatur-Nobelpreis betreffend

5. November 1949

Würdigster Kandidat scheint mir MARTIN BUBER, der deutsche Jude, Bibelübersetzer, Dichter und Erneuerer chassidischer Tradition. Buber ist nicht nur ein großer Schriftsteller mit weltweiter Wirkung, er ist auch einer der wenigen echten Weisen und Lehrer der heutigen Menschheit. Er ist 1878 geboren, Lehrer und Mitbegründer der Universität Jerusalem.

An Martin Buber

nach dem Erscheinen der Gesamtausgabe seiner Chassidischen Erzählungen

Baden, Ende November 1949

Lieber Herr Martin Buber

Für Ihren Band in der „Bibliothek der Weltliteratur" sage ich Ihnen herzlichen Dank. Es war seit langer Zeit ein Wunsch von mir, die Chassiden-Geschichten so gesammelt zu sehen; ich freue mich, das noch erlebt zu haben, und für Sie muß es eine nicht minder große Freude sein.

Scheinbar war es ja ein weiter Weg von den zerstreuten anekdotischen Legenden jener Epoche des Ostjudentums bis zu diesem Buch der Weltliteratur. Aber wo ein Licht brennt, gehen seine Strahlen nicht verloren, und wenn die Geschichten der alten Chinesen vom Leben und den Gesprächen ihrer Weisen zweitausend Jahre auf ihren Eintritt ins Pantheon der Völker warten konnten, ohne daß von ihrer Kraft etwas verloren ging, so waren die zwei Jahrhunderte vom Aufblühen des Chassidismus bis zu dieser klassischen Sammlung eine kleine Zeit.

Ich habe, seit wir uns zuletzt sahen, viele Male Freude an Ihren Schriften gehabt, am meisten an jenem holländischen Vortrag und an Ihrem so tapfer-heiteren Beitrag zur Existentialphilosophie. Auch dafür danke ich Ihnen.

An Frau Fr.

Ende 1949

Verehrte Frau Fr.

Ihr Brief hat eine gute Weile warten müssen. Es kommen so viele, und da bleiben die längsten eben auch am längsten liegen.

Endlich habe ich nun Ihren Brief gelesen. Er verfolgt, wenn ich Sie recht verstehe, zwei Zwecke: erstens wollen Sie mir Ihren Abscheu gegen Thomas Mann und seinen „Faustus" möglichst ausführlich und kraß zum Ausdruck bringen und nebenher mir damit schmeicheln, daß ich nach Ihrer Überzeugung niemals ein so unverschämtes, hochmütiges, mit allem Hergebrachten und Heiligen seinen Spott treibendes Buch hätte schreiben können wie jener Entartete. Und dann, zweitens, deuten Sie an, daß Sie im Frühling in die Schweiz zu kommen hoffen und mir dann einen Besuch zugedacht haben.

Darauf ist nun schwierig zu antworten. Wenn Sie Thomas Manns Buch nicht haben verstehen und goûtieren können, so war das Ihr Fehler und nicht der seine. Und Ihre vernichtenden Urteile über Thomas Mann, der mein lieber Freund und sehr verehrter Kollege ist, bedienen sich eines Vokabulars und einer Beweisführung, die ich hunderte Male habe hören und lesen müssen, so daß ich beinahe annehmen möchte, Sie haben da fremde Urteile, und zwar sehr falsche und törichte Urteile, einfach übernommen und das Buch gar nicht selbst gelesen. Denn wäre es wirklich in Ihren Händen gewesen und hätte es vom ersten Kapitel an so abstoßend und widerwärtig auf Sie gewirkt, wie Sie sagen, dann hätten Sie sich ja gewiß nicht die Qual auferlegt, es bis zu Ende zu lesen. Ich nehme also an, Sie haben diese beschämend dummen Urteile nur eben in Ihrem Bekanntenkreise gehört oder in den Feuilletons Ihrer Zeitung gelesen, und erspare mir die Antwort.

So bleibt noch Ihr zweites Anliegen, der geplante Besuch bei mir.

Ja, wenn Sie diesen Besuch ausführen würden, so fänden Sie an meiner Haustür ein Papier mit folgendem Text:

Worte des Meng Hsiä

alt chinesisch

Wenn Einer alt geworden ist und das Seine getan hat, steht ihm zu, sich in der Stille mit dem Tode zu befreunden.

Nicht bedarf er der Menschen. Er kennt sie, er hat ihrer genug gesehen. Wessen er bedarf, ist Stille.

Nicht schicklich ist es, einen Solchen aufzusuchen, ihn anzureden, ihn mit Schwatzen zu quälen.

An der Pforte seiner Behausung ziemt es sich vorbeizugehen, als wäre sie Niemandes Wohnung.

Ich weiß nicht, wie Sie sich nach der Lesung dieses Spruches verhalten würden. Nehmen wir an, Sie seien ein ungewöhnlich feinfühliger Mensch, so würden Sie merken, daß diese Chinesenworte weder ein Spaß noch ein Appell an Ihre literarische Bildung sind, Sie würden sie richtig verstehen, als flehentliche Bitte nicht nur, sondern auch als Mahnung gegen das Unsinnige und Pöbelhafte eines Massenandrangs von Besuchern, als Gebärde aus einer humaneren Welt. Dann würden Sie daraus die Konsequenz ziehen und den Besuch unterlassen. Aber die Wahrscheinlichkeit spricht dafür, daß Sie es ebenso halten würden wie drei Viertel meiner andern Besucher, welche gar nicht daran denken, sich durch zarte Winke und edle Rücksichten von dem abhalten zu lassen, was sie sich in ihre tüchtigen Köpfe gesetzt haben. Dann würden Sie also auf die Glocke drücken und, falls ich wirklich zu Hause sein sollte, vom Mädchen in unsern Wohnraum geführt werden. Und dann säßen wir einander gegenüber und sähen beide verlegen zu Boden, denn Sie würden rasch erkennen, daß es mir mit den Worten über das Schwatzen und Schwatzenhören völlig Ernst war. Ich glaube, es wäre weder für Sie noch für mich eine wünschenswerte Situation.

An Herrn J. S., Lienham (Schweden)

1949

Lieber Herr S.

Daß das Töten unter allen Umständen nicht der richtige Weg der Auseinandersetzung zwischen Menschen ist, wissen Sie ja längst. Die Frage ist also nur noch: werden Sie, falls Sie mit patriotischer Begründung zum Töten gezwungen werden sollen, den großen Mut aufbringen, sich zu weigern? Das kann im voraus nie ein Mensch mit völliger Sicherheit wissen und sagen: ob er fähig sein wird, dem von ihm als richtig Erkannten auch die letzten Opfer zu bringen. Es ist auch kein Mensch zu solchem Opfer verpflichtet, sondern jeder nur zu dem, was seine Kräfte ihm erlauben. Ob Sie im Ernstfall dem Befehl zum Töten offen Widerstand leisten, oder ob Sie sich damit begnügen, schweigend einen Scheingehorsam zu leisten, darüber hat nur Ihr eigener innerer Führer, Ihr eigenes Gefühl und Gewissen zu entscheiden. Wir haben nicht nur auf die Vernunft und Moral, sondern auch auf unsre eigene Natur zu hören.

An einen Bonner Studenten

1949/1950

Lieber Herr B.

Ihr Brief und was Sie darin von Ihrer Entdeckung der „Zweiwertigkeit“ mancher Dichter und Bücher sagen, stößt bei mir nicht nur nicht auf Widerspruch, wie Sie zu fürchten scheinen, sondern hat meinen vollen Beifall. Die Mehrzahl der wirklichen Dichtungen hat diese Doppelwertigkeit gehabt, das heißt sie hat sowohl das Volk und die einfachen Leser erregt, erwärmt und ergriffen wie auch die kleine intellektuelle Oberschicht. Das geschah nicht immer gleichzeitig, manchmal brauchte eine Dichtung von komplizierter und neuartiger Technik eine Weile, bis auch das Volk sie schmackhaft fand, und manchmal schien den Gebildeten und Feinen eine Dichtung zu simpel und unter ihrer Würde, deren Qualitäten sie erst später entdeckten. Denn der Gebildete ist ja nur gebildeter, keineswegs aber gescheiter als das Volk.

In meinem eigenen Autorenleben bin ich mit beiden Leserschichten tausendmal in Kontakt gekommen. Die Gelehrten und Studenten konnten die geistvolleren Briefe schreiben, aber mir war das Bekenntnis eines ungebildeten Lesers, daß er durch ein Buch von mir erfreut und getröstet oder in seiner sittlichen Haltung gestützt und bekräftigt worden sei, mindestens ebenso wertvoll wie der funkelndste Brief eines angehenden Glasperlenspielers über kastalische Fragen. Und was den Grund- und Urwert jeder Dichtung angeht, nämlich ihre sprachliche Potenz, so ist da das „Volk“ in seinem Urteil eher sicherer und unbeirrbarer als die Leute mit den philologischen oder ästhetischen Analysen und Urteilsbegründungen. Und namentlich bei negativen, absprechenden Urteilen empfinde ich die vom „Volk“ her kommenden tiefer und schmerzlicher als die der Intellektuellen.

An Theodor Heuss, Bad Godesberg

1949/1950

Lieber Herr Dr. Heuss

Ihr Gruß und Ihr Geschenk waren mir herzlich willkommen. Haben Sie schönen Dank dafür.

Ihr Buch, die „Schattenbeschwörung“, hatte ich schon gelesen, und es nun von Ihrer Hand zu besitzen, ist mir eine Freude. Sie haben ein nahezu dichterisches Gefühl für die biographischen Stoffe, die Sie da so charmant bearbeitet haben, und im Grunde ist dies Gefühl wohl nichts anderes als die Liebe. Sie haben alle diese Gestalten geliebt, sie haben in Ihrem Leben, in Ihrer Phantasie eine Rolle gespielt, und es ist kein Zufall, daß schwäbische Figuren dabei eine so große Rolle spielen. Zufall ist es auch nicht, daß die „Interessantheit" Ihrer Stoffe auf dem Reiz der Zwischenwelt zwischen Politischem und Kulturellem beruht. Das Buch hat eigene, stark spürbare Atmosphäre, und gar noch für einen Halbschwaben, der gleich manchen Ihrer Figuren der Heimat wohl biographisch, nicht aber seelisch entwachsen oder entlaufen ist. Es ist in der deutschen Literatur seit Varnhagen auf diesem Gebiet, soweit ich mich auskenne, nichts so Hübsches und höchst Anregendes vorhanden.

Daß ich an Ihnen einen guten Leser verloren habe, da Ihr Amt Sie natürlich auf lange hinaus der Muße beraubt, täte mir leid, wenn ich nicht aus hundert Zuschriften aus Deutschland wüßte, wie sehr gerade die Schicht im deutschen Volk, der meine Freunde und Leser angehören, Ihnen zugetan ist und Ihnen Vertrauen schenkt.

Wir wissen ja noch nicht, auf welchen Wegen die von der ganzen Welt so sehr begehrte Einführung der Menschlichkeit und Moral in die Politik erreicht werden könnte. Vorerst ist die erschreckte und erschöpfte Welt froh und schöpft Hoffnung, wenn wenigstens irgendwo an prominenter politischer Stelle ein Menschengesicht und Menschenherz sichtbar wird. Das wollen wir nicht unterschätzen, und es sind Ihnen viele dafür dankbar, daß Sie diese gewiß mühsame Funktion übernommen haben.

Seien Sie in alter Herzlichkeit gegrüßt

An Landesbischof Dr. Wurm, Stuttgart

der mir ein Buch gesandt hatte

1949/1950

Verehrter lieber Herr Dr. Wurm

Ihr Geschenk habe ich mit dankbarer Freude empfangen und mir ein Stück davon auch zu eigen gemacht, der Geist Ihres Büchleins ist mir teuer und tut mir wohl, und bei jeder Begegnung mit ihm erinnere ich mich eines Wortes von Ihnen: es sei schade, daß die Kirche sich Leute wie Schrempf und Hesse nicht habe erhalten können. Ich stimme diesem Urteil, so schön und richtig es von Ihrem Orte aus auch ist, nicht zu, sondern freue mich dessen, daß auch ein im Grunde konservatives historisches Gebilde wie eine Landeskirche der steten Erneuerung und Aufweckung, der lebendigen Auseinandersetzung und Anpassung bedarf und sie sowohl aus dem Kreis der christlichen Gemeinschaften und Erweckerpersönlichkeiten wie auch aus dem Kreis der wirklich oder scheinbar Abgefallenen beständig aufnimmt und verarbeitet. So wie in einem guten Parlament der Konservative und der Oppositionsmann bei allem aktuellen Streit nie zu vergessen brauchen, daß sie beide *einem* Ziel dienen und, wenn auch kämpfende Brüder, doch eben Brüder sind, so empfinde ich die Zusammenarbeit der Geister samt ihrem Streit als Leben, als Organisches, Richtiges. In einem ähnlichen Sinn, scheint mir, hat Freund Hermelink in seiner Kirchengeschichte das Wogen und Sichdurchdringen der Quellen und Einflüsse gesehen und dargestellt. Und auch in diesem Buch, das ich leider nicht ganz lesen, in dem ich aber doch des öfteren spazierengehen kann, sehe ich Sie in der Treue gegen Ihr Amt und Ihre Kirche etwas Notwendiges, Edles und Heiliges vollziehen. So wie Sie gewiß im Recht waren, wenn Sie, wie Sie einmal sagten, als Patriot meine Aufsätze aus dem ersten Krieg erst fünfundzwanzig Jahre später billigen konnten, so war ich meinerseits genötigt, schon damals einiges Notwendige auszusprechen, was sich sehr wohl mit Jesus und seiner Lehre, wenn auch weniger mit Luthers Auffassung von der Pflicht des Christen gegen seine Obrigkeit verträgt.

An Siegfried Unseld, Tübingen

1949/1950

Lieber Herr Dr. Unseld

Ihre ästhetische Frage wegen des Josef Knecht müßte mich eigentlich in Verlegenheit bringen, denn ich bin nicht so glücklich wie Sie, mich so hübschen und kastalischen Studien widmen zu dürfen, und habe das „Glasperlenspiel" seit seinem Erscheinen vor sieben Jahren bis heute noch nicht wiederlesen können, weil jeder Tag mehr aktuelle Arbeit bringt, als ich leisten kann.

Dennoch bin ich Ihnen eine Antwort schuldig, denn unter den sich immer wiederholenden Leserfragen über Kastalien und Knecht, die oft von einem erschreckend niedrigen Niveau sind, zeichnet sich die Ihre durch ihren Scharfsinn und ihre schöne Präzision so sehr aus, daß sie für einen Augenblick auch mir zu einer Frage wurde.

Ich muß mich bei meiner Antwort auf mein Gedächtnis verlassen, habe aber mit Hilfe meiner Frau immerhin die von Ihnen genannten und in einem gewissen Sinn bezweifelten Stellen nachgesehen.

Ihre Auffassung ist die, daß der Biograph Josef Knechts bestrebt gewesen sei, „seine Lebensbeschreibung den Lesern aus der Perspektive Knechts zu geben, das heißt nur das zu schildern, was der Erlebnis- und Wahrnehmungssphäre Knechts entspringt". Und diese Perspektive finden Sie an den von Ihnen genannten Stellen durchbrochen, weil jene Stellen auf Tatsachen, Worte oder Gedanken anderer hinweisen, welche Knecht nicht kennen konnte.

Es ist durchaus möglich, daß mein im Lauf von elf Jahren (und was für Jahren!) entstandenes Buch trotz aller Konzentration und Vorsicht solche bauliche Fehler enthält. Aber die „Perspektive", nach der Sie das Buch aufgebaut sehen, war nicht die meine. Vielmehr hat etwa während der ersten drei Jahre meine Perspektive sich mehrmals leicht verändert. Im Anfang war es mir vor allem, ja beinah einzig darum zu tun, Kastalien sichtbar zu machen, den Gelehrtenstaat, das ideale weltliche Kloster, eine Idee oder, wie die Kritischen meinen, einen Wunschtraum, der zumindest seit der Zeit der Platonischen Akademie vorhanden und wirksam war, eins der Ideale, die durch unsre ganze Geistesgeschichte auch als wirksame „Leitbilder" da waren. Dann wurde mir klar, daß die innere Wirklichkeit Kastaliens nur in einer dominierenden Person, einer geistigen Helden- und Duldergestalt, überzeugend sichtbar gemacht werden könne, und so trat Knecht in den Mittelpunkt der Erzählung, vorbildlich und einmalig nicht so sehr als idealer und vollkommener Kastalier, denn deren gibt es manche, als vielmehr dadurch, daß er mit Kastalien und seiner von der Welt abgetrennten Vollkommenheit nicht auf die Dauer zufrieden sein kann.

Der Biograph aber, den ich mir dachte, ist ein fortgeschrittener Schüler oder Repetent in Waldzell, der aus Liebe zur Gestalt des großen Abtrünnigen daran ging, den Roman seines Lebens für einen Kreis von Freunden und Knecht-Verehrern aufzuzeichnen. Diesem Biographen steht alles zur Verfügung, was Kastalien besitzt, die mündliche und schriftliche Tradition, die Archive, und natürlich auch das eigene Vorstellungs- und Einfühlungsvermögen. Aus diesen Quellen schöpft er, und ich finde, er hat nichts geschrieben, was innerhalb dieses Rahmens unmöglich wäre. Den letzten Teil seiner Biographie, dessen Milieu und dessen Einzelheiten von Kastalien aus nicht kontrollierbar sind, bezeichnet er ausdrücklich als die „Legende" vom entschwundenen Magister Ludi, wie sie unter seinen Schülern und über sie hinaus in der Waldzeller Tradition fortlebt.

Von den Figuren des Buches haben einige ihr individuelles Gesicht von wirklichen Personen erhalten, manche dieser

Vorbilder sind von guten Lesern denn auch erkannt worden, andere bleiben mein Geheimnis. Erkannt wurde vor allem die Figur des Pater Jakobus, die eine Huldigung an den von mir geliebten Jakob Burckhardt ist. Ich habe mir sogar erlaubt, ein Wort von ihm meinem Pater in den Mund zu legen. Er gehört mit seinem resignierten Realismus zu den Gegenspielern des kastalischen Geistes.

Eine einzige Gestalt meiner Erzählung aber ist beinahe ganz Porträt. Es ist Carlo Ferromonte. Dieser Carlo Ferromonte, vielmehr sein Urbild, war ein überaus lieber Freund und naher Verwandter von mir, um eine Generation jünger als ich, ein Musiker und Musikverständiger, an dem ganz Monteport seine Freude gehabt hätte, ein Organist, Chorleiter, Cembalist und leidenschaftlicher Sammler aller Reste von noch lebendiger Volksmusik, deren im Versinken begriffenen schwachen Spuren er auf Reisen, namentlich im Balkan, nachgegangen ist. Er, mein lieber Carlo, hat den unsinnigen Krieg als Sanitätssoldat mitmachen müssen, war zuletzt in Lazaretten in Polen und ist seit dem Ende des Krieges spurlos verschollen.

An einen achtzigjährigen Philologen

1949/1950

Lieber Professor Z.

Ihr Brief ist mir so willkommen gewesen und hat mir so gut getan wie Brot und Wein. Wie Sie da, der um zehn Jahre Ältere, mich in die Stille Ihrer Zurückgezogenheit mit aufnehmen, einzig indem Sie mich an das erinnern, wovon Sie wissen, daß ich gleich Ihnen daran als an das Dauernde im Wechsel glaube, das kommt mir vor, wie wenn ein greiser Schulmann einen nach Jahrzehnten wieder auftauchenden einstigen Schüler, der in der turbulenten Welt sich verfangen hat und sich aus dem Schlüpfrigen nach dem Festen und Trocknen sehnt, einfach dadurch tröstet und aufrichtet, daß er ihn wieder in die Gemeinschaft aufnimmt, in der er ihn einst, den Knaben, eingeführt hat. Vielleicht empfängt der alte Magister den Jüngern nur mit einem lateinischen oder griechischen Spruch, ohne Zweifel daran zu zeigen, daß der andre in den Sprachen noch genügend sattelfest sei, und schon das damit gezeigte Vertrauen reicht hin, um dem Revenant wieder Halt zu geben. Und wieviel Weisheit und Schelmerei lacht mich aus Ihrer Erzählung an: wie Ihre Familie in einen philosophischen Vortrag pilgert, wie Sie sich inzwischen der Stille freuen und dann die Heimkehrenden dadurch verblüffen, daß Sie, nach einer einfachen Wahrscheinlichkeitsrechnung, sich schon im Besitz alles dessen zeigen, was der Herr Vortragende zu sagen gewußt hat! Wohl Ihnen, lieber und verehrter Freund, daß das hohe Alter Ihr Leben so wenig zu verarmen vermocht hat! Wenn wir beide auch längst nicht mehr imstand wären, wie vor bald fünfzig Jahren eine Nacht miteinander in der „Schwarzen Henne“ in Ulm zu verzechen, so fließt doch uns beiden noch der süße Quell der Freude am Geist und an der Sprache. Möge das noch eine Weile so bleiben!

An einen schwäbischen Schulkameraden

1949/1950

Lieber D.

Dein Brief macht mir große Freude, mahnt mich aber auch daran, daß ich seinen Vorgänger nicht oder doch nur durch meine Drucksachen, hauptsächlich die Badener Aufzeichnung, beantwortet habe. Ich hätte es in Baden tun sollen, es geht mir jetzt schlechter als damals, aber Du mußt eben vorlieb nehmen.

Du hast die Badener Aufzeichnung mit Optimismus gelesen, wie wir ja alle die Sorgen andrer Leute in Gottes Namen nicht so ernst nehmen wie die eigenen – wo kämen wir auch hin? Aber die große Verlegenheit, vielmehr Not, vielmehr Folter, in die der Mensch gerät, wenn ihm in der heutigen Welt das Los der Berühmtheit zugefallen ist, die hast Du doch ganz richtig gespürt und anerkannt. Bei mir ist es damit so, daß ich zwar in meinen jungen Jahren verschwiegen, aber intensiv den Wunsch gehegt habe, einmal ein berühmter Dichter zu werden, daß aber das tatsächliche Berühmtsein dann ganz und gar anders aussah und anders schmeckte, als ich geträumt hatte. Es hat angenehme, es hat schöne Seiten, die schönste ist die Kameradschaft mit ein paar lieben und verehrten Zeitgenossen. Aber das Anwachsen der Verantwortung ist bei einem ohnehin heiklen Gewissen eine große Last, und die Belästigung, die sich Tag um Tag erneuernde Plage mit den Neugierigen, mit den Bettelnden, mit den jungen Kollegen und ihren Manuskripten, das Überlaufenwerden mit Besuchen, das ewige Angezapftwerden durch die Öffentlichkeit, die Presse, die nationalen und internationalen Gesellschaften mit weltanschaulichen, humanitären, politischen Programmen, das ist für einen, der immer Rumpelstilz war und dem sein Leben nie privat genug sein konnte, einfach ein Unglück. Gewiß, man könnte das irgendwie bewältigen. Viele werden ja damit fertig, man nähme Sekretärinnen, baute einen Kanzleiapparat gegen den täglichen Ansturm auf – aber das hieße für einen Menschen, der zeitlebens die Routine gehaßt und ihr in seinem Leben keinen Raum gegönnt hat, geradezu Kapitulation und Verrat. Und so besteht die Verlegenheit, die Not, die Folter fort, und es ist noch gut, daß ich mir zum Beispiel bei der Mehrzahl der Briefe, die ich lesen muß, sagen kann, meine Lage und Plage sei, verglichen mit der meiner Epistolographen, noch recht erträglich.

Was die Chattodizee betrifft, die Du gelesen hast, so muß Chattus bekennen, daß er sie nicht gelesen hat und daß er vermutet, auch Gott werde die zahllosen Theodizeen nicht oder immer erst ein paar Jahrhunderte nach ihrem Erscheinen gelesen haben.

Du erzählst mir von einem Kunstkritiker, der öffentlich

bekannt habe, daß er seine bisherige Toleranz, ja Sympathie den neuesten Kunstrichtungen gegenüber bereue. Ich kann da völlig mitfühlen, obwohl ich an vielerlei Surrealismen schon meinen echten Spaß hatte. Ins Unrecht geriete der fragliche Kritiker nur, wenn er fortfahren würde, moderne Kunst zu besprechen.

Noch einen Spaß will ich Dir mitteilen. Ich bekam neulich von einem unbekannten jungen Franzosen aus einem unbekannten französischen Städtchen einen Leserbrief, der origineller war als die üblichen. Er schrieb, er habe den „Demian" entdeckt und gelesen (er ist jetzt, dreißig Jahre nach seinem Erscheinen, auch französisch herausgekommen), er habe Freude an dem Buch gehabt und wolle mir dafür danken, und zwar tue er das in größter Eile, denn morgen werde er auch den „Loup des steppes" lesen, und es sei ja leicht möglich, daß dieser Wolf ihm gar nicht gefallen und die schöne, dankbare Stimmung, in der er jetzt grade sei, schon wieder zum Teufel gegangen sein werde.

An Professor Heinrich Hermelink, München

Ende Dezember 1949

Beim ersten Durchblättern Deiner württembergischen Kirchengeschichte war ich vor allem darüber verwundert, wie viele der behandelten Themen mir bekannt und vertraut und interessant waren, obwohl ich weder theologisch noch kirchlich interessiert bin. Aber die Mehrzahl der theologischen wie der kirchlichen Probleme war mir eben schon von Kind auf vertraut aus den Gesprächen der Eltern und Großeltern und ihrer Freunde: von den Fragen der Einschätzung der Herrnhuter und den heiklen Fragen über das Verhältnis zwischen Kirche und Gemeinschaften mit Laiengottesdienst bis zu den von uns Jungen zum Teil wider deren Willen erlauschten Gesprächen der Eltern über Christoph Schrempf war beinahe jedes Thema mir nicht nur geläufig, sondern lebendig und interessant, denn es standen hinter ihnen die lebendigen Personen der Ahnen, Eltern, Lehrer, diese Themen und Probleme waren mir nicht nur als akademische, sondern als wichtige und heilige Herzens- und Gebetsanliegen unseres Hauses und Lebenskreises bekannt geworden.

Im weitern Lesen habe ich mir, da ich das ganze Buch meiner Überbürdung wegen doch nicht lesen konnte, eine Anzahl Rosinen herausgeholt, und war auch bei diesem zweiten Durchfliegen über die hohe Zahl dieser Rosinen, das heißt der mir persönlich interessanten Objekte Deiner Darstellung erstaunt. Da war vor allem der Pietismus, Bengel, der große Oetinger, dann eine Reihe von „schwäbischen Originalen". Überall fand ich Nahrung und machte manche für mich neue Feststellung, zum Beispiel wie der schwierige Herzog Karl Eugen mit den Pfarrern, die er unter Nichtachtung des Konsistoriums protegierte, eigentlich eine recht gute und imponierende Auswahl getroffen hat. – Was ich ein wenig vermisse, ist ein eigentliches Eingehen auf den musikalischen Teil der Gottesdienste. Es ist zwar genügend vom Gemeindegesang und dem Gesangbuch die Rede, nicht aber vom Musikalischen, vom Bestand und Zuwachs an guten Orgeln, gelegentlichen Figural-Musiken usw.

Mit Befriedigung und Genuß stellte ich die Toleranz, die Weitherzigkeit und Konzilianz Deiner Urteile fest, es ist schön, wie auch Hegel, Hölderlin usw. bei Dir am Reich Gottes in Württemberg teilhaben.

Es war, glaube ich, die rechte Zeit, daß diese schwäbische Kirchengeschichte geschrieben wurde. Es gehörte dazu nicht nur Gelehrsamkeit, Fleiß und literarische Begabung, es gehörte dazu auch ein Autor unsrer Generation, einer, der beim Beginn des großen Umbruches, der mit 1914 begann, schon ein Mann und im Besitz der ungebrochenen schwäbischen Traditionen war. Schon ein um zwanzig Jahre jüngerer hätte über diese Tradition längst nicht mehr in diesem Maße verfügt und sich ihrer sicher gewußt.

Du hast mit Deinem Buch den Schwaben ein großes Geschenk gemacht. Es wird dankbare Empfänger finden, und nicht bloß bei der Geistlichkeit. Der Schwabe liebt und pflegt seine Geschichte, und einem der wichtigsten Organe schwäbischen Lebens hast Du seine Geschichte geschrieben.

An ein junges Mädchen

das mir wegen „Goldmund" den Vorwurf machte, ich predige eine sinnlich-sentimentale Verherrlichung der „Persönlichkeit" und des Künstlertums

Januar 1950

Sie haben das Bedürfnis gehabt, als Dreiundzwanzigjährige dem Zweiundsiebzigjährigen sein Werk und Leben als unnütz und schädlich um die Ohren zu schlagen. Es muß Sie also ein großes Pflichtgefühl, ein starkes Bewußtsein um Ihre Mitverantwortlichkeit am Zustand der Welt getrieben haben, sonst hätten Sie diese Unart nicht begangen.

Sie haben von mir ein einziges Buch gelesen, den „Goldmund", vielleicht auch noch den „Steppenwolf" oder „Klingsor". Die Geschichte Josef Knechts, die vom Einordnen und Dienen des Einzelnen in eine sinnvolle Ordnung und von der Verantwortung dessen handelt, der diese Ordnung, sei es auch aus Gewissensgründen, durchbricht, kennen Sie nicht. Sie haben, chokiert durch Stellen eines Buches, die Ihre prüden Regungen verletzten, diese Stellen herausgerissen, und, da Sie die Welt in bessere Ordnung bringen wollen, damit begonnen, womit jeder Weltverbesserer beginnt, nämlich mit dem Bessern und Ändern des andern. Der Weg ist falsch und wäre es auch dann, wenn Sie aus einer wirklichen Kenntnis meines Werkes und Lebens heraus gehandelt hätten. Sie haben die Welt der großen Meister und Vorbilder, die Welt der hohen Werte, die ich in „Narziß", in „Siddhartha", im Mozart und den „Unsterblichen" des „Steppenwolfs", im ganzen „Glasperlenspiel" und im größten Teil meiner Lebensarbeit mahnend darzustellen bemüht war, nicht bemerkt. Sie haben nicht bemerkt, daß neben Goldmund Narziß, daß neben dem Steppenwolf der Siddhartha, der Josef Knecht und Kastalien steht. Sie haben, im prüden Teil Ihrer Natur durch ein paar Stellen meiner Bücher verletzt, mir das Ganze als schlecht, wertlos und schädlich vor die Füße geworfen. Ich weiß, daß das in einer wirklichen Überzeugung von der Höhe und Heiligkeit Ihrer Motive geschah. Aber Sie versuchen eben doch die Welt dadurch zu heilen, daß Sie dort, wo Ihr Empfinden verletzt wird, um sich hauen. Es tut mir leid, aber Sie sind damit auf falschem Weg.

An Herrn P. H., Salzburg

1950

Lieber Herr H.

Es ist ein Sonntag, kurz vor Mittag, der Schnee liegt dick ums Haus und fällt noch schwer und feucht weiter, und meine Sinne und Gedanken, denen es an Schwung und Frische meistens allzusehr fehlt, sind zu dieser Stunde recht munter und tapfer, denn ich habe soeben am Radio zwei Brandenburgische Konzerte nacheinander gehört, und das hat mir Ohren und Herz sauber gefegt. Es war das fünfte dabei, dies unheimlich kühne, in dem Virtuosität und Einkehr, Schwermut und Tapferkeit so hold und so grimmig miteinander ringen und der große Musikant sich immer wieder zur Vereinsamung bis an die Grenze einer pessimistischen Existentialphilosophie hingezogen findet und immer wieder aus der schwermütigen Tiefe der Introversion in die kosmische und göttliche Ordnung sich zurückkämpft.

Von dieser Seelenkur kehre ich an meinen Schreibtisch zurück, da liegt seit Wochen und Wochen einer der Reste von der großen Postlawine der Weihnachtszeit, Ihr lieber, treuer Brief vom Dezember, in dem Sie mir von Ihrem Alltag als Jurist inmitten einer korrumpierten Gesellschaft und dann von Ihrer Familie und schließlich von dem erzählen, was

Ihnen hilft, mit dem Übermaß an Erlebtem aus diesen friedlosen, blutigen Jahren fertig zu werden. Es ist mir zwar eine Freude, daß meine Schriften mit zu Ihren Helfern und Tröstern gehören, aber es belädt mich auch mit vermehrter Verantwortung, und vor allem erschrecken mich solche Bekenntnisse dadurch, daß sie mir immer wieder zeigen, wie aufgelöst auch bei Menschen guten Willens und guter Bildung die innere Ordnung, der Zusammenhang mit dem Ganzen, die Bezogenheit auf das Ganze ist. Nun, es geht ja auch mir so, auch mir genügt nicht, was an Fertigem und Überkommenem von Kirchen und Philosophien uns angeboten wird, auch ich bedarf der Stützen und Anregungen, um es auszuhalten und den Mut nicht zu verlieren. Ich habe, außer dem was ich von Elternhaus und Schulen an christlicher und humanistischer Erziehung mitbekommen habe, immer noch Hilfen und Tröstungen nötig. Zum Glück sind sie mir bekannt und erreichbar. Es sind die guten Gedanken der Weisheit, jener übernationalen und überreligiösen Summa an Einsichten über das Menschentum und seinen schwierigen Weg durch die Welt, die alle in dem Jahrtausend vor Christus gedacht und formuliert worden sind, es ist die Gemeinschaft der Unsterblichen von den Verfassern der Upanishaden bis zu den chinesischen Meistern, von den Griechen vor und um Sokrates bis zu Jesus. Und eigentlich ist es unbegreiflich, daß uns anspruchsvollen und leicht verzagten Menschen das alles noch nicht genügt, daß wir noch mehr ersehnen, aber herrlich ist es auch, daß dieses ersehnte Mehr an Licht, an Trost, an Seelenstärkung tatsächlich erfunden und geleistet worden ist. Es ist nicht nur den Weisen der alten Zeit ein so edler und so anmutiger Geist wie Spinoza gefolgt, sondern es hat sich unsre so wenig weise, so wenig geordnete und heile abendländische Seele auch noch diesen Inbegriff von Ordnung, dieses hohe Sinnbild alles Anbetungs- und Erstrebenswerten geschaffen: die Musik. Ob die Kunst und das Schöne den Menschen wirklich zu bessern und zu stärken vermögen, sei dahingestellt, zum mindesten erinnern sie uns, gleich dem Sternhimmel, an das Licht, an die Idee der Ordnung, der Harmonie, des „Sinnes" im Chaos.

Da ich Ihnen zur Zeit andres nicht zu geben habe, sende ich Ihnen diesen Gruß aus einer von Bach erhellten Morgenstunde, zum Zeichen, daß Ihr Brief nicht vergessen wurde und nicht unverstanden geblieben ist.

An einen Freund

der mich wegen meines Vorschlags für den Nobelpreis befragt hatte

Januar 1950

Für den Literatur-Nobelpreis wüßte ich natürlich mehr als einen Kollegen vorzuschlagen. Da wäre der liebe Hans Carossa, wäre die ehrwürdige Dichterin Gertrud von Le Fort, da wäre der hochbegabte und beinah allzu interessante Amerikaner Thornton Wilder. Ich habe ihn nicht vorgeschlagen, weil unter den Würdigen ältere da sind und solche, an welchen Unrecht gutzumachen ist, und die beiden andern habe ich für diesmal nicht genannt, weil es mir nicht darauf ankam, meine privaten literarischen Vorlieben zu bekunden, sondern einzig darauf, den Nobelpreis möglichst an die rechte Stelle leiten zu helfen. Und ich glaube, daß im Augenblick die Wahrscheinlichkeit einer Verleihung des Preises nach Deutschland noch gering ist. Andrerseits mußte mir natürlich ein Autor, dessen Hauptwerke in meiner eigenen Sprache geschrieben sind, am nächsten liegen. Da fiel mir die Wahl nicht schwer. Martin Buber ist nach meinem Urteil nicht nur einer der wenigen Weisen, die zur Zeit auf der Erde leben, er ist auch ein Schriftsteller sehr hohen Ranges, und, darüber hinaus, er hat, wie kein anderer lebender Autor, die Weltliteratur um einen echten Schatz bereichert. Und da soeben dieser Schatz in einer neuen Ausgabe gesammelt erschienen ist, mit dem Titel „Die Erzählungen der Chassidim" in der Manessebibliothek der Weltliteratur, und da Martin Buber die Siebzig nun auch schon überschritten hat, da er außerdem der würdigste geistige Vertreter Israels ist, des Volkes, das von allen Völkern in unsrer Zeit am schwersten hat leiden müssen, schien es mir und scheint es mir auch weiterhin möglich, ja wahrscheinlich, daß die Wahl der Stockholmer Akademie auf ihn fallen könne.

Mit diesen chassidischen Erzählungen hat Buber, neben seinem großen übrigen Werk, der übrigen Welt eine außerhalb der Ost-Judenschaft bisher unbekannte Quelle erschlossen, einen geschichtlich-religiös-literarischen Raum sichtbar gemacht, wo in hoher Spannung, der des protestantischen Pietismus sehr verwandt, ein religiös-geistig-moralisches Leben von wunderbarer Fülle und Lebenskraft uns entgegentritt. Die mündliche und schriftliche Tradition dieses der Welt verborgenen Raumes kennen wir nun in der Prägung, die ihr Buber mit seinen deutschgeschriebenen Legenden gegeben hat, und es ist geheimnisvoll und wunderlich großartig und rührend, daß diese kostbare Gabe des Judentums an die heutige Welt ihr in der Sprache seiner Verfolger und Henker dargebracht wurde. Das paßt zur chassidischen Welt und ist eins ihrer tiefen Sinnbilder mehr.

Unter den hunderten von chassidischen Geschichten liebe ich nicht alle gleich, und manche habe ich nicht verstanden. Am meisten aber liebe und verstehe ich jene ganz kleinen, winzigen Anekdoten aus dem Leben frommer und weiser Meister, in denen irgend ein Wort oder Geschehnis aus ihrem Alltag berichtet wird. Es wird etwa berichtet, daß ein frommer Rabbi zu einem sehr berühmten Amtsbruder reist, einem großen Theologen, Lehrer und Schriftdeuter. Bei der Rückkehr von dieser Pilgerschaft der Liebe und Ehrfurcht wird er eifrig befragt, was für Worte der große Weise zu ihm gesprochen, welche Meinung über diese und jene wichtige Frage er geäußert habe. Aber der fromme Mann bringt nichts dergleichen mit. Er hat den großen Mann gesehen, er hat gesehen wie er seine Schuhriemen geknüpft hat, das ist ihm genug. Die Geschichte könnte, statt in Podolien im 18. Jahrhundert, ebenso gut im alten China im Kreis der Schüler des Kung Fu Tse oder des Mong Tse entstanden sein.

An die Zeitschrift „Las Espannas", Yucatan

31. Januar 1950

Sehr geehrte Herren

Ihre Bemühungen um die Erhaltung des Widerstandes gegen die faschistische Franco-Regierung in Spanien haben, wie Sie vermuten, meine volle Sympathie. So betrübend es ist, daß die USA, wie es scheint, dazu neigen, ihre demokratische Ideologie nur noch in besetzten Ländern zu verfechten, so hoffe ich doch, das Weltgewissen werde nicht wieder einschlafen und das spanische Volk werde eine seiner würdigere politische Daseinsform gewinnen.

An Herrn R. H., München

3. Februar 1950

Lieber Herr H.

Sie haben als geborener Österreicher, der die Gründung der tschechischen Republik miterlebt hat und dann erst die Hitlersche, dann die kommunistische Sturmflut mit über sich ergehen lassen mußte, ganz Ähnliches erlebt wie die Verwandten und Freunde meiner Frau, Juden aus der Bukowina, die, soweit sie nicht vergast oder deportiert wurden, eine „Befreiung" um die andre erdulden mußten. Die ganze Welt ist ja krank daran, daß sie diese endlose Folge von Verfolgungen, Krieg, Ausrottungen und Foltereien mitansehen mußte. Sogar einige Schweizer haben den Humor und den Schlaf darüber verloren.

Und dennoch ist die braune Welle des Nationalsozialismus, die Ihre Heimat überfallen und geschändet hat, mit der ebenso grausigen roten Terrorwelle nicht einfach gleichzusetzen.

Wir um einen Grad über Durchschnitt Wachgewordenen mögen den Terror in jeder Form hassen und die Vergewaltigung des Menschen in jeder Form verabscheuen, aber dennoch dürfen wir Hitler und Stalin, oder vielmehr dürfen wir Faschismus und Kommunismus nicht in *einen* Topf werfen. Der faschistische Versuch ist ein rückläufiger, unnützer, törichter und gemeiner Versuch, der kommunistische Versuch aber ist einer, den die Menschheit machen mußte, und der trotz seinem traurigen Steckenbleiben im Unmenschlichen wieder und wieder wird gemacht werden müssen, um zwar nicht die dumme „Diktatur des Proletariats", aber doch etwas wie Gerechtigkeit und Brüderlichkeit zwischen Bürgertum und Proletariat zu verwirklichen. Man vergißt das leicht bei der Ähnlichkeit der Methoden, mit der Faschismus und Kommunismus arbeiten. Aber das Vergessen ist uns nicht erlaubt, wir müssen uns immer wieder über die Wirklichkeit klar werden.

An einen Studenten

12. Februar 1950

Lieber Herr B.

Sie stellen eine Frage an mich, die immer wieder an mich gelangt: Wie kann man das Meditieren lernen?

Es ist kein Zufall, daß im heutigen Deutschland dies Bedürfnis sich so stark meldet, wie es ja auch kein Zufall ist, daß von den paar Büchern, die als Anweisung dienen könnten, in Deutschland wohl kein einziges mehr aufzutreiben sein wird. Ich nenne Ihnen, da Sie es wünschen, einige Titel:

Swami Vivekananda, Karma Yoga. Leipzig 1901.

Die Yoga-Aphorismen des Patanjali, interpretiert von Judge. Berlin 1904.

Eher erreichbar dürfte Ihnen sein: Sri Ramakrishna. Worte, Lehren, Sinnsprüche etc., von seinem Schüler Swami Brahmananda. Verlag Rascher, Zürich.

Ramakrishna war einer der letzten großen Weisen und

Lehrer Indiens. Über ihn und über das Thema überhaupt steht einiges auch in Albert Schweitzers Buch „Die Weltanschauung der indischen Denker", München 1935.

In Indien glaubt niemand daran, daß Meditation ohne Guru, ohne persönlichen Lehrer, erlernbar sei. Vermutlich glaubt auch niemand dort, daß jemals ein Abendländer über die untersten Stufen des Yoga hinauskommen werde. Aber das hindert nicht, daß wir uns wenigstens um diese untersten Stufen bemühen können. In Amerika haben gewisse Kreise das erkannt, und dort gibt es einige indische Lehrer. Aldous Huxley würde Ihnen darüber Auskunft geben können.

Ich selbst habe weder einen Guru gehabt noch bin ich auf höhere Stufen gelangt. Aber die eine Erfahrung habe ich machen können, daß die größte äußere Mithilfe zur Erreichung eines Zustandes von Konzentration und innerer Ruhe in der Tat in den Atemübungen besteht, über die sich das Abendland ebenso lustig gemacht hat wie über das Nabelbeschauen. Machen Sie Atemübungen, wie jeder bessere Heilgymnastiker sie kennt, und achten Sie darauf, daß Sie wohl das Ausatmen, niemals aber das Einatmen forcieren dürfen, Sie schaden sich sonst. Das Wesentliche bei den Atemübungen ist, daß man dabei auf gar nichts als auf ein möglichst vollkommenes Tiefatmen achtet, daß man sich auf diese eine Funktion konzentriert. Es hilft viel. Es hilft Distanz gewinnen vom Aktuellen, es bereitet vor zur Ruhe, zur Sammlung. Und wenn Sie diese Übungen im Atmen schon mit einer Vorstellung verbinden, ihnen schon eine Art von geistiger Bedeutung, einen Inhalt geben wollen, so stellen Sie sich vor, Sie atmen nicht Luft ein, sondern Brahman, Sie lassen mit jedem Atemzug das Göttliche in sich ein und entlassen es wieder, es wird Ihnen auch der „Westöstliche Divan" dabei einfallen.

Mögen Sie nun mit Ihren Übungen weit oder nicht weit kommen, so werden Sie doch, wenn Sie es ernst meinen, sich dabei einer Seelenstimmung nähern, die wir Abendländer sonst nur noch im religiösen Gebet oder bei der Hingabe an das Schöne zu erleben fähig sind. Sie werden nicht mehr nur

Luft atmen, sondern das All, sondern Gott, und werden nicht auf intellektuellem, sondern auf leiblichem und unschuldigem Wege etwas von der Freiheit, Seligkeit und Frömmigkeit der Hingabe und Willensentspannung erleben.

Jener Ramakrishna erzählt in seinen Gleichnissen zuweilen Geschichten, welche ebensogut in den Anekdoten des Dschuang Dsi stehen könnten. Die Weisheit aller Völker ist eine und dieselbe, es gibt nicht zwei oder mehr, es gibt nur eine. Das einzige, was ich etwa gegen die Religionen und Kirchen einzuwenden habe, ist ihre Neigung zur Unduldsamkeit: Weder Christ noch Mohammedaner wird gerne zugeben, daß sein Glaube gut und heilig zwar, nicht aber privilegiert und patentiert sei, sondern ein Bruder all der andern Glaubensarten, in denen die Wahrheit sich sichtbar zu machen sucht.

Eine der kleinen Geschichten, die von Ramakrishna überliefert werden, und die ganz wohl auch bei Dschuang Dsi stehen könnte, lautet:

Ein Weiser sah eines Tages einen Hochzeitszug mit großem Gepränge unter Trommel- und Trompetenklang über eine Wiese ziehen. Nahebei beobachtete er einen Jäger, der so in das Zielen auf einen Hasen vertieft war, daß er weder den Lärm der Musik hörte noch den Zug wahrnahm. Der Weise begrüßte den Jäger und sprach: „Verehrter, Ihr seid mein Guru. Mögen sich meine Gedanken, wenn ich meditiere, so auf den Gegenstand meiner Andacht richten, wie die Euren auf diesen Hasen."

Möge Ihnen ein Jäger begegnen und Ihr Lehrer werden! Möge Ihr Streben nach dem Einswerden mit der Wahrheit so unablenkbar werden wie das Zielen des Jägers!

An einen Siebzehnjährigen

den die Ungewißheit quält, ob seine Gedichte etwas wert seien

14. Februar 1950

Lieber Herr S.

Sie möchten gern die quälende Ungewißheit loswerden. Aber gerade die Ungewißheit ist das Los, mit dem Sie fertig werden müssen. Kein Mensch kann Ihnen sagen, ob Sie einst, statt der jetzigen Anfängerverse, wertvolle und bleibende Verse machen werden. Auch ich habe in Ihrem Alter keinen einzigen Vers geschrieben, der überdauert hätte. Und manche langsam sich entwickelnden Dichter, zum Beispiel Conrad Ferdinand Meyer, haben noch mit dreißig Jahren sehr schwache Verse gemacht.

Sie müssen sich weiter damit herumschlagen, und wenn Sie das nicht mehr zu können glauben, müssen Sie versuchen, ob Sie auf die ganze Dichterei verzichten können. Vielleicht gelingt es. Wenn nicht, dann geht die Plagerei von neuem an. Aber seien Sie nicht undankbar und vergessen Sie nicht, daß diese Kämpfe und Versuche uns auch große Freuden bringen, Freuden, die andre nicht kennen.

An einen Achtzehnjährigen

28. Februar 1950

Ihren Brief habe ich nicht vergessen, aber ich wollte ihn nicht mit einer höflichen Gebärde abtun, und da jeder Tag neue und leichter zu beantwortende Briefe bringt, und da der Apparat, mit dem ich arbeiten muß, sehr bescheiden ist, ist mir die Antwort bisher nicht gelungen. Dieser Apparat besteht, außer dem Schreibzeug, in zwei Augen, die seit vielen Jahren überanstrengt und selten frei von Schmerzen sind, ferner in zwei Händen, die, von der Gicht verschwollen, das Schreiben oder Tippen jedes Buchstabens nur sehr ungern und ungeschickt leisten. Die Augen würden lieber sich mit Blumen, mit jungen Katzen oder mit dem Lesen eines Dichters beschäftigen als mit allen den Briefen, und auch die Hände wüßten manchen Zeitvertreib, der ihnen viel willkommener wäre. Und dann wurde mir die Antwort auf Ihren Brief auch dadurch erschwert, daß ich nicht hoffen kann, ihre Mängel in späteren Briefen gutzumachen, denn es wird wohl der erste und letzte Brief sein, den ich Ihnen schreiben darf. Ich werde zwar gern auch weitere Briefe von Ihnen lesen, doch kann ich Sie weder einladen, mir Manuskripte zu schicken, noch kann ich mehr versprechen, als daß ich auch diese späteren Briefe, falls sie kommen, mit Teilnahme und dem mir möglichen Grad von Verständnis lesen werde.

Ihr Brief bittet, fordert oder fragt nichts Bestimmtes. Er ist geschrieben, weniger um mich anzurufen, als um Sie für eine Stunde zu befreien. Sie sind voll eines stürmischen und reichen Lebens, das sich noch nicht ausleben oder in künstlerischer Form ausdrücken kann, Sie sehen sich von Ihren Altersgenossen, von den „andern" überhaupt, in einer Weise verschieden und abgesondert, die Sie bald beglückt bald auch erschreckt, Sie gehören zu den über Durchschnitt Begabten und Berufenen, die man in früheren Zeiten Genies nannte, und Sie wenden sich an mich, weil Sie mich nicht zu den „anderen" zählen, sondern sich mir irgendwie ähnlich und verwandt fühlen.

Der Weg dieser Vereinzelten und verhängnisvoll Ausgezeichneten ist immer schwierig und gefährdet gewesen, der Ihre wird es auch sein. In Ihrem Alter gehört Mißtrauen gegen die „Erfahrung" anderer und Ablehnen von Verantwortung zum natürlichen Rüstzeug, mit dem sich der Besondere, der weit über Durchschnitt Individualisierte, gegen die Welt wehren muß, die ihn flachwalzen, normieren und zu verfrühter Anpassung zwingen will. Viele junge Menschen dieser Art gehen zugrund, sei es, daß das Leben in solcher Spannung und Abwehrhaltung unerträglich wird und ungeduldig die

Grenze überspringt, sei es daß der junge Einsame am Ende eben doch nachgibt, Philister wird und einen schäbigen Rest des göttlichen Feuers mit oder ohne Alkohol in eine unrühmliche, mit der Krone des Verkanntseins geschmückte Philisterromantik hinüberrettet. Ich habe viele solche gekannt.

Es gibt aber andere und edlere Wege, und es gibt auf diesen Wegen auch Hilfen und Beistände besonderer Art. Es gibt den Weg des Schöpfers, des Künstlers, des Dichters, des Denkers. Die Leistung des Denkers oder Künstlers setzt jedoch einen Akt der Einordnung und des Verzichts voraus, sie legitimiert den Genialen vor der Welt, verlangt aber von ihm einen Grad von Hingabe, von Kampf, von verzweifeltem Opfer, von dem er in der Zeit seiner Verantwortungslosigkeit keine Ahnung gehabt hat. Dafür sieht er sich, einerlei ob seine Leistung in der Welt Erfolg habe oder nicht, durch ein Teilhaben am ganzen Reich des Geistes belohnt, durch eine Kameradschaft mit tausend Vorgängern und Mitstrebenden, die durch alle Epochen und Kulturen hin lebendig und unzerstörbar geblieben sind.

Das ist ein schöner und jeder Hingabe würdiger Weg. In wem die Liebe zur Wahrheit oder zum Schönen, das Verlangen nach Aufnahme in ihr Reich, nach Teilhabe an ihrem Licht stark genug ist, der mag in seinem Tagesleben nach wie vor vereinsamt und unverstanden bleiben, er mag noch so oft Rückfälle in die knabenhafte Einstellung des Trotzes und der Verantwortungslosigkeit erleben, sein Los ist dennoch edel, sinnvoll, und ist jedes Opfers wert.

Freilich aber gehört zu diesem Weg und dieser Leistung eine nicht nur allgemeine Begabung. Es wimmelt die Welt von Dichtern, die voll prachtvoller Ideen, aber ohne treffende und zündende Worte sind, von Malern voll Phantasie, aber ohne angeborene Leidenschaft für das Spiel mit den Farben, von Denkern voll edler Humanität, aber ohne Kraft und Temperament des Ausdrucks. In der Kunst sind Ideale billig, und wenn einer ein Cézanne ist, so genügt es nicht, daß er malen kann wie Tizian oder Rubens, er muß die einmalige Gabe, den einmaligen Mut, die einmalige Geduld und Besessenheit haben, zu malen wie Cézanne.

Nun gibt es aber viele Einzelgänger, viele Geniale und durch ihre Anlage zum Übernormalen Befähigte, denen die speziellen Gaben für eine der Künste fehlen, sie haben nur die allgemeine Begabtheit, ein Plus an Geist und Phantasie, an Fähigkeit zum Erleben, zum Einfühlen, zum Mitschwingen. Sie haben in früher Jugend ebenso wie jene andern unter ihrer Vereinzelung, ihrem Anderssein gelitten, haben es vielleicht auch mit den geistigen oder künstlerischen Berufen versucht, ohne Besonderes zu leisten, brennen aber noch immer von einer Liebe, von einer Sehnsucht nach Teilhabe am Ganzen, nach Durchbrechung ihrer Einsamkeit, nach wirklicher Sinngebung für ihr schwieriges und gefährdetes Dasein. Sie wollen das Große, sie dürsten nach Hingabe, aber sind keine Redner, keine Dichter, keine Verkünder, keine Denker. Und gerade an ihnen wird offenbar, was eigentlich Begabung, was eigentlich Genie sei, und daß auch die besten Künstler und tiefsten Denker noch Sklaven ihres Talentes, noch Könner und Spezialisten sind. Denn diese für keine Kunst oder Wissenschaft besonders begabten Genies sind es, in denen das Höchste an Menschentum erreicht und durch die alles Leiden und alle Eitelkeit und Verwirrung der Überbegabten und Genialen gerechtfertigt wird. Ihnen widerfährt es eines Tages, daß sie der nackten Wirklichkeit begegnen, sie werden durch irgend einen Anblick, irgend einen Anruf aus dem Traume aufgeweckt, der Ich heißt, sie erblicken das Antlitz des Lebens, seine schreckliche und schöne Größe, sein bis zum Bersten Gefülltsein mit Leid, mit Not, mit unerlöster Liebe, mir irrgegangener Sehnsucht. Und sie antworten dem Anblick des Abgrunds mit dem einzigen Opfer, das vollwertig und endgiltig ist, mit dem Opfer der eigenen Person. Sie opfern sich den Hungernden, den Kranken, den Lasterhaften, einerlei wem, sie lassen sich anziehen, einsaugen und verzehren von jedem Mangel, jeder Blöße, jedem Leid. Das sind die wahrhaft Liebenden, die Heiligen. Zu ihnen hin strebt alles Menschentum, das mehr will als die Norm und den Alltag, von ihrem Opfer her gewinnt jedes andre, kleinere Opfer Wert und Sinn, in ihnen erfüllt und rechtfertigt sich das ganze Problem der Einzelgänger, der Überbegabten, der Schwierigen und oft Verzweifelten. Denn Genie ist Liebeskraft, ist Sehnsucht nach Hingabe, und ganz erfüllt sie sich nur in dieser vollen und letzten Opferung.

Jetzt habe ich ungefähr das gesagt, was ich Ihnen sagen wollte. Es ist meine Antwort auf den Brief, in dem Sie aus der Fülle und der Not Ihrer jugendlichen Problematik sich an einen Alten gewandt haben. So wie Ihr Anruf an mich keine Bitten und Fragen enthielt, so enthält meine Antwort keine Ratschläge oder Tröstungen. Sie haben mich in die Unruhe, Schönheit und Fragwürdigkeit Ihres jungen Daseins blicken lassen, und ich, der ich einmal diese Unruhe, Schönheit und Fragwürdigkeit selbst durchlebt habe, versuchte Ihnen ein Bild davon zu geben, wie diese Phänomene und Probleme sich einem Altgewordenen darstellen. Wäre ich ein Heiliger, so hätte es der vielen Worte nicht bedurft. Wäre ich einer der großen Künstler, so hätte Ihr Brief mit dem Andrängen seiner Enthüllungen mir lediglich eine Störung in meiner Arbeit bedeutet. Ich hätte, wäre ich etwa ein großer Maler, Ihre Blätter nicht zu Ende gelesen, sondern wäre bei meiner Arbeit geblieben und hätte, wie der greise Renoir, mir den Pinsel an die gichtige Hand festgebunden.

Wahrscheinlich ist es auch kein Zufall, daß Sie sich an mich gewendet haben und nicht an einen Heiligen oder einen Renoir. Wahrscheinlich ist Ihr Brief geschrieben und gerade an mich adressiert worden, weil Sie in mir einen Ihnen selbst ähnlichen Menschen vermuten, der nicht in der Kunst und nicht im Leben das Große und Absolute erreicht hat, der nicht in einem Ihnen unzugänglichen Jenseits zu Hause ist, sondern in derselben Welt und Problematik, wenn auch mit andern Gewohnheiten, Vorstellungsweisen und Ausdrücken, mit anderem Temperament und anderen Formen der Anpassung wie der Abwehr, nämlich mit denen des Alters. Der alte Mann, den Sie über die vielen Unterschiede hinweg als eine Art von Kameraden angesprochen haben, hat Ihre Geständnisse mit den seinen erwidert und Ihnen zu zeigen versucht, wie unsre gemeinsame Problematik sich auf seiner Lebensstufe darstellt.

An einen jungen Dichter

der mir auf den „Brief an einen Achtzehnjährigen" hin geschrieben hatte

1950

Lieber Herr G.

Sie gehen in Ihrem Brief, wie Sie sagen, „einen Schritt weiter" als ich, und nennen einfach alle Menschen Genies, weil die Menschheit ein Ganzes sei und weil jeder Einzelne alle Möglichkeiten des Menschen in sich trage. Das ist ein naheliegender, aber überaus gefährlicher Schritt, den Sie in Privatbriefen und unter Eingeweihten, nicht aber etwa öffentlich tun dürften. Denn, daß Gut und Böse, Schön und Häßlich und alle Gegensatzpaare in eine Einheit auflösbar sind, das ist eine esoterische, geheime, den Eingeweihten zugängliche (und auch ihnen oft wieder entgleitende) Wahrheit, aber nicht eine exoterische, allen verständliche und bekömmliche. Es ist die Weisheit des Lao Tse, wenn er die Tugenden und guten Werke verachtet (man denkt dabei auch an den jungen Luther). Aber auch Lao Tse hätte sich sehr gehütet, diese Weisheit dem Volk anzubieten.

Wenn wir wie Sie diesen „Schritt weiter" tun, wenn uns Mensch und Genie gleichbedeutend sind, dann entwerten wir damit auch die Sprache, deren Wert und Tugend im Differenzieren besteht. Dann kann man jedes Wort durch jedes andre ersetzen, übrig bleibt das Nichts.

Nun, vermutlich wissen Sie das ja selbst.

Im übrigen war mein Brief an einen Achtzehnjährigen kein

Essay über eine interessante Frage, kein Versuch einer objektiven oder einer gefälligen Formulierung, sondern die momentane Antwort auf einen konkreten, einmaligen und persönlichen Anruf.

Lassen Sie sich auf Ihrem Wege nicht stören, auch nicht durch diese Zeilen. Solche Briefe kosten mich viel, ohne daß je einer, dem ich Antwort gab, zufrieden gewesen wäre. Beinah beneide ich Sie ein wenig, der Sie noch Verse machen und ein Privatleben haben dürfen.

An den Vertreter einer deutschen Kulturgesellschaft

Februar 1950

Hochgeschätzter Herr Doktor

Für Ihren Brief sage ich Ihnen schönen Dank, vieles in ihm hat mich freundlich und verwandt angesprochen.

Doch kann ich Ihre Einladung, einer zu gründenden deutschen Kulturgesellschaft als Mitglied des Senats beizutreten, nicht annehmen, auch nicht vorläufig und unverbindlich, wie Sie vorschlagen, denn die Frage ist von vornherein entschieden. Ich habe mehreren Akademien und Gesellschaften ähnlicher Art in Deutschland auf solche Einladungen mit einem Nein antworten müssen, und kann davon nicht abgehen.

Wir sind hier in der kleinen Schweiz schon vor Hitlers Auftreten empfindlich und mißtrauisch gewesen gegen alles Einbezogenwerden in ähnliche Befreundungen mit Nachbarvölkern, und besonders empfindlich war die Schweiz gegen Ansprüche, die einen Zusammenschluß auf Grund sprachlicher Gemeinschaft forderten. Es begann mit der Berufung auf Zeiten, in denen die heutigen Staatengebilde noch nicht bestanden, es begann mit der Beschwörung gemeinsamer Leistungen kultureller Art, man wurde dringlich an Goethes Liebe zur Schweiz erinnert – und es endete mit dem Druck von Propaganda-Landkarten, auf denen die Schweiz als südlicher Gau von Großdeutschland zu sehen war.

Ich bin nun kein geborener und vollwichtiger Schweizer, von meinen vier Großeltern war nur eine Großmutter Schweizerin (sie sprach aber nicht deutsch, sondern französisch), aber gerade als freiwillig Eingewanderter und Eingebürgerter habe ich doppelt auf Loyalität geachtet. Es gab Gebiete genug, auf denen mein völliger Mangel an Nationalismus oder, wenn Sie wollen, an Patriotismus auch der Schweizer Wahlheimat gegenüber sich zeigen und betätigen konnte; nach außen hin habe ich die schweizerische Haltung der unbedingten Verteidigung des eigenen Bodens und der eigenen politischen Unabhängigkeit ebenso wie des unbedingten Verzichtens auf etwaige Annexionen stets gutgeheißen und mitgemacht. Ein einziges Mal habe ich eine Ausnahme gemacht und nach anfänglichem Sträuben und Neinsagen mich überreden lassen, die Wahl in eine reichsdeutsche Körperschaft, in die Berliner Akademie, anzunehmen. Ich tat es unter ausdrücklichem Hinweis auf meine politische Zugehörigkeit zur Schweiz und meine Ablehnung aller großdeutschen und alldeutschen Ansprüche. Aber schon bald mußte ich wieder nach Berlin schreiben und meinen Austritt anmelden, bei dem es denn auch geblieben ist.

Seither ist mir das Ablehnen ähnlicher Einladungen um so leichter geworden, als Alter und Resignation mich ohnehin gegen das, was durch Gesellschaften, Akademien, Organisationen zu erreichen ist, immer skeptischer gemacht haben. Ich habe im Sinn, als schwieriger und belächelter Individualist zu sterben.

An die „Neue Schweizer Rundschau", Zürich

welche im Jahre 1950 zweimal eine kleine Auswahl aus den Briefen dieses Buches brachte

Februar 1950

Lieber Herr Dr. Meier

Unsrer Verabredung gemäß habe ich hier ein Mosaik aus Briefen zusammengestellt, aus Briefen der letzten paar Monate. Sinn und Absicht dieses Versuches wäre: erstens meinen Freunden und Korrespondenten eine Teilnahme an dem einzuräumen, was seit einigen Jahren den Hauptteil meines täglichen Arbeitspensums ausmacht, so daß also jeder der mit mir im Briefwechsel Stehenden auch eine Ahnung von den vielen anderen, ihm bisher unbekannten Briefschreibern und Briefwechseln bekommt. Und zweitens hat es vielleicht auch einen Sinn, den neutralen und mit mir nicht direkt in Verbindung stehenden Leser einen Einblick in die Tagesarbeit eines Literaten tun zu lassen, dem aus mancherlei Kreisen und Schichten der lesenden Zeitgenossen Briefe zuströmen. Der Durchschnittsleser denkt sich den Autor in einer Art edler Zurückgezogenheit und halben Müßigganges damit beschäftigt, seine Bücher zu schreiben, in denen er sein vor der Außenwelt durch Antiphone geschütztes Innenleben verarbeitet, und ahnt wenig von der soziologischen und moralischen, anstrengenden und wenig gesicherten Situation des modernen Autors der „Gesellschaft" gegenüber, welche schon kaum mehr existiert, seit unsre Menschheit entweder zur uniformierten Masse ohne Gesicht geworden oder aber in Millionen einzelner, durch nichts als durch Angst und Sehnsucht untereinander verbundener Individuen zerfallen ist.

Ich mache also diesen Versuch, und ich verhehle mir dabei nicht, daß das in einem solchen Mosaik entstehende Bild ein einseitiges und da und dort verfälschtes ist. Denn das Mosaik enthält zwar meine Briefe, nicht aber die meiner Korrespondenten, und die sind oft weit interessanter, eigenartiger und intensiver als die meinen, denn sie sind ja alle spontan und freiwillig oder unter dem Druck der Not entstanden, während meine Antworten nur sehr teilweise diese Eigenschaften haben können, denn sie sind ja von jenen bedingt und hervorgerufen. Allein ich habe zwar das Recht und mache hier von ihm Gebrauch, meine Briefe auszuwählen, Teile aus ihnen herauszuschneiden und sie zu publizieren, für die Briefe meiner Korrespondenten aber besitze ich weder juristisch noch moralisch dieses Recht. Seit diese Leserbriefe in großen Mengen an mich gelangen, hat es mir oft um die wertvollen und originellen unter ihnen leid getan, wenn ich sie von Zeit zu Zeit dem Feuer übergab, und dies Bedauern wurde mit den Jahren zu einer Gewissensfrage. Ich habe nun seit einigen Jahren den Ausweg gewählt, daß ich eine Auswahl der interessanteren Leserbriefe von Zeit zu Zeit einer öffentlichen Bibliothek übergebe, um sie vielleicht vor völligem Untergang zu retten. Es steht in ihnen ein gutes Teil vom Leiden und auch von der Größe des heutigen Europäers aufbewahrt ...

An Herrn A. F., Eßlingen

Februar 1950

Lieber Herr F.

Das ist ein überraschendes und wunderbares Geschenk, das mir da durch Sie, begleitet von Ihrem lieben Brief, zugekommen ist: zwei Briefe und drei Postkarten von der Hand meines Carlo Isenberg, unseres Carlo Ferromonte, des seit Kriegsende im Osten Verschollenen. Ebenso rührend wie erschreckend und geisterhaft blickten mich beim Öffnen Ihres Briefes die Blätter mit Carlos schöner Handschrift an, die mir einst so sehr vertraut war und in der ich zum Teil die Handschrift seines Vaters wiederfinde, wie auch Anklänge an die leichte, rasch fließende, schöne Schrift meiner Mutter, die ja Carlos Großmutter war. Mein erster Gedanke war natürlich, die Blätter an Carlos Frau weiterzugeben, doch wagte ich nicht, sie ihr einfach zu schicken, der plötzliche Anblick der Handschrift des seit fünf Jahren Vermißten hätte sie zu sehr erschüttern können. So habe ich ihr vom Auftauchen dieser teuren Blätter Mitteilung gemacht und sie ihr angeboten. Ihnen aber sage ich herzlichen Dank.

Ihr Brief beschenkt mich überdies mit einem persönlichen Bekenntnis. Sie haben das Problem gelöst, in zwei Welten zu leben und beiden gerecht zu werden. Sie sind Arbeiter und gehören der Arbeitskameradschaft einer Fabrik an, und zugleich leben Sie in innig-getreuer Beziehung zu Kunst und Geist, zu Musik und Dichtung. Das ist viel und vorbildlich und ist mir darum doppelt wertvoll, weil ich unter meinen vielen Korrespondenten, Sorgenkindern und Problematikern auch so einen habe, der aber noch jung und noch weit von der Lösung seines und Ihres Problems entfernt ist. Er muß seine Tage in einer Fabrik am Schraubstock stehen, während seine große Liebe und Leidenschaft das Lesen von Büchern und das Schreiben von Gedichten ist. Er hat gute Anlagen und ist ein treuer Mensch, aber unmöglich kann ich ihn in dem Wunsch bestärken und ermutigen, seinen Schraubstock stehen zu lassen und sich als einsames Genie in einer romantischen Dachstube zu etablieren. Vorläufig kennt er das Elend des Künstlers noch nicht, der sein Brot nicht findet und dem kein Schraubstock zur Verfügung steht, und er ahnt wohl auch noch nicht viel von jenen Gefühlen des Entbehrlichseins und des sozialen Unwertes, die heute selbst arrivierten Künstlern bitter lästig werden können. Genug nun, seien Sie herzlich gegrüßt

An die Herausgeber der „Dichterbühne“, Berlin

einer Anthologie, welche beinahe hundert meist noch ganz unbekannte deutsche Dichter unserer Zeit enthält

Anfang März 1950

Sehr geehrte Herren

Die „Dichterbühne“ habe ich mir ein wenig angesehen.

Es ist rührend und ergreifend zu sehen, wie das Bedürfnis nach lyrischem Ausdruck auch inmitten der schwersten materiellen und moralischen Not nicht erstirbt. Auch die weniger geglückten und weniger gekonnten Gedichte dieses verdienstvollen Bandes haben etwas Überzeugendes und Gewinnendes, der Not wegen, aus der sie stammen, und des hohen Druckes wegen, unter dem sie entstanden. In hundert Herzen und Köpfen lebt die Dichtung schöpferisch weiter.

Wenn ich mir vorstelle, wie etwa eine solche „Dichterbühne“ zur Zeit meiner eigenen Jugend, um 1900, ausgesehen hätte, dann finde ich große Unterschiede. Das Buch von 1900 würde mehr Tradition, mehr formale Klarheit, mehr Spielerei und Bravour enthalten, aber auch mehr Geflunker, mehr Eitelkeit, weniger Ernst, weniger echte Glut. Die junge Lyrik nach den beiden Weltkriegen hält dem Vergleich mit der älteren stand. Sie ist mit allzuviel Erlebtem und Erlittenem belastet, aber der Quell ist nicht verschüttet, und die jungen Melodien sind uns Alten nicht so fremd, wie mancher der Jungen glauben mag.

An Thomas Mann, Pacific Palisades, California

Mitte März 1950

Lieber Herr Thomas Mann

Mit inniger Teilnahme las ich die Nachricht vom Tode Ihres Bruders. Dies Verlieren der Nächsten, der Jugendgenossen, ist wohl eine der wunderlichsten Begleiterscheinungen des Alters. Wie da so allmählich alle hinwegschwinden und man am Ende weit mehr Nahe und Nächste „drüben" hat als hier, wird man unversehens selber auf dies Drüben neugierig und verlernt die Scheu, die der noch fester Umbaute davor hat.

Aber mit allen Verlusten und allem Lockerwerden der Wurzeln legt man den Egoismus doch nicht ab. Und so war bei der Todesnachricht, nachdem ich sie angenommen und mich mit ihr vertraut gemacht hatte, mein zweiter Gedanke doch der an Sie und der Wunsch, es möge dieser Abschied Ihnen nicht allzu sehr den Gedanken an den eigenen Abschied erleichtern, kommt mir ungesagt und eigensüchtig ganz von selber ins Herz und auf die Zunge.

Von Herzen wünsche ich, es möge Ihr Licht noch lange scheinen, es ist stärkend, Sie noch da zu wissen ...

An Frau M. R., Kassel

März 1950

Verehrte Frau R.

Die Lage, aus der Sie mir schreiben, und das Anliegen, das Sie zu mir führt, sind allerdings traurig und empörend genug: Sie stehen, aus dem Osten in Ihre westdeutsche Heimat zurückgeflohen, vor der Wahl, wieder den Rückweg anzutreten und in ein Leben zurückzukehren, das Ihnen nicht mehr ertragbar geschienen hatte, oder mit den Ihren für Jahre ins Gefängnis zu gehen, falls Sie nicht eine unerschwinglich hohe Summe aufbringen und bezahlen können. Es klingt unerhört und klingt grotesk, und ist leider nicht neu und nicht mehr überraschend, sondern paßt zu allem andern, paßt genau in die Welt und die moralisch-politischen Zustände, in denen wir leben. Es ist nicht einmal der Gesetzgebung Ihrer Heimat ein besonderer Vorwurf zu machen, es würde einer Schweizerin in Ihrer Lage, wenn sie schutzsuchend in ihre Heimat geflohen wäre, ebenso gehen, nur mit Gefängnis würde man sie nicht strafen, sondern sie an die Grenze stellen oder zumindest der endlosen und bestialischen Büro- und Polizeihölle der Heimatlosen überlassen.

Es ist schaurig und auf eine Weise doch gerecht, daß Ihr Volk, das so viele Millionen unschuldiger Menschen umgebracht, gefoltert, aus der Heimat vertrieben hat, nun sich selbst in dieser Weise zerfleischen muß.

Sie fragen mich um meine Meinung in der moralischen Entscheidung, die Sie zu treffen haben. Sie haben, wie sie mir sagen, drei Möglichkeiten: in die Ostzone mit Zwangsarbeit usw. zurückzugehen, in Ihrer Heimat ins Gefängnis, angeblich auf fünf Jahre, zu wandern, oder sich das Leben zu nehmen. Ich glaube und hoffe nicht, daß Sie diesen dritten Weg wählen werden. Auch wenn Ihr Mann, über dessen Einstellung ich nichts weiß, mit Ihnen einig wäre, dem Leben ein Ende zu machen, sind ja noch Ihre Kinder da, die Sie im Stich lassen oder mit umbringen müßten. Eine nahe Verwandte von mir hat das getan, in Berlin, im Augenblick des russischen Einmarsches, sie hat mit ihren Kindern das Leben verlassen. Niemand von uns macht ihr darum Vorwürfe, aber es ist auch niemand damit einverstanden.

Ich würde, wenn ich in Ihrer Lage wäre, weder den Weg nach rückwärts wählen noch den Weg in den Tod, sei es mit oder ohne Kinder, sondern ich würde dem Schicksal und den Behörden ihren Lauf lassen und das Gefängnis über mich ergehen lassen. Sich nicht wehren, sich passiv, schweigend und schmiegsam zu verhalten, ist in scheinbar hoffnungslosen Lagen ohnehin das beste, und es ist außerdem das richtigste, das einwandfreieste, christlichste oder ganz einfach: das anständigste Verhalten. Ich glaube nicht, daß es bei den angedrohten fünf Jahren bleiben wird – wer will heute sich auf so lange Zeit festlegen! Mit der Annahme der „Strafe“ übergeben Sie denen, die Sie verurteilen, die Verantwortung, und lassen Ihrem Schicksal alle Möglichkeiten offen.

Zu meinem innigen Bedauern sehe ich gar keine Möglichkeit, von hier aus etwas für Sie zu tun. Eine Versöhnung zwischen Menschlichkeit und Politik, zwischen Gesetz und Geist wäre nötig, aber soviel ich sehe, sind die Versuche dazu vorläufig alle auf dem falschen Geleise der Büros und Kongresse, ich glaube nicht an sie und habe mich ihnen ferngehalten. Kein Tag, der mich nicht vor diese Fragen stellte! In herzlicher Teilnahme grüßt

An einen „einfachen Mann aus dem arbeitenden Volk"

Ein Arbeiter beschwor mich in einem langen Brief, meine „erhabene Ruhe" aufzugeben und ihn in Zürich aufzusuchen, es handle sich um die Abwendung der Atombombengefahr, für die er einen Weg zu wissen glaubt.

15. April 1950

Lieber Herr K.

Ihr Brief mußte ein paar Tage warten, bis er gelesen werden konnte. Wie Sie aus dem gedruckten Brief an einen Achtzehnjährigen, den ich beilege und von dem Sie nur den ersten Abschnitt zu lesen brauchen, sehen können, bin ich, von den schrecklichen Jahren seit 1933 aufgerieben, außerdem auch jeden Tag schwer überbürdet. Es ist also nichts mit Ihren etwas ironisch gefärbten Phrasen von dem Olymp, auf dem ich lebe, und der „erhabenen Ruhe", von der Sie annehmen, daß ich sie vielleicht höher schätze als das Leben Ihrer drei Kinder. Sie wissen das Leben dieser drei Kinder durch die Atombombe bedroht, Sie glauben im Besitz des Rezeptes zu sein, das die Atombombe abschafft, und Sie machen nun, statt Ihr Rezept unmittelbar anzuwenden, den Versuch, statt dessen mich vor Ihren Wagen zu spannen und nicht irgend eine Macht der Welt, sondern ausgerechnet mich persönlich für das Leben Ihrer Kinder verantwortlich zu machen. Da stimmt etwas nicht, und es kommt durch diese Phrasen vom „Olymp" und der „erhabenen Ruhe" ein falscher Ton in Ihren edel und aufrichtig gemeinten Anruf.

Daß Sie sich mein Leben und dessen Arbeit und Verantwortung falsch vorstellen, schadet nichts und geschieht arglos. Sie könnten sich aber mit wenig Phantasie leicht vorstellen, daß auch ich Kinder haben könnte. Ich habe drei, und dazu sechs Enkel, und wenn ich sie vor der Atombombe beschützen könnte, so hätte ich es längst getan, noch ehe Sie mir auch noch die Verantwortung für Ihre Kinder aufzubürden suchen.

Auch Ihr Verdacht, ich könnte als Olympier mit dem „einfachen Mann aus dem arbeitenden Volk“ nicht reden wollen, klingt nicht hübsch und gefällt mir nicht. Wenn Sie mich und meine Arbeit so wenig ernst nehmen, daß Sie mich nicht mit zum „arbeitenden“ Volk zählen, warum wollen Sie mich dann für eine so unendlich wichtige Sache in Anspruch nehmen? Ich glaube, wenn man das Maß an Arbeit mit dem Maß der Kräfte mißt, bin ich mindestens ebenso ein Arbeiter wie Sie, abgesehen davon, daß ich einst in meiner frühen Jugend auch einmal anderthalb Jahre lang in einer Werkstatt am Schraubstock und an der Fräsmaschine gestanden habe.

Sie müssen mir erlauben, Ihren Brief mit dem Maß von Kritik zu betrachten, das mir möglich ist. Und da muß ich Ihnen vor allem sagen, daß Ihr Brief kein Einzelgänger und keine Überraschung für mich ist, sondern ähnliche Briefe habe ich schon viele bekommen. Jemand in Amerika gründet einen Weltbund der Friedensfreunde mit vorläufig fünfundzwanzig Mitgliedern und macht mich und alle anderen ihm bekannten „Prominenten“ für den Fall, daß sie diesem Bund nicht beitreten, für alle kommenden Kriege verantwortlich. Oder ein Bund für die Urbarmachung der afrikanischen Wüste, die, wenn sie zustande käme, die halbe Menschheit ernähren könnte, besteht darauf, daß Dichter, Historiker, Philologen und andre völlig Ahnungslose und Unsachverständige, wenn sie nur „prominent“ sind, ihr Gutachten über diesen Plan abgeben.

Kurz, die Briefe, die die Weltverbesserung zum Ziel haben, bilden einen regelmäßigen und nicht ganz kleinen Bestandteil der paar tausend Briefe, die ich das Jahr hindurch lesen muß. Ebenso wie jeder Schüler, der mir seine jugendlichen

Gedichte vorlegt und überzeugt ist, daß er der einzige sei, der das tue, und daß er mich damit auszeichne und überrasche, ebenso wendet sich jeder Weltreformator und soziale Prophet an uns berühmte Leute in der Meinung, er sei der einzige, und in der Meinung, wir brauchten nur ein bißchen aufgeklärt und ein bißchen aufgerüttelt zu werden, dann würden wir schon den Weltfrieden oder die Weltgerechtigkeit ins Leben rufen.

Nun bin ich auch ein wenig ironisch geworden, ich habe Gegenrecht geübt. Nun aber in vollem Ernst: Ich gehöre keineswegs zu denen, für welche Worte wie „Weltverbesserer“ oder „Prophet“ Spottnamen sind. Ich glaube durchaus daran, daß die Welt nicht nur der Verbesserung sehr bedürftig, sondern auch ihrer fähig ist. Ich verfolge auch, soweit möglich, ernstlich die verschiedenen Versuche, die heut an vielen Orten der Welt im Gange sind und deren Ziel es ist, über den Nationen und ihren Staatsmännern etwas wie ein Weltgewissen und die Vorstufe zu einer neuen Völker- und Staatenmoral zu bilden. Ein Versuch dieser Art wird, denke ich, auch der Ihre sein, über den Sie in Ihrem langen Brief leider so wenig Konkretes sagen.

Ich weiß nicht, ob Sie wirklich im Besitz des Geheimnisses sind, wie die Atombombe unwirksam gemacht und wie Stalin und Truman zusammengebracht werden können. Wenn es so ist und wenn Sie Ihr schönes Vorhaben wirklich für ausführbar halten, dann sollten Sie dafür, glaube ich, die Knaben und Jünglinge gewinnen, die, welche morgen und übermorgen an der Front stehen werden, und nicht uns Greise, die skeptisch und übermüdet sind. Sie anerkennen zum Beispiel an mir, daß ich ein leidlich anständiger Literat bin, Sie sind der Meinung, man brauche den etwas verbohrten Alten bloß ein wenig zu belehren und seine Talente in das richtige Flußbett zu leiten. Aber glauben Sie im Ernst, daß es gerade die Siebzigjährigen sind, siebzigjährige Einzelgänger und Eigenbrötler, die sich so leicht belehren, bekehren und umerziehen lassen? Mir ist das sehr unwahrscheinlich.

Und wenn es wirklich gelänge, wenn Sie den alten Künstler und Richter, den alten Gelehrten oder sonst einen durch Jahrzehnte spezialisierten und verfeinerten individuellen Kopf dazu bringen könnten, sich unter fremdes Kommando zu stellen – glauben Sie denn wirklich, daß er dann brauchbar wäre und in Ihrem Sinn funktionieren könnte? Ich, obwohl kein einfacher Mann aus dem arbeitenden Volk mehr, glaube es nicht, sondern habe von meiner vor mehr als fünfzig Jahren beendeten Handwerkerzeit her ein Gefühl dafür behalten, daß die Werkzeuge ihren Sinn haben und nicht vertauschbar sind, und daß es nicht zum Guten führt, wenn man einen Bohrer oder eine zarte Feile dünnsten Kalibers als Stemmeisen benutzt.

Nach meiner Erfahrung ist der ärgste Feind und Verderber der Menschen der auf Denkfaulheit und Ruhebedürfnis beruhende Drang nach dem Kollektiv, nach Gemeinschaften mit absolut fester Dogmatik, sei diese nun religiös oder politisch. In verzweifelten Zeiten wie der heutigen sehen wir alte Intellektuelle, ihrer Tätigkeit müde, sich bekehren und in eine Kirche fliehen, in eine katholische oder eine kommunistische, es gibt deren ja genug. Ich verarge es keinem, der es allein nicht mehr aushält. Aber ich habe mein Leben lang mich im Lesen und im Schreiben um den einzelnen Menschen bemüht, nicht um den kollektiven, und wenn dieses Mühen nicht überhaupt vergeblich war, so war sein Ertrag der von vielleicht einigen Dutzend Lesern, die wirklich mit mir gegangen und von mir geprägt, gestützt und aufrecht gehalten worden sind, Einzelgänger wie ich, wachen Gewissens, weitgehend gegen Phrase und Massenhypnose gefeit, bereit zur Hingabe an den Nächsten, aber mißtrauisch gegen die Programme, gegen die Bünde und Kollektive. Mehr habe ich im Leben nicht fertig gebracht, als diese paar wenigen Menschen, diese paar Schüler und Kameraden, in ihrem Kampf um ein würdiges, beherztes Menschendasein zu stützen.

Und nun noch ein Wort über Ihre Anspielungen auf das „Glasperlenspiel“.

Sie wollen mich dazu einladen, es Josef Knecht gleichzutun und aus Kastalien in die große Welt hinüber zu gehen. Sie wollen mich in meiner eigenen Schlinge fangen. Aber Sie vergessen dabei ganz, daß Josef Knecht keineswegs als Weltverbesserer und Reformator in die Welt hinaus geht, sondern als Lernender und als Erzieher, zunächst sogar als Erzieher nur eines einzigen Schülers, eines wertvollen und gefährdeten Schülers. Er tut das, was ich auch zu tun versucht habe, solang ich noch meinen Beruf ausüben durfte, er stellt seine Gaben, seine Persönlichkeit, seine Energie in den Dienst am einzelnen Menschen – umgekehrt wie sein Freund Designori, der als Politiker sich an Programme und an die Beeinflussung von Massen hingegeben und dabei seines einzigen Sohnes Vertrauen verloren hat.

Genug, es war wahrlich nicht meine Absicht, Ihren langen Brief mit einem noch längeren zu erwidern. Ich tat es nur, weil während des Schreibens das ganze Problem sich mir wieder einmal lebhaft vor Augen stellte. Haben Sie Nachsicht mit mir. Aber nach Zürich kann ich nicht kommen. Das geschieht höchstens einmal im Jahr, und dann reichen meine Kräfte gerade zu einem kurzen Besuch bei meinem dortigen Sohn. Sie müssen, wenn Sie dazu noch Lust haben, mir Ihre Idee schriftlich darlegen.

Mit freundlichem Gruß

An Ernst Morgenthaler, Zürich

27. April 1950

Lieber Freund

Das Buch von Hamo *, das nun so lang nach seinem Tod erschienen ist und das Du mir geschickt hast, ist wirklich, wie Du meintest, vielleicht sein bestes und konzentriertestes. Lebhaft ist seine liebe skurrile Gestalt, die bei all seiner Länge im

* Hans Morgenthaler: In der Stadt, Spaten-Verlag, Grenchen

Sitzen oder Hocken oder Kauern so märchen- und zwergenhaft wirken konnte, mir wieder erstanden, seine paar Besuche bei mir und ein paar andre Zusammenkünfte, seine Stimme, sein Kichern, sein geschicktes Hantieren mit den schauerlich verstümmelten Händen, und dann, wenn er wegging und man ihm nachsah, die Wunderlichkeit und Einsamkeit dieser plötzlich lang und groß gewordenen Gestalt, wie sie langbeinig und stets wie verlegen und ziellos davonschlenderte, mit gespielter Wurstigkeit und Flottheit, es tat einem ja jedesmal das Herz dabei weh.

Aber traurig macht sein Buch doch sehr, diese Verbohrtheit, diese lebenslange Knabenwut auf die andern, Normalen, Glücklichen, deren Armut und Unglück er doch so gut beobachtet hat, diese heroische Romantik – und dies kaum begreifliche Schicksal! Was er daran selber verdorben hat, haben die andern verbogen und verdreht. Außer der einen geliebten Frau ist er nie einem ihm gleichwertigen Menschen begegnet, ist wenigstens zu keinem in ein Verhältnis gekommen. Wie muß seine Kindheit mißverstanden und einsam gewesen sein!

Nach der Lektüre dieser traurigen Lebensbeichte mußte ich mich fragen, was eigentlich das Interessante, das Originelle und Anziehende an diesem hoffnungslosen Buche sei. Es ist die Natur, die hinter dieser Beichte steht, es ist der Umstand, daß diese oft so törichte, oft so unnötig sich bloßstellende Klage eines Gescheiterten nicht von einem windigen Hysteriker stammt, der nur den Pathologen interessieren kann, sondern von einem Kerl, der ein Riese an Kraft ist, der hundertmal sein Leben aufs Spiel gesetzt und schon an rein physischer Leistung das Vielfache eines Normalen aufgebracht hat, eines Menschen also, von dem durchaus Übernormales, Besonderes, Einmaliges zu erhoffen war. Etwas davon, wenn es auch nur wenig ist, ist in seine Bücher geflossen, und das macht sie wertvoll.

Aber wenigstens hat er dies Buch hinterlassen, dies ebenso geniale wie dumme Buch, dies unter Tränen und Kichern hingekratzte Selbstbildnis eines einsamen Amokläufers! Es werden auch jetzt nur wenige wirklich etwas damit anfangen können, aber wenn es einem die Augen öffnet und die Tür ins Freie zeigt, der auf ähnlich gefährlichem Wege ist, oder wenn es einige erschrecken läßt über den Grad von Leid, das hier gelitten werden mußte, und über den Grad von normierter Gedanken- und Lieblosigkeit, welche diesem armen kranken Genie seine Umwelt gezeigt hat, dann ist es nicht umsonst geschrieben.

In den letzten Tagen kamen mehrere Briefe von amerikanischen Lesern, die mich nachdenklich machten. Es sind die ersten Stimmen von dort, die ich höre, meine dortigen Leser waren bisher ohne Ausnahme Emigranten deutscher Herkunft. Aber es sind zwei oder drei Bücher von mir auf den Nobelpreis hin übersetzt worden und in Amerika erschienen, unnötigerweise, doch war es nicht zu verhindern. Natürlich nimmt der Boden diese Saat nicht auf. Aber diese paar Leser, die mir geschrieben haben, sind also doch empfänglich gewesen. Sie witterten etwas wie Heimat darin, denn sie sind arme Outsider und Steppenwölfe, einsam und hoffnungslos inmitten einer gesunden, kraftvollen, einfach und gut erzogenen Kollektivwelt, sie leiden Not und freuen sich, daß da ein alter Mann in Europa, ein Kind des 19. Jahrhunderts und des Individualismus, ihnen von ihren eigenen Nöten erzählt. Einem von ihnen habe ich geantwortet, sein Brief war einer der klügsten, die ich je bekam, und von einer ruhig und sachlich ausgesprochenen Glaubens- und Hoffnungslosigkeit. Ich habe ihm geschrieben, es sei mir unheimlich, aus seinem Lande solche Briefe zu bekommen, ich könne nur hoffen und wünschen, die Zahl seiner Gesinnungs- und Leidensgenossen sei winzig klein, denn das Umschlagen einer ganzen Generation nach der Seite der differenzierten Individualpsychologie wäre eine Katastrophe.

Heute, am 27. April, ließ der erste Kuckuck sich hören. Es klingt jedes Jahr schöner und unbegreiflicher. Was der Steppenwolf in New Jersey beim Lesen des „Demian“ empfindet, und hundertmal mehr und Differenzierteres, empfinde ich bei diesem Ruf, denn er bedeutet nicht nur Frühling (der für alte kranke Leute eher eine Tortur ist), er singt nicht nur Liebe und Schöpfungszauber, er ruft mir außerdem siebzig andere Frühlinge ins Gedächtnis, und die siebzig sich langsam ändernden Nuancen und Bedeutungen, die diese Vogelstimme für mich gehabt hat. Heute ist es nicht mehr wie in jungen Jahren die Wandersucht, das unsinnige Verlangen, alles wegzuwerfen und fortzulaufen, südwärts, über die Alpen, durch Italien, nach Sizilien, nach Afrika, nach Indien. Eher ist das, was mir heute der Kuckuck und der Frühling zuruft, eine Erinnerung und Mahnung an den Zustand des Schaffenden, ein heimliches Spielen mit dem Gedanken, nach vieljährigem Schweigen vielleicht doch noch einmal nur Künstler, nur Dichter zu sein, und das große und gefährliche Spiel mit einer dichterischen Konzeption zu wagen. Es ist nur ein Spielen, aber es ist frühlingshaft, ist ebenso innig wie unerträglich Sehnsucht weckend, der Gedanke hat beinahe wieder die Kraft und den Zauber, mit welchem einst Italien, Sizilien, Afrika mir rief. Das ist ein ebenso schöner wie gefährlicher Zustand, einer der nicht lange dauern darf, es wäre nicht zu ertragen.

Addio. Es grüßt Dich Dein H. H.

An Richard Benz, Heidelberg

18. Mai 1950

Verehrter, lieber Herr Dr. Benz

Schon so lange war es mein Wunsch, Ihnen für Ihren Brief von Anfang März zu danken, der mich für jede seiner Nuancen offen und dankbar fand. Nun, Sie wissen, was Überbürdung ist, und von der meinen ist Ihnen inzwischen durch das Brief-Mosaik und andre Zeichen genauere Kunde geworden, so brauche ich mich nicht lange zu entschuldigen. Wir wissen ja beide voneinander, sehen uns einer vom andern verstanden und einer im andern bestätigt, das kann durch keine Pause im Briefwechsel mehr angetastet werden. Immerhin ist es schön und ermutigend, ein solches Verhältnis so klar und so herzlich erkannt und ausgesprochen zu sehen, wie Ihr letzter Brief es getan hat. Es sind ja solche Verhältnisse, wie das zwischen Ihnen und mir, heute in einem Literatenleben ziemlich seltene Glücksfälle. Statt in einer Atmosphäre der Kollegialität, der gleichstrebenden Kameradschaft oder gar einer universitas litterarum, lebt ja jeder von uns in einer teils gewollten, teils leidigen Einsamkeit, und mancher, der es darin nicht mehr aushielt, hat nachgegeben und sich von einer der großen dogmatisch-autoritären Gemeinschaften aufsaugen lassen. Ich werde nie vergessen, mit wieviel Resignation André Gide bei unsrer einzigen persönlichen Begegnung davon sprach.

Wir haben ja freilich, und das ist gewiß ein Glück und Trost, unsre Leser, deren Reaktion auf unsre Arbeit, deren Gefolgschaft oder Widerspruch uns und unser einsames Tun rechtfertigen hilft. Aber noch so viele und noch so treue und willige Leser ersetzen uns doch niemals den Kameraden! Der Kamerad erst, der Kollege, vermag uns jenes Mitgehen, jenes Verstehen bis in alle Nuancen hinein, jene Anerkennung und jene Duldsamkeit zu schenken, die viel mehr ist als der Dank und Beifall noch so vieler Leser. Der Leser mag noch soviel Liebe und Verständnis für unser Werk haben, aber er hat es für das fertige, von uns distanzierte Werk, das längst aus dem Bereich des Werdens und der flutenden Möglichkeiten in das des Wirklichen und nicht mehr zu Ändernden übergetreten ist. Der Leser versteht, im allerbesten Falle, genau und prüfend das, was in unsern Büchern steht. Das andre ahnt er zuweilen, kennt es aber nicht: das Leben des Künstlers oder Kritikers, den Kampf um das Werk, den Rhythmus zwischen Tatenlust und Verzagtheit, gutem und schlechtem Gewissen, die Resignation, die jeden Abschluß eines Werkes und jeden Abschied von einem Werk begleitet, die Sorge um das Formulieren, um Vokabel und Syntax, die Hingabe an ein Tun, dessen freiwollende Urheber wir zu sein scheinen, während wir doch Ausführende und Werkzeuge viel älterer, tieferer und verwickelterer Mächte und Prozesse sind. All das versteht kein Leser, auch wenn er es ahnen mag, das versteht nur ein Kamerad. Und dann haben die Leser, auch die guten, so leicht eine Neigung, das Tastende und Schwebende in unsren Worten noch um einen Grad fester, deutlicher, bestimmter und starrer zu machen, noch etwas katholischer zu sein als der Papst. Auch das kann uns nur vom Kollegen zuteil werden: das Verständnis für den Grad von Wörtlichkeit und Ernst, auf den eine unsrer Formulierungen Anspruch macht, für die Stufungen der Ironie, für die Resignation des In-der-Schwebe-Lassens.

Kurz, wir Autoren bedürfen der Kollegen, und die Fälle, in denen zwei Kollegen einander ganz nahekommen und einander genau den Grad von Ernstnehmen und Nachsicht, von Zustimmung und andeutender Kritik zu geben vermögen, der dem Autor seine einsame Arbeit erst sinnvoll macht, sind sehr selten. Zwischen uns beiden, Ihnen und mir, hat dies glückliche Verhältnis eigentlich von allem Anfang an bestanden, ohne freilich mir schon von Anfang an bewußt gewesen zu sein. Aber von Ihren ersten Editionen der „Deutschen Volksbücher" her war die Art Ihrer Fähigkeiten, Interessen und Möglichkeiten mir doch schon so vertraut, daß ich nicht verwundert war, sie an neuen Objekten und Themen betätigt zu finden, an der Musik, an Jean Paul. Ich fand, mehr und mehr, Sie mit einem Stück deutscher Kultur beschäftigt, das vom deutschen Volke selbst, die Gelehrten nicht ausgeschlossen, viel zu wenig gekannt und geschätzt, und das in seinem Wesen, wie mir schien, weit deutscher war als alle die offiziellen Schemata von Deutschtum. Sie waren in Schichten der Historie verliebt, die auch mir teuer und ergiebig waren, und Sie hatten sie gegen dieselben Mißverständnisse, gegen dieselben Abneigungen und Feindseligkeiten zu verteidigen, die auch mir oft genug in den Weg traten. In dem Lärm des so lebhaften deutschen Geist-Betriebes spielten Sie ein mir verwandtes und sympathisches Instrument, und mehr und mehr erkannten wir mit den Jahren auch, daß wir Blätter der gleichen Partitur vor uns liegen hatten.

Möchten Sie einigermaßen wohl und an der Arbeit sein! Herzlich grüßt Sie

An Felix Lützkendorf, München

Mai 1950

Lieber Herr Dr. L.

Seit mehr als einem Monat liegt Ihr Brief bei mir und wartet auf Antwort. Daß sie sich so verspätete, wäre leicht zu entschuldigen, aber ich möchte mich Ihnen gegenüber nicht mit einer Höflichkeit begnügen. Sie haben vor zwanzig oder fünfundzwanzig Jahren die damals beste Dissertation über mich verfaßt, und haben darin speziell meine religiösen und meine asiatischen Herkünfte und Verwandtschaften untersucht. Sie erreichten ein überdurchschnittliches Maß an Verständnis, und seither haben Sie nach all den Stürmen der Zeit seit 1933 sich wiederholt und freundschaftlich mir wieder genähert, wir haben Briefe getauscht, und ich altes Kind lebte nicht ungern in dem schönen Wahn, noch immer von Ihnen verstanden und ernst genommen zu sein.

Diesen Wahn hat Ihr Brief teilweise zerstört, und daraus ergab sich, wie ich erst jetzt deutlich sehe, jene innere Hemmung, die meine Antwort so erschwert hat.

Sie wollten, daß ich Ihnen erlaube, eines meiner Bücher zu verfilmen. Und als ich Ihnen, wie schon manchen Vorgängern, diese Erlaubnis verweigern mußte, haben Sie daraus Schlüsse gezogen, die mich enttäuschten.

Sie schreiben, daß ich „es weit von mir weise, mit dem Teufelswerk Film auch nur im geringsten zu tun zu haben", etwa, wie wenn ich ein alter Pastor oder Asket wäre, der durch den Film die „Moral des Volkes" bedroht sieht.

Vermutlich haben Sie inzwischen sich das auch noch überlegt, aber ich möchte doch, so gut es der überstopfte Arbeitstag mir erlaubt, Ihre zu naive Vorstellung von meiner Stellung zum Film korrigieren.

Ich sehe im Film durchaus kein „Teufelswerk", und habe nicht das mindeste dagegen, daß er der Dichtung und dem Buch Konkurrenz macht. Es gibt Filme, die ich als Zeugnisse hohen künstlerischen Geschmacks und wertvoller Gesinnung schätze und bewundere. Und ich bin auch keineswegs dagegen, daß literarisch gebildete und produktive Talente, wie Sie selbst eines sind, sich dem Film zuwenden. Im Gegenteil. Ich glaube, daß der Film manchen starken Begabungen erst das ihnen gemäße Wirkungsfeld bietet, sie erst richtig schöpferisch macht und davor bewahrt, in anderen Künsten zu dilettieren. Es gibt Begabungen genug, deren Lust und Kraft das Empfinden, das Erzeugen von Spannung, das Erwecken von Interesse und Teilnahme für alle möglichen Höhen und Abgründe des Lebens ist, das Herbeiführen interessanter und charakteristischer Situationen und Gruppierungen, Begabungen mit intensiver Phantasie, edler Neugierde auf die Tausendfältigkeit des Lebens und unter Umständen auch mit einer hohen Moral, will sagen einem starken Gefühl der Verantwortlichkeit für die Seelen der Zehntausende, auf die sie wirken. Es ist ferner nicht nur denkbar, sondern auch schon durch konkrete Beispiele erwiesen, daß der Verfasser eines guten Drehbuches zugleich ein wirklicher Dichter sein könne.

Es ist aber ein großer Unterschied zwischen einem Film, der von einem Dichter erdacht wird, und einem Film, der ein schon vorhandenes Werk der Dichtung sich aneignet und für seine Zwecke benützt. Das erste ist echte und legitime Leistung, das zweite Diebstahl oder, hübscher gesagt, Anleihe. Eine Dichtung, die rein mit den Mitteln der Dichtung arbeitet, rein mit der Sprache also, darf nach meiner Auffassung nicht als „Stoff“ verwendet und von einer andern Kunst mit deren Mitteln ausgebeutet werden. Das ist, in jedem Falle, Degradierung und Barbarei.

Nun haben Sie ja sehr recht mit dem, was Sie über die Wirkungsmöglichkeiten des Films sagen, und über die unendlich vielen Tausende von hungrigen und nach Kunst begierigen Seelen, die vom Film erreicht, befriedigt und beeinflußt werden können, während sie der geschriebenen und gedruckten Dichtung unerreichbar bleiben. Aber wenn Sie den „Raskolnikow“, die „Madame Bovary“, den „Grünen Heinrich“ oder irgendwelche Dichtung mit noch so viel Geschmack,

Geschick und sogar mit höchster sittlicher Verantwortlichkeit zu einem Filmstück machen, dann haben Sie den eigensten, innigsten Wert dieser Dichtung zerstört und haben im allerbesten Falle höchstens etwa das erreicht, was die Übersetzung eines dieser Werke etwa ins Esperanto erreichen könnte. Was übrig bleibt, ist die Erinnerung an etwas Sentimentales oder Moralisches, verloren gegangen ist das Herz und der Wert, das Unnachahmliche und Einmalige.

Verloren gegangen ist damit aber auch jenes Stück alter und noch lebendiger Kultur, das in jedem sprachlichen Kunstwerk steckt.

Man könnte nun auch den Verfilmer einer Dichtung mit dem Illustrator einer Dichtung vergleichen und geltend machen, daß schon mancher Illustrator genialer war als das Werk, das er illustrierte. Meinetwegen, aber desto störender sind alle Illustrationen, deren Kunstwert geringer ist als der des illustrierten Werkes.

Es ist wohl möglich und sogar wahrscheinlich, daß die nächste Zukunft das Menschenleben so gestalten wird, daß dem Film beinahe alle die Aufgaben zufallen, die bisher Aufgaben der Literatur waren, und für lange Zeit kaum noch jemand imstande sein wird ein Buch zu lesen. Aber ich würde, was mich betrifft, auch dann noch mich der Verfilmung meiner Bücher widersetzen, und es würde mich keine Anstrengung kosten, der Verlockung des Weltruhms oder des Geldes standzuhalten. Denn gerade je bedrohter die Dichtung und die Sprache als Kunstmittel ist, desto mehr wird sie mir teuer und heilig.

Ach, was für lange Briefe! Ich bin richtig müde geworden. Nehmen Sie vorlieb und seien Sie freundschaftlich gegrüßt

An den Verfasser einer Broschüre über mich

1950

Sehr geschätzter Herr

Wie es leider den Anschein hat, ist mein kurzer Dank für die Zusendung Ihrer Arbeit verloren gegangen, und ebenso die kleine Drucksache, die ich Ihnen damals sandte. So wiederhole ich denn heute beides:

Sie haben richtig vermutet, daß es mir kaum möglich sein werde, Ihr Werkchen zu lesen. Ich muß, so wie es um mich steht, zufrieden sein, wenn ich mit dem Lesen der Briefpost jeden Tag annähernd fertig werde.

Und dann kommt hinzu, daß ein Autor in meinem Alter nicht mehr neugierig auf solche Literatur sein kann. Es wäre ja auch traurig, wenn er im Alter von dreiundsiebzig Jahren noch Freude daran fände, seine Person oder sein Werk in Büchern oder Broschüren behandelt zu sehen, oder wenn er noch den Wunsch hätte, seine Leserschaft oder seinen Einfluß auf diese Leserschaft vermehrt zu sehen. Bei mir sind solche Wünsche längst nicht mehr vorhanden, und auch die Einbildung, es sei von meinen Schriften etwas wie eine moralische Wirkung ausgegangen, ist großenteils erstorben. Es kommen da so merkwürdig ernüchternde Sachen vor. Zum Beispiel hat vor etwa einem Jahr ein junger Mensch im Rheinland mir zwei-, dreimal rührende, begeisterte Leserbriefe geschrieben, in denen er die erziehende und erbauliche Wirkung pries, die „Demian", „Siddhartha" und „Goldmund" auf ihn gehabt hätten. Der Dichter, er hörte es gerne, es klang so hübsch und wahrscheinlich. Aber plötzlich, im dritten oder vierten Brief dieses durch mich herangebildeten Knaben kam die schlichte Wahrheit zutage: diesmal wollte er mir das allerhöchste Lob spenden, das ihm möglich schien. Und er gestand, meine Bücher hätten ihm ungeheuer viel bedeutet, ja nahezu ebensoviel wie die Schriften von Frau Ludendorff, welchen er die Grundlagen seines ganzen Denkens und Weltbildes verdanke. Da hatte ich es denn. Überhaupt habe ich ja, wenn ich mich recht erinnere, vom Erziehen überhaupt niemals sehr viel gehalten, das heißt ich habe stets starke Zweifel daran gehabt, ob der Mensch durch Erziehung überhaupt irgendwie geändert, gebessert werden könne. Statt dessen hatte ich ein gewisses Vertrauen zu der sanften Überzeugungskraft des Schönen, der Kunst, der Dichtung, ich selbst war in meiner Jugend durch sie mehr gebildet und auf die geistige Welt neugierig gemacht worden als durch alle offiziellen oder privaten „Erziehungen". Das Geständnis des begeisterten Knaben nun hatte mich derb ernüchtert, und wie das so geht, im grellen Licht dieser Entzauberung wurde mir plötzlich noch ein andres, früheres, ganz ähnliches Erlebnis wieder sichtbar, das ich bisher sorgfältig vergessen hatte. Da gab es eine Freundin von mir, eine Dame von gutem Geschmack, Schweizerin, aus liberal denkender, guter Familie. Die hatte sich in einem Geheimkämmerchen ihrer Wohnung ein Privatheiligtum eingerichtet. Einmal, in einer Stunde besonderen Vertrauens, hat sie es mir gezeigt. Da stand allein für sich an der Wand ein Möbel, wie ein Bücherschaft, von einem Vorhang zugedeckt, und als der Vorhang weggezogen war, erschien auf dem oberen Boden ein halb lebensgroßes Hitler-Bild (es war um 1934), daneben stand ein Leuchter mit Kerzen und lag links das Neue Testament, rechts, schön gebunden, „Mein Kampf". Im unteren Fach aber stand, Band an Band in hellblauem Leinen, alles was je an Büchern von mir erschienen war. Es war das Groteskeste, was ich je erlebt hatte, nie bin ich so wütend und zugleich so verlegen gewesen. – Und nun hatte es also nichts genützt, daß es mir gelungen war, dies kerzenbeschienene Heiligtum zu vergessen. So wie jener Dame das Nebeneinander von Heiland, Hitler und Hesse möglich gewesen war, so verehrte dieser Jüngling mich und Mathilde Ludendorff als seine Lehrer und Erzieher. Das sind kräftige Lektionen.

Daß solche Erfahrungen, von denen ich hier nur zwei besonders krasse erzählt habe, einen mancher Illusion und mancher Eitelkeit entkleiden, ist selbstverständlich. Weniger selbstverständlich, vielmehr eher wunderlich, ja kaum begreiflich ist es, daß ein Autor solchen Begegnungen mit der Wirklichkeit nicht nur standhält, daß er sie entweder zu vergessen oder sie durch scheinbar rationale Betrachtung zu bewältigen sucht, und daß er ihnen zum Trotz den Glauben behalten kann, sein Tun und Spielen, sein Leben, Denken und Arbeiten habe einen Sinn, es sei zu rechtfertigen, es werde auf irgend eine geheimnisvolle Weise dennoch wirkend fortleben, es werde da und dort einen der nachweisbar nicht erziehbaren Menschen eben doch im Herzen auf eine wohltätige, erwekkende, bessernde Weise ansprechen. Denn etwas wie einen solchen Glauben zu haben, kann ich nicht leugnen. Er steht im Widerspruch zu vielem, was vernünftig ist, aber er existiert, und daß die lebendige Wirklichkeit nur selten vernünftig aussieht, haben wir ja oft genug erfahren. So wie in einem törichten Knabenkopf der Glaube an einen harmlosen Dichter und Humanisten ruhig dicht neben dem Glauben an Frau Ludendorff wohnen kann, so kann einem alten Dichter und Humanisten der Glaube an die Unerziehbarkeit der Menschen den Glauben, daß die Herzen seiner Mitmenschen doch irgendwie zu erreichen und zu rühren sein müßten, nicht für immer verdrängen.

Ich bin weitschweifig geworden. Nehmen Sie aus diesem Brief, was Sie brauchen können.

An Frau R. R., Gießen

1950

Liebe Frau R.

Eigentlich ist das Leben zu kurz für solche Briefwechsel. Aber es ist Ihnen mit Ihrem Anliegen zu ernst, und ich schätze Sie doch zu sehr, als daß ich Ihren Antwortbrief einfach weglegen dürfte. Auch ist es ja, komischerweise, eine sehr aktuelle und täglich von Tausenden gestellte Frage, um die es geht. Es ist die Frage, ob wirklich der Geist der Widersacher der Seele, das „Denken“ bloß ein Intelligenz-Sport und das fühlende Gemüt unser erster und vielleicht einziger Führer in moralischen Entscheidungen sei. Es gibt einige tausend Bände Literatur darüber, aber wir beide sind ja darin gleich eingestellt, daß es uns nicht um Philosophie geht, sondern vor allem um ein praktisches Problem des täglichen Lebens, um das Problem aller „Intellektuellen".

Wenn ich das wenig angenehme Wort „Intellektuelle" schreibe, fällt mir unweigerlich ein anderes, noch weit widerlicheres Wort ein, das einst von den „Intellektuellen" des Dritten Reiches erfunden wurde. Es hieß „Intelligenzbestie", und ist, Gott sei Dank, aus der viel mißbrauchten Sprache wieder verschwunden.

Damals, als Deutschland von Bestien „geführt" wurde, waren es gerade die Intellektuellen Hitlers, die das garstige Wort erfanden. Sie mußten Bescheid wissen, denn sie selbst waren es ja, die den Geist an die Macht verkauft und die Aufgabe übernommen hatten, den Geist, soweit er für Hitler nicht käuflich war, zu verdächtigen, zu entwerten und dem „Volkszorn", einer von den Bestien erfundenen Instanz, preiszugeben. Seither haben die Leute, die nicht gern denken, die Schwärmer für Blut und Boden, Volksgemüt und Volkszorn, die Animosität gegen das, was sie „Geist" nennen, die Angst vor dem Denken und Urteilen, die Scheu vor Kritik und genauer Formulierung weitergepflegt und sich weiter darum bemüht, die zarte reine Volksseele vor Einbrüchen aus der Welt der rauhen Wirklichkeit zu behüten. Und immer mit einem Anschein von Recht, denn es waren und sind ja nicht die Schlechtesten, die sich vor dem enthüllenden, entblößenden, ehrfurchtlosen Worte fürchten, es sind die Anständigen und Gediegenen mit dabei. Sie fürchten das Niederreißen, die Ehrfurchtslosigkeit, darum fürchten sie den „Geist" und ziehen ihm die „Seele" vor, als die Domäne der unschuldigen Gefühle.

Man sollte aber weder Geist noch Seele mit Anführungszeichen schreiben. Die christliche Lehre läßt den Menschen aus Leib, Seele und Geist bestehen, und auch die Psychologie hat bis vor kurzem die Gaben und Tätigkeiten des Verstandes als ein Teilgebiet des Seelenlebens betrachtet. Sie gehören unbedingt und untrennbar zusammen, Geist und Seele, Verstand und Gemüt, und wer eines von ihnen auf Kosten des andern oder gar im Kampf gegen das andre überschätzt und überzüchtet, der sucht und pflegt das Halbe statt des Ganzen, er ist krank, er ist nicht Mensch mehr, sondern Spezialist. Wer also das kritische Wort, den analysierenden und erkenntnisgierigen Verstand überzüchtet, tut es auf Kosten des Ganzen, des Menschentums. Das ist es, was Sie oft gespürt haben und was Sie gegen den Verstand mißtrauisch gemacht hat. Aber wenn wir Menschen nicht ernst und nicht für voll nehmen, die nur Verstand und Kritik gelten lassen, dann müssen wir auch wissen, daß das Gemüt und die Phantasie allein auch nicht genügen, um den Menschen vollwertig und sein Tun brauchbar zu machen.

Es ist eine drollige Erfahrung: der reine Verstandesmensch, mag er noch so goldene Worte und noch so scharfgespitzte Urteile von sich geben, wird uns sehr bald langweilig. Und ebenso werden uns die edlen Schwärmer für das Gemüt, die poetischen und enthusiastischen Spezialisten des Herzens bald langweilig. Der auf sich allein gestellte edle Geist wie das auf sich allein vertrauende edle Gemüt, sie haben beide eine Dimension zu wenig. Man merkt das im Leben des Alltags und im politischen Leben, man merkt es noch deutlicher in der Kunst. Das Gescheite wie das Innige, das Schnoddrige wie das Edle, es ist ohne seinen Bruder und Gegenpart nicht voll, nicht überzeugend, nicht liebenswert. Der Mensch wird uns langweilig, wenn er nur zwei Dimensionen hat.

Wir haben es erlebt, wie der spezialisierte und der Macht hörige Geist der Goebbels im Volk gerade das Gemüt zu pflegen und gegen den Verstand aufzuwiegeln bestrebt war. Da Kritik an der Macht nicht mehr erlaubt war, da man mit einem kindlich kritiklosen Volk am leichtesten durchkam, wurden Blut und Boden, Ahnen und Instinkte verehrt, man konnte diesen Bestien gar nicht blauäugig, träumerisch und kindlich genug sein.

Nach meinen Eindrücken hat man in Deutschland sich das doch zu wenig klar gemacht. Wir wissen ja: die Größe der Völker liegt im Erdulden, nicht im Lernen. Und doch wünscht man so sehr, es möchte bei all dem unendlichen Leiden auch etwas erfahren und gelernt worden sein. Aber es sieht nicht aus, als wäre dem so. Eine spezialisierte, hochgezüchtete Intelligenz steht einem Volk gegenüber, das nichts von ihr lernen kann, weil es sie nicht zu lieben vermag. Dies zu sehen, daran zu leiden, damit zu kämpfen, das zu heilen: das ist die Aufgabe der nicht spezialisierten, der nicht zu Widersachern der Seele gewordenen Geistigen, also auch die Ihre.

Genug, wie schrecklich lang ist mein Brief geworden! Und enthält nichts als Selbstverständlichkeiten!

An einen jungen Deutschen

der als Knabe enthusiastischer Nationalsozialist und Gruppenführer in der Hitlerjugend war und seit der Ernüchterung sich nicht mehr zurechtfindet

1950

Lieber Herr J.

Ihren Wunsch kann ich nicht erfüllen, ich bin ein schwer überbürdeter alter Mann, und es hätte auch keinen Sinn, daß Sie sich aus weiter Ferne einem Seelenarzt und „Führer" anvertrauen, der Sie nicht kennt und dem gegenüber Sie sich beliebig aufspielen und maskieren könnten.

Ich schicke Ihnen Ihre Manuskripte zurück, Sie werden sie noch brauchen können. Über den Aufsatz denke ich ähnlich wie Ihr Lehrer, die Gedichte sagen mir nichts.

Es ist vielen gegangen wie Ihnen. Sie sind auf die Hitlerei hereingefallen und stehen nun haltlos da, ich kenne viele solche. Sie zu erziehen und wieder zu Menschen zu machen wäre eine große und wichtige Aufgabe, aber ich wäre ihr nicht gewachsen. Auch stehe ich seit 1933 ununterbrochen im Dienst der Fürsorge für Eure Opfer, für die Emigration, für die

Juden, wir sind damit schon über unsere Kräfte beladen. Lernen Sie, einerlei wo, einmal wirklich dienen, wirklich sich hingeben, wirklich an die Sache zu denken, statt an sich selber, das ist der einzige Weg aus Ihrer Einöde heraus.

Postkarte

an jemand, der mir ein Buch mit hübschen surrealistischen Dichtungen gesandt hatte

Sehr geschätzter Herr

Mein Urteil über den literarischen Surrealismus, nach dem Sie fragen, ließe sich in Kürze etwa auf folgende Formel bringen:

Obwohl der Präsident des internationalen Ein- bzw. Ausschusses den üblichen Breitegrad längst überschritten zu haben Miene macht, glüht dennoch in den Seelen der ihm blind Ergebenen unwandelbar, aber zielbewußt der radikale Unglaube an die ewige Ordnung.

An Schwester Luise, Zürich

1950

Verehrte Schwester Luise

Sie haben mir ein paar erbauliche Schriften zugeschickt und dazu geschrieben: „Es gibt einen lebendigen Gott. Wo steht es geschrieben, daß ich nicht auch Ihnen dies mitteilen darf? Die anderen Götter sind alle tot."

Es steht natürlich nirgends geschrieben, daß Sie mir diese Mitteilung nicht machen dürfen. Nur mutet sie mich, wie alle ins Blaue unternommenen Bekehrungsversuche, etwas wunderlich und im Grunde unnötig an. Sie teilen Ihr Wissen um die Existenz Gottes einem alten Manne mit, dessen Eltern und Großeltern nicht nur dem Namen nach, sondern in Leben und Tat Christen waren und ihr ganzes Leben in den Dienst des Reiches Gottes gestellt haben. Von ihnen bin ich erzogen, von ihnen habe ich die Bibel und Lehre vererbt bekommen, ihr nicht gepredigtes, sondern gelebtes Christentum ist unter den Mächten, die mich erzogen und geformt haben, die stärkste gewesen. Darum klingt Ihre Mitteilung mir ein wenig überflüssig, etwa so, wie wenn jemand mir im April mitteilen würde, es sei jetzt Frühling, und im Oktober, es sei jetzt Herbst geworden.

Das ist das eine, was mich an Ihrem so gut und freundlich gemeinten Gruß ein wenig befremdet hat. Aber es ist in Ihren wenigen Zeilen nicht das einzige, und es hätte längst nicht genügt, um mich zu einer Antwort zu bewegen.

Nein, da steht in Ihrem winzigen Briefchen noch ein anderer Satz, ein falscher und nicht zu verantwortender Satz, und der nötigt mich zu einer Antwort. Der Satz lautet: „Die andern Götter sind alle tot."

Ich weiß nicht, in wie vielen Ländern der Welt Sie gelebt haben, wie viele Völker, Sprachen und Literaturen Sie kennengelernt haben. Aber auch wenn Sie zehn oder zwanzig Sprachen, Religionen und Literaturen bis zum Grund erforscht hätten, wären Sie zu diesem falschen, törichten und überheblichen Satz nicht berechtigt.

Sie stellen fest: „Es gibt einen lebendigen Gott", und ich gebe Ihnen darin recht. Aber welcher Gott es sei, den Sie den allein lebendigen nennen, während alle andern tot seien, das sehe ich aus den Traktätchen, die Sie mir zusandten. Es ist der Gott protestantischer Christen, bestenfalls der einer Kirche, vielleicht auch nur der einer Sekte, einer kleinern Gemeinschaft von Frommen, denen es mit ihrem Christentum ernst ist. Dieser Gott ist für Sie der „lebendige", und alle andern erklären Sie, hoch von oben herab, für tot.

Nun, es gibt außer Ihrer Gemeinschaft, oder, wenn Sie wollen, außer der Kirche, der Sie angehören, noch viele hundert Millionen von Menschen aller Rassen und Sprachen, die ebenfalls an einen lebendigen Gott glauben und ihm dienen.

Der Gott dieser Gläubigen, die an Zahl denen Ihrer Kirche um das Vielfache überlegen sind, ist wahrscheinlich für viele seiner Diener (nicht für alle) genau so wie der Ihre ein Gott, der einzig lebendig und gültig ist, und neben dem alle anderen Götter, also auch der Ihre, verehrte Schwester, „tot“ und ungültig sind.

Der Gott der frommen Juden zum Beispiel ist keineswegs der Ihre, denn er ist zwar das Vorbild, nach dem der Ihre geformt ist, aber er ist keineswegs jener Gott, der seinen Sohn hat Mensch werden lassen. Und so sind die Götter alle, die von frommen Mohammedanern, von frommen Indern, Tibetanern, Japanern verehrt werden, von dem Ihren sehr verschieden, und dennoch ist jeder von ihnen sehr lebendig, sehr wirksam, jeder von ihnen hilft Unzähligen das Leben ertragen, das Leben heiligen, sich ins Leiden zu ergeben und den Tod gut zu bestehen.

Allen diesen Millionen von frommen, trostsuchenden, nach Würde und Heiligung für ihr armes Leben strebenden Gläubigen, denen sich der eine lebendige Gott auf etwas andre Weise offenbart hat als Ihnen und Ihrer Kirche, sprechen Sie unerschrocken und allwissend ihre Götter, ihre Lehren, ihre Glaubensformen ab. Dazu gehört ein Mut ohnegleichen, um den ich Sie bewundern könnte, wenn es nicht ein trauriger und billiger Mut wäre. Er beruht nicht auf Überlegenheit, sondern auf Unkenntnis der Wirklichkeit, auf Parteigeist.

Ich werde, verehrte Schwester Luise, nach wie vor an den lebendigen Gott glauben, und werde von seiner Existenz gerade darum stets überzeugt sein, weil er sich nicht einmal und irgendwo offenbart hat, sondern hundertmal und in hundert Formen, Bildern und Sprachen.

Nein, die andern Götter (die, die anders aussehen als Ihrer) sind nicht tot, dessen kann ich Sie versichern. Gott sei Dank leben sie, und wenn eine dieser vielen Erscheinungsformen des Einen verbraucht und altersmüde wird, dann hat der Lebendige längst schon neue Gestalten bereit, in denen er erscheinen kann. Er überlebt die Völker, er überlebt Religionen und Kirchen, auch die Ihre.

An eine ehemalige Nationalsozialistin

1950

Schönen Dank für Ihren lieben und guten Brief. Was Sie mir darin von der Jugend erzählten, die ohne Möglichkeit des Widerstandes, der Kritik und Nachprüfung der Erziehung in der Hitlerjugend ausgeliefert war, ist mir nicht neu, ich habe das gleiche schriftlich und mündlich viele hundert Male genau erzählt bekommen und den Erzählenden recht geben müssen. Dennoch sind Unstimmigkeiten da. Zum Beispiel sagen Sie nicht, daß Sie als Kind für das *Vaterland* zu leben und zu sterben bereit gewesen seien, sondern für Hitler. Aber Sie und Ihre Leidensgenossen haben ja hundertmal Bilder dieses Menschen gesehen, haben hundertmal sein Gebrüll am Radio gehört! Das bleibt uns doch nur halb verständlich. Und dann stellten Sie, noch mit einem Rest von nationalistischem Ressentiment, fest, daß die siegreichen Feinde jetzt gegen Deutschland genau ebenso verführen wie Deutschland einst gegen seine Feinde. Dies nun ist einfach eine sentimentale Täuschung. Niemand konnte und kann enttäuschter sein als ich über die Fehler der Besatzungsmächte, die oft zum Himmel schrien, aber auch in den grausamsten Fällen ging es niemals so zu wie etwa in Frankreich und Holland unter deutscher Besetzung – und selbst wenn man über diesen Unterschied wegsieht, bleibt immer noch das Verfahren der Deutschen gegen die Juden übrig: dem haben alle Völker der Welt in den letzten Jahrhunderten nichts Gleiches entgegenzustellen.

Ich mußte diese Bemerkung machen, nur um Ihnen zu zeigen, wie tief bei uns allen das Nationalistische sitzt (ich nehme mich nicht aus) und wie leicht wir von diesem törichten Gefühlskomplex aus die Wahrheit verfälschen. Nach dieser Richtigstellung aber bleibt mir nur übrig, Ihnen für Ihren lieben Brief und seine Gesinnung zu danken. Leider ist es die Gesinnung einer Minderheit, aber die Menschen des guten Willens sind immer eine Minderheit gewesen.

An eine gelehrte Frau

die mich fragt, warum ich im „Glasperlenspiel" nur von Eliteschulen für Männer und nicht für Frauen erzählte.

Juni 1950

Wenn in einer Dichtung nur von Männern erzählt wird, so sollte das von den Frauen nicht als eine antiweibliche Haltung angesehen werden.

Eine Frau nämlich, die wirklich lesen gelernt hat und die Voraussetzung zu einem kastalischen Leben besitzt, wird an ein Kunstwerk niemals die Frage richten: warum es denn gerade diesen Stoff und nicht einen andern zum Inhalt habe, warum ein Dichter sich zum Beispiel erlaube, von den Leiden des Jünglings Werther zu sprechen, statt von den Taten Alexanders. Sie wird vielmehr an dem Geistigen und Übergeschlechtlichen in einem solchen Buch ohne Ressentiments teilhaben. Und wenn es sie danach verlangt, wird sie ein Buch schreiben, in dem sie das gleiche Problem von der weiblichen Seite her darstellt. Jeder vernünftige Mann wird ihr dafür nur dankbar sein.

Freundlich grüßt Sie

An einen Leser in Frankreich

Juni 1950

... Danke für den Ausschnitt mit der lustigen französischen Anzeige des „Peter Camenzind", in der er als interessanter Nachfolger des „Glasperlenspiels" empfohlen wird. Es ist drollig und rührend jedesmal, wenn so ein altes, vom Autor schon vergessenes Jugendbuch sich wieder meldet, noch lebt und wirkt, übersetzt und in fremden Ländern von Menschen einer andern Kultur und einer völlig andern Epoche gelesen wird. Neulich kamen vier Briefe von jungen Japanerinnen, etwa höhere Töchterschule, in denen sie auf englisch für den „Camenzind“ schwärmen, der auch in Japan erschienen ist. Eine schreibt: „Wenn ich mit einer Freundin eine besonders schöne Wolke am Himmel sehe, die zu beobachten wir von Ihnen gelernt haben, dann sehen wir einander an und sagen: Segantini!“ So geschrieben in Kobe im Jahr 1950. Die Bücher wirken immer anders, als ihr Autor dachte. Der „Peter Camenzind“ also hat bewirkt, daß die gebildeten jungen Mädchen in Japan dies Jahr statt Hiroshige oder Hokusai „Segantini“ sagen ...

An Thomas Mann

zu seinem 75. Geburtstag

Juni 1950

Lieber Herr Thomas Mann

Es ist eine gute Weile her, seit ich Ihre Bekanntschaft gemacht habe. Es war in einem Hotel in München, und wir waren beide von unserm Verleger S. Fischer eingeladen. Von Ihnen waren die ersten Novellen und die „Buddenbrooks“ erschienen, von mir der „Peter Camenzind“, beide waren wir noch Junggesellen, und von jedem von uns versprach man sich Schönes. Im übrigen freilich waren wir einander nicht sehr ähnlich, man konnte es uns schon an Kleidung und Schuhzeug ansehen, und diese erste Begegnung, bei der ich Sie unter andrem fragte, ob Sie etwa mit dem Autor der drei Romane der Herzogin von Assy verwandt seien, stand mehr unter dem Zeichen des Zufalls und einer rein literarischen Neugierde als dem einer beginnenden Freundschaft und Kameradschaft.

Daß es zur Freundschaft und Kameradschaft dennoch gekommen ist, zu einer der erfreulichsten und reibungslosesten meines spätern Lebens, dazu mußte vieles geschehen, woran wir in jener vergnügten Münchener Stunde nicht dachten, und es mußte jeder von uns beiden einen schwierigen und oft finstern Weg zurücklegen, aus der Scheingeborgenheit unsrer nationalen Zugehörigkeit durch die Vereinsamung und Verfemung hindurch bis in die saubere und etwas kühle Luft eines Weltbürgertums, das denn auch wieder bei Ihnen ein ganz anderes Gesicht hat als bei mir, und das uns dennoch weit fester und zuverlässiger verbindet als alles, was wir damals zur Zeit unsrer moralischen und politischen Unschuld etwa Gemeinsames haben mochten.

Wir sind inzwischen alte Leutchen geworden, von unsern damaligen Weggenossen sind nur wenige noch am Leben. Und jetzt feiern Sie Ihren fünfundsiebzigsten Geburtstag, und ich feiere ihn mit, dankbar für alles, was Sie gedichtet, gedacht und erlitten haben, dankbar für Ihre ebenso kluge wie bezaubernde, ebenso unerbittliche wie spiellustige Prosa, dankbar für den großen, von Ihren ehemaligen Landsleuten so beschämend wenig erkannten Quell von Liebe, von Herzenswärme und Hingabe, aus dem Ihr Lebenswerk gekommen ist, für die Treue, die Sie Ihrer Sprache gehalten haben, für die Redlichkeit und Wärme der Gesinnung, von der ich hoffe, sie werde, über unsre Lebenszeit hinaus, sich als eines der Elemente einer neuen weltpolitischen Moral, eines Weltgewissens bewähren, dessen noch kindlichen ersten Gehversuchen wir heute mit Sorge und Hoffnung zusehen.

Bleiben Sie noch lange unter uns, lieber Thomas Mann! Ich grüße Sie und danke Ihnen, nicht als Beauftragter einer Nation, sondern als Einzelgänger, dessen eigentliches Vaterland ebenso wie das Ihre erst im Entstehen begriffen ist.

Herzlich Ihr

Rundbrief an einige Freunde in Schwaben

Sommer 1950

Ist's auch eine Freude,
Mensch geboren sein?
Darf ich mich auch heute
Meines Lebens freun?

So sangen wir einst im Elternhaus an den Geburtstagen. Heute singen wir nichts dergleichen, halten vielmehr jedes Sichfreuen an solchen Tagen für erlaubt und geben uns Mühe, sie zu feiern – und doch war damals jeder solche Tag ein unvergleichlich froheres und höheres Fest als heute. Und wenn er vorüber ist, dann liegt, obwohl man schon seit acht Tagen fleißig am Lesen und Danken war, ein Haufen von Post da, und die Pflicht, ihn abzutragen, eröffnet das neue Jahr mit neuer Last. So erlaube ich mir Euch gegenüber die Erleichterung eines Rundbriefes, nehmt ihn als Antwort nicht nur auf Eure Glückwünsche, sondern auch noch für manchen lieben Brief der letzten Monate, der noch auf Antwort wartet.

Wenn ich auch nicht, wie Häcker mir einst prophezeite, nach Stuttgart gezogen und jeden Donnerstag für alte Kameraden im „Herzog Christoph" zu treffen bin, so hat doch in den letzten Jahren die Senilität in meinem Gedächtnis und meiner Phantasie die früheste Jugend und einstige Heimat immer einseitiger und intensiver beleuchtet, und wie alle alten Leute bilde ich mir ein, das sei keineswegs nur eine Altersschwäche, sondern wir hätten tatsächlich damals etwas besessen, was heute niemand mehr besitzt und kennt.

Ich denke etwa an die Löffelgeschichte vom Pfarrer Machtolf in Möttlingen aus der napoleonischen Zeit. Da war das Möttlinger Pfarrhaus von durchmarschierenden Franzosen gründlich geplündert worden, und der Offizier hatte sich von Machtolf versichern lassen, daß nichts Wertvolles mehr im Haus verborgen sei. Er hatte mit gutem Gewissen ja gesagt, und der Haufe war abgezogen, da begann Machtolf, schon ein alter Mann, unruhig zu werden und nachzusuchen, ob nicht doch etwas zurückgeblieben sein möchte, und richtig fand er zwei silberne Löffel. Erschrocken machte er sich mit ihnen auf den Weg, hinter den Franzosen drein, holt sie ein und stellt sich dem Offizier, gibt die Löffel ab und bittet um Entschuldigung dafür, daß er aus Unwissenheit gelogen habe. Ich glaube, wenn man diese Geschichte heute einer Schulklasse oder einem Hörsaal von Studenten erzählen wollte, würde sie bei den meisten ein Kopfschütteln und dann eine heftige Debatte darüber hervorrufen, ob dieser Mann mit den Löffeln nicht ein Narr, ein schlechtes Vorbild sei. Wir aber haben damals um keine Erklärung der Geschichte zu fragen brauchen, das Verhalten Machtolfs machte uns zwar Eindruck, aber keinen irgendwie zweifelhaften, wir fanden es schön und richtig und waren kaum darüber erstaunt, daß der fremde Plünderer es ebenso begriff und billigte, denn er drückte dem grauhaarigen Pfarrer die Hand und gab ihm außer den Löffeln auch noch alles andre Geraubte zurück.

Kürzlich hat ein sehr begabter jüngerer Dichter mir eine äußerst kaltschnäuzige Postkarte geschrieben, in der er mir vorrechnet, was alles mir fehle, um ein richtiger Mensch und Autor sein zu können: es fehlen mir die naturwissenschaftliche und mathematische Bildung, schrieb er, sowie die „Urerlebnisse" der Kaserne, des Krieges und des Hungers. Er hat recht, sie fehlen mir. Aber mir scheint das Aufgewachsensein in einer Luft und Temperatur, in der die Machtolf-Geschichte keiner Erläuterungen bedurfte, doch auch eine Art von Urerlebnis zu sein, und kein schlechteres, als Kaserne, Krieg und Hunger es sind.

Da fällt mir ein: Mehrere von Euch haben mir von schlechten Erfahrungen mit neuen Romanen erzählt, die sich die jüngste deutsche Historie zum Thema gewählt haben. Ich kenne von dieser Literatur sehr weniges und habe ja auch diese traurige Historie wach genug miterlebt, um kein Bedürfnis nach solcher Lektüre zu spüren. Aber zufällig ist mir doch ein solches Buch bekannt, ein sehr gutes, ein Roman, der von 1919 bis 1945 die Geschichte des deutschen Nationalismus und des deutschen Kommunismus erzählt. Der Roman ist von Anna Seghers, einer Kommunistin, und hat mir bis auf den Titel „Die Toten bleiben jung“ überaus gut gefallen, denn es waltet in ihm eine dichterische Kraft, Liebe und Gerechtigkeit, die stärker ist als alle Parteigebundenheit.

Eine andre Frage, die einige von Euch mir gestellt haben, kann ich nicht beantworten: was Thomas Mann bei unsren letzten Zusammenkünften an Gedanken über die Weltlage und Zukunft geäußert habe. Er hat nämlich hierüber vollkommen geschwiegen und war merklich mit dem privaten und verantwortungslosen Charakter unsres Zusammenseins zufrieden. Was ich über seine Gedanken etwa vermute, kommt mir nicht aus seinen Worten, sondern nur aus Beobachtungen sinnlicher Art über Stimme, Haltung, Gesichtsausdruck. Und nach diesen Beobachtungen vermute ich, daß er diese Dinge sehr ähnlich sieht und erlebt wie ich. Wir sehen eine verarmte und schamlos vereinfachte Menschheit einem Leben entgegengehen, das keiner von uns einen Tag lang teilen möchte, wir freuen uns an den Schätzen einer geliebten Kultur, die im Sterben liegt und deren Ganzheit außer uns nur noch von ein paar anderen Leuten unsrer Generation empfunden werden kann, und wir sind einverstanden damit, daß wir die Früchte der verschiedenen Weltvereinfachungen und Weltverbesserungen nicht mehr werden kosten müssen. Dabei zweifeln wir nicht daran, daß die Menschheit auch mit diesen Problemen auf die einfache und gesunde Art von jenen fertig werden wird, denen das Ernstnehmen von Problemen, ja das Wahrnehmen und Zugeben der Probleme gar nicht passiert. Es ist ein etwas saurer Greisentrost, aber es steht sowohl dem Magister Thomas wie mir, hinter und über den Kulissen der Weltgeschichte, weit mehr an Glauben zur Verfügung, als die Mehrzahl unsrer Leser uns zutraut. Nur sind wir Alten auf Zuwachs an „Urerlebnissen“ nicht erpicht.

Die Frage, auf welcher Seite wir im koreanischen Krieg zu stehen haben und wer für ihn und seine Folgen als verantwortlich anzusehen sei, werdet Ihr gewiß ähnlich beantwortet haben wie ich. Wir haben in diesem unsinnigen Krieg ebenso wie in jedem andern Kriege, der heute irgend denkbar ist, nicht auf der Seite dieser oder jener kriegführenden Macht zu stehen, das ist klar, sondern wir lehnen den Krieg an sich ein für allemal ab und halten ihn für ein vollkommen unnütz und töricht gewordenes Mittel zur „Fortsetzung der Politik". Es ist damit wie mit den Atombomben: gemacht und vervollkommnet und aufgespeichert werden sie genau von denselben Mächten, die zu ihrem eigenen Schaden den letzten Weltkrieg „gewonnen" haben und denen es nicht gelungen ist, daraus etwas anderes zu lernen, als daß man eben noch viel heftiger rüsten müsse als je. Die Staatslenker und Generäle der Großmächte haben nichts gelernt und wollen nichts lernen, sie haben seit ihrem traurigen „Sieg" kaum etwas für den Frieden, aber sehr viel für die Ermöglichung neuer Kriege getan. Wir halten sie, bis zum letzten bei der Bombenfabrikation mitarbeitenden Physiker, für unsre Feinde und für die Feinde des Friedens und der Menschheit.

Lebt wohl, Freunde, und habt weiter Geduld mit mir. Vielleicht kann ich Euch bald Interessantes schicken. Ein Lehrer in Bern hat einen Vortrag vor Kollegen gehalten, in dem er auf die Gefährlichkeit meiner Bücher für junge Leser energisch hinweist. Der Vortrag hat ihm Freude gemacht und den Kollegen gefallen, darum will er ihn drucken lassen. Er wollte meine Meinung darüber hören, und ich konnte ihm natürlich von seinem Vorhaben nicht abraten. Wie gut wäre es, wenn der Unfug aufhörte, daß Fünfzehnjährige den „Steppenwolf" lesen! Ich gäbe viel dafür.

An Herrn Sp.

Sils Maria im Engadin, 23. Juli 1950

... Natürlich kann ich Ihr Problem nicht lösen. Sie gehören zu den Vagabunden, die zwar die Courage zur Heimatlosigkeit aufbringen, aber von der sentimentalen Selbstbetrachtung nicht loskommen. Sie haben genau das Leben, das Sie sich wünschten und das wahrscheinlich das Ihnen gemäße ist, aber Sie wollen außerdem noch Verständnis oder Mitleid, und das ist zuviel gewünscht, es wäre der Fünfer und das Weggli auf einmal.

Gegen die Infamitäten des Lebens sind die besten Waffen: Tapferkeit, Eigensinn und Geduld. Die Tapferkeit stärkt, der Eigensinn macht Spaß, und die Geduld gibt Ruhe. Leider findet man sie gewöhnlich erst spät im Leben, und im Verwittern und Absterben hat man sie auch am meisten nötig.

Das sind etwa die Gedanken, die mir bei Ihrem Brief in den nicht mehr sehr tauglichen Kopf gekommen sind.

An Dr. Walther Meier, Zürich

Juli 1950

Lieber Herr Dr. Meier

Hier also schicke ich nochmals ein Brief-Mosaik, das zweite und letzte.

An sich wäre es ja eine durchaus mögliche und sinnvolle Art von Publikation, was wir da versucht haben, prinzipiell ist nicht viel dagegen zu sagen. Aber die Lust ist mir vergangen, und zwar zum Teil der Erfahrungen wegen, die ich mit unserem ersten Mosaik gemacht habe und die zum größten Teil enttäuschend waren. Und dann hat mir die letzte Zeit wieder einige bösartige und wehtuende Konfrontationen mit dem Zeitgeist und mit dem literarischen Nachwuchs in Briefform beschert, die mich gelähmt haben.

Freilich, mit diesen enttäuschenden Erfahrungen fertig zu werden, ohne mich durch sie lähmen und des guten Willens berauben zu lassen, wäre meine Aufgabe, und bleibt es auch, denn es nützt natürlich nichts, solche Erfahrungen durch einen Rückzug aus dem tätigen Leben zu beantworten. Aber es kam noch eine andere Erfahrung oder Belehrung hinzu, und sie ist es, die mir die Fortsetzung dieser Briefpublikationen vollends verbietet. Waren die Briefe meines ersten Mosaiks spontan und unmittelbar aus den Anrufen des Lebens entstanden und ihre Auswahl und Veröffentlichung nur ein nachträglicher Handgriff gewesen, so hat mir unsre erste Publikation eine Erfahrung gebracht, an die ich vorher gar nicht gedacht hatte, die Erfahrung nämlich, daß es ein anderes ist, aus privaten Briefen nachträglich ein Mosaik zusammenzustellen, und ein ganz anderes wieder, private Briefe zu schreiben, bei deren Abfassung dem Autor schon die Möglichkeit oder Absicht der Veröffentlichung vorschwebt. Damit geht etwas verloren, eine Frische und Unschuld, die sich nicht ersetzen läßt, auch nicht durch erhöhte Gewissenhaftigkeit beim Schreiben. Ich werde vielleicht, ja wahrscheinlich noch manchen Brief schreiben, den ich nachträglich zur Publikation geeignet finden werde. Aber als Briefschreiber dauernd mit halbem oder ganzem Bewußtsein die Möglichkeit der Publikation vor sich zu haben, also nicht mehr zu wissen, ob man nun eigentlich an Herrn M. oder Frau P. schreibe oder an eine ganze Leserschaft, das schwächt den Schreibenden auf eine merkwürdige und beinahe unheimliche Weise.

So wollen wir das heutige Mosaik denn das letzte sein lassen, es soll nicht zur Gewohnheit und zu einer Art ständiger Rubrik werden, in unser beider Interesse und dem der Leser.

An Herrn Dr. G.

Sils Maria, 10. August 1950

Lieber Herr Dr. G.

Was Sie auf Ihrem Briefblatt über Urchristentum und Kommunismus zitieren, gefällt mir nicht übel. Die Parallele stimmt natürlich nur sehr teilweise und stimmt namentlich nicht ganz aus dem Grund, weil hinter dem Christentum die Person und Geschichte Jesu steht, eine Realität, etwas Wirkliches und Substantielles, während hinter dem Kommunismus nichts steht als eine Idee, wenn auch eine wichtige und richtige. Daß die sozialen Zustände am Ende der kapitalistischen Epoche nicht mehr lebensfähig sind und vom Aufstand der Benachteiligten weggefegt werden, ist unvermeidlich, insofern führt Truman einen ebenso vergeblichen Kampf wie Hitler. Aber daß aus der Mit- und Gleichberechtigung aller Menschen an den Gütern der Erde die „Diktatur des Proletariats" gemacht wurde, zeigt ja schon, wie die Idee erkrankt und mißbraucht ist.

Ich weiß nicht mehr zum Thema zu sagen. Im Augenblick ist mir von beiden Weltfronten die eine so fremd wie die andre, beide sind militant, beide unduldsam, beide im Grunde phantasielos, also unschöpferisch. Gandhi war mehr als sämtliche amerikanischen Präsidenten des Jahrhunderts samt sämtlichen Vertretern und Schöpfern des Kommunismus von Marx bis Stalin.

Leben Sie wohl.

An Fräulein E. V., Oldentrup

10. August 1950

Liebes Fräulein V.

Ich bin hoch oben im Engadin, und stehe langsam von einer Fieberkrankheit wieder auf. Inzwischen haben sich Stöße von Post angesammelt.

Ihr Brief war mir willkommen, Sie haben mit den Quäkern ein echtes und gutes Erlebnis gehabt und sind einer Ausstrahlung des Geistes begegnet, die Ihnen nicht mehr verloren gehen wird.

Ja, die Gewalt ist das Böse, und die Gewaltlosigkeit der einzige Weg derer, die wach geworden sind. Dieser Weg wird niemals der aller sein, und niemals der der Regierenden und derer, die die Weltgeschichte machen und die Kriege führen. Die Erde wird also nie ein Paradies und die Menschheit nie mit Gott eins und versöhnt sein. Die Bösen werden regieren und raffen, die Gleichgiltigen werden, sei es jubelnd oder knirschend mitlaufen, und die wenigen Wachgewordenen werden zusehen, werden aber auch immer wieder der Welt des Bösen und der Macht solch wunderbare Rettungsversuche entgegensetzen wie die Buddha, Sokrates, Jesus, wie das Urchristentum, das Quäkertum, den Geist Gandhis.

Wenn man weiß, auf welcher Seite man steht, lebt man freier und ruhiger. Immer muß man auf Leiden und Vergewaltigung gefaßt sein, niemals aber darf man zum Töten bereit sein. So ist es.

An Herrn Dr. F. F., Stuttgart

Anfang September 1950

Hochgeschätzter Herr Dr. F.

Haben Sie Dank für Ihren Brief vom 11. August und die autobiographische Skizze.

Diese hat mich und meine Frau, die sie mir gestern nach unsrer Heimkehr aus den Ferien vorlas, sehr gefesselt. Es ist richtig ein prächtiger schwäbischer Dickschädel, der sich da durchgesetzt und mit der oft so feindseligen Welt gekämpft hat.

Schade, daß die unendliche tägliche Überbürdung mir keinen eingehenden Brief erlaubt, Ihre Mitteilungen hätten ihn wohl verdient.

Leid tut es mir auch, daß ich Ihre beiden Ratschläge nicht annehmen kann: entweder mich um Deutschland überhaupt nicht mehr zu kümmern oder aber über die politischen Vorgänge mich durch Sie informieren zu lassen.

Denn sehen Sie: obwohl ich nur zu einem Viertel Schwabe und meiner Natur nach kein Dickschädel bin, habe ich doch mein Leben lang meinen eigenen Weg ebenso zäh und eigensinnig gesucht und verfolgt wie Sie den Ihren, und in lebenswichtigen Fragen Rat und Wegweisung von Fremden anzunehmen, dazu habe ich heute mit dreiundsiebzig Jahren ebensowenig Lust wie einst als Jüngling, wo ich zum Kummer meiner Eltern, Verwandten und Lehrer jahrelang allen Versuchen, mich auf eine geregelte und ersprießliche Bahn zu bringen, hartnäckig meine verzweifelte Sabotage entgegensetzte.

Um die deutsche Politik allerdings kümmere ich mich seit langer Zeit nicht mehr sehr eingehend. Ich habe während des ersten Krieges das Wachwerden erlebt und die Konsequenzen daraus gezogen, ich habe seither nie mehr anders denn als neutraler Ausländer die deutschen Geschicke betrachtet, denn ich lebe seit beinah vierzig Jahren in der Schweiz, deren Bürger ich bin.

Aber wenn ich mich aus guten Gründen der aktiven Anteilnahme oder gar Parteinahme enthalte, so bedeutet das nicht, daß Deutschland mir gleichgiltig und fremd geworden wäre. Ich habe dort einen guten Teil meiner Herkünfte und Wurzeln und kann mich weder den zahlreichen mir teuren Menschen in Deutschland entziehen noch dem Mitleben in deutscher Sprache und Kultur. Diese Anteilnahme einzuschränken oder gar, wie Sie mir raten, einfach abzustellen, ist mir so unmöglich, wie aus meiner Haut zu fahren.

Und so ist es auch mit Ihrem zweiten Rat oder Vorschlag: ich möge mich künftig durch Sie über die deutschen Angelegenheiten informieren lassen. Da stößt Dickschädel auf Dickschädel, und wenn mich auch die deutsche Politik und öffentliche Meinung wenig mehr angeht, so ziehe ich es doch vor, auch hierüber mich an Hand der Zeitungen und der Tausende von Briefen, die ich das Jahr hindurch bekomme, selbst zu unterrichten.

Nochmals Dank für Ihre Mitteilungen, und freundliche Grüße.

An einen schwäbischen Dichter

10. September 1950

Lieber Herr Heuschele

Sie haben dem Buch, mit dem Sie mich neulich beschenkten, einen schönen und lieben Brief folgen lassen, den ich ebensowenig wie jene erste Gabe unerwidert lassen kann. Das gehört zu den freundlichen Seiten des Lebensabends, daß man von Kollegen oder von Unbekannten mit einer besonderen Behutsamkeit, Zartheit und höflichen Wärme angesprochen wird, daß man Gaben oder Briefe bekommt, bei deren Absendung der wohlwollende Geber ganz spürbar den Gedanken hatte: „Wenn ich ihn nur auch wirklich noch erreiche, wenn es nur nicht etwa schon zu spät ist!" Der erste Brief dieser Art, soweit ich mich erinnern kann, kam schon vor vielen Jahren, er war eine der erfreuendsten und überraschendsten Gaben, die ich in meinem Leben empfangen habe. Er war von André Gide, ein ganz kurzer, aber entzückender und wundervoll stilisierter Brief, und er drückte jenen Gedanken an die Gefahr des Zuspätkommens gleich im zweiten Satz aus: «Cette pensée me tourmente: quel l'un de nous deux puisse quitter la terre sans que vous ayez su ma sympatie profonde pour chacun des livres de vous que j'ai lus.» Da hatte das Gefühl des Alterns, des Abschieds, der Dankbarkeit für ein überaus reiches Leben und der Bangigkeit, es könnte bald für alles Hübsche und Freundliche zu spät sein, einen von mir seit Jahrzehnten geliebten und verehrten Dichter, von dem ich nicht ahnte, daß er von meiner Existenz wisse, dazu vermocht, dem um zehn Jahre Jüngeren einen Gruß hinüber zu winken und ihm den beginnenden Lebensabend mit einer Freude zu erhellen.

Daß ein um so viel Älterer mich auf solche Art beschenkte, ist mir nur ganz wenige Male begegnet, desto häufiger waren es Jüngere, und vielleicht das merkwürdigste und rührendste Geschenk, das ich jemals erhalten habe, war um die Zeit meines siebzigsten Geburtstags, zur Zeit der bittersten materiellen und moralischen Nachkriegsnot, eine hübsch gearbeitete Mappe, von Dresdener Studenten hergestellt und in zweifarbiger gotischer Zierschrift sorgfältig kalligraphiert, sie enthielt siebenundzwanzig Blätter, auf jedem stand eines meiner Gedichte, ins Gotische übertragen. Und erst noch in den letzten Tagen kam der Brief eines alten, der östlichen Weisheit zugeneigten Lesers, der mich als seinen Guru anredet und von einer jahrzehntelangen Gefolgschaft spricht, und dann brachte die Post ein Päckchen von diesem selben Leser und Schüler, das enthielt, liebevoll verpackt, eine jener kleinen, mit ornamentierter und lapislazuli-besetzter Bronzearbeit geschmückten Gebetsmühlen, wie sie zur Ausrüstung tibetanischer Priester gehören. Wenn nun auch dies Geschenk mir eine gewisse Verlegenheit bedeutet, denn die Zeiten sind längst vorbei, in denen das Besitzen hübscher und kostbarer Sachen mir Spaß machte, und es ist für sie in meinem überstopften Haus und Leben kein Raum mehr, so hatte doch auch diese ungewöhnliche Gabe jenen Abendschimmer und freundlichen Spätglanz, jenes herzliche Bestreben nach Dank und nach Erwiderung empfangener Hilfe, und jene durch die Furcht vor etwaigem Zuspätkommen behutsamer und zarter gewordene Rücksicht, die mancher, der mich nur als Kämpfer und Trotzkopf kennt, mir nicht erwiesen hätte. Aber wenn ich auch oft genug dieser Kämpfer und Trotzkopf habe sein müssen, so war ich es ja nicht aus einem Überschuß an Robustheit oder gar aus Freude am Kämpfen, sondern aus der gefährdeten und empfindlichen Zartheit des schutzlosen Einzelgängers, und jetzt, wo ich alt und recht müde geworden bin, und weder Trotz noch Verschämtheit mehr am Platze sind, kann ich ohne Scheu gestehen, daß ich, beinahe immer in der Lage des Vereinzelten, des Nicht- oder Zuspät-Verstandenen, häufig zu jener Kampffreudigkeit und Schärfe mich habe zwingen müssen, und daß ich heute im Alter zwar nicht das Arriviertsein und den etwas unheimlichen Anschein von Verstanden- und Gebilligtwerden zu schätzen weiß, wohl aber diesen angenehmen Zuwachs an Rücksicht und Schonung. Wenn ein alter Mann die Gicht in den Fingern hat, dann macht er sich aus biderbem Händedrücken wenig mehr, und wenn er wahrnimmt, daß man an seinem Lager leise redet und sich mit Vorsicht bewegt, dann nimmt er das ganz gerne und dankbar hin. Ich habe Freunde von verschiedenster Art gehabt, und habe sie noch, aber jene, die einem kräftig auf die Schulter hauen und den frühen Morgen, wenn man noch gar nicht recht bei sich ist, gleich dem Schwager des Attila Schmälzle mit der dröhnenden Frage „Wie geschlafen, Herr Schwager?" beginnen, die habe ich bei aller Freundschaft und Achtung doch immer ein wenig gefürchtet.

Und nun haben Sie mich mit einem guten Brief und einem liebenswerten Buch erfreut, und beide Gaben empfehlen sich mir durch eben jenen Ton von Behutsamkeit und Urbanität, und sprechen zu mir mit einer angenehmen inaggressiven Stimme. Haben Sie Dank dafür! Ein großer Teil Ihrer Lebensarbeit hat der Beschwörung und Deutung von Dichtern gegolten, dem Opfer vor geweihten Altären, der Pflege des Gedächtnisses und der Ehrfurcht, ich habe dafür Anerkennung und Achtung gehabt, nicht aber die Aufmerksamkeit und Bereitschaft wie für einen Zeitgenossen von der Art etwa eines André Gide, eines Thomas Mann, eines Strindberg, eines Nietzsche oder Freud. Aber einige Male sind Sie mir doch mit einzelnen Schriften sehr nahe gekommen, haben sich des öftern von denselben Sternen angezogen und geleitet gefühlt, die auch ich verehrte und liebte. Von diesen Ihren Schriften ist mir wohl die liebste jene über Maurice de Guérin, ich glaube in ihr eine ganz besondere Liebe und Wärme, ja Zärtlichkeit zu spüren, und dieser Dichter ist auch mir schon seit meinen Jünglingsjahren teuer, anziehend und geheimnisvoll gewesen, wie eine blaß schimmernde seltene Blume im Walddunkel oder das köstlich aufleuchtende Edelsteinblitzen eines lautlos entschwebenden Schmetterlings. Meine erste Bekanntschaft mit ihm war eine indirekte und nicht vollgiltige, sie wurde mir, etwa in meinem sechzehnten oder siebzehnten Jahr, durch eine obskure, heute vergessene Zeitschrift vermittelt, deren Jahrgänge aus der Zeit von 1890 in dunklen Pappbänden in meines Großvaters Büchersaal standen. In einem dieser Bände stand ein Aufsatz über Maurice de Guérin, und da er ein paar Textproben aus dem „Kentauren“ enthielt, bekam ich einen so starken und haftenden Eindruck von diesem melancholisch-holden Dichterbildnis, daß ich auf der Suche blieb und glücklich war, als ich einige Jahre später endlich den „Kentaur“ selbst und später auch die andern Dichtungen des edlen Frühverblichenen auffand. Und so war es mir, mehr als zwanzig Jahre später, wieder eine freudige und liebe Begegnung, ein Wiederaufleuchten inniger Jugendlesestunden, als Ihr so schönes Büchlein über unsern Dichter mir zukam.

Außer der gemeinsamen Liebe zu manchen Dichtern war es noch etwas in Ihren Schriften, das mich befreundet und verwandt ansprach und mir eigene Gedanken und Glaubenssätze wiedererweckte und bestätigte. Es war eine Rückwärtswendung, ein Heimweh Ihres Wesens nach verlorenen Schätzen des Geistes und nach verschütteten Quellen, eine Ahnung von jener okkulten Wahrheit, daß der Mensch, der nach den Forschungen der Prähistoriker als wilde Bestie begann und seither sich immerzu fort und fort nach oben entwickelt und verfeinert habe, im Gegenteil, innerhalb des historischen und im Wort dokumentierten Zeitraumes eine Reihe seiner köstlichsten Erkenntnisse und Einsichten wieder verloren und vergessen und sich geistig eher nach unten als nach oben entwickelt habe. Man darf solche Gedanken ja nicht allzu scharf formulieren, es ist besser und fruchtbarer, wenn sie Ahnungen bleiben, man kommt sonst zu Glaubens- und Lehrgebäuden, wie die Literatur der Okkultisten sie hervorgebracht hat und die man ebensowenig lieben kann wie den dummen Fortschrittsglauben des liberalen Durchschnitts-Journalisten. Aber Sie wissen gleich mir, daß die Ehrfurcht edler und fruchtbarer ist als die Überzeugung von der eigenen Vortrefflichkeit, und daß es in der Geschichte des Geistes Urwälder von „dunklen“ Mittelaltern gibt, die den in sie Eintretenden mehr erleuchten als ganze Bibliotheken von heut und gestern.

Da bin ich neulich in einem wunderlichen Buch, dem Buch des Leuchtturmwärters Harry Moeller in Glückstadt, auf einen ganz schlichten Satz gestoßen, der mich frappiert hat. Harry Moeller schickte mir sein kleines Buch „Auf dem Leuchtturm" zu, ich blätterte darin, es schien darin eine Art von Heimatkunst gepflegt zu werden, auf die ich, alles in allem, nicht neugierig bin. Aber beim Blättern stieß ich auch alsbald auf Worte und Sätze in plattdeutscher Mundart, der einzigen deutschen Mundart, die ich gern lese. Da war von einer Uhr die Rede, die vor sich hin zählte, een, twee, dree, veer, fiv, süß, söben usw. Das verführte mich zum Lesen, und ich fand ein paar hübsche und liebenswerte Schilderungen aus des Verfassers Knaben- und Jugendzeit in seiner Heimat, schlichte echte Bilder ohne eigentlich literarischen Anspruch. Erstaunt war ich dann, als der Autor vom Erzählen zum Philosophieren überging, und begann mich schon etwas enttäuscht zu fühlen, das Niveau dieser Betrachtungen war allzu wechselnd, aber da kam ein Sätzchen, das mich überraschte und beglückte und das ich Ihnen als eine kleine Gabe weitergeben will. Es hieß: „Das Bestreben, wieder auf die alte Höhe zu kommen, nennt man Fortschritt."

Jene Ehrfurcht, die zu Ihren Lieblingsthemen gehört, gilt ja immer dieser „alten Höhe" oder dem Zurückstreben zu ihr. Inmitten unsres etwas kaltschnäuzigen intellektuellen Betriebes ist es tröstlich, einige Bewahrer dieser Ehrfurcht zu wissen.

Leben Sie wohl und seien Sie gegrüßt.

An Seiji Takahashi, Chefredakteur von „Gunzo", Tokio

14. September 1950

Sehr geehrter Herr Takahashi

Sie bitten mich um ein Wort zur politisch-moralischen Lage Ihres Landes. Ihr Volk hat einerseits die Ablehnung des Krieges und jeder Gewaltpolitik in seiner neuen Staatsverfassung klar zum Ausdruck gebracht und auf Armee und Wehrpflicht verzichtet, andrerseits aber fühlt es sich durch die politischen und kriegerischen Vorgänge in Asien unheimlich bedroht. Es ist in beinah der gleichen Lage wie Deutschland: von den Siegern noch besetzt, entwaffnet, nach nichts als Frieden sich sehnend, vor drohender Überwältigung aber in tiefer Bangigkeit. Nur daß vielleicht Ihr Volk die Einsicht in das von ihm früher begangene Unrecht und die moralische Abrüstung ernstlicher vollzogen hat.

Meine Meinung über Ihr Dilemma ist eindeutig. Ich halte die Weltkriege für vermeidbar, aber nicht durch Rüstung und neue Anhäufung von Vernichtungsmitteln, sondern durch Vernunft und Verträglichkeit, und ich glaube nicht daran, daß irgend ein Volk der Welt durch das Rüsten und Kriegführen auf die Dauer gewinnt und seine Würde und Freiheit retten kann. Ich bin ein Gegner des Fanatismus, der die ganze Menschheit in zwei Fronten teilen und diese Fronten mit allen teuflischen Tötungsmitteln aufeinander hetzen möchte. Und darum glaube ich nicht daran, daß eine Wiederaufrüstung Ihrem Lande Segen bringen würde. Besser ist es, Unrecht leiden als Unrecht tun. Falsch ist es, mit verbotenen Mitteln das Erwünschte verwirklichen zu wollen. Das sind Torheiten für die Generäle, und die Staatsmänner lachen darüber, doch sind es alte und bewährte Wahrheiten. Eine neue und hellere Epoche der Weltgeschichte und der Beziehungen zwischen den Völkern wird gewiß nicht von den Siegern in den nächsten Weltkriegen geschaffen werden, vermutlich aber von den Leidenden und auf Gewalt Verzichtenden.

An Herrn K.-H. G. in W.

Mitte September 1950

Lieber Herr G.

Ich kann nicht mehr tun als Ihnen melden, daß Ihr Brief in meinen Händen ist. Von hier aus sind, infolge Ihrer dortigen Censur, keine Buchsendungen möglich, aber ich hoffe, daß Sie durch meinen deutschen Verlag nächstens zwei Bücher bekommen werden. Von den Erzählungen geben Ihnen „Siddhartha“ und „Morgenlandfahrt“ am meisten, „Verlobung“ ist ein mehr spielerisches Stückchen aus meiner frühesten Zeit.

Wenn die Beschäftigung mit diesen Sachen wirklich zu einem Ergebnis führt, so soll es nicht bloß das Verständnis für meine Schriften sein, das ist Nebensache, sondern durch dies Verständnis hindurch führt der Weg in eine uralte und unzerstörbare Welt, die weder von den Kirchen noch von den Ideologien erfaßt wird und sie überdauert.

Ein paar kleine Aufsätze schicke ich Ihnen direkt, ich hoffe, daß sie ankommen.

Die Anfeindungen durch die Presse sind für mich etwas Altes und Selbstverständliches, sie haben während des ersten Weltkrieges begonnen, wie Sie aus „Krieg und Frieden“ wissen, und sind in Zeiten, die den Krieg und den Heroismus verherrlichen, immer wiederholt worden. Umgekehrt erlebe ich nach jedem verlorenen Krieg eine Welle der Zustimmung und Überschätzung, so war es 1919 und 1945, und so wird es, wenn ich auch nicht mehr dasein werde, nach dem nächsten Kriege wieder sein.

Es grüßt Sie Ihr

An Erika Mann

16. September 1950

Liebe Frau Erika

Seit unsrer Rückkehr vor 14 Tagen habe ich Ihrer oft mit einiger Unruhe gedacht und war froh, als heut Ihr Brief kam, aus dem ich wenigstens sehe, daß Sie bei den Ihren sind. Seit neulich, zugleich mit einem alten Aufsatz von mir, Ihr liebes Gedicht in der Nationalzeitung stand, wollte ich Ihnen einen Gruß schicken. Aber es ist jeder Tag überstopft mit wichtigem und unwichtigem Zeug, man ist immer etwas gehetzt und etwas müde, und tut das Beste nicht, zu Gunsten von Kram.

Ich habe die Stunden, die wir mit Ihnen und Ihren Eltern zusammen waren, in dankbarer Erinnerung. Das Glück, mit wachgewordenen Menschen zusammenzutreffen, ist eins der paar Glücke, die diese heutige Welt uns gelassen hat, und wenn es noch gar, Kollegen, Kameraden, Künstler sind, differenzierter Schwingungen fähig, verstehende Brüder auch unsrer sonst von niemand gesehenen Sorgen, Verantwortungen und Freuden, dann ist man wieder für eine Weile dem Leben dankbar. Ich bin kein Mann des Gesprächs, ich habe zeitlebens unendlich viel Einsamkeit gebraucht, aber ich bin ein guter Zuhörer, und für die Atmosphäre jener verstehenden und mitschwingenden Kollegialität empfänglicher als ich im Moment der Begegnung zeigen kann.

Ihnen und den Ihren die herzlichsten Grüße von Ihrem

Antwort auf Briefe aus Deutschland

Oktober 1950

Danke für Ihren Brief, der mir so manches Interessante und Liebe bringt und der mich dennoch mehr erschreckt und befremdet als erfreut hat, denn er ist so voll von Symptomen der großen aktuellen Weltkrankheit, so erfüllt und gepreßt von einer verzweifelten Kriegsangst und Bolschewiken-Panik, daß man darauf nur antworten kann: „Ja, wenn Ihr im deutschen Westen wirklich so völlig mutlos und verzweifelt schon den ersten Attacken einer Massenpsychose und eines Nervenkriegs erlieget, dann freilich werden wir sehr bald den von Euch an die Wand gemalten und so widerstandslos und kindisch erwarteten Krieg haben."

Wenn der Brief, den Sie mir geschrieben haben, nicht von Ihnen käme, einem Mann, den ich als klug und belesen kenne und der mich bisher oft der Übereinstimmung seiner Gesinnung und Anschauungen mit den meinigen versichert hat, oder wenn er nur die einmalige Äußerung eines Einzelnen wäre, in einer verzagten Stunde hingeschrieben, so würde ich nicht auf ihn antworten. Aber die gleiche aufgepeitschte, hysterische Kriegsangst, die gleiche Anfälligkeit für Gerüchte, die gleiche blinde Hinnahme von satanischen Suggestionen und die gleiche törichte, ungeprüft weitergegebene Meinung, daß es nun selbstverständlich wieder das „arme Deutschland" sei, das den Schauplatz der kommenden Greuel abgeben müsse, steht auch in vielen anderen Briefen, Aufsätzen und andern Mitteilungen, die mir von drüben zugehen. Man hat Angst, man zittert vor Feigheit, man atmet das Gift der Aufpeitschung, der Gerüchte und Lügen mit einer selbstquälerischen Sensationslust ein, und schwatzt verantwortungslos und kritiklos nach, was die Angstmacher und Kriegshetzer einblasen. Genau wie Ihr einst, es ist noch nicht lange her, Euch von Hitlers Propaganda die Todesangst vor den Bolschewiken so lange habet einschwatzen lassen, bis das ganze Volk bereit war, wieder einen Krieg auf sich zu nehmen, so machet Ihr heute den Leuten, die am Zustandekommen eines neuen Krieges interessiert sind, die Freude, ihrer Reklame und Propaganda wie Behexte Glauben zu schenken und zuzustimmen.

Lieber Freund, ein Krieg kommt nicht aus dem blauen Himmel herab, er muß gleich jeder andern menschlichen Unternehmung vorbereitet werden, er bedarf der Pflege und Mitwirkung vieler, um möglich und wirklich zu werden. Gewünscht aber, vorbereitet und suggeriert wird er durch die Menschen und Mächte, denen er Vorteil bringt. Er bringt ihnen entweder direkten baren Geldgewinn wie der Rüstungsindustrie (und sobald Krieg ist – wie unzählige vorher harmlose Gewerbe werden da zu Rüstungsgeschäften, und wie automatisch strömt das Kapital diesen Geschäften zu!) oder er bringt ihnen Gewinn an Geltung, Achtung und Macht wie etwa den stellenlosen Generälen und Obersten. So sind zum Beispiel an der Wiederaufrüstung von Deutschland, Japan und anderen zur Zeit militärlosen Ländern viele Tausende und Zehntausende interessiert, Leute mit harten

Rechnerseelen oder ehrgeizigen Kriegerseelen, und zu den Mitteln, mit denen diese Leute den von ihnen gewünschten Krieg vorzubereiten bemüht sind, gehört die Verbreitung der Unsicherheit und Angst – und Ihr, Freunde, die Ihr dieser Ansteckung erlieget, helfet dadurch mit, den Krieg zu ermöglichen und herbeizurufen. Daß man Euch nach dem, was Ihr seit 1914 bis heute erlebt habet, noch darüber aufklären muß, ist traurig und beschämend und bestätigt jenen fatalen, angeblich Hegelschen Spruch: das einzige, was man aus der Weltgeschichte lernen könne, sei, daß noch nie aus der Weltgeschichte etwas gelernt worden sei.

Ich bin der letzte, der von Euch erwartet, daß Ihr die Augen vor der Wirklichkeit schließen und Euch hübschen Träumen hingeben sollet. Die Welt ist voll von Gefahren und Kriegsmöglichkeiten, und die „Bolschewiken" sind keineswegs die einzigen Bedroher, sie stehen unter demselben Zwang und sie sind vermutlich in der Mehrzahl ebensowenig für das Schießen und Erschossenwerden begeistert wie wir. Bedroher unsrer Welt und jedes Friedens sind jene, die den Krieg wünschen, die ihn vorbereiten und uns durch vage Versprechungen eines kommenden Friedens oder durch die Angst vor Überfällen von außen zu Mitarbeitern an ihren Plänen zu machen versuchen.

Diesen Leuten und Gruppen, für die der Krieg ein Geschäft ist, und zwar ein besseres als der Friede, diesen Vergiftern und Beschwörern tun Sie, lieber Freund, den Gefallen, ihren Suggestionen widerstandslos zu erliegen. Sie übernehmen damit eine Mitverantwortung am etwaigen Kriege. Statt in Ihrer Seele alle Helligkeit und Wachsamkeit, alle Tapferkeit und Heiterkeit zu sammeln und zu stärken, wie es nötig und Ihre Aufgabe wäre, lassen Sie den Kopf hängen, tragen das Gift der Blindheit und Angst weiter und liefern sich und Ihre Umgebung dem unsinnigen Grauen aus. Ich weiß nicht, ob Sie ahnen können, welcher Schmerz und welche Enttäuschung es für mich sein mußte, gerade von einem alten, treuen Leser, Schüler und Gefolgsmann wie Sie so im Stich gelassen und von der Fruchtlosigkeit all meiner Bemühungen überzeugt zu werden. Auch hierüber einen Augenblick nachzudenken, würde vielleicht gut sein, es würde vielleicht helfen, ein wenig Licht in Ihre Verfinsterung zu bringen.

Sollten Sie einmal über die Wiederaufrüstung Ihres Landes abzustimmen haben, so rate ich Ihnen weder zu Ja noch zum Nein, sondern hoffe, daß Sie Ihre Stimme nach klarer und gewissenhafter Überlegung, nicht aber unter dem Druck dieser Hysterie abgeben werden. So sehr ich Vernunft und Verzicht auf Gewalt für den einzigen Weg in eine bessere Zukunft halte, gebe ich doch zu, daß von Land zu Land und von Fall zu Fall Anpassungen an das Bestehende und Aktuelle unvermeidlich sind. So habe ich hier bei uns in der Schweiz die Einrichtung einer Armee, die nur auf Angriff hin unser Land verteidigt, und die sich in zwei Kriegen bewährt hat, niemals aus pazifistischem Puritanismus angefochten. Es wird gewiß in jedem zur Zeit mächtigen Staat der Welt eine Kriegspartei geben, doch fehlt es auch in besiegten und entwaffneten Ländern nicht an Leuten, die lieber heut als morgen wieder Aufträge für Heer und Krieg annehmen würden, und auch nicht an solchen, die gern wieder statt als Herr Müller als Herr Oberst oder Herr Leutnant angeredet werden möchten. Und so ist es überall. Wir Freunde des Friedens und der Wahrheit, Sie und ich, dürfen nicht diesen Geschäftemachern und Strebern Gehör schenken und helfen, wir müssen stets zu unsrem Glauben stehen, daß es andre Wege zum Frieden und andre Mittel zur Ordnung und Entgiftung der Welt gibt als die Bomben und den Krieg.

An Herrn G. G., Castrop-Rauxel

5. Dezember 1950

... Es ist ein großer Widerspruch, wenn Sie meinen, Sinn und Wert Ihres Lebens seien verloren gegangen, und gleichzeitig ein Gedicht schreiben, das Sie selbst als groß und schön empfinden. Damit ist der Sinn ja da. Mit der Anerkennung der Welt, die Ihrem Dichten zuteil wird oder versagt bleibt, hat der „Sinn“ nichts zu tun, das sind zwei verschiedene Ebenen.

Sie sagen, heute habe ein Taugenichts und Tunichtgut kein Recht zu leben. Auch das glaube ich nicht. Da die Raffer und Gauner, vom kleinen Einbrecher bis zu den Staatenlenkern, das Recht zu leben haben, wie sollte es nicht einem harmlosen Tunichtgut zustehen?

Ich würde es anders formulieren: vielleicht hat heute die Welt keinen Raum mehr für einen, der nur zuweilen etwas Schönes dichtet und so außerhalb der Tageswelt lebt, daß er Zeit hat für solche Gedanken und Sorgen wie die Ihren. Sie sollen keineswegs Ihr Dichten abtun und vor sich selbst entwerten, aber Sie sollten mit der Welt und Gegenwart mehr Kontakt haben und an ihr mitarbeiten. Wenn Sie der Welt auf alltägliche Weise Ihren Tribut entrichten, wird der Inhalt Ihrer heiligen und festlichen Stunden an Wert nur gewinnen, und es wird Sie weniger bedrücken, wenn die Welt Ihre Kunst noch nicht erkennt und anerkennt . . .

An eine alte Leserin

die mir mitteilte, daß sie bei Christus das gefunden habe, was sie immer gesucht und was ich ihr von einer gewissen Zeit an nicht mehr habe geben können.

Dezember 1950

Ihr lieber Brief war mir willkommen. Wäre ich nicht sehr schwach geworden und stets so sehr überbürdet, so schriebe ich Ihnen einen langen Brief. Das kann und darf ich nicht, aber ich möchte doch Ihren Gruß erwidern und Ihnen sagen, daß ich Ihr Bekenntnis mit reiner Freude und Zustimmung gelesen habe. Im Irrtum sind Sie nur mit der Vermutung, ich sei zwar unter Christen aufgewachsen, habe dann aber, andern Göttern folgend, mein Leben ohne Christus geführt. Das ist nicht so: ich bin viele Male im Leben zu Christus zurückgekehrt, tue es heute noch bei jeder Bachschen Passion oder beim Lesen in einem Kirchenvater oder im Gedenken an Eltern und Kindheit. Es steht damit genau und wörtlich so, wie Sie es im Brief an Schwester Luise lasen.

Es freut mich, daß Ihr Glaube Sie nicht in Widerspruch und Ablehnung mir gegenüber führte. Aber ich würde Ihren Brief auch dann angenommen und willkommen geheißen haben, wenn er einen Abschied an mich und einen Bruch mit mir bedeutet hätte. Ich bin ein Dichter, ein Sucher und Bekenner, ich habe der Wahrheit und Aufrichtigkeit zu dienen (und zur Wahrheit gehört auch das Schöne, es ist eine ihrer Erscheinungsformen), ich habe einen Auftrag, aber einen kleinen und beschränkten: ich muß anderen Suchenden die Welt verstehen und bestehen helfen, und sei es nur, indem ich ihnen den Trost gebe, daß sie nicht allein seien. Christus aber ist nicht ein Dichter gewesen, sein Licht war nicht an eine vereinzelte Sprache gebunden und an eine kurze Epoche, er war und ist ein Stern, ein Ewiger. Wären seine Kirchen und Priester so wie er selbst, dann bedürfte es der Dichter nicht.

An Herrn Dr. K. B., Hannover

28. Dezember 1950

Sehr geehrter Herr

Ich erhielt Ihren Brief und hätte mich über ihn gefreut, wenn er nicht die Abhandlung über meinen lieben Kollegen und Freund Th. Mann enthielte.

Ihr Deutsche habet diesen Mann ausgebürgert, um seine Habe bestohlen, am Leben bedroht und auf jede Weise verfolgt und beschimpft – und nun steht Ihr da und wäget ab, ob man ihm diesen Schritt verzeihen oder jenes Wort von ihm gelten lassen könne! Da stehn uns armen Ausländern die Haare zu Berge. Statt Eurer Kritiken und Beschimpfungen solltet Ihr diesem Mann auf Knien Abbitte tun. Aber bekanntlich ist ja in Deutschland kein Mensch mitschuldig an dem, was Ihr seit 1933 über die Welt und Euch selbst gebracht habet.

Da Ihr es nicht tuet, schäme ich mich an Eurer Stelle dieser unverzeihlichen Dinge.

Es grüßt Sie Ihr

An Herrn K. Sch., Decize, Nièvre

9. Januar 1951

Lieber Herr Sch.

Zu Ihren Problemen kann ich nicht viel und nichts Neues sagen. Ich sehe die Welt als Künstler an und glaube zwar demokratisch zu denken, fühle aber durchaus aristokratisch, das heißt ich vermag jede Art von Qualität zu lieben, nicht aber die Quantität.

Daß Platon mit seinem Versuch, dem Geist auch politisch auf den Thron zu verhelfen, gescheitert ist, wissen Sie, und auch, daß er, der Künstler, sich zur Politeia hat verirren können, einem frühen Versuch, die Welt vom Verstand her zu regieren. Trotz seinem doppelten Mißerfolg hat Europa zweitausend Jahre lang eine zwar unerfreuliche Weltgeschichte, aber auch eine wertvolle Kultur hervorgebracht. Fast zur selben Zeit wie er lebten die größten der chinesischen Weisen, machten ähnliche Versuche und brachten zwar kein vom Geist regiertes Reich, aber eine tiefe Einsicht in das Verhältnis von Staat und Geist zustande.

Uns, denen von der Kunst, von der Natur oder den Wissenschaften her der Sinn für Qualität und der Dienst an ihr als Aufgabe geworden ist, uns kann es niemals obliegen, der Quantität zu dienen und, sei es auf westliche oder östliche Weise, den Irrtum zu fördern, daß die menschlichen Probleme sich wie mathematische lösen ließen. Wir haben den Werten zu dienen, an die wir wirklich glauben, nichts anderem, auch wenn wir ihnen nur auf engstem Raum dienen können, im eigenen Leben und etwa in kleinen Gemeinschaften. Wir haben zu riskieren, daß wir dabei unter die Räder geraten und zu Grund gehen, aber auf welchem Posten in der Welt und Geschichte hätten wir das nicht zu wagen? Überall!

Ich habe die paar Gedanken skizziert, die mir bei Ihrem Brief einfielen. Mehr ist mir nicht möglich. Vielleicht stärken sie einen ermüdenden Impuls in Ihnen oder regen Sie durch Widerspruch zu neuem Mut an. Es kommt einzig auf den Mut an. Er geht auch dem Tapfersten oft verloren, dann neigen wir zum Suchen nach Programmen, nach Sicherheiten und Garantien. Der Mut bedarf der Vernunft, aber er ist nicht ihr Kind, er kommt aus tieferen Schichten.

An André Gide

Januar 1951

Lieber, verehrter André Gide

Ihr neuer Übersetzer Lüsberg hat mir Ihre „Herbstblätter" zugeschickt, ich habe schon den größern Teil dieser Erinnerungen und Betrachtungen gelesen, und jetzt fände ich es nicht hübsch und richtig, jenem Herrn für seine Gabe zu danken, ohne zuvor Ihnen endlich einmal wieder einen Gruß und Dank zu senden.

Ich hätte das längst tun sollen, doch lebe ich seit geraumer Zeit in einer resignierten Müdigkeit, und das ist nicht die Verfassung, in der man einem Älteren und Verehrten seinen Besuch macht. Aber die Ermüdung könnte ja auch andauern bis zum Ende, und vorher möchte ich Sie doch noch einmal meiner unveränderten und in den letzten Jahren noch gewachsenen Dankbarkeit und Sympathie versichern.

Die Leute unseres Schlages sind jetzt, so scheint es, selten geworden, und beginnen sich vereinsamt zu fühlen, darum ist es ein Glück und Trost, in Ihnen noch einen Liebhaber und Verteidiger der Freiheit, der Persönlichkeit, des Eigensinns, der individuellen Verantwortung zu wissen. Die Mehrzahl unsrer jüngeren Kollegen, und leider auch so manche unsrer eigenen Generation, strebt nach ganz anderem, nämlich nach Gleichschaltung, sei es nun die römische, die lutherische, die kommunistische oder sonst eine Gleichschaltung, Unzählige haben diese Gleichschaltung bis zur Selbstvernichtung schon vollzogen. Bei jedem Abschwenken eines früheren Kameraden nach den Kirchen und Kollektiven hin, bei jedem Abfall eines Kollegen, der zu müde oder verzweifelt geworden ist, um ein für sich selbst verantwortlicher Einzelgänger bleiben zu können, wird für unsereinen die Welt ärmer und das Weiterleben mühsamer. Ich denke, es werde Ihnen ähnlich gehen.

Seien Sie denn noch einmal gegrüßt von einem alten Individualisten, der nicht im Sinne hat, sich einer der großen Maschinerien gleichzuschalten.

An einen Schüler

der „Unterm Rad" liest und zuweilen an Selbstmord denkt.

Januar 1951

Danke für Ihren Brief; sein heiterer oder literarischer Teil hat mir ebenso gefallen wie der ernsthafte. Ich habe Ihnen zunächst, um Sie nicht lang warten zu lassen, einen gedruckten Brief geschickt, der zum Teil auch mit Ihrem Problem zu tun hat, und nun will ich Ihnen auch noch, soweit mir das möglich ist, eine individuelle Antwort geben.

Sie stellen mir zwei Fragen. Die eine: „Was sollen wir tun?" Die kann ich nicht beantworten. Ich bin mein Leben lang ein Verfechter des Einzelnen, der Persönlichkeit gewesen, und glaube nicht daran, daß es Allgemeingesetze gibt, mit denen dem Einzelnen gedient wäre. Die Gesetze und Rezepte sind im Gegenteil auch nicht für die Einzelnen da, sondern für die Vielen, für die Herden, Völker und Kollektive. Die wirklichen Persönlichkeiten haben es auf Erden schwerer, aber auch schöner, sie genießen nicht den Schutz der Herde, aber die Freuden der eigenen Phantasie, und müssen, wenn sie die Jugendjahre überstehen, eine sehr große Verantwortung tragen.

Ihre zweite Frage: „Warum ich mich als Seminarist nicht aufgehängt habe, obwohl ich doch zuweilen Lust dazu hatte." Ich habe für dies Nichttun keine Gründe, mein Hals empfand trotz aller Gründe Widerwillen gegen den Strick, es war, ohne daß ich es wußte, in mir drinnen mehr Lebens- als Todeswille. Wenn auch die Schule und das Internat mich beengten und oft folterten, und die Zukunft sehr zweifelhaft aussah, so war ich doch mit Sinnen begabt und mit Seele, hatte die Fähigkeit zu sehen, zu schmecken und zu fühlen, wie schön und entzückend die Dinge sind, die Gestirne und die Jahreszeiten, das erste Grün im Frühling und das erste Gold und Rot im Herbst, der Biß in einen Apfel, der Gedanke an die hübschen Mädchen. Dazu kam, daß ich nicht nur Sinnenmensch, sondern auch Künstler war: ich konnte die Bilder und Erlebnisse, die die Welt mir gab, auch im Gedächtnis reproduzieren, mit ihnen spielen, konnte versuchen, sie mit Zeichnungen, gesummten Melodien, mit dichterischen Worten zu etwas Neuem, Eigenem zu machen. Und wahrscheinlich war es die Künstlerfreude und Künstlerneugierde, die mir das Leben trotz allem lieber machte als den Tod.

Das war mein Fall. Ob es auch der Ihre sei, oder ihm ähnlich, weiß ich nicht, ich kenne Sie nicht und kann Ihnen nur wünschen, es möchten auch Ihnen Gaben und Kräfte der Seele inwohnen, die Ihnen helfen.

Was das Aufhängen betrifft, so hat auch der Verfasser jenes Buches von der Vergänglichkeit und Eitelkeit es nicht gebraucht, hat vielmehr im Nachspüren und Schildern dieser Gebrechlichkeit der Erscheinungswelt so viel Reiz und heimliche Freude gefunden, daß er weiter leben und dichten konnte. Er war ja auch kein Jüngling mehr, sondern hatte längst, als er sein Buch schrieb, den Selbstmordgedanken seinem guten Verstande unterworfen, ihn seines sentimentalen Gehalts entleert und sich sachlich klar gemacht, daß der Selbstmord ihm und jedem ja jederzeit offen stehe, er also es darauf ankommen lassen könne, ob der Augenblick komme, wo wirklich der Strick um den Hals verlockender sei als das Leben.

An Frau F. S. in C.

24. Januar 1951

Liebe F.

Was Du in Deinem letzten Brief über (...) sagst, wie unbegreiflich es sei, daß ein so herzensreiner Mensch habe Nazi sein können, das hat auch mich zuweilen geplagt. Aber teilweise läßt es sich erklären.

Bis zum Ende des ersten Krieges war in Familien wie der unsern, die Anerkennung der legitimen Autorität (Staat, Kaiser, Kanzler, Behörden) etwas Selbstverständliches und Unantastbares. Dagegen ist nichts zu sagen. Aber die Autorität versagte, der bisher so vorlaute Kaiser lief davon, entsetzt mußte der Bürger eine Revolution mitansehen, und plötzlich war man kein Reich, keine Monarchie mehr, sondern eine Republik, d. h. das Volk selber sollte an der Ordnung seines Lebens teilhaben und mitarbeiten. Mit Ausnahme der paar alten Demokraten und der Sozialdemokraten hatte davon aber niemand eine Ahnung, die Republik war der Hälfte des Volkes unverdaulich und zuwider, besonders den bisherigen Hütern von Thron und Altar, wozu obenan die Gelehrten, die Leute an den Hochschulen gehörten. Sie haben es versäumt, die junge Republik anzunehmen und aufbauen zu helfen und dieses Versäumnis hat W. natürlich auch begangen. Statt sich um den jungen neuen Staat zu kümmern, sabotierte man ihn und setzte seine Hoffnungen auf „starke Männer" wie Hindenburg etc., von da zu Hitler war es nicht mehr weit. – Aber dann kommt bei unsrem W. noch etwas dazu: er hat grade in jenen Jahren, in der Nähe einer deutschen Gesandtschaft, als Mitglied einer „Deutschen Kolonie" im Ausland gelebt, und das war keine gute Luft, diese von den Gesandtschaften abhängigen und vor ihnen katzbuckelnden „Kolonien" waren richtige Treibhäuser für Kaiseranbetung, Titelsucht, rhetorischen Patriotismus etc. Diese Luft hat unser guter W. arglos lange Zeit geatmet, und das hat noch viel mehr als seine Zugehörigkeit zu den Professoren ihn gehindert, jemals in politischen Dingen sich nicht als frommer Untertan zu fühlen, sondern die Augen aufzumachen und eigenes Denken und Urteilen zu wagen.

Sonst ist ihm nichts vorzuwerfen, er ist unschuldig wie ein Kind den Weg mitgegangen, der die große Mehrzahl seiner Standesgenossen schließlich zu Hitler geführt hat.

Addio, sei herzlich gegrüßt von Deinem

An Anni Carlsson, Göttingen

Ende Januar 1951

Liebe Anni

Danke für Ihren Brief und vor allem für Ihren Nachruf auf Hartmann *, er ist so schön und ergreifend und beim Lesen (Ninon las vor) erlebt man selber beides: den Schmerz über den Verlust und überhaupt über die Vergänglichkeit, und den Triumph des Überlebens und Dennoch-nicht-zerstört-werden-könnens. Wer ein Werk wie Hartmann hinterläßt, bleibt da und wirkt fort, und wenn eine Beschwörung des Einmaligen und Persönlichen geschieht wie in Ihrem edlen und des Beschworenen würdigen Nachruf, dann wird auch die Gestalt, nicht nur das Werk des Toten dem Zerfall entzogen, den sie mit dem Hinschwinden der Erinnerungsbilder bei Freunden und Schülern erlitten hätte. Es ist ein echtes Gedenkblatt, ein wirklicher Gedenkstein, was Sie da gemacht haben.

* Der Philosoph Nicolai Hartmann war am 9. Oktober 1950 in Göttingen gestorben.

Glückwunsch für Peter Suhrkamp

zum 28. März 1951

Lieber Freund

Als Du kürzlich in Baden und Zürich warst und wir uns wieder ein paar Mal sprechen konnten, war ich schon durch gemeinsame Freunde beauftragt, unsrer Geburtstagsgabe für Dich einen Glückwunsch mitzugeben, und empfand diesen Auftrag, wie jeden ähnlichen, als eine drückende Last. Denn so gern ich meinen Freunden Gutes wünsche und die Hand drücke oder sie zu einem Glas Weine einlade, wenn Anlaß dazu ist, so wenig gern tue ich das öffentlich und offiziell; ich komme mir dann jedesmal ein wenig verkleidet und affig vor und wünsche das ganze Fest- und Gratulationstheater zum Teufel. Dazu kommt, daß das Schreiben mir immer schwerer und schwerer fällt, teils der Altersschwächen wegen, teils auch aus einem Rest von Autoreneitelkeit; wer einst mit Vergnügen und Künstlerbehagen sich der Sprache und Feder bedient, aber die Freude daran verloren und immer schwerer die Fragwürdigkeit dieses Tuns erfahren hat, der steigt nicht mehr ohne Atemnot und Schwindelgefühle aufs hohe Seil. Und so sitze ich denn verlegen und von meinem Auftrag, den ich schon ein paar Wochen lang mit mir herumtrage, wie von einer Halsentzündung beengt am Schreibtisch und versuche herauszufinden, was ich Dir eigentlich zu sagen habe.

Das Menschliche und Private zwischen Dir und mir, die Tatsache, daß wir beide Freunde sind, daß wir einander gern haben und einander Gutes wünschen, versteht sich ja von selbst. Es ist, wie die Philosophen in ihrer schrecklichen Sprache sagen, eine Gegebenheit, und man müßte jünger, begabter und unbeschwerter sein als ich, um das weitläufiger und dekorativer als mit einem Händedruck auszudrücken. Männerfreundschaften, zumal solche, die erst zwischen Männern höheren Alters entstanden, sind ja desto spröder und desto wortkarger, je herzlicher sie sind, und es gibt manches Freundespaar von sechzig, siebzig und mehr Jahren, dessen Empfindungen keines anderen Ausdruckes bedürfen als etwa „Na ja..." oder „Also Prosit..." Auch wir kämen damit aus, und schon gar bei einem feierlichen Anlasse, einem Jubiläum, einer Vorprobe für Lorbeerkranz und Nekrolog. Und wäre es selbst der Fall, daß wir einer dem andern einmal das Aussprechen unserer Sympathie und Freundschaft gönnen würden, so würden wir es doch keineswegs den andern gönnen, den Zeugen, Zuhörern und Zuschauern, die dem Austausch von schönen Gefühlen und Worten zwischen zwei alten Männlein belustigt, gerührt oder auch angewidert beiwohnen würden. Nein, dessen werden wir uns enthalten, amice, und keineswegs nur aus Klugheit.

Eine andre, schon eher verlockende Möglichkeit der Begrüßung und Aussprache bei solch jubilarischer Gelegenheit wäre, sich einmal das schamhafte Blatt vor dem Munde wegnehmen und einander alles zu sagen, was man gegeneinander hat, aller Kritik und allem je hinuntergeschluckten Ärger freien Lauf zu lassen. Darüber ließe sich reden, und es käme bei solcher Aussprache mehr und Interessanteres heraus als bei gerührten Umarmungen mit musikalischer Umrahmung. Aber ich habe auch dazu keine Lust, und das Kernstück einer solchen Kritik und streitbaren Aussprache ist mir leider längst vorweggenommen worden durch Hitlers Gestapo, die nach dem Einbruch in Holland, mitten im Kriegen und Siegen, sich in ihrer Gründlichkeit und Gewissenhaftigkeit die Mühe nahm, einige kritische und rügende Worte über Dich, die ich einem holländischen Verlag einmal in einer Stunde des Unmuts geschrieben hatte, sorgfältig zu fotokopieren und Dir vorzulegen, denn es hätte ihr damals gerade gepaßt, uns zu entzweien. Ich erinnere mich, Gott sei Dank, des Wortlautes meiner damaligen Kritik an Dir nicht mehr, zweifle aber natürlich nicht daran, daß sie Hand und Fuß hatte. Dieser Spaß ist uns also, wie so mancher Spaß, durch die Macher der Weltgeschichte verdorben worden. Und wenn wir unsre Meinungen über sie, die Macher der Weltgeschichte, austauschen wollten, lieber Peter, so gäbe das zwar ein schönes und einmütiges Duett, wäre aber doch wohl nicht die angemessene Festmusik zu Deinem sechzigsten Geburtstag.

Das Kauen am Federhalter, das in früheren Zeiten oft so schöne Ergebnisse brachte, ist leider wegen der unschmackhaften und teuren Füllfedern außer Gebrauch gekommen, sonst wäre jetzt der Augenblick, um zu diesem Stilmittel zu greifen. So muß ich denn also fortfahren und tue es, indem ich zu der Frage vorstoße, die mich belästigt, seit ich das voreilige Versprechen gab, diesen Glückwunsch für Dich zu verfassen, zu der Frage: auf was eigentlich meine Zuneigung zu Dir beruhe, was ihr diesen besonderen Klang gebe, der sich von dem meiner anderen Freundschaften durchaus unterscheidet. Vor zwanzig und vor dreißig Jahren, als ich noch Psychologe war oder doch dafür galt, konnte ich diese Frage nicht stellen und beantworten, denn damals kannten wir einander ja noch gar nicht. Wir haben uns ja erst zwei oder drei Jahre vor dem Beginn des zweiten Weltkrieges, bei meinem letzten kurzen Aufenthalt in Deutschland, persönlich kennengelernt und befreundet. Ich sah Dich damals in zwar gefährdeter, aber noch relativ glänzender Lage, als ritterlich opferbereiten und kampfesbereiten Nachfolger und Statthalter des lieben alten S. Fischer, und es war zwischen uns, obwohl wir über das Kommende ähnlich dachten, noch nicht die Rede von den bittern Kämpfen und Opfern, in welche Deine vielleicht allzu ritterliche Treue Dich führen würde. Immerhin warst Du auch damals schon ein Partisane des Widerstandes gegen die damals herrschenden Methoden und Ideologien des Terrors, und es muß mir irgend ein Vorgeschmack, eine Ahnung der auf Dich wartenden Prüfungen und Leiden spürbar geworden sein, denn in meiner Empfindung für Dich war schon bei jener ersten, schönen Begegnung in Bad Eilsen etwas wie Bangigkeit und Mitleid. Wie sehr begründet dies Mitleid und diese Besorgtheit waren, bewiesen dann einige Jahre später Deine Erlebnisse auf der Höllenfahrt durch die Gefängnisse und Konzentrationslager Hitlers – und als Du dann, gebrochen und geschunden, aber lebend, dieser Hölle entkommen warst, begann ja schon bald die neue Prüfung und Leidenszeit, die noch heute nicht überstanden und vielleicht bitterer ist als jene erste, denn es standen Dir jetzt nicht mehr Feinde und Teufel gegenüber, sondern gewesene Freunde, die bis auf ein paar wenige Dich im Stich ließen und Deine Treue mit Undank lohnten. Diesmal hatte ich wenigstens die Möglichkeit, Dir beizustehen und meine Treue zu zeigen.

Wir hatten zu jener Zeit andere Sorgen als heute, und zum Teil Sorgen, die trotz ihrer relativen Unwichtigkeit, ja Lächerlichkeit, sich der schriftlichen Mitteilung und den Augen der deutschen Zensur entziehen mußten. Für die Nazi kam ein förmliches Verbot meiner Schriften und eine Ausbürgerung meiner Person nicht in Betracht, obwohl ihnen die Schriften sowohl wie die Person sehr zuwider waren. Aber ich war längst nicht mehr deutscher Staatsangehöriger, und außerdem standen meine Bücher zwar auf der Liste der unerwünschten Literatur, hatten aber die Sympathie mancher Kreise in Deutschland, die man nicht vor den Kopf stoßen mochte; überdies wurden sie auch im Ausland verkauft und brachten den Allmächtigen ein kleines Taschengeld an Devisen ein. Man begnügte sich also damit, dem Buchhandel und der Presse immer wieder einzuschärfen, wie wenig angenehm ich sei, im übrigen aber ein Auge zuzudrücken, wenn der Buchhandel meine Bücher zwar nicht im Schaufenster oder auf dem Ladentisch zeigte, sie aber mit verschämtem Lächeln eben doch verkaufte. Dagegen hatte man statt des Verbotes ein anderes Druckmittel erfunden: man gab für Neuauflagen unerwünschter Bücher keine Papierbewilligungen mehr. So war seit Jahren das Buch „Betrachtungen“, das meine Aufsätze aus dem früheren Krieg enthielt, verschwunden, und dann tauchten bei Büchern, deren Neudruck fällig gewesen wäre, wunderliche Fragen und Bedenken auf. Die meisten dieser Fragen habe ich vergessen, an zwei erinnere ich mich noch. In meinem Gedichtband „Trost der Nacht“ trugen viele Gedichte Widmungen an Freunde, und unter ihnen waren auch Juden und Emigranten. Ich wurde gefragt, ob ich bereit sei, diese Schönheitsfehler auszumerzen. Das Buch war mir lieb, ich wünschte es zu retten, und so habe ich denn die Widmungen gestrichen, natürlich nicht nur die unerwünschten, sondern alle. Anders stand es mit dem „Goldmund". Er enthält einige Zeilen über Antisemitismus und Pogrome im Deutschland des Mittelalters, und diese Zeilen zu streichen wäre eine Konzession an die Nazi gewesen, zu der wir uns nicht verstehen durften. Das Buch verschwand also ebenso wie die „Betrachtungen" und ist erst nach dem verlorenen zweiten Krieg wieder gedruckt worden.

Wenn nun das Mitleid und die Besorgtheit in meinem Verhältnis zu Dir immer eine Rolle spielten und spielen, so war es doch niemals das Mitleid zweiten Ranges, das der Starke mit dem Schwachen, der Gesicherte mit dem armen Teufel zu fühlen gelegentlich fähig ist. Vielmehr war es so, daß ich überall gerade da, wo Du gefährdet, geplagt und schutzbedürftig schienest, in Deinem Wesen und in Deinem Dulden eine meinem eigenen Wesen verwandte Art der Gefährdung und Verletzbarkeit spürte. Oft habe ich Dir, mit Wut beinahe, mehr Härte, mehr Abwehrkraft und Angriffslust und weniger Duldsamkeit, weniger Ergebenheit gewünscht, und doch war es gerade dieser Mangel an Härte, diese Duldsamkeit und Leidensbereitschaft, die ich im Innersten verstand und mitfühlte, und die mein Herz für Dich gewann. „Peter werde hart", habe ich manches Mal gerufen und dabei dich gerade darum gern gehabt, weil Du nicht härter warst.

Aber ich möchte nicht Psychologie treiben und des Näheren untersuchen, wie weit unsre Kameradschaft auf der Gegensätzlichkeit, wie weit sie auf der Ähnlichkeit unsrer Naturen beruhte. Wir wollen daran nicht weiter rühren. Ich wünsche Dir heute aus ungetrübtem Egoismus, daß Deine Kraft noch lange nicht erlahmen möge. Es gibt Verleger genug, die auch ohne Autoren leben können, während das Gegenteil nicht vorkommt.

Du führst ein Leben, dem meinen so fremd und unähnlich

wie nur möglich, ein Leben der Unrast, der Unbequemlichkeit, überfüllt mit Menschen, Reisen, Besuchen, Telephonaten, fortgewirbelt wie im Schwung einer Zentrifuge. Das tun viele, das tun die meisten. Aber es geht dennoch Ruhe von Dir aus, nie wirkst Du auf mich aufregend, ich sah Dich selten anders als gehetzt und beladen und dennoch niemals ungeduldig. Du hast etwas tief Christliches und zugleich etwas Östlich-Stilles in Dir, einen Hauch von Tao, eine verborgene Verbindung mit dem Innern, dem Herzen der Welt. An diesem Geheimnis werde ich noch oft herumsinnen.

An eine Abiturientin

die einen Vortrag über den „Steppenwolf" hielt und mich um Hilfe gegen die Einwürfe und Fragen ihrer Kameradinnen bat

März 1951

Liebes Fräulein

Es tut mir leid, aber ich kann Ihnen den „Steppenwolf" nicht erklären. In dem Nachwort, das ich vor einigen Jahren der Ausgabe der Büchergilde mitgegeben habe, habe ich ja angedeutet, wie ich es meine. Aber das Problem, das Harry Haller zu bewältigen hat, wird von ganz jungen Lesern niemals in seiner Kompliziertheit ganz erfaßt werden können. Das ist aber auch gar nicht nötig. Sie haben ja an sich selbst erfahren, daß man ein solches Buch lieben und sich zu eigen machen kann, auch ohne es genau analysieren zu können. Damit haben Sie den Zugang zum „Steppenwolf" und zu allen meinen Büchern schon gefunden, das Verständnis wird sich von selbst weiter bilden.

Ohne Sie belehren zu wollen, erlaube ich mir, noch einen Rat auszusprechen: Wenn andre ein Buch oder Kunstwerk, das Ihnen lieb ist, ablehnen, dann ist es unnütz sich dagegen zu wehren oder das Buch verteidigen zu wollen. Man soll zu seiner Liebe stehn und soll sie bekennen, gewiß, aber man soll sich über den Gegenstand dieser Liebe nicht streiten. Es führt zu nichts. Die Bücher der Dichter bedürfen weder der Erklärung noch der Verteidigung, sie sind überaus geduldig und können warten, und wenn sie etwas wert sind, dann leben sie meistens länger als alle die, die über sie streiten.

An Wilhelm Gundert, Schorndorf (Wttbg.)

Anfang April 1951

Lieber Wilhelm

Danke für Dein Briefchen, ich bewundere die Helligkeit und Genauigkeit Deines Gedächtnisses.

Von Deiner Erzählung aus der Tübinger Zeit war ich erst überrascht, da mir G. Hauptmann nie etwas bedeutet hat und ich nur wenig von ihm gelesen, gar nichts im Theater gesehen habe (zum Theater habe ich ja überhaupt nie eine Beziehung gehabt, die Oper ausgenommen). Aber dann fiel mir doch wieder ein, daß ich gerade damals in Tübingen eine kleine Weile vom jungen Hauptmann, vom Hannele und der versunkenen Glocke entzückt war, es waren eben Klänge aus der damaligen „Moderne", denen sich meine Jugend nicht entziehen konnte noch mochte. Hinzu kam, daß ich im Schaufenster von Osiander eine Fotographie des Dichters gesehen hatte, die mir solchen Eindruck machte, daß ich sie mir kaufte. In meinem ganzen späteren Leben hat Hauptmann keine Rolle mehr gespielt.

Merkwürdig ist mir auch, daß ich damals im Gespräch mit Dir Hauptmanns Verse, in lobendem Sinn, mit denen Schillers verglichen habe. Schiller ist nämlich auch eine Größe, der gegenüber ich zeitlebens skeptisch war, mit Ausnahme des Knabenalters, wo ich freilich die Thekla am Klavier, die „Schlacht" und andre seiner Gedichte glühend bewunderte. Mir war das Pathos, die Manieriertheit und Theatralik Schillers zeitlebens verdächtig, samt dem literarischen Geschmack der Deutschen, deren großer Dichter er war und noch ist. Bestimmt habe ich in Tübingen niemals einen Band Schiller in der Hand gehabt *. Aber mein großer Dichter war Goethe, und Goethes Urteile über Schiller wagte ich damals noch nicht genauer zu analysieren, und der Briefwechsel Goethes mit Schiller stand noch außerhalb meiner Kritik. Addio, Ninon ruft mich ab, wir haben ihre Schwester zu Gast und wollen ausfahren. Sei herzlich gegrüßt von Deinem

* Der sehnlichste Weihnachtswunsch des 14jährigen H. H. im Seminar in Maulbronn war „ein Schiller“.

An Herrn U. D., Hamburg

10. April 1951

Lieber Herr D.

... Mit den Gedichten kann ich nicht viel anfangen. Aber was mir gefällt, ist das: Sie machen unbeherrschte und unbeholfene Verse, schreiben aber eine klare und gescheite Prosa. Das ist genau das Gegenteil wie bei den meisten Dichtern Ihres Alters. Die machen Verse wie Rilke oder George, bringen aber, weil sie im Grunde nichts zu sagen haben, keinen guten Satz Prosa zustande. Ich freue mich dieser Ausnahme, sie verspricht etwas, und ich wünsche Ihnen Glück und gute Laune auf den Weg.

Eine Rechtfertigung

Schloß Bremgarten, August 1951

Vom Engadin kommend, bin ich für den kurzen Rest meiner „Ferien“ im alten Schloß Bremgarten, da fand mich Ihr Brief.

Mein Briefbuch habe ich nicht gut im Kopf, es ist zum größeren Teil von meiner Frau und meinem Verleger redigiert worden. Aber ich habe, da das Buch hier im Hause vorhanden ist, den Brief an Sie nachgesehen, und kann wirklich nicht ein einziges Wort darin finden, das eine Seele mit Heimatliebe verletzen könnte. Der Brief ist vom Jahr 34, einer Zeit wo das „Dynamische" und „Faustische" Schlagwörter des Pöbels waren, ich finde nichts an ihm zu korrigieren, und kann mir nicht vorstellen, warum er so in Ihnen nachgewirkt hat.

Dagegen zweifle ich nicht daran, daß andre Briefe jenes Buches das gleiche Thema mit weniger Liebe und Behutsamkeit und mit mehr Schärfe behandeln. Aber diese andern Briefe sind ja nicht an Sie und Ihresgleichen gerichtet, sondern an ganz andre Leute, die durch besonders dumme oder arrogante Äußerungen des Nationalismus solche Reaktionen bei mir hervorrufen mußten.

Meinen brieflichen Formulierungen etwas wie Endgültigkeit oder axiomatische Geltung zuzuschreiben ist mir niemals eingefallen. Daß nur ein Deutscher den Goethe in allen Nuancen und nur ein Schwabe den Mörike ganz verstehen könne, war mir stets selbstverständlich. Aber die Weite Goethes „deutsch" zu nennen oder die Sensibilität Mörikes „schwäbisch" wäre eben doch unsinnig. Der Deutsche ist kein Goethe und der Schwabe kein Mörike, bildet es sich aber in Zeiten hochgehender Vaterlandsliebe gern ein ...

An Leopold Marx, Schaweh Zion, Israel

3. September 1951

Lieber Herr Marx

Danke für Ihren lieben guten Brief. Sie haben aber mich und haben die Lehre von der Gewaltlosigkeit nur teilweise verstanden. Zu dieser Lehre gehört unter andrem auch die Wahrung des Respektes vor fremder Meinung und fremdem Glauben, ein Respekt, der den meisten großen Religionen fehlt.

Sie haben mich ganz falsch gelesen, wenn Sie persönliche Urteile von mir so nehmen, als halte ich sie für axiomatisch, für orthodox. Ich bin ein Einzelner, ich wende mich an den Einzelnen, und suche nicht, ihm meine Meinung aufzureden, sondern suche nur ihn zum Nachdenken und zur Prüfung zu überreden, gelegentlich auch zu zwingen.

Die Frage, die Sie mir stellen, hat kürzlich, wenn auch mit andrer Betonung und aus andrem Zusammenhang, ein alter, 80jähriger Mann an mich gestellt, ebenfalls auf Grund jenes Briefes über Sodom. Da ich ihm ziemlich eingehend geantwortet habe, lege ich Ihnen die Copie dieser Antwort bei.

Ja, von den Kakteen hat mir Isa mehrere geschickt, ich habe sie in Töpfchen in meinem Atelier stehen, bis jetzt gedeihen sie. Nur bin ich an diesen Dingen nicht mehr recht beteiligt, ich bin sehr müde und zu Zeiten auch etwas apathisch geworden. Mit 74 Jahren, nach einem Leben ohne Muße und ohne je den Schutz und die Wärme einer Gemeinschaft gehabt zu haben, ist das am Ende verzeihlich.

Herzlich grüßt Sie Beide Ihr

An einen Priester im Rheinland

der mir im September 1951 schrieb, an dem Wort „Pfaffen" auf Seite 134 des Briefbuches* Anstoß nahm und mich bat, es in einer Neuauflage wegzulassen

15. September 1951

Verehrter Herr Pfarrer

Danke für Ihren lieben Brief. Eine Neuauflage des Briefbuchs werde ich nicht mehr erleben, bin aber ganz mit Ihrem Vorschlag einverstanden. Jenes Wort „Pfaffe" ist ein Kampfwort, eine Bezeichnung jener Priester (und auch Nichtpriester), die das dogmatische Gewand ihres Glaubens höher stellen als den lebendigen Gehalt. Niemals habe ich, wenn ich

* In dieser Ausgabe ist der Brief auf Seite 117 ff. abgedruckt. Die betreffende Bezeichnung wurde vom Verfasser in der Neuauflage 1959 geändert.

dies Wort brauchte (es geschah selten) an die vielen guten, treuen und menschlichen Priester gedacht, die es gibt und deren ich manche kenne, sondern ich dachte an die Ketzerverbrenner und Kampfhähne und zwar in allen Konfessionen, die protestantischen „Pfaffen" sind mir sogar unsympathischer als die römischen. Aber auf alle Fälle habe ich niemals auch nur einen Augenblick an die Gesamtheit der Priester gedacht, wenn ich „Pfaffe" sagte. Ich habe auch zeitlebens, obwohl ich außerhalb aller Kirchen lebte, unter den Priestern und Frommen Freunde gehabt.

Ich glaube, man kann sich als Priester von jenem bösen Wort niemals mitgetroffen fühlen, wenn man ein echter Priester ist. So werden ja auch wir Dichter von kirchlicher und andrer Seite jeden Tag mit verächtlichen Namen wie „Romanschreiber", „Schöngeist" etc. belegt, ohne daß es einem vernünftigen Leser einfiele, Tolstoi, Goethe oder einen andern echten Dichter zu diesen Angeprangerten zu rechnen.

Übrig bleibt mir die Bittte, Sie möchten mir, wie Sie es ja im Herzen schon getan haben, die Kränkung verzeihen, die ich Ihnen mit jenem Wort angetan habe.

Mit herzlichen Grüßen und Wünschen Ihr

An Leopold Ziegler, Überlingen

September 1951

Verehrter Leopold Ziegler

Haben Sie Dank für Ihren Gruß und für Ihre mir teure Gabe, den „offenen Brief" über die Muttergottheit. Sie haben richtig vermutet, daß diese Arbeit auch für meine Frau viel Anziehendes haben werde. Sie hat Ihre Blätter uns vorgelesen, mir und einem Gast, und es ergab sich, daß von uns beiden jedes zur Diskussion darüber beitragen konnte: meine Frau aus ihrer vieljährigen Beschäftigung mit Antike und Mythologie, ich aus einer (freilich weit zurückliegenden) Sympathie für Erscheinungen wie Jakob Böhme, Oetinger etc. bis Solowjew. So konnten wir den Weg Ihrer Betrachtung mitgehen und uns, wie einst bei früheren Werken von Ihnen, an Ihrem Spürsinn für die unterirdischen Wasserläufe der Mythen erfreuen. Und natürlich hat uns zuletzt auch die Verknüpfung Ihres großen Themas mit dem brennendsten Problem der Gegenwart stark angesprochen. Daß eine wirkliche Fühlungnahme zwischen West und Ost nur aus jenen tief unter dem Aktuellen und Rationalen strömenden Urgewässern her möglich wäre, glaube auch ich. Und ich wehre mich oft, nicht gegen andre sondern in mir selbst, gegen den Zweifel daran, ob wirklich auf beiden Seiten jene Urmächte noch wirksam genug seien, um einmal nach oben und in die Problematik der Gegenwart hinein durchzubrechen.

Es wird nicht bei dieser ersten Lektüre bleiben.

Wir beide grüßen herzlich und hoffen, Sie haben im Engadin noch gute Tage gehabt.

An Georg Schwarz, München-Solln

Oktober 1951

Lieber Herr Schwarz

Ihr Gedicht gefällt mir, ich danke Ihnen, und auch für Ihren lieben Brief, mit dem Sie nur allzu sehr Recht haben.

Sie sagen, daß Sie mich darum beneiden, daß ich alt und dem Ende nahe bin. Es ist verständlich, es bedeutet heute einen Trost und eine Stütze zu wissen, daß man die verdorbene Luft dieser Epoche nicht mehr lang zu atmen braucht. Doch hat es immerhin auch schon früher, sogar in den sagenhaften Vorkriegsjahren, ziemlich gestunken.

Zu unterscheiden ist freilich zwischen der Resignation des müden Alten, den die Welt nicht mehr stark interessiert, und dem eigentlichen und innersten Glauben dieses Alten. Die Müdigkeit ist ja nur eine physiologische, und wenn ich die heutige Welt und ihren Gestank gern verlasse, so bedeutet das doch nicht, daß ich an Welt und Menschheit ein für alle mal verzweifelt wäre. Ich wittere Untergang und sehe Häßlichstes herankommen, aber das wird auch sein Ende finden, und es kann in einer völlig zerstörten Welt nachher wieder alles das aufblühen, wozu der Mensch die Möglichkeiten und die Sehnsucht in sich trägt.

Ein Unterschied zwischen Ihrer und meiner Sehweise liegt natürlich auch darin, daß ich mehr das Weltproblem sehe und spüre als das prinzipiell deutsche. In Amerika sind heute die Leute, die für den Frieden und die Vernunft plädieren, ebenso verfemt wie bei Ihnen, und mir sind sogar in der harmlosen Schweiz wegen einer antikriegerischen Gebärde in Presse und Leserbriefen die Ohrfeigen nicht erspart geblieben.

Addio, ich darf mir nicht oft so lange Antworten gönnen.

An Professor Eugen Zeller, Schorndorf

Oktober 1951

Lieber Herr Professor Zeller

Herzlich hat der Brief mich gefreut, den Sie mir nach dem Lesen von „Verlobung“ und „Klein u. Wagner“ geschrieben haben. Sie haben mit Ihren Worten jene eigentümliche Art von Pietät und Schonung, die der Schwabe (der gute Schwabe wenigstens) schon mit seiner Vorliebe für das Diminutiv bekundet, genau beschrieben, es hat mir große Freude gemacht. Und darüber fiel auch ein kleiner Zug im „Glasperlenspiel“ mir ein: jener Vers von Rückert mit der Endung „... ein Büchlein schreiben“. Das „lein“ hat dort den selben Sinn wie das „le“ des Schwaben.

Ebenso gefreut hat mich, daß Sie gefunden haben, die beiden Erzählungen (die immerhin etwa 14 Jahre auseinander liegen) vertragen sich beim Lesen trotz allem gut miteinander. Es haben sehr viele Leser das Gegenteil gefunden, und es gibt ja auch eine recht große Zahl von Lesern, die es nie verziehen haben, daß der Autor des „Camenzind“ und des „Knulp“ zum „Demian“ und „Steppenwolf“ entartet ist.

Und auch ich selber habe die Einheit von „Camenzind“ und „Demian“, von „Verlobung“ und „Klein u. Wagner“ durchaus nicht immer empfunden, sondern mich innerlich dagegen gewehrt, daß ein Rückweg vom „Demian“ zu den schwäbisch-harmlosen Erzählungen meiner Jugend nicht möglich war, und daß eine gewisse Behaglichkeit und heimatliche Nestwärme hatte geopfert werden müssen, um die spätern Stufen zu erreichen.

Addio, und bitte erfreuen Sie mich noch oft mit Ihren Grüßen, sie sind mir stets willkommen.

An Thomas Mann, Pacific Palisades, California

Ende Oktober 1951

Lieber Herr Thomas Mann

Ihr Brief brachte Freude in unsre Hütte. Daß Ihre Reise gut verlaufen und Ihre Tochter bei Ihnen angelangt ist, ohne den Weg über Mexiko nehmen zu müssen, und daß Sie meinem Briefbuch so viel Teilnahme und Lesezeit geschenkt haben, das lasen wir mit Vergnügen und Rührung. Was dem Briefbuch fehlt, ist ein kurzes orientierendes Geleitwort, das die Zufälle, denen das Buch seine Entstehung verdankt, hätte erzählen müssen, aber ich bringe sehr selten mehr die Courage oder den Humor für Schreibereien auf, und hier war ich einfach nicht imstande dazu.*

Ja, was einem die Briefe alles ins Haus bringen! Einmal schrieb mir ein Berner Buchhändler: ein Kunde von ihm, ein Arbeiter im Emmental, habe mein Buch „Traumfährte“ bestellt und es nach einigen Tagen zurückgesandt mit der Begründung „ein so vollkommener Quatsch sei ihm noch nie unter die Brille gekommen“.

Auch dieser Tage hat ein Brief, neben vielen ernsten und zum Teil erschreckenden, mir Spaß gemacht. Eine Schul-

* Im Januar 1952 schrieb H. H. ein kurzes Nachwort für die 2. Auflage 1954.

behörde, nicht sehr weit von Ihrer Heimat, teilte mir Folgendes mit: die Ausstattung der Aula ihrer Mittelschule sei das Problem, das sie in letzter Zeit beschäftigt habe. Nun habe man eine Lösung gefunden: man habe den Bildhauer Professor B. dafür gewinnen können, in fünf Hochreliefs die Stufen des menschlichen Lebens darzustellen, „das den einzelnen aus der Obhut der Mutter nacheinander führt zu der Vorbereitung auf den Beruf, zum Durchbruch der Individualität in der Ebene des Berufes, zur Hinwendung zum Du auf dem Gebiet des öffentlichen und charitativen Wirkens und letztlich zum Metaphysischen und zur Synthese von Glauben und Wissen". Diese Reliefs sollen durch ein breites Spruchband miteinander verbunden werden, für das man die letzten Zeilen meines Gedichtes „Stufen" verwenden wolle, wenn ich nichts dagegen habe.

Ich hatte mich nun also zu besinnen, ob ich etwas dagegen habe, und was. Im Grunde war es mir einerlei, was auf jenes Spruchband zu stehen komme, aber es fiel mir dann doch dies und jenes dazu ein, und schließlich dachte ich mir etwa diese Antwort aus:

„Wenn ich mich auf die Schulräume besinne, die ich einst als Schüler kennen gelernt habe, dann erinnere ich mich zwar keiner Reliefs mit Spruchbändern, man war in jener sagenhaften Vorkriegszeit noch nicht reich genug für so edle und prächtige Schöpfungen, aber da und dort war doch, auf bescheidenerer Stufe, etwas wie Bild und Spruch vorhanden gewesen, der Gipskopf des Sophokles über einer Tür, das Bildnis eines deutschen Theaterdichters von Weltruf, und auch Sprüche von unbestreitbar tiefem Gehalt hatte es an einigen Stellen gegeben. Wenn man mich, den Vierzehnjährigen, damals gefragt hätte, ob ich einer der abgebildeten Dichter oder der Urheber dieser Sprüche sein möchte, so hätte ich entrüstet abgelehnt, denn, es sei zu unsrer Schande gestanden, wir Knaben machten uns aus diesen edlen Zieraten überaus wenig, wir fanden sie langweilig und benutzten die goldenen Sprüche höchstens gelegentlich zu komischen Verdrehungen und Wortspielen. Es ist also, wie Sie sehen, vom Vorleben und den Vorstrafen meiner Schülerzeit her ein Widerstand, um nicht zu sagen Widerwille gegen diese Dinge in mir haften geblieben, der es mir keineswegs wünschenswert erscheinen läßt, Worte von mir an so feierlichen Orten prangen und mich dem Zuge der klassischen Verfasser goldener Sprüche von Mark Aurel bis Schiller angehängt zu sehen.

„Was mir an Ihrer Idee gefällt, ist Ihr Entschluß, einen Künstler mit diesem ehrenvollen Auftrag zu betrauen. Es mag ihm Sorgen bereiten, die Aufteilung des Menschenlebens in fünf Stufen gedanklich und bildnerisch zu Ihrer und zu seiner eigenen Zufriedenheit durchzuführen, doch wird er sich, denke ich, schon durchkämpfen. Dagegen möchte ich, wenn ich schon bei Ihrem Unternehmen mitarbeiten soll, mich dadurch aus der Sache ziehen, daß ich Ihnen für das Spruchband Verse oder Prosa von einem jener wirklichen und echten Klassiker empfehle, in deren Schatzkammern ja die edelsten Kleinode sich häufen.

„Und dann habe ich meiner Verse und meines Namens wegen noch eine andere Sorge; sie gilt nicht meinem, sondern Ihrem Wohle. Ich bin kein Politiker und noch weniger ein Prophet, aber ich könnte mir zum Beispiel die Möglichkeit vorstellen, daß Ihre Schule, Ihre Stadt und Ihr Land in einer nahen oder fernen Zukunft unter den Druck einer strengen und auf unbedingter Gleichschaltung beharrenden Diktatur geriete, etwa der des Proletariats oder auch der eines siegreich wieder auferstandenen Militarismus und Fascismus. Sie hätten dann in Ihrer Aula zwar schöne Reliefs an der Wand, darunter aber ein Spruchband mit Versen eines Autors, der unter jeder auf Ordnung haltenden Diktatur sofort auf der schwarzen Liste stehen wird. Begeisterte vaterlandsliebende Jünglinge würden bald dafür sorgen, daß der nächste Kommissar Kunde von dem Ihre Schule entehrenden Spruchband erhielte, und es entstünde für Sie nicht nur die Nötigung, das Spruchband mit erheblichen Kosten wieder wegmeißeln zu lassen, sondern es könnten Ihnen als den für die Wahl des

Dichters und Textes Verantwortlichen noch weit unangenehmere Situationen erwachsen."

So also dachte ich mir etwa meine Antwort nach dem fernen Norden. Aber der Mensch ist erstens schwach, zweitens bequem, und diese Mächte waren so stark in mir, daß ich statt meines schönen ablehnenden und warnenden Briefes jener Schulbehörde eine freundlich zusagende Postkarte geschrieben habe. Die Postkarte ist ja überhaupt eine der bessern Erfindungen, die Deutschland der Welt geschenkt hat.

Ob ich recht tue, wenn ich Ihnen, nachdem Sie eben erst die Geduld für meinen Briefband aufgebracht haben, nun auch noch die Mühe mache, diesen nicht geschriebenen und dennoch geschriebenen Brief zu lesen, weiß ich nicht. Ich wollte einfach ein bißchen mit Ihnen plaudern, einerlei worüber.

Nächstens wollen wir wieder zur rituellen Badekur nach Baden an der Limmat fahren. Ninon wird von dort aus die Zürcher Bibliothek besuchen, und einmal wollen wir auch zu meinem Sohn Heiner, der jetzt in Küsnacht in der Ihnen bekannten Schiedhaldenstraße ein Häuschen hat.

Herzlich grüßen wir Sie und die Ihren.

An Othmar Schoeck

13. Januar 1952

Lieber Schoeck

Dein Brief neulich war mir eine Freude und nun haben wir am Samstag am Radio den „Besuch in Urach" gehört, an jenem Abend war ich in Gedanken sehr bei Dir. Die Wiedergabe zwar gefiel mir nur halb; die Singstimme war immer ganz vorn, das Orchester weit hinten, und während das Orchester, das man sich viel näher wünschte, wunderbar musizierte, klang die Stimme zuweilen überanstrengt. Aber diese Musik! Du hast dem lieben Mörike damit eine Freundesgabe dargebracht, und wir Freunde Mörikes und Schoecks nehmen dankbar dran teil. Was für ein Gedicht! Ich glaubte es gut zu kennen, aber es tat, wie bei jeder neuen Begegnung, wieder ganz neue Tiefen und Geheimnisse auf, Du bist diesem Zaubergesang bis in alle Verborgenheit nachgegangen.

Ich lege Dir ein Gedicht des alten Vogels bei (der gelegentlich schon vor 50 Jahren surrealistische Verse gemacht hat), das ist aber nur für Dich bestimmt, nicht zum Weiterzeigen. Und dann das Gedicht meines Großvaters. Er war zehn Jahre jünger als Mörike.

Leb wohl und sei mit den Deinen herzlich gegrüßt von Deinem

An Irmgard Schabicki (geb. Gundert),
Frankfurt am Main

31. Januar 1952

Danke, ich habe mich über Deinen Brief gefreut. Der Andreas scheint aus dem Geschlecht der Oblomow zu sein und da wird er es in der heutigen Welt nicht leicht haben.

Gefreut hat mich auch Dein Einwand wegen meiner Bemerkung über die bewaffnete Neutralität der Schweiz. Ich glaube, das Dilemma liegt darin, daß ich ein Einzelgänger bin und stets nur als Einzelner gelebt, gearbeitet, und mich in allem, was ich sagte, an den Einzelnen, das Individuum, gewendet habe. Die christliche (zum Teil auch indische) Forderung, dem Bösen nicht Widerstand zu leisten, sich ohne Gegenwehr umbringen zu lassen – diese Forderung darf jeder Einzelne an sich selber stellen, aber wohl nicht an andre. Die furchtbaren Entstellungen und Schiffbrüche, die der christliche Gedanke in der Weltgeschichte erfährt, kommen, wie ich glaube, alle daher, daß dieser Gedanke immer die Person, den Einzelnen, die einzelne Seele meint. Nur der Einzelne kann sich opfern, nur er kann im Kampf gegen die natürlichen Triebe das Unmögliche erreichen. Eine Gemeinschaft, ein Volk kann das nicht, die wollen nicht nach diesen rein idealen Regeln regiert sein, sondern mit Zugeständnissen und Anpassungen rein praktisch behandelt werden.

Darum ist die jüdische Ethik weit lebensnäher, die jüdische Forderung nach Rechenschaft weit praktisch-möglicher, sie hat als Ziel nicht ein Jenseits sondern die möglichst anständige Regelung des menschlichen Alltags.

Leb wohl und sei herzlich gegrüßt

An Dr. E. G., Bukarest

Februar 1952

Lieber Herr Dr. G.

Danke für Ihren Brief. Wir denken Ihrer recht oft und wenn wir von Ihnen sprechen, erinnere ich mich stets eines Abends in Zürich, in dem Sie mir ein wenig Einblick in die Art Ihrer damaligen Arbeit gaben. Ich hatte von diesem Gespräch vor allem deshalb einen starken und schönen Eindruck, weil ich da eine seltene Begabung genau auf dem richtigen, ihr gemäßen Arbeitsfeld tätig sah, während die große Mehrzahl von Fehl-Existenzen, mit denen meine Korrespondenz mich zusammenbrachte, darauf beruhte, daß Beruf und Person sich miteinander nicht vertrugen.

Mit Ihnen bin ich betrübt darüber, daß Sie die Möglichkeit nicht mehr haben, Ihrer forscherischen Begabung mit Leidenschaft zu leben. Ich kann mitfühlen, denn es geht mir, so verschieden sonst unsre Situationen sind, in einer Hinsicht gleich wie Ihnen: ich wäre eigentlich ein Künstler, ein kleiner Dichter, der aus den Stoffen, die ihm das Leben zuführt, mit Hilfe der Sprache seine Gebilde formt, über meine halb spielerische, halb leidenschaftliche Kleinarbeit gebeugt wie ein Forscher übers Mikroskop, sein Vokabular und seine Syntax peinlich sauber haltend wie ein guter Maler seine Palette. Aber mit der leidigen Berühmtheit und mit dem Gang der Weltgeschichte ist mir Spiel und Arbeit aus den Händen gewunden worden und das Leben verbraucht mich seit langen Jahren jeden Tag auf eine mir zuwidere Art für Aufgaben, die ich im Grunde als mir nicht gemäß empfinde. Insofern ähneln sich unsere Schicksale ein wenig.

Die Ergebung in diese Lage ist unsre Aufgabe, vielmehr nicht die bloße Ergebung, sondern das „to make the best of it“, das Finden einer Sinngebung für das zunächst als unsinnig Empfundene.

An Herrn L.

aus meiner Antwort auf einen ungewöhnlich schönen und ernsten Leserbrief April 1952

April 1952

Lieber Herr L.

Der Brief kommt zu spät, um mit einer seiner würdigen Antwort bedacht zu werden, und zu spät kommen auch Ihre freundlichen Wünsche für weitere Lebens- und Arbeitsjahre.

Nicht zu spät aber kam Ihr lieber Brief, um mir das Herz zu erwärmen und mir die Freude zu machen, mich von einem Leser im Kern verstanden zu sehen. Das ist selten und schön, und da es mir auf die Zahl nicht ankommt, wiegt mir solch ein Brief tausend Mißverständnisse auf.

Es ist unwahrscheinlich, daß ich noch einmal dazu kommen werde, Rechenschaft über die Quellen zu geben, aus denen ich Wissen geschöpft habe. Aber diese Quellen sind alle jener Epoche angehörig, in der die Menschheit, wie ich glaube, des Denkens am fähigsten war, sagen wir etwa dem 9. bis 4. Jahrhundert vor Christus, und ich habe nichts dagegen, wenn man da auch noch das Neue Testament mitrechnet, wenigstens soweit es Bericht vom Leben und den Reden Jesu ist. Was später philosophiert wurde, wiegt für mich nicht sehr schwer, wenn auch natürlich die alten Erkenntnisse der paradiesischen Denkzeit immer wieder auftauchen, wie sie ja auch in meinen Schriften wieder für einen Augenblick neu gesehen und formuliert werden. Die Upanishaden, Buddha, die Bhagavad Gita, das Alte Testament, die Chinesen vom I Ging bis Tschuang Tse, dazu die griechischen Denker bis und mit Sokrates, das etwa ist die Welt, die ich meine. Man hat es später in vielen Dingen weiter gebracht, nicht nur im Kriegführen, auch im Musizieren, Malen etc., aber im Denken nicht.

An Hermann Kasack, Stuttgart

Im Mai 1952

Lieber Herr Kasack

Dank für Ihren Brief. Von Ihrem Buch weiß ich, außer durch Ihren Brief, nur durch einige Andeutungen Suhrkamps. Die beiden Titel mit „ahnungslos" wollen mir nicht einleuchten. Ihr Buch zeigt doch einen der Aspekte vom Untergang Europas, und für diesen Untergang scheint mir nicht die Ahnungslosigkeit der Masse charakteristisch zu sein, denn von der Masse wird jede Art von Welthistorie ahnungslos erlebt. Vielmehr halte ich für ein erstaunliches und unheimliches Charakteristikum dieser Epoche gerade die Wachheit und Bewußtheit, mit der seit etwa 80 Jahren dieser Untergang von den Geistigen vorgefühlt, miterlebt, beschrieben und kontrolliert wurde und wird.

Peter hat übrigens, wenn ich nicht irre, unter allerlei Titelvorschlägen auch „Die Heimsuchung" genannt, und der gefiel mir am besten.

Möge Ihnen trotz allem die Tatsache, daß Sie Ihr Buch vollenden konnten, tröstlich und stärkend bewußt sein! Die Luft dieser Zeit ist schwer zu atmen, aber es dürfen nicht alle Bessern in ihr ersticken. Herzlich grüßen wir beide Sie und Ihre Frau.

An Professor M. Colleville

nach Empfang seiner Arbeit über meine religiöse Entwicklung* (gekürzt):

Mai 1952

Meine Frau hat mir Ihren Essay vorgelesen, und wir haben beide die Gewissenhaftigkeit Ihrer Arbeit und die systematische Ökonomie in der Verwendung des Materials (der Quellen) bewundert.

Was jenes kurze Wort über Angelus Silesius betrifft, das Sie anführen, so kann ich bedauern, wenn ich damit Ihnen oder irgend Jemandem Ärgernis gegeben habe. Ob es nicht besser gewesen wäre, wenn ich jenes Wort über seinen Abstieg vom einsamen Eingeweihten zum Autor von Streit- und Schmähschriften nicht geschrieben oder nie publiziert hätte, weiß ich nicht. Aber darüber, daß dieser Weg vom begnadeten Seher zum militanten Kirchenmann nicht eine Entwicklung, sondern ein Abstieg war, denke ich auch heute nicht anders. Nicht die Conversion ist es, die ich an ihm bedaure, nicht die Flucht von einer Confession in die andre – sondern daß er, der Gott nahe war und die Stille und Höhe ÜBER allen Confessionen erreicht hatte, zum Streiter und Zänker werden konnte.

Nun, es ist nicht wichtig. Ich wollte nicht mich rechtfertigen, sondern Ihnen Dank sagen. Ich kämpfe mich sehr mühsam durch die Beschwerden, die der Frühling verdoppelt. Inzwischen habe ich die kleine Erinnerung an meinen Großvater geschrieben und Ihnen gesandt.

* Le problème religieux dans la vie et dans l'œuvre de Hermann Hesse in Etudes Germaniques, Avril/Septembre 1952.

An Frau K.

Antwort an die Mutter eines neunjährigen Knaben auf die Frage, ob sie ihn jüdisch-orthodox oder frei erziehen soll

Juni 1952

Liebe Frau K.

Danke für Ihren Brief. Ihre große Sorge kann ich mitfühlen. Doch bin ich kein Erzieher und wenn ich es wäre, so könnte ich ja doch nur Menschen erziehen, die ich samt ihrer Herkunft und Umwelt genau kenne.

Im Grunde lautet die brennende Frage ja so: Sollen wir der Jugend möglichst viel Tradition, Halt und Norm mitgeben, oder sollen wir sie möglichst frei lassen, möglichst zu Elastizität und Anpassungsfähigkeit erziehen. Da die Welt, in die diese Jugend hineinwächst, keine moralische und seelische Ordnung mehr hat, helfen wir im ersten Fall der Jugend zwar, anständig zu bleiben und im Notfall anständig unterzugehen, berauben sie aber der Möglichkeit, in dieser amoralischen, rein dynamischen Welt mitzutun und Erfolg zu haben.

Theoretisch also wäre die Erziehung zu Norm und Orthodoxie das einzig Erlaubte. Wieweit wir die Bindungen trotzdem lockern wollen, muß allein unsre Liebe entscheiden. Wir dürfen es nur vorsichtig tun, und auch im besten Fall könnten wir nicht verhüten, daß die Jugend allzu früh vor moralische Entscheidungen gestellt und der Kindheit beraubt wird.

Es grüßt Sie Ihr

Antwort

auf einen politischen Leserbrief aus Deutschland

Im Juli 1952

... Wie Sie vermuten konnten, sagt mir Ihr Brief über die deutschen Zustände nichts Neues. Es scheint nun einmal so zu sein, daß die Völker überhaupt nichts „lernen“, weder aus verlorenen noch aus gewonnenen Kriegen, von allen Tätigkeiten scheint gerade das Lernen die, wozu sie am schwersten zu bringen sind. Was alles hätten die Sieger, was alles die Besiegten aus den Kriegen 1870, 1914 und 1939 lernen können! Aber dieses Lernen wird, so scheint es, jeweils weder von den Völkern noch von deren führender Oberschicht geleistet, sondern immer nur von einer dünnen und machtlosen Schicht von Geistigen. Diese kleine und einflußlose Schicht produziert zwar Erkenntnisse, sie stellt Wahrheiten fest, welche aber immer erst in einer zu Schlagwörtern verzerrten Form und um eine Generation zu spät den Weg in die Menge finden. Es folgt daraus, so scheint es, daß Verzweiflung die eigentliche und legitime Haltung der Erkennenden sein müsse, so wie Drauflosleben und Blindbleiben die der Völker. Dennoch scheint es aber hinter oder über dem Tatsächlichen und Manifesten eine echtere, haltbarere und sinnvollere Wirklichkeit zu geben, zu der unsre Philosophien und Religionen den geahnten Zugang suchen, und um deren wegen es sich dennoch lohnt zu leben. Im „Steppenwolf“ wird diese Wirklichkeit „Die Unsterblichen“ genannt. Andre sagen „Reich Gottes“.

Geht uns auch vor diesem Reich die Ehrfurcht verloren, dann geht uns die Luft aus, und oft ist es ja nahe daran. Herzlich grüßt Sie

An Theodor Heuss, Bonn

8. Juli 1952

Lieber Herr Dr. Heuss

Sie begreifen, daß ich, von einem embarras de richesse erdrückt, zu einem rechten Brief nicht fähig bin. Es gibt statt dessen einen gedruckten, den Sie morgen kriegen.

Aber gestern hat mir Ninon Ihren Brief und Ihre Stuttgarter Rede vorgesungen, und da wären mir, senectute confecto, doch fast die Tränen gekommen. Ich hatte mich auf diese Rede gefreut und allerlei von ihr erwartet; aber so lieb und klug, so verstehend und mitfühlend, so plastisch auch und rund ist sie nun geworden, daß ich Sie dafür bewundern und – namentlich – erneut lieben muß. Ein Meisterstück, und zugleich ein Landsmanns- und Freundesbekenntnis zartester Art.

Haben Sie Dank, lieber Theodor Heuss, und seien Sie von uns beiden herzlich gegrüßt!

An eine sechzehnjährige Dichterin

Sils Maria, 23. Juli 1952

Liebes Fräulein

Ihre Gedichte sind noch unvollkommen, sie haben noch keine wirkliche Gestalt. Aber mir ist mit Ausnahme von Rimbaud kein Dichter bekannt, der mit sechzehn Jahren ein vollkommenes Gedicht gemacht hätte.

Ich glaube, daß Sie begabt sind, doch schließe ich das mehr aus Ihrem Brief als aus den Versen. Gehen Sie Ihren Weg weiter, noch läßt sich nicht sagen, ob die Dichtung die Ihnen bestimmte Form der Erfüllung sei. Und lassen Sie sich nie von fremden Urteilen verführen oder erschrecken.

An Herrn Dr. E. Sch., Neuß am Rhein

Juli 1952

Lieber Herr Dr. Sch.

Gestern hat mir meine Frau Ihren so freundlichen und lieben Brief vorgelesen. Es geschah dicht unterhalb der Julier-Paßhöhe, im Anblick der Säulen, im kurzen Gras voll Blumen, den riesigen Steinwänden und Geröllhalden gegenüber. Wir freuten uns und ich besann mich, womit ich das etwa erwidern könnte, und da in Ihrem Brief Raabe und Mörike mitspielen, erinnerte ich mich eines drolligen Verses von Raabe, der mir durch Zufall vor einigen Jahren bekannt wurde. Den schreibe ich Ihnen aus dem Gedächtnis auf. Mit herzlichen Grüßen

Von Wilhelm Raabe um 1860 in Stuttgart ins Album der berühmten Sängerin Madame Viardot-Garcia geschrieben:

„Zierlich ist des Vogels Tritt im Schnee“
Singt Professor Mörike.
Schwarz auf Weiß bezeugt dies Albumblatt,
Daß ein Vogel es beschritten hat,
Der mit zierlich vorgestrecktem Fuß
Scharrt der hohen Dame seinen Gruß.

An Peter Suhrkamp

Sils Maria, Juli 1952

Lieber Freund Peter

Gestern kam Dein großer Briefbericht und wurde am Abend von Ninon feierlich vorgelesen, wir freuten uns, bewunderten Deine Leistungen, wie die von Schröder und Heuss, und bedauerten auch einmal wieder die Überfülltheit Deiner Tage. Ein Zehntel davon würden genügen, mich umzubringen. Nun ist freilich auch mein Leben anders eingestellt und hat andre Gesetze als das eines Geschäftsmannes, es strebt durchaus nach „Innen“, nach dem Centrum im Gegensatz zur Centrifuge, in der die Welt lebt, und auch wenn ich im Centrum nichts finde als die eigene Unruhe, so will und muß ich diese Unruhe eben doch erleben und zu eigen haben, ohne sie zu betäuben. Das „Geworfensein“ als das die Philosophie unsrer Tage das Menschenleben bezeichnet, genügt mir nicht, ist ja auch ein nervös-hysterisches Drapieren des Ungenügens ins scheinbar Tragische hinauf. Dabei verliert auch eine hohe Wertbezeichnung wie „tragisch“ jeden Wert, und der Mensch wird schon bloß durch sein Geborensein und sein Unvermögen, aus diesem Geborensein etwas Rechtes zu machen, zu einer Art Held. Na, Du kennst dies Zeug ja zur Genüge.

Wir wandeln wieder unter den Lärchen und Arven, dankbar für die Größe und den Adel dieser schönsten Berglandschaft, die ich kenne. Wir fürchteten ein wenig, ich würde die Höhe nicht mehr ertragen, und ich bin, zwischen den heftigen klimatischen Einwirkungen und der täglich notwendigen Arbeit, auch reichlich schwach und müde, aber es ging und geht also doch, es ist noch ein Rest Vitalität da, sonst hätte ich auch nicht dieser Tage einmal träumen können, ich klettere über zwei Wagen eines fahrenden Zuges weg und höre den Freund, der mich dazu aufgefordert hatte, sagen „Für einen 75jährigen ist das noch allerhand ...“

Wir wollen gegen Mitte August unser Gepäck heimbringen, dann per Bahn noch für zehn Tage nach Bremgarten. Im September, d. h. wohl etwa am 1. September, verschwindet Ninon für ca. sechs Wochen nach Griechenland.

Leb wohl, hab Dank und sei von Herzen gegrüßt, Ninon grüßt mit.

An Theodor Heuss, Bonn

Schloß Bremgarten, im August 1952

Lieber verehrter Herr Dr. Heuss

Hier im alten Schlößchen Bremgarten bei Bern, das Ihnen aus der Morgenlandfahrt vermutlich bekannt ist, empfing ich Ihren lieben Brief mit Ihrem sehr willkommenen Geschenk, den Briefkopien aus der Zeit des „März". In einigen Tagen fahren wir nachhause und ich bin dann wieder dauernd in Montagnola, während meine Frau noch vor Anfang September ihre längst ersehnte dritte Griechenlandreise antritt, die diesmal auch nach Kreta und Thessalien führen soll.

Mit Rührung las ich Ihren Brief, ich hatte Ihrer und Ihres großen Verlustes oft mit Teilnahme und Sorge gedacht, und oft auch mit etwas Beschämung des großen Opfers, das Sie mir und den Stuttgartern mit Ihrer Reise damals gebracht haben. Ihre Rede zum 2. Juli hat unter meinen Freunden einmütige Bewunderung und Freude geweckt...

Übrigens gab es da auch manches Lustige, und großen Spaß machte mir der Brief eines Abiturienten in Baden, der eine von seiner Klasse vollzählig unterzeichnete Glückwunschadresse unter einem etwas feierlichen Professor mitunterzeichnet hatte. Gleichzeitig aber teilte er mir in einem Briefchen mit: er habe zwar unterzeichnet, um der Solidarität und Kameradschaft mit der Klasse willen, lege aber Wert auf die Feststellung, daß es einzig aus diesem Grunde geschehen sei.

Die Briefkopien, die Sie mir geschenkt haben, werden einen wertvollen Bestandteil der Briefsammlung meiner Frau bilden, da wir aus jenen Jahren gar keine Briefe von mir haben. Sie weckten manche Erinnerung, besonders an Hausmann und Thoma, doch machte es mich auch etwas betroffen, feststellen zu müssen, wie schrecklich viel ich vergessen hatte. Meine Frau ist Ihnen für die Blätter überaus dankbar.

Und nun muß ich auch für Ihre köstliche Hebelrede danken, die mir große Freude macht. Carl Burckhardts famose

Geschichte * vom Erstaunen Rilkes, als er in Paris durch einen französisch sprechenden Elsässer von der Existenz eines ihm unbekannt gebliebenen deutschen Meisters der Sprache erfuhr, ist ja nicht nur eine schöne Anekdote. Unsre deutsche Literatur von heute mit ihrer so geringen dichterischen und sprachlichen Potenz und ihrer so langweiligen Virtuosität im Abstrahieren und Gescheitschwätzen ist von Hebels Größe und Hebels Witz noch viel weiter entfernt und kennt sie vermutlich ebenso wenig wie der arme Rilke.

Herzlich grüße ich Sie und wünsche Ihnen Gutes, auch in meiner Frau Namen Ihr

An eine Sechzehnjährige

Dezember 1952

Liebes Fräulein

Ich kann Ihnen nur kurz antworten, meine Kräfte sind erschöpft. Aber Ihr Brief hat mir gut gefallen, darum soll er nicht ganz ohne Antwort bleiben.

Die Hemmung gegen das Schreiben oder Dichten, die Ihrer ebenso großen Sehnsucht danach im Wege steht, ist ganz berechtigt. Sie sind in der Tat zu jung, um der Welt auf diesem Weg etwas geben zu können. Aber ich rate Ihnen, an das Geben und an die Welt beim Schreiben überhaupt nicht zu denken, sondern das Schreiben, wenn das Verlangen danach überstark wird, ganz für sich allein zu üben, als Klärung Ihrer Gedanken, als Rechenschaft vor sich selbst, und immer nach Klarheit und Kürze zu streben, ohne Rücksicht auf hübsche Vorbilder und auch ohne Rücksicht auf etwaige Leser. Das Schreiben soll Ihnen nicht etwas Verbotenes, wohl aber etwas Heiliges sein, eine Einkehr, eine Bemühung, den Sinn Ihrer Einsamkeit zu erkennen. Wovor man sich in der Jugend hü-

* Carl J. Burckhardt, Ein Vormittag beim Buchhändler (Sammlung Klosterberg, Benno Schwabe).

ten muß, ist das Schreiben als Rausch, als Genuß, als Laster. Doch glaube ich nicht, daß Sie in dieser Gefahr sind. Wenn Sie schreiben, so soll es mit gutem Gewissen und mit dem Gefühl der Verantwortung geschehen. Freundlich grüßt Sie

An Herrn L. Sch., München

Im Dezember 1952

Hochgeschätzter Herr

Haben Sie Dank für Ihren Gruß und Ihre Sendung.

Wie Sie sich leicht vorstellen können, bin ich nicht mehr neugierig darauf, Literatur über meine Person und meine Bücher zu lesen. Nun aber kam Ihr Manuskript grade an einem Tage, wo ich es mir ohne meine Tagesarbeit zu schädigen, vorlesen lassen konnte. Und da fand ich in Ihrem ausgezeichneten Vortrag eine willkommene Ergänzung und Korrektur zu der meist allzu milden, harmonisierenden, optimistischen Tonart der gewohnten Festreden, in denen ich, oder die in mir verkörperte Problematik, dem Publikum verdaulich und wohlschmeckend gemacht werde. Ich habe Ihre Arbeit, ohne sie in allen Details nachprüfen zu können (da ich die von Ihnen angeführte kulturmorphologische Literatur nur sehr mangelhaft kenne), mit wachsendem Interesse und Ernst zur Kenntnis genommen, und bin Ihnen für sie wirklich dankbar.

Schade ist es, daß diese Betrachtung nicht im Druck erschienen ist, in einer Zeitschrift oder noch besser als Broschüre. Wenn mir auch an einer Vermehrung der Hesseliteratur nicht gelegen sein kann, so glaube ich doch, daß diese Publikation einen Wert und Sinn hätte, den Sinn nämlich: einigen unter meinen Lesern, die sich zum weitaus größten Teil unter Umgehung der Probleme nur an die literarisch-ästhetischen Reize halten, die Augen zu öffnen. Doch muß ich das Ihnen überlassen. Zu deutschen Zeitschriften habe ich ohnehin keine Beziehungen mehr. Vielleicht spricht auch gegen die Publikation, daß im jetzigen Augenblick der „rusische Mensch“ meines Aufsatzes über die Karamasoffs allzu leicht mit dem Stalin-Russen verwechselt werden würde. Aber irgend einmal, glaube ich, sollte Ihr Vortrag doch im Druck erscheinen.

Mit herzlichem Dank und Gruß

An einen Siebzehnjährigen

8. Januar 1953

Lieber Herr G.

Ich bin eigentlich nicht der geeignete Mann, um Ihre Frage zu beantworten. Zum Kritiker, und zum guten Leser überhaupt, gehört literarische Interessiertheit und Neugierde, und die besitze ich nicht mehr. Aber ich habe, durch Ihren Brief angeregt, eine Anzahl der Gedichte gelesen. Sie sind nicht so, daß sie in die Weltliteratur eingehen werden, aber das ist meines Wissens Gedichten eines Siebzehnjährigen noch nie widerfahren, mit der einzigen Ausnahme von A. Rimbaud. Es wäre auch schade, wenn Sie wie Rimbaud schon in diesem Alter vollendete Gedichte machen würden. Sie hätten dann keine Zukunft, wie ja auch aus dem armen Rimbaud nichts geworden ist.

Mir scheint, Sie haben Talent genug, um ein Dichter werden zu können. Vielleicht werden Sie mit zwanzig Jahren das ins Feuer werfen, was Sie mit siebzehn geschrieben haben, und mit 25 das, was Sie mit 20 geschrieben haben, und dann werden Sie den Punkt erreicht haben, wo Ihre Begabung, nach erledigtem Abtasten vieler Betrachtungs- und Darstellungsarten, sich auf das konzentriert, was nur Sie erleben und darstellen können. Vielleicht schreiben Sie dann auch das Gespräch zwischen Lau Dan und Kung (von dem die Tao-Schüler sagten, er sei „der, der gewußt hat, daß es nicht geht, und es doch probiert hat“).

Gutes auf den Weg wünscht Ihnen

Januar 1953

Lieber Thomas Mann

Mit Ihrem lieben Brief haben Sie mir sehr wohlgetan, ich bin dankbar dafür.

Eine neue Erzählung von Ihnen der Vollendung nahe zu wissen, ist auch ein Plus, man hat wieder etwas, worauf man sich freut und neugierig ist.

Ein merkwürdiges Geheimnis ist es um unser Gefühl (denn es ist durchaus auch das meine), es sei unser Werk nicht zum „Eigentlichen“ zu zählen, nicht zum absolut Gültigen und Echten, zum Klassischen und Fortdauernden. Zum Teil beruht dies Gefühl ja auf etwas Objektivem, auf der Tatsache, daß die Echten und Großen, die Klassischen, eben jene Probe überstanden haben, die den Lebenden noch bevorsteht. Sie haben die Periode, da die Welt ihrer satt war und neue Größen rühmte, und die ja oft recht lang dauern kann, überlebt, sie sind aus dem Grab und der Versenkung wieder auferstanden.

Aber mir scheint, es ist nicht nur das. Sondern es gibt unter den Künstlern, wie unter den andern Leuten auch, den Typ, der das Glück und die Frechheit hat, an sich zu glauben und auf sich stolz zu sein, Leute wie den Benvenuto Cellini etwa, vielleicht gehören auch Hebbel, Victor Hugo, vielleicht auch G. Hauptmann zu diesem Typ, und außerdem noch viele Kleine, die eine ihnen nicht bestimmte Größe und Dauer in einem pathetischen Selbstgefühl vorwegnehmen. Und zu diesem Typ, es mag um uns stehen wie es möge, gehören wir nicht.

Möchten Sie bald wieder Geborgenheit und Wohnlichkeit um sich fühlen! Ich denke Ihrer froher, seit ich Sie in Erlenbach weiß. Und Ihren wunderschönen Gesang auf die Vergänglichkeit habe ich wie guten Wein geschlürft.

An die Redaktion des „Aufbau“, Berlin-Ost

18. Februar 1953

Sehr geehrte Herren

Ihren von Herrn Bodo U. gezeichneten Brief vom 13. 11. habe ich erhalten. Ihm vorangegangen war schon im vergangenen Herbst ein Brief meiner verehrten Kollegin Anna Seghers, der mich aufforderte, ich möge, als ein Mann außerhalb der politischen Parteien und Kämpfe, die Bemühungen des Wiener Kongresses um den Frieden unterstützen. Dieser Wiener „Völkerkongreß“ war darin als eine neutrale Unternehmung hingestellt. Schon dies verbot mir, den Brief zu beantworten.

Meine Ansicht über alle diese Unternehmungen nun wäre etwa diese:

Die Macht einer internationalen Schriftstellervereinigung wird in jedem Fall eine sehr geringe sein. In den Ländern und Völkern, in deren Macht es stünde die Weltgeschichte ernstlich zu beeinflussen, gibt es eine wirkliche Macht der Literatur längst nicht mehr. Dort wird die öffentliche Meinung nicht von einer Elite der besten Köpfe oder Charaktere geformt, sondern autoritativ befohlen. Da der einzelne Schriftsteller, auch wenn er einen noch so berühmten Namen hätte, von diesen Mächten je nach deren Belieben benützt oder unterdrückt werden kann, da ihm in den totalitären Systemen und Staaten die freie Meinungsäußerung nicht erlaubt wird, wird jeder halbwegs mündige Leser gegen jede Gesinnungsäußerung eines Autors mißtrauisch sein. Einen gewissen spärlichen Kredit, ein gewisses Vertrauen werden bei wachen Lesern daher bald nur noch jene Autoren genießen, die konsequent auf den Schutz verzichten, den ihnen die Zugehörigkeit zu einer Partei gewährt, die lediglich der Wahrheit dienen und lediglich ihrem Gewissen folgen wollen und bereit sind, im Ernstfall die entsprechenden Opfer zu bringen. Auf sie wird das Weltgewissen vielleicht ein wenig hören, sie werden in den Ruf einer Bereitschaft zu Tapferkeit und Märtyrertum kommen oder zumindest wird man sie nie, weder als Nutznießer noch als Mitläufer der großen Machtgebilde, verdächtigen dürfen.

Es mag Ansätze zur Bildung solch einer kleinen, übernationalen und unparteilichen geistigen Gemeinschaft geben. Wenn sie nur aus zehn, aus fünf, aus drei Männern oder Frauen bestünde, wäre ihr moralischer Wert größer als der einer tausendköpfigen Vereinigung von Intellektuellen mit Parteiabzeichen irgendwelcher Art.

An Herrn M.

Februar 1953

Lieber Herr M.

Sie wissen schon aus meiner Drucksache, wie es mit mir steht, doch möchte ich Ihnen doch einen kurzen Gruß noch senden. Ob dieser Gruß auch eine Antwort auf Ihre Fragen ist, weiß ich allerdings nicht, denn ich habe diese Fragen nicht ganz verstanden.

Sie fragen, so glaube ich, was Joh. Seb. Bach mit mir zu tun habe, und ebenso, was Jesus uns heutige Menschen angehe. Ich weiß nun gar nicht, wie ein „heutiger Mensch" eigentlich aussieht. Ich selbst bin jedenfalls keiner. Es leben zwar auch heute einige Menschen, die ich liebe und verehre und die ich für vollwertig und edel halte. Aber weitaus die Mehrzahl der Menschen, mit denen ich lebe, deren Werk oder Vorbild mir etwas bedeutet, deren Vorhandensein mir tröstlich ist, lebt nicht in diesem trüben „Heute", sondern auf einer überzeitlichen Ebene, im „Steppenwolf" habe ich sie, glaube ich, die „Unsterblichen" genannt. Zu ihnen gehören Bach wie Jesus, Lao Tse und Buddha wie Giorgione, Corot oder Cézanne. Ich glaube nicht, daß es irgend einem Künstler, Dichter oder Denker anders geht: seine Kameraden sind vor allem die Vorangegangenen, die, deren Gedanken, Ziele und Ideale auch nach Jahrzehnten, Jahrhunderten oder

Jahrtausenden noch lebendig und schön und wirksam sind, während die Kaiser, Könige, Staatsführer, Feldherren, die Größen des „Heute", alle morgen schon veraltet und dann rasch vergangen sind. Was ist heut Kaiser Wilhelm, Hitler, Hindenburg?

Vielleicht können Sie etwas damit anfangen. Es würde mich freuen. Freundlich grüßt Sie

An Wilhelm Lehmann, Klein Wittensee

Im März 1953

Lieber Herr W. Lehmann

Ich weiß gar nicht mehr, ob ich Ihnen je geschrieben habe, mit wie großer Freude, Teilnahme und Ergriffenheit ich Ihre „Mühe des Anfangs" gelesen habe. Wenn man einen Kameraden ohne ihn je gesehen zu haben, ein bißchen zu kennen und einige Motive seiner Liebe für ihn erkannt zu haben glaubt, ist das ja schon ein Glück und Fund in der Wüste. Aber wenn dieser andre dann seine Herkünfte und Anfangsmühen, samt seinen Paradiesen und Glücksquellen, selber aufzeigt und erzählt, wenn man viele seiner eigenen Urteile und Vermutungen voll bestätigt findet, dazu mit biographischen Einzelheiten intimer Art beschenkt wird, dann ist es noch mehr. Ich habe Ihre „Mühe" sehr lieb gewonnen und bin Ihrem Weg bis Eldena mit so viel Teilnahme nachgegangen, als Sie nur irgend von einem Leser erhoffen können. Manchmal wird einem der Atem eng und man ist froh zu wissen, daß die Engpässe dieses Weges ja überwunden sind. Manchmal blickt ein rein dichterischer Satz einen an wie die Wasserprimel Sie bei der ersten Begegnung angeblickt hat.

Nun, es ist genug, und eben hat man geklopft und die Morgenpost hereingebracht. Eh ich in den Alltag zurück gehe, will ich mit einem herzlichen Dank und Gruß schließen.

Ihr Ihnen stets zugetaner

An Vasant Ghaneker, Haiderabad

April 1953

Lieber Herr Ghaneker

Danke für Ihren schönen Brief, er hat mir Freude gemacht. Antworten kann ich Ihnen darauf nicht viel, ich bin alt und leidend, und es sind dreißig Jahre her, seit ich den „Siddhartha“ geschrieben habe.

Mir scheint, Sie haben mit Ihren Einwänden gegen die Entwicklung Siddharthas ganz recht, wenn Sie nämlich in meiner Erzählung etwas Paradigmatisches und Erzieherisches sehen, eine Art von Anweisung zur Weisheit und zum richtigen Leben. Aber das ist meine Erzählung nicht. Wenn ich einen Siddhartha hätte schildern wollen, der Nirvana oder die Vollkommenheit erreicht, dann hätte ich mich in etwas hinein phantasieren müssen, was ich nur aus Büchern und Ahnungen, nicht aber aus eigenem Erleben kannte. Das konnte und wollte ich aber nicht, sondern ich wollte in meiner indischen Legende nur solche innere Entwicklungen und Zustände darstellen, die ich wirklich kannte und wirklich selbst erlebt hatte. Ich bin nicht ein Lehrer und Führer, sondern ein Bekenner, ein Strebender und Suchender, der den Menschen nichts anderes zu geben hat als das möglichst wahrhaftige Bekenntnis dessen, was ihm in seinem Leben geschehen und wichtig geworden ist.

Als ich den „Siddhartha“ schrieb, in einer ernsten und intensiven Zeit meines Lebens, war es mir ein Herzenswunsch, das kleine Buch möchte auch in Indien gelesen und beurteilt werden. Es hat dreißig Jahre gedauert, bis er erfüllt wurde. Daß ich es im hohen Alter doch noch erlebt habe, danke ich Ihnen.

An Herrn W.

April 1953

Lieber Herr W.

... Mit dem Alter bin ich im Belehren und Beeinflussenwollen andrer Menschen immer vorsichtiger geworden. Ich habe in meinen Büchern seit Jahrzehnten immer wieder erzählt, welchen Weg ich gegangen bin. Es war ein einsamer Weg, niemand hat mich geführt und mir geholfen. Und nun kommen immer wieder Leser meiner Bücher zu mir und wollen ein Rezept haben, wie man sich selbst und damit „Gott" finden könne. Ich besitze solche Rezepte nicht, und wenn es mir in sechzig Jahren nicht gelungen ist, mich verständlich zu machen, dann kann ein kurzer Brief das auch nicht tun.

Was Sie suchen, das würden Sie vielleicht in einer Yoga-Anweisung finden. Im Verlag Rascher gibt es eine ganze Anzahl großer und kleiner Bücher, die sich damit befassen. Ich habe sie nicht alle gelesen. Auch gibt es eine kleine buddhistische Gemeinde in der Schweiz, ihre gute kleine Zeitschrift „Die Einsicht" wird redigiert von Max Ladner, Zürich-Witikon.

Doch müssen Sie wissen, daß Sie auch dann, wenn Sie den Weg des Yoga oder den ähnlichen des Buddhismus einschlagen, sich unter eine Führung und Leitung begeben, und eben dies war Ihnen ja in Ihrer eigenen Religion zuwider. Übrig bleibt, wenn Sie diese Führungen und starren Lehren nicht ertragen, nur der Weg, den Ihnen niemand zeigen kann, den nur Sie selbst durch Hingabe und äußerste Geduld finden und erleben können: der Weg ins eigene Selbst, das für jeden Menschen das Wirklichste sein sollte und das doch nur Wenige kennen. Ich habe in meinen Schriften versucht, von meinem Weg zu berichten – den Ihren kann ich Ihnen nicht zeigen.

Ich habe dennoch das Vertrauen, daß der Weg des Leidens und Verzichtenmüssens, den Sie durch Ihre Krankheit geführt werden, keine Sackgasse sei. Man muß durch das Leid und durch die Verzweiflung hindurch, um wieder ans Licht zu kommen.

Mit freundlichen Grüßen

An Frau Dr. Markwalder, Baden

10. Juni 1953

Liebe, verehrte Frau Dr. Markwalder

Mit tiefer Bewegung las ich die Nachricht* und bin seither mit meinen Gedanken ganz in dem Badener Kreise, den ich vor kurzem noch in voller Lebenskraft kannte und dem ich seit so langer Zeit in Freundschaft zugetan bin: der Verenahof mit dem lieben Xaver und seiner Frau und dem Doktorhaus mit so vielen lieben und schönen Erinnerungen. Nun ist das Bild dieser glücklichen Welt dunkel geworden. Das Herz tut mir weh dabei. Und ich denke an Sie und Ihre beiden Töchter mit der herzlichsten Teilnahme.

Wohl war der Doktor, als ich ihn zum letztenmal sah, schon leidend und vorzeitig gealtert, aber wenn ich an ihn denke, sehe ich ihn nicht so, sondern elastisch, kraftvoll, lebensfroh und bei jeder Begegnung, auch der kürzesten, zu nachdenklichem oder witzigem Gespräch bereit. Er hat mit mir sowohl als Arzt wie als Freund unendlich oft diskutiert und geplaudert, immer geistesgegenwärtig, rasch erfassend, schlagfertig antwortend, immer auch bereit, das Gespräch über Dinge des Alltags ins Theoretische, auf eine höhere Ebene, zu lenken.

Wir gönnen ihm die Erlösung und Ruhe, wir wollen ihn nicht zurückrufen in ein Leben, das ihm zuletzt so schwer geworden ist. Aber wir werden ihn sehr vermissen, wir Freunde, und wir gedenken Ihrer, liebe Frau Doktor, und Ihrer Töchter mit innigem Mitgefühl. Auch meine Frau ist tief betrübt und bittet mich, Ihnen ihre Teilnahme auszusprechen.

In alter dankbarer Freundschaft Ihr

* Dr. Josef Markwalder, H. H.'s Arzt, war am 6. Juni 1953 gestorben.

An ein ganz junges Mädchen

Oktober 1953

Liebes Fräulein

Die Zeit ist vorbei, da ich viele und lange Briefe schreiben konnte. Ich muß es kurz machen, und das ist schwierig, denn Sie haben mir keine genauen Fragen gestellt. Aber ich sehe Sie von Nöten der Entwicklung bedrängt, die das Werden einer Persönlichkeit ahnen lassen. Eine Persönlichkeit, ein einmaliger, eigener Mensch zu werden, ist nicht Jedem bestimmt, der Weg dahin hat Gefahren und bringt Schmerzen, er bringt aber auch Glück und Tröstungen, die die andern nicht kennen.

Was den „Glauben“ betrifft, von dem Sie schreiben, so weiß ich nicht, welchen Glauben Sie gehabt und verloren haben. Auf jeden Fall war es ein Glaube, der mit Ihrer Bestimmung nicht zu vereinen war, er war vermutlich allzu dogmatisch, allzu genau formuliert. Daß Sie ihn nicht mehr haben, ist kein Verlust, es ist das Durchstoßen zum Individuellen, Persönlichen, und auch wenn Sie später einmal zu ihm zurückkehren wollten, würde er dann ein ganz anderes Gesicht haben und ganz andre Forderungen an Sie stellen als irgend ein Katechismus.

Ängstigen Sie sich nicht zu sehr, fliehen Sie weder ins Kindliche zurück noch nach vorwärts in Trotz und Schnoddrigkeit, es würde Ihnen beides nichts nützen. Sagen Sie Ja zum Besten und Stärksten in Ihnen! Dann geht es schon weiter. Mit Grüßen Ihr

An Herrn H. G. Sch.-R., Holzhausen-Leipzig

Oktober 1953

Lieber Herr Sch.

Danke für Ihren schönen Brief, er hat mir Freude gemacht, auch als Zeichen dafür, daß in Ihrem Lande auch heute noch da und dort ein Leser von Meister Ekkehart vorhanden ist.

Ich kann Ihrem Brief in allem zustimmen. Irrig ist nur Ihre Annahme, meine Quelle für das Wissen um Meditation etc. sei Ekkehart. Dem ist nicht so. Ich habe zwar in meiner Jugend (ich bin 76 Jahre alt) auch Auszüge aus E. kennengelernt, aber er ist nicht der einzige Wissende und nicht der einzige Lehrer auf diesem Gebiet, wenn auch innerhalb der deutschchristlichen Welt der größte. Die Versenkung ist manche Jahrhunderte, ehe es ein Deutschland und ehe es ein Christentum gab, in zahlreichen Formen und Schulen Indiens, Chinas, Japans gelehrt und geübt worden, sie ist eine der fundamentalen Möglichkeiten des Menschengeistes, unabhängig von Nation und Religion, sie wird heute noch in Indien und Japan, neuerdings auch unter indischen Lehrern in Amerika gelehrt und gepflegt.

Genug, ich bin nicht mehr arbeitsfähig, Sie müssen mit diesem Dank und Gruß vorlieb nehmen. Schade, daß Sie den Opfertod Knechts nicht mögen. Vielleicht wird das mit der Zeit anders. Ich habe kein Bedürfnis, Erläuterungen zu meinen Dichtungen zu geben, es soll jeder Leser das aus ihnen nehmen, was ihm annehmbar und verdaulich ist.

Freundlich grüßt Sie Ihr

An Herrn O. D., Ulm

November 1953

Lieber Herr D.

Etwas Schöneres und Tröstlicheres konnten Sie mir nicht schreiben, als diesen Bericht vom Leiden und Sterben Marieluises. Ich danke Ihnen herzlich dafür.

Was Ihre freundliche Bemerkung über meine gelegentlichen Zweifel am Wert meiner Schriften betrifft, so habe ich das in der „Nürnberger Reise“ Gesagte nicht genau im Gedächtnis, es sind seither mehr als 25 Jahre hingegangen. Seither hat vieles sich geändert, eins aber nicht: ich bin nach wie vor recht oft im Zweifel – nicht an dem, woran ich glaube, wohl aber daran, ob die mir gemäße und nicht zu ändernde Art, wie ich diesen Glauben formuliere, gut und wertbeständig ist. Dennoch habe ich, solang die Kräfte reichten, in meiner Arbeit weitergemacht.

Seien Sie mit guten Wünschen gegrüßt

An Hans Carossa

zu seinem 75. Geburtstag

Im Dezember 1953

Lieber Hans Carossa

Jetzt müssen auch Sie dies anstrengende Jubiläum bestehen; ich wünsche Ihnen, daß Sie gut damit fertig werden. Sie haben stets mehr Gelassenheit gehabt als ich, so wird es schon glücken. Darüber hinaus aber wünsche ich Ihnen und mir, es möge Ihnen noch manches Dichterische gelingen. Seit dem „Doktor Bürger" und der „Kindheit" und seit Ihren frühen Gedichten hat Ihre Stimme zu den wenigen unserer Generation gehört, deren Klang mich nicht bloß zu überzeugen, sondern auch zu beglücken vermochte.

Ihnen dies noch einmal zu sagen und Ihnen dafür zu danken ist mir heute eine liebe Pflicht.

An Hermann Scholz, Calw

10. Januar 1954

Lieber Herr Scholz

Es ist recht, daß Sie wieder einmal geschrieben haben.

...

Ihre Wandlungen sind sehr gut zusammengefaßt in der von Ihnen mitgeteilten Notiz Ihres Tagebuchs über Gewalt und Gewaltlosigkeit. Ihre Notiz endet: „Das Leben ist mir zu kostbar um Zeit zu verlieren", zu kostbar also, um Geduld zu haben und sich im Denken zu üben, und so ist es denn ein Bekenntnis zur Gewalt, weil es da vermeintlich schneller geht. So dachte Hitler auch, und Stalin ebenso, und nicht anders dachte Eisenhower, und die Welt und der Friede sind dadurch um keinen Schritt weiter gekommen. – Aber jetzt haben Sie also Zeit und Geduld und befreunden sich wieder mit der Gewaltlosigkeit. Das ist ein nahezu normaler Ablauf, es ist nichts dagegen zu sagen, höchstens daß es schade ist, daß die Mehrzahl der Menschen, solang sie kräftig und jung sind, mit der Gewalt liebäugeln, und an der Gewaltlosigkeit erst Geschmack finden, wenn sie müde sind.

Zwischen Marx und mir ist, abgesehen von den viel größeren Dimensionen von Marx, der Unterschied der: Marx will die Welt ändern, ich aber den einzelnen Menschen. Er wendet sich an Massen, ich an Individuen . . .

. . . Calw habe ich seit zwanzig Jahren nicht mehr gesehen. Doch höre ich viel von dort, teils durch meine dortigen Basen, teils durch Leute, die Calw besuchen und mir drüber berichten. Ich möchte und werde es nicht wiedersehn, aber die paar Kinderjahre dort bedeuten mir immer noch so etwas wie Heimat.

Falls Sie sich ein Buch von mir wünschen, will ich gern den Wunsch zu erfüllen suchen. Einiges ist zwar noch immer nicht zu haben, aber das Meiste doch.

Mit guten Wünschen grüßt Sie Ihr

An eine Leserin in Holstein

11. Januar 1954

Liebes Fräulein

Ihr Brief hat mir, alles in allem, gut gefallen und Freude gemacht. Ich danke Ihnen dafür.

Aber Sie sagen darin, Sie hätten „fast alle" meine Bücher gelesen, und doch tun Sie in Ihrem Brief so, als hätte ich nur den „Demian", den „Steppenwolf" und den „Goldmund" geschrieben, Bücher, in denen das Individuum sich gegen die Riesenlast der Gebote wehrt und die Natur ihr Recht gegenüber dem Geist zu wahren sucht. Und auch noch in diesen Büchern steht unangetastet der Geist, steht die große ewige Forderung an den Menschen, das Höchste aus sich zu machen oder mindestens jene geistige Welt zu achten. Es steht dem Steppenwolf der Traktat und die Lehre vom Geist und von den Unsterblichen, es steht dem Goldmund Narziß gegenüber. Und außerdem ist ja auch der „Siddhartha", ist die „Morgenlandfahrt", ist das „Glasperlenspiel" und noch vieles andre da. Ist das alles an Ihnen abgeglitten?

Nein, so ist es nicht. Aber Sie haben die Tugend und die Güte, die Lehren von Menschlichkeit und Liebe nicht nötig gehabt, sie waren Ihnen längst bekannt und vertraut, während der unerlöste Teil in Ihnen, der von jenen Lehren allein nicht satt wurde, die Sinclair- und Steppenwolfnöte in sich sog und dann vor den etwaigen Konsequenzen zurückschreckte. So kam es zu Ihrem Brief, und das ist gut, es wird Sie, auch ohne meine Antwort, weiter bringen ...

An Dr. R. St., Lugano

15. Januar 1954

Hochgeschätzter Herr Dr. St.

Es tut mir sehr leid, daß die törichte Veröffentlichung meines Gedichtes* in Olten, ausgerechnet am Weihnachtstag, auch vor Ihre Augen gekommen ist und Ihr Ärgernis erregt hat. Daß Sie mir das „ohne Haß" mitteilen, dafür danke ich Ihnen.

Das Gedicht steht seit vielen Jahren in der Gesamtausgabe meiner Gedichte, und daß ein Oltener Blatt, ohne um Erlaubnis zu fragen, es sich angeeignet und es im unpassendsten Moment publiziert hat, daran bin ich unschuldig.

Sie haben so wenig wie die katholischen Blätter, die sich

beeilt haben, das Gedicht mit keineswegs haßfreien Kommentaren ihren Lesern weiterzugeben, sich die Mühe genommen, das Gedicht richtig zu lesen. Es ist nicht eine Meinungsäußerung des Dichters, sondern ein Schrei aus dem Mund der Armen, Rechtlosen und Elenden, denen zeitlebens meine Liebe galt und deren Anwalt und Sprecher ich oft gewesen bin. In dem Gedicht sprechen diese Armen und Elenden, die von der Kirche und den Priestern wenig halten, dennoch ihre Liebe zum Heiland aus.

Geschrieben aber wurde dies Gedicht zu einer Zeit, da italienische Erzbischöfe den Raubkriegen Mussolinis und seinen Kriegsschiffen und Flugzeugen ihren Segen gaben. Es gab damals unter den armen Teufeln, die Mussolini als Schlachtvieh nach Afrika schickte, nicht wenige, die bei solchen Anlässen den letzten Rest von Glauben an diese Priester verloren.

Dies war die historische Situation, in der das Gedicht entstand.

Etwas andres ist es, wenn nun heute eine Zeitung ohne Berechtigung und ohne mein Wissen mein Gedicht abdruckt. Hätte sie mich, wie es moralisch und juristisch richtig gewesen wäre, um meine Erlaubnis dazu gebeten, so hätte ich den Abdruck verhindert, denn es liegt mir nicht das mindeste daran, gläubige Leser zu skandalisieren.

Mit freundlichem Gruß Ihr

* Du bist gestorben, lieber Bruder Christ.

An die „Baltische Rundschau“, Bovenden über Göttingen

Im Januar 1954

Sehr geschätzter Herr von Behr

Mich als Balten zu bezeichnen, weil mein Vater Balte war, wäre doch wohl unrichtig. Ich habe zwar einen baltischen Vater, habe durch ihn von Kind auf viel vom deutschbaltischen Land und Leben vernommen, aber ich habe weder meine baltischen Großeltern noch die Ostsee noch die baltischen Provinzen je mit Augen gesehen. Dennoch war das Baltentum meines Vaters, das ihn in Schwaben wie in der Schweiz, wo wir lebten, zum Fremden machte, eine wichtige und wirksame Tatsache in meiner Kindheit und Jugend. Mein Vater war ein Fremder, überall, seit er als ganz junger Mann seine Heimat verließ. Er hat weder in Basel noch in Calw noch in Korntal je Wurzel geschlagen, die schwäbische Mundart blieb ihm fremd wie die alemannische, er hat nie den Versuch gemacht, sich ihr anzupassen, und hat inmitten der behaglich-kleinbürgerlichen süddeutschen Welt, in der er lebte, immer wie ein sehr höflicher, sehr fremder und einsamer, wenig verstandener Gast gewirkt, was ich schon als Kind zum Teil mitfühlen konnte. Es kam hinzu, daß unsre Familie der völlig internationalen Gemeinschaft der Missionsleute angehörte und daß die Mutter meiner Mutter, eine französisch sprechende Schweizerin, ebenfalls in unsrem Lebensraume zeitlebens eine Fremde blieb. Dies waren die Grundlagen für eine Isolierung und für ein Gefeitsein gegen jeden Nationalismus, die in meinem Leben bestimmend geblieben sind. Man mag diese Heimatlosigkeit verschieden bewerten. Etwas fraglos Positives und Wertvolles aber war die Tatsache, daß wir Kinder, die wir abwechselnd die schwäbische und die alemannische Mundart sprachen und von ihr umgeben waren, durch den Vater tagtäglich ein reines, schönes Hochdeutsch zu hören bekamen.

Mehr kann ich zur Ihrer Frage nicht sagen.

Mit ergebenen Grüßen

An Herrn F. L. in Z.

Januar 1954

Lieber Herr L.

Sie haben eine Scheu davor, Ihre Gedichte „vor aller Öffentlichkeit“ erscheinen zu lassen, das ist begreiflich. Der Schritt in die Öffentlichkeit ist ein Wagnis, er kann zweierlei

Arten der Enttäuschung bringen: die der Erfolglosigkeit, oder die andere, die des Erfolgs und der Berühmtheit, das schmeckt eine kleine Weile gut und wird dann bitter und immer bitterer.

Aber ich glaube, wem es mit seiner Dichtung voller Ernst ist, der muß es wagen, eine dieser beiden Formen der Enttäuschung auf sich zu nehmen. Das Dichten im Poetenstübchen, bei geschlossenen Fenstern und ohne Wagnis, ist angenehmer, aber es muß irgend einmal ein Ende haben. Der Künstler braucht die Teilnahme und Mitverantwortung am Ganzen, er kann durch die Berührung mit der Außenwelt und Öffentlichkeit etwas Unersetzliches erleben und lernen.

Ohne mehr von Ihnen zu wissen als was Ihr Brief mir sagt, bin ich also dafür, daß Sie es wagen.

An G. R., Abiturient

Januar 1954

Lieber Herr R.

. . . Nach meiner Meinung sind in meiner Generation weit mehr Menschenleben durch allzugroße Einschnürung und Hemmung des Trieblebens verpfuscht worden als durch das Gegenteil. Darum habe ich in einigen meiner Bücher mich zum Anwalt und Helfer dieses unterdrückten Trieblebens gemacht – aber nie, ohne die Ehrfurcht vor den hohen Forderungen beiseite zu lassen, die von den Weisen und von den Religionen gestellt werden. Unser Ziel ist auch nicht: auf Kosten unsrer Natur zu lauter Geist zu werden. Unser Ziel ist auch nicht: auf Kosten der Güte, der Liebe und Menschlichkeit ein möglichst wildes Willkürleben zu führen. Sondern wir müssen zwischen den beiden Forderungen, denen der Natur und denen des Geistes, unsern Weg suchen, aber nicht einen starren Mittelweg, sondern jeder seinen eigenen, elastischen, auf welchem Freiheit und Bindung abwechseln wie Einatmen und Ausatmen. Und ich glaube, daß Sie der

Versuchung, Ihre Freundin zu „verraten", recht wohl werden widerstehen können. Mit freundlichem Gruß

An Herrn Stadtpfarrer Daur, Stuttgart

Januar 1954

Lieber Herr Daur

Danke für beides, Broschüre und Briefchen.

Ich gehöre zu den Kriegsgegnern aus nicht christlichen Gründen. Es würde für mich, wenn ich einer Kirche angehörte, z. B. die Frage entstehen können: „Darf ein Kriegsgegner einer Kirche angehören, die den Krieg billigt und segnet?" Denn aus einer Kirche kann jeder austreten, aus ihrem Staat aber können es die Wenigsten.

Aber auch ich sehe, wie Sie, nicht eine Kirche sondern das persönliche Gewissen für die letzte Instanz an, darum gefällt mir in Ihrer Schrift besonders der Schluß und der Hinweis auf jenen Artikel des Bonner Grundgesetzes. Von diesem Punkt aus kann in Deutschland Christ und Heide gemeinsam denken und zu wirken suchen.

An einen praktischen Erfolg glaube ich nicht. Aber ich bin auch darin mit Ihnen einig, daß Jeder, dem es ernst ist, trotzdem den aussichtslosen Kampf führen muß. Die Würde des Menschen steht und fällt damit, daß er sich Ziele im Unerreichbaren setzen kann, wie seine Tragik darin liegt, daß er den Weltlauf und die Praktiken der Welt gegen sich hat. Herzlich grüßt Sie

An eine deutsche Studentin

Auszug aus dem Brief einer deutschen Studentin an mich:

„... Nun komme ich zum Grunde meines Schreibens. Als ich zum erstenmale ein Buch von Ihnen las (es war ‚Demian'), fand ich vieles, was ich selbst schon mehr oder weniger unbewußt empfunden hatte ... Ich interessierte mich natürlich mehr und mehr für Ihre Werke und las alles, was ich erlangen konnte. Mein Lieblingsbuch ist seit dieser Zeit das ‚Glasperlenspiel'. Neulich unterhielt ich mich nun mit einem guten Bekannten, einem Professor der Theologie, über Ihre Werke. Natürlich nahm er, als Vertreter der katholischen Kirche, daran Anstoß, daß Sie das Gewissen als einzige Richtschnur für das Handeln eines Menschen darlegen. Er verurteilte besonders ‚Demian', in dem Sie schreiben: ‚Man darf nichts fürchten und nichts für verboten halten, was die Seele in uns wünscht. Jeder muß für sich selber finden, was erlaubt und was verboten – *ihm* verboten ist ...' Der Theologe hielt das für sehr gefährlich und bezeichnete es als ‚Weg zur Selbstvergötzung und deren Rechtfertigung'. Ich trat natürlich mit all meiner Begeisterung für Ihre Worte ein, konnte ihn aber nicht überzeugen. Schließlich gab er mir zur Antwort, und ich weiß nicht, ob es war um mich zu beruhigen oder um Sie vor seinen eigenen Augen zu rechtfertigen, da er Ihre Werke trotzdem liebt, Sie selbst hätten einmal deutlich erklärt, Sie stünden nicht hinter Ihren Gestalten (und somit hinter deren Ansichten), diese Gedanken seien nicht Ihre eigenen, sondern Sie wollten nur den modernen Menschen darstellen, ähnlich wie Gertrud von Le Fort, wollten ihn nur schonungslos abkonterfeien und selbst gleichsam spöttisch lächelnd außerhalb stehen. Ich glaubte natürlich kein Wort davon, aber der Bekannte erklärte immer wieder, Sie selbst hätten das einmal ausgesprochen.

Sehr geehrter Herr Hesse, ich kann und will das nicht glauben! Wenn Sie Ihre Werke nicht aus eigenem innerem Erleben entstehen ließen, dann kann das bei anderen Dichtern erst recht nicht der Fall sein! Ich bitte Sie nun wirklich von ganzem Herzen, falls mein Brief nicht sowieso ungelesen in Ihren Papierkorb fliegt, meine Überzeugung zu bestätigen ... Ich sehe mit großer Zuversicht Ihrer Antwort entgegen ..."

März 1954

Liebes Fräulein

Sie haben sich Ihre Frage ja selbst schon beantwortet und ich kann Ihrer Antwort nur zustimmen. Wenn es so wäre, wie Ihr Bekannter meint, dann wäre es besser, Sie würden meine Bücher für immer weglegen. Ich habe keinen Grund, an seiner Aufrichtigkeit zu zweifeln, es ist ganz wohl möglich, daß ich irgend einmal in einem Brief oder Aufsatz mich dagegen gewehrt habe, auf eine einzelne Äußerung zeitlebens festgenagelt und eingereiht zu werden, und daß der Professor sich dieses Wort gemerkt und falsche Schlüsse daraus gezogen hat. Als Vertreter seiner Kirche hat er auch das Recht, meine Meinungen abzulehnen und zu bekämpfen. Ich gebe zu, daß diese Meinungen unter Umständen auch gefährlich werden können, und halte es für möglich, daß gelegentlich ein schwacher Mensch durch sie irregeführt und bis zum Selbstmord gebracht worden ist. Doch glaube ich nicht, daß durch meine Schriften oder andere Schriften ähnlichen Geistes jemals so viele schwache junge Menschenleben zum Scheitern gebracht worden sind wie durch die Härte orthodoxer Schulen und Lehrer.

Meine Dichtungen sind alle ohne Absichten, ohne Tendenzen entstanden. Wenn ich aber nachträglich nach einem gemeinsamen Sinn in ihnen suche, so finde ich allerdings einen solchen: vom „Camenzind“ bis zum „Steppenwolf“ und „Josef Knecht“ können sie alle als eine Verteidigung (zuweilen auch als Notschrei) der Persönlichkeit, des Individuums gedeutet werden. Der einzelne, einmalige Mensch mit seinen Erbschaften und Möglichkeiten, seinen Gaben und Neigungen ist ein zartes, gebrechliches Ding, er kann wohl einen Anwalt brauchen. Und so wie er alle großen und starken Mächte gegen sich hat: den Staat, die Schule, die Kirchen, die Kollektive jeder Art, die Patrioten, die Orthodoxen und Katholiken aller Lager, die Kommunisten oder Faschisten nicht minder, so habe ich und haben meine Bücher immer alle diese Mächte gegen sich gehabt und bekamen ihre Kampfmittel, die anständigen wie die brutalen und gemeinen, zu spüren. Es wurde mir tausendmal bestätigt, wie gefährdet, schutzlos und angefeindet der Einzelne, der nicht Gleichgeschaltete in der Welt steht, wie sehr er des Schutzes, der Ermutigung, der Liebe bedarf. Zugleich zeigte sich aber im Laufe meiner Erfahrungen auch, daß in allen Lagern und Gemeinschaften, von den christlichen bis zu den kommunistischen und faschistischen, Unzählige vorhanden sind, denen die Gleichschaltung trotz ihrer Vorteile und Bequemlichkeiten nicht genügt, deren Seele in der Orthodoxie notleidet. Und so stehen den massiven Ablehnungen und Angriffen der Kollektive Tausende von mehr oder weniger ratlosen Fragen und Beichten Einzelner gegenüber, denen meine Bücher (und natürlich nicht nur die meinen) etwas wie Wärme, Trost, Aufrichtung geben. Sie fühlen sich von ihnen aber nicht immer nur bestärkt und ermuntert, sondern recht oft auch verführt und verwirrt; denn sie sind an die Sprache der Kirchen und Staaten, an die Sprache der Orthodoxien, der Katechismen, der Programme gewöhnt, an eine Sprache, die den Zweifel nicht kennt und keine andere Antwort erwartet und duldet als die des Glaubens und Gehorsams. Es gibt eine Menge von jungen Leuten unter meinen Lesern, die nach kurzer Begeisterung für „Demian", für „Steppenwolf" oder „Goldmund" gern wieder zu ihrem Katechismus oder zu ihrem Marx oder Lenin oder Hitler zurückkehren. Und dann wieder gibt es solche, die sich nach dem Lesen solcher Bücher nun allen Gemeinsamkeiten und Bindungen entziehen zu müssen meinen und sich dabei auf mich berufen. Ich vertraue aber darauf, daß es auch sehr viele andere gebe, die aus unsern Dichtungen so viel aufnehmen, als ihre Natur erlaubt, die einen Autor wie mich als Anwalt des Individuums, der Seele, des Gewissens gelten lassen, ohne sich ihm wie einem Katechismus, einer Orthodoxie, einem Marschbefehl unterzuordnen und ohne die hohen Werte der Gemeinschaft und Einordnung über Bord zu werfen. Denn diese Leser spüren, daß es mir weder um die Zerstörung der Ordnungen und Bindungen zu tun ist, ohne die ein menschliches Zusammenleben unmöglich wäre, noch um die Vergottung des Einzelnen, sondern um ein Leben, in dem Liebe, Schönheit und Ordnung herrschen, um ein Zusammenleben, in dem der Mensch nicht zum Herdenvieh wird, sondern die Würde, die Schönheit und die Tragik seiner Einmaligkeit behalten darf. Ich zweifle nicht daran, daß ich zuweilen geirrt und gefehlt habe, daß ich manchmal allzu leidenschaftlich war und daß mancher junge Leser durch Worte von mir verwirrt und gefährdet worden ist. Aber wenn Sie die Mächte betrachten, die in der heutigen Welt der Entwicklung des Einzelnen zur Persönlichkeit, zum Vollmenschen hindernd entgegenstehen, wenn Sie den phantasiearmen, schwach beseelten, den ganz nur angepaßten, nur gehorsamen, nur gleichgeschalteten Typus Mensch betrachten, der das Ideal der großen Kollektive und vor allem des Staates ist, dann wird es Ihnen nicht schwerfallen, für die kämpferischen Gebärden des kleinen Don Quichote gegen die großen Windmühlen Verständnis und Nachsicht aufzubringen. Der Kampf scheint aussichtslos und unsinnig. Viele bringt er zum Lachen. Und doch muß er gekämpft werden, und doch hat Don Quichote nicht minder Recht als die Windmühlen.

Mit freundlichen Grüßen

An Frau von Peschke, München

März 1954

Verehrte Frau von Peschke

Danke für Ihren lieben Brief.

Es tut mir sehr leid, daß Sie mich nicht angefragt haben, ehe Sie sich die Mühe machten, das Hörspiel aus „Siddhartha" zusammenzustellen. Denn die Erlaubnis zur Sendung dieses Spiels kann ich nicht geben, es ginge gegen alle meine Grundsätze. Ich suche nicht eine Vergrößerung meines Wirkungskreises, und halte es für notwendig, daß der, der etwas an „Siddhartha" haben will, sich die Mühe der langsamen und womöglich mehrmaligen Lektüre mache. Meine Worte in gekürzter Form von Leuten des Rundfunks sprechen zu lassen, wäre mir ein Greuel. Und daß die Hörer etwas Ernstliches davon haben könnten, wenn sie statt der Vertiefung in ein Buch inmitten des üblichen Unterhaltungsprogramms sich das Spiel anhören, glaube ich nicht. Ich glaube nicht an die Quantität und glaube nicht an den Wert von Überschwemmungen des Volkes mit denkerischen oder dichterischen Werken. Kurz, ich kann die Erlaubnis zur Sendung nicht geben. – – Daß Ihre Arbeit mit voller Liebe und Schonung gemacht ist, hat schon die erste Durchsicht mir gezeigt. Es ist nicht Ihre Art der Bearbeitung, die ich ablehne, sondern ich lehne den Apparat des Rundfunks an sich für diesen Zweck ab. Noch eine Frage: Darf ich Ihr Manuscript behalten? Wenn ja, dann würde ich Ihnen als Gegengabe ein Buch von mir geben, falls Sie sich eines wünschen. Mit freundlichen Grüßen

An Frau I. S., Buenos Aires

März 1954

Verehrte Frau S.

Soviel ich aus Ihrem Brief sehen kann, leiden Sie an einer Einseitigkeit des Strebens, nämlich an dem Bemühen, das Rätsel der Welt und Wirklichkeit auf rationalem Weg, durch Denken, zu lösen. Wir kommen dem Geheimnis aber so nicht bei, wir müssen und sollen zwar unsern Verstand gebrauchen und üben, aber nicht allein auf ihn hören. Die einfachen gesunden Menschen, das „Volk“, werden mit dem Leben und seinen Abgründen dadurch fertig, daß sie sich in den Aufgaben und Freuden des Tags und der Stunde ausleben. Die Geistigen, die mit dem Zwang zum Denken, können in diese Unschuld nicht heimkehren. Sie brauchen ein Gegengewicht gegen die Intelligenz und ihre Eitelkeit, und dieses Gegenmittel ist die Befreundung mit der Natur. Die meisten „Gebildeten“ benützen dazu, soweit sie nicht selber Künstler sind, die Kunst, sie finden im Betätigen oder Genießen von Malerei, Musik, Dichtung die Verbindung mit den Urkräften. Wem dies nicht genügt, um ein Gleichgewicht zu finden, der bedarf der Meditation, der Betrachtung und Versenkung. Der Weg dazu ist Yoga. Es gibt tausend Bücher darüber, die ich nicht gelesen habe, und es gibt, z. B. in Nordamerika, auch

Yoga-Schulen, zum Teil mit indischen Lehrern. Auch sie kenne ich nur vom Hörensagen. Was ich zu gewissen Zeiten meines Lebens an Meditation nötig hatte, habe ich mir selbst erfunden, es ist nicht lehrbar und mitteilbar. Aber über jene Bücher und Schulen werden Sie gewiß manches erfahren können. Ich glaube, es wäre gut für Sie. Und auch von Ihrem Töchterchen, glaube ich, könnten Sie lernen. Sie haben sich ein hohes und edles Ziel gesteckt, aber darüber sehen Sie oft nicht, wie blau der Himmel ist.

Ich habe ungern geantwortet. Auch die besten Weisheiten werden beim Formulieren und Aussprechen leicht banal. Mit freundlichen Grüßen

An Martha Saalfeld

April 1954

Verehrte Frau Saalfeld

Ihr Buch „Pan ging vorüber" ist nun gekommen und ich habe es schon gelesen, leider ohne meine Frau, die wieder auf einer Reise in griechischen und kleinasiatischen Gewässern ist. Da ist Ihnen eine reine, schöne Dichtung gelungen, der ich viele, viele Freunde wünsche. Die Gestalt des jungen Mädchens und ihres sommerlichen Gartentraumes ist von einer blumenhaften und rührenden Schönheit, wie man sie in der heutigen deutschen Prosadichtung sehr selten findet, diese holde Gestalt ist vollkommen im Gleichgewicht und kein Strich in ihrer Zeichnung, den man anders wünschte. Von den andern Figuren des Buches scheint mir die Abwesende, Tote, die Großtante Sabine, am meisten Realität und Gegenwart zu haben, und auch das ist dichterisch und geheimnisvoll und richtig. Wenn die übrigen Gestalten Ihrer Dichtung, die Nebenfiguren, weniger Realität haben, so verstärkt das die Wirkung der Kernfigur und ihres Zaubergartens, in dem alles lebt und spricht, vom Vogel und der Schlange bis zur Wasserleitung und wo jeder Baum und Busch einem vertraut und lieb wird, wenn man zu lesen und zu horchen versteht. Ich würde mich nicht wundern, wenn die Kritik Ihrem Buch gegenüber sich blamieren sollte, es ist ein wenig zu fürchten. Aber ich vertraue dennoch auf die sanfte Gewalt Ihrer Dichtung.

Mit guten Wünschen und Grüßen

An Herrn W. K., Stuttgart

April 1954

Lieber Herr W. K.

Danke für Ihr Büchlein Briefe!

Ich kann zu Ihren Vorschlägen für die Zukunft Deutschlands und Europas nichts Eigenes sagen, ich habe zur Politik keine andre Begabung als die des Wachseins, nicht aber eine positive, schöpferische Begabung, es gehört dazu mehr als der gute Wille.

Über das, was zu wünschen und zu erstreben wäre, bestehen keine großen Differenzen zwischen Ihnen und den meisten aktiven Politikern. Daß Friede besser wäre als Krieg und aufbauende Arbeit besser als Rüsten, und daß ein etwa nach Schweizer Vorbild föderativ aufgebauter Bund ein friedliches Europa ergeben könnte – darüber bin nicht nur ich mit Ihnen einig, sondern auch die Mehrzahl der heutigen Staatsmänner. Diese Wünsche sind nicht neu.

Aber wie diese Wünsche zu verwirklichen wären, d. h. wie man die Völker dazu überreden oder zwingen könnte, das Gute und Wünschbare zu tun, darüber wissen weder die Regierungen noch Sie noch ich das Geringste. Was Sie auf Seite 37 sagen: „Wenn ein Staatsmann das Genie besäße, den Geist von Beethovens Agnus Dei mit den Notwendigkeiten der Politik zu verbinden“, das ist so, wie wenn Einer sagen würde: Man brauchte nur die Temperatur am Nordpol um 25 Grad zu heben und am Äquator entsprechend zu senken, so wäre der Menschheit geholfen. Außerdem ist das Agnus

Dei keine Erfindung Beethovens, er ist nur einer der Unzähligen, die Messen komponiert haben.

Ich habe in meinem langen Leben es immer wieder mit Kollegen von Ihnen zu tun gehabt, mit Leuten, die in Privatbriefen an Politiker oder Prominente den Versuch machen, die Welt zu beeinflussen. Jeder von ihnen weiß genau, was zu tun wäre, aber keiner weiß das Wie, und jeder erleichtert sich sein Herz dadurch, daß er die Verantwortung für das Ausbleiben der Rettung den Adressaten seiner Briefe zuschiebt. Ich habe es mir längst abgewöhnt, auf solche Briefe zu antworten. Wenn ich bei Ihnen eine Ausnahme machte, so tat ich es, weil ich Ihnen die Redlichkeit Ihres Strebens glaube und es bedaure, daß Ihr guter Wille das Heil auf Wegen sucht, die zu nichts führen.

Mit freundlichem Gruß

An Fräulein M. H., München

Juli 1954

Danke für Ihren Brief.

... Ihre Gedichte gefallen mir durchaus, sie sind schön. Aber sie zehren ganz aus dem Schatz der Tradition, sie führen nicht weiter, sie sind von den modernen Problemen, auch den Formproblemen, unberührt. Das vermindert ihren Wert für uns ältere Leute nicht, im Grunde haben wir die überkommene Schönheit lieber als die wilde Problematik der Jungen. Aber ein heutiger Mensch Ihres Alters hat als Dichter, glaube ich, keine Zukunft, wenn er nicht durch die Höllen jener Probleme gegangen ist, er kann zwar die Alten erfreuen, nicht aber die Jungen überzeugen.

Lassen Sie, ehe Sie sich entschließen, mein Urteil aber nicht das einzige sein, auf das Sie hören.

An eine Leserin in Amerika

Ende Juli 1954

Das Merkwürdige an Ihrem Brief ist nicht der Inhalt Ihres Traumes, sondern der Umstand, daß Sie unmittelbar nach diesem Traum durch meine Drucksache die Mahnung erhielten, auf Träume zu achten. Man kann solche Mahnungen beachten oder überhören, es sind unerklärbare „Zufälle", denen nur wir selbst, die Erlebenden, einen Sinn geben können. Das haben Sie mit Ihrem Brief getan. Ich kann Ihren Traum nicht deuten, das könnten nur Sie selbst, aber er hat Sie mit bisher unbeachteten neuen Seiten und Möglichkeiten Ihres Ich bekannt gemacht, in der wunderlichen und doch so dichterischen Sprache des Traumes. Und gerade das ist es, was auch in Martins Tagebuch gemeint ist.

Wenn Sie lernen wollen, Ihre Träume rational zu deuten, so gibt es nur den Weg über die Schriften von Siegmund Freud. Doch werden Sie neben einer anstrengenden Tagesarbeit, kaum sich darauf einlassen können. Aber auch ohne bis zu einer rationalen Deutung vorzudringen, kann man doch aus seinen Träumen manchen Wink, manchen Antrieb und manche Warnung bekommen. Es bedeutet schon viel, wenn man überhaupt auf ihre Stimme hört und etwas von ihrer Magie mit in das Tagesleben nimmt. Versuchen Sie es . . .

An Frau B. G., Frankfurt am Main

Sils Maria, Ende Juli/Anfang August 1954

Liebe Frau G.

Danke für Ihren Brief mit dem Ausschnitt über den armen amerikanischen Verurteilten. Er hat mich zu spät erreicht, als daß ich noch weitere Erkundigungen einziehen und vielleicht den Versuch eines Hilferufs hätte machen können, denn Ihr

Brief hat mich erst verspätet in den Graubündner Bergen erreicht.

Aber auch wenn er etwas früher gekommen wäre, ist es sehr fraglich ob ich mich dazu entschlossen hätte. Ihr Hilferuf beruht auf dem Glauben, daß unsereiner, weil er ein berühmter Mann ist, in der Welt der rauhen Wirklichkeit mitzureden und Einfluß hätte. Es ist eher das Gegenteil der Fall. Weder europäische noch amerikanische Richter sehen es gern, wenn ihnen Literaten oder Gelehrte einen Rat erteilen wollen, der letzte eklatante Fall war der von Rosenberg, der trotz der Proteste der halben Welt mit seiner Frau in Amerika unschuldig hingerichtet wurde, auch Eisenhower hat von seinem Begnadigungsrecht keinen Gebrauch zu machen gewagt. Und so besteht immer die Gefahr, daß durch Proteste der Intellektuellen die Lage der Gefährdeten noch verschlechtert wird, und in jedem Fall wird der Wert solcher Proteste, der ohnehin winzig ist, durch ihre Häufigkeit noch mehr herabgedrückt. Genug, das Wesentliche ist damit gesagt. Wenn Chessman inzwischen seine Schuld durch den Tod gebüßt hat, so ist er vielen lebenslangen Plagen entgangen, die seine traurige Berühmtheit und die Sensationsgier von Publikum und Presse ihm bereitet hätte. Möge er in Frieden ruhen.

An Herrn Yang En-lin, Berlin-Treptow

Ende August 1954

Sehr geschätzter Herr

Ihr Brief vom 26. April konnte lange Zeit nicht beantwortet werden, ich bitte das zu entschuldigen.

Wie ich erfahre, sind in China die großen chinesischen Klassiker, die ich über alles verehre, heute verboten: Kung Fu Tse, Lao Tse, Dschuang Tse etc. Ich kann diese Nachricht nicht nachprüfen *. Aber ich möchte in einem Lande, das seine edelsten Geister nicht mehr erträgt und nicht mehr dulden will, lieber zu den Verbotenen als zu den Geduldeten gehören.

Mit vorzüglicher Hochachtung

* H. H. hatte dies in der Zeitschrift „Das Antiquariat", Wien, X. Jg., Nr. 13–16, Juli/Aug. 1954, gelesen.

An Professor Wilhelm Gundert, Schorndorf

September 1954

Lieber Wilhelm

Danke für Deinen Brief. Es war lieb von Dir, mir trotz Deiner Überbürdung so eingehend zu schreiben. Wir haben Deiner, während Ihr in Ulm waret, oft gedacht.

Mit dem Rundbrief** und meinem Bericht über Deinen Besuch hoffe ich Dir nicht zu nah getreten zu sein. Wieweit das Bild von Dir, das ich zu zeichnen versuchte, objektiv richtig sei, weiß ich natürlich nicht. Es ist das Bild, das ich subjektiv erlebt habe und in mir trage, mehr konnte ich nicht geben. Ich möchte weder Dein Selbstgefühl noch Deine Bescheidenheit verletzt haben. Es ist ja drollig: grade wenn man ein paar Atemzüge Osten und Buddhismus getan hat, meldet sich der Gegenpol wieder mit neuer Stärke, fast wie in Notwehr oder in Eifersucht. Eben noch wußte man genau, daß Rose, Weide und Rabe „nur" Namen und Spiel sind, daß sie wie alle Namen und Erscheinungen vertauschbar und Eins sind, und gleich darauf besteht unser Gefühl (bei mir ist es das des Künstlers, das ästhetische) mit doppelter Hartnäckigkeit darauf, daß trotzdem eben doch die Rose rot sei und der Rabe kra kra mache. Denn, so scheint uns dann, wir lieben ja den Raben nicht, weil er gar kein Rabe sondern nur eine der tausend Hieroglyphen ist, die alle das Gleiche bedeuten,

** Rundbrief aus Sils Maria, zuerst erschienen in der Neuen Zürcher Ztg., 18. 8. 54.

sondern wir lieben ihn und haben Freude an ihm, weil er ein Rabe und schwarz ist und kra kra macht. Wir sind, für Momente, der Einsicht in das Geheimnis der Einheit fähig, unsre Liebesfähigkeit aber beruht auf unsrer Fähigkeit, zu werten, subjektiv zu werten, ohne sie gibt es weder Kunst noch Liebe. Und wenn ich mich besinne, warum ich Dich gern habe und hoch werte, so sind es drei Gründe, die ich entdecke: die Gemeinsamkeit vieler früher Erinnerungen, die Gemeinsamkeit unsrer Liebe zum Osten, und dann der Umstand, daß ich unter allen Gundertnachkommen, die ich kenne, einzig bei Dir das Fortleben einer Art von Geistigkeit und Begabung finde, die ich am Großvater verehre. Von seinen Kindern, soweit ich sie kannte, hatte nur meine Mutter etwas davon, anders im Temperament und anders in der Art sich zu äußern, aber immerhin war das Erbe unverkennbar. Und daß nun von allen den Enkeln wenigstens Einer an diesem Erbe teilhat, ist für mich eine Freude und ein Plus im Leben.

Wir haben schöne Tage, der Sommer holt noch etwas vom Versäumten nach, und ich kann viel draußen sein. Wir haben die Patronin unsres Hauses, Frau Bodmer, zehn Tage bei uns gehabt, dann Ninons Geburtstag gefeiert, auch waren in letzter Zeit mehrere liebe und sehr anregende Besuche da, der hübscheste war der von Frau Wilhelm aus Bad Boll, der prachtvollen Blumhardttochter, die ich seit bald 30 Jahren nicht mehr gesehen hatte. Sie war ein paar Stunden bei uns, und vieles bei diesem Besuch hat mich an den Deinen erinnert.

Deines Bruders im Spital denke ich mit guten Wünschen, wir haben ihn beide gern und nehmen herzlich teil.

Wir beide grüßen Dich und Deine Frau und wünschen gute Tage

An Professor J. H. Wetzel, Überlingen a. Bodensee

2. Oktober 1954

Hochgeschätzter Herr Professor Wetzel

Danke für Ihren lieben Brief.

Er erinnert mich wieder an Ihre Spitteler-Biographie, von der ich hoffe und wünsche, sie möge ihre Vollendung erleben und mir noch, solange ich hier bin, in die Hände kommen. Daß diese Biographie manche Ähnlichkeiten mit der meinen hat, kann ich mir denken. Die historische Atmosphäre ist beinah die selbe, und die Wege und Irrwege des Einzelnen vom Bewußtwerden seiner Berufung an bis zu einer teilweisen Erfüllung mögen noch so verschieden sein, so liegt doch bei jedem geistigen Schicksal eine gewisse Vorbestimmung, etwas Typisches vor. Der Hauptunterschied zwischen der innern Biographie Spittelers und der meinen liegt wohl darin, daß der äußere Erfolg bei mir so früh sich einfand. Es blieben mir damit manche Härten erspart, dafür hatte ich die Gefahren des Erfolgs und einer frühen Verwöhnung zu bestehen, und bin dabei nicht fleckenlos geblieben.

Mit Ihrer Bemerkung zu Chamisso-Schumann werden Sie ebenfalls großenteils recht haben. Doch glaube ich, in diesem Cyklus wird auf die Dauer doch nur Schumann es sein, der seine Fortdauer rettet.

Ich lege ein Gedicht bei, das Sie vermutlich noch nicht kennen.

Mit herzlichen Grüßen Ihr

An Herrn W. M., Hamburg

Ende Oktober 1954

Sehr geehrter Herr M.

Danke für Ihren Brief. Es ist gut und es freut mich für Sie, daß Sie Ihren Weg und Ihre Heilung gefunden haben. Ich bin damit einverstanden und freue mich für Sie darüber. Es stört mich dabei nur ein wenig, daß Sie gleich allen Neubekehrten sofort auch zum Lehrer und Alles-Besserwisser werden, obwohl ich mit Ihrem Predigerton nichts anfangen kann. Das Leben wird Sie mit der Zeit wieder bescheidener machen. Möge es ohne Schmerzen geschehen!

Freundlich grüßt Sie

An Herrn G. H. in Berlin-Lichterfelde

Leicht gekürzte Kopie meiner Antwort auf seinen Brief

November 1954

Die Leute in Ostberlin haben eine freundliche Geste von mir zu einem Glückwunschtelegramm umgedichtet. Ich habe dem Ost-Festival nicht gratuliert. Dagegen habe ich einer westdeutschen Jugendgruppe, deren Präsident bis zu seinem Tode der greise Zeppelin-Kapitän Eckener war, und die sich durchaus neutral gab, geschrieben, daß ich durchaus für Aussprachen zwischen Jugendlichen beider Lager sei. Ich verschwieg nicht, daß ich der einseitig vom Osten ausgehenden Friedenspropaganda eine westliche gegenübergestellt sehen möchte.

Ich bin nie Kommunist gewesen und zeitlebens für Frieden und Gewaltlosigkeit eingetreten, was mir heute wie immer Prügel von beiden Seiten einträgt. Ich verabscheue Gewalt und Lüge, im Osten wie im Westen. Aber ich bin der Meinung, daß ein Friede nicht durch Wettrüsten, sondern nur durch den Willen zu ehrlichem Gespräch der Partner erreicht werden kann. Ich habe diese Ansichten, die auch die von Albert Schweitzer und Martin Buber sind, viele-vielemale ausgesprochen, und werde bei ihnen bleiben.

An Frau Margarete von Bendemann-Susman, Zürich

10. Dezember 1954

Verehrte Frau von Bendemann

Den offenen Brief schicke ich Ihnen unterzeichnet zurück. Ich habe gegen seine Formulierungen nichts einzuwenden. Dennoch habe ich vor dem Unterschreiben gezögert, weil ich an den Erfolg solcher Appelle nicht glaube. Als ich dann doch unterschrieb, tat ich es nicht, weil ich glaube, daß die angeredeten Minister unsern Brief lesen oder gar auf ihn hören werden, sondern weil ich die Kollegen und Gesinnungsgenossen in Deutschland, die gegen den Strom schwimmen, nicht im Stich lassen möchte.

Daß zwischen Ihnen und mir durch Ihren Brief noch so spät im Leben eine freundliche Begegnung oder doch Begrüßung stattgefunden hat, war mir eine Freude. In alter Hochschätzung

An Regina Ullmann, St. Gallen

Zum 15. Dezember 1954

Liebe und verehrte Regina Ullmann

Ihnen zum siebzigsten Geburtstag Gutes zu wünschen und einmal wieder für Ihre Dichtungen Dank zu sagen, wäre ein reines Vergnügen, wenn nicht dieser Haken dabei wäre: daß wir vom Erfolg verwöhnteren Kollegen mit Mißbehagen und sogar mit einem Anflug von schlechtem Gewissen zusehen müssen, wie eine so edle und reine dichterische Begabung und Leistung wie die Ihre zwar die höchste Anerkennung einer kleinen Elite, niemals aber die der Welt gefunden hat. Jener Anerkennung, die mit Rilke begann und seither immer wieder bestätigt und verstärkt wurde, steht eine ebenso beharrliche und, wie es scheint, unüberwindliche Taubheit und Blindheit der Leserwelt, der großen Presse und der Verleger gegenüber, und man kann an Sie und Ihr Werk nicht denken, ohne etwas wie Kränkung und Schmerz über diese Gleichgiltigkeit der Welt zu empfinden.

Denkt man dann weiter, so wird diese unwillkürliche Empfindung freilich sofort wieder fragwürdig. Denn unter Ihren Freunden und Kollegen können nur jene, die sich Ihres näheren Umgangs erfreuen, möglicherweise wissen, ob dies Gefühl von Kränkung und Bitterkeit von Ihnen selbst irgend geteilt wird, ob nicht vielmehr dies Verborgenbleiben Ihrem innersten Wesen und Wunsche durchaus entspricht. Eines aber wissen auch wir Fernerstehenden gewiß: daß Sie dem Erfolg niemals auch nur einen Schritt entgegenkommen und ihm das geringste Zugeständnis machen würden. Eben darum, weil wir dies unbedingte Vertrauen in die Reinheit und unabänderliche Treue Ihrer Kunstübung haben dürfen, lieben und verehren wir Sie ja auf eine besondere Art, der schon Ihr Freund Rilke Ausdruck gegeben hat. Am Ende, wir müssen es uns eingestehen, lieben und verehren wir auch Ihren Mangel an „Glück", denn er ist wohl mit Ihrer Art von Kunst untrennbar Eins und gehört zu ihr ebenso wie Ihr eigenwilliger Stil und die Eigenart Ihrer Schilderungsweise, die zuweilen umständlich und im Haften am Kleinen und Kleinsten mühsam erscheinen kann, und die wir dennoch am Ende jeder Erzählung nicht nur respektieren, sondern lieben und bewundern müssen.

Von Ihren Büchern ist eines mir so lieb wie das andre, doch bekenne ich, daß ich eine Vorliebe für jene Ihrer Erzählungen habe, die von Kindern handeln. Ich denke dabei vor allem an zwei mir teure Geschichten, an die ganz magische „Treppe" im „Brot der Stillen" und an die wunderbar vielschichtige Erzählung von der Kutsche. Indem ich sie nenne, spüre ich auch schon eine heftige Lust, sie beide wiederzulesen, und denke es sehr bald zu tun.

Mit allen guten Wünschen grüßt Sie herzlich Ihr

An Karl Fr. Borée, Darmstadt

Im Dezember 1954

Lieber Herr Borée

Danke für Ihren lieben Brief, der mir in jeder Hinsicht, vor allem in seiner Aufrichtigkeit, Freude gemacht hat.

Ich sehe die Dinge anders als Sie, gewiß, aber nicht in dem Sinn Ihres Briefes: daß Sie sich dem aktiven, ich mich dem kontemplativen Leben zugewandt und verpflichtet hätte. Für mich, der ich zwar christlich-protestantisch erzogen, dann aber an Indien und China geschult bin, sind alle diese Zweiteilungen der Welt und der Menschen in Gegensatzpaare nicht vorhanden. Für mich ist erster Glaubenssatz die Einheit hinter und über den Gegensätzen. Natürlich leugne ich nicht die Möglichkeit, solche Schemata aufzustellen wie „aktiv" und „kontemplativ", und leugne nicht, daß es nützlich sein kann, die Menschen auf Grund solcher Typenlehren zu beurteilen. Es gibt Aktive und es gibt Kontemplative. Aber dahinter steht die Einheit, und wirklich lebendig und im günstigen Fall vorbildlich ist für mich nur Der, der beide Gegensätze in sich hat. Ich habe nichts gegen den rastlosen Arbeiter und Schaffer, und habe auch nichts gegen den nabelbeschauenden Einsiedler, aber interessant oder gar vorbildlich kann ich beide nicht finden. Der Mensch, den ich suche und erwünsche, ist der, der sowohl der Gemeinschaft wie des Alleinseins, sowohl der Tat wie der Versenkung fähig ist. Und wenn ich in meinen Schriften, wie es scheint (ich selbst kann mich ja nicht von außen sehen) dem beschaulichen Leben den Vorzug vor dem tätigen gebe, so ist es vermutlich deswegen, weil ich unsre Welt und Zeit voll von aktiven, tüchtigen, rührigen, der Kontemplation aber unfähigen Menschen sehe. In jüngeren Jahren nannte ich diesen einseitig aufs Aktive gerichteten Menschentyp abendländisch, aber es ist ja längst auch der Osten „erwacht" und aktiv geworden ...

Sie haben den Eindruck gehabt, ich halte Sie für einen mir ähnlichen Typ, mehr zur Betrachtung als zur Tat neigend. Es ist möglich, daß dieser Eindruck nicht ganz Täuschung ist. Aber schon daß Sie das Bedürfnis hatten, den bei mir vermuteten Irrtum zu korrigieren, daß Ihnen die Wahrheit lieber ist als ein auf Kosten der Wahrheit erworbenes Wohlwollen, macht die Distanz zwischen Ihnen und mir nicht größer, sondern kleiner. Mir sind Sie mit Ihrem Bekenntnis zu Tat und Wirken durchaus verständlich und willkommen. Und wenn Sie mir sagen: „Ich stehe nicht nur tätig im Leben, sondern auch was ich schreibe, zielt immer auf unmittelbare Wirkung", so kann ich erwidern: Ich habe nicht nur viele Jahre lang einen großen Teil meiner Gedanken, meiner Zeit und meiner Arbeit unmittelbar praktischen Zwecken, nämlich der Linderung von Not in Folge der Kriege, gewidmet, sondern ich habe auch als Autor und Künstler nur die wenigen Male eine volle Befriedigung empfunden, wo ein Leser mir sagte, von der Zeit an, wo er ein Buch von mir, oder einen bestimmten Satz in einem Buch von mir gelesen habe, sei er zu etwas Neuem erwacht und sein Leben habe eine andre Richtung genommen.

Ich darf nicht verschweigen, daß Geständnisse dieser Art mich nur selten erreicht haben, tröstlicherweise sind sie aber doch geschehen. Und ich darf auch nicht verschweigen, daß es in den meisten Fällen nicht gedankliche und willensmäßige, sondern dichterische Äußerungen waren, die so gewirkt haben, und daß ich in jenen Leser-Bekenntnissen weniger eine Bestätigung meiner Gedanken empfand, deren ich eigentlich nicht bedurfte, sondern vor allem eine Rechtfertigung meines Tuns als Dichter, meines Spieles als Künstler. Und dieser Rechtfertigung bin ich recht oft bedürftig gewesen.

Mit herzlichen Grüßen

An Herrn Wöhrle

8. Januar 1955

Sehr geschätzter Herr Wöhrle

Danke für Ihren Brief!

Karl Isenberg ist richtig der, den Sie in ihm vermuten: zweiter Sohn meiner Mutter aus ihrer ersten Ehe, mein lieber Stiefbruder. Er war ein stiller, freundlich-heiterer, etwas schüchterner Mann, vielseitig begabt, vor allem sprachlich und musikalisch, guter Sänger und Klavierspieler. Ich habe ihn sehr geliebt und sehr betrauert, er starb im Frühjahr 1937 in Tübingen, wo er nach seiner Pensionierung lebte.

Und noch etwas sei Ihnen mitgeteilt: im „Glasperlenspiel" kommt Carlo Ferromonte vor. Dessen Urbild ist Carlo Isenberg, Sohn des Obigen, mein Neffe und Freund. Er war ein ebenso liebenswerter Charakter wie sein Vater und ein hochbegabter Musiker: Organist, Chordirigent, Cembalist. Er ist 1945 als Sanitäter im Osten umgekommen.

Mit freundlichen Grüßen Ihr

An Rudolf Pannwitz

Im Januar 1955

Verehrter Herr Pannwitz

Sie haben mich nach der Lesung des „Glasperlenspiels" mit einem Brief beschenkt, wie man ihn nur sehr selten bekommt; ich habe ihn mit Freude und Rührung gelesen und freue mich seiner als einer späten, unerwarteten Gabe. Denn wenn ich auch, zu meinem eigenen Erstaunen, mit Anerkennung und Erfolg im Alter eher verwöhnt worden bin, so kam doch das, was ich an Verständnis und Lob erfuhr, zum großen Teil von Lesern, die ich nicht als ganz kompetent empfinden konnte, die von dem komplexen Wesen einer Dichtung nur die Hälfte oder weniger sich anzueignen vermochten, und deren Anerkennung noch dadurch entwertet wurde, daß sie meistens auf ein Inanspruchnehmen der Dichtung für allzu unmittelbare praktische Zwecke hinauslief.

Und nun bringt mir Ihr Brief das Verständnis eines Geistes von höchstem Niveau, den ich mir, was kritisches Vermögen und Weite der Bildung betrifft, überlegen weiß, und der überdies mir als Dichter ehrwürdig ist.

Das ist für mich Altgewordenen, der im Grunde keine Wünsche mehr hat, ein edles Geschenk, für das ich Ihnen dankbar bleiben werde. Es beschämt mich, daß ich es nicht besser erwidern kann, aber ich bin weder ein guter Leser noch gar ein guter Briefschreiber mehr. Ich muß zufrieden sein, wenn die Hände und Augen noch ein ganz bescheidenes Tagewerk verrichten können, das längst nicht mehr der eigenen Produktion gilt.

Vielleicht darf ich Ihnen als kleine Gegengabe ein paar Erinnerungen aus der Entstehungszeit meines Buches aufschreiben, da Ihr Brief mir jene Zeit wieder wachgerufen hat.

Die Vorstellung, die den ersten Funken in mir entzündete, war die der Reinkarnation als Ausdrucksform für das Stabile im Fließenden, für die Kontinuität der Überlieferung und des Geisteslebens überhaupt. Es kam mir eines Tages, manche Jahre, bevor ich mit dem Versuch einer Niederschrift begann, die Vision eines individuellen, aber überzeitlichen Lebenslaufes: ich dachte mir einen Menschen, der in mehreren Wiedergeburten die großen Epochen der Menschheitsgeschichte miterlebt. Übriggeblieben ist von dieser ursprünglichen Intention, wie Sie sehen, die Reihe der Knechtschen Lebensläufe, die drei historischen und der kastalische. Es gab übrigens in meinem Plan noch einen weiteren Lebenslauf, ins 18. Jahrhundert als die Zeit der großen Musikblüte verlegt, ich habe auch an diesem Gebilde nahezu ein Jahr lang gearbeitet und ihm mehr Studien gewidmet als allen andern Biographien Knechts, aber es ist mir nicht geglückt, das Ding blieb als Fragment liegen. Die allzu genau bekannte und allzu reich dokumentierte Welt jenes Jahrhunderts entzog sich dem Einbau in die mehr legendären Räume der übrigen Leben Knechts.

In den Jahren, die zwischen der ersten Konzeption und dem wirklichen Beginn der Arbeit am Buche lagen und in denen ich noch zwei andre Aufgaben zu erfüllen hatte, hat die Dichtung, die später den Namen „Glasperlenspiel" bekam, mir in wechselnden Gestalten vorgeschwebt, bald in feierlichen, bald in mehr spielerischen. Es waren für mich Jahre leidlichen Wohlergehens nach einer ernsten Lebenskrise, und es waren auch Jahre der Erholung und wiederkehrenden Lebensfreude für das vom ersten Weltkrieg erschöpfte Deutschland und Europa. Zwar war ich in politischer Hinsicht wach und mißtrauisch geworden und glaubte nicht an die deutsche Republik und die deutsche Friedfertigkeit, aber die allgemeine Atmosphäre von Zuversicht, ja Behagen tat mir doch wohl. Ich lebte in der Schweiz, kam sehr selten nach Deutschland und habe die Hitlersche Bewegung lange Zeit nicht ernst genommen. Als sie nun aber, namentlich vom Bekanntwerden des sogenannten Bockenheimer Dokumentes an, mir in ihrer Gefährlichkeit und Dynamik sichtbar wurde, und als sie gar offenkundig zur Macht gelangte, war es freilich mit meinem Behagen zu Ende. Es kam mit den Reden Hitlers und seiner Minister, mit ihren Zeitungen und Broschüren etwas wie Giftgas aufgestiegen, eine Welle von Gemeinheit, Verlogenheit, hemmungsloser Streberei, eine Luft, die nicht zu atmen war. Es bedurfte der erst um Jahre später bekannt werdenden massiven Greuel nicht, es genügte dies Giftgas, diese Entheiligung der Sprache und Entthronung der Wahrheit, um mich wieder wie während der Kriegsjahre vor den Abgrund zu stellen. Die Luft war wieder giftig, das Leben war wieder in Frage gestellt. Dies war nun der Augenblick, in dem ich alle rettenden Kräfte in mir aufrufen und alles, was ich an Glauben besaß, nachprüfen und festigen mußte. Es war etwas heraufgekommen, weit schlimmer als einst der eitle Kaiser mit seinen halbgötterhaften Generälen, und würde vermutlich zu Schlimmerem führen als zu jener Art von Krieg, die wir kennen gelernt hatten. Inmitten dieser Drohungen und Gefahren für die physische und geistige Existenz eines Dichters deutscher Sprache griff ich zum Rettungsmittel aller Künstler, zur Produktion, und nahm den schon alten Plan wieder auf, der sich aber sofort unter dem Druck des Augenblicks stark verwandelte. Es galt für mich zweierlei: einen geistigen Raum aufzubauen, in dem ich atmen und leben könnte aller Vergiftung der Welt zum Trotz, eine Zuflucht und Burg, und zweitens den Widerstand des Geistes gegen die barbarischen Mächte zum Ausdruck zu bringen und womöglich meine Freunde drüben in Deutschland im Widerstand und Ausharren zu stärken.

Um den Raum zu schaffen, in dem ich Zuflucht, Stärkung und Lebensmut finden könnte, genügte es nicht, irgend eine Vergangenheit zu beschwören und liebevoll auszumalen, wie es etwa meinem früheren Plan entsprochen hätte. Ich mußte, der grinsenden Gegenwart zum Trotz, das Reich des Geistes und der Seele als existent und unüberwindlich sichtbar machen, so wurde meine Dichtung zur Utopie, das Bild wurde in die Zukunft projiziert, die üble Gegenwart in eine überstandene Vergangenheit gebannt. Und zu meiner eigenen Überraschung entstand die kastalische Welt wie von selbst. Sie brauchte nicht erdacht und konstruiert zu werden. Sie war, ohne daß ich es gewußt hatte, längst in mir präformiert. Und damit war der gesuchte Atemraum für mich gefunden.

Ich tat damals auch meinem Bedürfnis nach Protest gegen die Barbarei Genüge. In meinem ersten Manuskript gab es einige Abschnitte, namentlich in der Vorgeschichte, die mit Leidenschaft gegen die Diktatoren und die Vergewaltigung des Lebens und Geistes Stellung nahmen; diese in der endgültigen Fassung größernteils gestrichenen Kampfansagen wurden in meinem deutschen Freundeskreise heimlich abgeschrieben und verbreitet. Die Dichtung erschien noch während des Krieges in der Schweiz. Sie wurde von meinem deutschen Verleger in einer Abschrift, in der die krassesten antihitlerischen Stellen weggelassen waren, den deutschen Zensoren zwecks Erlangung der Druckerlaubnis vorgelegt, wurde von diesen aber natürlich abgelehnt. Später hatte die kämpferisch-protestierende Funktion meines Buches für mich keine Bedeutung mehr.

Genug davon! Ich gab den durch Ihren Brief geweckten Erinnerungen an die Zeit der Entstehung meines Buches Raum. Nehmen Sie sie freundlich auf und seien Sie mit guten Wünschen gegrüßt

An Herrn Gohlke, Berlin

Februar 1955

Lieber Herr Gohlke

Danke für Ihren lieben Brief mit der schönen Tuschezeichnung. Ihre Blättchen mit der Dämmerungsstimmung habe ich immer gern gehabt und jedes war mir willkommen und vertraut.

Ihre Betrachtungen über Weltgeschichte, Krieg und Sinn oder Unsinn des Ganzen kommen meinen eigenen Gedanken nahe, wir sind nicht weit voneinander. Doch kommt es für unser Verhalten im Leben nicht so sehr auf unsre Gedanken an als auf unsern Glauben. Ich glaube an keine religiöse Dogmatik, also auch nicht an einen Gott, der die Menschen geschaffen und es ihnen ermöglicht hat, den Fortschritt vom Einandertotschlagen mit Steinbeilen bis zum Töten mit Atomwaffen auszubilden und auf ihn stolz zu sein. Ich glaube also nicht, daß diese blutige Weltgeschichte ihren „Sinn“ im Plan eines überlegenen göttlichen Regenten habe, der sich damit etwas für uns nicht Erkennbares, aber Göttliches und Herrliches ausgedacht habe. Aber dennoch habe ich einen Glauben, ein zum Instinkt gewordenes Wissen oder Ahnen um einen Sinn des Lebens. Ich kann aus der Weltgeschichte nicht schließen, daß der Mensch gut, edel, friedliebend und selbstlos sei, aber daß unter den ihm gegebenen Möglichkeiten auch diese edle und schöne Möglichkeit, das Streben nach Güte, Frieden und Schönheit, vorhanden sei und unter glücklichen Umständen zur Blüte gelangen könne, das glaube und weiß ich gewiß, und wenn dieser Glaube einer Bestätigung bedürfte, so fände er in der Weltgeschichte neben den Eroberern, Diktatoren, Kriegshelden und Bombenherstellern auch die Erscheinungen Buddha, Sokrates, Jesus, die heiligen Schriften der Inder, Juden, Chinesen und alle die wunderbaren Werke friedlichen Menschengeistes in der Welt der Kunst. Ein Prophetenkopf aus dem Figurengewimmel am Portal eines Domes, ein paar Takte Musik von Monteverdi, Bach, Beethoven, ein Stückchen Leinwand von Rogier, von Guardi oder Renoir bemalt genügen, um dem ganzen Macht- und Kriegstheater der brutalen Weltgeschichte zu widersprechen und eine andere, beseelte, in sich beglückte Welt darzutun. Und überdies haben die Werke der Kunst weit sicherern und längeren Bestand als die Werke der Gewalt, sie überdauern sie um Jahrtausende.

Wenn wir, die wir an die Gewalt nicht glauben und uns ihren Ansprüchen möglichst zu entziehen suchen, dennoch zugeben müssen, daß es keinen Fortschritt gibt, daß die Welt nach wie vor von den Strebern, den Machtgierigen und Gewalttätern regiert wird, so kann man das, wenn man die schönen Worte liebt, tragisch nennen. Wir leben umgeben von Apparaten der Macht und Gewalt, oft knirschend vor Empörung über sie, oft der tödlichen Verzweiflung nah (Sie haben das in Stalingrad erlebt), wir dürsten nach Frieden, nach Schönheit, nach Freiheit für die Flüge unsrer Seele, und hätten oft genug Lust, den Herstellern der Atombomben das vorzeitige Losgehen ihrer Teufelsapparate zu wünschen – und wir lassen diese Empörung und diese Wünsche doch nicht zur Blüte kommen, wir fühlen, daß es uns verboten ist, der Gewalt mit Gewalt zu begegnen. Unsre Empörung und jene schlimmen Wünsche belehren uns darüber, daß die Scheidung der Menschenwelt in Gut und Böse keineswegs eine reinliche ist, daß das Böse nicht nur in den Strebern und Gewaltmenschen lebt, sondern auch in uns, die wir uns doch friedliebend und wohlmeinend wissen. Kein Zweifel, daß unsre Empörung „gerecht“ sei! Sie ist es. Aber sie läßt uns, die Verächter der Macht, doch für Augenblicke nach der Macht begehren, um ein Ende mit dem Unfug zu machen, um aufzuräumen. Wir schämen uns dieser Regungen und können doch ihre Wiederkehr nicht für immer verhindern. Wir haben teil am Bösen und am Krieg in der Welt. Und so oft wir diese unsre Zugehörigkeit erlebend erkennen, so oft wir uns ihrer schämen müssen, so oft wird uns auch deutlich, daß die Regenten der Welt keine Teufel sondern Menschen sind, daß sie das Böse nicht aus Bosheit tun oder zulassen, daß sie in einer Art von Blindheit und Unschuld handeln.

Denkerisch sind diese Widersprüche nicht zu lösen. Das Böse ist in der Welt, es ist in uns, es scheint mit dem Leben untrennbar verbunden. Dennoch spricht die heitere und schöne Seite der Natur, spricht die heitere und schöne Seite der Menschheitsgeschichte unübertönbar zu uns, beglückt und tröstet uns, mahnt uns und rührt uns, und weht Hoffnung in unser Dasein, das oft so hoffnungslos scheint. Und wie wir uns Friedliebende nicht vom Bösen frei wissen, so hoffen wir, daß auch in den Andern die Möglichkeit bestehe, zur Einsicht und zur Liebe zu erwachen.

An ein junges Mädchen

Februar 1955

Liebes Fräulein

Sie sind nicht so allein, wie es Ihnen scheint, und „die andern" sind keineswegs so glücklich oder so stumpf, wie es Ihnen scheint. Diese andern, und sei es auch nur Einer oder Eine von ihnen, müssen Sie zu erreichen suchen. Viele leiden das Selbe wie Sie, viele sind allein und finden sich von allen getrennt und verschieden, nur weil sie zu sehr in sich selbst verkapselt und verliebt sind und zu keinem andern hinfinden. Was ihr brauchet, ist Liebe, ist Hingabe, ist Gespräch, Offenheit, Mitteilung, Vertrauen. Solang ihr das nicht leistet, bleibt die Welt dunkel und das Leben sinnlos.

An Thomas Mann zum 6. Juni 1955

Februar 1955

Lieber Thomas Mann

War es nicht eben erst, daß Sie mir an dieser selben Stelle zum 70. Geburtstag gratuliert haben? Wir Alten wissen um die Unmeßbarkeit der Zeit und wundern uns nicht mehr über die Wandelbarkeit ihrer Erscheinungsformen, und so rufe ich Ihnen meinen Gruß zum Achtzigsten zu, als wäre seither nichts geschehen. Ich mache es kurz, da ich schon an anderem Ort gratuliert und etwas über die Motive meiner Verehrung und Liebe für Sie geschrieben habe.

Das letzte Neue, was ich von Ihnen las, war der herrliche Aufsatz über Tschechow. Von ihm verführt, habe ich auch Ihren kostbaren Essayband „Altes und Neues" wieder da und dort angebissen und mir eine so nachdenkliche wie genußreiche Stunde damit verschafft. Und ehe ich mich von dem Buch trennte, habe ich, obwohl ich sie seit dem ersten Lesen auswendig weiß, auch wieder die Schluß-Sätze Ihrer Betrachtung „Das Lieblingsgedicht" nachgeschlagen. Es gibt zur Zeit keinen Autor unserer Sprache, der Ihnen so etwas nachmacht. Ich denke dabei nicht an die Syntax, wohl aber an den Tonfall der Sätze, und noch mehr an die behutsam dosierte Mischung von Liebe und Schelmerei darin. Sie ist moderner und pointierter als bei Ihrem Meister Fontane, aber durchaus seines Geistes.

An einen Freund

März 1955

... Du weißt, ich habe zeitlebens ein sehr großes Maß an Einsamkeit und Absonderung gebraucht, ich habe nie an einer Dichter- oder Intellektuellentagung teilgenommen und gehöre nicht einmal dem PEN-Club an. Aber das war und ist eine physische, eine lebens-ökonomische Absonderung, nicht eine seelische. Ich hatte stets das Bedürfnis, zu lieben und womöglich Liebe zu erwecken, und hatte das besonders stark den Kollegen und Kameraden gegenüber. Ich bin, alles in allem, trotz meiner Zurückgezogenheit ein guter Kamerad gewesen, habe mit vielen Kollegen Bücher getauscht, bin ihnen ein aufmerksamer und wohlwollender Leser gewesen, habe mit manchem von ihnen durch Jahrzehnte Briefe gewechselt. ... Heut sind es ganz wenige mehr, zu denen ich das unbedingt vertrauensvolle und liebevolle Verhältnis von früher weiter pflegen kann. Sie sterben weg, Alte und Jüngere, und von den jüngsten Generationen trennt mich allzu Vieles, als daß die Beziehungen herzlich werden könnten. Nicht nur daß ihre Sprache und ihre Formprobleme nicht mehr die meinen sind, sondern es sind ihre Erlebnisse, es ist die ganze Art ihrer Existenz, es sind ihre Sorgen und Freuden andre als die meinen.

In letzter Zeit habe ich wieder zwei von jenen Kollegen verloren, denen ich mich liebevoll verbunden wußte, Ernst Penzoldt und die Monique Saint-Hélier.

Penzoldt kannte ich von zwei ganz kurzen Begegnungen her persönlich, auch haben wir manche Briefe gewechselt, und die seinen waren zuweilen mit sehr begabten und originellen Zeichnungen geschmückt. Einmal sandte er mir eine kleine farbige Zeichnung, Feder und Aquarell, sie stellte eine Vogelfeder dar und war so außerordentlich zart und naturtreu, daß manche Besucher, denen ich sie zeigte, sich täuschen ließen und die Finger spitzten, um die hauchleichte Feder anzufassen. Das Blättchen hatte ich jahrelang in meinem kleineren Studierzimmer hängen, wo der beste Teil meiner Bibliothek steht und wohin ich nur ganz selten einen Gast führe. Mit dem Zeichnen und Illustrieren hatte es auch unser allerletzter Briefwechsel zu tun. Es gibt eine kleine späte Erzählung von mir, die Penzoldt besonders gern mochte, zu ihr hatte er eine Anzahl Illustrationen entworfen und mir zum Ansehen geschickt. Sein Wunsch war, meinen Text mit seinen Zeichnungen irgendwo verlegt zu sehen. Aber auf den Brief, mit dem ich ihm die Zeichnungen wieder zustellte, kam keine Antwort mehr, er lag krank, und bald darauf ist der liebe hochbegabte Mann gestorben. Du wirst fragen, welches Buch von ihm ich am meisten liebe. Es ist „Der arme Chatterton".

Und nun ist nochmals eine mir treue und ehrwürdige Gestalt hingeschwunden, eine der paar echten Dichterinnen ihrer Generation, Monique Saint-Hélier. Ich habe sie nie gesehen, stand auch nicht mit ihr im Briefwechsel, und wurde erst ziemlich spät mit ihrem Werk bekannt, einer Folge von Romanen von ganz einzigartiger Fülle und Intensität der Bilder. Die geheimnisvolle Frau, jahrzehntelang leidend, in der welschen Schweiz geboren und in Frankreich verheiratet, hat sich in diesen großartigen Bilderfolgen eine Behausung und Seelenheimat geschaffen, in die der Leser nur auf die Weise einzutreten vermag, wie ein Schlafender in die Welt der Träume eintritt. Wer diese Hingabe zu vollziehen vermag, findet in diesen Dichtungen eine magisch belichtete Welt, durch die zu wandeln eine richtige Bezauberung bedeutet.

In Deutschland war die Dichterin vollkommen unbekannt. Es gelang mir, Freund Suhrkamp für eine deutsche Ausgabe zu gewinnen, und ihm wieder gelang es, für den letzten Roman, den „Eisvogel", eine vollwertige Übersetzerin zu finden. Vermutlich war das Zustandekommen dieser deutschen Ausgabe der Anlaß eines späten Austausches zwischen der Dichterin und mir, sie sandte mir ihre drei letzten Bücher zu, schien auch zu meinen Dichtungen eine Sympathie zu haben. Doch blieb es bei dieser beinah wortlosen Ansprache aus respektabler Distanz. Dann erfuhr ich aus der Zeitung Monique's Tod, sie war annähernd im selben Alter wie Penzoldt, beide viel jünger als ich. Und dann, bald nachdem die Todesnachricht mich tief betrübt hatte, wurde mir mitgeteilt, daß sie ein neues, fertiges Buch hinterlassen und das Buch mir gewidmet habe. Und wieder eine Woche später brachte die Post mir ein Exemplar des Buches („L'arrosoir rouge") mit der handschriftlichen Widmung: «Pour H. H. Un plus bel arrosoir arrivera dans quelques jours. J'avais hâte de savoir celui-ci dans vos mains.» Die Zeilen müssen in den letzten Tagen vor ihrem Tode geschrieben sein.

An Monsieur Blaise Briod, Chambines/par Pacy-sur-Eure

Gatte der Dichterin Monique Saint-Hélier, daher H. H.s Anrede an ihn

Ende März 1955

Lieber Herr Saint-Hélier

Mit großem Schmerz erfuhr ich aus den Zeitungen die Nachricht vom Tod der lieben Dichterin, die ich nie gesehen und doch aus ihrem wundervollen Werk so gut gekannt habe.

Und nun ist ihr neues Buch mit der doppelten Widmung bei mir eingetroffen, der gedruckten und der handschriftlichen, Ich habe die Gabe als letzten, herzbewegenden Gruß mit Ehrfurcht empfangen.

Ihnen drücke ich in herzlicher Teilnahme die Hand. Ihre Frau hat ein schweres Leben voll Leiden gehabt, aber sie hat es durch ihre Dichtung zu einer Quelle der Freude und Bewunderung für Viele gemacht. Es ist ein reiches und fruchtbares Leben gewesen.

Mit ergebenem Gruß

An Erich Pfeiffenberger, Stuttgart

April 1955

Lieber Herr Pfeiffenberger

Eigentlich ist Ihre Gabe zu spät gekommen, denn was man zum Lesen braucht: Zeit, Augenkraft, Ruhe, dazu ein wenig literarische Neugierde – davon habe ich so gut wie nichts mehr. Dennoch habe ich einen Teil des Manuscripts gelesen. Daß die Gedichte mir gefallen, kann ich nicht sagen, ich finde den Ausdruck und die Form oder Melodik etwas eintönig, und ein Gedicht, wie das vom ... hätten Sie nicht aufnehmen sollen. Ich habe auch, obwohl ich in jüngern Jahren selber solche Anrufungen nicht vermieden habe, die Auseinandersetzungen mit Gott nicht gern. Sie kämpfen ja nicht mit Gott, sondern mit sich selbst, und dafür ist freilich der Ausdruck schwer zu finden. Scheinbar bleibt also für mich von Ihrem Gedichtbuch wenig übrig. Aber so ist es nicht. Ich bin ein Stück Ihres Wegs mit Ihnen gegangen und war für die große Not und den schweren Druck, aus denen die Verse stammen, ganz offen, menschlich, brüderlich. Wenn ich auch nicht finde, daß sie ein wirkliches Dichtertum beweisen, so sehe ich doch wohl, daß sie geschrieben werden mußten, daß sie erlebt sind und aus großem Leiden kommen. Da kann ich mitfühlen, ich habe auch schwer gelebt. Aber wenn es ums rein Dichterische geht, dann ist mir Mörikes zierlicher Vogeltritt im Schnee doch lieber als die ganze existenzialproblematische Dichtung unsrer Tage. Ein paar Takte Musik, ein reines holdes Bild wie der Vogeltritt im Schnee – und die Welt ist verwandelt und das Herz bezaubert. Und das geben alle unsre an Gott oder an die Welt gerichteten Fragen und Klagen den Lesern nicht.

Ich danke Ihnen und denke Ihrer freundlich.

An die Deutsche Akademie der Künste, Berlin

April 1955

Sehr geschätzte Herren

Danke für Ihr Schreiben vom 28. März, in dem Sie mich einladen, der Akademie als korrespondierendes Mitglied beizutreten.

Ich bin 78 Jahre alt und es ist mir gelungen, mich von allen ähnlichen Mitgliedschaften freizuhalten. So wie ich dem PEN-Club und den westdeutschen Akademien nicht beigetreten bin, so kann ich auch Ihrer Akademie nicht beitreten.

Ich bitte Sie, in dieser Antwort keineswegs eine Ablehnung

Ihrer Bestrebungen zu sehen, sondern nur ein Festhalten an einem Grundsatz, dem ich treu bleiben muß.

Mit ergebenem Gruß

Aus Anlaß der Stiftung des Hermann-Hesse-Preises geschrieben

Frühjahr 1955?

Hochgeschätzte Herren Minister,

Sie haben, um mir eine Ehre zu erweisen und eine Geburtstagsfreude zu machen, den denkbar schönsten Weg gewählt, indem Sie einigen meiner Kollegen Beihilfe leisten wollen, die in bedrängter Lage sind. Ich denke dabei vorerst weniger an junge Dichter, welchen diese Beihilfe eine Ermunterung bedeuten würde. Denn der Beruf des Literaten ist so fragwürdig geworden und der Zudrang zu diesem Beruf so groß, daß ich keinen jungen Menschen dazu ermuntern möchte, sich sein Brot mit Schreiben, statt mit einer anderen Arbeit verdienen zu wollen. Ich suche vielmehr jeden, der mich in solcher Absicht um Rat fragt, nach Kräften abzuschrecken. Aber sinnvoll und wohltätig scheint mir Ihre Stiftung als Hilfe für alte oder leidende Kollegen, welchen ein Berufswechsel längst nicht mehr möglich ist und die trotz guter Begabung und mancher einzelnen Leistung es nicht zu jenen Erfolgen gebracht haben, die sie vor Not schützen würden. Diese Erfolge fallen ja längst nicht immer den Wertvollsten zu, und wem sie dank der Launen des Glückes zugefallen sind, der darf daraus nicht ein Plus an Selbsteinschätzung, sondern nur ein Plus an Verantwortung ableiten.

An Dr. Hans C. Bodmer, Zürich

15. Juli 1955

Lieber Freund Bodmer

Die angekündigte Bonner Sendung ist gestern mit einem Begleitbriefchen des Professors Schmidt-Görg wohlbehalten angekommen, ein köstlicher Nach-Geburtstag. Ich stecke schon in Reisevorbereitungen und muß vorher noch das letzte Hundert der Geburtstagsbriefe möglichst abtragen, drum bin ich etwas sturm im Kopf. Es sind aber bei diesen Briefen auch viele wunderschöne oder drollige oder rührende Sachen. Eben haben wir einen gelesen, da schreibt ein junger Student, ich sei außer seiner Mutter der einzige Mensch, von dem er sich verstanden wisse. Da hat man also nicht umsonst gelebt.

Ja, also trotz des Gestürms möchte ich meinen Dank nicht aufschieben. Das Exemplar der Denkschrift, das überzählig ist, schicke ich hier an Dich zurück. Aber der herrliche Band mit der faksimilierten Waldsteinsonate bleibt als köstlicher Besitz bei mir. Würdig bin ich seiner leider nicht, da ich im Musikalischen ja leider nur Dilettant bin. Aber das Bild dieser Notenschrift ist so sehr ein Bildnis des geistigen Beethoven, daß es mich ganz unmittelbar und beinah erschreckend anspricht. Diese Noten sind wie von einem Sturm hingeschrieben, es hat geeilt, furchtbar geeilt beim Schreiben, denn das Werk mußte festgehalten werden, solang es flüssig und noch nichts erstarrt oder vergessen war, es mußte gepackt und an den Tag gezogen werden wie eine Geburt, und wo ein Zögern, eine Hemmung, eine Ermüdung dazwischen kam, wird das Bild sofort unwillig, verstört, wütend, und die Korrekturen und Kleckse erzählen ganze schmerzlich-schöne Tagebücher.

Daß ich das besitzen darf, dafür danke ich Dir von Herzen. Und daß Du diese beiden Kleinode, die Denkschrift und die Sonate, durch diese unübertrefflichen Wiedergaben der Welt zugänglich gemacht hast, dafür sollst Du gepriesen sein.

... Dir und Frau Elsy viele Grüße, ich freue mich, daß Euer Gehrimoos mir jetzt wieder so frisch und genau vorstellbar ist. Dein H.

An Professor Dr. G. Burckhardt, Hagnau/Bodensee

Sils Maria, den 30. Juli 1955

Hochgeschätzter, lieber Herr Professor Burckhardt

Sie gehören zu meinen Wohltätern. Vor 40 Jahren habe ich durch Ihre Nachdichtung, die mir bis heute teuer geblieben ist, den Gilgamesch kennengelernt, mit dem ich dann auch viele meiner Freunde bekanntgemacht habe. Und jetzt, im hohen Alter, senden Sie mir die neue Ausgabe der Dichtung samt Ihrer schönen Rede von 1925 und dazu Ihr Briefchen, aus dem ich sehe, daß ich nicht nur von Ihnen beschenkt wurde, sondern auch Ihnen etwas geben durfte. Thomas Mann sagte mir einmal, als wir über diese Art von Geben und Empfangen sprachen, das schöne Wort: „Im Geistigen gibt es keine unglückliche Liebe."

Die Rede habe ich schon gelesen, den neuen Gilgamesch lege ich dieser Tage auf meinen Hotel-Nachttisch, wo jetzt noch eine beinah zu Ende gelesene alte Ausgabe der Briefe Lessings liegt.

Seinerzeit, als Ihr Gilgamesch zum erstenmal erschien, war er mir auch darum willkommen und bereichernd, weil ich zwar von Jugend an zum Fernen Osten innige Beziehungen hatte (sie waren schon vom Großvater ererbt), und bis heute weiter habe, der Nahe Osten aber sich mir (abgesehen von Ausnahmen wie Tausendundeine Nacht, Hafis etc.) viel langsamer und widerstrebender erschloß, so daß ich dankbar war für jede neu sich öffnende Tür zu seinen Wundern.

Konsequenter- und freundlicherweise herrschte auch in diesen Beziehungen Gegenseitigkeit. Sie sehen es aus der beiliegenden Briefkopie. Japan hat sich früher als etwa England und Amerika meiner Schriften bemächtigt, sie sind alle übersetzt.

Und in jüngster Zeit hat auch Indien meine lebenslange Liebe zu erwidern begonnen, der „Siddhartha" erscheint jetzt schon in der vierten indischen Sprache. Der Nahe Osten aber, der sich mir später und weniger leicht erschloß, hat diese Sprödigkeit erwidert, es ist dorthin nie etwas von mir gedrungen.

Ich werde im September wieder zuhause in Montagnola sein. Vorerst gilt die Adresse Sils Maria. Wenn ich Ihre Gaben mit einem Buch von mir erwidern dürfte, das Sie nicht besitzen und das Sie interessiert, so wäre es mir eine Freude.

Mit freundlichen Grüßen

An Frau Olga Reinhart, Winterthur

Zum Tode von Georg Reinhart

Sils Maria, 31. Juli 1955

Liebe Frau Reinhart

Lieber hätte ich es nicht mehr erlebt, daß ich Ihnen diesen Brief schreiben muß. Es gibt da keinen Trost als den schwachen, daß Er, der nun nicht mehr bei uns ist, den Tod als Erlösung empfunden haben wird.

Seit dem Tod des letzten meiner Geschwister vor einigen Jahren habe ich, wie es unser Los im Alter ist, viele Verluste erlebt, aber bei keinem kam mir so bitter und mahnend zum Bewußtsein, was alles an Unersetzbarem, Einmaligem, Kostbarem mit einem bedeutenden, begabten und charaktervollen Menschen aus der Welt verschwindet. Was gäbe ich darum, noch einmal einen Brief von ihm zu bekommen, seine Handschrift noch einmal zu sehen oder gar ihm selber noch einmal zu begegnen und sein Lächeln zu sehen. Er konnte wunderbar und auf vielerlei Arten lächeln: ganz offen und herzlich bei manchem Gespräch, listig und schelmisch-hinterhältig beim Zaubern, asiatisch bei Gong und Flöte und immer war hinter dem Lächeln etwas von Ernst und Schwere zu spüren.

So viel ich ihm als meinem Wohltäter in schwersten Jahren zu danken habe, noch größer war doch das Geschenk seiner Persönlichkeit, die Bereicherung durch die Freundschaft mit einem so festen und doch so nuancenreichen Charakter.

Ich finde die Worte nicht um das auszudrücken, was alles mir bei der Todesnachricht das Herz bewegt hat. Wenn ich an Sie und an Ihr liebes unvergeßliches Haus denke, das ich in den glücklichen Zeiten kannte, kommen mir die Tränen. In herzlicher Teilnahme sind meine Gedanken und Wünsche bei Ihnen.

Ich glaube nicht so eigentlich an die Unsterblichkeit der Seelen, weder an die christliche noch an die indische, obwohl ich beide Vorstellungen als Ausdruck ewiger menschlicher Bedürfnisse verehre. Aber wenn ich mir auch ein christliches oder anderes Fortbestehen der Seele nicht ernstlich vorstellen kann, so weiß ich doch aus innigster Erfahrung, was für eine Art von Fortleben unsre Toten haben können. So kann ich mir etwa denken, daß der gestorbene Freund, der in seinen letzten Monaten Ihnen eigentlich entschwunden und verloren gegangen war, nun wieder in seiner reinen unentstellten Gestalt zurückkehrt, keiner Sorge noch Pflege mehr bedürftig, bald ernst bald lächelnd. Und so wie seine Gestalt als Seelenbesitz und bestes Erinnerungsgut Ihnen immer wieder nahe sein wird, so lebt sie in mir und in unzählig Vielen, die ihn liebten oder bewunderten, unzerstörbar weiter und wird in den Kindern und deren Kindern so wie in allen, denen er im Leben viel bedeutet hat, ein teures Bild und eine fortwirkende Kraft bleiben.

Bewahren Sie mir ein freundschaftliches Andenken und seien Sie in herzlicher Teilnahme gegrüßt von Ihrem

An Mr. Theodore Ziolkowski, Montevallo (Alabama) USA

Sils Maria, 2. August 1955

Geehrter Herr

Wegen Ihrer Übersetzungsabsichten hat meine Frau, die alle Dinge für mich besorgt, Ihnen kurz geschrieben. Bleibt die Beantwortung Ihrer Frage übrig: Was ich vom Übersetzen halte?

Im allgemeinen denke ich darüber so: Keine Dichtung kann jemals in eine fremde Sprache ohne große Verluste an ihrer Substanz übertragen werden. Schon innerhalb einer und derselben Sprache ist es so, daß z. B. ein Gedicht oder Prosastück, das in schwäbischer, plattdeutscher oder Schweizer Mundart geschrieben ist, bei der Übertragung ins Hochdeutsche sein Bestes verliert. – Dennoch aber muß man übersetzen und das im Grund Unmögliche immer wieder versuchen. Ich würde alle chinesischen und russischen Bücher, die ich kenne, ohne Übersetzungen nicht kennengelernt haben, und auch englische, französische und italienische habe ich häufiger in Übersetzungen gelesen als im Original.

Etwas anders ist mein Verhältnis zu Übersetzungen meiner eigenen Bücher. Ich habe zur Propagierung derselben selbst nie den kleinsten Schritt getan, und im Lauf von fünfzig Jahren die Erfahrung gemacht, daß die Aufnahme, die meine Bücher bei verschiedenen Völkern finden, eine sehr verschiedene ist. Ich habe in Japan viel mehr und viel eifrigere Leser als etwa in Frankreich, in Frankreich mehr als in England etc. Mit der Zeit kann das sich ändern. Mein „Siddhartha“, vor mehr als dreißig Jahren erschienen, wird z. B. in Indien erst heute übersetzt, jetzt aber gleich in vier verschiedene indische Sprachen. Meinerseits habe ich mich um Übersetzungen nie bemüht, sie aber auch nicht verhindert.

Mit freundlichen Grüßen

An Frau H. S., Basel

Sils, August 1955

Liebe Frau S.

... In Einem denke ich anders als Sie. Sie kennen das, was an Skepsis in mir ist gegenüber meiner Tätigkeit und Leistung als Dichter und Literat. Diese Skepsis, die die Unruhe meines Lebens ist, mir wegzunehmen ist ja nicht Ihre Absicht, ich könnte dann die Hände in den Schoß legen, die Welt Welt sein lassen und mich meiner Gabe freuen, das Schöne inniger als andre zu empfinden. Sie wissen: die Menschheit ist im Niedergang, sie macht Atombomben, sie strömt in Millionen den alleinseligmachenden Religionen und Pseudoreligionen zu, die Luft ist voll Krieg und voll Korruption. Und Sie wünschen ja nicht wirklich, der Dichter möge das lächelnd übersehen, sich nicht daran mitverantwortlich wissen und nicht darunter leiden, daß er und die Seelenmächte, an die er glaubt, machtlos gegen das alles sind.

Aber nun kommt das fatale Wort in Ihrem Brief. Als Trost gegen die Unruhe erinnern Sie mich daran, daß ich in Deutschland der „meistgelesene" Dichter sei! Glauben Sie denn wirklich, das könne mir etwas bedeuten? An Berühmtheit und Popularität beinah mit Eisenhower oder dem neusten Filmstar zu konkurrieren, an Leserzahl beinah mit den Bestsellers von Amerika auf einer Stufe zu stehen – das soll mir ein Trost sein? Dieser Satz hat mich enttäuscht. Damit ist es abreagiert. Lassen wirs begraben sein.

Herzlich grüßt Sie

An Herrn W. M., Rottweil

Sils Maria, August 1955

Lieber Herr M.

Ihre Sendung findet mich im Engadin, wohin man mich zur Erholung gebracht hat, und hier ist meine Bereitschaft,

Literatur über mich zu lesen, noch kleiner als sonst schon. Es gibt kaum etwas, was mich weniger interessiert.

Aber Sie haben sich viel Mühe mit mir gemacht, und so habe ich denn seufzend eine Stunde und damit einen erheblichen Teil der täglichen Arbeitskraft, die mir geblieben ist, geopfert. Was Sie unternommen haben, ist das Selbe, was alle Aufsätze, Bücher, Vorträge und Dissertationen über mich unternehmen: das fluktuierende Leben eines Dichters und seines Werkes in begrifflich dogmatische Kategorien einzufangen, die Quadratur eines Zirkels zu leisten, die eben nie aufgeht. Ich habe Ihre Arbeit nur überflogen, aber doch gemerkt, daß Sie es ernst gemeint und redlich gesucht haben, ich kann das nur anerkennen. Aber was Sie von mir, meinem Werk, was Sie von Indien usw. wissen, ist zu wenig, es kann ja auch gar nicht anders sein. Und dann: was heißt „Weltanschauung"? Sie scheinen damit etwas Festes, etwas wie einen dogmatisch formulierbaren Glauben zu meinen, so daß also ein Mensch lebenslang oder doch für jede einzelne Lebensepoche eine bestimmte „Weltanschauung" haben müßte. Aber so arme Teufel sind wir Dichter nicht, und hoffentlich auch die meisten andern Menschen nicht. Sondern wie man „die Welt anschaut", das kann mit jedem Tag, mit jeder Stunde wechseln, genau so wie die gleiche Landschaft oder Figur, die ein Maler zehnmal malt, jedesmal ein vollkommen neues und andres Bild ergibt.

Freilich kann hinter all den wechselnden Anschauungen auch ein Glaube stehen, etwa ein religiöser oder pseudoreligiöser, ein katholischer oder pietistischer, marxistischer oder sonst ein Glaube. Das ist bei mir nicht der Fall. Aber da ich in einer lebendigen Religion und Glaubensgemeinschaft aufgewachsen bin, ist mir das Bedürfnis nach etwas wie Religion auch nach meiner allmählichen Lösung von allen formulierten Religionen geblieben. Und da hat der indische Gedanke für mich die stärkste Attraktion gehabt: der Gedanke der Einheit alles Seienden, verknüpft mit dem der „Seelenwanderung“, die für mich kein Glaube, aber ein überaus fruchtbares, heiliges Bild ist.

... Aber nun hat dies alles mich doch einen halben Ferientag gekostet. Genug also. Es grüßt Sie freundlich

An Dr. Heinz Gültig, Düsseldorf

(19.) September 1955

Sehr geehrter Herr Dr. Gültig

Danke für Ihre Einladung.

Ich kann Ihren Ibolithischen Vers nicht übersetzen, die Sprache ist mir zu fremd.

Doch kann ich Ihr Spiel wohl verstehen, denn auch ich habe beinah mein ganzes Leben lang und oft jeden Tag, ähnliche Verse gesprochen oder gesungen, ohne sie jedoch aufzuschreiben. Die erste Anregung dazu empfing ich in den Kinderjahren, wo ich von meinem Großvater, einem genialen Indologen, eine von ihm erfundene indische Sprache, das Virlevanische, gelernt habe. Später habe ich mir für den eigenen Gebrauch eine Sprache erfunden, die ich je nach dem Alt-Merowingisch oder Mittel-Merowingisch nenne.

Mit freundlichen Grüßen Ihr

An Herrn G. A., Oldenburg

8. Dezember 1955

Lieber Herr A.

... Was ich da und dort über das Christentum gesagt habe, macht nicht den Anspruch auf absolute objektive Richtigkeit, diese existiert nur innerhalb der Orthodoxie, und dort bin ich nie gestanden. Was darüber im „Demian“ steht, ist mir nicht genau erinnerlich, es sind mehr als 35 Jahre seit ich ihn geschrieben habe. Ich habe vor jeder Religion Ehrfurcht, nicht aber vor dem Anspruch der Orthodoxen auf Alleingültigkeit.

Der Name Demian ist nicht von mir erfunden oder gewählt, sondern ich habe ihn in einem Traum kennengelernt, und er sprach mich so stark an, daß ich ihn auf meinen Buchtitel setzte. Später, als das Buch längst erschienen war, erfuhr ich, daß er auch als Familienname wirklich vorkommt, auch in der italienischen Form Demiani.

Weiter: Natürlich lebt auch der Knabe Kromer das, was aus ihm herauswill. Er tut es auf niederer Stufe und wird, falls er nicht höher steigt, entweder als Bankdirektor oder als Zuchthäusler enden. Immerhin geben seine Quälereien und Gemeinheiten dem geplagten Sinclair den Anstoß zu wertvollen Entwicklungen.

Ihre letzte Frage halte ich für unnütz. Man soll ein Buch, das einem wichtig scheint, genau nach allem befragen, was darin steht. Nicht aber nach dem, was nicht darin steht. Da fände man kein Ende. Mir schien sehr wichtig, was zwischen Demian und Sinclair vorgeht. Was zwischen Demian und Kromer Fruchtbares hätte vorgehen können, sehe ich nicht.

Genug, das Leben ist zu kurz für so lange Briefe.

Freundlich grüßt Sie

An einen Theologen in Weimar

der mir einen langen interessanten Brief mit „theologischen" Fragen geschickt hatte

1955

Ihr Brief samt den Beilagen hat mich erreicht, zu mir gesprochen und mir Freude gemacht. Hätte ich Ihr Alter und dessen Vitalität, so würde ich lang und mit Vergnügen antworten. Aber es sind nur noch Reste von mir übrig, so muß ich es kurz machen.

Zu Ihrer Frage sage ich: Ja, das indische, römische, jüdische Auge sind, Gott sei Dank, überaus verschieden. Die Nationen, Kulturen, Sprachen mögen alle Bäume sein, aber eine ist eine

Linde, eine ein Ahorn, eine eine Fichte etc. Der Geist, sei er nun theologisch gekleidet oder anders, neigt immer ein wenig zu sehr zum Begriff, zur Verflachung, zur Typisierung, er ist mit „Baum" zufrieden, während Leib und Seele mit „Baum" nichts anfangen können, sondern Linde, Eiche, Ahorn brauchen und lieben. Eben darum sind die Künstler vermutlich Gottes Herzen näher als die Denker. Wenn nun Gott sich im Inder und Chinesen anders ausdrückt als im Griechen, so ist das nicht ein Mangel, sondern ein Reichtum, und wenn man alle diese Erscheinungsformen des Göttlichen mit einem Begriff zusammenfassen will, entsteht keine Eiche und keine Kastanie, sondern bestenfalls ein „Baum".

In Josef Knecht sehe ich nicht, wie Sie andeuten, einen Bruder Christi. In Christus sehe ich eine Erscheinung Gottes, eine Theophanie, deren es ja manche gab und gibt. In Knecht würde ich eher einen Bruder der Heiligen sehen. Auch ihrer gibt es viele, unendlich viel mehr als es Theophanien gibt, sie sind die „Elite" der Kulturen und Weltgeschichte, und sie unterscheiden sich vom „gewöhnlichen" Menschen dadurch, daß sie die Einordnung und Hingabe an Überpersönliches nicht auf Grund eines Mangels an Persönlichkeit und Eigenart leisten, sondern durch ein Plus an Individualität.

An Gertrud von Le Fort

1955

Liebe verehrte Frau von Le Fort

Wie schön ist das, daß wir alten Leute noch imstande sind, einander so zu beschenken und hoch zu erfreuen wie Sie es mit Ihrem Brief und dem kostbaren Druck von „Plus ultra" getan haben!

Der wahrhaft fürstlich-schöne Druck ist eine Augenweide. Und hier kommt die prächtige Ausstattung einer Dichtung zugute, die dieser Pracht und Ehre im höchsten Sinne würdig ist. Ich habe Ihre Novellen-Legenden stets bewundert und geliebt, und nun diese neue mit neuem Genuß und neuer Bewunderung gelesen. Was Deutschland heute an erzählender Prosa leistet, ist ja beinahe alles schwer enttäuschend, und die paar Autoren, die noch um Formung und Sprache bemüht sind, ermangeln meist des Temperamentes (Goethe würde sagen: der Natur) und bringen darum nur eine Art hübschen Kunstgewerbes hervor. Denn was hilft Zucht und Haltung da, wo nichts zu zügeln und zu bändigen ist?

So war mir denn Ihre herrliche Legende von der kaiserlichen Devise ein Labsal und Erlebnis. Wie die beiden Frauen, die reife und die junge, das Wunder der Sublimierung der irdischen Liebe in die himmlische erleben und vollziehen, das hat für den ersten Blick vielleicht etwas beinah Unwahrscheinliches, aber zum Begriff der Novelle gehört ja das Element des Außergewöhnlichen und Über-alltäglichen, und für mich, obwohl ich ein Weltkind bin, hat dies Wunder nichts Unannehmbares. Die Novelle gehört für mich zu Ihren Meisterstücken.

Haben Sie Dank. Meine Frau grüßt mit mir

An einen jungen Kafka-Leser

9. Januar 1956

Lieber Herr B.

... Leider muß ich Sie ganz und gar enttäuschen. Ihre Fragen und die ganze Art, wie Sie sich der Dichtung gegenüber verhalten, kommen mir zwar nicht überraschend, Sie haben Tausende von ähnlich denkenden Kollegen. Aber Ihre ohne Ausnahme unlösbaren Fragen kommen alle aus derselben Fehlerquelle.

Kafkas Erzählungen sind nicht Abhandlungen über religiöse, metaphysische oder moralische Probleme, sondern Dichtungen. Wer fähig ist, einen Dichter wirklich zu lesen, nämlich ohne Fragen, ohne intellektuelle oder moralische Resultate zu erwarten, in einfacher Bereitschaft, das aufzunehmen, was der Dichter gibt, dem geben diese Werke in ihrer Sprache jegliche Antwort, die er sich nur wünschen kann. Kafka hat uns weder als Theologe noch als Philosoph etwas zu sagen, sondern einzig als Dichter. Daß seine großartigen Dichtungen heute Mode geworden sind, daß sie von Menschen gelesen werden, die nicht begabt und nicht gewillt sind, Dichtung aufzunehmen, daran ist er unschuldig.

Mir, der ich seit Kafkas frühesten Werken zu seinen Lesern gehöre, bedeutet keine Ihrer Fragen etwas. Kafka gibt keine Antwort auf sie. Er gibt uns die Träume und Visionen seines einsamen, schweren Lebens, Gleichnisse für seine Erlebnisse, seine Nöte und Beglückungen, und diese Träume und Visionen einzig sind es, die wir bei ihm zu suchen und von ihm anzunehmen haben, nicht die „Deutungen", die diesen Dichtungen von scharfsinnigen Interpreten gegeben werden können. Dies „Deuten" ist ein Spiel des Intellekts, ein oft ganz hübsches Spiel, gut für kluge aber kunstfremde Leute, die Bücher über Negerplastik oder Zwölftonmusik lesen und schreiben können, aber nie ins Innere eines Kunstwerkes Zugang finden, weil sie am Tor stehen, mit hundert Schlüsseln daran herumprobieren, und gar nicht sehen, daß das Tor ja offen ist.

Dies etwa ist meine Reaktion auf Ihre Fragen. Ich glaubte Ihnen eine Antwort schuldig zu sein, weil Sie es ernst meinen. Mit freundlichen Grüßen

An Hans Moser, Bern

29. Januar 1956

Lieber Herr Moser

Daß Sie mir Ihr großes Buch * geschenkt und mir dazu den Brief geschrieben haben, war mir eine Freude. Aus den Zeiten

* Hans Moser, Vineta, Gegenwartsroman aus künftiger Sicht, Artemis-Verlag 1955. Siehe auch den auf Seite 463 f. abgedruckten Brief.

her, da wir einmal mit einander nach Solothurn fuhren und ich in Diemerswil Ihr Gast und Veloschüler sein durfte, sind Sie dem engeren Kreis der Freunde zugehörig, d. h. der Gestalten, die sich mir eingeprägt haben und mir lieb geworden sind, auch wenn ich sie in Jahren und Jahrzehnten nicht mehr sah. Die Zahl dieser Gestalten ist nicht klein, aber doch längst nicht so groß, wie man nach einem Leben mit tausenden von Begegnungen und Beziehungen mit Zeitgenossen glauben könnte. Sie gehören zum inneren Bilderbuch, zu jenem Album, in dem sich ganz vorn die Porträts der Großeltern und Eltern finden, auch einige Schulkameraden, und das sich in der zweiten Lebenshälfte kaum mehr bereichert.

Für Sie mag es anders aussehen. Für mich, d. h. für mein Bilderbuch und für den Platz, den Sie darin haben, war es wichtig, daß die Zeit unsres Umgangs, namentlich die Diemerswiler Zeit, für mich eine kritische, schicksalhafte war, eine von den Krisenzeiten, die man, falls man ihrer Herr wird, als ein Anderer verläßt. So ist mir in einer Zeit, wo ich ein eigenes Heim nicht mehr hatte, Ihr stilles Diemerswil zu mehr geworden als es zu andern Zeiten geworden wäre, und die Gespräche mit Ihnen, die Abende in Ihrem großen Musikzimmer, Ihr Klavierspiel – das alles hat sich stark und unvergeßlich eingeprägt.

Für heute möchte ich Ihre große Gabe mit einer kleinen erwidern, die Sie freundlich aufnehmen mögen.

Was die Lektüre Ihres Romans betrifft, da geht es mir wie dem achtzigjährigen Liebermann. Man erzählt: er sei mit Gerhart Hauptmann spazieren gegangen, da habe ein hübsches junges Mädchen die beiden Alten überholt und sei vor ihnen her gegangen. Liebermann habe sie zärtlich betrachtet, habe seinem Freund einen Blick zugeworfen und gesagt: „Ja, siebzig sollte man noch sein!“ Wäre ich noch siebzig, so hätte ich Ihnen versprechen können, Ihr Buch ganz und gar zu lesen. Heute besteht leider diese Möglichkeit nicht mehr. Heute reicht mein Lesevermögen kaum noch über die tägliche Briefpost hinaus. Ein Buch von tausend Seiten ist heute für mich ein unbesteigbarer Berg. Aber soviel es mir noch möglich ist, werde ich das Werk doch kennenzulernen mir Mühe geben, indem ich kürze und auswähle.

Schade, daß wir so weit von einander leben! Aber freilich, diese Begriffe sind sehr relativ. Freund Fritz Brun wohnt bloß ein paar Kilometer weit, und doch sehen wir uns nur alle paar Jahre einmal.

Leben Sie wohl, haben Sie Dank, und seien Sie mit Ihrer Frau herzlich gegrüßt von Ihrem

An Herrn Präsident Muntau, Celle

10. Februar 1956

Lieber Herr Muntau

Sie haben mir einen Brief geschrieben, in dem Sie über eine Lebensarbeit und über ein Menschenleben, das nur um ein Jahr kürzer ist als das Ihre, von der Höhe christlichen Selbstbewußtseins aburteilen. Sie tun das, von weiteren Kenntnissen unbeschwert, auf Grund eines Gedichtes, das ich vor fünfzig Jahren geschrieben habe und das Sie in einem erbaulichen Blättchen, mit nicht sehr klugen Anmerkungen versehen, entdeckt haben. Sie erlauben sich auf Grund dieser Entdeckung nicht nur Urteile über meine Dichtung, die Sie „trostlos und inhaltlos" nennen, sondern dehnen Ihr Verdammungsurteil gleich auch auf Goethe, Schiller und sämtliche nicht christlich-erbauliche Dichter aus.

Ich hätte das unbeantwortet lassen können, denn es berührt mich nicht eben stark, aber da Sie, wie ich sehe, Ihren Brief ehrlich und in bester Absicht geschrieben haben, glaube ich doch, Ihnen ein Wort schuldig zu sein. Ich glaube, daß Sie sich über die Wirkung solcher Bekehrungsbriefe eine falsche Vorstellung machen. Sie wirken das Gegenteil von dem, was Sie anstreben. Sie erwecken im Empfänger das Gefühl, daß diese frommen, demütigen Christen doch erstaunlich hochmütig, richterlich und anmaßend sind, daß also die Wirkung

Christi in ihnen keine unbedingt gute war. Wir Heiden sind bescheidener.

Mit freundlichem Gruß

An Frl. M. A., Niederlahnstein/Rhein

10. Februar 1956

Liebes Fräulein

Meine Antwort ist die, die Sie vermutlich erwartet haben. Es gibt für Jeden keinen andern Weg der Entfaltung und Erfüllung als den der möglichst vollkommenen Darstellung des eigenen Wesens. „Sei Du Selbst" ist das ideale Gesetz, zu mindest für den jungen Menschen, es gibt keinen andern Weg zur Wahrheit und zur Entwicklung.

Daß dieser Weg durch viele moralische und andre Hindernisse erschwert wird, daß die Welt uns lieber angepaßt und schwach sieht als eigensinnig, daraus entsteht für jeden mehr als durchschnittlich individualisierten Menschen der Lebenskampf. Da muß jeder für sich allein, nach seinen eigenen Kräften und Bedürfnissen, entscheiden, wieweit er sich der Konvention unterwerfen oder ihr trotzen will. Wo er die Konvention, die Forderungen von Familie, Staat, Gemeinschaft in den Wind schlägt, muß er es tun mit dem Wissen darum, daß es auf seine eigene Gefahr geschieht. Wieviel Gefahr einer auf sich zu nehmen fähig ist, dafür gibt es keinen objektiven Maßstab. Man muß jedes Zuviel, jedes Überschreiten des eigenen Maßes büßen, man darf ungestraft weder im Eigensinn noch im Anpassen zu weit gehen.

Mit guten Wünschen grüßt Sie

An Hans Moser, Bern

27. Februar 1956

Lieber Herr Moser

Jetzt habe ich mir von Ihrem Buch so viel zu eigen gemacht als mir noch möglich war. Bei Büchern von erheblichem Umfang und Gewicht macht schon das bloße Halten des Buchs den Händen und Füßen große Mühe – ich kann nur liegend lesen – sie ermüden noch rascher als die Augen. Aber das ist nicht interessant.

Einige Male während meiner ziemlich sorgfältigen Lektüre, die sich mit Auswahl über alle Teile des Buches erstreckte, habe ich den Kopf geschüttelt und es bedauert, daß Sie aus der Biographie und dem „Entwurf" samt Papierkörben und Vineta-Lexikon nicht ein Ganzes gemacht haben, einen Roman schlechthin. Ihr Werk wäre dadurch für sehr Viele zugänglich geworden, denen es jetzt verschlossen bleibt. Aber mein Bedauern galt nur Ihnen und dem Schicksal Ihres Werkes, nicht meiner eigenen Lektüre. Im Gegenteil: für mich ganz persönlich liegt grade in dem fragmentarisch-willkürlichen Charakter Ihrer Dichtung ein Charme. Ich liebe die Outsiders und bin selbst einer, und was man so „Roman" nennt, ist ja nicht eine Kunstform, die mit ihren Formprinzipien steht oder fällt, hier ist viel erlaubt und möglich, beinah alles.

Zuerst fesselte mich am meisten die Biographie, in ihr habe ich nur wenig unterschlagen. Die Papierkörbe allerdings habe ich nur leise angeknabbert, der Aphorismus ist für meinen Geschmack so etwas wie ein Edelstein, der durch Seltenheit an Wert gewinnt und für mich nur in winzigen Dosen ein Genuß ist.

Später aber fand ich im Romanentwurf Ihre spezielle Begabung noch reicher und interessanter am Werk als im Lebensbericht. Sie können Vieles von dem, was mir fehlt, ich bewundere namentlich den Reichtum an Figuren, an Charakteren und Situationen. Sie sind, wenn ich das sagen darf, kein Dichter, oder doch kein ganzer, weil die Sprache bei Ihnen nie ganz zum Blühen kommt. Aber Sie sind, von mir aus gesehen, ein glänzender Beobachter und Zeichner, der Romanentwurf mutete mich an wie das Skizzenbuch eines eifrigen und fleißigen Zeichners, eines Menzel etwa, man blättert darin mit ähnlichem Vergnügen wie man es als Kind in einem Orbis Pictus tat.

Was mir an Ihrer Art und Denkweise einigermaßen fremd bleibt, ist Saremos „Glaubenslosigkeit" und ist die Art von Neugierde, die Sie dem Leben gegenüber haben. Sie sehen Ihre Gestalten und sich selbst als etwas mehr oder weniger Festgeprägtes und Unveränderliches, und was Sie zu ergründen wünschen, ist das soziologische Verhalten Ihrer Figuren. Bei mir ist das anders, ich sehe den Einzelnen, soweit er mich überhaupt interessiert, immer als einmaliges Individuum, einmalig aber nicht unveränderlich, und worauf ich neugierig bin, das ist nicht das gesellschaftliche Verhalten der Einzelnen, sondern die Wandlungsfähigkeit, die Möglichkeit zum Transzendieren aller Kategorien.

Das sind ein paar von den Gedanken, die mir beim Lesen kamen. Ich habe mit ihm gern und mit Gewinn viele Stunden hingebracht, wenn ich es auch nicht ausschöpfen konnte. Daß ich außerdem an Saremos Namen-Maskenspielen, den Hinweisen auf angebliche Werke seiner Autorschaft etc. etc., und vielen Formulierungen, auch in dem Vineta-geschichtlichen Anhang, meine stille Freude gehabt habe, können Sie sich denken.

Herzlich grüßt Sie Ihr

An Herrn K. J. F., Köln

April 1956

Lieber Herr F.

Danke für Ihren Brief! Aber was Sie von mir erbitten und erwarten, kann ich nicht erfüllen. Sie möchten Dichtung „erklärt" haben. Aber wie soll ich Ihnen in einem Brief erklären, was deutlich zu machen mir mit den Mitteln der Dichtung in 50 Jahren der Arbeit nicht geglückt ist? Die Kunst hat es mit Verdichtungen, mit Bildern zu tun. Ihr aber möchtet statt der Bilder Begriffe haben – etwas, was wir Künstler für nicht wertvoll halten. – Aber nun versuche ich doch eine kurze Antwort. Daß Sie die Urmutter „Natur" nennen wollen, dagegen habe ich nichts einzuwenden. Lassen wir's dabei bewenden! Aber die Frage, ob Goldmund als Mensch seine Vollendung gefunden habe, und die größere Frage, ob es möglich sei, als Künstler groß, als Mensch aber klein zu sein, die kann ich nicht beantworten, und ich zweifle auch an der Kompetenz der Gymnasiallehrer zu solcher Antwort. Tatsächlich hat dies Problem auch mich zuweilen geplagt. Ich habe Werke von Künstlern bewundert, die sich bei näherem Kennenlernen als minderwertig erwiesen. Das Werk war ohne Zweifel schön, schien aber durch die Person des Künstlers nicht bestätigt, sondern eher ins Zweifelhafte gerückt. Vielleicht müssen wir, so wie der Dichter es ja auch tat, einem Goldmund zubilligen, daß er das Recht hat, menschliche Schwächen zu haben, und dürfen von ihm nicht verlangen, daß sein Privatleben irgend einem moralischen Ideal entspreche. Ich jedenfalls denke so.

An Frau M. W.

1. Juni 1956

Liebe M. W.

Ihren Brief habe ich wohl verstanden, seine Fragen aber kann ich nicht beantworten. Es sind Kinderfragen, wie wir sie in unserer Not zuweilen stellen, als müßte es irgendwo eine Instanz geben, von der wir Antwort erwarten dürfen. Es geht jedem so, und die Kinderfragen an „das Leben" hören nie auf. Ich bin 79 Jahre alt, und morgen wird wieder ein naher Freund von mir begraben, einer der treuesten und hilfreichsten, und auch ich alter Mann hätte Lust, jene Instanz zu fragen, warum das geschehen mußte, da ich alt und hinfällig bin, während der Freund bis vor kurzem bei voller, strahlender Lebenskraft war.

Der Fehler bei solchen Fragen und Klagen ist vermutlich der, daß wir von außen etwas geschenkt bekommen möchten, was wir nur selber, mit eigener Hingabe, in uns zu erlangen vermögen. Wir verlangen, das Leben müsse einen Sinn haben – aber es hat nur ganz genau so viel Sinn, als wir selber ihm zu geben imstande sind. Weil der Einzelne das nur unvollkommen vermag, hat man in den Religionen und Philosophien versucht, die Frage tröstend zu beantworten.

Diese Antworten laufen alle auf das Gleiche hinaus: den Sinn erhält das Leben einzig durch die Liebe. Das heißt: je mehr wir zu lieben und uns hinzugeben fähig sind, desto sinnvoller wird unser Leben.

Ein Beispiel aus Ihrem eigenen Brief: Sie gehen durch die Natur, um Trost zu suchen, und sind enttäuscht darüber, daß diese Natur so „passiv und teilnahmslos" daliegt. Aber wie viel Teilnahme haben Sie der Natur geschenkt? Sie haben nicht gesehen und gespürt, wie schwer auch sie es hat, wie vom Käfer bis zum Baum jedes Wesen zu kämpfen, zu arbeiten, zu leiden, zu entbehren hat, wie jedes sich unter Kampf und Opfern ins Ganze einordnen und sich seinen Gesetzen fügen muß. Sie waren der Natur gegenüber ebenso teilnahmslos und liebelos wie umgekehrt. – Hier liegt das Problem. Und darüber sage ich kein Wort weiter, darüber müssen Sie selbst nachdenken.

Mit freundlichem Gruß

An Herrn P. H., Göppingen

8. Juni 1956

Lieber Herr H.

... Ihre Frage „ob man nicht eine Weltreligion schaffen könnte", muß ich mit Nein beantworten. Schon die echten, organisch entstandenen Religionen vermögen ihre Angehörigen nicht vor Dummheit und Roheit zu retten, mit Ausnahme einer kleinen Zahl, einer Elite von wahrhaft Gläubigen. Und von den synthetischen, künstlichen Religionen, wie Sie eine zu erhoffen scheinen, ist noch viel weniger zu erwarten. Es ist damit wie mit den Sprachen. Immer wieder kommt ein kluger Kopf auf die Idee: es sei ja nur die Verschiedenheit der Sprachen, was die Völker trenne, und man brauche nur eine allgemeine Weltsprache zu erfinden, dann werden alle einander verstehen etc. etc. Es sind ja auch schon mehrere solche synthetischen Sprachen entstanden, die ihren Anhängern viel Freude machen – aber die Völker machen keinen Gebrauch davon, sie haben andres zu tun und sind viel zu bequem als daß sie sich mit Lernen plagen möchten, und überdies hat jeder seine eigene, ererbte Sprache viel zu lieb als daß er ihr eine andre, künstliche vorziehen könnte. Kurz: die Menschheit verbessern zu wollen bleibt immer hoffnungslos. Darum habe ich meinen Glauben stets auf den Einzelnen gebaut, denn der Einzelne ist erziehbar und verbesserungsfähig, und nach meinem Glauben war und ist es stets die kleine Elite von gutgewillten, opferfähigen und tapferen Menschen gewesen, die das Gute und Schöne in der Welt bewahrt hat.

Mit freundlichem Gruß

An Herrn Joachim Stein, Zwickau

5. August 1956

Lieber Herr Stein

Ihr Brief findet mich im Engadin, ich las ihn an einem kalten Regenmorgen und trotz seiner Klage und Unzufriedenheit hat er mir Freude gemacht.

Freude gemacht hat er mir, weil Sie sich selbst gut beobachten und namentlich weil Sie die Ergebnisse dieser Beobachtung sehr gut darzustellen und auszudrücken wissen. Ihre Klage über Mangel an Künstlerkraft zeigt im Streben nach genauem Ausdruck eine literarische Begabung.

Aber noch ein Wort über Ichbeobachtung. Sie haben, wie wir alle es tun, Ihre Person in Hinsicht auf das betrachtet, was Sie von anderen unterscheidet, und damit muß man tatsächlich beginnen. Aber unter dieser Schicht von Individualität sitzt und lebt etwas, was auch in allen andern lebt, und nicht nur in den Mitmenschen sondern überall in allem, und diesen Kern des Ich, der nicht mehr Person ist, zu erkennen und anzuerkennen, bedeutet eine weitere Stufe des Erkennens, die Sie vermutlich auch einmal betreten werden. Aber damit habe ich schon beinah mehr gesagt als ich wollte und als mit Worten sagbar ist. Es soll eine Anregung sein, nicht mehr.

An Herrn N. G., Karlsruhe

August 1956

Lieber Herr G.

... Sie gehören einer Kirche und einer festgefügten Ordnung an, und ich bin ganz damit einverstanden, daß Sie in dieser Einordnung verbleiben und ihre großen Segnungen genießen. Dann aber tun Sie besser daran, Bücher wie den „Demian“ nicht zu lesen.

Das Leben wird Sie von selbst in die Lage bringen, wo die

Problematik auch der bestgefügten Ordnungen sich zeigt: Um ein aktuelles Beispiel zu nehmen: Sie könnten als Soldat eingezogen und ausgebildet und irgend einem Feind gegenübergestellt werden. Dann werden Sie Ihren Priester, Ihre Kirche, Ihr Vaterland auf Ihrer Seite haben, wenn Sie den Feind totschießen. Sie werden zugleich aber das göttliche Verbot des Tötens gegen sich haben. Es wird dann Sache Ihres Gewissens sein, ob Sie die Gebote Gottes oder die der Kirche und des Vaterlandes befolgen sollen. Vermutlich werden Sie dann dem Priester und dem Vaterland mehr Autorität zugestehen als Gott. Sollten Sie das aber nicht tun und an der unbedingten Autorität von Kirche und Vaterland zu zweifeln beginnen, dann würden Sie schon zu denen gehören, denen „Demian" etwas zu sagen hat. Mit freundlichem Gruß

An Herrn Rolf C., Dortmund

20. September 1956

Lieber Herr C.

... Über den Zustand Deutschlands denke ich so ziemlich gleich wie Sie. Nach dem Zusammenbruch begann es mit der Amerikanisierung, dann tauchten die Nazileute und Nazigedanken wieder auf und nebenher die Wiederbewaffnung, begleitet von einer Art Gegenreformation – es ist ein so lächerliches wie schändliches Theater. Doch sieht es in manchen andern Ländern auch nicht besser noch gescheiter aus, und die Schauplätze der aktuellen Weltgeschichte sind von Deutschland weit entfernt.

Und aus vielen dieser leidenden und verirrten Völker bekomme ich Briefe, die mir zeigen, daß überall, von Argentinien über Europa bis Japan, Menschen vorhanden sind, die ganz ähnlich denken und fühlen wie Sie und ich. Diese Minorität, die über alle Nationen sich verteilt, müssen wir als unser Vaterland und unsere Gemeinschaft betrachten. Und dann gibt es noch Sonne und Mond, Frühling und Herbst,

Homer und Shakespeare, Bach und Mozart, und noch vieles, worin zu wurzeln und wovon sich zu nähren unser Vorrecht und Trost ist.

Halten Sie stand und bleiben Sie wohlgesinnt Ihrem

An Mrs. Bryher, Burier-La Tour

24. Oktober 1956

Dear Bryher

Wieder sind Sie in der letzten Zeit mein Wohltäter und Kamerad gewesen, ich muß Ihnen für gute Stunden danken. Denn ich habe den „Römischen Wall" gelesen, habe eine Weile im dritten Jahrhundert, im Aventicum und Orba gelebt, Ihren Gestalten zugesehen und zugehört. Es ist ein edles und schönes Buch. Ihr Gefühl für die Natur und Ihr Sinn für Geschichte spricht auch hier stark zu mir, und alles Menschliche ist so schön von oben und doch ohne Hochmut gesehen. Während des Lesens empfindet man vielleicht zuweilen den Majordomus Thallus als Karikatur, aber am Schluß, wie er statt seiner schönen Tuniken seine dummen Rechenbücher rettet, hat man ihn auf einmal so gern.

Also ich sage Dank und wünsche mir noch oft das Vergnügen, ein Buch von Ihnen lesen zu dürfen.

An Professor Dr. K. Schmid, Bassersdorf

17. Oktober 1956

Hochgeschätzter Herr Prof. Schmid

Mit aller Aufmerksamkeit und Sympathie habe ich an den drei Freitagabenden Ihren Vortrag angehört, mit Bewunderung für die große Dichtigkeit und genaue Formulierung Ihrer Darstellung und den schönen Aufbau in drei Stufen. Ich hatte, und ebenso meine Frau, die größte Freude. Und das will nicht wenig heißen, denn von allen literarischen Themen, über die wir häufig lesen müssen, ist keines uns so grimmig entleidet wie H. H. Die Hesse-Literatur wächst und wächst, neuerdings auch im Osten, und oft macht es mir etwas bange, all dies veranlaßt zu haben.

Ihr großer Vortrag aber, völlig frei von Mißverständnissen, frei auch von jeder leeren Verherrlichung, hat mir mein „Glasperlenspiel", das ich seit seinem Erscheinen nur ein Mal wiedergelesen habe, mit solcher Objektivität vor die Augen gestellt wie noch keine andre Auslegung, ich habe es gewissermaßen neu kennen gelernt, besser als bei einem etwaigen nochmaligen Wiederlesen, es war nirgends irgend ein Widerstand und Kritikbedürfnis in mir wach, ich war völlig einverstanden. Und zugleich war es mir ein Genuß, zu hören, wie Sie mit dem Stoff fertig wurden und wie erstaunlich viel Sie in die drei Viertelstunden hineinzubringen wußten.

Ich sage Ihnen herzlichen Dank für diese Freude. Übrig bleibt nur der Wunsch, Ihre meisterliche Arbeit möge bald auch im Druck erscheinen . . .

Meine Frau grüßt Sie Beide mit mir.

An Dr. Max Rychner, Zürich

27. Oktober 1956

Hochgeschätzter, lieber Herr Dr. Rychner

Zwar bin ich zur Zeit nicht in Sils Maria, nehme aber dies hübsche Blatt, um Ihnen aus Montagnola für Ihre jüngste Gabe zu danken.

Nichts Lieberes hätte ich mir wünschen können als von Ihnen ein Porträt und eine Rettung Jean Pauls. Und überdies hatten wir, meine Frau und ich, grade in diesen Tagen bei unsrer Abendlektüre Ihrer gedacht, denn wir lasen den Briefwechsel Burckhardt-Hofmannsthal, dies edle, liebenswerte Buch.

Und nun habe ich also Ihre Studie mit Spannung und Bewegung gelesen, und mit hoher Befriedigung. Es wird auch

Ihrer Arbeit nicht gelingen, die Heutigen zum Lesen Jean Pauls zu verführen. Aber sie wird durch ihre hohe Qualität und durch Ihren Namen dazu beitragen, daß bei einer kultivierten Minderheit, also unterirdisch vorerst, das Gedächtnis des großen Liebenden erhalten bleibt. Ihre so scharf profilierte Darstellung des genialen Phänomens wird manchen jungen Germanisten anlocken und beunruhigen.

Schließlich käme es nicht darauf an, ob ein einzelner Dichter der Vergangenheit vergessen wird, obwohl auch das schon ein Verlust ist. Die Unlust der heutigen Leserschaft hat ja nicht so sehr Jean Pauls Technik und skurrilen Eigensinn zur Ursache (die gleichen Leser lassen sich von Modernen wie Faulkner oder Eliot etc. weit größere Manieriertheiten gefallen), sondern es wird mit Jean Paul eine ganze Dimension des Erlebens und Denkens als nicht mehr notwendig abgelehnt.

Ich lege ein paar Blätter von mir bei, und grüße Sie mit herzlichem Dank.

An Frau Dr. Karoline Kallenbach, Freiburg i. Br.

22. Dezember 1956

Verehrte Frau Dr. Kallenbach

Wie sehr haben Sie recht mit dem, was Sie in Ihrem Weihnachtsbrief an mich sagen. Recht haben Sie mit Ihrer Betrachtung über die Weltgeschichte, und noch mehr recht mit Ihren Worten über die Musik, die Sie uns geschenkt haben und für die ich Ihnen sehr danken möchte.

Außer den nicht immer verfügbaren metaphysischen Trostmitteln gegen Teufel und Krieg gibt es noch andre, vor allem das biblische der Nächstenliebe, deren Praxis etwa so lautet: Fühle mit allem Leid der Welt, aber richte Deine Kräfte nicht dorthin, wo du machtlos bist, sondern zum Nächsten, dem du helfen, den du lieben und erfreuen kannst.

Dies Heilmittel haben Sie, bewußt oder unbewußt, mit

Ihrem schönen Geschenk angewandt. Wir haben Ihre altfranzösische Musik sofort angehört, und ihre strahlende Heiterkeit, ihr inniges Liebesfeuer hat uns eine Stunde der Freude und Besinnung geschenkt und uns gegen die aus Radio und Zeitung anströmende Traurigkeit gestärkt.

Herzlich und mit guten Wünschen grüßt Sie

Postkarte an Herrn J. J. Sch., Rithmar über Lehrte

30./31. Januar 1957

Lieber Herr Sch.

Ich bin kein Freund dieser nutzlosen Lyrik-Analysen in den Schulen. Wenn es mir nicht gelungen ist, in meinem Gedicht mich auszudrücken, warum soll es mir dann in tausend privaten Briefen an Schüler und Lehrer gelingen?

Zu „Stufen" wäre zu sagen: das Gedicht gehört zum „Glasperlenspiel", einem Buch, in dem unter andrem die Religionen und Philosophien Indiens und Chinas eine Rolle spielen. Dort ist die Vorstellung der Wiedergeburt aller Wesen dominierend, nicht im Sinn eines christlichen Jenseits mit Paradies, Fegefeuer und Hölle. Diese Vorstellung ist mir durchaus geläufig und sie ist es auch dem fiktiven Verfasser jenes Gedichtes, Josef Knecht. Ich habe also tatsächlich an Fortleben oder Neubeginn nach dem Tode gedacht, wenn ich auch keinneswegs kraß und materiell an Reincarnationen glaube. Die Religionen und Mythologien sind, ebenso wie die Dichtung, ein Versuch der Menschheit, eben jene Unsagbarkeiten in Bildern auszudrücken, die Ihr vergeblich ins flach Rationale zu übersetzen versucht. Mit freundlichem Gruß

An Hilde Schoeck, Zürich

10. März 1957

Liebe Frau Schoeck

Immer wenn ich an Othmar dachte, habe ich innig gewünscht, es möchte nicht auch dieser Freund, einer der liebsten, vor mir davongehen.

Nun ist es doch geschehen, und wir denken mit großer Teilnahme an Sie und Ihre Tochter. Und dabei drängen sich aus schönen, lang vergangenen Zeiten her die Bilder. Ich sehe den Freund so wieder, wie ich ihn zum ersten Mal sah, er war etwa zwanzigjährig, Freund Schlenker brachte ihn mir nach Gaienhofen mit, wo er dann öfter mein Gast war. Und ich sehe das Haus in Brunnen mit beiden Eltern, allen vier Brüdern, die Bilder und Sammlungen in des Vaters Atelier, unsre Gänge gegen Morschach hinauf, unsre Besuche bei der Großmutter Faßbind und im Waldstätter Hof, dann alle Zürcher Wohnungen Othmars von der Bergstraße an, unsre gemeinsamen Ausflüge und Italienreisen, die Konzerte von der ersten Aufführung des Lenau'schen Postillons an.

Wie gern hätte ich den Freund noch einmal gesehen, wie gern ihm noch einmal für alles gedankt, womit er mein Leben bereichert hat!

Ich trauere mit Ihnen und freue mich des Trostes, daß seine Werke bleiben und mir immer wieder das Herz erwärmen werden.

Mit inniger Teilnahme Ihr

Herrn D. K., Mainz

11. März 1957

Lieber Herr K.

Wenn ein Halbstarker einen Achtzigjährigen mit dem Prügel erschlägt, so mag ihm das Spaß machen, beweist aber nichts gegen den Alten oder für den Knaben.

Sie waren Katholik und Kommunist und haben das Bedürfnis nach handfesten, autoritativen Programmen. Sie ehren Sokrates und Cervantes, weil sie in Schlachten mitgekämpft haben und haben offenbar nicht gemerkt, daß diese beiden zu den spöttischen und hintergründigen Geistern gehören, zu denen, bei denen Spaß und Ernst unheimlich ineinander verflochten sind – daß sie also gerade die Eigenschaften haben, die Sie mir und den andern heutigen Literaten so bitter und unartig vorwerfen.

Diese Verachtung für Geist und Dichtung, diese Knabenverehrung für Schwert, Blut und Schlacht, diese ganze edle Weltanschauung der Hitlerjugend ist einer Antwort nicht wert. Wozu reden mit Leuten, deren Sprache der Prügel ist? Wozu schreiben an Leute, die nicht lesen können noch es lernen wollen?

An eine junge Leserin

die sich durch ein Buch von mir beunruhigt fühlte

Ende März 1957

Liebes Fräulein

Danke für Ihren Brief. Ich habe ihn vorläufig mit Drucksachen beantwortet, und dabei wäre es auch geblieben, aber Ihr Brief kommt aus einer wirklichen Not, und so versuche ich doch, auch mit einem persönlichen Wort zu antworten.

Was mich und meine Schriften betrifft, so folgen Sie ganz Ihrem Gefühl, und sobald sich gegen die Lektüre starke Widerstände regen, tun Sie die Bücher weg, für eine Weile oder für immer, es schadet nichts.

Doch werden Ihnen die schönen und die schrecklichen Möglichkeiten des Menschenlebens auch anderswo begegnen, und nicht nur in Büchern, und Sie werden Ihr Bestes, den göttlichen Funken in Ihnen, noch oft und hart gegen das Andringen der Welt verteidigen müssen. Von den paar gedruckten

Sprüchen, die ich Ihnen schickte, kann Ihnen da vielleicht jener nützen, der vom Hegen und Wahren der eigenen Persönlichkeit spricht, und wo es heißt, daß allzu weiches Nachgeben und Sichanpassen ebenso gefährlich ist wie das moralische Sichzwingen über die eigene Kraft hinaus. Das Leben ist gefährlich, das wissen Sie ja schon, und in der Gefahr hilft nichts andres als das Vertrauen auf die eigene Natur und der Gehorsam gegen ihre Gesetze.

Vielleicht beruht Ihr Erschrecken nur darin, daß Sie Bücher von mir zu früh gelesen haben. Doch wird es wohl noch tiefere Gründe haben. Lernen Sie sich selbst kennen und auf sich vertrauen, dann läßt alles sich bestehen. Freundlich grüßt Sie

An Peter Suhrkamp, Frankfurt am Main

nach dem Erscheinen seines Buches „Munderloh"

8./9. Juni 1957

Lieber Freund Peter

Ich muß Dir berichten, daß Du Deine Absicht, mir mit Deinem Geschenk eine ganz besondere Freude und Überraschung zu bereiten, vollkommen erreicht hast.

Als Du mir das kostbare Buch überreichtest, fing die Freude bei der Feststellung an, daß mein Zureden wegen einer Buchausgabe nicht erfolglos geblieben war, und daß der „Besuch" und der „Apfelgarten" jetzt wirklich an die Öffentlichkeit getreten sind. Hinzu kam der schöne Pergamentband, die Widmung für mich und die Erwähnung meines Zuredens im Nachwort.

Und jetzt habe ich das Ganze, vor allem den Roman, gelesen, und die Freude hat sich bewährt und vertieft. Ich habe seit Hofmannsthals „Andreas" kein erzählendes Fragment mehr gesehen, das mich so erfreut und gefesselt hat, und bei keinem habe ich so sehr wie bei diesen beiden es bedauert, daß es nicht zur Vollendung hat kommen dürfen. Mir war es ein richtiger Schmerz, als die Erzählung abbrach – grade im Augenblick, da die Gestalt der Frau Lange Kern und Umriß gewann.

Ich bin kein Kritiker und Analytiker. Wenn ich gezwungen würde, dennoch irgend etwas an Deinem Roman zu kritisieren, so wäre es etwa die Frage, ob es in einer so genau gezeichneten Erzählung richtig sei, daß nicht nur der junge Lehrer, sondern auch der Bauer Rüdebusch sich der Sprache des etwa fünfundfünfzigjährigen Peter S. bedienen. Aber gestört hat mich das nicht im mindesten.

Über das Literarische und Moralische hinaus war es mir, wie Du Dir denken kannst, herzbewegend, der Entstehungszeit Deiner Dichtung zu gedenken und es mitzuerleben, wie der Gestapo-Gefangene in seiner Zelle die Felder, Dünen, Wälder, Lüfte seiner Jugendlandschaft samt deren Menschengestalten herauf beschwört.

Überdies habe ich in Deinem Buch ein mir neues Wort entdeckt, das Wort „Brahm“. Auf Seite 66 kommen „Felder von Ginster und Brahm“ vor. Ich schlug neugierig im zweiten Band von Grimms Wörterbuch nach, aber auch den Brüdern Grimm und ihren Nachfolgern war das Wort unbekannt, und wenn Du mir nicht gelegentlich hilfst, werde ich nie erfahren, was außer dem Ginster auf jenen Feldern gewachsen ist.

Nun sage ich Dir nochmals Dank und gratuliere der Bibliothek Suhrkamp zu einem ihrer wertbeständigsten Bücher.

An Dr. Max Wassmer, Bremgarten/Bern

Zum 24. August 1957

Lieber Max

Immer noch feierst Du Deine Geburtstage, um zehn Jahre jünger, bald nach dem meinen, und manchen von ihnen haben wir gemeinsam feiern dürfen, und vor zehn Jahren habe ich Dir unter Deinen Kastanien ein langes Gedicht geschrieben, in dem beinah alles schon zu lesen steht, was ich Dir auch heute zu Deinem siebzigsten zu sagen hätte.

Es ist freilich in den zehn Jahren seit jenem denkwürdigen Fest noch einiges geschehen und hinzugekommen, woran wir an jenem festfröhlichen Sommertag nicht stark gedacht haben. Wir haben Leid und Krankheit erlebt, wir haben Freunde durch den Tod verloren, und der Tod hat uns nicht nur von außen ans Fenster geklopft, er hat auch in uns innen Arbeit getan und Fortschritte gemacht. Das Leben, das einst so selbstverständlich war, ist zu einem kostbaren, immer bedrohten Gut geworden, der selbstverständliche Besitz hat sich in eine Leihgabe von ungewisser Beständigkeit verwandelt.

Aber die Leihgabe mit unbestimmter Kündigungsfrist hat ihren Wert keineswegs verloren, die Gefährdung hat ihn eher noch erhöht. Wir beide lieben das Leben nach wie vor und wollen ihm treu bleiben, unter andrem um der Liebe und Freundschaft willen, die wie ein Wein von guter Herkunft mit den Jahren an Gehalt und Wert nicht abnimmt sondern wächst. Die wollen wir bis zuletzt pflegen und preisen und zuweilen mit einem kleinen Trankopfer feiern.

Ich grüße Dich, lieber alter Max, und alles, was alte Freunde einander wünschen können, wünsche ich Dir von Herzen. Dein H.

An Professor Dr. Karl Schmid, Bassersdorf

Oktober 1957

Hochgeschätzter Herr Prof. Schmid

Mit Freude empfing ich Ihre schöne Gabe. Wir werden gemeinsam das Ganze lesen. Vorausgenommen aber haben wir Ihren Versuch über die Schweizer Nationalität. Das ist eine großartige, gewissenhafte, ebenso energische wie zartfingrige Untersuchung des komplexen Phänomens. Ihre Schwierigkeit in denkerischer wie in psychologischer Hinsicht macht sich in der Sprache mit bemerkbar, sie verzichtet auf Glätte und kämpft sich oft verbissen durchs Gestrüpp der Probleme, und grade das hat mir diese Arbeit, gewiß eine Ihrer wichtigsten, noch lieber gemacht. Ich verdanke ihr manche Information und auch manche Klärung.

Ich werde jede Gelegenheit benützen, meine Freunde, besonders die in Deutschland, auf das Buch und besonders auf diese Untersuchung aufmerksam zu machen.

An einen Inder

der mich bat, etwas für die Fortdauer von Tagores Ruhm zu tun

Oktober 1957

Lieber Herr Chatterji

Daß Tagore zur Zeit im Westen ein wenig vergessen zu sein scheint, ist ein Phänomen, dem ein allgemeines historisches Gesetz zugrunde liegt. Die Berühmtheit von heute gerät nach ihrem Tod in eine Versenkung und Vergessenheit, und erst nach langer, oft sehr langer Zeit nimmt die Welt sich die Mühe, sowohl den einstigen Ruhm wie die jetzige Vergessenheit nachzuprüfen und richtigzustellen. Und zwar ist das Vergessenwerden desto hartnäckiger, je auffallender einst die Berühmtheit war. So steht es mit dem Ruhm Tagores im Westen. Tagore war in der Zeit nach dem ersten Weltkrieg eine zeitlang in Europa nicht nur berühmt, sondern er war große Mode, und die Welt ist nun einmal so, daß sie ihre Lieblinge gern für die ihnen gewährte Gunst bestraft und büßen läßt.

So sehe ich die Sache. Im Fall Tagore, finde ich, ist das kein Grund zur Klage und Bitterkeit. Er verdankt einen Teil seines Ruhms der reichen Erbschaft an altindischem Geist, den er eine Weile im Westen wieder zu Ehren gebracht hat. In manchen Köpfen und Herzen hat diese Wirkung fortgedauert und Früchte getragen, und diese unpersönliche, stille Fortwirkung, die mit Ruhm und Mode nichts zu tun hat, paßt im Grunde vielleicht zu einem indischen Weisen besser als Ruhm und Persönlichkeitskult.

Ich habe zu Tagore kein nahes Verhältnis gehabt, ihn aber als eine edle und ehrwürdige Erscheinung in der geistigen Welt seiner Zeit in freundlicher und schöner Erinnerung behalten. Und ich werde mich freuen, wenn ich es noch erlebe, daß er die Bewährungsfrist seiner jetzigen Vergessenheit siegreich überstanden hat. Mit freundlichem Gruß

Aus einem Brief an Martin Buber

4. November 1957

... Sehr froh aber bin ich darüber, daß ich Ihnen jetzt endlich danken kann, nicht nur für die Freundlichkeit, die Sie mir und den Schwaben erwiesen haben, sondern für Ihre Rede selbst, die mir starken Eindruck gemacht hat. Denn was Sie aus meinen Büchern herausgeschält haben, habe ich ja selbst nie in dieser Abgezogenheit erkannt und erkennen können, dazu war ich viel zu sehr Künstler, und mit den Sorgen der Form und Darstellung befaßt. Aber ich kann Ihnen ganz und gar zustimmen und rechtgeben, jetzt, da Leben und Werk sich mir in genügender Distanz zeigen. Ich meine: zustimmen in dem Sinn, daß es tatsächlich mit der Unruhe und dem Anliegen, die mich von Buch zu Buch getrieben haben, so beschaffen war wie Sie es sahen. Und wie sehr mich die Temperatur Ihrer Rede, ihre Wärme und Freundschaft bewegt und erfreut hat, brauche ich kaum zu sagen!

Morgen erwarten wir meinen Japan-Vetter W. Gundert. Da werde ich vermutlich wieder einige kostbare Geheimnisse aus der unbekannten, unübersetzten Literatur des Zenbuddhismus erfahren. Und viel wird von unsrem Großvater, einem der Väter der Indologie, die Rede sein.

Haben Sie Dank, nochmals, und seien Sie Beide von uns vielmal gegrüßt!

An Martin Buber

zu seinem 80. Geburtstag

Anfang Januar 1958

Lieber Martin Buber

Es ist recht lange her, seit ich mich einst mit der Bitte um einige Bücher für die deutschen Kriegsgefangenen in Frankreich an Sie gewandt habe. Es war im Jahr 1916 oder 1917, und Sie haben mir damals eine große Freude bereitet, indem Sie durch Schocken fünfzig kleine Jüdische Handbibliotheken zur Verfügung stellten. Mit Vergnügen und Dankbarkeit betrachtete ich ihre von Ihnen mit Liebe und Sorgfalt erwogene Zusammenstellung, und verteilte sie an die größeren französischen Gefangenenlager, in denen auch ich einige jüdische Freunde hatte. Doch war die Freude über diese Spende freilich längst nicht die erste, die mir durch Sie zuteil wurde. Es war schon längst der Baalschem, der Rabbi Nachman, es waren die Ekstatischen Konfessionen und die Vier Zweige des Mabinogi in meinem Besitz. Und wie vieles an Freude, an Belehrung, an Ermutigung und Anregung haben mir Ihre späteren Bücher, haben mir unsre persönlichen Begegnungen und Gespräche geschenkt, bis zu der letzten herzbewegenden Freude, die ich durch Ihre Stuttgarter Rede zu meinem achtzigsten Geburtstag erfuhr.

Und jetzt begehen auch Sie dies nachdenkliche Fest. Es wäre mir eine Genugtuung, wenn die Akademie in Stockholm diesmal mir Gehör schenken und Ihnen die verdiente Auszeichnung zusprechen würde. Aber wir beide werden auch deren Ausbleiben mit Lächeln hinnehmen.

Seien Sie zu Ihrem edlen Werk und Leben beglückwünscht, und bleiben Sie Ihrem Volk und der Welt weiter der liebende Lehrer und Mahner! Von Herzen grüßt Sie Ihr H. H.

An Eugen Gerritz, Freiburg i. B.

ca. 3. April 1958

Lieber Herr Gerritz

Ihr Brief hat mich an vieles erinnert. Zunächst an meine Freundschaft mit Thomas Mann, mit dem ich noch im Jahr vor seinem Tode einige Wochen zusammen war. Dann aber an Zeiten und Zustände meines Lebens, in denen es mir ähnlich ging wie es zur Zeit Ihnen geht. Ein Gedicht, das ich mit etwa 23 Jahren schrieb, endet so

– nimmt uns zu frierender Umnachtung
In grausam eiserne Gewalt
Die Kluft der Weltverachtung.
Die aber lenkt uns klug zurück
Zum bittersüßen Greisenglück
Der Selbstverachtung.

Alles, was Sie einst von mir lasen, und was für Sie den Anschein der Unangefochtenheit hatte, ist später geschrieben als jene nicht guten aber für die Lebensstufe charakteristischen Verse. Es gibt den Weg in die von kaltem Neonlicht bestrahlten Regionen der scheinbar vollkommenen Bewußtheit und Vernünftigkeit. Es gibt aber für den, der diese Regionen durchschritten hat, wieder Land, wieder Wärme, wieder Unschuld und Liebe. Nicht durch Flucht, sondern durch Transzendieren der kalten Regionen wird das erreicht, kann wieder verloren gehen und kann wieder erreicht werden.

Mit herzlichen Grüßen Ihr

An Herrn K. Sch., Berlin

22. Mai 1958

Lieber Herr Sch.

Sie stellen mir Fragen, die mir zeigen, daß Sie die Dichtung mit den Augen des modernen Kritikers betrachten. Wenn Sie das tun, dann sollten aber meine Bücher für Sie das sein, was sie für die heutige junge Kritik sind, nämlich romantischer Kitsch. Zwischen Ihrer Art von Kritik und Ihrem Interesse für meine Bücher besteht also ein Widerspruch. Ihn zu lösen, muß ich Ihnen überlassen.

Daß ich je mit bestimmten Mitteln bewußt eine bestimmte Wirkung habe erreichen wollen, scheint Ihnen zwar gewiß, es ist aber dennoch ein Irrtum. Ich kann Ihre Frage, ob ich meine Gedichte als „bewußte Konstruktionen unter Zuhilfenahme aller technischen Möglichkeiten" gemacht habe, nur mit Nein beantworten. Ich war und bin von solcher Ingenieurtechnik weit entfernt ...

Mit freundlichem Gruß

An Inger H. in D.

31. Mai 1958

Manche ähnliche Briefe kommen zu mir. Was seid ihr für eine arme Generation, wie schwer habt ihr es und wie schwer macht ihr es euch! Mißtrauen gegen alles, gegen die eigenen Gefühle, gegen den eigenen Verstand, gegen Freundschaft, Liebe, Kunst, Ideale spricht aus euren Briefen. Und mit euren Fragen kommt ihr dann zu uns, den Achtzigjährigen! Es ist traurig.

Wenn ich Ihren Brief lese, sehe ich deutlich: Sie sehnen sich nach nichts so sehr als nach Freundschaft, nach Hingabe, nach Idealen. Aber Sie halten es für richtig und zeitgemäß, dieser Sehnsucht zu mißtrauen. Vermutlich aus Furcht vor dem Spott der Zeitgemäßen, der schnoddrigen Jünglinge, die übermorgen Geldverdiener, Abgeordnete und Journalisten sein und die Welt noch weiter vergiften werden.

Sie lesen und lieben Nietzsche. Sie stellen Fragen an einen alten Dichter. Aber warum glauben Sie beiden nicht? Warum zwingen Sie sich zu tausend erklügelten Einwänden gegen das Edle, das Schöne, das Herzhafte. Darauf müssen Sie selbst sich antworten.

An Fräulein Christine Dittmar, Windelsbleiche/Bielefeld

Sils Maria, 28. Juli 1958

Liebes Fräulein

Ich bin zu alt und überbürdet, um noch viele Briefe schreiben zu können. Aber ich glaube, Sie haben schon mit Ihrem Brief an mich, mit dem Durchdenken und Aussprechen Ihrer Probleme etwas gewonnen, es war gewiß nicht vergeblich.

Das Leben fordert Anpassungen und Opfer von uns, es wäre sonst kein Zusammenleben von Menschen möglich. Und die Mehrzahl der Menschen ist nicht so stark individualisiert von Geburt an, daß das Anpassen ihr sehr schwer fiele. Wer stärker individualisiert ist, muß früh oder spät erkennen, daß das Leben dauernd ein Hin und Her, ein Kampf zwischen Opfer und Trotz, zwischen Anerkennung der Gemeinschaft und Rettung der Persönlichkeit ist. Geben Sie diesen Kampf nicht auf. Und wenn Sie es wollten, könnten Sie es doch nicht.

Noch ein Wort zum Interpretieren von Dichtungen. Jede Dichtung ist vor andern ein ästhetischer Wert, und die Ästhetik, das Erkennen des Schönen, ist trotz allen Versuchen und Bemühungen keine Wissenschaft, es läßt sich nicht lernen und in Methoden bringen. Das was die Schullehrer etwa an einem Gedicht erklären, gilt immer nur den sekundären Inhalten und Werten des Gedichts: den soziologischen, den nützlichen, den moralischen, erzieherischen oder religiösen Belangen. Das Eigentliche des Gedichts, seine Einmaligkeit, ist unerklärbar. Die Schönheit kann eine sehr verborgene sein, aber wem sie sich entzieht, der kann noch so fein und klug an den „Inhalten“ herumdeuten, er wird das Eigentliche nie erfassen. Natürlich gibt es Ausnahmen! Wenn ein wirklich Kongenialer ein Gedicht deutet, so kann seine Deutung dem Gedicht gleichwertig sein. Doch das kommt nur Einmal vor in einer Million von Fällen.

Lernen Sie nur die Methoden der Germanistik, sie sind nicht schlecht, aber vergessen Sie nie, daß das Eigentliche und Wunderbare dieser Methoden nicht erfaßbar ist.

Nun habe ich doch einen langen Brief geschrieben. Etwas von dem, was ich schrieb, wird Sie, bewußt oder unter der Schwelle, weiter begleiten.

Mit freundlichem Gruß

An Dr. Curt Pfeiffer, Frankfurt a. Main

5. August 1958

Lieber Dr. Pfeiffer

„Ist denn die Menschengeschichte wirklich nicht mehr als das Leben in einem trüben Tümpel?" fragen Sie.

Für mich gibt es *zwei* Menschengeschichten, die politische und die geistige. Etwas wie Fortschritt ist in beiden nicht feststellbar. Ob Simson die Philister mit einem Knochen totschlägt oder Hitler Raketengeschosse nach England speit, ist das selbe. Und von der Philosophie der Upanishaden bis zu Heidegger ist auch kein Fortschritt wahrzunehmen. Dagegen unterscheiden sich die beiden Historien doch sehr. Die sogenannte Weltgeschichte mag man betrachten in welchem Abschnitt man will, so ist sie häßlich, grausam und teuflisch. Die Geschichte der Sprachen, der Denkweisen, der Künste aber ist auf jeder Strecke voll schöner, liebenswerter Bilder und Blüten. Sie ist es, deretwegen vermutlich der Schöpfer trotz allem die Menschheit bis heute hat weiter existieren lassen.

Dank für Ihren Brief, und freundliche Grüße von Ihrem

An Professor Dr. Karl Schmid, Bassersdorf

zu seinem Buch „Hochmut und Angst"

November 1958

Lieber Herr Prof. Schmid

Bei der Lektüre Ihres Europa-Buches habe ich Ihrer in letzter Zeit oft gedacht. Es ist eine sehr bewegende Lektüre. Es bleibt natürlich fraglich, wie weit ein Kollektiv-Ich solche Mahnung zu nutzen fähig sei, sowie ob überhaupt psychoanalytische Deutungen bei nicht analysierten Menschen wirksam werden können. Aber mit dem Versuch dieser Deutung und Mahnung durften Sie freilich nicht warten, bis diese Fraglichkeiten irgendwie beantwortet sein würden.

Daß auch diese Schrift Ihnen Gegner bringen wird, kann Sie weder überraschen noch ärgern. Schlimmer ist, wie mir scheint, daß die Komplexität des Themas und die Zweistimmigkeit Ihrer Darstellung – ich meine Ratio und Über-Ratio – nur wenigen von den Lesern, die Sie meinen, sich ganz erschließen wird. Möge ich zu schwarz sehen (ich bin im Glauben an die Belehrbarkeit der Menschen von Jahrzehnt zu Jahrzehnt wankender geworden) und möge Ihr Buch von Vielen bedacht und verstanden werden! Das wäre ihm sehr zu wünschen.

An einen Leser

dem ich zuweilen neue Bücher empfehle

Dezember 1958

Daß Sie meinen Hinweis freundlich aufnahmen und sich die beiden Bände „Oskar Loerke, Gedichte und Prosa“ gekauft haben, erfahre ich mit wirklicher Freude, denn diese zwei Bände sind ein Schatz, dessen Glanz und Fülle vorerst nur Wenige kennen und zu würdigen wissen. Andre schöne und edle Bücher, die ich Ihnen empfahl, hätten vermutlich mit der Zeit auch ohne mich den Weg zu Ihnen gefunden, Bücher wie die Briefwechsel Hofmannsthals, die „Begegnungen“ von C. J. Burckhardt, die von Stefl herausgegebenen Erstfassungen von Stifters Erzählungen, vielleicht auch noch ein Buch wie „Sturm und Drang, Kritische Schriften“ von Erich Loewenthal. Aber mit Loerke ist es etwas anderes. Ich kann Ihnen längst nicht alle Auskünfte über ihn geben, die

Ihnen erwünscht wären, auch habe ich ihn persönlich nicht gekannt.

Loerke war, wie Sie wissen, lange Jahre Lektor des Verlags S. Fischer. Davon, und von seinen Rezensionen und Literaturberichten, die er für Zeitungen schrieb, hat er gelebt. Es gab keine Redaktion in Deutschland, die ihn nicht gekannt und Respekt vor ihm gehabt hätte. Es gab keinen jungen Autor, der nicht von ihm gewußt, ihn geachtet oder gefürchtet hätte. Tausende von Manuskripten und Büchern hat er gelesen, unzählige jüngere Autoren ermuntert, belehrt, erzogen, propagiert, nahezu die ganze deutsche Literatur seiner Zeit hat er persönlich und intim gekannt. Stellt man sich dies Leben, diese Riesensumme an Arbeit, an Herhaltenmüssen, an Lese-, Schreib- und Gesprächsleistung vor, dazu im Tempo von Berlin, wo er überdies manche Jahre Schriftführer der Akademie für Dichtung gewesen ist, dann erwartet man einen geplagten, gehetzten, seinen tausend Verpflichtungen nur durch Gerissenheit, durch Routine gewachsenen Menschen zu finden, einen armen Sklaven, unendlich fleißig, unendlich abgenutzt, todesmüde des aufreibenden Dienstes in dieser Tretmühle des Geistes. Und dies alles war er auch, wir wissen es nur zu gut aus seinen eigenen Geständnissen. Aber er war auch anderes, er war noch viel mehr.

Dieser Loerke hatte nicht nur die drückende Last seiner Brotberufe zu tragen, die zehntausend Bücher, die Lawine der Manuskripte zu lesen, seinem Brotgeber Rede zu stehen, sich gegen allzu aufdringliche Kollegen zu behaupten, zwischen Studierzimmer, Verlagsbüro, Akademie unterwegs zu sein. Er hatte außerdem einen überaus kostbaren Schatz zu hüten, seine von diesem Betrieb tödlich bedrohte Seele, die Seele eines vornehmen, edlen Mannes, eines Denkers, eines Dichters. Da und dort in seinen Schriften ist die Rede von jenem Bezirk in des Menschen Seele, in dem er allein und souverän sein muß, wenn er nicht verkommen will, wo er die tausendfach zerstückelte Welt als Kugel, als Einheit, als rund und vollkommen erkennen und erleben kann. Im Kampf nun um diesen geheimsten Innenraum der Seele, wohin der Lärm des Betriebs nicht dringt, wo Welt und Ich eins sind, wo der Quell des Schöpfertums wallt, im Ringen um das Unbedingte und Heilige wird der gehetzte Sklave Loerke zum Krieger, gewinnt der geduldige und konziliante Lektor und Kritiker einen heroischen Eigensinn. Es gilt, inmitten einer übergewaltigen Maschinerie die Natur zurückzuerobern, nach einem erschöpfenden Tagwerk die Einkehr zu ermöglichen, es gilt den Mittelpunkt der Zentrifuge zu erreichen. Hilfreiche Mächte dabei sind die Natur, die Musik, vor allem aber die eigene Schöpferkraft. Der Dichter Loerke, einer der paar großen Wegbereiter der modernen deutschen Lyrik, hat sich in diesem Kampf als vorbildlicher Held erwiesen. Er hat es ganz unvorstellbar schwer gehabt. Eingeengt und ausgelaugt durch einen ungewöhnlich schweren und mit ungewöhnlicher Treue und Gewissenhaftigkeit ausgeübten Beruf, hat er ein lyrisches Werk von sieben Bänden in die Welt gestellt, Gedichtreihen voll intensiver Schau und Bildkraft, voll schmerzlicher Seligkeit. Und der tiefen, absoluten Einsamkeit, aus welcher dies staunenswerte Werk herkommt, entsprach die Einsamkeit, die es von außen umgab. Denn wohl haben Loerkes Gedichte auf einige andre Dichter stark und vorbildhaft gewirkt, sie haben auf geheimen Wegen und Umwegen die ganze deutsche Dichtung tief beeinflußt – aber so etwas wie ein Publikum haben sie nie gefunden, damals nicht und bis heute nicht. Die sagenhaften sieben Bände wurden zwar gedruckt, sie wurden von ein paar wenigen Verstehenden geliebt und bewundert, aber der Dichter blieb ohne Gemeinde, und schließlich kam noch die braune Barbarei und schaltete den Dichter und sein Werk aus.

Es war ein Wagnis von Freund Suhrkamp, das lyrische und kritische Werk Loerkes in diesen zwei schönen Bänden neu herauszugeben. Seit dem Tode des Dichters, und gar seit dem Erscheinen seiner ersten Gedichtbände, hat indessen die Welt sich verändert und ich halte es für wahrscheinlich, daß die Stunde dieses Mannes jetzt gekommen sei. Wenn nicht, so würden dennoch, solange es noch eine deutsche Dichtung gibt,

Bruchstücke seines Werkes in allen Anthologien sich erhalten und immer wieder jenes große Erstaunen erregen, mit dem Loerke selbst einst Bruchstücke des verschollenen Breslauer Barockdichters Quirinus Kuhlmann entdeckt hat. Was er von diesem mystischen Seher-Dichter sagt: „So geht die Welt ihm durch jeden Sinn ein und prägt sich groß, schwer, atemlos im Worte nach, das sich auf der Zunge bildet. Er sieht durch jedes Dunkel bis an das Ende, an dem es tagt ..." das wird dann mancher Leser auch von ihm sagen.

Es steht Ihnen etwas Gutes und Köstliches bevor mit der Lektüre der beiden Bände. Und sollten Sie den Zugang zur Welt der Gedichte nicht gleich finden, dann nehmen Sie den Umweg über jene Aufsätze, in denen Loerke über Musik und über ältere Dichter spricht, und lernen Sie ihn lieben und bewundern nicht nur seines Verstandes und seines großen Wissens wegen, sondern auch und noch mehr um seiner Einfühlungs- und Liebesfähigkeit, seines Taktes, seiner Geduld und Herzenszartheit willen.

Herzlich grüßt Sie Ihr H. H.

An Dr. Otto Engel, Degerloch

11. Januar 1959

Lieber Dr. Engel, lieber Kamerad

Wenn an Ihrem Gefühl, mir etwas schuldig geblieben zu sein, wirklich und objektiv etwas wahr gewesen sein sollte, so haben Sie dieses Schüldchen mit Ihrem Brief mehr als wettgemacht und abgetragen. Beim Lesen sah ich Sie plötzlich für eine Weile wieder so, wie ich Sie einst kennen lernte, als Sie das erstemal nach Montagnola kamen und unten im Camuzzihaus wohnten und wir uns über Weltgeschichte und deutsche Kriegsschuld aussprachen.

Über Ihre Gedanken und Sorgen wegen Krankheit und Schwäche will ich nichts sagen. Ich lebe seit langem so am Rand des Nochdaseins, wie Sie es neuerdings tun.

Gefreut hat mich in Ihrem Brief alles. Gefreut hat mich auch die mitgesandte Bildkarte mit Ihrer Bemerkung über Cézanne, der auch mir einer der liebsten Maler der neuern Zeit ist. Gefreut hat mich, daß Sie auf dem Umweg über den drolligen D. für eine Weile sich wieder dem nicht nur Denkerischen in meinen Schriften zugewandt haben, dem Künstlerischen und Lyrischen, das mir lieber und wichtiger ist und zeitlebens mehr Spaß und mehr Mühe gemacht hat als das Denken. Gefreut hat mich auch, obwohl ich diese Dummheiten nicht ernstnehme, Ihre Entrüstung über Deschner und andre Angriffe der Jungen auf den alten arrivierten Hesse, der sie stört und über dessen unbestreitbares Zuviel an Erfolg sie ganz vergessen haben, daß dieser H. sein halbes Leben lang in seinem Land und Volk knapp geduldet, häufig angeprangert, verfolgt und unten durch war.

Kurz, ich habe alles in Ihrem Brief mit Freude und in Freundschaft auf- und angenommen, auch was Sie über Lyrik und die Gefahren des Reimes etc. sagen, obwohl ich da einiges anders sehe. Daß Goethe furchtbare Banalitäten gedichtet hat, ist unbestreitbar, aber wenn ich auch sehr selten etwas davon lese, imponiert mir doch die naive Kraft und Unbekümmertheit, die es ihm lebenslang erlaubte, fürstliche Geburtstage oder gesellige Anlässe in Versen zu feiern, die ihn wenig kosteten und doch ohne alle Beimischung von Ironie gutwillig ihrem Zweck dienen sollten.

Was ich beim Dichten und Reimen anders ansehe als Sie, ist etwa das: der lyrische Dichter, wie ich ihn sehe oder in mir erlebt habe, ist beim Dichten nicht nur darum bemüht, seine Gedanken oder Empfindungen mit Hilfe seiner Mittel möglichst gut auszudrücken. Sondern während er das tut, kommt ihm aus den Urkräften der Sprache, den mythischen und magischen, den klanglichen und rhythmischen, den malenden und den beschwörenden, beständig etwas entgegen, was nicht von ihm ist, was ihm aber hilft und ihn zugleich sehr oft von dem weglockt, was er eigentlich gewollt hat. Sein Werkzeug, die Sprache, ist eben nicht nur Werkzeug und tot, sondern ist eine schöpferische Macht, weniger vernünftig aber viel mächtiger als der Dichter. Indem er ein Wort hinsetzt, mit dem er nur etwas Begrenztes und Subjektives auszudrücken meint, kommt ihm aus dem Wort oft eine Mahnung, ein Strom von Assoziationen akustischer, optischer, gemüthafter Art entgegen, der ihn anderswohin mitnimmt als der Herr zu steuern vorhatte. Was also am Ende in einem Gedicht entsteht und es von einem rationalen Text unterscheidet, ist etwas Einmaliges, nicht wiederholbar, nie ganz identisch mit dem vom Autor ursprünglich Gewollten, und grade das ist es, was man, ob wissentlich oder unbewußt, daran liebt.

Das neue Gedicht auf den verwitternden Buddha, das ich Ihrer Frau schickte, entstand im Dezember nach dem Betrachten eines einzigartigen japanischen Bilderbuches, das sein Herausgeber mir geschenkt hatte. Es sind lauter Aufnahmen von Statuen, Reliefs und anderen buddhistischen Bildwerken, die nicht unter Dach stehen, nicht in Tempeln oder Museen, sondern im Freien, unter Bäumen, zwischen Felswand und Bach, verschwistert mit allem Wachstum, zum Teil noch wohlerhalten und nur umsponnen und durchwachsen von Gras, Moos und Kraut, zum Teil schon seit Jahrhunderten kaum noch als Form kenntlich, verwittert, bröckelnd, einsinkend, hinüberwankend ins Vegetative, zur Natur heimkehrend. Sie kennen meine sehr alte Liebe zu Buddha, meine späte zum Buddhismus in der Form des Zen. Das wurde im Betrachten jenes Buches von Kei Wakasugi wieder mächtig wach.

Nun aber mehr als genug, ich habe seit Jahr und Tag keinen so langen Brief mehr geschrieben.

Herzlich grüßt Sie Ihr

An Dr. Siegfried Unseld, Frankfurt/M.

1./2. April 1959

Lieber Herr Dr. Unseld

Daß mein Freund Peter nicht mehr zu leiden und zu kämpfen hat, gönne ich ihm von Herzen. Daß er mir im Sterben zuvorgekommen ist, tut mir freilich sehr weh. Daß ich ihm nach dem Martyrium der Hitlerzeit und der schweren Enttäuschung mit dem alten Verlag beim Aufbau des neuen helfen konnte, rechne ich zum Positiven in meinem Leben.

Sie treten jetzt an seine Stelle. Da wünsche ich Ihnen Kraft, Geduld und Freudigkeit, es ist ja eine schöne und edle Art von Arbeit, in der Sie stehen. Es ist auch eine schwierige und verantwortungsvolle. Der Verleger muß „mit der Zeit gehen", wie man sagt. Er muß aber nicht einfach die Moden der Zeit übernehmen, sondern auch, wo sie unwürdig sind, ihnen Widerstand leisten können. Im Anpassen und im kritischen Widerstehen vollzieht sich die Funktion, das Ein- und Ausatmen des guten Verlegers. So einer sollen Sie sein.

Herzlich trauere ich mit Ihnen über unsern Freund, und herzlich wünsche ich uns beiden ein gutes Zusammenarbeiten.
Ihr

An R. A. Schröder, Bergen b./Traunstein

als Dank für den Brief, den er mir nach P. Suhrkamps Tod geschrieben hatte

April 1959

Lieber Herr Schröder

Wunderbar hat Ihr Zuruf mir in der Trauer wohlgetan. Peter hat Sie sehr geliebt, sein gutes Gesicht leuchtete, wenn er von Ihnen sprach; es geschah bei jedem Beisammensein.

Wir haben (meine Frau, Frau Elsy Bodmer aus Zürich und ich) seinem Gedächtnis zwei Abende gewidmet, an denen wir gemeinsam eine Auswahl aus Peters Schriften lasen, namentlich den Brief an den Heimgekehrten.

Viele Freunde und Leser schreiben mir Teilnehmendes zu Suhrkamps Tod. Und schon sehe ich ihn, durch den Schmerz hindurch, in der Distanz, in der die lieben Vollendeten uns erscheinen, alles Zufälligen ledig, ganz er selbst, ganz Gestalt.

Dank, daß Sie meiner gedacht haben! Es war gut und bleibt unvergessen.

Herzlich Ihr

An Wilhelm Gundert, Neu-Ulm

21. Mai 1959

Lieber Wilhelm

Für Deinen Brief bin ich recht dankbar. Die Verdrießlichkeiten mit Vergeßlichkeit, Nichtmehrfinden von Papieren etc. sind auch mir bekannt, man kann da nichts tun als sich selber auslachen. Doch hat das Alter, und auch seine Schwäche, ja zum Glück auch Vorzüge, die einen entschädigen.

Meinen Nachruf auf Suhrkamp lasse ich privat noch extra drucken, da kriegst Du ihn dann nochmals.

Das angebliche Thu Fu-Gedicht ist richtig von Klabund, ich habe es jetzt in seinem Gedichtband gefunden. Es kam mir, als der Leser mir es schickte, gleich bekannt vor, namentlich die wunderschöne letzte Zeile. Klabund hatte, ähnlich wie Brecht, eine merkwürdig eingehende, flüssige und dabei aromatische Vers- und Reimkunst, es fiel ihm leicht und er ließ die Verse fallen wie ein Baum die Blüten. Er war ein heiterer, lustiger, sehr anregender Mensch, schwindsüchtig und immer in Übertemperatur, ich mochte ihn gern. Einmal, in einem Frühling während des ersten Kriegs, traf ich ihn frühstückend im Garten eines auch mir befreundeten Hauses bei Locarno. Seine Frau und zwei seiner Freunde waren bei ihm, ich hörte sie alle schallend lachen und trat an ihren

Tisch. Da hatte Klabund von seinem Vater ein Bündel Zeitungsrezensionen über das letzte Klabund-Buch geschickt bekommen, ausnahmslos vernichtende Kritiken, in denen kleinbürgerliche Literaten diesen Klabund als frechen Bluffer, als Hanswurst, als Lästerer und Schädling bezeichneten, und zu den bösesten Schimpfworten hatte der entrüstete Vater mit Rotstift bemerkt: „Sehr richtig! Ganz meine Meinung!" etc. Klabunds schöne junge Frau starb bald darauf, er hat ihr rührende Gedichte gewidmet.

Basta. Sei mit den Deinen von uns beiden herzlich gegrüßt!

An Mrs. Bryher, Burier-La Tour (Vaud)

25. Juni 1959

Vivat Bryher!

Sie verstehn es, wohlzutun und Freude zu bereiten, ich habe es oft erprobt, und habe es soeben wieder erfahren. Gott segne Sie dafür! Ich sage herzlichen Dank! Ihr Geschenk wird mir mehrere kleine Wünsche erfüllen, hauptsächlich aber wird es mir helfen, unsern kleinen Weinkeller für uns und unsre Gäste wieder hübsch aufzufüllen. Ich habe jetzt viele Beschwerden, aber der Wein schmeckt mir noch und hilft mir auch manche ungute Stunde zu erhellen.

Ich freue mich sehr darüber, daß Sie Ihre Erinnerungen schreiben! Und nicht weniger freut es mich, daß Sie wieder auf Seefahrt gehen und im kleinen Segelboot Ihre britisch-keltischen Gewässer und Inseln aufsuchen. Sie machen das tapferer und praktischer als einst der Doktor Johnson auf seiner schottischen Reise.

Grüßen Sie die verehrte Frau Hilda *. Ich habe auch für sie einen kleinen neuen Druck beigelegt.

Herzlich Ihr dankbarer Freund

* Die Dichterin Hilda Doolittle-Aldington (H. D.) war die Freundin der Dichterin Bryher.

An Frau M. Johannessohn, Hamburg

26. Juni 1959

Verehrte Frau Johannessohn

Wohlbehalten ist Ihre reiche Sendung angelangt: Tierbuch, Briefchen, Bildkarten, Jasminzweig, alles noch in Ruhe empfangen und genossen einige Tage vor dem festlichen Ansturm. So reich, so schön und lieb haben Sie mich beschenkt, ich sage Ihnen dafür innigen Dank.

Wenn ich im Tierbilderbuch die wunderschönen Bilder betrachte, kommt mir manche Erinnerung. In Colombo sah ich die Schlangenbeschwörer mit ihren Bastkörben voll Brillenschlangen und ihren langen Flöten hocken. Auf Ceylon, oben am Mahavelli, sah ich im Fluß einem Dutzend vergnügt badender Elefanten zu. Im Schnellzug südlich von Kuala Lumpur wurde ich mitten in der Nacht aufgeschreckt, als der plötzlich gebremste Zug mit heftigem Ruck anhielt: vorn vor der Lokomotive lag ein gewaltiger Elefant auf den Schienen und ließ sich nur unwillig und zögernd vertreiben. Und in dem Haus in Djambi auf Sumatra, wo ich Gast war, hatten sie sechs zierliche, ganz junge Krokodile. Und so noch manches.

Jetzt kommt noch eine strenge Zeit bis gegen Ende Juli, dann hoffen wir nach Sils Maria zu fahren, wo meine Frau auch den Besuch ihrer einzigen Schwester aus New York erwartet.

Nochmals tausend Dank! Und gute Wünsche und Grüße von Ihrem

An den Vorstand des Börsenvereins des deutschen Buchhandels, Frankfurt a./M.

Ende November 1959

Sehr geschätzte Herren

Herr Lambert Schneider war so freundlich, mich zu einem Vorschlag für den nächsten Friedenspreis aufzufordern. Ich folge der Einladung gerne und habe wegen der Wahl eines Namens keinen Augenblick geschwankt.

Es ist Rudolf Pannwitz, den ich als Kandidaten vorschlage. Er ist Ihnen natürlich bekannt und Sie wissen, daß Hofmannsthal und Bodenhausen ihn hochgeschätzt und sich um seine Förderung bemüht haben. Pannwitz ist nahezu 80 Jahre alt, hat ein dichterisches und vor allem ein kulturphilosophisches Lebenswerk von hoher Geistigkeit und großer Originalität geschaffen, lebt einsiedlerisch und in Armut und ist heute noch unermüdlich an der Arbeit. Die Bände seines Lebenswerkes finden Sie in den Katalogen des Verlags H. Carl, Nürnberg verzeichnet. Dieser edle und bedeutende Denker, der nie Konzessionen an den Zeitgeist gemacht hat, ist zwar von den bedeutendsten seiner Altersgenossen hochgeschätzt und gepriesen worden, hat aber nie ein großes Publikum gefunden und nie materielle Erfolge gehabt.

Es wäre sehr schön und wäre ein Akt der Gerechtigkeit, wenn diesem Denker und Kämpfer, so lange er dafür noch erreichbar ist, eine seiner würdige Anerkennung und Auszeichnung zuteil würde.

Ich erwähne noch: Pannwitz ist zwar seit einigen Jahren nicht sehr weit von mir angesiedelt, gehört aber nicht zu meinem persönlichen Freundeskreis, ich habe nur zweimal Gespräche mit ihm gehabt, und er ahnt nichts davon, daß ich diesen Schritt zu seinen Gunsten unternehme.

Unter den Kandidaten, die für Ihren schönen Friedenspreis in Betracht kommen, sind gewiß manche, für die der Preis auch in einem Jahr, oder in mehreren Jahren, nicht zu spät kommen würde. Wenn Sie Rudolf Pannwitz in Betracht ziehen, dann bitte ich daran zu denken, daß er vermutlich wenig Zeit mehr hat, um auf die Anerkennung zu warten.

Den Herren vom Vorstand und Herrn Lambert Schneider sendet freundliche und ergebene Grüße Ihr

Postkarte an Herrn Otto Hartmann, Schriftsteller,
Großenwieden/üb. Rinteln/Weser

11. Dezember 1959

Lieber Herr Hartmann

Danke für Ihren lieben Brief und Ihre guten Wünsche. Ich kann sie zur Zeit brauchen, am Ende eines Jahres, das mir sehr viel Böses gebracht und mich sehr geschwächt hat. Das Schlimmste war nicht Kranksein und Schmerzen, schlimmer waren die vielen schweren Verluste, vor allem der meines lieben Peter Suhrkamp.

Vom Verlag lasse ich Ihnen das Buch „Traumfährte" schikken.

Ihre Klage über den Zustand der Welt verstehe ich wohl, aber ich teile Ihren Glauben nicht. Die Geschichte der Menschheit wird nicht empor und zu Vergeistigung und Frieden führen, sie wird bleiben, wie sie bisher war: tragisch. Der Mensch hat auf der Erde das Regiment erobert, und er ist kein guter Regent. Es warten keine Paradiese auf uns. Aber die Erwachten und Gutgesinnten müssen dennoch das Ihre tun, nicht mit Lehren und Predigen, sondern indem jeder in seinem Kreise recht und sinnvoll zu leben sucht.

Mit herzlichen Grüßen Ihr

An Professor Alfred Kantorowicz, München

Dezember 1959

Sehr geschätzter Herr Prof. Kantorowicz

Es war freundlich von Ihnen, daß Sie beim Erscheinen Ihres Tagebuchs an mich gedacht haben, ich sage besten Dank.

Es ist da ein gutes, vielmehr vorwiegend übles Stück Geschichte, ein persönlich erlebtes, aufgezeichnet, und man kann nur wünschen, es möge nicht nur zu jenen Lesern gelangen, die längst Bescheid wissen und dies Wissen auch beherzigt haben. Ich bin, was die Belehrbarkeit der Menschen und speziell die politisch-moralische Belehrbarkeit der Deutschen betrifft, Pessimist.

Was mich an Ihrem Schicksal und Wesen anzieht und freut, ist die Hingabefähigkeit an eine Idee, die Fähigkeit zu Kameradschaft und Opfer – und dann Ihre Unruhe, Ihr Bedürfnis nach Selbsterkenntnis und Rechtfertigung. In diesen Punkten verstehe ich Sie durchaus. Anders ist es mit Ihrer politischen Tätigkeit. Ich bin ein indisch-christlich erzogener Einzelgänger, dem jedes Machenwollen von Weltgeschichte, jedes Ändernwollen der Welt durch Gewalt, durch Saalschlachten, Kriegführen etc. etc. unsinnig und falsch erscheint, der auch die Weltgeschichte genügend viel betrachtet hat, um seine Meinung durch sie völlig bestätigt zu finden. Daß ein Zar durch einen Stalin, einen Kadar, Chruschtschew, Ulbricht ersetzt wird, ist kein Gewinn, es ist ein Tausch, keiner Opfer wert. Und daß auch im Westen nichts gut geworden ist, wissen Sie ja auch. Auf Grund dieser Anschauungen sehe ich in allen Versuchen, die Welt gewaltsam zu verbessern, nur Irrtümer. Was durchaus aber nicht hindert, daß ich vor dem guten Willen und Glauben des idealistischen Mitgängers und Mitkämpfers Respekt habe.

Genug, ich wollte eigentlich nur danken und mit guten Wünschen grüßen. Ihr

An Lisa Tetzner-Kläber

Zum Tode Kurt Kläbers

Dezember 1959

Liebe Frau Lisa Tetzner

Ach wie leer wird die Welt, und wie voll Trauer und Abschied! Ich denke an die Zeit, da Sie mir im Dezember 1922 Ihr erstes Buch schickten, und unserer ersten Begegnungen in Carona mit Wengers, und muß Sie mir nun in Ihrem schönen Haus dort oben, das mir Ninon geschildert und gerühmt hat, allein zurückgeblieben denken. Und ich denke des lieben Mannes, den Sie verloren haben, seiner Güte, seiner Kameradschaftlichkeit und Hilfsbereitschaft, seines heiter freundlichen Wesens im Gespräch. Wohl ihm, daß er seinen Leidensweg vollendet hat! Es wird seiner von Vielen an vielen Orten mit großer Herzlichkeit gedacht werden.

Aus meiner Klause, in der die zunehmende Schwäche mich gefangen hält, grüße ich Sie mit der herzlichsten Teilnahme. Ihr

An Rudolf Alexander Schröder, Bergen b. Traunstein

In den Weihnachtstagen 1959

Lieber und Verehrter!

Ihre kostbare Sendung in Empfang zu nehmen war wohl diesmal die größte aller weihnachtlichen Freuden.

Beide Gaben kommen aus einem geistigen Bezirk, der mir so heimatlich wie heilig ist, die prachtvolle Rede auf Schiller und die Glocke, und der „Sturm". Diese wunderbarste Dichtung nehme ich in Ihrer Sprache wieder neu und dankbar in mich auf, diese Sprache ist des köstlichen Druckes und des ganzen festlichen Kleides mehr als würdig und tut mir Vers um Vers im Herzen wohl. Seit ich, beinah noch Knabe, in dem einbändigen dicken, zweispaltig gedruckten Shakespeare meiner Mutter zum erstenmal den Sturm, nur halb verstehend, gelesen habe, ist vieles untergegangen, was damals groß war und ewig schien. Prospero hat alles unbeschadet überlebt.

Jetzt beim wohl letzten Wiederlesen denke ich auch an Hildas wundersam versponnenen Gesang auf Claribel. Ihnen aber, verehrter Freund und Kamerad, sage ich herzlichen Dank.

Das Jahr geht zu Ende, es war für mich kein freundliches und hat mich sehr geschwächt. Das Schlimmste aber war der Tod unsres Peter.

Meine Frau grüßt mit mir herzlich.

An R. A. Schröder, Bergen b. Traunstein

Januar 1960

Lieber R. A. Schröder

Seit dem Empfang Ihres Briefes denke ich beinah beständig an Sie. Ich weiß Sie täglich unter der Reflektorlampe über Macbeth gebeugt, und ich denke mir allerlei über Ihre Mußestunden aus, ähnlich wie ich mir vor etwa 45 Jahren den Tageslauf meines Vaters vorzustellen versuchte, der in den letzten Jahren seines Lebens blind gewesen ist. Die Nachricht über Ihr Augenleiden hat mich sehr bewegt.

Wunderbar hat mich angemutet, was Sie von der Straße Ihrer Kinderzeit erzählen. So voll geistlicher Würde war freilich meine Calwer Straße nicht, oder doch nur unser Haus, das Haus des Calwer Verlagsvereins, aus dem der Doktor Barth und mein Großvater durch Jahrzehnte ihre vielen Bücher, Zeitschriften und Traktate in die Welt hinaus schickten. Nachfolger der beiden war mein Vater.

Ihr Büchlein „Unser altes Haus“ besitze ich nicht, an ähnlichem nur die „Kindheit“ als Oltener Druck.

Was nun das Claribel-Gedicht von „Hilda“ betrifft, so ist es zu lang als daß ich es abschreiben könnte. Die Augen würden das zur Not erlauben, nicht aber die Hände und Finger, deren Gelenke seit langen Jahren durch Arthrose allmählich absterben. Aber höchst wahrscheinlich besitzen Sie das Gedicht schon, als ersten von Suhrkamps „Tausenddrucken“, im Jahr 1955 gedruckt. Die Dichterin hat ihre wenigen Publikationen mit den Initialen ihres Mädchennamens H D (Hilda Doolittle) gezeichnet. Ihr Mann hieß Aldington.

Haben Sie Dank, lieber alter Kamerad, dafür daß Sie mir noch einmal einen solchen Zuruf gegönnt haben! Die letzten Säulen eines nicht durchaus heiligen Tempels haben sich ihrer Herkünfte nicht zu schämen, mögen sie noch ein Weilchen stehen bleiben. Und fallen sie, dann nicht ins Leere.

Herzlich grüßt Sie und Ihre hilfreiche Schwester auch im Namen meiner Frau, Ihr

An Hans Völter, Dekan i. R., Brackenheim

10. Januar 1960

Lieber Völter

Spät erst komme ich dazu, Dir für Deinen Brief zu danken, und ich muß mit einer kleinen Enttäuschung für Dich beginnen: über die Bücher von Veltheim-Ostrow habe ich zwar manches gehört, aber keins von ihnen gelesen. Seit vielen Jahren habe ich für Bücher von Europäern über Asien kein Interesse mehr.

Über Luther haben wir uns ja früher schon gelegentlich ausgesprochen. Ich bewundere ihn, liebe ihn sogar als Vollmensch und Sprachgewaltigen, und halte dennoch seine Rolle in der Weltgeschichte für eine unglückliche. Wäre er einfach ein Protestant, ein Rebell gegen Pfaffentum etc., ein Anwalt des Individuums gegen Kirche und Staat, so hätte ich kein Wort gegen ihn zu sagen. Er hat aber selber wieder eine Kirche begründet, um nichts besser als die alte, hat nach Kräften dem Staat, den Fürsten assistiert, die Bauern im Stich gelassen, Deutschland verdankt ihm das Schisma, den 30jährigen Krieg, den späteren Orthodoxismus seiner Kirche und noch manches. Er war ein Prachtskerl, aber ein Unglück. – Verzeih, es ist nicht bös gemeint, und ich weiß, daß der Initiant einer Idee oder Bewegung nicht einfach für alle historischen Folgen seiner Sache verantwortlich gemacht werden kann. Aber ich will ja auch nicht eine objektive Wahrheit aussprechen, sondern lediglich meine ganz subjektive Reaktion auf das Phänomen Luther.

Ich hatte und habe keine gute Zeit, große Schwäche und viel Schmerzen. Und alle Freunde und Kameraden sterben einem weg! Bleibe Du noch da, alter Völter. Mit wem sonst sollte ich mich über Luther streiten? Herzliche Grüße, auch von Ninon. Dein

An Herrn Williams

Ende Januar 1960

Ihr Brief hat den Mann erreicht, den Sie meinten. (...) – ... Große Lebenserfahrung habe ich nicht erworben, aber doch einige Einsichten. Zum Beispiel habe ich in jüngeren Jahren die zuweilen mich heimsuchenden depressiven Stimmungen für etwas ganz Persönliches, Subjektives gehalten, und habe erst allmählich gemerkt, daß diese Zustände durchaus legitim waren und objektive Ursachen hatten, nämlich den Weltzustand, in den ich hinein geboren war: das Ende und Hinsterben einer schönen und edlen Kultur, von der ich als Knabe noch genug mitbekam, um die Größe des Verlustes erfassen zu können. Seit mir diese Einsicht gekommen war, habe ich mich bemüht, der Verfinsterung Heiterkeit und Tapferkeit entgegen zu halten. (...)

Ich danke Ihnen für Ihren schönen Zuruf und grüße Sie herzlich. Ihr

An Dr. Otto Engel, Stuttgart-Degerloch

Anfang Februar 1960

Lieber Dr. Engel

Manchmal habe ich, seit Ihr Brief kam, an Ihr Bekenntnis gedacht, ich meine das Bekenntnis einer nur sehr teilweise erfüllten lebenslangen Sehnsucht nach Naturnähe. Dies Verlangen wurde Ihnen erst allmählich, ja spät bewußt, und je genauer das Bewußtsein wurde, desto weniger war ihm zu genügen, desto mehr erwies sich der geschulte Geist als Widersacher. So etwa erschien mir wenigstens die Sache, und so gesehen ist sie mir nicht nur verständlich, sondern auch beinah wie von mir mit erlebt. Freilich darf man zwei ausgewachsene Individuen und Individualisten nicht auf Einen Nenner bringen wollen, für mich als Künstler waren andre Wege möglich und andre Wege versperrt als für Sie. Aber gemeinsam ist allen stark individualisierten und geistig mehr oder weniger erzogenen Menschen unsrer Generation das existentielle Hauptproblem: das gesteigerte Bedürfnis nach Wissen oder Erkennen, und zugleich damit ein Leiden unter diesem Bedürfnis, ein schlechtes Gewissen der Natur und der Unschuld kreatürlicher Existenzen gegenüber, denen das Primitive, kritiklos Übernommene traditioneller Formen des moralischen, religiösen, gesellschaftlichen Lebens genügt.

Bei mir hat die Einsicht, daß diese Leiden nicht eine persönliche, nur mich angehende Krankheit sind sondern ein ganz allgemeines Symptom und Problem unsrer Zeit, weitgehend entlastend und befreiend gewirkt. Denken Sie sich etwa: es hätte ein einzelner Mensch während des Krieges, sei es als Soldat oder als Bewohner einer bombardierten Stadt, für sich allein ein Zehntel dessen erleiden müssen, was in der Tat Millionen nur darum ertragen haben, weil es das Los Aller war – dann wissen Sie was ich meine. Wir leben in einer Welt, die zu zwei Dritteln Hölle ist, einerlei ob wir diesen Zustand mit den Augen Spenglers oder E. Jüngers betrachten, die beide tief geblickt haben. Zum Bestehen der höllischen zwei Drittel brauchen wir die verfluchten Mittel der Hölle, die Hornhäute, Panzer, Gasmasken, vor allem aber die immer erneute Zuflucht des dritten Drittels, das aus allem besteht, was uns inmitten der Verödung noch an Naturnähe, aber auch an geistiger Nahrung und geistigem Genuß geblieben ist. So gesehen, gehört das Blümchen in der Wiese und der Vogelsang ins selbe Reich wie Bach oder Hölderlin.

Ich wünsche Gutes und grüße herzlich. Ihr

An Dr. W. W. Schütz, Bonn a. Rh.

Februar 1960

Lieber Herr Doktor

Haben Sie Dank für Ihren Brief und Ihr Buch *. Ich habe ... schon ganze Partien darin gelesen. Und ich muß sagen: Sie haben Recht, wenn Sie, auch ohne viel Hoffnung, diesen Problemen zu Leibe gehen, denn offenbar liegt ja heute die politische Vernunft nicht mehr dort, wo die politische Macht liegt, und es muß ein Zustrom von Intelligenz und Intuition aus nichtoffiziellen Kreisen stattfinden, wenn Katastrophen verhütet oder gemildert werden sollen.

Ihr Buch halte ich für einen gescheiten, schönen und tapfern Versuch auf diesem Felde, und wir müssen ja daran glauben, daß das Gerassel und Gebrüll der Diktatoren und Kriegstechniker auf die Dauer der leiseren Stimme der Vernunft nicht standhalten kann. Wenn ich sage „wir müssen", so meine ich das nicht als moralischen sondern direkt als biologischen Imperativ.

Mit guten Wünschen für Sie und Ihre Arbeit ...

An einen jungen Menschen

der mit dem Heimweh nach seiner verlorenen Heimat im deutschen Osten nicht fertig wird

Februar 1960

Sie leiden an Heimweh nach einer Heimat, die Ihnen verloren gegangen und unerreichbar geworden ist. Ich weiß was Heimweh ist, auch ich bin ohne Heimat und die Stätten meiner frühen Jugend, die mir einst Heimat zu sein schienen, sind für mich zu einer Art von verlorenem Paradies geworden. Wenn ich sie heute, nach Jahrzehnten, wiedersehen

* „Das Gesetz des Handelns". (Verlag und Erscheinungsort konnte nicht mehr festgestellt werden.)

würde, so würde ich sie verändert, umgebaut, verwandelt finden, und wahrscheinlich würde es mir leid tun, das ideale Bild meiner Erinnerungen und meines Heimwehs durch den Anblick der Wirklichkeit zerstört zu sehen. Die Sehnsucht nach verlorener Heimat ist ganz ähnlich der Trauer um die Kindheit und den Kinderglauben. Wir müssen diese Sehnsucht nicht hegen und pflegen und an ihr krank werden, sondern diese Seelenkraft der Gegenwart und Wirklichkeit zuwenden. Ein sehr großer Teil der Menschheit ist heute heimatlos und muß durch Hingabe an die neuen Orte, Menschen und Aufgaben sich die Fremde zur Heimat zu machen versuchen.

Nach der Lektüre von Ernst Jüngers Buch „An der Zeitmauer“

für einige Freunde notiert

Februar 1960

. . . Das Buch, das mich in letzter Zeit am längsten beschäftigt hat, ist Jüngers „Zeitmauer“. Um es gleich zu sagen: es ist ein überaus gescheites und gutes Buch, das ich mit dem Vergnügen las, mit dem man eigene Empfindungen und Gedanken durch einen kompetenteren Mann bestätigt sieht. Womit ich freilich nicht sagen will, daß ich Jüngers Haupt- und Grundgedanken auch selber schon gehabt hätte.

Das Buch ist eine Untersuchung über das Unbehagen in der heutigen Menschheit, zumal der abendländischen. Ich will zuerst andeuten, wie weit ich Jüngers Vorstellungen vom heutigen Stand der Menschheit schon vor dem Lesen seines Buches geteilt habe. Für ihn wie für mich erklärt sich die Weltstunde als Ende eines Weltalters, des eisernen nach der antiken Mythologie, die sich in diesem Punkt mit der indischen nahezu deckt. Wir leben im Spätherbst eines Aeons, in einer untergehenden, sich auflösenden Welt, die für Viele zur Hölle, für beinah Alle unbehaglich geworden ist und deren Bedrohungen ständig zunehmen. Einerlei, ob die Frist bis zur Vollendung dieses Prozesses noch Jahrhunderte, Jahrzehnte oder Jahre daure, ob die Endkatastrophe sich als Selbstmord der Menschheit im Atomkrieg, als Schiffbruch der Moral und Politik, als Überwältigung des Menschen durch seine Maschinen abspiele – wir sind unterwegs zu jener Stunde, in der nach der indischen Vorstellung der Gott Shiwa die Welt im Tanz zertrampelt, um Raum für eine neue Schöpfung zu schaffen. Wir sehen die Weltgeschichte, das heißt die Geschichte unsres Weltalters, in hypertrophischen Staatengebilden, in sinnlosen Materialschlachten, in der Ausrottung unzähliger Tier- und Pflanzenarten, dem Hinwelken des Schönen und Wohltuenden im Bild der Städte und Länder, im Gestank der Fabriken, dem Erkranken der Gewässer, und nicht minder im Erkranken und Hinwelken der Sprachen, der Werte, der Worte, der Denk- und Glaubenssysteme hinsiechen. Und daß diesem still und rasch sich beschleunigenden Zerfall eine blendende Hochentwicklung der technischen Intelligenz und Leistung gegenübersteht, daß wir uns von der Centrifuge unsres mechanisierten Daseins nächstens in den Weltraum schleudern lassen können, das scheint mehr den Massen als den Denkenden ein Trost zu sein.

Soweit habe ich, und mit mir haben Tausende das Klima unserer Zeit empfunden und gedeutet, und nun sehen wir unser Unbehagen und unsre Versuche, es zu verstehen, im großen Ganzen von Jünger bestätigt, der mit großer Intelligenz und großem Feingefühl, dazu mit dem Rüstzeug eines sehr vielseitigen, namentlich naturwissenschaftlichen Wissens alle diese Symptome beobachtet, ordnet und deutet. Aber während wir andern, die Shiwagläubigen Hindu ebenso wie wir heutigen Künstler und Dichter, auch Geister wie Nietzsche und Spengler inbegriffen, den Weltzustand historisch und durchaus anthropozentrisch betrachten, sieht ihn Jünger – das ist das Neue und Überraschende an seiner großen Vision – nicht mehr geschichtlich, d. h. menschheitsgeschichtlich, sondern erdgeschichtlich. Was die Menschheit heute an Üblem wie an Gutem treibt, sieht er nicht mehr als einzig von ihr gewollt und ins Rollen gebracht, sondern als vom Erdgeist, ja vom Weltall diktiert. Er sieht uns im „Austritt aus der Geschichte“ begriffen. Als ich in der Lektüre so weit gekommen war, daß ich seinen Standort ungefähr zu erkennen vermochte, fiel mir eine Verszeile ein, von der ich im ersten Augenblick nicht wußte, wer ihr Autor sei, und fand, daß es ein Gedicht war, das ich vor beinah fünfzig Jahren geschrieben habe und an das ich seit vielen Jahren nicht mehr gedacht hatte. Es entstand im Jahr 1911 oder 1912 und heißt:

Aus lang verschwundener Völker Liedern her
Klingt oft ein Ton verwandt uns bis ins Herz,
Daß wir betroffen und mit halbem Schmerz
Hinüber lauschen, ob dort Heimat wär.

So auch ist unsres Herzschlags Ab und Auf
In festem Bann geknüpft ans Herz der Welt,
Das unsern Schlaf und unser Wachen hält
Im Einklang mit der Sonn' und Sterne Lauf.

Und unsrer wildesten Wünsche trübe Flut
Und unsrer frechsten Träume Fieberbrand
Ist Geist vom Urgeist, der noch nie geruht.

So gehn wir, unsre Fackeln in der Hand,
Gezeugt, genährt von uralt heiliger Glut
Und ewig neuen Sonnen zugewandt.

Das ist, scheint mir, kein gutes Gedicht, auch wenn man ihm seine Entstehungszeit als mildernden Umstand anrechnet. Aber es spricht doch von einer momentanen Schau, es zuckt eine Lebensstimmung darin auf, die mir beim Lesen der „Zeitmauer“ wieder geweckt wurde.

Das reiche Material aus der Geologie, Paläontologie, Zoologie und andern Disziplinen der Naturwissenschaften, das der Verfasser zusammenträgt, ist für mich lehrreich gewesen, aber unkontrollierbar geblieben. Was er aber aus der Geschichts- und Geisteswelt gesammelt hat, um seine Darstellung zu bereichern und zu stützen, das konnte ich nachprüfen, und er zeigt hier nicht nur ein bedeutendes Wissen, sondern darüber hinaus eine erfreuende Feinfühligkeit, ein zuverlässiges Qualitätsgefühl. Wundern mag sich mancher Leser, daß Jünger von einem Zeitsymptom wie dem Auftauchen der Astrologie in den Zeitungen ausgeht und das ganze Buch hindurch daran festhält. Ich würde andere Symptome ernster nehmen. Aber er hat davon den Vorteil, daß er, ohne etwa einen Glauben an den Wert astrologischer Prognosen zu verraten, sich der schönen Symbolsprache dieser ehrwürdigen Kunst bedienen kann. In der Tat ist ja ein gewöhnliches Zeitdatum, ein eigenschaftsloser Punkt in einer Linie ohne Ende, etwas sehr anderes und sehr viel geringeres als ein sternkundlich bestimmter Augenblick, der vom Planetensystem und dem Tierkreis her mit Bildern und Bedeutungen geladen ist. Dahin zielt das ganze Buch, es legt dem Leser statt der abstrakten, nur intellektuellen Seh- und Erlebensweise eine „synoptische" nahe und fordert ihn auf, sich selbst und sein Tun und Erleiden auch von der Erde und vom Kosmos her determiniert zu sehen. Das führt auch zu sehr schönen Betrachtungen über das Spiel zwischen freiem Willen und Determination und guten Worten über die menschliche Freiheit. Überhaupt endet die Betrachtung, die ja teils ein Abschiednehmen von unsrem „geschichtlichen" Zeitalter und von aller „Geschichte", teils ein ahnender Hinweis auf Kommendes ist, keineswegs mit irgend einer Art von Nihilismus. Die vortrefflichen Schlußkapitel optimistisch zu nennen, wäre freilich zu viel gesagt, sie sind aber bejahend und zukunftsgläubig, und sie nehmen ihre moralische Haltung durchaus aus der humanen und humanistischen Erbschaft.

Wie weit nun Jüngers Dichtungen und Prognosen „stimmen", oder was von diesem oder jenem Standort aus Triftiges gegen sie vorgebracht werden kann, berührt mich nicht. Der Streit darüber wird Literatur und Geschwätz sein. Mir genügt es vollauf, an dieser Schau teilgenommen und fruchtbare Tage mit ihr verbracht zu haben. Belehrt und korrigiert hat mich das schöne Werk auf den Gebieten der Naturwissenschaften und der Technik, auf denen ich rückständig bin. Im Humanen und Moralischen hat es mich nicht geändert, aber wohltuend bestärkt.

An Helmut Kirschstein, Nienburg/Weser

geschrieben auf der Rückseite des Blattes: Vom Judenhaß usw., geschr. 1958

12. März 1960

Das auf der Rückseite ist schon zwei Jahre vor den Schmierereien geschrieben worden.

Die heutige deutsche Jugend halte ich nicht für verdorbener oder gefährlicher als die Jugend andrer Länder. Es sind ja auch in mehreren andern Ländern solche unflätige Demonstrationen vorgekommen.

Das Mißtrauen gegen Deutschland besteht im Ausland, wenn auch nicht mehr so heftig wie einst, noch fort. Schuld daran ist heutzutage weniger das, was das deutsche Volk unter Hitler gesündigt hat, als der sehr bedenkliche Umstand, daß auch heute noch alte Nazileute in hohen Ämtern, sogar in Ministerien, sitzen, oder in Ruhe hohe Pensionen beziehen. Hier hat das Mißtrauen gegen Deutschland auch meiner Ansicht nach völlig recht.

An Herbert Schulz, Berlin

12./13. März 1960

Lieber Herr Schulz

Ihr Brief war willkommen und wurde genau gelesen. Er kam grade in die Pause zwischen zwei Pflichtarbeiten.

Sie wissen, daß ich Ihnen im großen ganzen zustimme. Zu Ihrem Thema fällt mir noch ein: die Weltgeschichte wird im Wesentlichen von den Primitiven und Jungen gemacht, die besorgen das Vorwärtstreiben und Beschleunigen, im Sinn von Nietzsches etwas theatralischem Wort „Was fallen will, soll man auch noch stoßen". (Er, der Hochsensible, hätte nie einem alten oder kranken Menschen oder Tier diesen Stoß versetzen können.) Es bedarf aber, damit die Geschichte auch Friedensinseln behalte und erträglich bleibe, immer auch des Retardierens und Konservierens als Gegenmacht, diese Aufgabe fällt den Kultivierten und Alten zu. Mag nun der Mensch, den wir uns denken und wünschen, andre Wege gehen als die unsern und zur Bestie oder Ameise sich entwickeln, so bleibt es eben unsre Aufgabe, diesen Vorgang möglichst zu verlangsamen zu helfen. Unbewußt lassen sogar die militanten Mächte in der Welt diese Gegentendenz gelten, indem sie – wenn auch täppisch genug – neben den Rüstungen und Propaganda-Lautsprechern ihre Kulturbetriebe pflegen.

Aber genug für diesmal. Herzliche Grüße!

An Herrn stud. phil. K.G., Weil a. Rh.

19. März 1960

Lieber Herr G.

Ihr Brief hat mich ein wenig erschreckt, nicht wegen der politischen Mitteilungen und Meinungen, die darin stehen, sondern nur Ihretwegen. Ich hatte bisher geglaubt, Sie studierten Philosophie und nicht Politik, das ist das Eine. Das andre, wichtigere ist: daß Sie vor einer geschichtlichen und politischen Wirklichkeit, die nichts Überraschendes hat, wie vor einer unerwarteten Katastrophe stehen und sich von ihr so erschrecken und beirren lassen.

Ihr Brief meldet mir nichts Neues. Was Sie da an politischen Gefahren entdecken ist das Selbe, was ich vor 50 Jahren zwar nicht entdeckt aber ahnungs- und gefühlsweise gespürt habe, als ich Deutschland verließ, um nie mehr dorthin zurückzukehren. Es ist die politische Unfähigkeit und Unzuverlässigkeit des Volkes. Während des Krieges von 1914 wurde mir das vollends klar, wurde durch das Schicksal der „Republik" Deutschland, dann durch Hitler, dann durch die servile Gelehrigkeit des Volkes, mit der es sich amerikanisieren ließ, und durch vieles andre bestätigt.

Das deutsche Volk, trotz seinen vielen guten Begabungen, eignet sich wie kaum ein andres zur Diktatur, ist ihr von Bismarck bis Adenauer stets offengestanden. Sie sind jung und die Entdeckung dieser Dinge ist Ihnen neu und erschreckt Sie, aber die Dinge sind alt und zwar betrübend, aber nicht in dem Maß wie Sie sie jetzt sehen. Deutschland ist ein kleiner Teil der Welt und seine Bedeutung für die Welt ist heute sehr viel kleiner als je seit 1870. Mir geht die Amerikanisierung Japans, die Militarisierung Chinas, der Untergang Tibets etc. etc. weit näher als die deutschen Ereignisse.

Natürlich ist auch mein Blickpunkt und meine Einstellung subjektiv. Aber daß unsere jetzige Weltgeschichte ein später Schub in einem zu Ende gehenden eisernen Aeon ist, das ist für Unzählige längst ein Glaubensartikel. E. Jünger deutet das sogar als das Ende alles Human-Geschichtlichen, als den Beginn einer neuen Epoche in der Erdgeschichte, in der der Mensch nur noch gehorsames Werkzeug kosmischer Mächte ist.

Einerlei wie man das ansehe, es wird gut sein, wenn wir unser Verhalten nach wie vor nach den Vorbildern richten, nach den alten Chinesen, nach den Weisen Indiens und denen Griechenlands bis Sokrates.

Herzlich Ihr

An die Redaktion der Blätter für deutsche und internationale Politik, Köln

März 1960

Hochgeschätzte Herren

Seit langer Zeit haben Sie mir freundlicherweise Ihre schöne Monatsschrift zugesandt. Ich lese Politisches nur noch ausnahmsweise, habe mit der Zeit aber doch eine gute Vorstellung von Ihren Bestrebungen bekommen. Im Ausland lebend und weder den innerdeutschen noch den kirchlichen Problemen nahestehend, habe ich doch immer einmal wieder in Ihren Blättern gelesen und verdanke ihnen manche Belehrung. Ganz besonders freut es mich, daß Sie so tapfer und unermüdlich Ihren Lesern den Schandfleck der Bundesrepublik sichtbar machen, die Besetzung hoher und höchster Ämter mit zum Teil schwer belasteten Nationalsozialisten.

Mit ergebenen Grüßen Ihr

An Eduardo Perez de Leon, Madrid

Im März 1960

Lieber Herr Perez de Leon

Jetzt endlich ist Ihre große Sendung bei uns angekommen, wohlbehalten samt Ihrem Brief und denen Ihrer Freunde. Ich sage Ihnen nun vor allem herzlichen Dank für diese Gabe und noch mehr für die Gesinnung, in der Sie sie dargebracht haben.

Daß ich mich gegen Vieles, was aus aller Welt sich mir zudrängt, zuweilen wehren muß, werden Sie verstanden haben. Ich bin alt, bin sehr schwach geworden, und sehe mich beinahe jeden Tag von Briefen, Geschenken, Bitten, Fragen, Manuskripten etc. etc. bedrängt, die mich in Anspruch nehmen und meine letzten Kräfte aufzehren möchten.

Überdies steht zwischen Ihnen und mir die Mauer der Sprache. Sie können meine Bücher in Ihrer Sprache lesen, ich aber Ihre Briefe nicht in der meinen.

Manche Worte und Sätze habe ich dennoch entziffert und eine Ahnung von Ihren Problemen bekommen. Ich kann dazu nur wenig sagen. Ich vermeide es, Angehörige einer Kirche und Religionsgemeinschaft in ihrem Glauben irre zu machen. Für die Mehrzahl der Menschen ist es sehr gut, einer Kirche und einem Glauben anzugehören. Wer sich davon löst, der geht zunächst einer Einsamkeit entgegen, aus der sich mancher bald wieder in die frühere Gemeinschaft zurücksehnt. Er wird erst am Ende seines Weges entdecken, daß er in eine neue große, aber unsichtbare Gemeinschaft eingetreten ist, die alle Völker und Religionen umfaßt. Er wird ärmer um alles Dogmatische und alles Nationale, und wird reicher durch die Brüderschaft mit Geistern aller Zeiten und aller Nationen und Sprachen.

Vielleicht haben Sie Ihre Pilgerfahrt nach dem Orient schon angetreten. Sollten Sie nach Indien und nach New Delhi kommen, dann besuchen Sie dort den Gesandten der Republik Chile, Miguel Serrano, der ist mir befreundet, und ist ein großer Freund des indischen Denkens und Glaubens.

Grüßen Sie bitte Ihre Freunde von mir und nehmen Sie vorlieb mit diesem Brief. Ich darf nur noch selten solche Briefe schreiben.

Möge Ihr Weg ins Licht führen, ich wünsche es Ihnen von Herzen. Ihr

An Franz Messerli, Gymnasiast, Schwarzenburg

13. April 1960

Lieber Herr Messerli

Stifter und Hebbel sind zwei diametral verschiedene Menschen- und Dichtertypen. Sie konnten unmöglich einander verstehen. Die hochfahrende, böse und verständnislose Art, wie Hebbel den andern behandelt hat, wollen wir ihm dennoch nicht verzeihen.

Den Nachsommer halte ich für Stifters schwächstes Werk.

Daß Nietzsche es überaus hochgeschätzt hat, sei aber auch erwähnt.

Die Erzählungen Stifters und seinen Witiko halte ich für die schönsten in deutscher Sprache in der Generation nach Goethe und Jean Paul. Wären nicht die langatmigen Unterhaltungen über Kunst, so würde ich auch den Nachsommer zu den Meisterwerken rechnen.

Daß die Jugend es leichter hat, den heftigen Pathetiker Hebbel zu lieben als den stillen Stifter, ist selbstverständlich. Man bleibt aber nicht immer 16- bis 18jährig, und je älter man wird, desto mehr wird man reif und dankbar für den großen Stifter.

Mit freundlichem Gruß

An Rudolf Alexander Schröder, Bergen b. Traunstein

dessen Schwester wenige Tage zuvor 80jährig gestorben war

4. Mai 1960

Lieber Herr und Freund

Über Frankfurt erfahre ich in diesem Augenblick, was Sie betroffen hat. Was es bedeutet, kann ich wohl ermessen, ich bin selbst überaus abhängig und der Hilfe bedürftig und wüßte nicht was tun, wenn ich meine Frau entbehren müßte.

So rufe ich Ihnen meinen Gruß aus brüderlichem Mitgefühl in Ihre Verlassenheit hinüber und bete im Stillen zum Vater aller Geschicke für Sie um Trost und Festigkeit, um die Gnade, das Schreckliche hinnehmen und das Unerträgliche tragen zu können.

In alter und neuer Verbundenheit und Treue Ihr

An Frau Charlotte Reber-Bodmer, Basel

13. Mai 1960

Liebes Charlöttli

Ja, den Artikel von Dagmar Weise * haben wir gelesen, und mit aller Teilnahme und Freude. Ein Leser in Deutschland hat mir das Blatt zufällig geschickt, sonst hätten wir nie davon erfahren.

Ihr Vater ist auch mir dauernd lebendig und oft ganz gegenwärtig, manchmal sehe ich ihn ganz verinnerlicht und vergeistigt, manchmal dann wieder mit allen seinen realen Eigenheiten: leidenschaftlich in Liebe und Ablehnung, das verletzliche Innerste durch einen Panzer von Rauheit oder Schneidigkeit deckend, und ich weiß gar nicht, welche Erscheinungsform des Freundes mir die liebere ist – es ist eben jeweils grade die momentan vor mir sich zeigende . . .

. . . Herzlich grüßen wir beide Sie und die Ihren. Ihr

* Vermächtnis für das Beethovenhaus. Der Schweizer Sammler H. C. Bodmer. (Frankfurter Allgemeine Zeitung, 30. April 1960.)

Frau H. Herzberg, Berlin

Ende Mai 1960

Verehrte Frau Herzberg

Danke für Ihren Brief! Er kam zwei Tage nach dem Ihrer Bekannten, jener Frau Tatjana . . .

Mir sind alle Religionen der Welt teuer und ehrwürdig, weil sie alle die vielleicht edelste Fähigkeit des Menschen zur Quelle haben: die Ehrfurcht. Doch unterscheide ich trotzdem die Religionen nicht nur nach ihrem geistigen und kulturellen Niveau, sondern auch nach ihrer Toleranz. Und da gehört ja leider die christliche nicht zu den freundlichen, milden und toleranten, sondern zu den missionierenden, hochmütigen, alleinseligmachenden und gewalttätigen. Briefe von hysterischen Damen, die mich bekehren wollen oder mich wegen meiner Unchristlichkeit abkanzeln, bekomme ich nicht selten, meist sind sie nicht aufregend. Der Brief von Tatjana freilich gehört nicht zu den harmlos-dummen, er hat mich in mancher Hinsicht an jene Briefe erinnert, die ich einst von Hitlerjungen und hitlerbetrunkenen Frauen bekam. Mir kann es nichts anhaben.

... Herzlich Ihr

An Herrn W. K. in R.

Ende Mai 1960

Lieber Herr K.

Danke für Ihren Brief. Ihre Worte über Jünger haben mich nicht überrascht. Ich habe diese Aversion gegen ihn vielemale äußern hören, und war auch selber einigemale nach dem Lesen Jüngers abgeschreckt. Übrigens gab und gibt es ja auch viele tausende von Lesern, denen es mit Thomas Mann ebenso geht, sie können in ihm nichts andres sehn als einen eiskalten Vernünftler und lieblosen Ironiker, während sie die wärmere Temperatur bei Hesse nicht genug rühmen können. Nun, für mich bedeutet es jedesmal einen Fortschritt und einen Gewinn, wenn ich einen Autor, der mir bisher fremd oder gar zuwider gewesen war, neu entdecke und verstehen lerne. So ist es mir mit dem neuen Buch von Jünger gegangen,* ebenso mit den Briefen des unglücklichen Benn. Beide haben ja auch Briefe mit einander gewechselt. Ob unsre Zeit Autoren wie Jünger brauche oder nicht, das ist eine Frage, die zu entscheiden ich mich nicht fähig oder berufen fühle. Da ich von Jünger wundervolle Schilderungen, namentlich von Landschaft und Tierwelt kenne, und nun überdies seine große Schau im neuen Buch, kann ich nur sagen: es wäre überaus schade, wenn es diese Sachen nicht gäbe. Und was das Poli-

* Ernst Jünger, An der Zeitmauer. (Ernst-Klett-Verlag)

tische betrifft, so hat Benn ganz kurze Zeit heftig für die Nazi geschwärmt, um sich dann ganz abzuwenden und auf deren schwarze Listen zu kommen. Und Hamsun ist bis zuletzt ein Nazi und ein eher böser Mensch geblieben, und doch lieben und bewundern wir seine Dichtungen nach wie vor.

Genug davon. An dem, was ich über Jüngers Buch geschrieben habe, finde ich kein Wort zu ändern.

An Dr. H. H. in H.

10. Juni 1960

Lieber Herr Dr. H.

Am Schluß meiner Betrachtung über Jünger steht: „Mir genügt es, an dieser Schau teilgenommen und fruchtbare Tage mit ihr verbracht zu haben". Was soll ich mehr sagen?

Ich kann etwas hinzufügen: Die Vorstellung, daß wir in der Endphase eines Aeons leben, hat mich nie daran gehindert, für meine Kinder und Enkel das mir irgend mögliche zu tun.

Daß die Leser meiner Betrachtung und überhaupt die Leser meiner Schriften meine Gedanken zu den ihren machen, habe ich nie gefordert oder erwartet. Es wäre ja auch langweilig. Aber wenn ich meine Gedanken zu einem Thema so sorgfältig wie möglich formuliert habe, fehlt mir nachher das Bedürfnis, sie gegen Einwände zu verteidigen, vollkommen.

Mit herzlichen Grüßen Ihr

An Robert Neumann, Locarno

Sils Maria, den 31. Juli 1960

Lieber Herr Neumann

Ihre Gabe hat uns hier oben im Engadin gefunden. Ich war einige Wochen krank, und als ich wieder einigermaßen auf den Beinen stand, hat mich meine Frau hier herauf gebracht.

Ihre Schrift mit den Dokumenten* war mir sehr willkommen. Sie bringt die Schuldfrage auf eine neue, viel genauere Formel. Und sie tut es auf Ihre eindringliche und dabei unpathetische Art. Wenn man die, die es am meisten angeht, dazu bringen könnte, sie zu lesen, wie gut wäre das! Hier bin ich Pessimist. Nach meiner Erfahrung lassen immer nur jene Gewissen sich anrufen und schärfen, die ohnehin schon wach sind. Es wäre gut und mir lieb, wenn ich damit unrecht hätte.

Wir beide danken Ihnen und grüßen herzlich. Ihr

* Robert Neumann, Ausflüchte unseres Gewissens, Dokumente zu Hitlers Endlösung der Judenfrage. Verlag für Literatur und Zeitgeschehen, Hannover 1960.

An Frau M. B., Langen/Weser

Briefkopf Hotel Waldhaus, Sils Maria i. E.
6. August 1960

Liebe Frau B.

Danke für Ihren Brief. Das Bild von Th. Mann war mir nicht bekannt und macht mir Freude, hier oben in Sils Maria denke ich seiner ohnehin oft, wir haben hier manche gute Stunden miteinander zugebracht.

Ihrer Sorge gedenke ich mit großer Teilnahme. Diese Sorge beruht auf Angst. Über dem ängstlichen Gedanken, was etwa morgen uns zustoßen könnte, verlieren wir das Heute, die Gegenwart, und damit die Wirklichkeit. Geben Sie dem Heute, dem Tag, der Stunde, dem Augenblick sein Recht! Und was den freiwilligen Tod betrifft: ich sehe in ihm weder eine Sünde noch eine Feigheit. Aber ich halte den Gedanken, daß dieser Ausweg uns offensteht, für eine gute Hilfe im Bestehen des Lebens und seiner Bedrängnisse.

Mit guten Wünschen grüßt Sie Ihr

An Werner Weber, Zürich

Sils Maria, 14. August 1960

Lieber Herr Dr. Weber

Über Ihren Nachruf für Emil Strauß habe ich mich gefreut, er ist dem Dichter weithin gerecht geworden. Auch Gaisers Worte über ihn machten mir Freude. Ich habe Strauß in der Jugend sehr geliebt und bewundert, war auch mit ihm befreundet und habe ihn im Bernrain, in Überlingen und in Kappelrodeck besucht, gelegentlich auch eine Wanderung in der Bodenseegegend mit ihm gemacht. Seine Neigung zum Rassenhaß, vielmehr seine aus Brasilien mitgebrachte arische Verachtung andrer Rassen, habe ich teils erst spät bemerkt, teils nicht ganz ernstgenommen. Eine Trennung zwischen uns erfolgte erst als ich nach 1918 ein „Alemannenbuch" herausgab, für das er mir den „Schleier" versprochen hatte, der für mich das Haupt- und Glanzstück des Buchs gewesen wäre. Er zog die Erlaubnis plötzlich zurück, da er den Verlag und einige Mitarbeiter als zu wenig deutschnational empfand. Bald darauf ging er zu Hitler. Es war nicht so, wie Sie es sehen, daß die Nazi ihn sich geholt hätten, er ging gute zehn Jahre vor 33 ganz aus eigenem Antrieb begeistert mit.

Daß ein Buch wie der Engelwirt seinerzeit beinah keinen Erfolg hatte und die späteren Bücher von Strauß ihre Auflagen vorwiegend der Protektion der Nazi verdankten, gehört zu jenem merkwürdigen Phänomen, daß das deutsche Volk, die deutsche Schweiz einbegriffen, kein Verhältnis zur eigenen Sprache hat.

Wir werden wohl im Lauf der letzten Augustwoche heimkehren.

Mit herzlichen Grüßen Ihr

An Ernst Morgenthaler, Zürich

Sils Maria, 17. August 1960

Deinen letzten Brief las ich aufmerksam und mit Vergnügen. Deine Lobsprüche gehen zu weit, aber das machen dann die Jungen und Jüngsten schon wieder wett, die sehen in meinen Schriften bloß noch romantischen Kitsch etc. Man muß beides an sich ablaufen lassen, das zuviel an Lob wie an Schimpf.

Mir war es immer ein Vergnügen, daß jeder von uns beiden das Handwerk des andern als Hobby und Nebenbelustigung betreibt. Das Ausüben einer Kunst, die man nicht gelernt und die man nicht zum Beruf hat, hat viele Reize und es entstehen dabei oft liebenswerte Sachen. Wenn Du schreibst, ist es ähnlich wie wenn ich male. Der Dilettant ist dem Fachmann unterlegen im Können, im Wissen um die Mittel, ist ihm aber überlegen durch die Freiheit und Ahnungslosigkeit, mit der er macht, was ihn freut, und ausdrückt, was ihm wichtig ist, ohne die Skrupel und ohne den Ehrgeiz des Fachmanns, ohne dessen Hemmungen.

Erst wenn der Dilettant anfängt, sein Hobby zu wichtig zu nehmen, wenn er beginnt, die Techniken und Mittel zu studieren, wenn er es dem Fachmann gleichtun möchte, dann hapert es, denn dann geht die Freiheit und damit jene kleine Überlegenheit über den Fachmann verloren. So etwa sehe ich das Verhältnis.

Grüße Sascha. Ja, der Abschied wird ihr wehtun. Aber Du hast recht, es kommt auf das Glück und Gedeihen der Jungen an.

Sei herzlich gegrüßt von Deinem

An Adelheid Lang, Stuttgart

2. September 1960

Liebe Adelheid Lang

Erst jetzt, um viele Wochen zu spät, kam Ihr liebes, mir teures Geschenk und Ihr Brief vom 28. Juli mir in die Hände. Wir waren von Ende Juli bis Ende August, nach lästigen Krankentagen, zur Erholung im Engadin, und da ich mir in den Ferien zwar die Briefe, nicht aber Pakete nachsenden lassen kann, lag das Ihre mit sehr vielen anderen alle die Wochen hier in meinem Atelier, ich trage Tag für Tag etwas davon ab, und jetzt ist also Ihre köstliche Sendung drangekommen, es stand kein Absender außen auf dem Paket, sonst hätte ichs gleich nach der Heimkehr aufgemacht.

Sie haben mir mit dem von meinem Vater geschnitzten und geklebten Spiel etwas Kostbares anvertraut, es wird in Ehren gehalten werden und später den Enkeln gehören. Daß Sie es zeitlebens so treu und sorgsam bewahrt und es mir nun geschenkt haben, dafür sage ich Ihnen den herzlichsten Dank. Das Gedächtnis der Eltern ist mir heilig und die Gestalt meines Vaters wird mir mit den Jahrzehnten immer teurer und vertrauter, sie gehört zu meinem fast täglichen Umgang. Merkwürdig zu denken, daß er bei seinem Tod um 13 Jahre jünger war als ich heute bin!

Nicht weniger danken muß ich Ihnen für Ihren lieben, traurigmachenden Brief.

Mit dem Tod oder vielmehr der Todesnähe sind wir alten Leute ja vertraut. Aber die Schwächen und Beschwerden, das Versagen der Sinne und Glieder, die leidigen Schmerzen und all die Verzichte auf Gewohntes und Geliebtes, die möchte man sich und den Seinen doch gern erspart wissen. Und so hat Ihr Brief mich zugleich tief betrübt und doch mein Herz freudig bewegt, er hat mir Ihr Leiden nahegebracht und mich zugleich mit froh lebendigen Klängen aus unsrer herrlichen Jugend beschenkt. Adele, Marulla, die Schwestern Adel und Gertrud Lang, die Schwestern Fechter, die Emma

Roos, die Spiele im Calwer „Saal", das Steinhaus, Hirsau! Welche Bilder, welche Klänge!

Haben Sie Dank, und möchte uns das Letzte nicht so schwer werden wie Ihrer armen Gertrud!

Von Herzen grüßt Sie Ihr

An Dekan Hans Völter, Brackenheim

16. September 1960

Lieber Völter

Dein Brief wurde mit Freude empfangen. Nur Eines möchte ich gleich klären: Dein Besuch wird mir sehr willkommen sein, doch möchte ich nicht, daß Du die weite Reise nur meinetwegen unternimmst. Es soll also nur gelten, wenn ohnehin eine Reise dieser Art in Deinen Plänen liegt.

Was Luther und Rom betrifft, so finde ich, daß es beide nicht gäbe, wenn sie nicht einer Notwendigkeit entsprächen. Nämlich so: mag Luther der Führer und oberste Repräsentant der Christen sein, denen der Durst nach Freiheit etwas Natürliches und Selbstverständliches ist, also der Individualisten, der über Durchschnitt Differenzierten an Geist, Charakter und Gewissen – es bleibt dann doch eben jener übergroße Teil der Menschheit übrig, der lieber gehorcht als selber entscheidet, der schwachen Geistes, aber doch guten Willens ist, und die Denk- und Gewissenskämpfe jener andern gar nicht kennt. Diesen Teil der Menschheit in Ordnung zu halten, am Versumpfen oder Entarten zu hindern, ihm für Leben und Sterben einen Trost zu spenden, und überdies manches schöne Fest, dazu sind Kirchen wie die von Rom gut. Sie haben Millionen geholfen, das Leben zu bestehen und schöner zu machen, und haben uns andere überdies mit den herrlichsten Architekturen, Mosaiken, Fresken und Skulpturen beschenkt, lauter Dinge, die von Protestanten zwar entweder kaputtgeschlagen oder hochgeschätzt, niemals aber geschaffen werden können.

Wir haben abscheuliches Wetter, es tut mir leid des Gastes wegen, den wir grade erwarten, es ist Frau Bodmer, die Besitzerin unsres Hauses, die „Herrin des Hügels".

Sei herzlich gegrüßt von Deinem

An Herrn Dr. Italo Chiusano, Roma

21. September 1960

Lieber Herr Dr. Chiusano

Wir haben nachgesehen und festgestellt, daß Sie Recht haben: jene Stelle enthält einen Druckfehler, und es muß, wie Sie vermuteten, heißen: *Wert* und Wesen.

Ihr lieber Brief hat mir Freude gemacht. Erstens weil Sie es genau nehmen, was die wenigsten Übersetzer tun, und dann, weil Sie meine Aufsätze nicht als axiomatisch gemeinte Wahrheiten hinnehmen, sondern als subjektive Meinungen, denen Sie Ihre eigenen entgegenstellen. Mir war nie daran gelegen, eines andern Menschen Glauben zu stören, wenn es wirklich ein echter Glaube ist. Ich will nicht belehren und ein Besserwisser sein, sondern nur Unruhe wecken, eingeschlafene Gewissen und Intellekte wecken und aktivieren. Ich müßte aber eigentlich sagen: Ich *wollte* dies, nicht ich *will* es, denn jetzt im hohen Alter denke ich über den Einfluß, den auch die bestgemeinten Worte haben können, sehr skeptisch.

Herzlich grüßt Sie Ihr

An einen Seminaristen in Bern

Anfang Oktober 1960

Sie schreiben mir in Ihrem Brief, den ich mit voller Teilnahme gelesen habe, die Sätze: „... Ein Auto fährt im Sonnenschein. Es wirft einen Schatten auf den Straßenrand. Beschleunigt der Fahrer, folgt der Schatten schneller, verlangsamt er, folgt der Schatten langsamer. Immer entsprechen sich Auto und Schatten“ und fahren dann fort: „Welche Unwahrheit!“

Sie haben damit einen ersten Schritt in die Probleme der Erkenntniskritik und der Sprachkritik getan, und das ist das Schöne und Fruchtbare an Ihrem Gedanken. Natürlich sind Sie nicht der Erste, der entdeckt hat, daß die Schatten der Dinge ungeheuer wandelbar sind. Sie ändern nicht nur Umriß und Proportionen, sie ändern auch die Farbe, sie wechseln tausendfach den Grad ihrer Helligkeit und ihrer Tiefe. Die Maler haben sich damit viel beschäftigt und im Lauf der letzten paar Jahrhunderte ihre Schattenstudien recht weit getrieben. Und der Philosophie ist das Trügerische und Fragwürdige der Erscheinungswelt, ihre Wandelbarkeit und Hinfälligkeit ebenfalls nicht verborgen geblieben, die Inder haben darüber schon lang vor Buddha und die Griechen mindestens seit Heraklit schon nahezu alles gewußt.

Es bleibt also fraglich, ob Ihr Gedanke über das Auto und seinen Schatten ein völlig neuer sei. Aber der erste Blick, zu dem ein Neugeborener die Augen aufschlägt, das erste Schrittchen, das er wagt, die erste Ahnung vom Schönen, die in einem kleinen Knaben beim Entdecken der Spiegelbilder im Wasser oder beim Erlauschen des Orgelspiels in einer nahen Kirche erwacht, das erste Entzücken eines werdenden Dichters über die Möglichkeit, mittels der Sprache Musik zu machen – diese und andre Erlebnisse und Entdeckungen sind alle schon vorher von tausend Vorgängern erlebt und entdeckt worden, und verlieren dadurch nicht das mindeste an Wert und Wucht und schöpferischer Aktivität. So, denke ich, ist es auch mit Ihrem Gedanken über den Schatten. Wichtig für seine Bewertung ist nicht, ob er etwa auch vor Ihnen schon gedacht worden sei, sondern daß er Ihnen zum erweckenden Erlebnis wurde.

Soweit stimme ich Ihrem Briefe zu. Nicht zustimmen kann ich der Folgerung, die Sie aus Ihrem Gedanken ziehen. Sie meinen, die Sprache sei doch jämmerlich arm und unzulänglich, da sie für ein Ding wie den immerzu sich verändernden Schatten nur ein einziges Wort habe. Sie meinen, es müßte uns für jede Form, jede Farbe, jede Dichte oder Dünne des Schattens ein Name, eine Vokabel zur Verfügung stehen. Diese Forderung an die Sprache würden Sie gewiß gern zurücknehmen, wenn Sie etwa im Französischen oder Englischen statt der Vokabel „Schatten" deren tausend oder eine Million lernen müßten.

Nein, die Sprache hat zwar bei Adam damit begonnen, daß er jedem Tier und jedem Baum des Paradieses einen Namen gab, aber sie ist ja bei diesem Vokabular von Namen, von Substantiven, nicht stehen geblieben, sondern hat allerlei hinzu gelernt. Wenn Sie nebst den Substantiven noch die Adjektive und Verben samt der Syntax zuhilfe nehmen, können Sie dem Wandelspiel des Schattens schon ein gutes Stück weiter gerecht werden. Suchen Sie sich einmal ein paar Sätze naturbeschreibender Art bei einem deutschen oder englischen Dichter der Zeit um 1700 heraus und vergleichen Sie sie mit einem Text ähnlichen Inhalts von 1900 oder von heute, so werden Sie sehen, daß die Sprache in kurzen zwei Jahrhunderten sich unendlich und nicht erfolglos um Differenzierung bemüht hat. Ich meine allerdings die Sprache der Dichter, nicht die der Kaufleute.

Was Ihnen an der Sprache mangelhaft und im Grunde erbärmlich erscheint, die Begrenztheit ihrer Ausdrucksmittel, das gerade ist für den Dichter der große Anreiz zu seinen Bemühungen und Spielen. Mit der komplizierten Maschinerie einer Fabrik irgend einen Gebrauchsgegenstand herzustellen ist leicht; mit seinen beiden Händen und ein paar Hölzchen aus Ton einen Kopf zu modellieren, ist schwer. So hat die Sprache sich für Physik und Chemie, für Politik und Industrie immer neue, zum Teil sehr rasch veraltende Vokabulare geschaffen, für den Dichter aber gibt es diese Art Wörterbücher (mit tausend Benennungen für „Schatten") nicht, er kann die Sprache nicht als normierte Apparatur benützen, sondern muß mit ihr ringen, Bündnisse mit ihr schließen, ihr schmeicheln, ihr trauen und mißtrauen, kurz: mit und in ihr leben und atmen.

„Unsre Sprache taugt nicht viel“, sagen Sie, und das ist ebenso richtig oder falsch wie wenn man sagt: der Mensch taugt nicht viel. Es ist erschreckend richtig und ist wohltuend falsch. Es wird mir und wird Ihnen nichts schaden, über diese Widersprüche und Ambivalenzen nachzudenken.

An Herrn K.

November 1960

Von Ihren Fragen kann ich nur die über Gott beantworten, die andern sind brieflich nicht abzutun. Aber die Frage nach den verschiedenen Göttern macht eine kurze Antwort möglich.

Es gibt einen Tisch, einen Stuhl, ein Brot, einen Wein, einen Vater, eine Mutter, und doch heißen sie in jedem Volk und jeder Kultur wieder anders. So ist es auch mit Gott, mit der Frömmigkeit, mit dem Glauben. Griechen und Perser, Inder und Chinesen, Christen und Buddhisten, alle meinen das Selbe und hoffen, wünschen und glauben das Selbe, nur haben sie andre Namen dafür als wir. Im politischen Denken fortgeschrittener Leute ist Nationalismus etwas Gewesenes, Vergangenes, in den Religionen herrscht der Kinderglaube an die Alleingültigkeit des eigenen Glaubens noch überall. Die Wissenschaft allerdings ist des Gemeinsamen in allen Glaubensformen der Welt längst inne geworden, die Religionsforschung kennt keine allein-seligmachende Religion mehr.

Es grüßt Sie Ihr

An Theodor Heuss, Stuttgart

Im November 1960

Lieber verehrter Freund

Der Gruß, den ich Ihnen nach Indien mitgab, hat mir in Ihrem Brief aus Agra ein überraschendes und entzückendes Echo gebracht. Sie haben mich damit hoch erfreut, und umso mehr, da ich von der indischen Akademie, vom Neudruck des Malayalam-Lexikon und von der Ehrung meines Großvaters nichts wußte. Ich hege, etwa seit dem Beginn der eigentlichen senectus, für meine beiden Großväter eine zunehmende zärtliche Verehrung. Sie waren übrigens sehr verschieden und hatten nur die Frömmigkeit gemeinsam. Der Hesse-Ahne, der baltische, war ein Draufgänger, frisch-fröhlich, leicht aufbrausend, leicht erregt und leicht versöhnt. Ich habe auch ihm kürzlich ein kleines Gedenkblatt gewidmet, er war Arzt und mein Kränzchen auf sein Grab wird nächstens in einer für Ärzte bestimmten Zeitschrift erscheinen, Sie bekommen es dann. Der schwäbische Großvater Gundert war mir natürlich näher bekannt, ich war bei seinem Tod schon fünfzehn. Seine Sprache, wenn es sich um Denkerisches handelte, war noch voll von Vokabeln aus jener Atmosphäre des Tübinger Stifts in der Zeit von Hegel und namentlich Schelling, auch von Oetinger und Jakob Böhme her waren Nachklänge da. Seine Sprachenbegabung, die ich leider nicht geerbt habe, war verblüffend, mit einer Art von genialer Musikalität eignete er sich irgendwelche beliebige Sprache spielend an. Er konnte etwa auf eine Reise ein polnisches oder spanisches oder andres Neues Testament mitnehmen und sich in der Eisenbahn lesend eine neue Sprache aneignen. Von den indischen Sprachen sprach er acht oder neun. Schön, daß man ihn drüben in Indien nicht vergessen hat! Eine Zeitlang trieb er mit einem Brahmanen Sanskrit. Der gewann ihn so lieb, daß er ihm nach jeder Sitzung die Hand drückte, was für ihn ein Opfer war, denn die Berührung eines Kastenlosen bedeutete Verunreinigung, von der er sich jedesmal durch rituelle Waschungen befreien mußte.

Ich schicke meinen Brief nach Stuttgart, dort mag er auf Ihre Heimkehr warten.

Wir beide grüßen herzlich. Ihr

An Professor Dr. Hermann Wein, Göttingen (derzeit Arosa)

November 1960

Danke für Ihren Brief und Ihre Gabe *. Ich habe sie, wie Sie vorschlugen, durchblättert, und das Problem finde ich in Ihrer Arbeit sehr gut und genau fixiert. Sagen kann ich dazu kaum etwas, für mich als Künstler ist die Sprache der Wissenschaft überhaupt keine Sprache, auch da nicht, wo sie sich wie bei Heidegger biedermännisch, volkhaft gibt.

Daß Ihre Arbeit mit Burckhardt schließt, war mir eine Freude.

Für mich, den Autor einer Literatur, die heute von den Jüngeren als romantischer Kitsch empfunden und bezeichnet wird, ist der bedenkliche Punkt im ganzen Sprachproblem der, wo die Sprachgebärden der Wissenschaft in die Dichtung eindringen, wo die Sprache vollends der Magie entleert wird, das Vokabular mit Wörtern ohne andre Herkunft als der der Seminare und Laboratorien überschwemmt und die Syntax völlig unwillkürlich wird. Natürlich sehe ich diese Erscheinungen nicht nur als künstlerische Sorgen, sondern vor allem als Symptome einer sterbenden Epoche.

Möchte Arosa Ihnen Erleichterung bringen!

* Vermutlich der Aufsatz „Philosophie und Sprache", Neue Zürcher Ztg. 25. 1. 1959.

An H. M. Purrmann, Montagnola

8. Dezember 1960

Lieber Freund Purrmann

Zu dem fürstlich ausgestatteten und für alle Ihre Verehrer aufschlußreichen Katalog von Hannover muß man Sie beglückwünschen, und daß Sie die große Freundlichkeit hatten ihn uns zu schenken, dafür sage ich herzlichen Dank. Zuerst habe ich den Katalog gemeinsam mit meiner Frau betrachtet, seither ihn allein sorgfältig durchgenommen, und noch oft wird er uns und unsern Gästen Freude machen. Es ist mir immer eine Freude und Genugtuung, wenn ich sehe, wie Ihr großes Oeuvre geliebt und gefeiert wird, wenn auch wir Alten uns damit abfinden müssen, daß man uns als letzte Exemplare einer ausgestorbnen Rasse empfindet. Ihr Werk hat ja nicht nur seinen ehrenvollen Platz in der Stilgeschichte der Malerei, es ist auch der Ausdruck einer unentwegten Lebensbejahung, und das ist eine Haltung, zu der das Daseinsgefühl der jüngern Generationen in vollem Widerspruch steht.

Dankbar und herzlich grüßt Sie, lieber Herr Nachbar, Ihr

An Theodor Heuss, Stuttgart

Ende 1960?

Lieber verehrter Freund

Mit Vergnügen las ich Ihren Brief. In einer Reihe von Briefen, die mir auf die Ärzte-Erinnerungen * hin zukamen, fand ich eine gewisse Bestätigung und Rechtfertigung dafür, daß ich im Alter, statt Erzählungen zu erfinden (worin ich freilich nie stark war), fast nichts andres mehr schreibe als Erinnerungen oder Beschwörungen, möglichst genaue Rekonstruktionen von Vergangenem, Erlebtem. Es ist eine Art

* „Ein paar Erinnerungen an Ärzte“ war im August 1960 im „Ciba-Symposium“ erschienen; der Brief an Th. Heuss ist vielleicht von Ende 1960.

Kampf gegen Tod und Vergessen, ein Dienst am Gedächtnis der Vorangegangenen. Besonders auf Dr. Fränkel haben manche Leser lebhaft reagiert, auch Frau Erna in Heidelberg und die Tochter Heinekes, von deren Existenz ich bisher nichts gewußt hatte. Auch trifft es sich manchmal so, daß eine meiner Beschwörungen nicht nur Rauch vom Altar des Ahnenkults bleibt, sondern auch direkt ins Lebende trifft und Lebendiges stiftet. So hat, um ein Beispiel anzuführen, meinen Sonderdruck auch der Verleger Kurt Wolff bekommen, der vor 50 und 40 Jahren neben Fischer der große Verlag der jungen Dichtung war, und sofort meldete er mir seine große Freude darüber, daß er durch meine Aufzeichnungen von der Existenz Paul Rosengarts erfahren habe, des Sohnes meines Frankfurter Freundes. Er bat dringend um dessen Adresse, denn mit Rosengart junior war er im Beginn der Emigration in Paris zusammengetroffen und hatte sich sehr mit ihm befreundet, ihn dann aber auf seinem Flüchtlingsweg durch manche Länder verloren und nie mehr von ihm gehört. Jetzt konnte ich den Draht zwischen zwei Freunden wieder zusammenflicken. – – Interessant war im Brief Rosengarts auch eine Anekdote: um 1920 sah der Sohn Rosengart in einer Frankfurter Buchhandlung den (pseudonymen) Demian liegen, blätterte darin, kaufte das Buch, las es zuhaus, zeigte es seinem Vater und sagte, das Buch könne nur von H. H. sein. Der Vater, obwohl auch er kein schlechter Leser, lachte und schüttelte den Kopf. Sie machten eine Wette, und als später der Autorname bekannt wurde, mußte der Vater bezahlen.

Ich habe mich verplaudert, das passiert mir nicht mehr oft.

An Frau Stolper, deren Buch * wir vor Kurzem gemeinsam gelesen haben, ging der Separatdruck, wie Sie anregten, dieser Tage ab.

Meine Frau grüßt mit mir herzlich.

* Ein Leben, in Brennpunkten unsrer Zeit: Gustav Stolper, R. Wunderlich Verlag 1960.

An Dr. phil. Joachim von Hecker, derzeit Montagnola, sonst Kassel

14. Februar 1961

Lieber Herr von Hecker

Mit Ihrem Brief haben Sie mich sehr erfreut, wir beide haben ihn mit hohem Interesse gelesen, und ich kann Ihren Gedanken nur zustimmen – d. h. ich kann auf musikanalytischem Gebiet nicht mitreden, aber Ihre Gedanken über gewisse formale Phänomene beim alten Beethoven und andern und ihre Vergleichbarkeit mit den zunächst unverständlichen, weil ungeheuer konzentrierten und mit Bedeutung überladenen Sprüchen des Bi Yän Lu – diese Ihre Gedanken anerkenne ich ohne weiteres als plausibel. Beide – die Chinesensprüche und die bis aufs Skelett reduzierten Figuren bei Beethoven – gehören in die selbe Region wie die Formeln des Glasperlenspiels, dorthin also, wo Ratio und Magie Eins werden. Das ist vielleicht das Geheimnis aller höheren Kunst . . .

An Frau E., Schaffhausen

27. Januar 1961

. . . Ich habe, wenn ich ein Buch schrieb, nie daran gedacht, den Leser belehren zu wollen. Mein Bestreben war nur: dem von mir Erlebten, Erdachten oder Geträumten den möglichst vollkommenen Ausdruck zu geben. Was der Leser dann damit anfängt, wieviel davon er annimmt, wieviel er ablehnt, was ihn erfreut oder ihn erschreckt, daran habe ich nie gedacht, jeder Leser liest anders, liest mit seinem Charakter, seinem Verstand, seinem Lebensalter, seinen Sorgen und Anliegen, und nimmt von dem Gelesenen das in sich auf, was er brauchen kann. Das Buch, das den einen Leser einschläfert, kann einen andern aufrütteln. Kurz, die Wirkung eines Buches ist etwas vom Autor Abgelöstes. Was er beim Schreiben etwa gewollt und beabsichtigt hat, kann beim Leser zuweilen grade das Gegenteil bewirken, etwa wie ein Pfarrer mit seiner Predigt oder ein Festredner mit seiner patriotischen Ansprache je nachdem die Hörer belehren oder erziehen und anfeuern oder auch nur langweilen kann.

Nehmen Sie vorlieb, ich habe heute noch viel andre Arbeit zu tun.

Mit freundlichen Grüßen Ihr

An Dr. Siegfried Unseld, Frankfurt/Main

Ende März 1961

Lieber Herr Dr. Unseld

Richtig am Morgen des 28. ist das Voraus-Exemplar von Suhrkamps Briefen angekommen, Tags zuvor Ihr Brief. Herzlichen Dank!

Das ist ein köstliches und überaus liebenswertes Buch geworden, zu dem man Sie beglückwünschen muß!

Wenn Sie sich flüchtig alles dessen erinnern, was ich seit dem Glasperlenspiel geschrieben habe, so finden Sie, daß es lauter Gedenkblätter, Beschwörungen, Bewahrungen von Vergangenem, Geliebtem, Unersetzlichem sind, das nicht vergessen werden darf, solang wir noch etwas dazu tun können. Eben dies tut Ihr wunderschönes Gedenkbuch für unsern lieben P. S. ...

An Professor J. J. Wetzel, Überlingen am Bodensee

Ostern 1961

Lieber Herr Professor Wetzel

Danke für Ihren Brief!

Es fällt mir schwer zu antworten. Ich habe so lange von Spitteler nichts mehr gelesen, und seither so viele hundert und tausend andre Bücher, meist Pflichtlektüre, gelesen! Nehmen Sie mit dem Wenigen vorlieb was ich dazu sagen kann.

Spitteler als Dichter ist mir nie sehr nah gekommen, eine gewisse Preziosität ließ mich nicht warm werden. Dennoch gibt es zwei Sachen von ihm, die ich mit großer Liebe und mehrmals gelesen habe: Die Mädchenfeinde und Imago. Und als ich, vor etwa 15 Jahren, im Haus eines Freundes dessen alten Schwiegervater kannte, der die meisten Gedichte Spittelers auswendig konnte, hörte ich ihm, besonders aus den Schmetterlingen, mit Vergnügen des öftern zu, wenn er sie mir auf meine Bitte vorsagte.

Spitteler als Denker und Essayist war mir stets sehr genießbar und sympathisch, da gab es keine Widerstände. Ich glaube, daß seine Weltanschauung und die meine sich recht gut miteinander vertragen. Nur daß seine Gleichniswelt mehr vom Griechischen und Romanischen her befruchtet war, meine mehr von Indien und China. Ich kann also nur Ja dazu sagen, wenn Sie seine und meine Art der Auffassung der coincidentia oppositorum verwandt finden . . .

An cand. jur. Kl. J. Schneider, Berlin-Neukölln

Anfang April 1961

Lieber Herr Schneider

Ihr Brief ist für mich kaum zu beantworten, doch möchte ich wenigstens für ihn danken.

Zunächst: es ist mir nicht bekannt, was für einen Text von mir Sie am Radio gehört haben, solche Sendungen geschehen ohne mein Wissen, und Ostern, Gethsemane, Bach und seine Passionen sind ein Thema, das ich im Lauf der Jahrzehnte mehrmals berührt habe.

Aber einerlei, welche Worte da gesendet wurden: ich habe über Dinge, die nicht meinem eigenen Bezirk angehören, wie Dichtung, Sprache etc., niemals mich mit dem Bewußtsein geäußert, da etwas allgemein Gültiges, Unanfechtbares zu sagen, es war immer nur meine persönliche, subjektive, ihrer Subjektivität und Anfechtbarkeit bewußte Meinung und Denkart, die ich mitzuteilen suchte.

Über Jesus habe ich in den 84 Jahren meines Lebens meine Gedanken oft geändert, ebenso über Kirche und Konfessionen, und bin auch heute noch anderen Auffassungsarten zugänglich. Ich widersetze mich zwar Bekehrungsversuchen, habe aber selbst auch niemals den Versuch gemacht, andre zu bekehren. Den historischen Jesus würde ich freilich nie so weit preisgeben, wie Sie es zu tun scheinen.

Was aber Bach betrifft, da bin ich vollkommen unbelehrbar. Ich habe die Matthäuspassion mit etwa elf Jahren zum erstenmal gehört und dann durch die Jahre und Jahrzehnte mit wenigen Ausnahmen jedes Jahr eine der beiden Passionen wiedergehört, und was ich daran habe und wie jedes Wiederhören und Wieder-Erleben alle früheren Male und alle Stationen meines Lebens in mir aufruft, das können Sie nicht nachfühlen.

Ich danke Ihnen für Ihren Brief, ich habe ihn mit aller Teilnahme gelesen.

Freundlich grüßt Sie Ihr

An Manfred Fundel, Stuttgart S

19. Mai 1961

Lieber Herr Fundel

Sie haben sich mit Ihrer Frage und Sorge an einen nicht Kompetenten gewandt.

Ich bin nicht Katholik und auch kein sehr guter Christ, wenn ich auch trotzdem fromm bin. Für mich bedeuten also die Stigmatisationen nichts, und wenn Franz von Assisi nur durch seine Stigmatisationen und nicht durch sein wunderbares Leben bekannt wäre, würde er auch mir nichts bedeuten.

Da Sie gläubiger Katholik sind bin ich aber der Meinung, Sie sollten sich nichts rauben lassen, was Ihren Glauben und

Halt im Leben und Denken stärken kann. Bleiben Sie dabei! Jeder der an einen Sinn im Leben und an die hohe Bestimmung des Menschen glaubt, ist im heutigen Chaos wertvoll, einerlei zu welcher Konfession er gehört und an welche Zeichen er glaubt.

Mit freundlichem Gruß Ihr

Über die Altistin Ilona Durigo

Brief-Empfänger nicht mehr festzustellen

April 1961

Wenn ich an Ilona denke, fallen mir unzählige Begegnungen und Erlebnisse ein: Liederabende in Zürich, in St. Gallen, Basel und Winterthur – auch Abende, an denen wir gemeinsam auftraten, sie als Sängerin, ich als Vorleser – Aufführungen der Bachschen Passionen, Musizier- und Plauderstunden in meiner Berner Wohnung, bei Thomanns in St. Gallen und später bei Ilona und ihrer lieben kleinen Mutter in Zürich an der Klosbachstraße, und viele andre festliche oder private Erlebnisse, etwa am Beginn unsrer Freundschaft die Aufführung der Matthäuspassion in Mailand, noch vor dem ersten Krieg, da waren Ilona und ihr Mann beide noch jung und strahlten Glück und Lebensfreude aus.

Von allen Erinnerungsbildern aber, die sich mir beim Denken an die Durigo aufdrängen, ist das stärkste und schönste dieses:

Wir sind zu dreien in Schoecks Junggesellenwohnung an der Bergstraße in Zürich, nach einem gemeinsamen Abendessen. Schoeck sitzt am Klavier, etwa fünfundzwanzig Jahre alt, funkelnd vor Lebens- und Musizierlust, die Cigarre im Mund, das Weinglas vor sich neben dem Notenpult. Die Durigo steht beim Flügel, etwas vorgebeugt, um die Noten mitlesen zu können. Schoeck zeigt uns neue Lieder, das neueste erst Tags zuvor aufgeschrieben. Er legt ein Blatt auf, spielt die ersten Takte, und Ilona singt leise, summend, vom Blatt entziffernd, eines der neuen Lieder, ohne Fehler und beinah ohne Stocken. Und nun wiederholt sie es, lauter und schon konzertgerecht, mit feuchten Augen, hingerissen und hinreißend, zugreifend und hingegeben.

Das Lied ist seit jenem Abend von ihr und von vielen anderen hundertmal gesungen worden, schöner und lebendiger aber nie als damals.

Zur Umfrage der Zeitschrift ‚Successo', Rom 1961

4. oder 6. Mai 1961

Einen Rückfall in die fascistische Massensuggestion, wenn auch nur für kurze Perioden, halte ich in mehreren Ländern, nicht nur Europas, für möglich. Je mehr die individuelle Persönlichkeit und die Familie in den modernen Staaten an Wertschätzung und Wirkungsmöglichkeit verliert und durch Kollektiv und Gleichschaltung ersetzt wird, desto größer die Gefahr.

Die Schriftsteller, oder doch die Dichter, sollten sich an Umfragen so selten wie möglich beteiligen, und sollten zu ihren Lesern sprechen wie Mensch zu Mensch, nicht wie ein Lehrer zur Schulklasse oder ein Wahlredner zur Menge spricht.

An Peter Weiß, Stockholm

Im Mai 1961

Lieber Peter Weiß

Daß wir wieder von Ihnen hören, ist an sich schon eine Freude, denn Sie sind bei uns unvergessen, und daß es mit diesem großartigen Buch Ihrer Jugendgeschichte geschieht, verdoppelt die Freude. Ich sage Ihnen dafür herzlichen Dank, auch im Namen meiner Frau, die Ihr Buch jetzt, nach mir, auch liest und ebenfalls die Kraft Ihrer Darstellung bewundert.

Sie haben eine andere Kindheit gehabt als ich, eine viel ärmere, einsamere und geistfernere, und wenn ich an den P. W. denke, wie ich ihn damals in seiner Montagnolazeit kennen lernte, muß ich darüber staunen, wie verhältnismäßig heil Sie damals waren oder schienen. Und nun haben Sie aus Ihrer Kindheits- und Jugendgeschichte dies Buch gemacht, ein ebenso prachtvolles wie schreckliches Buch, das jeden Leser ergreifen und tief bewegen muß. Rein literarisch betrachtet, ist es vollkommen, Gedächtnis und Beobachtungsgabe von ungewöhnlicher Genauigkeit treffen da mit einem Sprachgewissen zusammen, dessen Sauberkeit und Intensität man lieben muß. Wenn sich bei mir ein Einwand erhebt, so gilt er lediglich einem Teil des Inhalts, der Geschichte Ihrer langdauernden Sexualhemmung. Das ist eine pathologische Privatsache, und ihre Darstellung wäre nach meinem Gefühl nur dann von Wert, wenn der Leser auch den genaueren Vorgang der Heilung erfahren würde.

Die Frage nach dem Wert des Inhalts stieg mir auch schon beim Schatten des Körpers des Kutschers auf, ich hätte damals Ihnen gern geschrieben, konnte aber, obwohl der Eindruck stark war, das Ganze nicht so unbedingt bejahen wie Ihr neues Buch, es schien mir übermäßig viel Talent und Arbeit an eine Belanglosigkeit verschwendet, und die Collagen gefielen mir ganz und gar nicht.

Es freut mich, daß der „Abschied von den Eltern" bei Suhrkamp erschien, er kann sich dazu gratulieren, es gibt in der neusten deutschen Literatur sehr wenige Werke von ähnlicher Stärke, und daß wir beide nun Autoren des gleichen Verlags sind, freut mich.

Ich bin kein Kritiker und erwarte nicht, daß man meine Urteile als Kritik im echten Sinn aufnehme, ich habe lediglich meinen privaten Eindruck (samt meiner privaten Freude) mitteilen wollen.

Herzlich grüßt Sie Ihr

An Herbert Walz, Trossingen

20. Mai 1961

Sehr geschätzter Herr Walz

Werner Dürr hat mir Ihr Buch* gebracht. Ich habe als Gegengabe einen eben erschienenen Privatdruck an Sie geschickt, möchte aber doch auch mit ein paar Worten danken. Ihr Buch werde ich, soweit meine Kräfte es erlauben, mir ansehen; ich habe einst, 1915–18, eine Fürsorge für Gefangene in Frankreich leiten helfen, manche meiner damaligen Sorgenkinder schreiben mir heute noch.

Froh bin ich über die Gesinnung Ihres Buches, obwohl ich an die Belehrbarkeit des Volkes nicht glaube. Völker lernen nichts, und die Deutschen noch weniger. Aber daß die kleine Minderheit der Vernünftigen sich ihrer Gesinnung bewußt und durch Wort und Buch verbunden bleibt, ist dennoch gut und notwendig.

Mit freundlichem Gruß Ihr

An Rudolf Pannwitz in Astano

zu dessen 80. Geburtstag am 27. Mai 1961

Verehrter, lieber Herr Pannwitz

Von meiner Klause in die Ihre hinüber gehen in diesen Tagen viele Gedanken und Wünsche.

Für mich war der achtzigste Geburtstag ein wirkliches Fest, es war das einzigemal im Leben, daß ich meine drei Söhne samt ihren Frauen und Kindern beisammen sah und bewirten durfte. Möchte auch Ihr Tag ein Fest und etwas Besonderes sein!

Vor allem wünsche ich Ihnen, es möge Ihr Werk eine immer wachsende Verbreitung und Wirkung finden. Was Ihre Schau der Welt- und Geistesgeschichte im Wirrwarr dieser

* Der Titel konnte nicht mehr festgestellt werden.

Tage bedeutet und was Sie direkt in diese Tage hinein an Klärendem und Heilsamem gesagt haben, möge immer mehr gehört, verstanden und beherzigt werden. Und Ihr dichterisches Werk möge in der von Ihnen erstrebten Gestalt eine würdige Gesamtausgabe finden!

Etwas Hübsches begegnete mir dieser Tage. Ein zur Zeit in Japan lebender deutscher Gelehrter erzählte einem Zen-Mönch vom Erscheinen der ersten europäischen Übersetzung des Bi Yän Lu und zeigte ihm, was ich dazu geschrieben habe. Der Mönch freute sich sehr und schrieb für mich auf ein Kärtchen einen chinesischen Spruch. Ich war, ehe ich den Brief las, grade aus dem Wald gekommen, wo ich Holz für den Ofen gesammelt hatte. Und der chinesische Spruch heißt auf deutsch: Sammle Feuerholz für Regentag!

Gehen Sie wohlgemut ins neue Jahrzehnt! Herzlich Ihr

An Professor Dr. Max Stefl, München

Anfang Juni 1961

Hochgeschätzter, lieber Dr. Stefl

Dankbar empfing ich Ihr Briefchen und Ihre beiden schönen Gaben *.

Die Art von Lähmung, die Sie in Ihrem Brief beschreiben, ist mir natürlich auch nicht fremd geblieben. Zwar hatte ich nach 1945 keine Hoffnungen auf Deutschland gesetzt und bin durch die rasche Wiedererstarkung des Nazitums wie des Militärgeistes nicht überrascht worden, aber der ganze Weltzustand ist, von Europa aus gesehen, so morbid und drohend, daß man darüber wohl den Glauben an die Menschheit und die Lust an der Mitarbeit verlieren kann. Aber gerade aus dieser Depression heraus kommt mir auch immer wieder der Eigensinn und trotzige Wille, das scheinbar Unnütze dennoch weiter zu tun.

* Wahrscheinlich Adalbert-Stifter-Publikationen.

Meine paar neuen kleinen Drucke sandte ich dieser Tage an Sie.

Nochmals: herzlichsten Dank, und gute Wünsche für Sie und Ihre Arbeit.

An Georg Schwarz, München

19. Juni 1961

Lieber Herr Schwarz

Soll man Sie beneiden, daß Sie noch die Lust des Schaffens schmecken und mit Entzücken einen Rossini geschrieben haben? Nein, nicht beneiden, aber Ihrer in Mitfreude denken wollen wir, und hoffen, daß mein Lämpchen noch solange glüht, bis die Tübinger Ihr Opus gedruckt haben.

Heut war ich wieder, an einem glänzenden Sommersonntag-Morgen, beim Arzt, einem Chirurgen von Rang. Vormittags elf Uhr kam ich hin, er aber war seit gestern nicht im Bett gewesen. Die ganze Nacht hatte er an einem Italiener, einem Calabresen, geflickt. Der hatte sich gegen eine Familie vergangen, und die hat ihm nun den Rächer aus Calabrien ins Tessin nachgeschickt, mit acht Schüssen hat er den Sünder durchbohrt, doch war er nicht tot und kommt vielleicht davon. Der Gestrafte liegt jetzt bewußtlos im Spital, der Rächer sitzt im Gefängnis, er wird 20 bis 25 Jahre kriegen, und wenn er bei gutem Verhalten nach 15 freikommt, und wenn der erschossene und geflickte Landsmann am Leben bleibt, dann hat der die heilige Pflicht, den andern umzubringen. So gibt es auch in Europa da und dort noch heilige Ordnungen.

Als Leser halte ich mich wieder einmal im Schwaben des jungen Mörike etc. auf, ich lese die Tagebücher Waiblingers, die er mit 16 bis 18 Jahren geschrieben hat, ein verspätetes Kraftgenie aus Sturm und Drang, halb Karl Moor, halb Ardinghello, ohne Pause sprühend, glühend, brüllend, schluchzend, den frühen Tod ahnend. Er erinnert mich zuweilen auch an meine eigene Knabenzeit, und um ihn herum treten auf Matthisson, Schwab, Uhland, Mörike, Pfizer, Hartlaub und andere Wohlbekannte und die Hintergründe und Kulissen sind Stuttgart, Reutlingen, Tübingen, Waldenbuch, Urach. Es hilft mir über etwas schwierige Tage weg.

Addio, evviva Rossini!

Gruß an die Comunità Europea di Scrittori, Milano

Juni 1961

Liebe Kollegen

Das italienische Risorgimento hat seinerzeit bei der deutschen Intelligenz große Teilnahme und Sympathie gefunden. Zwar waren die Regierungen reaktionär, aber Napoleon war noch unvergessen und die Jugend, namentlich die Studentenschaft, voll liberaler und nationaler Ideale. Übrigens hat noch in unserer Zeit eine bedeutende deutsche Dichterin, Ricarda Huch, in schönen und temperamentvollen Büchern das Lied des Risorgimento gesungen, vor allem in den beiden Büchern über den Grafen Gonfalonieri und über Garibaldi.

Heute sind andre Probleme aktuell, und in vielen Ländern ist aus edlem National-Geist gefährlicher Nationalismus geworden. Wir können uns heute eine noch einigermaßen lebenswerte Zukunft nur vorstellen in der Atmosphäre einer irgendwie friedlich-föderalistisch geeinten Menschheit, sind aber vorläufig noch nicht einmal reif für eine solche Lebensform in Europa.

Auf dem schwierigen Weg dahin sind auch der Literatur und Journalistik große Aufgaben gestellt.

An Albert Steen, Goethestube, Bremen

10. oder 11. Juli 1961

Lieber Herr Steen

Ihr Brief mit dem Gedicht und der Vogelerkarte – Dank für alles! – hat mich an vieles gemahnt und erinnert. Die „Begegnungen“ v. Buber kenne ich, ich bin mit ihm seit wohl 40 Jahren befreundet und in Austausch, es gehört zum Schönsten was er geschrieben hat. – In Worpswede war ich nicht, in Bremen nur ein Mal, um 1908 etwa, von dort aus brachte mich Pfarrer Steudel in ein kleines Ferienhäuschen in der Heide, von Vegesack aus, da streiften wir drei Tage in Sand und Heidekraut herum und ich lernte die Heide, die Machandel, die Gehöfte unter hohen Eichbäumen kennen, die Bilder sind mir noch leidlich frisch: eine Welt, die nirgends in neuerer Zeit so großartig beschworen und beschrieben ist wie in dem Büchlein „Munderloh“ meines lieben P. Suhrkamp. – Ja, nun Vogeler! Der war, noch früher als mein Besuch in der Heide, eine Jugendliebe von mir, ich hatte zwar Gemaltes von ihm nie gesehen, wohl aber seine Zeichnungen und Vignetten, namentlich in dem Büchlein DIR, das ich noch besitze. Ich sah auf Grund dieser biedermeierisch stilisierten Sachen allerdings etwas ganz andres als er war. Nach seinem Tode las ich dann auch seine Autobiographie. Nun aber genug! Tanti saluti!

An einen 14jährigen, ungewöhnlich frühreifen Japaner

der viel Tolstoi und H. H. gelesen hatte und von weltanschaulichen und moralischen Problemen bedrängt war

Sils Maria, Juli 1961

Lieber Kenro Takahashi

... Vor Tolstoi habe ich großen Respekt. Als Künstler ist er mir weit überlegen, und als Denker und Moralist (wo ich nicht immer auf seiner Seite bin) hat er tapfer und gegen große Widerstände im Leben das zu befolgen gestrebt, was seine Moral fordert.

Ihnen, lieber junger Sucher, möchte ich in Kürze raten: verzichten Sie darauf, sich an den unlösbaren Fragen müde zu grübeln. Unlösbar sind die Fragen nach dem Wesen Gottes oder des Weltgeistes, nach Sinn und Lenkung des Universums, nach der Entstehung der Welt und des Lebens. Das Denken und Debattieren darüber kann ein schönes und interessantes Spiel sein, zur Lösung unsrer Lebensprobleme führt es nicht.

Sie sind, lieber Jüngling, in die Welt gestellt, ohne zu wissen warum, und Sie haben, wie ich aus Ihrem Brief sehe, mehr als gewöhnliche Gaben mitbekommen. Ihr Leben und Ihre Gaben, die der Sinne und die des Geistes, zur Reife und möglichsten Vollendung zu bringen, darin liegt der Sinn Ihres Lebens, und je besser Ihnen das gelingt, desto glücklicher werden Sie sein. Daß die Mehrzahl der Menschen weniger differenziert und begabt ist als Sie oder als Tolstoi, daß die Meisten gar kein eigenes Leben und Denken haben, sondern stets als Masse leben und handeln, haben Sie ja schon selbst erkannt. Wir können das nicht ändern, es wird immer so sein – im Gegenteil, je rascher sich die Menschheit vermehrt und je mehr technische Mittel sie besitzt, desto mehr wird sie verflacht und zum gleichförmigen Kollektiv werden. Für die Menschheit als Masse besteht die Aufgabe des Lebens nur in der möglichst reibungslosen Eingliederung und Anpassung, im Herabschrauben der persönlichen Verantwortlichkeit auf ein Minimum.

Wir anderen, die stets kleine Zahl der zu einem persönlichen, individuellen Leben Befähigten und Berufenen, haben vor der Masse die zarteren Sinne und die größere Denkfähigkeit voraus, und diese Gaben können uns sehr viel Glück verschaffen. Wir sehen, hören, fühlen, denken genauer, empfänglicher, reicher an Nuancen, aber wir sind auch einsam und gefährdet, wir müssen auf das Glück der verantwortungslosen Masse verzichten. Jeder von uns muß über sich selbst, über seine Gaben, Möglichkeiten und Eigenheiten Klarheit suchen und sein Leben in den Dienst der Vervollkommnung, der Selbstwerdung stellen. Wenn wir das tun, dann dienen wir auch zugleich der Menschheit, denn alle Werte der Kultur (Religion, Kunst, Dichtung, Philosophie etc.) entstehen auf diesem Weg. Auf ihm wird der oft verlästerte „Individualismus" zum Dienst an der Gemeinschaft und verliert das Odium des Egoismus.

Genug, Sie werden selbst weiter finden. Herzlich grüßt Sie Ihr

An Rudolf Pannwitz, Astano

Nach Beginn der Lektüre von Pannwitzs neuem Werk: Der Aufbau der Natur, Verlag Hans Carl, Nürnberg, das zu seinem 80. Geburtstag erschienen war.

5. September 1961

Verehrter, lieber Herr Pannwitz

Mit Freude und Ehrfurcht empfing ich Ihr großes Geschenk, dessen Einleitung schon, wie ein edles hohes Portal, uns Weite und Bedeutung des Baues spüren läßt. Die nächste Zeit werden wir beide gemeinsam Ihrer großen Weltschau widmen. Daß Sie am Abend Ihres reichen Lebens noch einmal diese Summa konzipieren konnten, ist ein Glück. Mehr ein andermal. Wir haben nach den Engadiner Ferien manches nachzuholen. Ihnen und Ihrer verehrten Frau senden wir herzliche Grüße

An Rudolf Pannwitz, Astano

30. September 1961

Lieber verehrter Herr Pannwitz

Morgen fährt meine Frau nach Genua, um von da zu Schiff nach dem Piräus zu reisen. Die Vorbereitungen zur Reise und ein Überfluß an Besuchen und Gästen ließen uns nicht zu einem Brief oder einer telephonischen Verabredung kommen, auch heute ist der Nachmittag durch einen Besuch belegt, einen erwünschten zwar, und von morgen an werde ich mich für einige Wochen ohne Frau behelfen müssen. So will ich Ihnen heute einen Gruß schicken und Ihnen melden, daß ich die Lektüre Ihres Buches beendet habe. Drei Viertel etwa las meine Frau mir vor, dann kamen Gäste und die gemeinsame Lektüre wurde unterbrochen, so las ich den Schluß allein, mit Liebe und Bewunderung, bis zum herrlichen Ausklang, dem Preis der Weisheit. Ich verdanke diesem Werk Ihrer späten Jahre viel, diese große Weltschau war mir zwar auch eine beschämende Mahnung an die Einseitigkeit meiner Bildung, noch mehr aber war sie mir heilsame Belehrung und in vielen Punkten Bestätigung und Festigung meiner eigenen Anschauung. Daß Sie diese gewaltige Zusammenfassung leisten konnten, und daß sie überall gläubige Heiterkeit ausstrahlt, ist mir ein kostbares Erlebnis geworden.

Dem Besuch, den wir heute erwarten, werde ich die letzte Seite des Bandes zu lesen geben.

Auf Wiedersehen, wenn meine Frau zurück sein wird!

Herzlich grüßt Sie und Ihre Frau

An Frau Grete Braun, Besigheim a. N.

28. November 1961

Liebe Grete

Dein Brief hat mir besondere Freude gemacht mit den Erinnerungen an Theodor, Adele, Aidlingen, Haiterbach etc.

Über die Frau von Theos Enkel, dem Du neulich zur Hochzeit gratuliert hast, weiß ich nichts. Aber er, der junge Ehemann, war während des Krieges, ebenso wie Kurt Lichdi, in England gefangen und gehörte zu meinen unzähligen Sorgenkindern und Schützlingen, gesehen aber hatte ich ihn nie. Dazu kam es erst diesen Sommer, da hat mich Gertrud Friedrich mit ihm, dem Sohn, besucht, auch sie hatte ich seit Jahrzehnten nie mehr gesehen. Einst war sie, als junges Mädchen, bei meiner ersten Frau und mir in Bern einige Zeit als Stütze der Hausfrau, sie war sehr nett mit unsern Kindern.

Wir Hessekinder liebten und bewunderten unsere beiden älteren Stiefbrüder, Theo und Karl sehr. Theo war der Charmeur, der Herzliche und Heitere, immer enthusiastisch und optimistisch. Karl war stiller und nüchterner, aber auch weit gründlicher, guter Philologe und guter Klavierspieler, seine Stimme war eher schöner als die von Theo, sein Vortrag aber zurückhaltender, bescheidener, Theo war ja auch beim Theater gewesen. Ich habe Aufführungen von Bach-Passionen gehört, bei denen Theo den Evangelisten, Karl den Christus sang, Dirigent war Onkel Friedrich Gundert. Alles in allem habe ich, je jünger ich noch war, desto mehr für Theo geschwärmt, mit den Jahren aber ist Karl mir immer lieber geworden, schon weil Karl immer sich entwickelte und weiter bildete, besonders in der Musik, während Theo sein Repertoire an wirksamen Liedern und Arien bis ins Alter ohne Zuwachs behielt ...

An den Verlag Piper

über das Buch „Die Stimme des Menschen"

Ende November 1961

Sehr geschätzter Herr Piper

Danke für Ihren Brief ...

Inzwischen habe ich dies ungewöhnliche Buch, soweit es mir möglich war, durchstreift und kennen gelernt. Das Ungewöhnliche und Wunderbare an ihm ist seine Schönheit, seine stille starke Strahlung, seine tröstliche Kraft. Es gibt Bücher genug über die Schrecken und Gräuel der Jahre 1939 bis 45, über die Bestialität und den Irrsinn der Mächte, die wieder einmal die Welt zu regieren schienen. Ob jene Darstellungen und Dokumentensammlungen eine moralische Wirkung haben können, ist mir zweifelhaft. Ich habe, glaube ich, noch nie einen echten Nazi getroffen, der bekehrt worden wäre, nicht durch die Weltgeschichte, noch viel weniger durch Bücher. Hier aber hören wir nicht die Stimmen der Diktatoren, der Bomber und Panzer, sondern wirklich die des Menschen. Wir atmen nicht Gase und Blutgeruch, sondern reine Luft, und es wird uns aus den Worten unzähliger Opfer alles bestätigt und bestärkt, was wir an Glauben und Hoffnung trotz der Gräueljahre in uns bewahrt haben.

Mit freundlichen Grüßen

An Erika Mann, Kilchberg

Im Dezember 1961

Liebe Frau Erika

Noch eh Sie dies lesen, wissen Sie ja, was meinen Brief veranlaßt. Natürlich ist es der Briefband I, der dieser Tage eintraf und in dem ich seither täglich einigemale spazieren gehe, zunächst ganz unsystematisch, nur daß ich Ihr schönes gutes Vorwort als Erstes las und bedachte. Hätten Sie in Ihrem bewegten Leben nichts andres getan als seit Ihres Vaters Tod die Pflege seines Andenkens so wäre allein dafür Ihnen die Mit- und Nachwelt großen Dank schuldig.

Lang noch und immer wieder wird das Buch mich beschäftigen, ich bin froh, daß ich sein Erscheinen noch erlebt habe.

Bei diesem ersten Durchstreifen und Abtasten finde ich auch manches bestätigt, was ich schon früher beim Vergleich von Th. M. mit mir empfand. Die Verschiedenheit, ja Gegensätze sind ja klar: nord- und süddeutsch, Städter und Landmensch etc. etc. Aber mir fallen zur Zeit mehr die Ähnlichkeiten und Verwandtschaften auf, vor allem die Zartheit, Anfälligkeit und das Gefühl von Gefährdetsein ist bei ihm und mir das selbe, und scheint sich, soweit ich bis jetzt sehe, bei ihm wie bei mir mit zunehmendem Alter immer mehr einzuebnen und zu verlieren.

Mit Genuß finde ich überall die überlegene, bald ceremonielle bald versteckt-mokante Höflichkeit wieder, die sein Panzer gegen die Roheit und Plumpheit der Welt war, da ist er herrlich, oft ganz Königliche Hoheit, oft spitzbübischer Spötter, immer die Seele durch Rolle und Maske verhüllt und beschützt.

Um Ihr Ergehen bin ich besorgt. Die Ihren, vor allem Ihre verehrte liebe Mutter, bitte von uns beiden sehr zu grüßen. Stets Ihr

An Herrn Albert Welti, Genf

25. Februar 1962

Lieber Herr Albert Welti

Jetzt habe ich Ihr Buch * gelesen, die letzten Seiten mit tiefer Bewegung, das Ganze mit nie erlahmender Teilnahme. Schöner, lebendiger und taktvoller konnte der Sohn das Leben seines Vaters nicht erzählen als Sie es getan haben. Ich bin Ihnen für dieses Buch sehr dankbar. Seine Lektüre war ja für mich auf weite Strecken auch ein Rückblick in mein eigenes Leben und eine Wiederbegegnung mit so vielen längst jenseitig gewordenen Gestalten. Ihre herrlichen Eltern, Kreidolf, Leopold Weber, Balmer, die lieben Weltis im Lohn, Schädelin, Fritz Brun, Schoeck, dann auch Amiet, H. Trog und andre haben auch in meinem Leben ihre Rolle gespielt

* Albert Jakob Welti, Bild des Vaters. Albert Welti in der Erinnerung seines Sohnes. Artemis Verlag 1962.

und ihre Gestalten, Augen, Stimmen wurden mir beim Lesen wieder intensiv gegenwärtig. Und immer wieder spürte ich mit Freude die Liebeswärme Ihrer Darstellung, die nicht verhimmeln und heroisieren will und doch voll heimlicher Werbung für den Vater ist. So leid es einem tut, daß Rose, Emil Welti, Kreidolf und die andern Freunde Ihr Buch nicht mehr erlebt haben, man spürt dennoch, daß es Zeit und Reife brauchte, bis Sie es so schreiben konnten.

Dankbar grüßt Sie Ihr

Extrazettel:

Bei einer späteren Neuauflage wären einige Druckfehler zu korrigieren, z. B. Seite 280 in der Notiz über Diez, deren Jahreszahlen nicht stimmen können. Hübsch wäre es auch zu erwähnen, daß der junge Schoeck sein erstes größeres Werk, jene Lenauische Maiennacht, aus begeisterter Verehrung Ihrem Vater gewidmet hat.

An Fräulein Maria M. L., München

27. März 1962

Liebes Fräulein

Ihre Gedichte gefallen mir, aber daran dürfen Sie sich nicht halten. Ich bin kein Kritiker, habe keine analytische Begabung, und gehöre überdies einer Generation an, die der heutigen, völlig in Umwälzung begriffenen Dichtung sehr fern steht.

Ich kann Ihnen nur zwei Ratschläge geben, von denen Sie wohl nur den ersten befolgen werden. Also erstens: schreiben Sie weiter, und betrachten Sie das Dichten nicht als Herstellung möglichst schöner, auf andre wirkender Gebilde, sondern als Einkehr und Weg zur Selbsterkenntnis. Der zweite Rat: lernen Sie einen „richtigen“ Beruf, von dem Sie leben können und der Ihnen die Sicherheit der Einordnung und sozialen Vollberechtigung gibt. „Schriftsteller“ ist kein solcher

Beruf. – Verzeihen Sie die Nüchternheit meiner Antwort, vielleicht spüren Sie dennoch, daß ich es gut meine.

Mit freundlichem Gruß Ihr

An Gertrud von Le Fort

Im April 1962

Liebe verehrte Frau von Le Fort

Manchmal hat es mir leid getan, daß Sie so lang verstummt waren, es tat mir leid als Verlust für mich und als Sorge um Ihr Befinden. Jetzt kam Ihr Brief und Buch *, innig willkommen, umsomehr als ich nach Monaten des Krankseins in einem Zustand von Schwäche und Passivität bin, der mich für Lektüre, liebe Briefe und Musik doppelt empfänglich macht. Haben Sie Dank! Die wunderbare, herzbewegende Geschichte vom fremden Kind war uns schon bekannt, wir haben sie gleich nach ihrem Erscheinen mit Teilnahme und Freude gelesen (meine Frau las vor) und ich werde sie bald, Ihrer Gabe froh, nochmals für mich lesen. Die geschichtliche und moralische Atmosphäre Ihrer Erzählung ist uns ja innig vertraut, die Teilnahme am Geschick der Flüchtlinge und die Sorge und Mithilfe beim Herausbringen von Gefährdeten aus antisemitischen Ländern gehört zum täglichen Brot.

Was Sie von der stellvertretenden Gnade sagen, ist mir durchaus verständlich und ehrwürdig. Ich bin Weltkind in der Bedeutung „keiner Kirche angehörig“, bin aber fromm im Sinne der Morgenlandfahrer, zu deren Bundesregeln es gehört, jedem Heiligtum auf Erden Ehrfurcht zu erweisen.

Wir haben einen wunderlichen Winter gehabt, beinah ohne Frost, wenig Schnee, die Camelien blühen seit Mitte Dezember, im Februar gab es bei Föhn riesige Waldbrände. An mir wird, da nach mehreren Erkrankungen Schwäche und Blut-

* „Das fremde Kind“, Insel Verlag 1962.

armut geblieben sind, fleißig gedoktort, im Ganzen bin ich dabei guter Dinge.

Wir beide danken und grüßen, der Dank gilt auch der moralischen Heilkraft Ihrer letzten Erzählung und Ihres ganzen Werkes. Ihr

An Dr. Wayne Andrews, Brooklyn 1, N.Y.

19. Mai 1962

Lieber Herr Dr. Andrews

Aus Ihrem willkommenen Brief vom 14. Mai sehe ich, daß Sie offenbar meinen Dank für die sehr schöne Platte (Gesualdo) nicht erhielten. Das tut mir leid, ich schrieb Ihnen meinen Dank damals nach Empfang Ihrer Gabe. Heute wiederhole ich diesen Dank, lieber Spender. Spielen konnte ich die Platte zweimal, wir kommen sehr selten dazu, weil die kurzen Abendstunden, die meine Frau mit mir verbringen kann, der Lektüre plus Radio gewidmet sind. Für mich allein kann ich keine Platten spielen, meine Hände sind längst nicht mehr fähig mit dem zarten Apparat umzugehen.

Nun zu George! In meiner Jugend konnte ich ihn nicht ausstehn, zumal ich in Basel eine seiner frömmsten Gemeinden kennen lernte. Der theatralisch sich gebende Hochmut Georges und die Formen von Devotion bei seinen Jüngern waren mir tief zuwider. Immerhin hatte ich vor einigen seiner frühen Gedichte Respekt. Und später sah ich auch mit wachsender Anerkennung seine erzieherische Wirkung ein, die zwar bei seinen Jüngern keine dichterischen Früchte trug, aber auf die sprachliche Haltung und das sprachliche Verantwortungsgefühl der damaligen deutschen Dichtung bedeutenden und guten Einfluß hatte. In mancher Hinsicht erinnerte er mich an die ähnlich pathetische, ähnlich priesterliche und auch ähnlich erzieherische Gestalt Klopstocks.

Ein warmes und herzliches Gefühl für George habe ich nur

Einmal empfunden: als er nach Hitlers Antritt Deutschland verließ, um anderswo zu sterben.

Denken Sie freundlich an mich, es geht mir nicht gut. Wir, meine Frau und ich, grüßen Sie beide herzlich. Ihr

Grußworte zur zweiten Verleihung des Hermann-Hesse-Preises in Baden-Baden 1962

Juli 1962

Da ich wider mein Erwarten die zweite Verleihung des Preises noch erlebe, will ich nicht unterlassen, den Veranstaltern wie den Gästen dieser Feier meinen Gruß zu senden.

Die Kluft zwischen Alt und Jung ist heute wohl auf keinem geistigen Gebiet so tief wie auf dem der Kunst und Dichtung, da mag ein Anlaß wie der heutige willkommen sein als Zeichen einer Überbrückung der Gegensätze, und sei es auch nur eine flüchtige, eine Regenbogenbrücke.

Wir Alten schütteln wohl zuweilen die weißen oder kahlen Köpfe zu Leistungen und Versuchen der Jungen, wir freuen uns aber aufrichtig über den Ernst und die Gewissenhaftigkeit dieser Arbeiten, die oft so begabt und so redlich sich durch die veränderte Problematik und den ungeheuren Zuwachs an Stoff hindurch kämpfen.

Ich schließe mit ein paar Zeilen aus einem meiner letzten Gedichte:

O daß es Sprache gibt:
Vokabeln, Verse, Reime,
Zärtlichkeiten des Anklangs,
Marsch und Tänze der Syntax!
Wer ihre Spiele spielte,
Wer ihre Zauber schmeckte,
Ihm blüht die Welt,
Ihm lacht sie und weist ihm
Ihr Herz, ihren Sinn.

An Gerta Grube, Bad Schwartau b. Lübeck

Ende Juli 1962

Liebe Gerta Grube

Eigentlich dürfte ich Ihnen jetzt nicht antworten. Wir sitzen, meine Frau und ich, vier Wochen nach dem Geburtstag noch immer über einem noch ungelesenen letzten Stoß von Briefen. Aber das Citat aus Strawinski *, das Sie mir mitteilten, geht mir seither immer wieder durch den Kopf, so will ich Ihnen denn mitteilen, welche Gedanken es bei mir geweckt hat.

Die Gescheitheit und Beschlagenheit Strawinskis steht für mich außer Zweifel, er ist eine Autorität. Also wird er auch hier Recht haben. Was mich betrifft, so ist mir jener Mangel bei Beethoven in so direkter Formulierung nie bewußt geworden. Dagegen sind zwei Merkmale in Beethovens Werk mir schon früh aufgefallen und tun es immer entschiedener, ein positives und ein negatives. Ich betone aber, daß das nicht wie bei Strawinski Urteile sind und Anspruch auf Objektivität machen, sondern lediglich subjektive Wahrnehmungen und Geschmacks-Reaktionen, die sich allerdings mit den Jahren verstärkt haben.

Zuerst das Negative! Das Einzige an Beethoven, was ich nicht mag, ist eine gewisse Banalität mancher melodischer Einfälle, und noch mehr die Zähigkeit, ja Verbissenheit, mit der er zuweilen auf einer solchen Melodie beharrt und sie zu Tode hetzt. Ich sage vielleicht eine Blasphemie, aber der ganze Schluß der Neunten, vom Auftauchen der Melodie zu Schillers Gedicht an ist zwar gewiß, was Dynamik betrifft, so meisterlich und virtuos wie alles bei Beethoven. Aber das Zu-Tode-Quälen der an sich schon etwas vulgären Melodie empfinde ich als barbarisch. –

* Eins der letzten Bücher, die H. H. las, war das Inselbändchen Strawinsky, Musikalische Poetik. Er hat diese Lektüre nicht mehr beenden können. Das Citat: Beethoven habe sich zeitlebens nach der „Gabe der Melodie" gesehnt, „die ihm als einzige abging ..."

Nun aber das Positive: mit dem Mangel an melodischer Potenz hängt vielleicht die unersättliche Freude Beethovens am Variieren fremder Melodien zusammen. Die diversen Variationen-Folgen gehören für mich zum Schönsten in Beethovens Werk, die auf Diabelli sind mir wohl die liebsten.

Aber jetzt genug! Herzlich grüßt Ihr H. Hesse

Nachwort zur zweiten Auflage 1954

Es sind häufig Bitten an mich gelangt, ich möge dem Briefbuch ein Geleitwort mitgeben. Manche Leser verlangten sogar ein Namensverzeichnis der Briefempfänger, und beinah alle eine Rechenschaft darüber, wie die Auswahl zustande gekommen sei.

Ich kann darüber nicht viel sagen. Ich habe sehr viele Tausende von Briefen geschrieben, ohne je daran zu denken, Abschriften zurückzubehalten. Erst seit dem Zusammenleben mit meiner Frau, von 1927 an, haben wir gelegentlich Briefe aufbewahrt, deren Thema uns charakteristisch schien oder in denen wir ein Problem von allgemeinerem Interesse besonders genau formuliert fanden. Manchmal schrieb meine Frau sich einen Brief ganz oder teilweise ab, manchmal tat ich es selber, um ihr mit einem Zuwachs zu ihrer Sammlung eine Freude zu machen. So entstand allmählich eine Briefsammlung, sehr viel größer als der Inhalt dieses Buches. Als die Frage einer Publikation ernstlicher erwogen wurde, hat meine Frau die ganze Sammlung durchgelesen und mir die, die ihr zur Publikation geeignet schienen, vorgelesen, dabei haben wir gemeinsam die Texte redigiert, ohne Änderungen natürlich, aber durch Kürzungen auf das Wesentliche reduzierend. Bei der Auswahl herrschte das Bestreben vor, das Private möglichst auszuschalten und da, wo ein Thema mehrmals besprochen wurde, möglichst die knappste und schärfste Formulierung herauszufinden.

Im Januar 1952 Hermann Hesse

Die Empfänger der Briefe

Hermann Hesse
Kindheit und Jugend vor Neunzehnhundert

Briefe und Lebenszeugnisse 1877–1895
Herausgegeben von Ninon Hesse.
600 Seiten. Leinen DM 44,–

»Die Briefe, die ein geistig gesunder Bursche von fünfzehn Jahren im Sommer 1892 aus einer Anstalt für Geisteskranke nach Hause geschrieben hat, zählen zum Ungeheuerlichsten, was die Geschichte der Erziehung in Deutschland zu bieten hat.
Die bisher unveröffentlichten Anklagen eines zornigen jungen Mannes von gestern, die in ihrem unbeirrbaren Wahrheitsdrang ein Schmuck unserer Schullesebücher wären, haben Folgen aber auch für unser Verständnis vom Leben und Werk des Dichters.
Der Respekt vor dem Menschen Hesse, seinem ›Hauptkontrast‹ zwischen Flucht und Wiederkehr, wird mit diesem einzigartigen Buch nur wachsen.« *Rolf Michaelis, FAZ*
»Man sagt heute, auf dem Büchermarkt wenigstens, bald zu jedem Kinkerlitzchen, es sei ein ›Ereignis‹. Und so glaubt es halt niemand mehr, auch in den seltenen Fällen nicht, wo man es glauben dürfte. Ein solch seltener Fall ist jetzt zu melden.«
Werner Weber, Neue Zürcher Zeitung

Hermann Hesse
Gesammelte Briefe

Erster Band 1895–1921
In Zusammenarbeit mit Heiner Hesse
hrsg. von Ursula und Volker Michels
628 Seiten. Leinen DM 40,–

»Die Tage mit den Hesse-Briefen brachten ein intellektuelles wie rein menschliches Lesevergnügen. Bildhaftigkeit in der Schilderung und Treffsicherheit im Aperçu und in der Charakteristik, charmante und ungekünstelte Freundlichkeit, bohrender Ernst und schonungslose Offenheit, aber auch leise Verschmitztheit und feiner Humor begegnen uns in diesen Briefen.« *Tages-Anzeiger, Zürich*

»Das Buch ist eine Fundgrube freien Denkens. Hesse ging es immer um die Freiheit des Menschen. Es gibt noch heute Menschen, die nicht begreifen, was damit gemeint ist. Daß sie mehr und mehr zu lächerlichen Popanzen werden, gemessen am Freiheitsbegriff Hesses, könnte sie jede Hesse-Zeile lehren. Auch jede Zeile seiner Briefe.« *Rhein-Neckar-Zeitung*

»Ich lege das Buch allen Eltern von heranwachsenden Kindern ans Herz, allen denen, die die Rätsel nicht lösen können, die ihnen ihre Siebzehn- und Achtzehnjährigen aufgeben.«
Albrecht Goes, Stuttgarter Zeitung

»Ein bedeutendes und erregendes Buch. In keinem vergleichbaren Korrespondenzband führt eine nach außen so anspruchslose, nach innen so anspruchsvolle Redlichkeit das Wort.«
Frankfurter Neue Presse

»Das große Lesevergnügen macht diesen Band zu einem einzigartigen Buch.« *Die Weltwoche, Zürich*

Hermann Hesse
in den suhrkamp taschenbüchern

Lektüre für Minuten.
Gedanken aus seinen Büchern und Briefen.
Ausgewählt von Volker Michels
Band 7, 240 S., 85. Tsd. 1973

Unterm Rad
Erzählung
Band 52, 420 S., 65. Tsd. 1973

Materialien zu Hermann Hesse,
»Der Steppenwolf«
Herausgegeben von Volker Michels
Band 53, 380 S., 30. Tsd. 1973

Das Glasperlenspiel
Band 79, 618 S., 65. Tsd. 1973

Materialien zu Hermann Hesse,
»Das Glasperlenspiel«, Teil I:
Texte von Hermann Hesse
Herausgegeben von Volker Michels
Band 80, 390 S., 20. Tsd. 1973

Die Kunst des Müßiggangs
Kurzprosa aus dem Nachlaß
Herausgegeben von Volker Michels
Band 100, 378 S., 20. Tsd. 1973

Materialien zu Hermann Hesse,
»Das Glasperlenspiel«, Teil II:
Texte über das Glasperlenspiel
Herausgegeben von Volker Michels
Band 108, 378 S.

Klein und Wagner
Erzählung
Band 116, 112 S., 20. Tsd. 1973

Peter Camenzind
Erzählung
Band 161, 164 S.

Der Steppenwolf
Band 175, 120 S.

Siddhartha. Eine indische Dichtung
Band 182, 237 S.

Demian. Die Geschichte
von Emil Sinclairs Jugend
Band 206, 166 S.

Gesammelte Schriften in Einzelausgaben

Beschwörungen; Bilderbuch; Briefe; Das Glasperlenspiel; Der Steppenwolf; Diesseits; Erzählungen; Kleine Welt; Fabulierbuch; Frühe Prosa; Gedenkblätter; Gertrud; Knulp; Krieg und Frieden; Kurgast; Die Nürnberger Reise; Märchen; Narziß und Goldmund; Peter Camenzind; Prosa aus dem Nachlaß; Roßhalde; Schriften zur Literatur; Siddhartha; Traumfährte; Unterm Rad.

Briefe

Kindheit und Jugend vor Neunzehnhundert. Hermann Hesse in Briefen und Lebenszeugnissen 1877–1894; herausgegeben von Ninon Hesse

Hermann Hesse, Gesammelte Briefe, 1895–1921. Unter Mitwirkung von Heiner Hesse; herausgegeben von Ursula und Volker Michels

Briefe. 2. erweiterte Ausgabe

Hermann Hesse – Thomas Mann. Briefwechsel; herausgegeben von Anni Carlsson

Hermann Hesse – Peter Suhrkamp, Briefwechsel 1945–1959; herausgegeben von Siegfried Unseld

Über Hermann Hesse

Dank an Hermann Hesse. Reden und Aufsätze

Hermann Hesse – Eine Chronik in Bildern; herausgegeben von Bernhard Zeller

Hugo Ball: Hermann Hesse. Sein Leben und sein Werk

Emmy Ball-Hennings: Briefe an Hermann Hesse

Adrian Hsia: Hermann Hesse und China

Siegfried Unseld: Hermann Hesse, eine Werkgeschichte

Sonderausgaben

Hermann Hesse, Die Erzählungen

Hermann Hesse, Weg nach Innen

Hermann Hesse, Schriften zur Literatur, 2 Bde.

insel taschenbuch

Hermann Hesse, Leben und Werk im Bild. Von Volker Michels

Hermann Hesse, Kindheit des Zauberers. Ein autobiographisches Märchen. Handgeschrieben, illustriert und mit einer Nachbemerkung versehen von Peter Weiss

Alphabetisches Gesamtverzeichnis der suhrkamp taschenbücher